BASTEI
LÜBBE

WOLFGANG HOHLBEIN IM TASCHENBUCH-PROGRAMM:

14 197 Wolfsherz
14 478 Dunkel
20 130 Die Heldenmutter
21 204 Die Kinder von Troja
13 328 Geisterstunde
13 421 Die Moorhexe
13 453 Die Hand an der Wiege
13 627 Der Inquisitor
13 871 Der Widersacher
28 319 Im Schatten des Bösen
28 323 Von Hexen und Drachen
14 612 Das Jahr des Greifen
(mit Bernhard Hennen)

CHARITY
Bd. 1 23 243 Die beste Frau der Spaceforce
Bd. 2 23 248 Die Sonnenbombe
Bd. 3 23 262 Die Herren der schwarzen Festung
Bd. 4 23 270 Das Erbe der Moroni

DER HEXER-ZYKLUS
Bd. 1 14 336 Der Hexer von Salem
Bd. 2 14 337 Neues vom Hexer von Salem
Bd. 3 14 338 Der Dagon-Zyklus
Bd. 4 14 339 Die sieben Siegel der Macht
Bd. 5 14 340 Der Sohn des Hexers
Bd. 6 14 341 Das Labyrinth von London /
Auf der Spur des Hexers

DER DRACHEN-ZYKLUS
Bd. 1 20 152 Die Töchter des Drachen
Bd. 2 20 306 Der Thron der Libelle

KEVIN VON LOCKSLEY
14 354 Kevins Reise
14 392 Kevins Schwur

INTRUDER
14 800 Erster Tag
14 801 Zweiter Tag
14 802 Dritter Tag
14 803 Vierter Tag
14 804 Fünfter Tag
14 805 Sechster Tag

15 074 Intruder - Der vollständige Roman

Wolfgang Hohlbein

DER SOHN DES HEXERS

Ein Hexer-Roman

BASTEI LÜBBE

BASTEI LÜBBE TASCHENBUCH
Band 14 340

1. Auflage: März 2000
2. Auflage: Mai 2002
3. Auflage: Juli 2004

Vollständige Taschenbuchausgabe

Bastei Lübbe Taschenbücher ist ein Imprint
der Verlagsgruppe Lübbe

Lektorat: Stefan Bauer
Titelillustration: Arndt Drechsler
Umschlaggestaltung: QuadroGrafik, Bensberg
Satz: KCS GmbH, Buchholz / Hamburg
Druck und Verarbeitung: 69133
Société Nouvelle Firmin-Didot, Frankreich
Printed in France
ISBN 3-404-14340-X

Sie finden uns im Internet unter
www.luebbe.de

Der Preis dieses Bandes versteht sich einschließlich
der gesetzlichen Mehrwertsteuer.

Inhalt

Vorwort des Chronisten

Es sind jetzt neun oder zehn Blitze, die wie Fäden eines entsetzlichen Spinnennetzes aus purer Energie in Priscyllas Händen zusammenlaufen. Ich weiß nicht, wie viele genau. Ich kann nicht mehr zählen. Selbst diese kleine Anstrengung ist zuviel für meinen Geist.

Ich sterbe.

Mein Leben zählt nur noch Sekunden, bestenfalls Minuten, aber irgendwie weiß ich auch, daß es zuvor geschehen wird. Daß Priscylla – das entsetzliche, unmenschliche Ding, das von ihr Besitz ergriffen hat – dafür sorgen wird, daß ich es miterlebe.

Wieder rast ein Blitz durch das Haus und brennt sich in das *Siegel,* das jetzt die Form einer gewaltigen grünleuchtenden Energiekugel angenommen hat. In ihrem Inneren ... bewegt sich etwas. Etwas so Entsetzliches, daß mein Geist sich weigert, seine wirkliche Form zur Kenntnis zu nehmen.

Ich muß ... etwas tun.

Ich bin nicht weit von ihr entfernt, nur ein paar Schritte, und doch könnten es ebensogut Meilen sein. Meine Beine sind taub. Irgend etwas in meinem Rücken ist zerbrochen. Unterhalb meines Bauches spüre ich nichts mehr. Meine Beine brennen, aber ich fühle nicht einmal mehr den Schmerz.

Dann fällt mein Blick auf etwas, das neben mir liegt.

Mein Stockdegen ...

Ganz kurz blitzt ein Gedanke hinter meiner Stirn auf: Ich weiß genau, daß ich ihn nicht mitgebracht habe, als ich hierhergekommen bin. Jetzt ist er da.

Und er *beginnt sich zu verändern ...*

Der gelbe Kristall in seinem Knauf beginnt zu glühen, erstrahlt in einem schwefeligen, unangenehmen Licht. Schließlich pulsiert er wie ein unheimliches, schlagendes Herz aus Energie.

Eine letzte Chance? Ein letztes Erbe meines Vaters, der all dies vorausgesehen hat und mir eine allerletzte Waffe hinterließ, das Entsetzliche doch noch zu verhindern? Oder ein weiterer böser Scherz Priscyllas? Aber ich muß es versuchen.

Meine Hände hinterlassen blutige Abdrücke auf dem Teppich, als ich nach dem Degen greife. Der Stahl fühlt sich kalt an, gleichzeitig ist er von etwas ... Fremdem erfüllt, etwas, das fast so schrecklich ist wie das grüne *DING* in Priscyllas Hand. Vielleicht stärker.

Der nächste Blitz. Rings um mich herum brennt das Haus wie eine Fackel, aber irgend etwas, eine unbeschreibliche, finstere Macht, schützt Priscylla und mich vor der Hitze, die die Bücher in den Regalen aufflammen und den Teppich zu grauer Asche zerfallen läßt. Das körperlose *DING* in der Energiekugel nimmt immer mehr und mehr Gestalt an. Ich erkenne peitschende Tentakel, einen amorphen, aufgedunsenen Balg, von plumpen Elefantenfüßen getragen, glotzende gelbe Augen über einem entsetzlichen Papageienschnabel ...

Ich muß es tun.

Aber ich kann es nicht. Meine Beine sind gebrochen, meine Hände nur mehr nutzlose Klumpen Fleisch, in denen kein Gefühl ist, und der Weg zu Priscylla ist so weit, so entsetzlich weit.

Aber ich muß. Noch Sekunden, und das Unbeschreibliche wird Wirklichkeit. Ich muß ... zu ihr.

Der Degen ... die letzte Chance ...

Meine Hände krallen sich in den verkohlten Teppich. Ich muß zu ihr, ganz egal, wie.

Ich habe noch Sekunden, aber wenn ich es nicht schaffe, wird die Welt untergehen, nicht im übertragenen Sinne, sondern ganz konkret hier und jetzt.

Ich muß es schaffen.

Der zwölfte Blitz.

Über mir beginnt das Haus zusammenzubrechen, aber ich bin Priscylla jetzt nahe. Etwas in mir hat mir die Kraft gegeben, mich trotz meines zerschmetterten Rückgrats auf sie zuzuziehen. Ich bin ihr nahe. Noch einen Yard ... einen halben ..

So endeten die Aufzeichnungen Robert Cravens, soweit sie mir damals übermittelt worden sind; auf einem Weg, über den zu schweigen ich geschworen habe. Niemand wußte bisher, was aus Robert Andara-Craven wurde. Auch ich meinte bisher, damit das Ende der Geschichte Robert Cravens erreicht zu haben, während die wahren Hintergründe wohl auf ewig hinter den Schleiern der Unendlichkeit verborgen bleiben würden.

Doch die Mächte, die den Mantel des Schicksals weben, haben es anders bestimmt. Mehr als fünf Jahre sind vergangen, Jahre, in denen ich mich oft gefragt habe, was wirklich aus Robert Craven, aus seinem Freund Howard und all den anderen geworden sein mag, denn obgleich die Chronik des vielleicht letzten wirklichen Magiers mit dessen scheinbarer totalen Niederlage endet, haben die GROSSEN ALTEN die Welt damals nicht vernichtet, noch sind sie aus ihren Kerkern entflohen, um ihre Schreckensherrschaft neu zu begründen.

Was aber ist in jener Nacht wirklich geschehen? Wie oft habe ich mir diese Frage gestellt, ohne zu einer befriedigenden Antwort zu gelangen? Wie oft habe ich wach gelegen in jenen endlosen Nächten, die weißgekalkte

Decke über mir angestarrt und die Sterne jenseits des vergitterten Fensters? Nun endlich weiß ich es. Die Antwort wurde mir übermittelt, auf dem gleichen unheimlichen Wege, auf dem ich auch zum Chronisten des ersten Teiles der phantastischen Abenteuer Robert Cravens und seiner Freunde wurde. Meine Aufgabe ist noch nicht beendet.

Und zugleich mit diesem Wissen hat die Tatsache meines eigenen Überlebens in mir die unerschütterliche Gewißheit reifen lassen, daß die Kräfte des Bösen und der Finsternis, gleich wie unerbittlich in ihrem Tun und wie grausam in ihrer Macht sie auch sein mögen, niemals über die Kräfte des Lichts und des Guten obsiegen werden, solange es auch nur einen Menschen auf dieser Welt gibt, der die richtige Entscheidung trifft. Denn es ist kein blindes Schicksal, das über die Zukunft unserer Welt entscheidet.

Die Entscheidung liegt bei uns.

Bei jedem einzelnen von uns.

Erstes Buch

DAS ERWACHEN

17./18. Februar 1887

Ein gleißender Blitz schlug in das Gebäude am Ashton Place Nummer 9 ein. Es war kein gewöhnlicher Blitz. Der blauen Narbe, die er in die Nacht gebrannt hatte, folgte eine Spur lodernder, blauweißer Funken, die wie winzige flammende Meteore auf das Dach niederregneten und rauchende Spuren in den Dachziegeln hinterließen. Wo sie auf Metall trafen, glühte dieses in einem düsteren, unheimlichen Rot auf, wo sie auf Glas fielen, schwärzten sie es und ließen es zerspringen, wo sie Holz berührten, flammte es auf und verkohlte binnen weniger Augenblicke. Dem ersten Blitz folgte ein zweiter, dem zweiten ein dritter, vierter und fünfter, immer schneller und schneller, bis der Himmel flackerte wie das Innere einer *Laterna magica*, deren Lochscheibe nicht schnell genug gedreht wurde. Selbst in den Sekundenbruchteilen zwischen den Blitzen erlosch dieses fürchterliche Licht nicht ganz. Ein unheimliches, flackerndes Glühen hatte den Himmel ergriffen, ein Sog aus Licht, dessen loderndes Zentrum sich genau über dem brennenden Herrenhaus am Ashton Place befand.

Andara-House brannte wie eine Fackel. Ein Teil des Dachstuhles war bereits zusammengebrochen; ganze Wolken von weißglühenden Funken stoben wie leuchtende Höllenkäfer aus dem Haus, und überall waren Flammen, Flammen, Flammen ... Das Haus war unrettbar verloren. Hinter den Fenstern im Erdgeschoß wütete die Hölle. Ein unvorstellbarer Sturm tobte über dem Anwesen, und so quälend hell das Licht der Blitze und des wirbelnden Strudels auch sein mochte, um so vollkommener war die Dunkelheit, die ringsum herrschte. Das Gebäude schien am Grunde eines Schachtes aus Finsternis zu stehen. Für die Menschen in der Stadt mußte es so aussehen, als hätte die Hölle selbst ihre Pforten aufgetan, um ihre schlimmsten Gewalten über die Welt der Menschen auszuschütten. Für Howard sah es nicht so aus.

Er *wußte,* daß es so war.

Er hatte all seine Kraft aufwenden müssen, um auch nur die Tür des Fuhrwerks zu öffnen. Der Sturm hatte sich mit unsichtbaren Fäusten dagegen geworfen, als wolle er mit aller Gewalt verhindern, daß er den Wagen verließ. Irgendwie hatte er es doch geschafft, aber nur, um sofort von einer Windböe gepackt und von den Füßen gerissen zu werden. Er hatte versucht, sich irgendwo festzuklammern, aber seine Kraft hatte dazu einfach nicht gereicht. Wäre er nicht gegen ein Hindernis geschleudert worden, so hätte ihn der Sturm vermutlich bis ans Ende der Straße getragen. Der Aufprall war so hart gewesen, daß er halb betäubt einige Augenblicke lang liegenblieb.

Aus der Kutsche drang das Weinen des Kindes, ein dünner, sonderbar klagender Laut, der trotz des Wütens des Höllensturmes sehr deutlich zu vernehmen war, und die Pferde zerrten immer ängstlicher an ihrem Geschirr. Ihre Hufe schlugen Funken aus dem Pflaster, und von ihren Nüstern tropfte Schaum. Die Kutsche wankte wild hin und her, und Howard begriff plötzlich, daß es gar nicht die Frage war, *ob* sie umfiel, sondern nur mehr die, wann und warum. Wenn der Sturm sie nicht von den Rädern riß, dann würden die Pferde in wenigen Augenblicken durchgehen. Von dem Kutscher war keine Spur zu sehen. Howard hoffte, daß er sich vor dem Sturm in Sicherheit gebracht hatte und nicht zu einem weiteren unschuldigen Opfer im Ringen der Götter geworden war. Den Wesen, denen sie sich entgegengestellt hatten, war ein Menschenleben nicht nur gleichgültig. Howard bezweifelte, daß sie überhaupt begriffen, daß Menschen mehr waren als Dinge, die sie nach Gutdünken benutzen oder auch zerstören oder wegwerfen konnten.

Er wußte nicht, wie lange er so dalag. Es kam ihm wie eine Ewigkeit vor, aber wahrscheinlich waren nur Augenblicke vergangen, als sich plötzlich eine Hand auf seine Schulter legte und ihn mit solcher Kraft in die Höhe riß, daß er erschrocken aufschrie. Im ersten Moment erkannte er den Fremden nicht einmal. Er sah nur ein breites, seltsam formloses Gesicht über sich, das hinter den peitschenden Regen- und Ascheschleiern des Sturmes zu verschwimmen schien, und schlug die Hand ganz instinktiv zur Seite. Gleichzeitig versuchte er mit der Rechten seine Waffe zu ziehen. Er war in einem Universum des Todes gefangen, und wer immer dieser Eindringling war, konnte nur sein Feind sein.

»H.P.! Nich! Ich binn's doch!«

Er erkannte Rowlfs Stimme, dann erst sein Gesicht, und trotzdem dauerte es noch einmal zwei oder drei Sekunden, ehe er aufhörte, mit den geballten Fäusten auf die Brust des Riesen einzuschlagen. Er *konnte* einfach nicht aufhören. Ihm war weh getan worden; so entsetzlich weh wie noch nie zuvor in seinem Leben, und auf eine Art, daß er die wahre Größe und Tiefe dieses Schmerzes noch nicht einmal richtig zu erahnen begann, und er mußte einfach jemand anderem weh tun; auch wenn es keine Erleichterung brachte, sondern das Gegenteil.

Rowlf schien genau zu spüren, was in ihm vorging, denn er wehrte sich nicht, ja er versuchte noch nicht einmal, den trommelnden Fausthieben auszuweichen, sondern schüttelte nur sanft den Kopf und ergriff dann Howards rechtes, eine Sekunde später auch sein linkes Gelenk, um sie beide mit nur einer Hand zu halten. Mit der anderen zog er Howard fast zärtlich an sich heran und hielt ihn einfach fest. Er sagte nichts, aber Howard sah, daß die Nässe in seinem Gesicht nicht nur vom Regen stammte.

Er hatte nicht einmal bemerkt, daß Rowlf ihm gefolgt war. Offensichtlich war sein überhasteter Aufbruch von der Hochzeitsgesellschaft doch nicht ganz so unbemerkt geblieben, wie er bisher geglaubt hatte. Rowlf mußte die ganze Strecke gerannt sein, denn sein breites Bulldoggengesicht war von der Anstrengung gerötet, und er schnappte keuchend nach Luft. In seinem vornehmen Smoking bot er einen sonderbaren Anblick, der Howard bei jeder anderen Gelegenheit zumindest ein Schmunzeln abverlangt hätte.

»Wasis passiert?« stieß er hervor. Sein Blick irrte zu dem brennenden Haus. »Wo is …« Er stockte. Ein Ausdruck jähen, mit Entsetzen gepaarten Begreifens machte sich auf seinen Zügen breit.

»Robert?«

»Ja«, murmelte Howard, mühsam um Beherrschung ringend. Mit sanfter Gewalt löste er sich aus Rowlfs Umarmung und taumelte gleich darauf erneut gegen ihn, als ihn eine weitere Sturmböe traf. »Er ist … tot.«

Das Entsetzen auf Rowlfs Gesicht schlug in nackte Panik um. »Aber … aber das kann nich sein!« keuchte er. »Ich … ich mein, dem Kleen kannoch nich ... er kannoch nich so einfach ... er kann uns doch nich so einfach so wegsterm tun!«

Howard schwieg. Rowlf wußte so gut wie er, daß seine Worte wahr waren. In der Hölle, in die sich Andara-House verwandelt hatte, *konnte* nichts mehr leben. Seine Worte waren nur Ausdruck seiner Verzweiflung.

Langsam drehte er sich herum und sah wieder zu Andara-House hinüber. Ein Seitenflügel des Hauses war inzwischen eingestürzt, aber wie durch ein Wunder stand der Haupttrakt noch, obgleich dort das eigentliche Zentrum des Brandes wütete. Flammen schlugen aus dem Dach und den allermeisten Fenstern, aber auf eine fast absurde Weise wirkte das Gebäude trotzdem beinahe unversehrt. Die Blitze waren erloschen.

»Ich ... bin zu spät gekommen«, fuhr Howard mit brüchiger Stimme fort. »Ich habe versagt, Rowlf. Ich ... ich habe seinem Vater versprochen, auf ihn achtzugeben, aber ich habe versagt.«

»Du hättst sowieso nix mehr tun könn«, antwortete Rowlf. »Es war eine verdammichte Falle. Dieses verfluchte Weib! Sie hat alles so geplant gehabt. Vom allerersten Momang an!«

»Ich hätte es merken müssen«, beharrte Howard. »Es ist meine Schuld, Rowlf.« Er hob die Hand, als Rowlf abermals widersprechen wollte, und wischte sich die Nässe aus dem Gesicht, von der er sich vergeblich einzureden versuchte, daß es Regenwasser sei. »Wir können jetzt nur noch eines tun. Komm.«

Schräg gegen den Sturm gestemmt, gingen sie zur Kutsche zurück. Howard versuchte die Tür zu öffnen, aber der Orkan riß sie ihm dreimal hintereinander aus der Hand, bis Rowlf die Sache auf seine Art löste und das daumendicke Holz einfach mit einem Faustschlag zerschmetterte.

Behutsam beugte sich Howard in den Wagen, nahm das Kind heraus und preßte es schützend gegen seine Brust. Rowlfs Augen wurden groß.

»Was … was issn das?« fragte er verwirrt.

»Roberts Sohn«, antwortete Howard.

»Roberts … *Sohn?*« wiederholte Rowlf ungläubig. *»Du meinst, das ist … das ist Roberts Kind?«* Vor lauter Aufregung vergaß er für einen Moment sogar seinen Slang. »Aber wie … ich meine, wer … ähm … mit wem …« Er schluckte hörbar. »Wer ist die Mutter?« stieß er schließlich hervor.

Howard lächelte flüchtig. »Ich erkläre es dir später, Rowlf. Jetzt …« Er dachte einen Moment lang darüber nach, wie er etwas erklären konnte, das er letztendlich selbst noch nicht richtig verstand. Schließlich hatte er die junge Frau selbst erst vor wenigen Minuten kennengelernt. Und doch hatte er sofort gewußt, wer sie war. Und daß das Kind Roberts Sohn war. Er hatte den Strom mentaler Energie gespürt, der auf das Neugeborene überging; im gleichen Moment, in dem Robert starb. Aber eine *Erklärung* war jetzt auch nicht wichtig. *Wichtig* war nur der Junge. Er hielt den Säugling hoch, der prompt wieder leise zu weinen begann.

»Es ist Roberts Sohn«, sagte er noch einmal. »Es ist noch nicht vorbei, Rowlf. Wir haben jetzt die Verantwortung für ihn.«

Rowlfs Lippen begannen zu zittern. Er weinte nun ganz offen. Langsam hob er die Hand und berührte das Gesicht des Kindes, und obwohl seine Finger rauh und plump und seine Pranke fünfmal so groß wie das ganze Gesicht des Kindes waren, geschah etwas Sonderbares: Der Junge hörte auf zu weinen, blickte aus seltsam klaren Augen zu Rowlf hoch und griff mit einer winzigen Hand aus seinen Decken heraus nach Rowlfs kleinem Finger.

Und der Anblick war nicht einfach nur herzerweichend – er löste noch etwas völlig anderes in Howard aus, eine wahnwitzige Idee, wie sie nur aus der Verzweiflung geboren werden konnte. Es durfte nicht so enden. Nicht *so.* Robert und er hatten sich im Streit getrennt, und das durfte einfach nicht sein. Er mußte ihn einfach noch einmal wiedersehen, ganz egal wie und um welchen Preis, und sei es nur, um ihm zu sagen, daß er ihn verstand, und um ihn um Verzeihung zu bitten. Er wußte, daß er nicht weiterleben konnte, wenn er es nicht wenigstens *versuchte.* Vielleicht gab es doch eine Möglichkeit. Es war der reine Wahnsinn, ein Aufbegehren nicht nur gegen das Schicksal und die Gesetze des Lebens, sondern ein trotziges Aufbäumen gegen die Macht der Götter selbst. Die Zeit ließ sich nicht ungestraft betrügen. Und doch – ein paar Augenblicke ertrotzter Zeit nur, vielleicht nur ein paar Sekunden, ein letzter Blick in seine Augen …

Seine Gedanken mußten sich deutlich auf seinem Gesicht widerspiegeln, denn Rowlf begriff im gleichen Moment.

»Tu's!« forderte er. »Du kannst es tun. *Du mußt!* Das sind wir Robert schuldig. Wir können nich einfach so …«

»Es geht nicht«, fiel ihm Howard müde ins Wort. Die Idee war noch immer in seinem Kopf, wie eine lautlos flüsternde Stimme, die er einfach nicht loswurde. Trotzdem: »Das Kind … ich kann das Kind nicht allein lassen.«

Rowlf sah sich um. Immer noch waren weit und breit keine Passanten oder Schaulustigen zu sehen, wie es bei einem so riesigen Feuer eigentlich zu erwarten gewesen wäre. Irgend etwas stimmte nicht, Howard spürte es. Sie schienen sich in einer kleinen, geschlossenen Enklave rund um Andara-House zu befinden, die völlig von der Außenwelt abgeschnitten war. Plötzlich wunderte er sich, daß es Rowlf überhaupt gelungen war, zu ihm vorzudringen.

»Heda!« rief Rowlf plötzlich. Howards Blick folgte seiner Kopfbewegung – und er stellte völlig überrascht fest, daß auf dem Kutschbock plötzlich wieder eine Gestalt saß.

Aber er war doch vollkommen sicher gewesen, den Mann noch vor zwei Minuten nirgendwo gesehen zu haben!

Aber er kam nicht dazu, seine Gedanken in Worte zu kleiden oder dem sanften Schrecken, mit dem sie ihn erfüllten, konsequent nachzugehen, denn Rowlf deutete wild gestikulierend auf den Kutscher. Der Mann reagierte, aber irgend etwas stimmte nicht mit ihm. Seine Bewegungen wirkten sonderbar langsam und gedehnt, als wäre er in ein unsichtbares Glas mit zähflüssigem Sirup eingeschlossen. *Oder als liefe die Zeit für ihn langsamer …*

»Gib's ihm«, verlangte Rowlf.

Howard schüttelte den Kopf. »Das kann ich nicht«, murmelte er. »Du begreifst nicht. Es ist Roberts Sohn, sein Erbe, verstehst du? Dieses Kind …«

Im Inneren der Kutsche bewegte sich etwas. Howard brach ab. Seine Augen weiteten sich ungläubig, als er sah, wie das tote Mädchen sich aufrichtete.

Aber das war unmöglich!

Sie war tot! Sie war doch vor seinen Augen *gestor-*

ben. Er war sich dessen vollkommen sicher. Aber jetzt richtete sie sich hoch und streckte ihm auffordernd die schlanken Arme entgegen.

»Gib ihn … mir«, hauchte sie, mit schwacher, kaum hörbarer Stimme.»Gib ihn mir … und dann geh. Tu, was du … tun mußt!«

Howard rang eine allerletzte Sekunde lang mit sich selbst. Etwas stimmte nicht, und für einen Moment hatte er das absurde Gefühl, daß ihm die Situation völlig aus der Hand glitt. Er begriff ja noch nicht einmal, was überhaupt *geschehen* war und noch geschah, aber er wußte, daß das, was er vorhatte, auf keinen Fall richtig war. Er durfte es nicht. Aber dennoch …

Es war Rowlfs Stimme, die den Bann durchbrach und damit die Entscheidung brachte. »Komm endlich!« schrie er.

Howard gab seinen Widerstand auf. Behutsam legte er das Kind in die Arme der Mutter zurück. Der Säugling, der bislang völlig still gewesen war und ihn nur mit seinen dunklen Augen, in denen schon jetzt ein so furchtbares Wissen stand, angeschaut hatte, begann zu schreien, beruhigte sich aber sofort wieder. Howard zögerte noch einen Augenblick und wandte sich dann wortlos um, um hinter Rowlf herzueilen.

Sie näherten sich dem Haus, soweit es ihnen möglich war, bevor die Hitze unerträglich wurde. Auch der Haupttrakt brannte inzwischen so lichterloh, daß jeder Versuch, in diese Flammenhölle vorzudringen, einem Selbstmord gleichgekommen wäre. Sie hätten nicht einmal das Hauptportal erreicht. Wenn die Flammen sie nicht töteten, dann die Luft, die einfach zu heiß war, um sie zu atmen.

»Nimm das«, sagte Howard. »Nur zur Sicherheit.« Er drückte Rowlf seinen sechsschüssigen Revolver in die Hand, obwohl er genau wußte, daß ihnen die Waffe nicht viel nützen würde. Dann wandte er sich wieder dem Haus zu.

»Eine Stunde dürfte reichen, um das Schlimmste zu verhindern«, murmelte er. »Wenn wir Robert rechtzeitig warnen und von hier wegbringen ...«

Er sprach nicht weiter. *Wenn* ... Dieser Wort war ihm noch nie so grausam vorgekommen wie jetzt. Sein letztes Zusammentreffen mit Robert war alles andere als freundschaftlich verlaufen. Es hatte damit geendet, daß ihn Robert aus dem Haus warf. Und auch das war vermutlich ein Teil des Planes der GROSSEN ALTEN gewesen, ein weiterer Faden in dem Netz von Intrigen, Lügen und Täuschungen, in das sie sich immer tiefer und tiefer verstrickt hatten, ohne es auch nur zu merken, ein Plan, der nur das eine Ziel gehabt hatte, ihn im entscheidenden Augenblick aus dem Weg zu haben. Er wußte, daß Robert ihm nicht glauben würde. Und es war auch kaum anzunehmen, daß er seine Meinung geändert hatte. Aber nun, mit dem Wissen um die unmittelbare Zukunft, würde Howard nicht mehr zögern, ihn notfalls auch mit Gewalt aus dem Haus zu schaffen, bevor es zum Schlimmsten kam. Wenn schon nicht er selbst, so konnte Rowlf doch in dieser Hinsicht *sehr* überzeugend sein.

Aber das war etwas, worüber er sich Gedanken machen konnte, wenn sein Vorhaben gelang und sie Robert rechtzeitig erreichten. Wenn ...

Sein Gesicht nahm einen angespannten Ausdruck an. Howards Augen wurden schmal, und seine Hände begannen zu zittern. Seine Lippen formten unhörbare, uralte Worte.

Und ganz allmählich begann sich die Wirklichkeit zu verändern ...

Es war nicht zu sehen oder *wirklich* zu spüren. Menschliche Sinne waren nicht in der Lage, das Wirken jener Mächte zu begreifen, die Howard in diesen Momenten manipulierte. Eigentlich begriff er sie selbst nicht. Er hatte diese Fähigkeit erworben, vor langer, unendlich langer Zeit, und am Anfang hatte er geglaubt, es reiche aus, zu wissen, *wie* man etwas tat, nicht, *warum* oder *was* eigentlich. Heute wußte er längst, daß das nicht stimmte. Er wußte, daß seine magische Macht, über die Zeit zu gebieten, kein Geschenk war, sondern etwas, für das er bezahlen mußte, und vermutlich einen Preis, der noch höher war, als er befürchtete. Und was vielleicht noch schlimmer war: Seine eigenen magischen Kräfte hatten schon vor langer Zeit begonnen, ihm angst zu machen. Er kam sich vor wie ein Kind, das eine Schachtel Streichhölzer gefunden hat und damit herumspielt, ohne zu begreifen, daß die hübschen bunten Funken, die es so erfreuen, vielleicht das ganze Haus zu vernichten vermögen. Das war der Grund, warum Howard in den letzten Jahren mehr und mehr vermieden hatte, seine unheimlichen Kräfte einzusetzen.

Nun aber hatte er keine andere Wahl mehr. Und es war ihm auch gleich. Mochte er dieses letzte Aufbegehren gegen das Schicksal mit dem Tod bezahlen, oder Schlimmerem – es spielte keine Rolle. Was zählte, war Robert, und sonst nichts.

Howard konzentrierte sich weiter. Etwas wie eine mühsame, wellenförmige Bewegung schien durch die Realität zu gehen, als ob Rowlf und er ihre Umwelt plötzlich durch einen dünnen, kristallklaren Wasserspiegel beobachteten, über den ein flüchtiger Windhauch strich. Für einen Augenblick schien die gesamte Szenerie einzufrieren, selbst die Flammen erstarrten und hingen bewegungslos in der Luft.

Die Zeit war stehengeblieben.

Nicht genug. Howard hatte jetzt schon mehr vollbracht als je zuvor, aber es reichte nicht. Die Zeit ein wenig zu verlangsamen, sie gleichsam zu verbiegen, so daß die Sekunden einen Umweg machten und mit einer winzigen Verspätung ankamen, das war eine Sache. Aber jetzt hatte er sie *angehalten.*

Trotzdem: nicht genug.

Howard stöhnte. Schweiß erschien auf seiner Stirn. Sein Gesicht verzerrte sich, und an seiner Schläfe begann eine Ader zu pochen, dick und rot wie ein Wurm, der aus seiner Haut herauswollte, und so schnell, als drohe sie jeden Moment zu platzen. Alles verschwamm vor seinen Augen, und für einen Moment wurde ihm übel vor Anstrengung.

Nicht genug.

Howard preßte die Kiefer so heftig zusammen, daß das Blut über seine Lippen zu fließen begann. Er spürte es nicht einmal; auch nicht den Schmerz, der es begleitete. Er wankte vor Anstrengung, kämpfte gegen eine Ohnmacht und dann wieder gegen das Aufbegehren der Urkräfte der Zeit, die sich instinktiv gegen seinen Zugriff wehrten.

Nicht genug.

Er. Mußte. Es. Tun.

JETZT.

Und es gelang.

Irgend etwas in ihm schien zu zerbrechen, eine

unsichtbare Wand, die sich seinen Kräften bisher mit aller Macht entgegengestemmt hatte und dann, endlich, nachgab. Gleich darauf loderten die Flammen weiter, aber etwas an ihren Bewegungen war verändert; auf eine sonderbar bizarre, schreckenerregende Art. Sie schlugen nicht mehr länger aus der Tür und den geschwärzten Fenstern, um dann in der Luft zu zerfasern wie rotorangene Trugbilder, sondern *entstanden aus dem Nichts und krochen dann ins Haus zurück.*

Dic Zeit lief zurück.

Howard spürte deutlich den Odem einer fremden, unbegreiflichen Welt, der ihn streifte, vorüberging und zurückkehrte, wie ein unsichtbares Raubtier, das im Vorbeigehen Witterung aufgenommen und sich erst nach einer Sekunde entschieden hatte, sich die Beute etwas genauer zu besehen. Er spürte, wie das Fremde ihn und Rowlf einzuhüllen begann. Gleich darauf wurde es dunkel um sie herum.

Aber es war keine vollständige Finsternis. Nicht in dem Sinne, in dem er das Wort bisher gebraucht hatte. In ihr war kein Licht, sondern etwas anderes, Fremdartiges, das sein Verstand nicht zu erfassen in der Lage war. Blauschwarze Schemen aus zusammengeballtem Nichts tanzten vor seinen Augen, formten sich zu bizarren Fratzen und Trugbildern und vergingen wieder, noch bevor er sie richtig wahrnehmen konnte. Plötzlich hatte er Angst. Unvorstellbare Angst.

Was tue ich hier? dachte er entsetzt. *Was um alles in der Welt stand er im Begriff zu tun?* Wenn nicht er, wer dann sollte wissen, welch unvorstellbares Risiko dieses Vorhaben darstellte, und nicht – o nein, längst nicht! – nur für Rowlf und ihn. Die Zeit war ein sensibles Gebilde, ein Ding von unvorstellbarer Kraft und Urgewalt auf der einen Seite, und doch zugleich zerbrechlich wie ein filigranes Gespinst aus spinnwebdünnem Glas. Vor allem die Vergangenheit. Jede noch so winzige Veränderung konnte katastrophale Folgen haben.

Und doch hörte er nicht auf, sondern vergrößerte seine Anstrengung sogar noch. Es ging um Roberts Leben, um weit mehr, um das Überleben – vielleicht – der ganzen Welt, zumindest aber der menschlichen Rasse.

Auch Rowlf wußte das, und so schwieg er und sah nur aus schreckgeweiteten Augen zu, was sein Freund und Mentor tat – obgleich ihm die Gefahr ebenso deutlich bewußt war wie Howard. Bereits im *Hilton*-Hotel, wo nach der Trauung die Hochzeitsfeierlichkeiten stattgefunden hatten, hatte Rowlf bemerkt, wie sich die Stadt zu ... ja, irgendwie zu *verändern* begann, ohne daß er diese Veränderung konkret in Worte hätte fassen können, denn es war ein Wandel, der auf einer für menschliche Sinne nur unzureichend wahrnehmbaren Ebene der Realität stattfand. Das hatte ihn im Grunde erst dazu getrieben, nach Andara-House zurückzukehren, und während er sich auf dem Weg zum Ashton Place befand, waren diese Veränderungen mehr und mehr fortgeschritten.

Es waren nur Kleinigkeiten, winzige Details, die sich einer Betrachtung immer wieder auf unheimliche Weise zu entziehen schienen, die aber dennoch unübersehbar waren: Hier eine Linie, die nicht mehr so war, wie er sie in Erinnerung hatte, dort ein Winkel, der beim Hinsehen in den Augen schmerzte, weil er nicht mehr der euklidischen Geometrie zu entsprechen schien. Schatten, die dunkler und irgendwie auch *tiefer* waren als sonst, wie Schwarze Löcher in der Wirklichkeit, hinter denen sich etwas verbarg, das zu entsetzlich war, um es länger als einen Sekundenbruchteil anzusehen. Menschen, die die Straßen bevölkerten und ihm sonderbar mißgestaltet erschienen, ohne daß er genau sagen konnte, warum, als wären sie unbestimmbare finstere Lebewesen aus einer anderen Welt.

Und über dem Horizont von London erhob sich drohend ein riesiger zyklopischer Schatten, ein Moloch aus gestaltgewordener Furcht, der sich anschickte, die gesamte Stadt zu verschlingen ...

Nein, es hatte keine andere Möglichkeit gegeben, als Howard zu diesem Schritt zu überreden, und dennoch wünschte Rowlf beinahe, es nicht getan zu haben. Alles hier machte ihm angst; sie hatten sich in eine Welt vorgewagt, in der sie nicht sein sollten, die Menschen besser auf ewig verschlossen bliebe.

Der Übergang erfolgte so abrupt, daß es wie ein Schock war, und im gleichen Augenblick wußte Rowlf, daß etwas schiefgelaufen war.

Es war, als prallte er gegen eine unsichtbare, aber trotzdem massive Mauer. Unvorstellbar starke Hände schienen ihn zu packen, das Gefüge von Raum und Zeit um ihn herum auseinanderzufetzen und ihn in die normale Welt zurückzureißen. Plötzlich befand sich wieder fester Boden unter seinen Füßen, der jedoch wie ein wildes Tier zu bocken schien. Rowlf hörte einen Schrei, aber er hörte ihn nicht mit seinen Ohren, sondern irgendwie mit dem gesamten Körper, und es war auch nicht der Schrei eines lebenden Wesens.

Irgend etwas kam ..

Rowlf glaubte, heißen Atem in seinem Nacken zu fühlen. Ein fauliger, ekelerregend klebriger Gestank hüllte ihn ein, der eine fast materielle Konsistenz hatte. Der Fußtritt eines Titanen brachte die Erde erneut zum Beben. Etwas Hartes, Scharfes streifte Rowlfs Rücken. Klauen zerfetzten seine Smokingjacke mitsamt dem Hemd darunter und ritzten seine Haut.

Der Schmerz war gräßlich; viel schlimmer, als er hätte sein dürfen – als wären die Klauen, die seine Haut ritzten, aus weißglühendem Eisen oder mit einem ätzenden Gift getränkt. Er schrie auf. Gleich darauf erhielt er einen harten Stoß, der ihn vorwärts taumeln ließ, und dann, von einem Sekundenbruchteil zum anderen, war es vorbei.

Vor ihm lag wieder die normale Welt. Rowlf taumelte noch einige Schritte vorwärts und ruderte mit den Armen, um das Gleichgewicht zurückzugewinnen. Als er sich umdrehte, sah er gerade noch, wie Howard zusammenbrach. Er kam zu spät, um ihn noch aufzufangen.

Besorgt beugte er sich über ihn. »H.P.?«

Howards Gesicht war totenbleich; sein Atem ging hart und stoßweise. Über seiner rechten Augenbraue prangte ein fingerlanger, stark blutender Kratzer. Aber er war noch bei Bewußtsein. Stöhnend richtete er sich auf die Ellbogen auf. Seine Augenlider flackerten, und in seinen Augen stand ein Ausdruck absoluten Grauens geschrieben.

»Sie ... sie haben uns bemerkt«, keuchte er. »Sie müssen geahnt haben, was ich versuchen würde. Sie haben ... das Haus geschützt. Der Wächter ...«

Er brach ab und sah sich gehetzt um. Dann versuchte er sich aufzurichten, doch ihm fehlte die

Kraft. Mit zusammengebissenen Zähnen sank er zurück. »Hilf mir«, bat er.

Rowlf packte entschlossen zu und zog Howard mit einem Ruck in die Höhe. Howard wankte, schaffte es aber, sich aus eigener Kraft auf den Beinen zu halten. Auch sein Anzug war am Rücken aufgerissen. Er blutete heftig, und die Wunden, obwohl dünn, im Grunde nicht mehr als Kratzer, boten einen schrecklichen Anblick, denn sie waren dick und rot aufgeworfen, wie entzündet, als wäre seine Haut mit Säure oder einem Nervengift in Berührung gekommen.

Sein Blick tastete über die Fassade von Andara-House. Es war unversehrt, nirgendwo war auch nur die kleinste Spur eines Feuers zu entdecken. Über der Eingangstür hing sogar ein Myrtenkranz. Der Sprung durch die Zeit war gelungen.

Aber nicht so, wie Howard ihn geplant hatte.

Er erinnerte sich zu deutlich an das Gefühl, während des Durchgangs gegen eine unsichtbare Mauer zu prallen, um sich dieser Hoffnung länger als eine einzige verzweifelte Sekunde hinzugeben. Sie *waren* in der Vergangenheit, aber lange nicht so weit, wie er gewollt hatte. Aus der geplanten Stunde waren höchstens einige Minuten geworden. Die GROSSEN ALTEN hatten Vorsorge getroffen und den Weg durch die Zeit bewacht.

Howard wunderte sich sogar ein bißchen, daß Rowlf und er überhaupt noch lebten, daß die unfaßbaren Gewalten, in die sie geraten waren, sie nicht kurzerhand zermalmt hatten. Er bemerkte etwas Warmes in seiner Tasche, dessen Hitze sogar noch durch den Stoff hindurch spürbar war. Er griff danach und zog es hervor, obwohl er sich beinahe die Finger verbrannte.

In seiner Hand hielt er einen der Sternsteine von M'nar, den letzten, den er noch besaß. Er hatte ihn vor langer Zeit von Roberts Vater, Roderick Andara, bekommen. Der Stein besaß die Form eines plumpen, fünfzackigen Sternes, und auf seiner Oberfläche waren kabbalistische Symbole eingeritzt. Das also hatte sie gerettet. Howard schloß die Faust um den Stein. »Danke, Roderick«, flüsterte er.

Wieder bebte die Erde wie unter dem Fußtritt eines unvorstellbaren Wesens. »Wir müssen ins Haus«, sagte Howard entschieden. »Schnell. Uns bleibt nicht viel Zeit.«

Irgendwo begann eine Kirchturmglocke zu läuten, aber was er hörte, war nicht der normale, schwere Schlag des Glockenwerks, sondern ein rhythmisches, unendlich dumpfes Wummern und Dröhnen, laut und leise, an- und abschwellend ... ein Laut, der kaum noch ein Glockenton, sondern vielmehr das Schlagen eines gigantischen finsteren Herzens zu sein schien.

Mitternacht ...

Howard erbleichte noch mehr, als er begriff, *wie* wenig Zeit sie nur gewonnen hatten. Keine Stunde. O nein. Vielleicht nicht einmal Minuten. Sie waren gerade zurechtgekommen, um die Katastrophe noch einmal mitzuerleben – und vermutlich darin umzukommen.

Die Schatten um sie herum wurden mit jedem Gongschlag tiefer und bedrohlicher. Irgendwo hinter ihnen wuchs etwas heran, das gleiche *Etwas*, das ihren Sprung aufgehalten hatte und sich nun anschickte, ihnen auch hierher zu folgen.

Die Furcht half Howard, seine Schwäche zu überwinden. Er eilte auf das Portal zu und nestelte den

Schlüssel aus der Tasche, den er immer noch bei sich trug. Seine Finger zitterten so stark, daß er das Schloß immer wieder verfehlte, bis Rowlf ihm nach einigen Sekunden kurzerhand den Schlüssel aus der Hand nahm und die Tür aufsperrte.

Sie betraten die Eingangshalle. Das Haus lag schon jetzt still und ausgestorben wie das gewaltige Grab da, in das es sich bald verwandeln würde. Bitter starrte Howard auf die mit blühenden Blumen geschriebenen Worte »*Herzlich willkommen, Mrs. Craven*«, die einen Großteil der Halle einnahmen. Mary hatte sich wirklich Mühe gegeben, Priscylla einen schönen Empfang zu bereiten und die Hochzeitsnacht für das junge Ehepaar so angenehm wie nur möglich zu gestalten.

Howard preßte die Zähne so fest zusammen, daß sein Kiefer schmerzte. Warum hatte Robert bloß nicht auf ihn gehört? Er hatte ihn gewarnt. Wie sehr hatte er ihn gewarnt, und …

Aber es war müßig, sich jetzt den Kopf über verpaßte Chancen zu zerbrechen, und wahrscheinlich war Robert gar keine andere Wahl geblieben. Wer außer ihm war schon vermessen oder wahnsinnig genug, sich gegen die Vorsehung aufzulehnen?

Er entdeckte eine Anzahl dunkler, feuchter Flecken auf dem Teppich, die in halber Höhe der Treppe begannen und nach oben führten. Er deutete in die Richtung und gab Rowlf zu verstehen, nur ja keinen überflüssigen Laut zu machen. Auf Zehenspitzen begannen sie die Stufen hinaufzusteigen, dabei wäre ihre Vorsicht wahrscheinlich gar nicht nötig gewesen. Jedes Geräusch wurde vom Heulen des Windes übertönt, der um das Haus tobte und immer mehr an Kraft gewann.

Dann traf die erste wirkliche Sturmböe das Haus und ließ es wie unter einem Hammerschlag erbeben. Die Treppe unter ihren Füßen wankte wie das Deck eines Schiffes auf hoher See. Rowlf rief ihm erschrocken etwas zu, aber seine Worte gingen in dem gewaltigen Krachen eines Donnerschlages unter, der das Haus in seinen Grundfesten erbeben ließ.

Und plötzlich wurde es hell. Unerträglich hell. Glas splitterte, und über ihnen schien eine neue Sonne aufzulodern. Das gleißende Licht ließ Howard stöhnend die Augen schließen.

Der Blitz!

Es war der erste der Blitze, die in das Haus einschlugen, und plötzlich wußte Howard auch, daß sie Robert und Priscylla in der Bibliothek finden würden – *wo Priscylla gerade damit begonnen hatte, die SIEBEN SIEGEL DER MACHT zu brechen!*

Robert selbst hatte es vor gerade erst zwei Wochen in einer Vision miterlebt und ihm davon berichtet, und nun wurde diese Vision Wirklichkeit – nur mit dem Unterschied, daß das furchtbare Geschehen diesmal nicht im allerletzten Moment enden würde. Es lag allein an *ihnen*, den verhängnisvollen Kreis zu durchbrechen.

Wieder ertönte ein ungeheuerlicher Donnerschlag und eine halbe Sekunde später eine krachende Explosion, als der zweite Blitz die Eingangstür zerschmetterte, sich in einem rasend schnellen, funkensprühenden Zickzack eine flammengesäumte Bahn durch Stein und Holz und Glas brannte und kaum einen Yard von der Treppe entfernt ein gewaltiges rauchendes Loch in die Mauer schlug.

Rowlf schrie auf, prallte entsetzt zurück und

starrte aus hervorquellenden Augen auf die glühende Linie aus purer Energie, die sich durch die Halle wand, Hitze und Licht und ein fürchterliches elektrisches Zischen verbreitend.

»Verdammmich, H.P., watisdat?« brüllte er.

Howard verzichtete auf eine Antwort, rannte weiter und blieb so abrupt stehen, daß Rowlf von hinten gegen ihn prallte und ihn um ein Haar zu Boden gerissen hätte.

Vor ihm stand der Wächter.

Zum ersten Mal sah er die Kreatur, die ihnen den Weg durch die Zeit verwehrt hatte, so, wie sie wirklich war: ein Gigant, fast anderthalbmal so groß wie er und mit annähernd menschlichen Umrissen, die aber in beständiger Bewegung waren. Sein Körper schien aus keiner festen Substanz zu bestehen, sondern floß und wogte und waberte wie schwarzer Teer, der noch nicht ganz erstarrt war. Das einzige an ihm, was eine feste Form hatte, war das faustgroße, pupillenlose Auge in der Mitte seines gesichtslosen Schädels, das sie mit einem Haß anstarrte, der so alt wie dieses Universum war, ein unauslöschlicher, mörderischer Haß auf alles, was lebte, was dachte und fühlte.

Howard reagiert so schnell wie noch nie zuvor in seinem Leben. Blitzartig hob er die Hand mit dem Sternstein und holte zum Wurf aus.

Und trotzdem war er nicht schnell genug.

Rowlf überwand seine Überraschung einen Sekundenbruchteil vor ihm. Mit einem Schrei riß er seine Waffe hoch, stieß Howard aus dem Weg und drückte dreimal so rasch hintereinander ab, daß die Schüsse zu einem einzigen, lang anhaltenden peitschenden Knall zu verschmelzen schienen. Howard taumelte, prallte gegen das Treppengeländer und ließ den Sternstein fallen. Verzweifelt griff er danach, aber der Stein schlüpfte zwischen seinen Fingern hindurch, sprang noch einmal von einer Stufe ab und hüpfte wie ein kleiner grauer Gummiball in die Tiefe. Howard konnte hören, wie er irgendwo unten in der Halle aufschlug, nur wenige Yards entfernt und doch unerreichbar.

Als er aufsah, feuerte Rowlf seine drei letzten Patronen ab. Die Schüsse zeigten nicht die geringste Wirkung. Howard konnte sehen, wie die Kugeln durch den Körper des Dämons fuhren wie durch weichen Lehm und in der Wand hinter ihm einschlugen, ohne auch nur den allermindesten Schaden anzurichten.

Dafür begann in dem Zyklopenauge des Wächters ein unheimliches pulsierendes Feuer zu erwachen.

Verzweifelt warf Howard sich vor und packte Rowlf bei den Füßen. Der harte Ruck brachte selbst den Hünen aus dem Gleichgewicht, zumal der Angriff aus einer Richtung erfolgte, aus der er ihn nicht erwartet hatte. Er schrie und stürzte mit hilflos rudernden Armen zu Boden.

Eine halbe Sekunde später fuhr ein gleißender Blitz aus dem Auge des Wächters und pflügte eine Spur aus Licht und Tod durch die Luft, genau dort, wo Rowlf eben noch noch gestanden hatte. Wo der Blitz einschlug, flammte die Treppe auf wie trockener Zunder. Das Ungeheuer brüllte enttäuscht auf und riß die Arme in die Höhe.

Howard wartete nicht, bis es zum zweiten Mal angriff. Ohne auch nur über das nachzudenken, was er tat, zerrte er Rowlf in die Höhe, schloß die Augen – und ließ sich einfach nach hinten fallen, ohne ihn loszulassen. Das Treppengeländer traf seinen Rücken wie ein Schwerthieb, aber es gab nach, und er stürzte, noch immer eng an Rowlf geklammert, in die Tiefe.

Sie überschlugen sich ein-, zweimal in der Luft, und dann prallten sie eng aneinandergeklammert auf den harten Steinfliesen der Halle auf. Howard hatte Glück, daß er auf Rowlf stürzte, dessen Körper die ärgste Wucht des Aufpralls aufgefangen hatte. Er konnte spüren, wie der Aufprall Rowlf die Luft aus den Lungen trieb. Ein gequälter Schmerzlaut kam über die Lippen des Riesen.

Das Haus erzitterte unter dem sechsten, vielleicht auch schon siebten Blitz, der die Wände durchschlug, als Howard wieder auf die Füße sprang. Rowlf schrie irgend etwas, das er nicht verstand, und hielt ihn am Bein fest. Gleichzeitig versuchte der Hüne aufzustehen, konnte es aber nicht; augenscheinlich hatte er den Sturz nicht unverletzt überstanden.

Aber Howard blieb keine Zeit, sich um ihn zu kümmern. Er riß sich los, fuhr herum und rannte den Flur entlang, auf eine zweite, wesentlich schmalere Treppe zu, die im hinteren Teil des Hauses in die Höhe führte. Um Rowlf brauchte er sich keine Sorgen zu machen. Er wußte, daß der Wächter nur hinter ihm her war. Er hörte das Ungeheuer im Korridor toben.

Immer mehrere Stufen auf einmal nehmend, stürmte Howard die Treppe hinauf und über einen weiteren Korridor auf die Bibliothek zu.

Als er sie erreichte, bot sich ihm ein Bild wie aus einem Alptraum; nein, tausendmal schlimmer, als es jeder Nachtmahr sein konnte. Das Zimmer war ein

Chaos aus Licht und Hitze, in dem sich alle Gegenstände wie in grellweiß leuchtender Säure aufzulösen schienen. Die Decke war ein Himmel aus waberndem, weißem Feuer, in dem sich die Schlangenlinien der lodernden Blitze vereinigten.

Nur schattenhaft erkannte er die Gestalten Roberts und Priscyllas. Robert lag reglos und in schrecklich verkrümmter Haltung da, noch am Leben, aber sichtlich unfähig, sich zu bewegen. Seine rechte Hand hielt etwas Schmales, Dunkles umklammert, an dessen Ende ein winziger Stern zu lodern schien. Sein Stockdegen.

Und Priscylla …

Im ersten Moment erkannte Howard sie kaum. Sie war nur noch eine halb durchsichtige, unter einem verzehrenden inneren Feuer glühende Gestalt, die keinerlei Ähnlichkeit mehr mit der dunkelhaarigen Schönheit besaß, die sie einmal gewesen war. Zuckende blaue und weiße Blitze rasten in unablässiger Folge über ihren Körper, und in ihren Händen lag etwas, dessen bloßer Anblick Howard mit namenlosem Grauen erfüllte; ein *Ding*, unmöglich zu beschreiben, das keinerlei Ähnlichkeit mehr mit den *SIEGELN* hatte, aus denen es zusammengesetzt war, und nun von der Aura des Bösen wie von einer finsteren Aureole umgeben schien.

War er zu spät gekommen? Er versuchte die Blitze zu zählen, die sich bereits ihren Weg in das feuerummantelte Ding in Priscyllas Händen gebahnt hatten, kam bis zehn und wäre um ein Haar in der gleichen Sekunde pulverisiert worden, als der elfte Blitz die Wand hinter seinem Rücken durchschlug und sich zischelnd keinen halben Yard neben ihm vorbeischlängelte. Howard spürte die Hitze wie die

Berührung einer glühenden Hand, schrie auf und wich instinktiv zur Seite.

Und in diesem Moment hob die Gestalt vor ihm auf dem Boden den Kopf und sah ihn aus schmerzverschleierten Augen an.

»Robert!« brüllte Howard. Er taumelte vor, tauchte unter den zuckenden Blitzen hindurch und versuchte, Priscylla zu erreichen, doch genau in diesem Moment zertrümmerte der zwölfte Blitz die Stirnwand des Raumes. Ein ganzer Hagel aus Steinen und brennendem Holz ging auf Howard nieder. Er stürzte, blieb eine halbe Sekunde lang benommen liegen und stemmte sich wieder hoch. Er war kaum eine Armlänge neben Robert aufgekommen, und für einen winzigen Moment trafen sich ihre Blicke. Die Verzweiflung in Roberts Augen wandelte sich in Erkennen, in eine jähe Hoffnung und erlosch jäh. Vielleicht für immer.

Mit einem Aufschrei warf sich Howard herum. Er war sich kaum bewußt, wie seine Hände im Augenblick des Todes nach Robert griffen und sich gegen seine Schläfen preßten. Noch einmal mobilisierte er all seine Kräfte, hob die unerschütterlichen Gesetze von Zeit und Raum auf und hüllte den Sterbenden in einen Mantel aus zeitgewobener Ewigkeit. Er wußte selbst nicht genau, *was* er da tat. Aber er spürte, daß es richtig war und daß er es *konnte.* Vielleicht war dieser Moment, diese eine Berührung, der einzige Grund, aus dem man ihm seine Kräfte überhaupt verliehen hatte; und vielleicht war dies der Moment, den Preis für dieses Geschenk zu zahlen.

Hinter ihm schrie jemand. Howard fuhr herum Rowlf war in der Tür erschienen und warf ihm irgend etwas zu. Howard versuchte danach zu greifen, doch der winzige graue Gegenstand prallte von seiner Handfläche ab. Er kümmerte sich nicht darum, sondern ergriff die allerletzte Chance, das Erwachen der dämonischen Götter zu verhindern.

»Bring ihn raus!« brüllte er, und während Rowlf in den Raum taumelte, Roberts Körper an den Füßen zu sich heran zerrte und ihn sich wie einen Mehlsack über die Schultern lud, packte Howard den Stockdegen und stach mit dem flammenden Stern schräg nach oben, nach dem *SIEGEL* in Priscyllas Händen.

Die Zeit schien stehenzubleiben.

Er sah und hörte alles mit einer sonderbar unbeteiligten, übernatürlichen Klarheit: Er sah, wie sich die Waffe dem *SIEGEL* näherte, wie sich Priscyllas Gesicht vor Entsetzen verzerrte, als sie begriff, daß der Degen das *SIEGEL* zerstören würde.

Aber er sah auch noch etwas anderes: Die Decke jenseits des wabernden Himmels aus Feuer barst unter dem Faustschlag eines zornigen Gottes, und der dreizehnte, allerletzte Blitz sengte sich seinen Weg in das *SIEGEL* hinab. Er traf den lebenden Riesenkristall einen Sekundenbruchteil bevor der Knauf des Stockdegens ihn berührte und …

… und die Welt explodierte.

Ein entsetzlicher, unbeschreiblich gräßlicher Schmerz zuckte durch Howards Arm, der den Degen hielt. Er brüllte in schierer Agonie auf und warf sich zurück. Der Degen wurde ihm aus den Fingern gerissen und wirbelte davon. Feuer regnete rings um Howard zu Boden, traf seine Kleider, sein Haar und sein ungeschütztes Gesicht, und die Luft war plötzlich so heiß wie flüssiges Feuer. Gleichzeitig begann Priscylla zu wanken, dann kippte sie wie eine Puppe, die aus dem Gleichgewicht gebracht war, zur Seite.

Noch im Fallen flammte sie wie eine Fackel auf und zerfiel zu Asche, bevor sie den Boden erreichte.

Aber das *SIEGEL* fiel nicht.

Es hing schwerelos in der Luft, gehalten von dreizehn dünnen, grellweißen Bahnen aus Licht, und es begann, noch weiter zu wachsen! Es pulsierte, schlug wie ein giftgrünes kristallenes Herz, und bei jedem Schlag wuchs sein Umfang.

Zu spät! Er hatte sich zu lange um Robert gekümmert und dadurch den Bruchteil einer Sekunde zu spät gehandelt. *Zu spät. Es war alles umsonst gewesen!*

Plötzlich mischte sich ein widerwärtiger, heulender Laut in das Zischen der Blitze und den dumpfen Herzschlag des *SIEGELS*.

Es war noch nicht vorbei; im Gegenteil – es begann erst richtig!

Was Howard zuvor einmal zu sehen geglaubt hatte, wurde Wirklichkeit. Der Kreis schloß sich. Die Gegenwart hatte ihn eingeholt.

Die Blitze hatten nur den Weg bereitet. Sie bildeten Tunnel über Raum und Zeit hinweg; Korridore, durch die die GROSSEN ALTEN ihre Kerker zwischen den Dimensionen verließen! Er sah, wie sich einer der Blitze weitete, von einer dünnen, gleißenden Linie zu einem Strich wurde, dann zu einem Schlauch, einer sich windenden, zuckenden Arterie aus Energie, in deren Innerem etwas herankroch. Etwas Gigantisches mit schwarzer, schimmernder Schuppenhaut, eine unbeschreibliche Spottgeburt mit peitschenden Schlangenarmen und zahllosen schnappenden Mäulern, riesig, formlos und so abscheulich, daß sein bloßer Anblick tödlich war. Obwohl er das Scheusal hinter dem wabernden Vorhang aus Energie nur als Schemen erkennen konnte, trieb das Bild Howard fast in den Wahnsinn, und wahrscheinlich war der Umstand, daß er es nicht genauer sah, auch der einzige Grund, aus dem er diese Sekunde überlebte, denn die GROSSEN ALTEN waren Wesen, deren bloßer Anblick den Wahnsinn brachte.

Ein zweites, fast noch abscheulicheres Ungeheuer kroch durch den nächsten Blitz heran und näherte sich dem *SIEGEL*, das mittlerweile fast die halbe Bibliothek ausfüllte, ein drittes ... viertes ... Cthulhu, Azathoth, Shub-Niggurath und Shudde-Mell, Hastur der Unaussprechliche und Yog-Sothoth, das ganze Bestiarium einer seit zweihundert Millionen Jahren untergegangenen Epoche ...

SIE KAMEN ZURÜCK!

Der Gedanke lähmte Howard derartig, daß er die unmittelbare Gefahr, in der er noch immer schwebte, völlig vergaß. Er fand erst in die Wirklichkeit zurück, als er Rowlf gellend aufschreien hörte, gewahrte aus den Augenwinkeln ein Huschen und warf sich nach links.

Die Bewegung rettet ihm das Leben.

Der sengende Flammenblitz des in der Tür aufgetauchten Wächters brannte ein kopfgroßes Loch in den Boden neben ihm. Ein monströser, mißgestalteter Schatten glitt auf ihn zu, und ein ungeheuerlicher Fuß aus schwarzem Teer stieß nach seinem Gesicht. Howard versuchte auch diesem zweiten Angriff auszuweichen, schaffte es jedoch nicht ganz und wurde mit der Wucht eines Vorschlaghammers an der Seite getroffen.

Er stürzte, und als er sich herumwälzte, sah er direkt vor seinem Gesicht etwas Kleines, Graues. Den Sternstein, den Rowlf ihm zugeworfen hatte.

Howards Hand schloß sich um den kleinen Stein. Er warf sich kraftvoll herum und bewegte den Arm in einer weit ausholenden, schwungvollen Bewegung nach oben. Der Wächter schien die Gefahr, die ihm von dem harmlos aussehenden Stein drohte, instinktiv zu spüren, denn er setzte seinen begonnenen Angriff nicht fort, sondern prallte im Gegenteil mitten in der Bewegung zurück, als Howard den Stein schleuderte.

Und damit besiegelte die Kreatur nicht nur ihr eigenes Schicksal ...

Direkt über Howard kroch eine weitere schwarze Spottgeburt durch einen der Blitzkanäle heran, vielleicht die letzte der dreizehn höllischen Gottheiten – und der Wächter taumelte in seiner Furcht direkt in die Bahn des Blitzes hinein!

Für den Bruchteil einer Sekunde schienen die beiden gräßlichen Kreaturen miteinander zu verschmelzen. Der GROSSE ALTE war der Wächter und der Wächter der GROSSE ALTE; Schöpfer und Geschöpf wurden eins. Genau in diesem Augenblick traf der Sternstein von M'nar die Brust des entsetzlichen Zwitterwesens – und vernichtete beide.

In seiner Urgestalt wäre der GROSSE ALTE durch jede nur denkbare Waffe unbezwingbar gewesen, aber für den zeitlos kurzen Moment der Verschmelzung mit dem Wächter war er so verwundbar wie die Kreatur, die er erschaffen hatte.

In dem Raum schien eine zweite, grausam helle Sonne aufzugehen. Licht von ungeahnter Intensität hüllte die beiden ineinander gekrallten Ungeheuer ein und verzehrte sie. Gleichzeitig erscholl ein so gräßlicher Schrei, daß Howard glaubte, sein Trommelfell müßte platzen, ein Schrei so voller Wut und

Enttäuschung, wie ihn kein Wesen dieses Universums hervorbringen könnte.

Howard hob schützend die Arme vor die Augen, blinzelte in den Vulkan aus Licht hinein und sah, wie eine unsichtbare Macht nach dem *SIEGEL* griff und es in sechs gleich große, brennende Teile zerbrach. Die Ankunft der GROSSEN ALTEN schien sich auf unheimliche Weise umzukehren, als liefe das Geschehen noch einmal rückwärts ab. Dieselbe unsichtbare Riesenfaust, die das *SIEGEL* zermalmt hatte, riß die finsteren Götter zurück in ihr Gefängnis zwischen den Wirklichkeiten, rasend schnell und unbarmherzig. Der Wutschrei der GROSSEN ALTEN verhallte. Gleichzeitig erloschen die Blitze, einer nach dem anderen und in der gleichen Reihenfolge, in der sie aufgeflammt waren.

Plötzlich war es still. Selbst das Prasseln der Flammen und das Grollen des Unwetters klangen gedämpft, wie von weit, weit her. Stöhnend richtete sich Howard auf. Um ihn herum brannte es lichterloh, und die Luft war voller Hitze und beißendem Qualm und Flammen. Das Haus ächzte unter der Urgewalt des Feuers, das es verzehrte, aber es waren jetzt nur noch gewöhnliche Flammen, nicht mehr das Höllenfeuer der GROSSEN ALTEN.

Es war vorbei.

1. September 1892

Der Zeit der Dunkelheit war eine Zeit des Erwachens gefolgt. Ich vermochte nicht zu sagen, wie lange die eine oder andere gedauert hatte. Ich vermochte nicht zu sagen, was vor der Dunkelheit gelegen hatte oder in ihr, nur eines spürte ich: daß diese Dunkelheit nicht leer und der Tod nicht der ewige Friede war, für den ihn die meisten Menschen hielten.

Denn ich war tot gewesen.

Oder dem Tod zumindest so nahe, wie man ihm nur sein konnte, wollte man den letzten Moment der möglichen Umkehr nicht versäumen. Mein Geist, jener Teil meines Selbst, der nicht Körper noch Fleisch, nicht Blut noch meßbare Energie, sondern das ist, was man gemeinhin mit dem so unzulänglichen Wörtchen LEBEN bezeichnet, hatte jenen finsteren endlosen Ozean berührt, der so alt ist wie das Universum und noch da sein wird, wenn dieses längst vergangen ist.

Dies alles aber wurde mir erst zu einem sehr viel späteren Zeitpunkt klar. Jetzt erwachte ich, und so wie der lange Schlaf zuvor war auch dieses Erwachen mit nichts zu vergleichen, woran ich mich je erinnert hätte. Was in diesem Augenblick allerdings nicht viel bedeutete, denn ich erinnerte mich an rein gar nichts. Was ich heute als ein Erwachen bezeichne, das erschien mir damals wie ein Geborenwerden, denn das Gefäß meines Geistes war leer, all die Schubladen und Schränke meiner Erinnerung standen offen und warteten darauf, gefüllt zu werden, und ich wußte nicht, wer ich war, noch wo ich war.

War die Zeit des Todes wie ein endlos langes, langsames Dahingleiten durch einen gischtlosen Ozean gewesen, unter dessen Oberfläche sich düstere Dinge bewegten, ohne sie jemals ganz zu durchbrechen, so war das Erwachen wie ein mühsames Emportauchen aus diesem Meer, ein langsames Aufsteigen an die Oberfläche eines schwarzen, klebrigen

Sumpfes, der mich einhüllte wie der Beutekokon einer Spinne ihr Opfer und sich ebenso hartnäckig dagegen sträubte, mich wieder freizugeben.

Dann kam der Schmerz.

Zuerst war er nur wie ein Funke in der Unendlichkeit, ein winziger Stecknadelkopf aus Licht, und mit diesem roten Pulsieren, das rasch an Helligkeit und Stärke gewann, kam eine erste Erinnerung. Der Schmerz war neu und unbekannt, und zugleich uralt und vertraut, denn er war das letzte gewesen, was ich in der Zeit vor der langen Dunkelheit gespürt hatte.

Ich wehrte mich nicht dagegen, denn ich kannte ihn nicht und wußte nicht damit umzugehen, so wie ich nichts kannte und mit nichts hätte umgehen können. Ich ertrug ihn einfach, und obwohl er unbeschreiblich und grausam und unerträglich war und immer noch schlimmer und schlimmer wurde, erschien er mir doch gleichzeitig unglaublich süß und erquickend, denn es war das erste Mal, daß ich mir der Tatsache bewußt wurde, einen Körper zu haben, nicht nur ein Gedanke in der Leere zu sein, zu ewiger Verdammnis und Einsamkeit verurteilt. Und etwas in mir stürzte sich gierig auf diesen Schmerz, auf die Erinnerung an das wirkliche, echte Leben, das vor der großen Dunkelheit gelegen hatte, fachte ihn noch zu neuer Glut und Agonie an.

Der Schmerz war nicht nur körperlich. Vielleicht war er es überhaupt nicht, denn zu diesem Zeitpunkt war ich mir meines Körpers nur vage bewußt. Viel schlimmer als die leibliche Pein war ein anderer, unendlich tiefer gehender Schmerz, und ich spürte, daß die Wunden, die er schlug, niemals wieder verheilen würden.

Ich war betrogen worden. Es hatte einen anderen Menschen neben mir gegeben, einen anderen Gedanken in der Finsternis, vielleicht den einzigen Menschen überhaupt, dem ich vorbehaltlos vertraut und den ich vorbehaltlos geliebt hatte. Ich wußte nichts mit all diesen Begriffen anzufangen, mit Worten wie Betrug und Liebe und Vertrauen und Verrat, und trotzdem brannte jedes dieser Worte eine weitere tiefe Narbe in meine Seele.

Dann öffnete ich zum ersten Mal die Augen

Ich tat es nicht bewußt. Dazu wäre ich gar nicht in der Lage gewesen, denn wie hätte ich wissen können, Augen zu haben und Lider, die sie schützten? Es war wohl nur ein Reflex – aber das Ergebnis war wie ein Vulkanausbruch.

Licht, unerträglich grelles, weißes, loderndes Licht brannte sich wie ein Strom zischender Säure an meinen Sehnerven entlang direkt in mein Gehirn und explodierte dort, als wäre eine winzige Sonne zwischen meinen Schläfen aufgeflammt. *Dieser* Schmerz war real, und er war so heftig, daß ich mich zum ersten Mal wirklich bewegte und ein gequältes Stöhnen ausstieß. Ich hatte die Lider längst wieder geschlossen, und doch war es, als wären meine Augen ausgebrannt, versengt wie die leeren Augenhöhlen eines Wahnsinnigen, der wochenlang dagesessen und in die Sonne gestarrt hatte.

Der Schmerz verebbte nur langsam, und als das rote Toben hinter meiner Stirn aufhörte, lernte ich einen neuen, bis dahin unbekannten Sinneseindruck kennen: das Hören.

Etwas polterte. Ich hörte einen erschrockenen Laut, dann ein Scharren und neuerliches Poltern, und dann hatte ich das körperliche Gefühl, nicht mehr allein zu sein. Ich spürte, wie sich etwas (jemand) über mich beugte, ohne mich zu berühren, und eine Stimme murmelte etwas; Laute, möglicherweise Worte, die ich in diesem Moment noch nicht zu verstehen in der Lage war. Ein weiteres Gefühl: Angst. Bei mir war ein anderer Mensch!

Was mir zugestoßen war, so schrecklich, daß es mich in jenen schwarzen bodenlosen Schlund geschleudert hatte und an das ich mich auch jetzt noch nicht zu erinnern vermochte, das hatte mir ein anderer Mensch angetan. Menschen bedeuteten Gefahr. Ich preßte die Lider zusammen, so fest ich konnte, und versuchte mich totzustellen. Natürlich erreichte ich damit das genaue Gegenteil, doch auch das war mir in jenem Moment nicht klar.

»Was ist los, Mary?« fragte eine Stimme. Nicht die des Menschen neben mir. Sie war dunkel und klang irgendwie sonderbar, und sie war weiter entfernt und auf der anderen Seite des Bettes. Bett. Ein Wort, das plötzlich Bedeutung hatte. Sorgfältig nahm ich es und legte es in eine der leeren Schubladen meines Gedächtnisses, und während ich es tat, wurde mir klar, daß sie gar nicht leer waren. Sie waren wohl gefüllt, mit Tausenden von Worten, Millionen von Bildern und der Erinnerung an unzählige Augenblicke, nur vermochte ich nichts von alledem zu erkennen. Etwas wie ein Schleier der Unsichtbarkeit lag darüber. Vielleicht würde er sich heben.

»Er hat sich bewegt«, antwortete die Gestalt neben meinem Bett; Mary. Im gleichen Moment, in dem ich den Namen in Gedanken wiederholte, wußte ich, daß er zu einer Frau gehörte. Meine Erinnerungen kehrten zurück. Und der Schleier zerriß schnell.

»Das ist unmöglich«, antwortete die tiefere, offensichtlich männliche Stimme wieder. »Du mußt dich getäuscht haben.«

Das Bett, auf dem ich lag, begann ganz sacht zu zittern; offensichtlich stützte sich Mary mit den Händen darauf, während sie sich über mich beugte.

»Ich habe es ganz genau gesehen«, beharrte sie. »Außerdem hat er gestöhnt.« Ein harter Ruck, dann klang die Stimme ein wenig entfernter und entschlossener. »Ich hole den Doktor. Du bleibst hier und paßt gut auf ihn auf. Falls er aufwacht, darf er sich auf keinen Fall bewegen, hörst du?«

»Er wacht nicht auf«, sagte die männliche Stimme, aber ich konnte hören, wie sich trotzdem Schritte meinem Bett näherten und Augenblicke später Holz knarrte. Offensichtlich stand auf der anderen Seite meines Bettes ein Stuhl, auf den sich jemand gesetzt hatte. Die Verlockung, die Augen zu öffnen, wurde plötzlich groß, aber ich widerstand ihr.

Mary verließ das Zimmer. Sie ließ die Tür hinter sich offen, so daß ich hören konnte, wie sich ihre Schritte draußen auf einer Treppe rasch entfernten, dann kehrte für endlose Augenblicke wieder Ruhe ein. Schließlich ein Räuspern.

»Sie hat recht«, sagte eine Stimme links neben mir. »Du bist wach.«

Ich preßte die Lider nur noch fester zusammen, bis es schließlich weh tat, aber dann sah ich ein, daß es wohl keinen Sinn mehr hatte, sich weiter zu verstellen, und öffnete ganz vorsichtig die Augen. Wohlweislich viel behutsamer als das erste Mal.

Trotzdem stöhnte ich wieder vor Schmerz, als ich in das Licht blickte. Sofort schossen mir die Tränen in die Augen, und der Mann neben mir mußte wohl begriffen haben, welche Pein mir das Licht bereitete, denn ich hörte, wie er aufstand und rasch zum Fenster ging. Ein schweres Rascheln, und das peinigende Licht wurde zu einem matten Schimmer, der mir in diesem Moment noch immer unerträglich hell erschien, aber kein Vergleich zu der Agonie war, die ich zuvor erlebt hatte.

»Danke«, murmelte ich. Gleich darauf war ich sehr erstaunt. Ich hatte gar nicht gewußt, daß ich sprechen konnte.

Die Gestalt kam wieder zum Bett zurück, setzte sich aber diesmal nicht, sondern blieb dort stehen, wo Mary zuvor gewesen war. Ich drehte den Kopf und versuchte sie zu erkennen, vermochte aber nur einen Schatten im grauen Zwielicht wahrzunehmen. Immerhin sah ich, daß der Mann sehr groß war. Ein wahrer Riese, sicherlich sogar noch ein gutes Stück größer als Rowlf, dabei aber längst nicht so muskulös. Zwei weitere Informationen, die ich pedantisch einordnete, um mich später mit ihnen zu befassen: nämlich die, daß es Menschen von unterschiedlicher Größe gab, und die, daß ich einen bestimmten Menschen namens Rowlf offensichtlich sehr gut kannte. Tatsächlich löste der Klang dieses Namens etwas Vertrautes und Vertrauenerweckendes in mir aus, nur wußte ich noch nicht genau, was.

Ich wartete darauf, daß sich meine Augen an das Licht gewöhnten, dann versuchte ich ein zweites Mal, das Gesicht des Riesen neben meinem Bett zu erkennen. *Darin* war nichts Vertrautes. Eigentlich auch nicht sehr viel Vertrauenerweckendes. Er war ein wirklicher Riese, aber anders als Rowlf wirkte er grobschlächtig und brutal. Sein Gesicht war kantig und die Haare auf eine Art geschnitten, als hätte sein

Barbier eine Sense benutzt. Außerdem hatte er Stöpsel im Kopf.

Eine ganze Weile stand er einfach da und sah mich an, und ich lag da und sah ihn an, und dann sah ich zum ersten Mal in meinem neuen Leben ein Lächeln auf dem Gesicht eines Menschen. Vielleicht rührte es mich gerade deshalb so sehr an, weil es ein so grobschlächtiges, einfaches Gesicht war. Jetzt entdeckte ich auch dünne rote Linien in diesem Gesicht, die kreuz und quer über das Antlitz liefen.

Ich suchte in meinem Gedächtnis vergeblich nach irgendwelchen Worten, die ich an ihn richten konnte, als draußen auf dem Flur wieder Schritte laut wurden. Nicht mehr nur die Marys, sondern auch die eines zweiten Menschen. Sie bewegten sich sehr schnell. Sie rannten. Augenblicke später stürmte ein schlanker, silberhaariger Mann in einem dunklen Straßenanzug ins Zimmer. Mit zwei gewaltigen Schritten war er neben meinem Bett, blickte mir ins Gesicht – und ein Ausdruck absoluter Fassungslosigkeit erschien auf seinen Zügen. Erschrecken, Erleichterung, etwas wie Freude und zugleich eine Spur von Angst, die ich in diesem Moment natürlich noch nicht verstehen konnte. Ich sah, daß es sich trotz seines silberweißen Haares noch um einen relativ jungen Mann handelte, der kaum die Vierzig überschritten haben konnte. Seine Hände waren schlank und gepflegt, und in den Sturm einander widersprechender Gefühle in seinem Blick mischte sich eine immer stärker werdende, wissenschaftliche Neugier. Das war etwas, was ich nur zu gut kannte, allerdings (beinahe überflüssig zu erwähnen) in diesem Moment ohne zu wissen, woher.

»Unglaublich«, murmelte er kopfschüttelnd.

»Absolut unglaublich. Er ist tatsächlich erwacht.« Aufgeregt beugte er sich vor. »Können Sie mich verstehen?« fragte er mit dünner, bebender Stimme. »Verstehen Sie meine Worte? Können Sie sehen? Wie viele Finger sind das?« Er stellte all diese Fragen in einem Atemzug, hob die Hand und streckte Daumen, Zeige- und Mittelfinger in die Höhe.

»Zwei«, antwortete ich. »Es sei denn, Sie bezeichnen den Daumen auch als Finger. Dann sind es drei.«

Die Augenbrauen meines Gegenübers rutschten in die Höhe. Ein verblüffter Ausdruck machte sich auf seinem Gesicht breit, dann lachte er leise und richtete sich kopfschüttelnd wieder auf. »Kein Zweifel, er ist wach«, sagte er.

»Wo bin ich?« murmelte ich. »Wer sind Sie? Wie komme ich hierher, und was ist passiert?«

»Immer der Reihe nach«, antwortete der Doktor – jedenfalls unterstellte ich, daß es der Doktor war, den Mary hatte holen wollen. »Zuerst einmal müssen Sie mir ein paar Fragen beantworten. Wie ist Ihr Name?«

»Was für eine dumme Frage«, murmelte ich. »Mein Name ist ...« Ich stockte, blinzelte verwirrt und setzte von neuem an: »Mein Name ist ...«

Der Doktor nickte ernst. »Das habe ich mir gedacht«, sagte er. Sein betrübter Ton mußte auf meinem Gesicht wohl zu Reaktionen geführt haben, die ich nicht beabsichtigt hatte, denn er beeilte sich, mit einem erzwungen optimistischen Lächeln hinzuzufügen: »Aber das hat nichts zu sagen. Nach so langer Zeit wäre es ein Wunder gewesen, wenn Sie die Augen aufschlagen, als hätten Sie sich gestern abend nur zu einem Schlaf hingelegt. Keine Sorge, das kriegen wir auch noch hin.«

»Auch noch?« erwiderte ich lahm. »Was haben Sie denn … noch hingekriegt?«

Der Doktor antwortete nicht, er tat sogar so, als hätte er die Frage gar nicht gehört, aber mir entgingen keineswegs die raschen Blicke, die er mit Mary und dem Mann mit dem Narbengesicht auf der anderen Seite des Bettes tauschte. »Das eine oder andere«, sagte er schließlich ausweichend. »Machen Sie sich keine Sorgen. Sie sind völlig in Ordnung.«

Ich versuchte den Kopf zu heben. Es ging nicht Ich versuchte die Hand unter der Decke herauszuziehen, aber es ging ebensowenig. Schließlich versuchte ich den großen Zeh zu bewegen, mit dem gleichen Ergebnis. »Ja«, sagte ich, »das merke ich.«

Wieder schüttelte der Doktor heftig den Kopf. »Sie dürfen keine Wunder erwarten, nach all der Zeit«, sagte er. »Es wird schon eine Weile dauern, bis Sie wieder zu Kräften gekommen sind. Aber ich kriege Sie wieder hin wie neu, das verspreche ich Ihnen.« Er lächelte ein optimistisches Ärztelächeln, dann wandte er sich mit einer Geste an den Stöpselkopf. »Du machst dich sofort auf den Weg und suchst seine Freunde. Sie sollen herkommen, auf der Stelle. Benachrichtige Dr. Gray. Wir werden uns inzwischen …«

Seine Stimme wurde plötzlich leiser. Alle Geräusche, die ich hörte, hatten mit einemmal einen sonderbaren, mehrfach gebrochenen Nachhall, und plötzlich fühlte ich mich schwerelos und schwindelig. Meine Augenlider schienen Zentner zu wiegen und begannen sich gegen meinen Willen zu schließen.

»Robert?« fragte der Doktor. »Ist alles in Ordnung?«

Ich konnte nicht antworten. Hinter meiner Stirn war plötzlich ein tiefer, bodenloser Schacht, in dem ein schwarzer Wirbel sich immer schneller und schneller drehte, und ich spürte, wie dieser Sog nach mir griff, um mich wieder hinabzuzerren in den saugenden Abgrund, dem ich gerade erst entkommen war. Und ich hatte nichts, was ich ihm hätte entgegensetzen können.

Ich hörte noch, wie der Doktor erschrocken die Luft einsog und dann beinahe schrie: »Um Gottes willen! Er kollabiert. Helft mir, ihn ins Labor zu bringen! *Schnell!*«

Ich merkte nicht einmal mehr, wie sie mich vom Bett hoben.

18. Februar 1887

Die Gefahr, daß die Kerker der GROSSEN ALTEN geöffnet wurden, war vorbei, nicht aber die Gefahr, in der sich Howard noch immer befand. Ganz im Gegenteil – sie wuchs mit jeder Sekunde, die er sich im brennenden Andara-House aufhielt. Das Gebäude hatte sich in einen gewaltigen Scheiterhaufen verwandelt. Keine Macht des Universums vermochte es jetzt noch zu retten. Und keine Macht des Universums würde *ihn* noch retten, wenn er nicht schnellstens hier verschwand!

Er wankte keuchend und hustend aus der Bibliothek in den Korridor hinaus. Auch hier war alles voller Flammen und Rauch, der das Atmen zur Qual machte und seine Augen tränen ließ. Von Rowlf war nichts zu entdecken. Er konnte nur hoffen, daß er irgendwie rausgekommen war. Schützend hob

Howard die Arme vor das Gesicht und taumelte vorwärts, blind vor Hitze, Schmerz und Atemnot.

Der hintere Teil des Korridors, der zur Treppe hin führte, über die er gekommen war, brannte so heftig, daß an ein Durchkommen gar nicht zu denken war. Er mußte durch die Halle.

Flammen schlugen ihm aus dem Fußboden entgegen, und einmal entging er nur mit knapper Not einem brennenden Scheit, das von der Decke herabstürzte. Howard wußte selbst nicht, wie er die Halle erreichte.

Hier wurde es etwas besser. Die große, hohe Halle mit ihrem gefliesten Steinfußboden bot dem Feuer wenig Nahrung. Lediglich zwei holzgetäfelte Wände standen in Flammen, und vom Dach waren brennende Balken herabgestürzt, aber die Halle wäre noch passierbar gewesen – hätte das Feuer nicht auch auf das untere Ende der Treppe übergegriffen, von wo aus es sich rasend schnell in die Höhe fraß!

Howard wankte die Stufen hinunter, bis er die Flammenwand fast erreichte, und kletterte über das Geländer. Seine Bewegungen waren langsam und schwerfällig. Alles drehte sich vor seinen Augen, und nur die nackte Todesangst trieb ihn voran. Er hatte kaum noch die Kraft, sich am Geländer festzuhalten. Der Boden lag nur knapp drei Yards unter ihm, doch es kam ihm vor, als wären es drei Meilen.

Er sprang. Noch während er sich abstieß, griff eine lodernde Flammenhand nach ihm, strich heiß über seinen Rücken und ließ ihn vor Schmerz aufschreien. Der Boden schien auf ihn zuzurasen und war im nächsten Moment heran, zehnmal schneller und hundertmal härter, als er hätte sein dürfen.

Der Aufprall riß Howard von den Beinen, und ein

stechender Schmerz zuckte durch seinen Knöchel. Er stürzte, versuchte seinen Fall mit den Armen abzufangen und schlug auf, als er mit einer Hand in die noch schwelenden Überreste irgendeines Möbelstückes griff. Der ganze Boden war so heiß, als hätte er sich ins Innere eines Backofens verirrt.

Howard bemerkte, daß der dicke Wintermantel, der ihm bislang wenigstens einen notdürftigen Schutz gegen die Hitze gewährt hatte, Feuer gefangen hatte. Mühsam wälzte er sich herum, um die Flammen zu ersticken, doch es gelang ihm nicht.

Dann war plötzlich jemand neben ihm, packte den Mantel und zerrte ihn ihm mit roher Gewalt vom Körper. Howard fühlte sich von einer unglaublich starken Hand gepackt und wie ein Kind in die Höhe gerissen. Durch den Schleier aus Tränen und Rauch vor seinen Augen erkannte er Rowlf, der ihn zum Portal trug. Irgendwann blieb die Flammenhölle hinter ihnen zurück. Gierig sog Howard die frische Luft ein. Es war wie ein Schock. Im Freien herrschten in dieser Nacht Temperaturen von unter null Grad. Hier, in unmittelbarer Nähe des gigantischen Scheiterhaufens, war es zwar wesentlich wärmer, dennoch traf ihn die Kälte nach der Hitze im Inneren des Hauses wie ein Schlag ins Gesicht. Bereits mit dem ersten Atemzug hatte er das Gefühl, flüssiges Eis zu atmen, das brennend seine Kehle herunterrann und seine Lungen gefrieren ließ.

Der Schmerz war schlimmer als alles, was er zuvor erlebt hatte. Howard hörte sich selbst schreien, doch Rowlf zerrte ihn unbarmherzig weiter, und mit jedem Schritt schienen sie tiefer in eine Eiswüste vorzudringen

Irgendwann ließ Rowlf ihn los. Kraftlos sank

Howard zu Boden und nahm kaum noch wahr, daß der Hüne mit bloßen Händen die Funken erstickte, die in seiner Kleidung schwelten. Er blieb einige Sekunden liegen, wartete darauf, daß er wieder Luft bekam und die unerträglichen Schmerzen in seiner Brust nachließen, dann wälzte er sich keuchend auf die Seite. Er entdeckte den leblosen Körper Roberts wenige Schritte neben sich.

»Du mußt ...«, begann er mühsam, dann versagte ihm die Stimme den Dienst. Noch immer fühlte sich seine Kehle wie vereist an. Es war so mühsam, zu sprechen. So unvorstellbar mühsam.

»Nich reden«, brummte Rowlf. Sein Gesicht war voller Ruß und ebenso wie seine Hände mit Brandwunden übersät. Sein Haar und seine Augenbrauen waren versengt. »Ich hol' Hilfe.«

Howard schüttelte den Kopf und bedeutete ihm mit einer kraftlosen Geste, näherzukommen. Rowlf beugte sich zu ihm herab, bis er sein Ohr dicht vor seinen Mund gebracht hatte.

»Viktor«, brachte Howard würgend über die Lippen. »Bring ihn ... zu Viktor. Du weißt, wen ich ... Viktor ...« Erneut versagte seine Stimme.

»Viktor?« Rowlf starrte ihn einige Sekunden lang fassungslos an, dann nickte er, zögernd und sichtbar widerwillig.

Howard vernahm ein lautes Krachen und Bersten hinter sich. Das Dach des Haupttraktes von Andara-House brach in der lodernden Feuerwolke zusammen. Milliarden von Funken explodierten in den Himmel hinauf. Einige der winzigen Glutkäfer torkelten bis zu Howard herab, aber er nahm den neuerlichen Schmerz kaum wahr, als sie sich auf seine Hände und sein Gesicht senkten.

Es schien, als hätte das Gebäude nur darauf gewartet, daß er sich in Sicherheit befand – und zumindest bis zu einem gewissen Grad war es wahrscheinlich auch so. Howard machte sich keine Illusionen. Was er gerade getan hatte, war im Grunde unmöglich. In jedem anderen Haus auf der Welt wäre es ihm erst gar nicht gelungen, bis zu Robert vorzudringen, und wenn doch, so hätte er bewußtlos werden und in dem Rauch ersticken müssen, wenn er nicht schon vorher in der Flammenhölle verbrannt oder von einem herabstürzenden Trümmerstück erschlagen worden wäre. Daß ihm die Flucht gelungen war, war nicht allein sein Verdienst.

Andara-House trug nicht umsonst den Namen Roderick Andaras. Er hatte das Haus erbaut, aber er hatte auch mehr getan. Ein Teil seiner Magie war in jeden Stein, in jeden Holzspan und jedes Stück Glas eingegangen und wirkte auch über seinen Tod hinaus fort. Die ganze Zeit über hatte das Haus Howard beschützt und ihm die Flucht ermöglicht.

Er stemmte sich auf die Ellbogen hoch. Die Funken waren in weitem Umkreis niedergeregnet, einige sogar bis zu der Kutsche. Und sie waren nicht alle sofort erloschen.

Ein eisiger Schrecken erfaßte Howard, als er sah, wie das Dach des Wagens aufflammte, als wäre es mit Petroleum getränkt.

Die Kutsche ... die Frau ... *das Kind!*

»Rowlf!« keuchte er entsetzt.

Der Hüne fuhr herum, starrte die brennende Kutsche einen Moment lang entsetzt an und rannte dann los. Howard sah, wie er den Wagenschlag aufriß, und plötzlich ging alles blitzschnell.

Irgend etwas griff aus dem Inneren der Kutsche

nach Rowlf, und als es ihn nicht richtig zu packen bekam, versetzte es ihm einen Hieb, der ihn mehrere Yards weit zurückschleuderte. Mit einem Schmerzensschrei sank der Hüne zu Boden. Etwas Schwarzes, Glänzendes, dessen Umrisse nur noch vage Ähnlichkeit mit denen eines Menschen besaßen, folgte ihm und schlug mit viel zu vielen, viel zu langen, peitschenden Armen auf ihn ein.

Der Anblick gab Howard die Kraft, sich noch einmal hochzustemmen und auf die Kutsche zuzutaumeln. Durch die Hitze des Feuers war der Schnee um Andara-House herum geschmolzen, zur Straße hin war der Boden jedoch noch mit einer dünnen weißen Schicht bedeckt. Anderenfalls hätte Howard den silbrig glänzenden Gegenstand, der wenige Schritte von ihm entfernt lag und heiß genug gewesen war, den Schnee zu tauen, wohl kaum bemerkt.

Es war Roberts Stockdegen.

Howard bückte sich danach. Kaum hatte er den Knauf des Degens gepackt, als er spürte, wie neue Energie ihn durchströmte. Vielleicht war es nur Einbildung, so wie viele Menschen sich mit einer Waffe in der Hand erst stark fühlen, vielleicht aber auch ein Rest der ungeheuren Kräfte, mit denen der Degen gerade erst in Berührung gekommen war und die er zum Teil selbst entfesselt hatte.

Er eilte auf Rowlf zu, der einen verzweifelten Kampf gegen die Kreatur aus der Kutsche focht. Das hieß – eigentlich kämpfte er weniger, als daß er beständig zurückwich und sich mit grotesk aussehenden Hüpfern vor den zupackenden Fangarmen in Sicherheit zu bringen versuchte. Das Wesen war ein Shoggote, ein aus unheiligem Protoplasma erschaffenes Dienerwesen der GROSSEN ALTEN, das nicht nur über schier unvorstellbare Körperkräfte verfügte, sondern auch nahezu unverwundbar war.

Rowlf kämpfte auf verlorenem Posten. Das Protoplasmawesen war selbst für ihn einfach zu stark, und es besaß einfach zu viele Arme, als daß er ihnen allen ausweichen könnte. Er hatte einen der peitschenden Tentakel gepackt und versuchte, ihn von seiner Kehle fernzuhalten, als auch schon ein weiterer auf ihn zuschnellte, ihn am Kopf traf und benommen zu Boden sinken ließ.

Howard schlug mit dem Degen zu. Die Klinge schnitt durch den Tentakel wie durch weiches Wachs. Schwarzes Blut schoß aus der Wunde. Einige Spritzer trafen Howard und brannten wie Säure auf seiner Haut, doch er ignorierte den Schmerz. Erneut schlug er zu, und ein weiterer Fangarm fiel abgetrennt zu Boden, wo er sich wie eine Schlange wand, bevor er genau wie der erste zu einer kochenden Pfütze zerfloß.

Noch einmal schlug Howard zu. Diesmal hatte er auf den Kopf des Wesens gezielt und spaltete ihn. Die Kreatur brach zusammen und verging.

Howard fuhr herum. Das Feuer hatte vom Dach der Kutsche inzwischen auf die Wände übergegriffen. Das ganze Gefährt stand in Flammen. Und in seinem Inneren bewegte sich etwas …

Von den Flammen umlodert, aber dennoch unversehrt, stand eine Gestalt in der Kutsche. Für einen Moment glaubte er, die Mutter von Roberts Sohn vor sich zu haben – ein Mädchen, dessen Namen er nicht einmal kannte –, aber dann zerfloß das Gesicht, und etwas … *anderes* kam darunter zum Vorschein.

Die Züge einer Frau, *die vor wenigen Minuten erst vor seinen Augen gestorben und zu Asche verbrannt war.*

»Priscylla ...«, murmelte Howard. »Großer Gott – *Priscylla!*«

Es gab gar keinen Zweifel – es war unmöglich, aber es *war* Priscylla. Hochaufgerichtet und immer noch in ihr Hochzeitskleid gehüllt, das Kind an ihre Brust gepreßt, stand sie inmitten der lodernden Flammen. Ihre Lippen verzogen sich zu einem dünnen, höhnischen Lächeln.

»Gott?« fragte sie spöttisch. »Kaum. Eher ... im Gegenteil.«

Howard machte einen Schritt auf sie zu und blieb wieder stehen. Seine Hand schloß sich so fest um den Stockdegen, daß seine Gelenke knackten.

»Zu spät, Howard«, sagte Priscylla, mit einer sonderbar kehligen, tiefen Stimme, die irgendwie nicht zu ihr zu passen schien. Es war ein Unterton darin, der aus ihrer Stimme etwas Unmenschliches, Düsteres machte.

»Du hast versagt. Du hast Robert nicht retten können und auch nicht sein Kind.« Sie lachte.

»Das war ... alles so geplant, nicht wahr?« flüsterte Howard.

Priscylla lachte erneut. »Von Anfang an. Wir wußten, daß du der Verlockung nicht würdest widerstehen können, von deinen Kräften Gebrauch zu machen. Ich gebe zu, du warst ein würdiger Gegner. Es macht keinen besonderen Spaß, einen Schwächling zu besiegen, weißt du? Aber nun wirst auch du sterben. Weißt du ... es mag dir seltsam erscheinen, aber irgendwie tut es mir beinahe leid.« Sie trat einen Schritt auf ihn zu.

Howard schrie auf. Ohne zu überlegen, stieß er den Degen vor. Priscylla prallte erschrocken zurück, aber ihre Bewegung war einfach nicht schnell genug.

Nur Zentimeter neben dem Gesicht des Kindes bohrte sich die scharfgeschliffene Spitze in Priscyllas Brust, und noch einmal flammte der Kristall in seinem Knauf wie eine winzige gelbe Sonne.

Wäre es eine normale Waffe gewesen, eine Klinge aus Stahl und sonst nichts, hätte Priscylla vermutlich nur darüber gelacht; vielleicht hätte sie sie nicht einmal zur Kenntnis genommen.

Aber es war eben keine normale Waffe. Der Stahl war noch immer mit der unvorstellbaren Energie geladen, mit der er nur Minuten zuvor in Berührung gekommen war, und der kleine Stein im Herzen des kristallenen Knaufs war viel mehr als bloßer Zierat, sondern ein weiterer Sternstein von M'nar, wie jener, den Howard vorhin benutzt hatte, um den Wächter zu vernichten.

Priscylla taumelte. Auf ihrem Gesicht erschien ein Ausdruck vollkommener Verblüffung, dann ein erster, noch vager Schmerz. »Was ...?« murmelte sie.

Mit einem Ruck riß Howard die Waffe zurück und ließ sie achtlos fallen. Er sprang vor, versetzte Priscylla einen Stoß und versuchte gleichzeitig, ihr das Kind zu entreißen.

Es gelang ihm nicht. Trotz der schrecklichen Wunde waren Priscyllas Kräfte noch lange nicht erlahmt. Der Junge stieß ein helles Wimmern aus, als Priscylla ihn nur noch fester packte. Ihr Griff war wie ein Schraubstock. Sie war tödlich verwundet, aber sie hatte noch immer die Kraft eines Dämons. In ihren Augen erschien etwas Dunkles, Wirbelndes, das rasch an Kraft und Wildheit gewann und sich auf Howard stürzen wollte.

Howard schrie auf, riß die Arme empor und schmetterte Priscylla – dem *Ding*, das wie ein Mädchen aussah, das es vielleicht niemals wirklich gegeben hatte – die ineinandergefalteten Fäuste ins Gesicht, und das war selbst für dieses Ungeheuer zu viel.

Priscylla wankte zurück, direkt in die Flammen hinein. Und diesmal war sie nicht mehr unverwundbar. Binnen Sekunden fingen ihr Kleid und ihr Haar Feuer. Das Wimmern des Kindes steigerte sich zu einem schrillen Kreischen, während die Flammen die Frau und das Baby einhüllten wie ein weißlodernder Mantel aus Hitze und waberndem Licht.

Howard schrie auf und versuchte noch einmal, nach dem Säugling zu greifen, doch die Hitze trieb ihn zurück. Aus Priscyllas Schreien wurde ein ungeheuerliches, vibrierendes Brüllen und Toben, die Todesschreie eines Dämons, nicht mehr eines Menschen, und zugleich begann sich ihr Umriß hinter den Flammen zu verändern, andere, unmenschliche, unbeschreibliche Formen anzunehmen. Und woraus immer dieser Körper bestand – es war kein Fleisch, sondern etwas anderes, etwas, in dem die Flammen so reichliche Nahrung fanden wie in petroleumgetränktem Stroh.

Aus dem Feuer, das Priscyllas Kleider und Haare ergriffen hatte, wurde eine grell lodernde, brüllende Glutsäule, die sich zehn, zwölf Fuß weit über die Straße emporwälzte, ehe sie auseinanderbrach und für einen kurzen Moment die Form eines aus Flammen gebildeten Pilzes hatte. Sie starb. Diesmal endgültig.

Und mit ihr starb Robert Cravens Sohn.

Howard sank auf die Knie. Das letzte, was er wahrnahm, bevor eine Ohnmacht seinen Geist mit Schwärze erfüllte, waren sich nähernde Schritte und die aufgeregten Stimmen anderer Menschen. Eine Hand, die ihn hart packte. Und die Stimme einer Frau, die laut und immer wieder und wieder und wieder *»Mörder!«* schrie.

Dann wurde es dunkel um ihn, für lange, sehr lange Zeit.

2. September 1892

Dem ersten Erwachen folgte ein zweites. Aber es war nur kurz, kaum ein Heben der Lider, das ausreichte, Licht in das dunkle Universum zu bringen, in das ich gestürzt war; nicht mehr als ein Traum in einem Traum. Ein Gesicht erschien über mir und verschwamm wieder, und etwas Warmes, Sanftes umschloß mich. Aber ich begann, auf einer tiefen, dem bewußten Zugriff weit entzogenen Ebene meines Denkens wieder Hoffnung zu schöpfen. Plötzlich wußte ich, daß ich es schaffen konnte.

Es würde nicht leicht sein. Ganz und gar nicht.

Aber ich konnte es schaffen.

Ich mußte kämpfen.

Und ich würde es.

20. Februar 1887

Schmerz pochte in seinem Kopf, als er erwachte; ein greller, pulsierender Schmerz, als hätte jemand seinen Schädel in einen Schraubstock gespannt und drehe diesen Schraubstock nun genüßlich zu. Aber nicht nur sein Kopf tat weh; jeder Nerv seines Körpers schien in Flammen zu stehen. Seine Glieder zuckten unkontrolliert. Er vermochte nicht einmal zu schreien, so groß war die Qual. Was hatte er erwartet? Eigentlich war es schon ein Wunder, daß er überhaupt noch in der Lage war, Schmerzen zu empfinden. Immerhin bewies das, daß er noch am Leben war.

Nicht, daß es ihm etwas bedeutete.

Er hatte endgültig versagt, und wenn sein Leben überhaupt so etwas wie einen Sinn gehabt hatte, so war dieser Sinn zusammen mit dem Kind in Priscyllas Armen in den Flammen der Kutsche zu Asche verbrannt. Es war gleich, ob er tot war oder lebte.

Trotz allem spürte er den leichten Einstich in seinem Arm, und kurz darauf begann der Schmerz allmählich zu erlöschen. Howard begrüßte es nicht. Beinahe im Gegenteil, denn die Pein hatte auch die Erinnerungen betäubt und einen barmherzigen Schleier über die schrecklichen Bilder in seinem Kopf geworfen. Jetzt wurde dieser Schleier ganz allmählich zurückgezogen. Das Medikament, das man ihm gespritzt hatte, entfaltete seine Wirkung. Er wollte das nicht. Er wollte sich nicht erinnern. Er wollte nicht *wissen,* was passiert war. Nicht mehr. Nie mehr.

»Wachen Sie auf!« drang eine Stimme an sein Ohr. »Sie müssen aufwachen, hören Sie?«

Er verstand die Worte deutlich, was aber noch lange nicht bedeutete, daß sie ihm gefielen. Er wollte nicht aufwachen, sondern in die vergessen machende Dunkelheit zurücksinken, in der es keine Schmerzen und kein Leid gab. Er wollte tot sein, warum begriffen sie das eigentlich nicht?

Das Atmen fiel ihm schwer. Eines der Schmerzzentren schien seine Brust zu sein. Es war, als würde ein Tonnengewicht auf seine Rippen niederdrücken und das Luftholen fast unmöglich machen. Wenn er atmete, dann war es jedesmal, als bohre sich ein Dutzend winziger Dolche in seine Lungen.

»Mr. Lovecraft, *wachen Sie endlich auf!*« verlangte die Stimme noch einmal. Etwas war darin, was keinen Widerspruch duldete, nicht einmal jetzt und nicht einmal von ihm.

Mit einem Ruck schlug Howard die Augen auf. Ein weißes Licht blendete ihn, fachte den Schmerz in seinem Kopf neu an und ließ ihn die Lider sofort und mit einem gequälten Stöhnen wieder zusammenkneifen. Vergeblich versuchte er die Hände zum Gesicht zu heben. Seine Arme gehorchten ihm nicht. Er fragte sich, ob er überhaupt noch Arme hatte. Er fühlte sie nicht.

Einige Sekunden später öffnete er die Augen erneut, wesentlich vorsichtiger diesmal. Er blinzelte erst ein paarmal zwischen den fast geschlossenen Lidern hindurch, bis er sich an die grelle Helligkeit gewöhnt hatte. Aber er konnte auch dann noch nicht richtig sehen. Tränen verschleierten seine Augen, alles war verschwommen und unscharf, und die Dinge schienen sich an den Rändern zu berühren und miteinander zu verschmelzen. Um ihn herum waren vage Bewegungen, Farben und Formen, aus denen sich nur langsam die Konturen von Menschen herausschälten. Erst nach einem erneuten Blinzeln klärte sich sein Blick. Aus den verschwommenen Konturen wurden ein Arzt und eine Krankenschwester in weißen Kitteln ... und Inspektor Cohen, sein ganz spezieller Freund von Scotland Yard. Im Hintergrund des Raumes, direkt neben der Tür, stand ein weiterer Polizist.

»Wo ... bin ich?« fragte Howard mühsam. Seine Stimme war nicht mehr als ein Krächzen, das fremd in seinen eigenen Ohren klang, und seine Kehle fühlte sich rauh wie Sandpapier an. Sogar das Reden tat weh.

»Sie sind in Sicherheit, Mr. Lovecraft«, erwiderte der Arzt. »Mein Name ist Dr. Lester. Hannibal Lester. Ich leite diese Abteilung.«

Howard versuchte sich aufzurichten, aber es gelang ihm nicht. Er konnte lediglich den Oberkörper ein wenig anheben, gerade genug, um die Ledermanschetten zu sehen, mit denen man seine Handgelenke am Bett festgeschnallt hatte.

»Meine Hände ... warum hat man mich festgebunden?«

»Eine reine Vorsichtsmaßnahme«, erklärte Lester. Er lächelte ihn an, und Howard besah sich den Arzt genauer. Er hatte ein rundliches, starkes Gesicht, das auf den allerersten Blick beinahe gutmütig wirkte; wie das des sprichwörtlichen guten Onkels. Allerdings nur auf den ersten. Auf den zweiten erweckte es in Howard den Verdacht, daß es ein Onkel der Art war, der kleinen Kindern keine Bonbons schenkte, sondern sie ihnen im Gegenteil stahl.

»Sie haben geträumt und sich im Schlaf heftig hin und her geworfen«, erklärte Lester. »Ein paarmal hätten Sie fast die Verbände heruntergerissen. Uns blieb schließlich nichts anderes übrig, als Sie festzubinden. Nur zu Ihrem eigenen Schutz.«

Howard spürte, daß der Arzt log – oder ihm zumindest nicht die *ganze* Wahrheit sagte, ging aber zunächst nicht weiter darauf ein. »Wie lange war ich bewußtlos?«

»Etwas mehr als zwei Tage. Heute ist der zwanzigste, und es ist fast Mittag. Wir haben Sie den gestrigen Tag noch in künstlicher Betäubung gelassen, weil die Schmerzen sonst unerträglich gewesen wären. Um ganz ehrlich zu sein – es ist ein Wunder, daß Sie überhaupt noch leben. Sie haben mittelschwere Verbrennungen erlitten, aber die Brandwunden werden heilen, auch wenn es trotz der Medikamente, die wir Ihnen geben können, ein ziemlich schmerzhafter Prozeß sein wird.«

»Ach«, sagte Howard. Wieder zerrte er an seinen Handfesseln. Lester folgte der Bewegung, lächelte und setzte sich lässig auf die Bettkante. Er machte keine Anstalten, Howards Fesseln zu lösen.

»Viel mehr Sorgen bereitet uns jedoch der Zustand Ihrer Lunge. Sie haben eine schlimme Rauchvergiftung erlitten. Die meisten anderen Menschen wären an dem Rauch mit Sicherheit erstickt. Dazu kommt noch, daß Sie sich ganz allgemein in einem gesundheitlichen Zustand befinden, in dem Ihr Körper kaum genügend Abwehrkräfte entwickeln kann.«

»Meine Lunge ist abgehärtet«, erwiderte Howard und rang sich ein mißglücktes Lächeln ab. »Ich bin ziemlich starker Raucher. Wahrscheinlich hat mir das das Leben gerettet. Ruß brennt nicht so gut.«

»Da es Ihnen allem Anschein nach bereits besser geht, würde ich Ihnen auch gerne ein paar Fragen stellen«, mischte sich Inspektor Cohen ein. »Ich wäre Ihnen dankbar, wenn Sie uns für ein paar Minuten allein ließen, Doktor.«

Der Arzt zögerte. »Meinetwegen. Aber nicht mehr als ein paar Minuten«, erklärte er. »Der Patient braucht noch viel Ruhe.« Er stand auf und schenkte Howard ein Lächeln, das diesen schaudern ließ. »Wenn es Ihnen zuviel wird, rufen Sie mich einfach.«

»Es wird nicht lange dauern«, sagte Cohen kühl.

Lester sah ihn zweifelnd an, aber dann zuckte er nur mit den Schultern und gab seiner Begleiterin einen Wink. Der Arzt und die Krankenschwester verließen das Zimmer.

Cohen wandte sich an den uniformierten Polizisten. »Ich sagte *allein*. Das gilt auch für Sie, Prescott.«

»Aber ...«

»Kein aber. Bleiben Sie so lange auf dem Gang.«

»Zu Befehl – *Sir*.« Die Stimme des Polizisten war eisig.

Cohen wartete, bis der Polizist sich widerstrebend der Anordnung gefügt hatte, dann drehte er sich zu Howard um, trat dichter an das Bett heran und sah fast eine halbe Minute lang wortlos auf ihn herab. Cohen war ein breitschultriger Hüne, dessen aufgedunsenes Gesicht auf den ersten Blick nicht verriet, welche Intelligenz und kriminalistischer Spürsinn in ihm steckten. Howard hatte schon mehr als einmal mit ihm zu tun gehabt. Während der ersten Zeit ihrer Bekanntschaft hatte sich Cohen alle Mühe gegeben, ihm und Robert das Leben zur Hölle zu machen. Später war er selbst durch die Intrigen des abtrünnigen Tempelritters Sarim de Laurec in Lebensgefahr geraten und stand ihnen seither wesentlich weniger voreingenommen gegenüber.

Es wäre übertrieben gewesen, zu behaupten, daß Howard und er Freunde geworden wären – im Gegenteil. Howard empfand für den Scotland-Yard-Beamten ungefähr soviel Sympathie wie für eine Zecke. Aber Cohen war ein einflußreicher Mann und wußte von der Existenz des Übernatürlichen, und – was beinahe noch wichtiger war – er hielt Howard für unschuldig, wie er mehrfach deutlich zum Ausdruck gebracht hatte. Zu deutlich sogar für den Geschmack seiner Vorgesetzten. Anfänglich hatte er die Ermittlungen geleitet, bis man ihm den Fall schließlich wegen Befangenheit abnahm. Daß er auch anschließend seine Finger nicht davon gelassen hatte, hatte ihm einige wenig schmeichelhafte Einträge in seine Personalakte eingetragen und die Tatsache, daß er trotz einer längst überfälligen Beförderung immer noch nur ein einfacher Inspektor war.

»Wie Sie sich wohl denken können, Mr. Lovecraft, bin ich leider nicht nur zu einem Höflichkeitsbesuch hier«, begann er schließlich. »Die Angelegenheit ist sogar ziemlich ernst.«

»Ich weiß«, sagte Howard. Ohne große Hoffnung und etwas leiser fügte er hinzu: »Sie hätten nicht zufällig eine Zigarre für mich?«

»Es hat Tote gegeben«, fuhr Cohen völlig unbeeindruckt fort. »Fünf Tote, um genau zu sein, und ein Haus ist bis auf die Grundmauern niedergebrannt. Und Sie haben etwas damit zu tun, fürchte ich.«

»*Fünf* Tote?« hakte Howard verwirrt nach. Fünf Tote? Wieso fünf?

»Zunächst einmal Robert Craven und seine frisch vermählte Frau«, zählte Cohen auf. Dabei fühlte sich Howard von ihm auf eine sonderbar unangenehme, lauernde Art beobachtet, die ihm gar nicht gefiel. Cohens Miene war wie Stein, aber in seinen Augen war ein ganz bestimmtes Glitzern, das Howard schon ein paarmal zu oft gesehen hatte, um nicht zu wissen, was es bedeutete.

»Jedenfalls vermuten wir, daß Priscylla Craven in dem Feuer umgekommen ist, da sie sich aufgrund der Aussage Ihres Dieners Rowlf zu dem fraglichen Zeitpunkt im Haus befand.«

»Das ist richtig«, bestätigte Howard, doch sein Unbehagen wuchs noch. »Ich habe sie selbst sterben gesehen. Sie war es, die ... das Feuer gelegt hat.«

»Außerdem wäre da noch ein Kutscher, der sie zum Ashton Place gefahren hat. Sein Leichnam lag wenige Schritte von dem Gefährt entfernt, und in der ausgebrannten Kutsche fanden wir die verkohlten Überreste einer Frau und eines offenbar neugeborenen Kindes.«

Howard schloß die Augen.

Das Kind – Roberts Sohn. Man hatte ihm das Kind anvertraut, aber er hatte es nicht beschützen können. Schlimmer noch: Er hatte es *im Stich gelassen,* in dem vergeblichen Bemühen, das Rad der Zeit zurückzudrehen, Roberts Tod zu verhindern. *So war es von Anfang an geplant,* hörte er noch einmal Priscyllas Stimme. Und er war blindlings in die Falle hineingetappt! Verdammter Narr, der er war.

»Warum haben Sie sie umgebracht?« fragte Cohen ruhig.

Es dauerte einen Moment, bis Howard überhaupt begriff, was Cohen gerade gesagt hatte. Er riß die Augen auf und starrte den Inspektor fassungslos an.

»Ich? Sie ... Sie glauben tatsächlich, daß ich ...«

»Was ich persönlich glaube, ist ohne Bedeutung«, unterbrach ihn Cohen. Er sprach immer noch so ruhig, als interessiere ihn das alles im Grunde nicht. Seine Stimme hätte nicht anders geklungen, hätte er aus einer Zeitung vier Wochen alte Pferdewett-Quoten vorgelesen.

»Aber alle *Fakten* sprechen gegen Sie. Wir haben fast ein Dutzend Zeugen, die übereinstimmend aussagen, daß Sie in Mister Cravens Haus gegangen wären und kurz darauf wäre das Feuer ausgebrochen. Und die Zeugen haben auch beobachtet, wie Sie erst den Kutscher erschlugen und anschließend die Frau erstachen und zusammen mit dem Kind in die brennende Kutsche stießen.«

Howard schwieg und musterte Cohen stumm Die Anschuldigungen waren absurd, doch irgendwo in seinem Kopf begann eine Alarmglocke zu schrillen.

»Warum haben Sie es getan?« fragte Cohen leise. »Wir sind allein, und ich frage Sie im Moment nicht als Polizeibeamter, sondern als Mensch. Warum diese Morde, Lovecraft? Ich meine – Mister Craven, seine Frau, vielleicht sogar noch den Kutscher, weil er ein lästiger Zeuge war, das alles könnte ich noch verstehen. Aber warum das Kind? Bei Gott, Sie ... Sie haben ein Kind ins Feuer geworfen und bei lebendigem Leibe verbrannt!«

Howard starrte Cohen an. Sie hatten sich schon so oft auf verschiedenen Seiten gegenübergestanden, daß sich etwas in ihm dagegen sträubte, dem Inspektor auch nur ein Wort zu glauben. Aber so listenreich und gerissen Cohen sein mochte, war er doch ein Mann, der seinen Beruf aus Überzeugung ausübte und der selbst absolut ehrlich war. Howard konnte sich nicht erinnern, von ihm auch nur ein einziges Mal belogen worden zu sein, und auch jetzt las er in seinem Blick nur Bestürzung und Neugier, den aufrichtigen Wunsch zu begreifen, was geschehen war. Und Abscheu. Ein noch nicht ganz erwachter Abscheu vor dem Ungeheuer, das er, Howard, in seinen Augen sein mußte. Und wahrscheinlich nicht nur in seinen.

»Ich habe das nicht getan, Cohen«, sagte er leise. »Bitte glauben Sie mir.«

»Wer war es dann, wenn nicht Sie?« fragte Cohen. »Ihr Doppelgänger?«

»Es war Priscylla«, murmelte Howard. »Ich weiß, wie verrückt sich das anhört, aber es ist die Wahrheit. Sie steckte hinter allem. Sie war ... nicht die, für die wir sie gehalten haben.«

»Sie meinen, sie hat ihren Mann ermordet, dann das Haus angesteckt, sich dann als Sie verkleidet und auch noch den Kutscher umgebracht sowie das Kind und dessen Mutter. Das klingt einleuchtend. Warum bin ich nicht gleich darauf gekommen?«

»Ich verstehe Ihren Spott, Cohen«, sagte Howard bitter. »Ich weiß, wie unglaubhaft das alles klingt. Aber es ist die Wahrheit. Priscylla war ... nicht Priscylla.«

»Was meinen Sie damit?« fragte Cohen.

»Sie wollte Robert töten.«

»Ah«, machte Cohen und nickte. »Jetzt verstehe ich. Deshalb hat sie ihn geheiratet. Ich nehme an, sie wollte ihn zu Tode lieben. So etwas soll ja schon vorgekommen sein.«

»Es war ein von langer Hand vorbereiteter Plan«, fuhr Howard fort. Er wußte, daß Cohen ihm kein Wort glaubte. Wie konnte er auch? »Ich habe versucht, Robert zu warnen, aber er ... hat nicht auf mich gehört.«

Cohen seufzte. »Wir haben die Hausangestellten verhört, und was sie aussagten, klang etwas anders, Mr. Lovecraft. Demnach hatten Sie einen heftigen Streit mit Robert Craven, in dessen Verlauf er Sie aus dem Haus geworfen hat. Angeblich sollen Sie sogar versucht haben, seine Braut zu vergewaltigen.«

Howard schüttelte den Kopf. »Auch das war ... ein Teil des Plans.« Das Sprechen fiel ihm noch immer schwer, aber von den Ereignissen zu berichten, half ihm gleichzeitig, die verworrenen Erinnerungen in seinem Kopf zu ordnen. »Ich hatte Priscylla durchschaut. Sie mußte mich aus dem Weg räumen. Sie besaß … übernatürliche Kräfte. Ihr Ziel war Robert. Sie wollte ihn töten und auch seinen Sohn. Aus diesem Grund hatte sie auch den Kutscher in ihre Gewalt gebracht. Er griff Rowlf und mich an. Wir … mußten uns wehren, sonst hätte er uns getötet.«

»Roberts Sohn?«

»Das Kind in der Kutsche.« Howard verstummte. Erneut überwältigten ihn Schuldgefühle. Er fühlte, wie seine Augen zu brennen begannen.

»Das Kind war Mr. Cravens Sohn?« drang Cohens Stimme wie aus weiter Ferne an sein Ohr. »Aber das ist … Wer war die Mutter?«

»Eine … gute Bekannte Roberts«, antwortete Howard ausweichend, bemüht, wenigstens hier eine halbwegs glaubhafte Erklärung zu liefern. Es war unmöglich, Cohen eine Geschichte zu erzählen, deren Hintergründe nicht einmal er, Howard, durchblickte. »Robert hatte eine Affäre mit ihr, während Priscylla in der … im Sanatorium war.«

»Und Sie sind wirklich völlig sicher, daß es ein Junge war?«

»Was soll die Frage? Sie werden mir wohl zutrauen, daß ich das unterscheiden kann.«

»Nun, sehen Sie …«

Cohen unterbrach sich, als in diesem Moment ein regelrechter Tumult auf dem Gang vor dem Krankenzimmer losbrach. Aufgeregte Stimmen drangen durch die Tür. Im nächsten Moment wurde sie aufgerissen, und ein kleinwüchsiger Mann mit einer

Aktentasche unter dem Arm kam in das Zimmer gestürmt, den Polizeibeamten, den Cohen gerade selbst herausgeschickt hatte, im Schlepptau. Der Beamte versuchte vergeblich, ihn irgendwie zurückzuhalten.

»Was hat das zu bedeuten, Inspektor?« fragte Dr. Gray aufgebracht. »Was Sie hier tun, ist absolut gesetzeswidrig, und das wissen Sie! Ich habe darum gebeten, sofort verständigt zu werden, wenn mein Mandant aufwacht. Statt dessen *verhören* Sie ihn ohne meine Anwesenheit, und dieser Gorilla wollte mich noch nicht einmal hereinlassen. Ich werde Ihnen eine saftige Beschwerde an den Hals hängen, darauf können Sie sich verlassen.«

»Schon gut«, versuchte Howard ihn zu besänftigen. »Ein bißchen kenne ich mich mit Gesetzen auch aus. Es war mein eigener Wunsch, mich mit Inspektor Cohen zu unterhalten, bis du eintriffst.«

»Du hättest kein Wort zu sagen brauchen, ohne daß ich dabei bin.« Gray sah ihn strafend an.

»Mr. Lovecraft und ich haben ein rein privates Gespräch geführt«, entgegnete Cohen ruhig. »Ich habe ihn bislang noch nicht einmal ordnungsgemäß für verhaftet erklärt. Selbst beim besten Willen kann ich das, was er mir erzählt hat, also vor Gericht nicht gegen ihn verwenden. Aber da Sie nun einmal da sind, kann ich ja alles nachholen.«

Er wandte sich wieder Howard zu. »Mr. Lovecraft, im Namen der britischen Krone erkläre ich Sie wegen des Verdachts des fünffachen vorsätzlichen Mordes für verhaftet.«

Er griff in seine Tasche und zog ein amtlich aussehendes Papier heraus. »Hier ist der Haftbefehl.«

Gray schnappte sich das Schreiben und überflog

es flüchtig. »Mein Mandant ist zur Zeit nicht vernehmungsfähig«, sagte er schließlich. »Sie werden sich mit dem Verhör noch ein wenig gedulden müssen. Zumindest so lange, bis er aus dem Krankenhaus entlassen wird.«

»Das werde ich«, sagte Cohen kalt. Er wandte sich zur Tür. »Ich muß nicht erwähnen, daß draußen auf dem Flur Tag und Nacht eine Wache steht, oder? Dr. Lester wird mich sofort verständigen, sobald der Zustand seines Patienten eine Überführung ins Gefängnis erlaubt. Auf Wiedersehen, meine Herren.«

»Was ist los mit ihm?« fragte Gray kopfschüttelnd. »Er ist doch sonst nicht so verbiestert.«

»Wie würdest du einen Mann behandeln, von dem du glaubst, daß er ein zehn Minuten altes Baby ins Feuer geworfen hat?« fragte Howard.

»Aber das hast du doch nicht, oder?«

Die Frage kam ganz impulsiv, und Howard sah, wie sich ein erschrockener Ausdruck auf Grays Gesicht auszubreiten begann, noch bevor er die Worte vollends ausgesprochen hatte. »Entschuldige«, sagte er verlegen. »Das war ...«

Howard unterbrach ihn mit einer Kopfbewegung. »Schon gut«, sagte er.

Gray sah ihn eine weitere Sekunde lang bestürzt an, dann wechselte er abrupt das Thema. »Du hättest erst gar nicht mit ihm sprechen sollen«, sagte er. »Cohen ist ein Fuchs. Vielleicht der beste Mann, den Scotland Yard hat. Wenn man einen kurzen Augenblick nicht aufpaßt, hat er einem schon halb die Schlinge um den Hals gelegt. Und er überredet dich noch dazu, ihm beim Binden des Knotens zu helfen.«

»Ich glaube, du tust ihm unrecht«, murmelte Howard matt. »Er tut nur seine Pflicht.«

»Ja, aber das leider ein bißchen zu gründlich.« Gray ließ sich auf den Stuhl neben Howards Bett sinken und drapierte seine Aktentasche auf den Knien. Er schwieg.

»Fang schon an«, sagte Howard nach einer Weile.

»Anfangen? Womit?«

»Mit den schlechten Nachrichten«, sagte Howard.

»Es sieht nicht gut aus«, sagte Gray ernst. »Sogar ziemlich schlecht, um genau zu sein.«

»Soviel habe ich Cohens Worten schon entnommen. Die Zeugenaussagen …«

»Die zerfetze ich in der Luft«, unterbrach ihn Gray selbstsicher. »Wenn ich mit ihnen fertig bin, glaubt ihnen niemand mehr auch nur ihre Namen. Aber dafür muß ich erst einmal wissen, was *wirklich* geschehen ist.«

»Morgen«, antwortete Howard. Es fiel ihm mit jeder Sekunde schwerer, sich zu konzentrieren. Zuviel war in den letzten Minuten auf ihn eingestürmt. Zwei Tage? Hatte Lester tatsächlich gesagt, daß er *zwei Tage* geschlafen hatte? »Ich erkläre dir alles morgen.«

Gray sah nicht gerade begeistert aus. »Howard, jeder Tag kann …«

»*Ich* kann jetzt nicht mehr«, fiel ihm Howard ins Wort. »Ich kann kaum noch die Augen aufhalten. Was … ist mit Robert?«

Gray zögerte einen Moment. »Du weißt es nicht?«

»Ich … muß nur sicher sein.«

»Er ist tot«, erklärte Gray bedächtig. »Und du wirst es auch bald sein, wenn du mir nicht hilfst, deine Unschuld zu beweisen.«

Ein kurzes Zucken glitt über Howards Gesicht. »Und Rowlf?«

»Ihm geht es inzwischen wieder ganz gut. Er war nur einen Tag im Krankenhaus. Du weißt ja, wie er ist. Den bringt so schnell nichts um.«

»Rowlf ist noch auf freiem Fuß?« vergewisserte sich Howard. »Cohen hat ihn nicht verhaftet?«

»Es gab keinen Grund«, erwiderte Gray. »Die Zeugen haben übereinstimmend ausgesagt, daß *du* es warst, der den Kutscher und die Frau und das Kind ...« Er stockte, blickte einen Moment zu Boden und setzte dann noch einmal von neuem an. »Nun, daß Rowlf die ganze Zeit über bewußtlos auf dem Boden gelegen hat. Auf die Idee, ihn wegen des Umstandes hochzunehmen, daß er schließlich mit dir zusammen im Haus war, ist Cohen eine Winzigkeit zu spät gekommen. Rowlf ist untergetaucht.«

»Aber du weißt, wo er ist?«

»Selbstverständlich«, antwortete Gray. »Aber jetzt erzähl mir endlich, was wirklich passiert ist.«

»Du mußt mit ihm sprechen«, verlangte Howard, als hätte er Grays Frage gar nicht gehört. »Erinnere ihn an Viktor. Er wird wissen, was ich meine.«

»Viktor? Wer zum Teufel ist *Viktor*? Verdammt, Howard, was soll das alles? Begreifst du eigentlich, um was es hier überhaupt geht? Ich muß wissen, was los ist! Was soll dieser Unsinn, daß du den Kutscher ermordet haben sollst – und erst recht Robert! Mein Gott, selbst Cohen sollte wissen, daß du dich für den Jungen hättest in Stücke reißen lassen.«

»Es war nicht der Kutscher«, antwortete Howard. »So wenig, wie die Frau in der Kutsche Priscylla war.«

»Sondern?« Gray wirkte leicht verärgert. »Bitte, laß dir nicht jedes Wort einzeln aus der Nase ziehen. Wir haben nicht viel Zeit.«

Howard seufzte. Vermutlich hatten sie sogar noch viel weniger Zeit, als Gray jetzt noch glaubte. »Es waren *Shoggoten*«, sagte er.

Grays Augen weiteten sich. Ganz instinktiv sah er erschrocken zur Tür, ehe er – leise und mit vor Entsetzen bebender Stimme – wiederholte: »*Shoggoten*? Bist du sicher?«

»Ganz sicher«, bestätigte Howard.

Gray seufzte tief. Seine Augen wurden dunkel vor Sorge. »Erzähle«, sagte er.

4. September 1892

Mein drittes Erwachen war nicht weniger qualvoll als die beiden ersten Male, doch war es ein Schmerz vollkommen anderer Art. Genaugenommen war es das vierte Erwachen. Ich glaubte mich an einen Traum zu erinnern, von dem mir erst später klar werden sollte, daß er Wirklichkeit gewesen war. In diesem Traum war ich in einem riesigen, fensterlosen Raum erwacht, nackt und ausgestreckt auf einem Tisch aus schimmerndem Stahl, an den ich mit metallenen Ringen an Hand- und Fußgelenken festgebunden war. Ein fünfter, breiterer Ring lag um meine Stirn, und aus den Augenwinkeln konnte ich sehen, daß sich eine Anzahl bunter Kabel von diesem Ring zu einem Punkt außerhalb meines Gesichtskreises erstreckte. Ich hörte Stimmen, und als ich den Kopf so weit drehte, wie es meine Fesseln zuließen, sah ich den Doktor an einer gewaltigen, erschreckend aussehenden Apparatur stehen, die eine gesamte Wand des großen Raumes einnahm. Sie bestand aus einer Unzahl von Skalen, Uhren, Lämpchen, großen Rädern und Hebeln und gewaltiger Keramikspulen, deren Zweck mir verborgen blieb. Und eine noch erschreckendere Apparatur hing direkt über mir, die Alptraumversion eines Damoklesschwertes aus Glas, Stahl und weißem Porzellan, die von der gewölbten Decke des Raumes aus auf mich zielte. Eine Aureole aus knisternder blauer Helligkeit umgab die schimmernde Kugel an ihrem unteren Ende, und der Anblick erschreckte mich zutiefst.

Dann sah ich, wie der Doktor einen der großen Hebel jener sonderbaren Apparatur umlegte, und die Welt verschwand um mich herum in einem Feuerwerk aus knisternden blauen und weißen Blitzen.

Damit endete der Alptraum, und das nächste, woran ich mich erinnere, ist, wieder in dem gleichen Zimmer zu erwachen, in dem ich auch das erste Mal die Augen aufgeschlagen hatte. Wie damals war ich nicht allein. Genau wie damals befanden sich Mary und Stöpselkopf bei mir, nur daß sie diesmal nicht erschraken, sondern ganz im Gegenteil auf eine Art reagierten, die mir klarmachte, daß sie auf mein Erwachen gewartet hatten.

Der Hüne stand ruhig auf und ging hinaus, während Mary, die auf einem Stuhl neben meinem Bett saß, nach meiner Hand griff und sie festhielt. Ein sanftes Lächeln spielte um ihre Lippen, und in ihren Augen erschien ein Ausdruck solch echter Freude, daß mich ein warmes, bis dahin ungekanntes Gefühl durchströmte. Es war lange her, daß ich in solche Augen geblickt hatte, ein solches Gefühl von Zuneigung und Liebe gesehen und ...

Ich konnte selbst spüren, wie das Lächeln auf meinem Gesicht gefror und dann zur Grimasse geriet.

Marys Erleichterung schlug in jähen Schrecken um, aber sie ließ meine Hand nicht los. »Was haben Sie, Robert?« fragte sie.

Ich konnte nicht antworten. Ich wußte es nicht. Das hieß, natürlich wußte ich die Antwort doch, aber es war ein Wissen, das tief in meinem Bewußtsein verborgen lag, nicht einfach nur vergessen, sondern so tief vergraben, wie es nur möglich schien, und alles in mir sträubte sich verzweifelt dagegen, es zu wecken, denn es würde Erinnerungen bringen, die schlimmer waren als der Tod.

»Nichts«, sagte ich mühsam.

Natürlich mußte Mary erkennen, daß ich log. Aber sie war taktvoll genug, es dabei zu belassen.

»Robert ...«, wiederholte ich stirnrunzelnd. »Ist das mein Name?«

»Ja«, antwortete Mary. »Sie erinnern sich nicht?«

»Nein«, gestand ich. Ich erinnerte mich jetzt an vieles; beinahe schon an *zu vieles*. Während der vergangenen Nacht mußte jemand sämtliche Fuhrunternehmer Londons angeheuert haben, um die leerstehenden Schränke und Regale in den Gängen meiner Erinnerung aufzufüllen. Mein Kopf schwirrte von all den Dingen, die plötzlich darin waren, und in meinem Mund war ein Geschmack, als wäre mindestens eines der Zugpferde nicht ganz stubenrein gewesen. Ich wußte plötzlich wieder all die alltäglichen Dinge, die man weiß, ohne sich dieses Wissens besonders bewußt zu sein. Nur ein einziger Raum in dieser endlosen Bibliothek war nach wie vor verschlossen.

Ich wußte nichts über mich. Weder meinen Namen, noch wer ich war, wie ich hierhergekommen und was mir zugestoßen war, nicht mehr, wer meine

Freunde oder Feinde waren oder ob ich überhaupt welche hatte – rein gar nichts.

»Machen Sie sich keine Sorgen«, sagte Mary, die meine Gefühle wohl deutlich auf meinem Gesicht gelesen hatte. »Der Doktor wird gleich hier sein und Ihnen alle Fragen beantworten. Sie werden sehen, in ein paar Wochen sind Sie wieder ganz der alte. Er hat so vieles vollbracht, da kriegt er das auch noch ...« Sie stockte, sah für einen Moment betroffen aus und biß sich auf die Lippen, und ich verstand, daß sie im Begriff gewesen war, etwas auszusprechen, das sie nicht aussprechen wollte oder das auszusprechen ihr ausdrücklich verboten war.

»Nach all dieser Zeit?« fragte ich. »Was soll das heißen? Wie lange bin ich hier?«

Mary wich meinem Blick aus. »Eine ... ganze Weile«, sagte sie schließlich. »Ich weiß es auch nicht genau, und ...«

»Das genügt, Mary, danke«, sagte eine Stimme von der Tür her, die ich als die des Doktors erkannte, noch bevor ich mich umwandte und ihn ansah. »Sie können gehen.«

Mary stand hastig auf und lief eine Spur zu schnell aus dem Zimmer, um es nicht wie ein Weglaufen aussehen zu lassen, und ich sah, daß sich ein deutlicher Unmut auf den Zügen des Doktors spiegelte. Er versuchte sich zu beherrschen, aber es gelang ihm nicht ganz.

»Wie lange bin ich schon hier?« wiederholte ich meine Frage, nun an ihn gewandt. »Wenn sie es mir nicht sagen darf, dann können Sie es ja wohl tun, Doktor ...«

»Viktor«, antwortete der Doktor. »Für meine Freunde bin ich einfach nur Viktor.«

»Sind wir das denn?« fragte ich. »Freunde?«

Viktor kam näher, maß mich mit einem sehr sonderbaren, nicht besonders angenehmen Blick und setzte sich dann neben das Bett. »Ich denke schon«, sagte er schließlich. »Oder formulieren wir es anders: Ich kenne Sie jetzt so lange, daß Sie mir manchmal vorkommen, als wären Sie mein Sohn.« Er lächelte, und der Blick, mit dem er mich diesmal musterte, ließ mich schaudern. »Irgendwie stimmt das ja auch«, sagte er.

»Wie meinen Sie das?« fragte ich.

»Nun, in gewissem Sinne *sind* Sie mein Geschöpf«, sagte er.

Allmählich begann ich etwas wie Zorn zu fühlen. »Sprechen Sie nicht in Rätseln, Viktor«, sagte ich. »Was ist mit mir passiert? Wie lange bin ich hier, und *was* haben Sie mit mir getan?«

»Das sind drei Fragen, die jede für sich beantwortet werden muß«, antwortete Viktor, und irgendwie spürte ich, daß er das nicht nur sagte, um Zeit zu gewinnen, sondern einfach, weil es die Wahrheit war. »Jede dieser drei Geschichten ist ziemlich lang, und ich bin nicht sicher, ob Sie schon in der Lage sind, sie wirklich hören zu wollen. Ich mache Ihnen einen Vorschlag: Ich beantworte Ihnen *eine* Frage. Sie können sich aussuchen, welche, und ich gebe Ihnen mein Wort, vollkommen ehrlich zu sein. Ich sage es Ihnen ganz offen: Es wäre mir lieber, wenn ein anderer Ihre Fragen beantworten würde, Robert. Unglücklicherweise ist Dr. Gray (Dieser Name sagte mir ebensowenig wie das meiste von dem, was er bisher erzählt hatte, aber ich merkte ihn mir, denn ich hatte das Gefühl, daß er wichtig für mich sei.) zur Zeit nicht in London, und Ihr Freund Rowlf ist manchmal ... etwas schwer zu finden, um es einmal so auszudrücken. Also muß ich wohl oder übel versuchen, irgendwie allein zurechtzukommen.«

Es muß wohl eine Berufskrankheit der Ärzte sein, auf eine klare Frage niemals eine klare Antwort zu geben. Aber ich hatte in dieser Hinsicht auch schon einschlägige Erfahrungen gesammelt und wußte, wie sinnlos es war, auf meinem Wunsch zu beharren. Außerdem war ich tatsächlich nicht sicher, ob ich schon *alles* hören wollte, was Viktor zu erzählen hatte.

»Also gut«, sagte ich. »Wer bin ich?«

Viktor sah mich geschlagene zehn Sekunden lang wortlos an, dann stand er auf, ging um das Bett herum und löste den Spiegel von der Wand, der dort hing. Er brachte ihn zu mir und stellte ihn so auf der Bettkante auf, daß ich mich selbst darin sehen konnte.

Was ich erblickte, überraschte, verwirrte und erschreckte mich – vor allem aber erfüllte es mich mit einem tiefen Gefühl der Furcht. Auf dem Bett lag ein hochgewachsener, schlanker Mann in jenem schwer zu schätzenden Alter zwischen fünfundzwanzig und fünfunddreißig mit fast asketischen Gesichtszügen und einem schwarzen, messerscharf ausrasierten Kinn- und Backenbart. Bei einem Fremden hätte ich dieses Gesicht sicherlich als interessant empfunden, wenn nicht sogar als – auf seine Art zumindest – sympathisch. Bei mir ...

Nun, um die Sache kurz zu machen: Das war nicht mein Gesicht. Ich hatte zwar keine Ahnung, wie mein Gesicht auszusehen hatte, aber eines wußte ich mit unerschütterlicher Sicherheit: das Gesicht im Spiegel gehörte nicht mir.

»Wer ist das?« fragte ich.

Viktor lächelte nicht. »Sie sehen noch ein wenig blaß und mitgenommen aus«, sagte er. »Aber keine Sorge, das gibt sich. Wenn Sie erst wieder an die Sonne können, bekommen Sie bald Ihre normale Gesichtsfarbe zurück, und die verlorenen Pfunde haben Sie in vier Wochen wieder.«

»Wer *ist* das?« wiederholte ich hartnäckig, und diesmal auch spürbar schärfer.

Mir fiel noch etwas auf, und absurderweise war *das* etwas Vertrautes: In meinem Haar, das schwarz und für meinen Geschmack ein wenig zu lang war, befand sich eine weiße Strähne, die die Form eines gezackten Blitzes hatte und über dem linken Auge begann, um sich bis auf meinen Scheitel hinaufzuziehen. Und dann begegnete ich dem Blick meiner eigenen Augen, und es war dieser Blick, der mich um ein Haar aufschreien ließ.

Es *waren* meine Augen. Das Gesicht des Mannes im Spiegel war das Gesicht eines Fremden, aber er hatte meine Augen und mein Haar.

»Um Gottes willen, was ist passiert?« flüsterte ich.

Viktor trug den Spiegel zurück, ehe er antwortete. »Sie hatten einen ...« Er suchte nach Worten, lächelte und zuckte mit den Schultern. »Nun, nennen wir es einen Unfall. Einen ziemlich schlimmen Unfall, um ehrlich zu sein.«

»Einen Unfall? Was für einen Unfall?«

In meinem Inneren rührte sich etwas. Eine Erinnerung versuchte zu erwachen, etwas Gräßliches, unvorstellbar Grauenhaftes, das ich nicht erwachen lassen wollte, das aber immer stärker an seinen Ketten zerrte.

Viktor schüttelte den Kopf. »Ich sagte: eine

Frage«, erinnerte er. »Das gehört zu einer anderen. Belassen wir es dabei, daß Sie Brandverletzungen im Gesicht und an den Händen erlitten haben. Ziemlich schlimme Brandverletzungen.«

»Moment mal«, sagte ich. »Sie ... Sie wollen mir erzählen, daß mein Gesicht verbrannt ist und Sie mir ... *ein neues gemacht haben?!*«

Viktor machte eine Bewegung, die vielleicht ein Nicken war, vielleicht auch nicht. »So könnte man es ausdrücken«, sagte er. »Aber das war der kleinste Teil.«

»Der *kleinste* Teil?« ächzte ich. »Mann Gottes! Sie erzählen mir gerade, daß Sie mir das Gesicht eines Fremden verpaßt haben, und ...«

»Nicht völlig«, unterbrach mich Viktor. »Ich hatte Bilder von Ihnen. Ich habe versucht, eine gewisse Ähnlichkeit wiederherzustellen, aber es war nicht so leicht. Es tut mir leid, wenn Sie nicht zufrieden sind, aber es ist alles, was ich tun konnte. Es war wichtiger, die anderen Verletzungen zu behandeln.«

»Was denn noch für andere Verletzungen?« fragte ich.

Wieder zuckte Viktor mit den Schultern. »Zahlreiche Knochenbrüche und Quetschungen, die Milz war gerissen, der linke Lungenflügel verbrannt, ein ziemlich häßlicher Glassplitter steckte in der Nähe Ihres Herzens ...« Er sah mich fragend an. »Soll ich alles aufzählen? Das dürfte eine Weile dauern.«

Ich antwortete gar nicht. Der Schrecken, mit dem mich seine Worte erfüllten, war noch viel zu tief, um ihn in diesem Moment wirklich zu erfassen. Dabei spürte ich gleichzeitig, daß er mit jedem Wort die Wahrheit sagte. Aber Viktor hatte recht: Das gehörte zu einer anderen Frage, und die Antwort darauf gehörte zu jenem tobenden, dunklen Ding in meinem Inneren, das noch immer an seinen Fesseln zerrte und das ich um keinen Preis der Welt befreien wollte.

»Wie lange?« murmelte ich.

»Wie lange ich gebraucht habe, oder wie lange Sie hier sind?« fragte Viktor.

»Beides«, antwortete ich. Ich sah ihn nicht an. Alles drehte sich um mich. Wenn auch nur die Hälfte von dem stimmte, was Viktor behauptete, hatte er etwas völlig Unmögliches vollbracht. Schon was mit meinem Gesicht geschehen war, war vollkommen unmöglich.

»Fünf Jahre«, sagte Viktor.

Ich sah mit einem Ruck auf. »*Fünf Jahre!*«

»Fünfeinhalb, um genau zu sein«, bestätigte Viktor. »Während der ersten sechs Monate habe ich die Hoffnung ein dutzendmal aufgegeben. Ich weiß nicht mehr, wie viele Stunden ich damit zugebracht habe, aus dem Trümmerhaufen, den Rowlf und das Mädchen hierherbrachten, wieder einen Körper zu machen, der wenigstens von selbst atmet. Aber ich habe es geschafft. Und ich gebe offen zu, daß ich stolz darauf bin.«

Ich hörte die Worte, aber ich konnte sie kaum begreifen. Fünf Jahre? *Fünf Jahre!* »Ich war fünf *Jahre* lang bewußtlos?«

»Nein«, sagte Viktor ruhig, und ich begriff, daß ich die letzte Frage laut ausgesprochen hatte. »Sie waren fünf Jahre lang praktisch tot.«

Ich zweifelte keine Sekunde an diesen Worten. Ich hatte schon im ersten Moment gespürt, daß das, woraus ich erwachte, kein normaler Schlaf, nicht einmal eine normale Bewußtlosigkeit gewesen sein konnte. »Was ist passiert?« fragte ich.

Viktor zuckte mit den Schultern. »Ich gäbe meine rechte Hand, um die Antwort auf diese Frage zu kennen«, sagte er. »Sehen Sie, ich …« Er stockte. »Wenn Sie das zu sehr mitnimmt, sprechen wir später darüber«, sagte er. »Ich kann mir vorstellen, wie Sie sich fühlen.«

»Nein«, flüsterte ich, »das können Sie nicht.« Dann lächelte ich gezwungen und fügte hinzu: »Reden Sie weiter. Die Ungewißheit ist schlimmer als alles, was Sie mir erzählen können.«

»Wie Sie wollen.« Viktor zuckte mit den Achseln, zog sich einen Stuhl heran und ließ sich darauf niedersinken. »Ich will ganz offen sein: Was Rowlf und das Mädchen zu mir brachten, das war ein Toter. Nicht mehr als eine Leiche, die schon zwei Tage in einem Sarg gelegen hatte und noch dazu in furchtbarem Zustand war. Ich habe ihnen gesagt, daß ich nichts für Sie tun kann, aber sie bestanden darauf, und da ich bei ihm im Wort war, habe ich es zumindest versucht. Natürlich wußte ich, wie sinnlos jeder Wiederbelebungsversuch sein mußte. Ich erreichte auch nichts, ganz wie ich erwartete. Aber dann stellte ich etwas Sonderbares fest. Als man Sie zu mir brachte, Robert, waren Sie seit mehr als achtundvierzig Stunden tot. Ein Leichnam, der achtundvierzig Stunden alt ist, zeigt bereits deutliche Spuren von Verfall.«

Ich hatte das sichere Gefühl, daß er das Wort VERWESUNG absichtlich vermied, und dankte ihm im stillen dafür.

»Sie nicht«, fuhr er fort. »Vielleicht muß man Mediziner sein, um mein Erstaunen zu begreifen, als ich feststellte, daß Ihr Körper nicht verfiel. Ihr Herz schlug nicht, Sie atmeten nicht und reagierten weder auf Schmerz noch andere Reize, kurz, Sie waren zweifellos tot. Trotzdem war Ihr Körper nach einer Woche noch in dem gleichen Zustand, in dem ich ihn bekam, und ebenso nach einem Monat. Also habe ich es schließlich doch versucht.«

»Obwohl Sie glaubten, einen Toten vor sich zu haben?« fragte ich.

Viktor lächelte. »Oh, der Unterschied zwischen Leben und Tod ist nicht so groß, wie die meisten glauben«, sagte er geheimnisvoll und kam dann wieder zum Thema zurück. »Ich versuchte, die zerstörten Knochen und Organe zu heilen, und nach und nach gelang es mir. Am Ende schließlich – das war vor mehr als drei Jahren – gab ich Ihnen dieses neue Gesicht. Aber das war alles, was ich für Sie tun konnte. Sie blieben, als was Sie hierher kamen: ein toter Körper, der nicht atmete. Aber der auch nicht verfiel.«

»Da kann ich ja von Glück sagen, daß Sie nicht auf die Idee gekommen sind, mich irgendwann doch zu beerdigen«, sagte ich in dem vergeblichen Versuch, den Schrecken des Augenblicks mit einem Scherz zu verjagen.

Viktor nickte sehr ernst. »Der Gedanke bereitet mir Alpträume«, sagte er. »Seit gestern morgen, als Sie das erste Mal die Augen aufgeschlagen haben, Robert, kann ich an nichts anderes mehr denken als daran, wie viele Menschen wir vielleicht schon beerdigt haben, die nicht wirklich tot waren.«

Seine Worte jagten mir einen eisigen Schauer über den Rücken, und für einen Moment mußte ich mich gegen die grauenhafte Vorstellung zur Wehr setzen, in einem winzigen, lichtlosen Sarg zu liegen und zu hören, wie die Erde auf den Deckel geschaufelt wurde, während die trauernden Anverwandten um das Grab herumstanden. Ich verscheuchte den Gedanken. Meine Situation war auch so schlimm genug. Außerdem ... ich konnte auch dieses Wissen nicht ergründen, aber irgendwoher nahm ich die Überzeugung, daß es nicht so war. Was mir zugestoßen war, hatte nichts mit jenen seltenen Fällen von Scheintod zu tun, von dem die Medizin manchmal und der Volksmund nur zu oft zu berichten wußten.

»Sie meinen, Sie haben mich nicht aufgeweckt, oder so etwas?« vergewisserte ich mich. »Sie haben kein neues Medikament ausprobiert, oder ...«

Viktor schüttelte stumm den Kopf.

»Da kann ich Ihnen leider auch nicht helfen«, sagte ich. »Ich weiß noch viel weniger, was das alles zu bedeuten hat. Vielleicht kann Rowlf Ihre Fragen beantworten.«

Viktor wurde hellhörig. »Rowlf? Sie erinnern sich?«

Ich verneinte. »Sie selbst haben den Namen ein paarmal genannt«, sagte ich. »Aber wenn er mich hergebracht hat, dann muß er wohl eine Art Freund sein.«

»Der beste, den Sie sich nur wünschen können, Junge«, sagte er. »Ich ...«

Er wurde unterbrochen. Draußen auf dem Flur erklang eine aufgeregte Frauenstimme, dann wurde die Tür aufgerissen, und eine blondhaarige Schönheit von allerhöchstens zwanzig Jahren stürmte herein, den ziemlich hilflos aussehenden Hünen im Gefolge. Verwundert registrierte ich, daß sie klitschnaß war, als hätte sie ein Bad genommen, ohne sich zuvor zu entkleiden.

»Viktor!« sagte sie in einem Ton, der Zorn vorspiegeln sollte, es aber nicht wirklich tat. »Langsam reicht es mir wirklich!«

Viktor verdrehte die Augen, stand auf und zwang ein Lächeln auf sein Gesicht. Bevor er sich der jungen Frau zuwandte, warf er mir einen raschen, warnenden Blick zu. »Maria!« sagte er. »Was um alles in der Welt ist geschehen?«

»Das weißt du ganz genau«, antwortete die junge Frau energisch. »Seit fast fünfzehn Jahren macht sich dein *Adonis* hier«, sie wies auf den Hünen, »einen Spaß daraus, mich in den Teich vor dem Haus zu werfen, wann immer ich zu Besuch komme. Allmählich müßte selbst er begreifen, daß sich dieser Spaß abnutzt. Und komm mir bloß nicht wieder mit ›alter Gewohnheit‹!« Ihre Stimme klang streng, aber in ihren hübschen Augen blitzte ein spöttischer Funke. Sie maß Viktor mit einem strafenden Blick von Kopf bis Fuß, dann sah sie mich auf dem Bett liegen, runzelte die Brauen und fragte: »Wer ist das?«

»Ein ... Bekannter«, sagte Viktor hastig. »Der Sohn eines alten Schulfreundes, der nach Indonesien ausgewandert ist. Sie sind zu Besuch in England, und der Junge hat sich eine leichte Lungenentzündung eingefangen.« Er zuckte mit den Schultern. »Unser Londoner Wetter ist eben nicht für jedermann verträglich, vor allem nicht, wenn er in den Tropen aufgewachsen ist.«

»Und er kuriert sich bei dir aus?« fragte Maria zweifelnd.

»Seine Familie traut den Ärzten wohl nicht«, erwiderte Viktor. »Außerdem spricht er kein Wort Englisch, und es war ihm peinlich, sich in eine Klinik legen zu sollen, in der er sich den kleinsten Wunsch übersetzen lassen muß.«

»Ach?« fragte Maria. »Du sprichst perfekt indonesisch, nehme ich an.«

Viktor nickte. »*Sru. Nuso gobel dubel.*«

»Aha«, machte Maria und zog die Brauen noch enger zusammen. Es sah ziemlich hübsch aus, und ich konnte mich eines leisen Lächelns nicht erwehren, das ihr keineswegs verborgen blieb. »Was immer das war, Indonesisch war es nicht.« Sie machte eine wegwerfende Geste, ehe Viktor etwas erwidern konnte. »Na, lassen wir das. Ich bin nur gekommen, um mich zu verabschieden. Du weißt ja, daß ich für ein halbes Jahr aufs Land fahre.«

Viktor nickte. »Dann gehen wir doch hinunter in die Bibliothek. Mary gibt dir trockene Sachen, und wir trinken noch ein Glas Sherry zusammen«, sagte er.

Marias Gesichtsausdruck nach zu urteilen war das ungefähr das letzte, wonach ihr im Moment der Sinn stand, aber dann zuckte sie nur mit den Schultern, drehte sich auf der Stelle herum und ging hinaus. Viktor folgte ihr, machte dann aber noch einmal kehrt und kam mit zwei raschen Schritten zu mir zurück.

»Ich komme gleich wieder«, sagte er. »Keine Sorge – sie bleibt nicht lange.«

»Wer ist sie?« fragte ich, und im Flüsterton, damit sie meine Stimme draußen auf dem Flur nicht hören konnte: »Sie ist reizend!«

Viktor grinste plötzlich breit. »Eine ganz spezielle Freundin von Boris.«

»Boris?«

Viktor tat erstaunt. »Ach, hat man Ihnen Boris noch nicht vorgestellt?« Er wandte sich halb um und wies auf den Hünen, der etwas unschlüssig im Türrahmen stand und dem Mädchen hinterherblickte. »Er hat Maria ... kennengelernt. Vor fast fünfzehn Jahren. Die näheren Umstände zu erklären würde jetzt zu weit führen, aber die Begegnung hat zu einigen Mißverständnissen geführt. Wir können uns gern ein andermal darüber unterhalten.«

Der Riese und er verließen das Zimmer. Unter der Tür blieb Boris noch einmal stehen und winkte mir zu, und ich erwiderte die Bewegung, so gut ich konnte. Ich begann schon jetzt eine gewisse Sympathie für den scheinbar so ungeschlachten Giganten zu empfinden. Trotz seines Gesichtes, das ihn auf offener Straße zu einem schieren Kinderschreck gemacht hätte, spürte ich doch sein sanftmütiges Herz.

Es war das vorletzte Mal, daß ich den gutmütigen Riesen mit dem Flickengesicht lebend sah.

21. Februar 1887

»Bist du sicher, daß wir das Richtige tun?« Sills Stimme klang gepreßt. Rowlf entging nicht die Nervosität, die darin mitschwang. Immer wieder sah sie sich um und löste ihre Hand nicht einen Moment vom Griff des Schwertes, das sie unter ihrem langen Mantel verborgen trug. Trotz der klirrenden Kälte hatte sie den Mantel nicht geschlossen, um die Waffe blitzschnell ziehen zu können, sollte es sich als nötig erweisen, und aus dem gleichen Grund trug sie weder Handschuhe noch gefütterte Winterstiefel, die eigentlich bitter nötig gewesen wären. Aber sie hatte darauf bestanden, diese kleine Unbequemlichkeit in Kauf zu nehmen, um nötigenfalls vielleicht den entscheidenden Sekundenbruchteil schneller zu sein, sollten sie angegriffen werden.

Wieder einmal spürte Rowlf die gleiche Mischung aus Bewunderung, Ehrfurcht und leichter Beunruhigung, die ihn oft in Sills Nähe überkam. Auch er war gewiß kein Weichling, aber er fror trotz der viel dickeren Kleidung, die er sich übergeworfen hatte, wie der berühmte Schneider. Für Sill mußten die Temperaturen doppelt unangenehm sein, stammte sie doch aus einem Teil der Welt, in dem die meisten Menschen noch nicht einmal wußten, daß es so etwas wie Schnee gab. Aber sie war auch kein *normaler* Mensch.

Rowlf verscheuchte den Gedanken. Er wollte nicht darüber nachdenken. Er hatte genügend andere Dinge im Kopf – und die allerwenigsten davon waren angenehm. Er hatte Sills Frage zwar mit einem Nicken beantwortet, aber völlig sicher war er nicht. Sehr viel lieber hätte er ein paar Tage mehr Zeit gehabt, sich vorzubereiten und alles genau zu planen, vor allem jetzt, wo er praktisch auf sich gestellt war und weder auf Howards noch auf Roberts Hilfe zählen konnte. Aber das war nicht möglich. Die Beerdigung sollte bereits am nächsten Vormittag stattfinden, und er hatte keine Lust, sich durch zwei Yards festgefrorenen Boden zu graben. Nicht, wenn es auch einfacher ging.

Es war ihm endlich gelungen, das Schloß des schmiedeeisernen Tores zu öffnen. Vermutlich hätte er es schneller gekonnt, wenn er wirklich gewollt hätte – das altersschwache Etwas, das ohnehin nur noch aus von schwarzer Farbe zusammengehaltenem Rost zu bestehen schien, hätte seinen Kräften sicherlich nicht lange standgehalten. Aber sie mußten vorsichtig sein. In der Stille der Nacht wäre der Lärm, den ein gewaltsames Öffnen des Tores verursacht hätte, möglicherweise meilenweit – auf jeden Fall aber *zu* weit – zu hören gewesen. Und das allerletzte, was sie jetzt gebrauchen konnten, war Aufsehen.

Die Scharniere quietschen leise, als er eine der beiden Torhälften aufdrückte. »Gemma«, murmelte er und trat mit einem beherzten Schritt durch das Tor.

Er hatte noch nie erlebt, daß sich Sill el Mot vor etwas fürchtete. Er hatte sogar bezweifelt, daß sie zu diesem Gefühl überhaupt in der Lage war – doch jetzt waren die Anzeichen ihrer Angst unverkennbar.

Allerdings konnte er sie gut verstehen; ihm selbst erging es kaum anders.

In Gedanken verfluchte er Howards Auftrag, an den Dr. Gray ihn am Nachmittag noch einmal erinnert hatte, vor allem, weil er nicht begriff, was sich H. P. davon versprach. Robert war tot, und auch wenn es ihm ebenfalls schwerfiel, sich damit abzufinden – es war so. Grausam, ungerecht und furchtbar, aber zugleich auch eine unumstößliche Tatsache. Rowlf war der Meinung, daß man Tote in Frieden ruhen lassen sollte; erst recht, wenn es sich um tote *Freunde* handelte.

Andererseits war Howard niemand, der etwas ohne besonderen Grund tat oder von anderen verlangte. Wenn er wollte, daß Roberts Leichnam zu Viktor gebracht wurde, dann würde er auch dafür seine Gründe haben, und Rowlf war bereit, sich danach zu richten; auch ohne zu fragen.

Das bedeutete jedoch nicht, daß ihm dieser Auftrag gefiel, ganz im Gegenteil.

Rowlf war mit Sicherheit kein furchtsamer

Mensch, und er war auch alles andere als abergläubisch; auch und vielleicht gerade *weil* er in seinem Leben schon Dinge gesehen und erlebt hatte, die andere vermutlich um den Verstand gebracht hätten.

Heute war das anders. Rowlf *hatte* Angst. Seine Hände waren feucht, und sein Herz schlug schnell und hart. Was war nur mit ihm los? Es hatte irgend etwas mit diesem Ort zu tun, da war er sicher. Im gleichen Moment, in dem sie das Tor durchschritten hatten, war ... irgend etwas geschehen. Als hätten sie eine andere Welt betreten, die zwar genau so aussah wie die vertraute, es aber nicht war.

Vielleicht lag es an dem verdammten Nebel.

Nebel in London war sicher nichts Ungewöhnliches, wohl aber um diese Jahreszeit und bei dieser Kälte. Und vor allem dann, wenn er sich nur auf diesen kleinen Friedhof am Rande der Stadt beschränkte. Wie ein Gespinst aus grauer Watte hing der Nebel zwischen den Bäumen, die den Weg zu der kleinen Kapelle säumten, tränkte die Luft mit Feuchtigkeit und verbarg nicht nur alles, was sich weiter als ein paar Schritte von ihnen entfernt befand, sondern schien auch jeden Laut zu verschlucken. Selbst das leise Knirschen ihrer Schritte auf dem Kies klang in Rowlfs Ohren sonderbar dumpf und weit entfernt, als wären es gar nicht ihre eigenen Schritte, sondern die von etwas anderem, Fremdem und Großem, das ihnen folgte.

Dichte milchige Schwaden krochen über den Boden, legten sich wie eine zweite weiße Decke über den Schnee und schienen mit vielfingrigen, faserigen Händen nach ihm und Sill zu greifen.

Und irgend etwas bewegte sich innerhalb des Nebels ...

Rowlf nahm es nur aus den Augenwinkeln wahr, eine huschende, gleitende Bewegung, die immer dann sofort aufhörte, wenn er genauer hinschaute. Dennoch war er sicher, daß es sich nicht nur um die von einem Windstoß durcheinandergewirbelten Nebelschwaden handelte, die ihn narrten. Da *war* etwas. Etwas Großes.

Er blieb stehen und hielt Sill am Arm zurück. »Gefälltma nich«, nuschelte er. »Scheißnebel ...«

Die Araberin nickte knapp. Sie zog das Schwert unter dem Mantel hervor und sah sich noch einmal sichernd um. Angesichts ihrer Kleidung und vor allem ihrer *Umgebung* wirkte die Waffe deplaciert und archaisch; aber trotzdem kein bißchen lächerlich. »Du spürst es also auch? Ich war mir nicht sicher, ob ich mir nur etwas einbilde, oder – *Still!*«

Sie erstarrte zur Reglosigkeit. Das Geräusch klang wie ein aus weiter Ferne herangewehter Schrei, gefolgt von einem leisen, irren Lachen.

Einige Sekunden herrschte Stille. Das einzige, was Rowlf hörte, war sein eigener flacher Atem, der in der frostklirrenden Luft sofort zu weißem Dampf wurde, und sein rasender Herzschlag, der überlaut in seinen Ohren zu dröhnen schien.

Es war beinahe Vollmond, und bevor sie den Friedhof betreten hatten, war die Nacht so klar gewesen, daß sie geglaubt hatten, auf eine Lampe verzichten zu können. Jetzt jedoch wünschte sich Rowlf, eine mitgenommen zu haben. Es war nicht wirklich dunkel; das Mondlicht wurde vom Nebel aufgesogen und verstärkt, so daß es schien, als würde er von innen heraus leuchten. Eine Lampe hätte ihnen die Sicht höchstens erschwert. Trotzdem hätte sich Rowlf sicherer gefühlt; so, wie sich Sill mit dem Schwert in der Hand sicherer fühlte.

Irgendwo schlug eine Kirchenglocke, und als hoffte ihr Verursacher, daß sie von dem Geläut überdeckt würden, waren plötzlich auch andere Geräusche zu hören. Ein schweres Schleifen, dann etwas, das klang, als würde Glas zermalmt. Mit etwas Phantasie konnte man das Knirschen von Kies daraus hören, der unter den Schritten eines ungeheuer großen und schweren Wesens zerstampft wurde. Dann wiederholte sich das Lachen. Rowlf hörte jetzt, daß es gar kein richtiges Lachen war; eher etwas, das an das helle Keckern einer Hyäne erinnerte und ihm einen eisigen Schauer über den Rücken rieseln ließ. Er wünschte sich weit, weit fort.

Irgendwo zerbrach mit peitschendem Knall ein Ast. Der Laut hallte wie ein Pistolenschuß über den nächtlichen Friedhof.

Rowlf zuckte zusammen. Er spürte, wie eine eisige Gänsehaut über seinen Rücken kroch. Er bildete sich ein, den Boden unter seinen Füßen beben zu fühlen, und ein süßlicher Gestank wie nach faulendem Fleisch erfüllte plötzlich die Luft. Und es war keine Einbildung.

Etwas kam.

Ein erneuter Windstoß wirbelte die Nebelschwaden durcheinander, und für einen Moment entdeckte Rowlf in ihrer Mitte etwas Dunkles, den Umriß einer monströsen, riesigen Gestalt, dreimal so groß wie ein Mensch, aber massiger; ein Balg wie eine aufgedunsene Riesenqualle, die an Land gekrochen war.

Der Anblick währte nur den Bruchteil einer Sekunde, dann wurde das monströse *Etwas* wieder von den wabernden Nebelschwaden wie von einem schützenden Schleier verdeckt. Rowlf war sich nicht sicher, wieviel von dem, was er gesehen hatte, Realität gewesen war und wieviel ihm seine Sinne nur vorgegaukelt hatten, aber es gab keinen Zweifel daran, daß da *irgend etwas* gewesen war, und die Erinnerung daran erfüllte ihn mit beinahe panischer Furcht.

»Weg hier!« stieß er hervor, packte Sill am Arm und begann zu laufen.

Hinter ihnen erscholl ein schweres, kehliges Röcheln; ein Laut, der gleichermaßen wütend wie enttäuscht klang; dann andere Geräusche. Rowlf hatte Laute wie diese noch nie zuvor gehört, so wie vielleicht vor ihm noch kein Mensch auf dieser Welt. Es war ein Gleiten, ein sonderbar feuchtes, glitschiges Fließen und Platschen, und es klang irgendwie ... *groß*. Groß und – auch wenn dieser Begriff bei einem Geräusch unpassend schien – *gewalttätig*.

Sie hasteten durch eine bizarre Alptraumwelt aus milchigem Nebel, der immer noch dichter wurde, je tiefer sie auf den Friedhof vordrangen. Selbst Sill, die unmittelbar neben ihm lief, war kaum mehr als ein Schemen. Gelegentlich schälten sich für einen Augenblick verschwommene Dinge aus dem Dunst, faserige Umrisse, die sich nur schwerlich als die eines Baumes, eines Grabsteins oder eines steinernen Engels identifizieren ließen.

Immer wieder blickte sich Rowlf um, aber so widerwillig der Nebel vor ihnen zurückzuweichen schien, so schnell schloß er sich hinter ihnen sofort wieder. Dennoch wußte Rowlf, daß ihr Verfolger immer noch da war. Auch wenn die Kreatur nicht zu sehen war, so war sie nicht mehr zu überhören, das dumpfe, röchelnde Atmen, das Schleifen und das furchtbare Geräusch seines Dahingleitens auf dem Kies.

»Was … was ist das?« keuchte Sill.

»Weiß nich«, gab Rowlf zurück und sah sich erneut um. »Aba wasses auch is, es is nich so schnell wie wir.« Oder es gab sich gar keine sonderliche Mühe, sie einzuholen, weil es wußte, daß sie ihm nicht entkommen konnten.

Der Weg zur Friedhofskapelle war ihm längst nicht so weit vorgekommen, als er ihn am Nachmittag schon einmal gegangen war. Da der Weg in gerader Linie vom Tor zu der Kapelle führte, war es eigentlich ausgeschlossen, daß sie sich verlaufen hatten, aber selbst diese Möglichkeit konnte er natürlich nicht mehr völlig ausschließen. Mittlerweile erschien ihm in dieser Umgebung, in der er kaum weiter als zwei, drei Armlängen sehen konnte, buchstäblich alles möglich.

Er verdrängte den Gedanken rasch wieder, als er merkte, wie seine Angst darin neue Nahrung fand.

Wesentlich wahrscheinlicher war es, daß sein Zeitgefühl durcheinandergeraten war und sie den Friedhof tatsächlich erst vor wenigen Minuten betreten hatten.

Dennoch atmete er erst erleichtert auf, als sich eine Wand des kleinen Gebäudes mit dem niedrigen Turm vor ihm aus den Nebelschwaden schälte. Er rüttelte an der Klinke, doch wie nicht anders zu erwarten, war die Tür abgeschlossen. Rowlf zog den Bund mit Dietrichen aus der Tasche, mit denen er bereits das Tor geöffnet hatte, und probierte sie nacheinander durch.

»Mach schon«, drängte Sill. Sie stand einen halben

Schritt neben ihm und starrte in den Nebel, das Schwert kampfbereit in der Hand. Allerdings bezweifelte Rowlf, daß die Waffe ihr irgend etwas nutzen würde, wenn die Kreatur, die er gesehen hatte, wirklich existierte. Auch jetzt war er sich noch nicht sicher, wieviel davon Wirklichkeit und wieviel nur Einbildung gewesen war.

Was ging überhaupt hier vor?

Der Nebel, das monströse *Etwas*, die sich allmählich nähernden Laute ... Was um alles in der Welt hatte das alles zu bedeuten?

Verbissen probierte er einen der Schlüssel nach dem anderen durch. Da ihn die Handschuhe behinderten, hatte er sie ausgezogen – mit dem Erfolg, daß seine Finger mittlerweile vor Kälte fast taub und gefühllos geworden waren. Nach dem achten oder neunten erfolglosen Versuch entglitt der Bund seinen Händen.

Bevor er sich danach bücken konnte, stieß Sill ihn zur Seite. »Weg«, zischte sie. »Wir haben keine Zeit mehr.« Mit aller Kraft hieb sie mit dem Schwertknauf auf das Schloß ein.

Die Geräusche waren inzwischen ganz nahe, und Rowlf glaubte zu sehen, wie sich die Bewegung innerhalb der wabernden Schwaden verstärkte. Etwas glühte inmitten des Nebels auf, dann trat eine Gestalt daraus hervor.

»He, Sie! Was machen Sie da?« ertönte eine Stimme.

Der Mann mochte um die Sechzig sein, und es war kein Shoggote, kein Untoter oder irgendein anderer Diener der GROSSEN ALTEN, sondern offenbar der Friedhofswärter. In der einen Hand hielt er die Laterne, die das Glühen verursacht hatte, in der anderen eine doppelläufige Flinte, mit der er auf Sill und Rowlf zielte. Trotz der Waffe atmete Rowlf erleichtert auf.

»Was Sie da machen, habe ich gefragt!« wiederholte der Wächter. Er stutzte, als er das Schwert in Sills Hand sah.

»He, Lady!« sagte er verblüfft. »Was haben Sie mit dem Messer vor?« Das Gewehr schwenkte herum und richtete sich auf Sill.

Rowlf setzte zu einer Antwort an, aber in diesem Moment sah er, was dicht hinter dem Mann im Nebel heranwuchs, und sein Gesicht wurde zur Grimasse.

»Passen Sie auf!«

Der panische Tonfall in seiner Stimme verfehlte seine Wirkung nicht; der alte Mann warf einen raschen Blick über die Schulter zurück. Gleich darauf wandte er sich wieder Rowlf zu. »Der Trick ist zu alt, Freundchen«, sagte er abfällig. »Ich will wissen, was ihr da macht. Und ihr solltet euch eine verdammt gute Antwort einfallen lassen, ihr beiden Vögel, sonst hole ich nämlich die Polizei.«

Es war unvorstellbar, aber er schien die gigantische Kreatur, die mit jeder Sekunde deutlicher aus dem Nebel hervorwuchs, nicht einmal gesehen zu haben!

Und ehe noch Rowlf eine weitere Warnung ausstoßen konnte, zuckte etwas Schwarzes, Glänzendes aus dem Nebel und schlang sich um die Brust des Friedhofswärters. Das Gewehr und die Laterne fielen ihm aus den Händen, als er mit einem Ruck in die Luft gehoben wurde und in den grauen Schwaden verschwand. Er fand nicht einmal Zeit, einen Schrei auszustoßen.

Rowlf keuchte vor Schrecken. Sill hieb erneut wie

besessen auf das Schloß ein, doch es dachte gar nicht daran, ihr den Gefallen zu tun und endlich nachzugeben.

»Aussm Wech!« brüllte Rowlf. Er nahm zwei Schritte Anlauf und stürmte los. Sill schaffte es gerade noch rechtzeitig, beiseite zu springen, um nicht einfach über den Haufen gerannt zu werden, als sich Rowlf mit aller Macht gegen die Tür warf. Sie war ziemlich massiv, aber dem Ansturm des Riesen trotzdem nicht gewachsen. Rowlf konnte seinen Schwung nicht mehr bremsen und stolperte zusammen mit den Resten der zerberstenden Tür ins Innere der Kapelle. Sill sprang unmittelbar hinter ihm durch die Öffnung, und gleich darauf schlug etwas mit einem widerwärtig klatschenden Geräusch gegen die Mauer.

Rowlf schnippte sein Sturmfeuerzeug an. Die flackernde kleine Flamme erleuchtete einen Teil des Innenraumes. Der von Blumen und Kränzen umgebene Sarg stand nur wenige Schritte vor ihnen auf einem steinernen Podest. Es roch nach Buchsbaum und Weihrauch. Rasch zündete Rowlf zwei der Kerzen beiderseits des Podestes an.

Ein weiterer, ungleich härterer Schlag traf die Mauern der Kapelle. Putz rieselte von den Wänden. Rowlf warf einen hastigen Blick zum Eingang, doch er sah nur Schwärze und vereinzelte Nebelschwaden, die sich wie faserige Finger durch die Öffnung tasteten und langsam auf ihn zukrochen. Von ihrem Verfolger war nichts zu erkennen. Aus irgendeinem Grund schien er noch gar nicht auf die Idee verfallen zu sein, einfach durch die Tür hereinzukommen. Vielleicht konnte er es ja nicht. Vielleicht war es ihm nicht möglich, diesen geweihten Ort zu betreten, aber möglicherweise war der Grund auch einfach der, daß er dafür *zu groß* war

»Worauf wartest du noch?« fauchte Sill. Sie hatte das Schwert weggesteckt und machte sich an den Verschlüssen des Sarges zu schaffen.

»Ich überlech halt, wiema hier wida rauskommn tun«, entgegnete Rowlf. »Das Scheißviech wartet da draußen auf uns.«

»Wie wäre es mit dem Hinterausgang?« Sill deutete in das Halbdunkel hinter den hölzernen Sitzreihen für die Trauergäste, wo vage ein zweiflügeliges Portal zu erkennen war, durch das bei einer Beerdigung vermutlich der Sarg getragen wurde. »Aber wenn wir noch lange hier herumstehen, erübrigt sich die Frage von allein.«

Wie zur Bestätigung ihrer Worte traf ein weiterer, noch härterer Schlag die Kapelle, und diesmal erbebte das gesamte Gebäude. Rowlf konnte hören, wie sich einige Dachziegel aus dem Verbund lösten und klappernd zu Boden rutschten.

Sill hatte es endlich geschafft, die Verschlüsse zu öffnen. Sie klappte den Sargdeckel zur Seite und ließ ihn achtlos zu Boden poltern. Rowlf trat neben sie, holte einen Sack hervor, den er zusammengefaltet unter dem Mantel getragen hatte, und warf ihn Sill zu.

Robert Craven sah noch fast genauso aus wie vor drei Tagen, als er ihn aus Andara-House geholt hatte. Man hatte das Blut aus seinem Gesicht gewischt und versucht, die schlimmsten Verletzungen mit etwas Rouge abzudecken, aber es war bei dem Versuch geblieben. Roberts Gesicht und Hände waren nicht einfach nur *verletzt,* sondern völlig zerstört. Er besaß keine Verwandten, die Wert darauf legten, ihn vor der Beisetzung noch einmal zu sehen, und der fast bis zur Unkenntlichkeit verbrannte Leichnam war so schrecklich zugerichtet, daß es wahrscheinlich sowieso unmöglich war, ihn auch nur halbwegs ansehnlich zurechtzumachen, wie es vor einer Beerdigung üblich war. Deshalb hatte sich der Leichenbestatter darauf beschränkt, ihm einen schwarzen Anzug überzustreifen, und den Sarg auf Anweisung Dr. Grays, der die Erledigung sämtlicher Formalitäten übernommen hatte, anschließend sofort verschlossen.

Rowlf mußte sein Entsetzen überwinden, den Leichnam anzufassen, aus dem Sarg herauszuheben und in dem Sack zu verstauen, den Sill aufhielt. Nie war ihm etwas so schwergefallen wie diese einfache Handlung.

Ein zorniges Fauchen drang von außen zu ihnen herein. Gleich darauf brachte ein erneuter Hieb einen Teil der Mauer zum Einsturz. Die Bestie verdoppelte ihre Anstrengungen, ihrer doch noch habhaft zu werden. Möglicherweise konnte sie aus irgendeinem Grund nicht zu ihnen herein – aber sie konnte sehr wohl dafür sorgen, daß der Schutz, den ihnen der heilige Ort bot, bald nicht mehr da war – ganz einfach, weil der *heilige Ort* nicht mehr da war.

Ein Hieb traf das Dach der Kapelle und ließ es zerbersten. Ziegel und zersplitterte Balken stürzten herab, aber da hatte sich Rowlf bereits den Sack über die Schulter geladen und rannte zusammen mit Sill auf das rückwärtige Portal zu. Es war nicht verschlossen, sondern lediglich von innen mit zwei Riegeln versperrt. Sill öffnete es, und sie hasteten ins Freie, nur Sekunden bevor das Dach der Kapelle hinter ihnen mit urgewaltigem Krachen vollends einstürzte. Wären sie noch in der Kapelle gewesen, so wären sie unweigerlich zerschmettert worden.

Innerhalb des Nebels, des wirbelnden Staubes und der herumfliegenden Trümmerteile zeichnete sich erneut für Bruchteile von Sekunden die titanische Gestalt ab, wieder nur zu kurz und zu verschwommen, als daß Rowlf sie wirklich erkennen konnte. Trotzdem blieb er stehen und sah noch einmal genauer hin.

Das Ungeheuer mußte gemerkt haben, daß ihm seine Opfer entwischt waren, denn es warf sich plötzlich mit doppelter Wut vor. Die gesamte Kapelle wankte, als sich ein titanischer schwarzer Schatten über ihr aufbäumte; nicht der Schatten eines Menschen, nicht einmal etwas, das irgendwie menschen*ähnlich* gewesen wäre, sondern etwas wie eine riesige, hauslose, mißgestaltete Schnecke.

Und genau wie eine solche kroch es nun hinter ihnen her, plump und mit sonderbar pumpenden Bewegungen, aber erschreckend schnell. Es nahm den direkten, geraden Weg. Was vom Dach der Kapelle noch übriggeblieben war, das brach krachend zusammen, als das gewaltige Monstrum sich einfach darüber hinwegwälzte. Vermutlich rettete es ihnen damit das Leben, denn es berührte dabei den kleinen Glockenturm, der schräg über den eingesunkenen Dachbalken aufragte.

Und im gleichen Moment, in dem einer seiner peitschenden Fühler das kleine Kreuz auf seiner Spitze streifte …

Rowlf schloß geblendet die Augen, aber das Licht war so intensiv, daß er trotzdem sah, was passierte. Das Kreuz flammte in einem weißblauen, unerträglich hellen Schein auf. Ein hundertfach verästelter

Blitz zuckte aus seiner Spitze und traf den aufgedunsenen Leib der Bestie. Ein furchtbares Zischen erscholl, und eine Sekunde später zerriß ein Schrei voller unbeschreibbaren Schmerzes und unvorstellbarer Wut die Luft. Der Körper des Ungeheuers begann in einem grellen, blau und weiß und rot flackernden Licht zu glühen, und plötzlich schossen Flammen in die Höhe.

»*Lauf!*« brüllte Sill und versetzte ihm einen Stoß.

In einem weiten Bogen rannten sie um die zerstörte Kapelle herum. Das Feuer griff mit unglaublicher Schnelligkeit um sich, und in das Prasseln der Flammen mischte sich ein immer lauter werdendes Zischen, als der Körper der Bestie in den heiligen Flammen verging. Mit ihr zerfiel die Kapelle zu Asche. Soviel zum Thema *unauffälliges Vorgehen*, dachte Rowlf sarkastisch. Aber zumindest würde jetzt niemand mehr merken, daß Roberts Leichnam verschwunden war.

Sie hielten nicht an, sondern rannten im Gegenteil noch schneller. Rücksichtslos trampelten sie über Grabreihen, die in dem dichten Nebel ohnehin kaum zu sehen waren. Sie konnten nur hoffen, daß die Richtung zum Tor ungefähr stimmte.

Der Weg kam ihnen ungeheuer lang vor. Ein paarmal sahen sie gehetzt zurück. Die stampfenden Schritte erklangen immer noch hinter ihnen, aber es war nichts zu entdecken.

Schließlich stießen sie auf die äußere Mauer des Friedhofs. Sie waren ein wenig zu weit nach rechts geraten und rannten an der Mauer entlang in die andere Richtung. Und im gleichen Moment, in dem sie zwischen den Hälften hindurch auf die Straße eilten, veränderte sich ihre Umgebung erneut.

Der dichte Nebel, der sie gerade noch eingehüllt hatte, verschwand von einem Augenblick zum anderen. Als sie zurückschauten, lag selbst der Friedhof völlig frei vom Mondlicht beschienen da. Es gab nicht mehr die geringste Spur des Nebels. Er war einfach verschwunden.

5. September 1892

Die Welt war jung, und das Licht Sonne hatte noch kein Leben geboren, als sie von den Sternen kamen. Sie waren Götter. Gewaltige Wesen, unbeschreiblich und bar jeder Empfindung, die nicht Haß oder Tod war.

Sie kamen auf den Wegen, die durch die Schatten führen, und setzten ihren Fuß auf eine Erde, die kahl und tot war. Und sie nahmen sie in Besitz, wie sie zuvor schon Tausende von Welten in Besitz genommen hatten.

Sie nannten sich selbst die GROSSEN ALTEN, und sie waren finstere Wesen, deren Macht der von Göttern gleichkam, allen voran Cthulhu, der oktopoide Herr des Schreckens. Äonenlang herrschten sie über die Erde und schufen Geschöpfe aus verbotenem Protoplasma, widerwärtige Kreaturen, Shoggoten *genannt, deren Gestalt sie nach Belieben formen konnten und die ihre Hände und Arme, ihre Beine und Augen wurden.*

Doch ihr blasphemisches Tun rief andere, mächtigere Wesen von den Sternen herbei, die Älteren Götter, die seit Urzeiten über das Wohl und Wehe des Universums wachen. Sie mahnten die GROSSEN ALTEN, in ihrem Tun innezuhalten und nicht an der Schöpfung selbst zu rühren. Aber in ihrem Machtrausch mißachteten die GROSSEN ALTEN die Warnung und lehnten sich gegen die Älteren Götter auf.

Es kam zum Krieg. Die Sonne selbst verdunkelte sich, als die Mächte des Lichts und die der Finsternis aufeinanderprallten. Die Erde brannte, und der Krieg der Giganten verwüstete ihr Antlitz in einer einzigen feurigen Nacht.

Schließlich siegten die Älteren Götter, aber nicht einmal ihre Macht reichte aus, die GROSSEN ALTEN zu vernichten, denn was nicht lebt, vermögen nicht einmal die Götter zu töten.

Und so zwangen sie die GROSSEN ALTEN in das Reich zwischen den Dimensionen, wo sie keine Körper sind, sondern nur Geist. All die anderen Kreaturen wurden verstreut in alle Winde und verbannt in finstere Verliese jenseits der Wirklichkeit. Zweimal hundert Millionen Jahre sind seither vergangen. Und zweimal hundert Millionen Jahre warten die GROSSEN ALTEN auf ihre Wiederkehr. Warten auf den Tag, an dem sie ihre Kerker sprengen und ihre Herrschaft auf Erden neu beginnt ...

Im allerersten Moment hielt ich die Stimme für den Teil eines Traumes, den ich durchlebt hatte. Aber zugleich spürte ich, daß sie mehr war. Sie *war* in meinem Traum gewesen, eine dunkle, unheimliche Stimme, zu machtvoll und eindringlich, um nur die eines Menschen sein zu können, und etwas wie ein sphärischer, unirdischer Klang hatte sie begleitet. Zugleich aber hatte ich sie auch im Wachen gehört, noch Sekunden nachdem ich mich in der Wirklichkeit des behaglich eingerichteten Krankenzimmers in Viktors Haus wiederfand. Zu dem neu erworbenen Wissen in meinem Kopf hatte sich die Gewißheit gesellt, daß diese Stimme mehr als eine Fieberphantasie und die Geschichte, die sie erzählte, mehr als ein Alp gewesen waren. Etwas von beidem wirkte auch jetzt noch in mir, wühlend wie ein Gift, eine ätzende Säure, die den Vorhang vor meinen Erinnerungen zu zerfressen versuchte, so daß ich einen Blick auf die verborgenen Bereiche dahinter werfen konnte. Eine Warnung. Ja, das und nichts anderes war es gewesen. Aber eine Warnung wovor? Und von wem?

Ich sah mich im Zimmer um. Ich war allein, im Haus herrschte vollkommene Ruhe, und ich fühlte mich keinen Deut besser oder auch nur kräftiger als die vorigen Male, als ich die Augen geöffnet hatte.

Trotzdem vermochte ich nicht mehr still liegen zu bleiben. Eine schwer zu beschreibende Art von Unruhe hatte mich ergriffen, eine Nervosität, begleitet von dem immer intensiver werdenden Gefühl einer schrecklichen Gefahr, von der ich nicht einmal sicher war, daß sie mir galt.

Für einige Augenblicke versuchte ich noch, das Durcheinander in meinem Inneren auf meinen körperlichen Zustand und meine Verwirrung und den Schrecken zu schieben, mit denen mich Viktors Geschichte erfüllt hatte. Aber es gelang mir nicht, denn ich spürte, daß das nicht der wahre Grund war.

Zögernd versuchte ich mich aufzurichten und stellte zu meiner eigenen Überraschung fest, daß es mir ohne Schwierigkeiten gelang. Gestern (war es gestern gewesen? Ich wußte es nicht) hatte ich nicht einmal einen Finger rühren können, aber mein Körper schien sich mit erstaunlicher Schnelligkeit erholt zu haben, oder Viktor hatte ein weiteres medizinisches Wunder an mir vollbracht. Jedenfalls setzte ich mich ohne die geringste Mühe auf, schlug die Bettdecke zur Seite und stand nach einer weiteren

Sekunde ganz auf. Nun überkam mich doch ein leichtes Schwindelgefühl, aber ich wurde damit fertig. Die Unruhe und Nervosität in meinem Inneren nahmen weiter zu. *Gefahr!* schrie eine unhörbare Stimme hinter meinen Schläfen.

Zögernd wandte ich mich um, ging zum Fenster und blinzelte durch einen Spalt der noch immer zugezogenen Vorhänge nach draußen. Es war Mittag. Die Straße lag in hellem Sonnenschein unter mir, der meinen Augen immer noch weh tat, jetzt aber zu ertragen war. Vor dem Haus flanierten Fußgänger, fuhren Lastkarren und Prachtkutschen vorbei, spielten Kinder. Ein völlig normaler Anblick. Und doch ... irgend etwas stimmte hier nicht. Plötzlich wurde das Gefühl einer Gefahr so intensiv, daß ich es fast nicht mehr aushielt. Ich trat vom Fenster zurück, sah mich suchend um und entdeckte einen gestreiften Hausmantel aus schimmernder Seide, der sorgsam zusammengelegt über einem Stuhl neben meinem Bett hing. So rasch ich konnte schlüpfte ich hinein, ging zur Tür und öffnete sie. Nur einen Spalt breit.

Einige Sekunden lang lauschte ich mit klopfendem Herzen nach draußen. Nichts. Ich hörte jetzt zwar Stimmen und gedämpfte Geräusche, aber es waren die ganz normalen Laute eines großen Hauses. Ich konnte die Worte nicht verstehen, aber der Klang der Stimmen verriet keinerlei Aufregung oder gar Schrecken. Vielleicht, versuchte ich mich zu beruhigen, war es doch nur ein Alptraum gewesen. Wenn man sich in einem körperlichen – und vor allem seelischen – Zustand wie ich befand, mochte man auf harmlose Dinge über die Maßen reagieren.

Doch statt mich von diesem an sich ganz logischen

Gedanken beruhigen zu lassen, öffnete ich die Tür im Gegenteil noch weiter und trat auf den Flur hinaus.

Ein breiter Korridor, von dem ein gutes halbes Dutzend Türen abzweigte, nahm mich auf. Zur Linken endete er nach zwölf oder fünfzehn Yards vor einer Wand, in der ein mit buntem Bleiglas versehenes Fenster eingelassen war, zur Rechten nach ungefähr der gleichen Strecke an einer gewaltigen Marmortreppe, die sich in sanftem Bogen in die Tiefe schwang. Ich war nicht einmal sicher, ob meine Kräfte ausreichten, diese Treppe zu bewältigen. Trotzdem bewegte ich mich darauf zu, blieb auf der obersten Stufe noch einen Moment stehen und begann dann, hinabzusteigen, wobei ich mich mit beiden Händen an dem geschnitzten Geländer festhalten mußte. Meine Knie zitterten. Immerhin war ich vor mehr als fünf Jahren das letzte Mal aus eigener Kraft gelaufen, wenn Viktor mir die Wahrheit erzählt hatte.

Ich war auf halber Höhe der Treppe angelangt, als die Halle in Sicht kam. Sie war sehr groß und fast pompös eingerichtet, mit holzgetäfelten Wänden, an denen teure Vorhänge und kostbare Ölgemälde hingen, und einem schwarz-weiß gemusterten Marmorboden. Der Anblick bestätigte meine Vermutung, mich in einem hochherrschaftlichen Haus zu befinden. Zugleich kam mir meine Umgebung auf sonderbare Weise vertraut vor. Ich kannte vielleicht nicht dieses Haus, wohl aber Häuser *wie* dieses. Offensichtlich war ich in meinem früheren Leben alles andere als arm gewesen.

Meine Beobachtungen hielten mich nicht davon ab, Stufe um Stufe weiter nach unten zu gehen, obwohl mir jeder Schritt schwerer fiel als der vorherige. Aber das Gefühl einer Gefahr war mittlerweile so intensiv geworden, daß ich es beinahe wie einen körperlichen Schmerz spürte. Irgend etwas Schreckliches, unvorstellbar Gefährliches näherte sich dem Haus.

Ich hatte fünf oder sechs weitere Stufen geschafft, als ich unter mir das Geräusch einer Tür und dann Viktors vertraute Stimme hörte. Augenblicke später geriet der Hausherr in mein Sichtfeld, zusammen mit Boris, der mit hängenden Schultern neben ihm einherging und alle Mühe zu haben schien, die Schritte seiner überlangen Beine denen seines normal gewachsenen Herrn anzupassen. Viktor entdeckte mich fast im gleichen Moment wie ich ihn. Er verstummte mitten im Wort, riß erschrocken die Augen auf und starrte mich eine Sekunde lang ungläubig an. Dann verdüsterte sich sein Blick.

»Robert!« rief er, in einem Ton, der sehr viel mehr zornig als besorgt klang. »Was zum Teufel tun Sie hier? Wollen Sie sich umbringen?« Mit weit ausgreifenden Schritten begann er die Treppe hinauf und mir entgegen zu rennen. Boris wollte ihm folgen, doch in diesem Moment läutete die Türglocke, und der Riese blieb stehen und drehte sich herum.

»Nein!« flüsterte ich. »Nicht!«

Meine Stimme war so schwach geworden, daß Viktor und erst recht Boris sie vermutlich gar nicht hörten. Mein Blick irrte zur Tür. Ich sah nichts anderes als das mit Schnitzereien verzierte Holz, aber zugleich war es, als werfe ich einen Blick in die tiefsten Abgründe der Hölle. Wenn es so etwas wie gestaltgewordene Angst gibt, dann war es das, was ich in diesem Moment erblickte. Hinter der Tür *war* etwas. Boris durfte sie nicht öffnen! Etwas Unvorstellbares würde geschehen, wenn er es tat. Aber ich hatte keine Möglichkeit, ihn zurückzuhalten oder ihm wenigstens eine Warnung zuzurufen. Ich wollte schreien, aber meine Stimme versagte mir den Dienst, und als ich die rechte Hand von meinem Halt löste, um ihm wenigstens mit einer Geste Einhalt zu gebieten, hätte ich um ein Haar das Gleichgewicht verloren und wäre die Treppe hinabgestürzt. Im buchstäblich allerletzten Moment war Viktor bei mir und fing mich auf.

»Sind Sie wahnsinnig geworden?« fuhr er mich an. »Wollen Sie sich umbringen und alles zunichte machen, wofür ich fünf Jahre gearbeitet habe?«

Ich beachtete ihn gar nicht. Vergeblich versuchte ich, einen Ton hervorzubringen, aber meine Kehle war wie zugeschnürt. Boris hatte die Tür fast erreicht. Noch ein Meter trennte ihn davon, noch ein Schritt – und dann streckte er die Hand nach dem Türgriff aus und drückte ihn herunter.

Boris öffnete die Tür, und im hellen Sonnenlicht dahinter erkannte ich die Gestalten von vier oder fünf Kindern, die im gleichen Moment mit einem schrillen Gelächter von der Tür zurückwichen und Boris Grimassen zu schneiden begannen. »Stöpselkopf!« schrien sie. »Flickengesicht!«

Der Riese machte einen tolpatschigen Schritt, und die Kinder kreischten auf und spritzten in alle Richtungen durcheinander, schrien ihm aber weiter Schimpfworte zu und lachten laut. Eine Sekunde lang stand Boris einfach da und starrte ihnen hinterher. Dann schüttelte er den Kopf, wich wieder ins Haus zurück und drückte die Tür hinter sich zu.

Ich atmete erleichtert auf. Was immer ich erwartet hatte, war nicht eingetroffen. Dabei war das Gefühl einer unbeschreiblichen Gefahr so intensiv gewesen, daß es mir fast den Atem genommen hatte. Es war sogar immer noch da, obwohl ich doch jetzt wußte, daß auf der anderen Seite der Tür nichts anderes lauerte als ein paar Kinder, die sich einen Scherz machten.

»Also!« sagte Viktor herrisch. »Was tun Sie hier? Was soll das?«

»Die Tür«, murmelte ich. »Ich ... dachte, es wäre ...«

»Was?« fragte Viktor streng. »Das sind nur ein paar Nachbarskinder. Sie machen sich einen grausamen Spaß daraus, Boris zu verhöhnen. Ich habe schon ein paarmal mit den Eltern gesprochen, aber es hat nicht viel genutzt. Sind Sie etwa deshalb heruntergekommen?«

Bevor ich antworten konnte, wurde die Türglocke erneut betätigt. Boris' Gesicht verdüsterte sich noch weiter. »Wenn das wieder diese Bälger sind, versohle ich ihnen den Hintern«, sagte er. Mit einer zornigen Bewegung fuhr er herum und riß die Tür auf.

Tatsächlich stand vor ihm wieder ein halbes Dutzend halbwüchsiger Jungen und Mädchen. Sie schrien ihm jetzt keine Schimpfworte mehr zu, schnitten ihm aber Grimassen und machten obszöne Gesten, und offensichtlich war Boris' Geduld nun wirklich erschöpft. Mit einem zornigen Knurren streckte er einen seiner überlangen Arme aus, packte den ihm am nächsten stehenden Jungen am Kragen und zerrte ihn zu sich heran.

Genauer gesagt: er versuchte es. Obwohl Boris mindestens doppelt so stark sein mußte wie ein normal gewachsener Mann, rührte sich der Bursche nicht, den er am Kragen gepackt hatte. Ganz im

Gegenteil war es Boris, der plötzlich wie unter der Wucht seiner eigenen Bewegung ein Stück nach vorne stolperte und fast auf die Knie gefallen wäre. Die anderen Kinder kamen kichernd näher, während sich auf dem Gesicht des Burschen, den er am Schlafittchen hatte, ein hämisches Grinsen ausbreitete.

Auch Viktor hatte den Kopf gedreht und die sonderbare Szene beobachtet. »Nanu«, sagte er erstaunt. »Was ist denn da …«

Er sprach den Satz nie zu Ende, denn in diesem Moment begriffen wir wohl beide zugleich, wie berechtigt das Gefühl der Gefahr gewesen war, das mich hier heruntergetrieben hatte.

Boris versuchte sich loszureißen, aber der Junge, der kaum anderthalb Meter groß und eher schmalschultrig gebaut war, hielt ihn mit eiserner Kraft fest, und plötzlich stürmten die anderen wie auf ein gemeinsames Kommando hin los und fielen über den Riesen her. Mit einem Keuchen kippte Boris nach hinten und wieder ins Haus hinein, wo er unter dem halben Dutzend winziger Angreifer zu Boden ging. Eines der Kinder ließ ihn wieder los, fuhr herum und warf wuchtig die Tür ins Schloß, während die anderen weiter mit Fäusten und Fingernägeln, Zähnen und Füßen auf ihn einschlugen, -traten und -kratzten.

»Das darf doch nicht wahr sein!« sagte Viktor. »Na wartet! Euch Bälgern werde ich «

»Viktor! Nicht!« schrie ich verzweifelt. Diesmal gehorchte mir meine Stimme. Und aus irgendeinem Grund nahm Viktor die Warnung tatsächlich ernst.

Vielleicht hatte er einfach einen Sekundenbruchteil vor mir gesehen, was sich unter uns in der Halle abspielte.

Die Kinder waren plötzlich keine Kinder mehr. Ihre Haut verlor alle Farbe und wurde schwarz; ein Schwarz von einer Tiefe und Stumpfheit, wie ich es nie zuvor im Leben gesehen hatte. Zugleich verblich auch die Farbe ihrer Kleidung und ihres Haares, und eine Sekunde später schienen auch alle übrigen Unterschiede zu verschwimmen. Ihre Körper schienen sich gleichermaßen aufzulösen, Teil ihrer Kleidung, ihres Schuhwerks und alles anderen zu werden, was sie am Leib getragen hatten, als wäre das alles gar nicht wirklich, sondern nur aufgemalt gewesen.

Und eine Sekunde später begannen sie auch ihre Form zu verlieren. Die Gesichter fielen ein, waren plötzlich nur noch leere schwarze Flächen ohne Mund, Nase oder Augen, die Finger der Hände schmolzen zusammen, Arme und Beine krochen in die Körper zurück, bis Boris – kaum eine Sekunde nachdem er zu Boden gestürzt war, nicht mehr unter einem halben Dutzend Kinderkörper, sondern wie von einer Meute übergroß geratener, schwarzer Amöben begraben dalag. Er gab keinen Ton von sich, obgleich er noch bei Bewußtsein war und sich bewegte, und auf seinem Gesicht war nicht einmal wirklicher Schrecken zu erkennen, sondern nur ein Ausdruck fassungslosen Staunens.

»Mein Gott!« flüsterte Viktor. »Was ist das?«

Diesmal war ich es, der die Gefahr einen Sekundenbruchteil eher registrierte. »Zurück!« schrie ich. »Um Gottes willen, Viktor – zurück!«

Die körperlosen schwarzen Ungeheuer hatten von Boris abgelassen. Nur eine einzige der Bestien hockte noch auf seiner Brust, wobei ihr Balg in schnellem Rhythmus zuckte und bebte. Ich hörte ein fürchterliches Mahlen und Saugen und mußte plötzlich an eine kannibalische Riesenschnecke denken. Aber ich ließ es nicht zu, daß der Schrecken Besitz von mir ergriff, denn auch Viktor und ich befanden uns in Lebensgefahr, wie mir schlagartig klar wurde.

Nach ihrer Transformation hatten die schwarzen Ungeheuer tatsächlich eine gewisse Ähnlichkeit mit zu groß geratenen, hauslosen Schnecken, aber sie besaßen keineswegs die Langsamkeit ihrer kleineren Brüder, sondern bewegten sich im Gegenteil erschreckend schnell und fast elegant auf die Treppe zu. Feuchte, schleimig glitzernde Spuren blieben auf dem Marmorfußboden zurück, wo sie entlangkrochen, und ich bemerkte ganz nebenbei, daß sich diese Spuren wie Säure in den Stein hineinfraßen.

Viktor wirbelte auf dem Absatz herum und rannte auf mich zu. »Laufen Sie, Robert!« schrie er. »Schnell!« Er erreichte mich, rannte an mir vorüber und griff nach mir. Der Ruck, mit dem er mich herum und hinter sich her zerrte, riß mich fast von den Füßen, aber der Anblick der näherkriechenden Bestien verlieh mir schier übermenschliche Kraft. Ich stolperte hinter ihm her, brachte es irgendwie fertig, nicht zu stürzen und auf den letzten Metern sogar aus eigener Kraft mit ihm Schritt zu halten, und sah erst wieder zurück, als wir den Korridor am oberen Ende der Treppe erreicht hatten.

Die Ungeheuer waren ein Stück zurückgefallen. So schnell sie auf ebenem Boden waren, so große Schwierigkeiten schienen sie dabei zu haben, die Treppe zu überwinden. Eines war ganz zurückgefallen und mühte sich noch immer vergeblich an der untersten Stufe ab, die vier übrigen waren weit auseinandergezogen, wobei der vorderste gerade die halbe Höhe der Treppe erreicht hatte.

Trotzdem verschaffte uns das nur eine Gnadenfrist. Sobald sie oben angekommen waren, das wußte ich einfach, würden sie wieder zu ihrer ursprüngliche Geschwindigkeit zurückfinden.

Viktor ließ meinen Arm immer noch nicht los, sondern zerrte mich unbarmherzig weiter hinter sich her. Aus dem Erdgeschoß erklang plötzlich der schrille Schrei einer Frau. Mary. Sie mußte wohl, durch den Lärm angelockt, herbeigekommen sein. Ich konnte nur hoffen, daß die grausigen Geschöpfe zu sehr damit beschäftigt waren, uns zu verfolgen, um auch ihr etwas anzutun.

Wir stürmten in mein Zimmer. Viktor warf die Tür hinter uns zu, verriegelte sie hastig und ließ endlich meinen Arm los. Ich taumelte ein Stück zur Seite und gegen die Wand, schüttelte aber hastig den Kopf, als Viktor wieder zugreifen wollte.

»Wir müssen raus hier«, sagte ich. »Die Tür wird sie nicht lange aufhalten.«

Viktor reagierte abermals mit erstaunlicher Schnelligkeit. Das Geschehen mußte ihn ebenso entsetzt und schockiert haben wie mich, aber er legte trotzdem eine Kaltblütigkeit an den Tag, die ich nur bewundern konnte. Mir selbst erging es kein bißchen so. Hinter meiner Stirn wirbelten die Gedanken nur so durcheinander. Aber es war sonderbar – ich war entsetzt und fast krank vor Furcht, aber kein bißchen überrascht. Fast, als hätte ich Kreaturen wie diese schon einmal gesehen oder wäre ihnen gar schon einmal auf ähnliche Weise begegnet.

Viktor durchquerte mit weit ausgreifenden Schritten das Zimmer und riß die Türen eines Kleiderschrankes auf, der an der Wand neben dem Bett stand. Verwirrt beobachtete ich, wie er hastig die darin aufgehängten Anzüge und Hemden samt ihren Bügeln herausriß und zu Boden schleuderte. Erst nach einigen Sekunden wurde mir klar, was er da tat. Der Schrank hatte keine Rückwand, wie man sie bei einem Möbel wie diesem erwartete. Statt dessen erblickte ich nacktes Mauerwerk, in das eine Tür aus schweren eichenen Balken eingelassen war. Viktor bemühte sich, sie zu öffnen, aber das Schloß schien verklemmt zu sein.

»Helfen Sie mir!« verlangte er. »Schnell!«

Wie um seinen Worten den gehörigen Nachdruck zu verleihen, berührte in diesem Moment etwas die Tür neben mir. Es war kein harter Schlag, wie ich ihn erwartet hatte, sondern ein weiches, irgendwie feuchtes Geräusch, als hätte jemand ein riesiges nasses Handtuch von außen gegen die Tür geworfen, ein Klatschen, das mir einen Schauer von Furcht und Ekel über den Rücken laufen ließ. So schnell ich konnte, eilte ich an Viktors Seite und bemühte mich mit meinen momentan sehr beschränkten Kräften, die Tür zu öffnen. Sie hatte gar kein Schloß, das hätte klemmen können, aber die Scharniere schienen seit Jahrzehnten nicht mehr benutzt worden zu sein und waren vollkommen eingerostet. Selbst mit vereinten Kräften gelang es uns nur, sie Millimeter für Millimeter aufzudrücken.

»Was ist das?« fragte Viktor. Er keuchte vor Anstrengung, aber in seiner Stimme war auch noch etwas anderes, das seine Angst verriet.

»*Shoggoten*«, antwortete ich. Der Begriff war einfach da. Es war das Wort, das mir die Stimme in meinem Traum verraten hatte, und plötzlich wußte ich, daß es sich bei den Ungeheuern, die Boris getötet hatten und jetzt draußen vor der Tür waren, um nichts anderes als diese Dienerwesen der GROSSEN ALTEN handelte. Ich konnte dieses Wissen nicht begründen, aber es ließ keinen Zweifel zu.

Viktor schien dieses Wort nichts zu sagen. Vielleicht brauchte er auch nur seine ganze Kraft, um die Tür weiter aufzustemmen.

Ich warf einen hastigen Blick über die Schulter zurück – und fuhr erneut spürbar zusammen.

Die Ungeheuer waren dabei, sich einen Weg zu uns herein zu bahnen. Aber sie taten es nicht, indem sie die Tür zerschlugen oder sich mit ihrem ätzenden Schleim einen Weg hindurch brannten, sondern auf eine viel unheimlichere Art. Unter der Tür begann eine schwarze, schimmernde Lache hindurchzufließen. Tropfen und dünne zähe Fäden der gleichen Flüssigkeit quollen durch das Schloß und den schmalen Spalt zwischen den Angeln, und im gleichen Maße, in dem die schwarze Pfütze vor der Tür anwuchs, veränderte sie sich. Schon nach einigen Sekunden war es kein glitzernder Tümpel mehr, sondern eine zusammengeballte, zuckende Masse voller vibrierender Klumpen und knotiger Verdickungen, die sich zu bemühen schien, ihre ursprüngliche Form wieder anzunehmen.

Endlich hatten wir es geschafft, die Tür weit genug aufzudrücken, daß sich Viktor als erster durch den Spalt zwängen konnte. Hastig folgte ich ihm, wandte mich um und wollte die Tür wieder schließen, aber Viktor schüttelte nur den Kopf und deutete hinter sich, wo eine steile, in jähem Winkel in die Tiefe gewendelte Steintreppe begann. Das bißchen Licht, das durch den Türspalt hereinfiel, reichte nur zwei oder drei Yards weit, aber obwohl ich in einem eisernen Halter an der Wand eine Pechfackel erblickte, machte Viktor keine Anstalten, sie zu ergreifen oder gar anzuzünden.

Mit klopfendem Herzen und weit ausgestreckten Armen, mich unsicher wie ein Blinder in der absoluten Dunkelheit vorantastend, folgte ich ihm in die Tiefe. Die Treppe war sehr lang. Ich zählte mehr als sechzig Stufen, ehe Viktor endlich vor mir stehenblieb – was ich allerdings erst bemerkte, als ich gegen ihn prallte. Es war vollkommen dunkel. Ich hörte, wie sich Viktor rumorend an etwas zu schaffen machte, dann ertönte ein metallisches Schnappen, und eine zweite Tür schwang vor uns auf.

Endlich konnte ich wieder etwas sehen. Vor mir lag ein riesiger Raum mit gewölbter Decke, in dem es kalt war und muffig roch und der vom Schein einiger weniger elektrischer Lampen erhellt war.

Ich war so verblüfft, daß ich trotz allem einen Moment stehenblieb und mich umsah. Ich kannte diesen Raum. Es war der Saal, in dem ich mich bei meinem dritten Erwachen wiedergefunden hatte, das ich bis zu diesem Zeitraum immer noch für einen Alptraum hielt. Die Wand zur Linken wurde ganz von der riesigen, verwirrenden Apparatur in Anspruch genommen, an der Viktor damals gestanden hatte, und nur wenige Schritte hinter der Tür erhob sich der verchromte Tisch, auf dem ich selbst gelegen hatte. Mein Blick wanderte in die Höhe und blieb an der unheimlichen Apparatur haften, die dort an der Decke hing. Sie sah aus wie ein riesiger, chromblitzender, zu dick geratener Speer mit einer silbernen Kugel anstelle einer Spitze. Dutzende von verschiedenfarbenen Kabeln ringelten sich von ihr zu großen Anschlüssen in den Wänden oder der Decke.

»Schnell!« sagte Viktor. »Helfen Sie mir, Robert.«

Mit zwei Schritten war er bei seiner Maschine, legte ein Dutzend oder mehr Hebel gleichzeitig um und deutete heftig gestikulierend auf eine Apparatur auf der anderen Seite des Tisches. »Dorthin!« befahl er. »Sehen Sie den roten Hebel?«

Ich sah eine ganze Menge roter Hebel. Trotzdem erkannte ich gleich, was er meinte, denn einer davon war überproportional groß, fast einen Meter lang und in einem warnenden grellen Rot lackiert. Ich nickte, trat rasch hinzu und wollte die Hand danach ausstrecken, aber Viktor machte eine erschrockene Bewegung.

»Noch nicht«, sagte er. »Warten Sie auf mein Zeichen. Wenn ich es sage, ziehen Sie ihn herunter. Schnell und bis zum Anschlag.«

Die Zeit schien plötzlich quälend langsam zu verrinnen. Ich stand da, beide Hände auf dem Hebel und den Blick wie gebannt auf die Tür gerichtet, durch die wir hereingekommen waren. Viktor hatte sie nicht geschlossen, obwohl dazu Zeit genug gewesen wäre, und er machte auch jetzt keine Anstalten dazu, sondern blickte nur immer wieder nervös in den dahinterliegenden Raum.

Sekunden verstrichen, die sich zu einer Minute reihten, dann zwei oder auch drei – und dann sah ich etwas Glitzerndes, Unförmiges in der Dunkelheit hinter der Tür emporwachsen. Viktor löste sich von seinem Platz, bewegte sich rückwärts gehend ein paar Schritte von der Tür fort, blieb aber so stehen, daß er von dort aus deutlich zu erkennen sein mußte. Immer wieder sah er nervös zu mir zurück, und immer wieder suchte sein Blick ebenso nervös den stählernen Speer, der von der Decke hing.

Einen Augenblick später erschien das erste Ungeheuer unter der Tür. Es hatte seine Form abermals verändert. Es war viel größer geworden, als hätten sich zwei oder drei der Bestien vereinigt, um einen stärkeren Körper zu bilden. Ich wußte instinktiv, daß die Protoplasmawesen dazu in der Lage waren. Auch sah es nicht mehr aus wie eine Schnecke oder Amöbe, sondern grob menschenähnlich. Es hatte einen Körper, plumpe kurze Beine und überlange, sehr muskulöse Arme, die in schrecklichen zweifingrigen Klauen endeten, dafür aber keinen Kopf.

Trotzdem schien es irgendwie sehen zu können. Und es schien auch irgendwie zu spüren, daß hier drinnen etwas nicht stimmte. Viktor war höchstens fünf oder sechs Yards von ihm entfernt, aber es zögerte sichtlich, sich auf ihn zu stürzen. Seine Arme pendelten beiderseits seines Körpers, wobei sie unentwegt ihre Länge veränderten, wie große knotige Gummibänder. Dann machte es einen Schritt, blieb abermals stehen und bewegte sich dann weiter. Endlich erwachte auch Viktor aus seiner Erstarrung. Rückwärts gehend und ohne das Ungeheuer auch nur eine Sekunde aus den Augen zu lassen, wich er weiter in den Raum zurück, bis er gegen den Metalltisch stieß. Er tastete sich daran entlang, machte dann zwei sehr schnelle Schritte zurück und einen zur Seite und stand plötzlich genau auf der anderen Seite des Tisches, der sich nun zwischen ihm und dem *Shoggoten* befand. Das Ungeheuer zögerte abermals. Einen Moment lang war es sichtbar unschlüssig, aber dann warf es plötzlich alle Hemmungen über Bord und bewegte sich mit einer Schnelligkeit, die trotz allem überraschend war. Behende wie ein riesiger Menschenaffe jagte es auf sein Opfer zu.

»*Jetzt!*« schrie Viktor. »Den Hebel, Robert!«

Gleichzeitig warf er sich mit einem kraftvollen Satz zur Seite.

Und ich zog den Hebel mit einem Ruck nach unten.

Ein helles Zischen und Summen erscholl. Ein gewaltiger elektrischer Blitz zerriß das Halbdunkel der Halle, und die silberne Kugel am Ende des Gebildes an der Decke glühte plötzlich rot und eine halbe Sekunde später gelb auf. Dann löste sich ein vielfach verästelter, weißblauer Blitz aus dem bizarren Gebilde, brannte eine funkengesäumte Spur in die Luft und hämmerte mit furchtbarer Gewalt in den Metalltisch. Im gleichen Augenblick, in dem der *Shoggote* ihn erreicht hatte und dazu ansetzte, hinüberzuklettern.

Vielleicht begriff das unheimliche Wesen die Gefahr im allerletzten Moment sogar noch, denn es versuchte, sich mitten in der Bewegung zurückzuwerfen. Aber es war zu spät. Der Tisch glühte auf. Blaues elektrisches Feuer zeichnete seine Konturen nach, und an zahlreichen Stellen begann der Stahl zu glühen. Auch der Körper des *Shoggoten* verschwand in einem Gewitter von dünnen blauen Blitzen, und plötzlich war die Luft von einem erbärmlichen Gestank erfüllt. Ein hoher, in den Ohren schmerzender Schrei erscholl, als sich das Wesen aufbäumte und vergeblich versuchte, zurückzuweichen. Aus dem Gebilde unter der Decke zuckten noch immer Blitze nieder, und die elektrischen Schläge schienen es regelrecht mit dem Tisch verschweißt zu haben. Flammen begannen aus seinem Körper zu lecken, und nach einer oder zwei weiteren Sekunden begannen sich die Umrisse des *Shoggoten* abermals aufzulösen.

Aber diesmal war es kein gewollter Wandel. Das unheilige Protoplasma, das die Stelle seines Fleisches einnahm, begann zu kochen. Sein Leib verlor jede Menschenähnlichkeit, wurde zu einem unförmigen, brodelnden Klumpen, der rasch in sich zusammensank, dabei zugleich immer mehr von seiner Form und Festigkeit verlierend. Schließlich war es nichts mehr als eine übelriechende, stinkende, kochende Pfütze, die sich rings um den glühenden Metalltisch herum ausbreitete.

Viktor trat neben mich und riß den Hebel wieder in die Höhe. Das künstliche Gewitter erlosch, aber es wurde trotzdem nicht dunkel. Der Stahltisch glühte in einem düsteren Rot, und die Hitze war so groß, daß sie uns den Atem nahm und wir einige Schritte zurückwichen.

»Das war knapp.« Viktor schüttelte ununterbrochen den Kopf. Auf seinem Gesicht lag ein benommener Ausdruck. »Das Biest hätten wir erledigt. Die Anlage hat zwar einiges abbekommen, aber ich denke, das kriege ich schon wieder hin«, sagte er. Aber ich spürte genau, daß er in Wahrheit in diesem Moment nicht einen Gedanken an seine technischen Apparaturen verschwendete. Vielmehr schien es, als klammere er sich nur daran, um nicht über das nachdenken zu müssen, was er gerade mit eigenen Augen gesehen hatte.

Leider blieb ihm keine andere Wahl, als es dann doch zu tun. Denn es war noch nicht vorbei.

Die Tür wurde mit einem schmetternden Knall aufgestoßen und zwei weitere formlose schwarze

Ungeheuer glitten auf einer ätzenden Schleimspur zu uns herein. Nicht alle *Shoggoten* hatten sich zu einem einzigen Körper vereint, um uns zu verfolgen. Zwar war es uns gelungen, den Großteil der Angreifer zu vernichten, aber wir hatten ja vor wenigen Minuten erst gesehen, wie schon ein einziges dieser gräßlichen Wesen mit Boris fertig geworden war, ohne sich dabei sonderlich anzustrengen.

Viktor erbleichte. Mit einem Sprung war er wieder bei seiner Maschine, riß den Hebel herunter, aber nichts geschah. Offensichtlich war die Anlage doch stärker beschädigt worden, als er bisher geglaubt hatte.

Vermutlich hätte es auch nichts genutzt, denn obgleich die *Shoggoten* – wie ich wußte – weder über Gehirne verfügten, noch in der Lage waren, wirklich zu denken, waren sie keineswegs dumm. Sie bewegten sich schnell auf Viktor und mich zu, schlugen dabei jedoch einen respektvollen Bogen um den immer noch glühenden Tisch und die brodelnden Überreste ihres Kameraden.

Viktor fluchte, wich rückwärts gehend vor den beiden schwarzen Amöbenwesen zurück und sah sich wild um, vielleicht auf der Suche nach einem Ausweg, vielleicht nach einer Waffe. Er fand keines von beidem. Menschliche Waffen vermochten diesen Ungeheuern keinen Schaden zuzufügen, das wußte ich, und der einzige andere Ausgang aus dem unterirdischen Verlies lag auf der anderen Seite des Raumes, unerreichbar. »Robert!« sagte er. »Tun Sie etwas! Um Gottes willen – *tun Sie irgend etwas!*«

Aber was sollte ich denn tun? Ich war ebenso hilflos wie er, mindestens ebenso überrascht und vielleicht noch entsetzter, denn anders als er wußte ich instinktiv, welches Schicksal uns bevorstand, sollten wir in die Hände der *Shoggoten* fallen. Es *gab* Dinge, die schlimmer waren als der Tod, und von den Dienerwesen der GROSSEN ALTEN überwältigt und transformiert zu werden, gehörte eindeutig dazu. Denn diese Wesen beschränkten sich nicht darauf, ihre Opfer zu töten, sondern verwandelten sie auch in die gleiche blasphemische Substanz, aus der auch ihre eigenen Körper bestanden. Ein entsetzlicher Gedanke überfiel mich: nämlich der, daß das Ungeheuer, das der Blitzschlag getötet hatte, vielleicht Boris gewesen sein mochte.

Die beiden *Shoggoten* kamen immer näher. Sie waren jetzt nicht einmal sehr schnell, als spürten sie, daß die Falle zugeschnappt war und wir ihnen nicht mehr entkommen konnten.

Tatsächlich gab es auch keinen Ausweg mehr. Hinter uns lagen noch fünf oder sechs Meter, dann eine fugenlose, glatte Wand, an der allerhöchstens eine Spinne hätte hinaufklettern können.

Trotzdem spielte ich für einen Moment ernsthaft mit dem Gedanken, es zu versuchen, wußte aber gleichzeitig auch, wie sinnlos das war. Es gab kein Davonlaufen vor diesen Ungeheuern. Selbst wenn wir ihnen hier entkamen, sie würden uns verfolgen und überall aufspüren, denn sie waren die erbarmungslosesten Jäger, die diese Welt jemals gesehen hatte; Geschöpfe, die keine Müdigkeit und keine Enttäuschung, kein Erbarmen und kein Aufgeben kannten, sondern ihre Opfer bis ans Ende der Welt und darüber hinaus jagen würden. Nein, es gab nur *einen* Weg, ihnen zu entrinnen: Wir mußten sie vernichten.

Aber wie?

Schritt für Schritt wich ich weiter vor den näherkriechenden *Shoggoten* zurück, bis Viktor und ich eng mit dem Rücken gegen die Wand gepreßt dastanden. Die Bestien hatten sich geteilt. Jeweils eine kroch nunmehr langsam, aber sehr zielsicher auf Viktor und mich zu, und während sie es taten, veränderten sie ihr Aussehen abermals. Sie sahen nun tatsächlich aus wie riesige Schnecken, hatten sogar einen angedeuteten Kopf und zwei plumpe, emsig in der Luft hin und her tastende Fühler, fast als paßten sie ihr Aussehen den Gedanken ihrer Opfer an, indem sie mit tödlicher Sicherheit das Bild erspähten, das sie am allermeisten erschreckte.

»*Robert!*« Viktors Stimme war schrill und stand kurz davor, umzukippen. »*Tun Sie irgend etwas! Howard hat gesagt, daß Sie es können!*«

War es der Klang dieses Namens, der etwas Vertrautes in mir berührte, oder einfach die panische Angst, die im gleichen Maße wuchs, in dem die Höllenschnecke näher auf mich zu kroch? Ich wußte es nicht, aber irgend etwas geschah, ein Teil des Schleiers vor meinen Erinnerungen zerriß, und *irgend etwas in mir* ließ mich reagieren und handeln, fast ohne mein Zutun, ja, sogar gänzlich ohne daß ich selbst wußte, was ich tat.

Der *Shoggote* war fast heran. Er hatte angehalten, nur eine halbe Armeslänge von mir entfernt, und begann, den vorderen Teil seines Körpers aufzurichten, bis seine tastenden Fühler sich auf gleicher Höhe mit meinem Gesicht befanden. Ein grauenhafter Gestank schlug mir entgegen und nahm mir den Atem, und die bloße körperliche Nähe des Geschöpfes bereitete mir unsägliche Pein.

Und dann …

Es war, als bräche in meinem Inneren etwas auf. Ein schwarzer Kokon, der unbemerkt in den Tiefen meiner Seele geschlummert hatte und der etwas Finsteres, unvorstellbar Altes und unvorstellbar Mächtiges enthielt, ein körperloses *Ding*, auf seine Art ebenso schrecklich war wie die *Shoggoten*, wenn nicht schlimmer, und hundertmal machtvoller.

Der *Shoggote* prallte zurück. Ein schriller, unmenschlicher Pfiff erscholl, ein Laut so voller Wut und Schmerz, daß ich ebenfalls aufschrie und die Hände vor die Ohren schlug und mich krümmte. Neben mir sank Viktor wimmernd in die Knie, und ich sah aus den Augenwinkeln, daß auch der zweite *Shoggote* von seiner Beute abgelassen hatte und zurückgeprallt war, wie von einer unsichtbaren Faust getroffen.

Aber das gestaltlose *Ding* in meinem Inneren hörte nicht auf. Es war einmal entfesselt, und es war wie ein Raubtier, das Blut gerochen hatte und nicht eher ruhen würde, bis es bekam, was es wollte. Wieder torkelten die beiden *Shoggoten* zurück, und diesmal konnte ich *sehen*, wie sich ihre fast formlosen Leiber unter den Schlägen unsichtbarer Fäuste krümmten, wie sie vor Schmerz zuckten und sich hin und her warfen, dem unsichtbaren Angreifer zu entfliehen versuchten und es nicht schafften.

Sie starben wie das erste Ungeheuer, das hereingekommen war. Ihre Körper begannen zu zerfließen, wurden zu brodelnden schwarzen Pfützen und lösten sich schließlich ganz auf. Es dauerte nur Sekunden, dann war alles vorbei.

Doch das stimmte nicht. Es war nicht vorbei. Was immer ich entfesselt hatte mit meinem lautlosen Hilferuf, was immer da *in mir* gewartet hatte, es war frei, und es wollte mehr, begann nach weiteren Opfern, nach mehr Blut und mehr Leben zu schreien wie ein Wahnsinniger, den ein rasender Blutrausch überkommen hatte. Ich sah, wie Viktor sich krümmte und entsetzt die Arme über dem Kopf zusammenschlug, aber ich begriff im gleichen Moment auch, daß seine Furcht nun mir galt, denn auch er spürte die unsichtbaren Gewalten, die ich entfesselt hatte, das Rasen und Toben von Kräften, die nicht die meinen waren, sondern mich nur benutzten. Die Luft im Raum knisterte wie unter unsichtbaren elektrischen Blitzen, und eine spürbare Aura von destruktiver Macht und Gewalttätigkeit breitete sich zwischen uns aus.

»Robert!« wimmerte Viktor. »Hören Sie auf! Um Himmels willen, hören Sie auf!«

Aber ich konnte es nicht. Ich wollte es. Ich hätte in diesem Moment mein neu erworbenes Leben gegeben, die unsichtbare Bestie, die ich entfesselt hatte, wieder in ihren Kerker zurückzuschicken, aber meine Kräfte reichten nicht. Ich kam mir vor wie ein Kind, das im Spiel einen Stein aus einer Wand gekratzt und zu spät gemerkt hatte, daß es damit eine Staumauer zum Einbruch brachte, und das nun versuchte, die Wassermassen mit bloßen Händen zurückzuhalten. Das *Ding* raste und tobte weiter, und ich spürte, wie es immer wilder und wütender nach einem weiteren Opfer suchte – und fand.

Viktors Augen quollen vor Entsetzen schier aus den Höhlen, als auch er spürte, wie sich die unsichtbaren Kräfte nun gegen ihn zu richten begannen. Noch einmal und mit verzweifelter Macht versuchte ich sie zurückzuhalten, aber das Ergebnis war dasselbe wie zuvor.

Ich schrie gellend auf, fuhr herum und rannte auf die Tür zu, so schnell ich konnte. Hinter mir begann Viktor zu kreischen, nun nicht mehr vor Angst, sondern in einer Tonlage, die mir das Blut in den Adern gerinnen ließ. Zugleich hob unter meinen Füßen ein furchtbares Vibrieren und Krachen an, als tobten auch dort entfesselte Urgewalten, die ihren Zorn gegen die Erde selbst richteten.

Irgendwie erreichte ich die Tür, warf mich hindurch und stolperte mehr, als ich ging, die gewendelte Treppe hinauf. Viktor schrie noch immer, was bedeutete, daß er zumindest noch am Leben war, aber ich wagte es nicht, auch nur einen Blick zu ihm zurückzuwerfen, aus Angst, damit vielleicht genau jenen kostbaren Sekundenbruchteil zu verlieren, der über Viktors Tod oder Weiterleben entscheiden mochte. Blind vor Angst und Entsetzen stolperte ich weiter. Ich mußte raus aus diesem Haus, das war das einzige, woran ich denken konnte.

5. September 1892

Wie in jeder einzelnen Nacht während der letzten fünf Jahre und sechs Monate wachte Howard Phillip Lovecraft schweißgebadet aus der Umklammerung eines Alptraumes auf, von dem er nur zu gut wußte, daß er weit mehr als ein *Traum* war. Und er wußte auch, daß es kein Zufall war, daß gerade er dazu verdammt war, die schrecklichen Ereignisse jener verhängnisvollen Nacht vom siebzehnten zum achtzehnten Februar 1887 – Roberts Hochzeitsnacht – wieder und immer wieder zu durchleben.

Vielleicht war es nichts anderes als die gerechte Strafe für sein Versagen.

Anfangs hatte er beim Aufwachen geschrien, so lange, bis die Wärter herbeigeeilt kamen und ihn auf wenig sanfte Art zum Schweigen brachten, nachdem sie merkten, daß ihm nichts fehlte, sondern er sie nur wegen eines Traumes aus ihrer Ruhe aufgeschreckt hatte.

Mittlerweile schrie Howard nicht mehr, was nicht daran lag, daß der Traum durch die regelmäßige Wiederholung weniger schrecklich für ihn geworden wäre oder er sich daran gewöhnt hätte. Das war unmöglich.

Nein, das Grauen, der Schmerz, das Entsetzen waren jedesmal unverändert schlimm. Verflogen war lediglich die schreckliche Orientierungslosigkeit beim Aufwachen – das Gefühl lähmender Hilflosigkeit, weil es keine Möglichkeit mehr gab, irgend etwas an dem zu ändern, was so bereits geschehen war, das verwirrende Bemühen, wieder zu seiner eigenen Identität zurückzufinden, und schließlich die Verzweiflung, wenn ihm die Hoffnungslosigkeit seiner Situation wieder zu Bewußtsein kam.

Diesen Schrecken unmittelbar nach dem Erwachen unter Kontrolle zu bringen und zu beherrschen hatte Howard inzwischen gelernt, was jedoch nichts daran änderte, daß er immer noch schweißgebadet und am ganzen Körper zitternd aus dem Schlaf auffuhr – Nacht für Nacht, jedesmal zur gleichen Sekunde.

Man hatte ihm seine Uhr bei der Einlieferung vor fünfeinhalb Jahren ebenso wie sämtliche übrigen Sachen abgenommen, aber Howard brauchte sie nicht, um zu wissen, daß es wenige Sekunden nach Mitternacht war. Der zwölfte Glockenschlag der nahe gelegenen Kirche war gerade erst verklungen, nachdem er den fünften Septembertag dieses Jahres eingeläutet hatte. Der fünfte September ...

Vermutlich wäre er auch ohne den Traum in *dieser* Nacht schweißgebadet hochgefahren. Es war nicht irgendein Tag.

Heute war sein Todestag.

Howard schlug die dünne Decke zurück und schwang die Beine von der Gefängnispritsche. Er wußte, daß er keinen Schlaf mehr finden würde. Er wunderte sich, daß er überhaupt hatte einschlafen können. Vielleicht war es ein grausamer Streich des Schicksals, ihn selbst heute noch ein letztes Mal mit dem Traum zu peinigen.

In gewisser Hinsicht war Howard fast froh, daß die Qual nun vorbei war. Er hatte mehr als fünfeinhalb Jahre Zeit gehabt, sich auf diesen Tag vorzubereiten, fünfeinhalb Jahre zwischen Verzweiflung und immer wieder neu aufflackernder Hoffnung. Aber es hatte keine Rettung, sondern jedesmal nur einen weiteren Zeitaufschub gegeben. Das Unausweichliche war unvermeidbar; die Mühlen der britischen Justiz mochten langsam mahlen, aber dafür taten sie es mit gnadenloser Präzision.

Er dachte oft an den Prozeß zurück. Er war kurz gewesen, und das Urteil hatte vermutlich schon festgestanden, bevor der Richter das erste Mal den Saal betrat. Zumindest waren sie gnädig genug gewesen, ihn unter Ausschluß der Öffentlichkeit abzuhalten.

Howard stand auf und ging einige Schritte auf und ab. Die Zelle war winzig: vier Schritte lang und zweieinhalb breit, von denen einer die unbequeme

Pritsche beanspruchte, die an der linken Seite an Boden und Wand angeschraubt war. Es gab einen Stuhl, einen kleinen Tisch, ein offenes Klosett ohne Deckel und ein Waschbecken mit einem einzelnen Hahn, der beim Auf- und Zudrehen erbärmlich quietschte. Ein einzelnes Fenster befand sich hoch unter der Decke, doch bot es höchstens einer ausgehungerten Mücke Platz und war zudem noch vergittert. Außerdem lag es so hoch, daß er es nicht einmal erreichen konnte, wenn er auf den Stuhl stieg.

Jedes Detail dieser Zelle war Howard so vertraut geworden, daß er es sogar als Abwechslung empfand, wenn sich gelegentlich eine Fliege oder ein anderes Insekt in seine Zelle verirrte.

Mehr als fünf Jahre in einem Loch wie diesem eingesperrt zu sein konnte einen geistig schwächeren Menschen leicht um den Verstand bringen, und selbst wer nicht dem Wahnsinn verfiel, der stumpfte innerlich ab. Nicht einmal er war völlig verschont geblieben. Howard hatte miterlebt, wie sein Denken nach und nach auf den Raum zwischen diesen vier Wänden geschrumpft war Die Zelle war nicht nur zu seiner ganz privaten Hölle geworden, sondern auch zu seiner gesamten Welt. Er wußte, daß es außerhalb der Gitter noch eine Welt gab – die wortkargen Wärter, die dreimal am Tag nach ihm sahen und ihm das Essen brachten, seine Erinnerungen und der Traum gemahnten ihn immer wieder nachdrücklich daran –, aber er konnte sie sich immer weniger *vorstellen*. Der bloße Gedanke an ihre ungeheuerliche Weite erschreckte ihn beinahe, und er bezweifelte, daß er sich noch wie früher darin zurechtfinden könnte, selbst wenn er durch irgendein Wunder doch noch freikäme, statt dem Henker vorgeführt zu werden.

Howard empfand es mittlerweile fast als Erlösung, daß das Warten nach so endlos langer Zeit in ein paar Stunden vorbei sein würde. Der Gedanke an den Tod schreckte ihn nicht. Er war so genügsam geworden, daß er es sogar als eine Gnade empfand, während der letzten Minuten seines Lebens auf dem Weg zum Galgen im Gefängnishof noch einmal den Himmel sehen und frische Luft atmen zu dürfen.

Es war eine grausame Ironie: Er hatte einen grauenvollen Fehler begangen, damals, in einem anderen Leben, wie es ihm schien, als er Andara-House noch einmal betreten hatte. Er hatte seine Kräfte mißbraucht, sich gegen das Schicksal zu stellen und die Mauern der Wirklichkeit einzureißen, und wenn es eine angemessene Strafe für sein Versagen gab, konnte dies nur der Tod sein. Damals hatte er sich sogar gewünscht zu sterben, weil er geglaubt hatte, nicht länger mit seiner Schuld leben zu können. Dabei hätte er nicht sterben müssen. Er hätte nicht einmal *hierbleiben* müssen, hätte er es wirklich gewollt.

Kein Gefängnis der Welt konnte ihn gegen seinen Willen halten, nicht ihn, den ehemaligen *Time-Master* des Templerordens.

Howard wußte, daß er jederzeit fliehen konnte, selbst jetzt noch, und die Verlockung, es zu tun war während der vergangenen Jahre mehr als einmal fast übermächtig geworden. Dennoch war er froh, es nicht getan zu haben, und er hoffte, daß er die Kraft finden würde, es auch am kommenden Morgen nicht zu tun.

Der Preis war zu hoch.

Howard war zwar in der Lage, sein Leben zu retten, aber er würde für diese Rettung mit dem Leben eines anderen bezahlen: Dem Leben Robert Cravens. Seines Freundes, den er geliebt hatte wie einen Sohn, und der ...

Nein. Genug. Nicht mehr. Es mochte egoistisch sein, aber heute und jetzt wollte er nicht an Robert denken. Er hatte getan, was er konnte, und den Rest mußte er Gott überlassen, oder wer immer auch das Schicksal der Menschen bestimmte.

So stand er da, reglos, wie erstarrt, Stunde um Stunde, bis er schließlich das Geräusch der Zellentür hinter sich hörte und spürte, daß er nicht mehr allein war. Es war Morgen geworden. Er hatte nicht einmal gemerkt, wie die Stunden verstrichen. Gut.

Die Wächter hatten das Frühstück gebracht, ein opulentes Mahl auf silbernem Geschirr, das ebenso köstlich duftete, wie es vermutlich schmeckte. Seine Henkersmahlzeit. Aber er hatte keinen Hunger. Plötzlich verspürte er eine absurde Art von Ungeduld. Er wollte es hinter sich bringen.

Die Männer verzichteten darauf, ihm Handfesseln anzulegen, als sie ihn aus der Zelle und in das Büro des Gefängnisdirektors brachten.

Er wurde bereits erwartet. Howard blieb einen Moment unter der Tür stehen und musterte der Reihe nach die Personen, die außer ihm selbst im Büro von Gefängnisdirektor Langston anwesend waren: Dr. Dr. Dr. Mortimer Gray, sein Anwalt, Inspektor Wilbur Cohen von Scotland Yard, und schließlich Richard Langston selbst. Die beiden Wärter hatten das Büro auf einen Wink Langstons hin wieder verlassen, doch Howard zweifelte nicht daran, daß sie unmittelbar vor der Tür Position bezogen hatten, um jeden etwaigen Fluchtversuch zu vereiteln. Als ob er das wirklich vorhätte. Begriffen sie denn nicht, daß er *froh* war, daß es endlich vorbei sein würde?

»Es ist üblich, daß man einem zum Tode Verurteilten einen letzten Wunsch erfüllt«, sagte er, ohne sich mit einer Begrüßung aufzuhalten. »Ich glaube kaum, daß wir deshalb hier zusammengekommen sind, aber vielleicht dürfte ich dennoch einen solchen Wunsch äußern.«

»Sicher – wenn es in meiner Macht steht, ihn zu erfüllen, werde ich es tun«, erwiderte Langston. Er war ein älterer, bürokratisch wirkender Mann, der in all den Jahren, die er das Gefängnis schon leitete, selbst zu einem Teil des grauen Mauerwerks geworden zu sein schien. Sein Anzug und sein Haar waren so grau wie die Wände seines Büros, selbst seine Haut schien einen ungesunden grauen Schimmer angenommen zu haben. Irgendwie klangen sogar seine Worte grau, egal, was er sagte.

Howard blickte ihn hoffnungsvoll an. »Könnte ich vielleicht eine Zigarre bekommen?« Mit einem angedeuteten Lächeln fügte er hinzu: »Fünf Jahre Isolierhaft in der Todeszelle lassen sich ja noch ertragen –, aber in der ganzen Zeit keine einzige anständige Zigarre rauchen zu dürfen, war die Hölle. Einer der Wärter war so freundlich, mir einmal eine zu besorgen, aber dem Geschmack nach war sie offenbar aus kleingeschnittenen Schuhsohlen hergestellt.«

Langston musterte ihn, als hätte er einen Geisteskranken vor sich, dann zuckte er mit den Schultern. »Ich selbst bin Nichtraucher, aber ich könnte jemanden losschicken, der …«

»Nicht nötig«, unterbrach ihn Gray und zog eine

Zigarre aus der Tasche. »Da ich meinen Mandanten kenne, habe ich diesen Wunsch vorhergesehen.«

Er reichte die Zigarre an den Gefängnisdirektor weiter, der sie ein paar Sekunden lang von allen Seiten betrachtete – anscheinend wollte er sich überzeugen, daß sich kein Messer, Dietrich oder vielleicht eine ganze Bande bewaffneter Fluchthelfer darin verbargen, bevor er sie an ihn weitergab. Genüßlich roch Howard daran, biß die beiden Enden ab und spuckte diese zielsicher ein paar Handbreit neben den Papierkorb. Er ließ sich Feuer geben und paffte genießerisch ein paar Rauchwolken in Langstons Richtung. Der Gefängnisdirektor wedelte mit der Hand in der Luft und hustete demonstrativ, bevor er seufzend eine Schublade seines Schreibtisches öffnete und Howard einen Aschenbecher zuschob.

»Also, Mr. Lovecraft, Sie kennen die Situation«, sagte er dann. »Das Todesurteil gegen Sie ist rechtsgültig. Es wird in ...«, er sah auf seine Taschenuhr, »... einer knappen Stunde vollstreckt werden, und diesmal wird es keinen Aufschub mehr geben.«

»Noch liegt keine Antwort auf das Gnadengesuch bei Ihrer Majestät vor«, wandte Gray ein.

Langston lächelte mitleidig und ein wenig traurig, wie es schien. »Machen wir uns nichts vor, Dr. Gray«, entgegnete er. »Wir wissen beide, daß diese Chance nur auf dem Papier besteht. Mr. Lovecraft wurde des dreifachen Mordes schuldig gesprochen, und das Urteil wurde in allen gerichtlichen Instanzen bestätigt. Ihre Majestät *kann* dem Gnadengesuch gar nicht stattgeben, selbst wenn sie es wollte. Es würde einen Skandal heraufbeschwören, die Zeitungen ...«

»Bitte, meine Herren«, sagte Howard. Er nahm einen weiteren Zug aus seiner Zigarre, wartete, bis sich aller Aufmerksamkeit wieder ihm allein zugewandt hatte, und fuhr dann fort: »Es ist gut. Ich weiß, daß es soweit ist. Ich habe es akzeptiert.«

»Noch ist ...«, begann Gray, wurde aber wieder von Howard unterbrochen:

»Laß es gut sein, Mortimer. Ich weiß, daß du alles getan hast, was in deiner Macht steht. Ich denke, so lange wie du hat es noch keiner geschafft, ein Todesurteil hinauszuzögern. Aber nun ist es genug.«

Aus dem Hof drangen ein rhythmisches Hämmern und das Klappern von Balken zu ihnen herauf. Howard schluckte schwer. Man hatte damit begonnen, den Galgen zu errichten. Für einen kurzen Moment fühlte er nun doch Panik in sich aufwallen, aber das Gefühl wich gleich darauf wieder der sonderbaren Taubheit und Gleichgültigkeit seinem eigenen Schicksal gegenüber, die seinen Geist schon seit Tagen umfangen hielt.

Langston räusperte sich. »Unsere Zeit ist begrenzt, Mr. Lovecraft«, sagte er.

Howard drehte sich langsam vom Fenster weg und sah ihn an. Obwohl er wahrscheinlich nicht der erste Mann war, den Langston so wie ihn nun vor sich sah, brachte es der Gefängnisdirektor aus irgendeinem Grund nicht mehr fertig, seinem Blick standzuhalten. Verlegen sah er zur Seite und sagte in leisem, beinahe entschuldigend klingendem Tonfall: »Ich habe einen Priester kommen lassen. Er wartet im Nebenzimmer. Wenn Sie mit ihm sprechen wollen ...?«

Howard deutete ein Kopfschütteln an. »Ich brauche keinen Geistlichen«, sagte er. »Ich denke, wenn es irgend etwas gäbe, was ich zu beichten hätte, wäre es jetzt sowieso zu spät. Und schade um die Zeit«, fügte er mit einem Lächeln hinzu. »Ich brauche keinen Vermittler mehr, wissen Sie? Was ich zu sagen habe, kann ich in ein paar Minuten auch selbst erledigen.«

Er hatte es weder böse gemeint, noch hatte er Langston verletzen oder vor den Kopf stoßen wollen, aber er sah an der Reaktion auf dem Gesicht des Gefängnisdirektors, wie verärgert dieser auf seine Worte reagierte. Trotzdem ersparte er es sich, ein Wort der Entschuldigung vorzubringen. Langston war kein sehr guter Mensch. Howard hatte mehr als fünf Jahre Zeit gehabt, das herauszufinden.

»Uns bleibt noch eine gute halbe Stunde«, mischte sich Gray ein. »Wäre es möglich, daß ich in dieser Zeit noch einmal allein mit meinem Mandanten rede?«

Cohen und Langston tauschten einen raschen Blick. Der Gefängnisdirektor war von Grays Vorschlag sichtlich wenig begeistert, aber Cohen signalisierte ihm, zuzustimmen, und so zuckte er schließlich mit den Schultern. »Das verstößt zwar eigentlich gegen meine Vorschriften«, sagte er, »aber ich denke, ich kann eine Ausnahme machen.«

»Das ist äußerst großzügig von Ihnen, Mr. Langston«, sagte Gray. Er gab sich gar keine Mühe, den beißenden Spott aus seiner Stimme zu vertreiben. Langston spießte ihn mit einem Blick regelrecht auf, verbiß sich aber jede Antwort und ging, dicht gefolgt von Cohen, zur Tür. »Zehn Minuten«, sagte er, bevor er hinausging.

Gray wartete, bis sie allein waren. Auch dann ergriff er noch nicht sofort das Wort, sondern ging hinter Cohen und dem Gefängnisdirektor her, öffnete die Tür und warf einen Blick auf den Flur hinaus, um sich davon zu überzeugen, daß sie nicht belauscht wurden. Erst dann kam er zu Howard zurück, und im gleichen Moment wichen der kühle Ausdruck und die steife englische Haltung ebenso aus seinem Gesicht und seiner Statur wie die Selbstbeherrschung aus seiner Stimme.

»Es tut mir so leid, Howard«, sagte er. »Ich habe alles versucht, was ich …«

Howard unterbrach ihn mit einer sanften Geste. »Das weiß ich«, sagte er. »Es ist nicht deine Schuld.«

»Ich war ein paar Tage nicht in der Stadt«, fuhr Gray fort, noch immer im Tonfall einer Entschuldigung, als hätte er Howards Antwort gar nicht gehört. »Ich nehme an, Langston und seine Spießgesellen haben das gewußt und die Gelegenheit ausgenutzt. Ich könnte versuchen, noch einmal einen Aufschub zu erreichen. Wenn ich meine Beziehungen spielen lasse …«

Wieder schüttelte Howard den Kopf. »Es wäre sinnlos«, sagte er. »Du würdest noch ein paar Tage herausschinden, vielleicht noch eine Woche oder sogar einen Monat. Aber wozu?«

Gray blickte ihn traurig an. Er stellte keine Frage mehr, denn er schien die Antwort zu kennen. Vermutlich wußte er, was in Howard vorging. Wenn es etwas gab, das schlimmer war als das Wissen um den sicheren Tod, dann war es das Warten darauf.

»Warum bist du nicht geflohen?« fragte er ganz leise. »Ich stelle diese Frage nicht als Anwalt, sondern als dein Freund. Ich weiß, daß du unschuldig bist. Und ich weiß, daß du so gemächlich hättest hier herausspazieren können wie aus einem Pub zur Sperrstunde.«

Howard blickte sekundenlang an ihm vorbei ins Leere.

»Es ist gut, daß du davon beginnst«, sagte er schließlich. »Hättest du es nicht getan, so hätte ich Langston gebeten, noch einmal mit dir reden zu dürfen. Du hast recht, Mortimer. Ich hätte fliehen können, aus diesem Gefängnis, dieser Stadt, sogar von dieser Insel, und niemand hätte mich aufhalten können. Aber der Preis wäre zu hoch gewesen.«

»Welcher Preis?« wunderte sich Gray.

»Roberts Leben«, antwortete Howard.

Gray blinzelte ein paarmal. »Was soll das heißen? Robert befindet sich in Frankensteins Obhut, ob du nun hier bist oder in Amerika oder ...«

»Das stimmt nicht«, sagte Howard. Gray brach verblüfft mitten im Wort ab, und wieder ließ Howard endlose kostbare Sekunden verstreichen, ehe er fortfuhr, noch leiser, jetzt fast flüsternd.

»Erinnerst du dich noch, was du selbst mir damals erzählt hast, an jenem Tag, nachdem Rowlf und Sill Roberts Leiche zu Viktor gebracht haben? Daß er sich anfangs geweigert hätte, es zu versuchen, weil es ja doch sinnlos sei?«

Gray nickte. »Natürlich.«

»Er hatte recht«, sagte Howard. Gray wollte eine verblüffte Frage stellen, aber Howard ließ ihn nicht zu Wort kommen. »Als ich Robert aus dem brennenden Haus holte, war er mehr tot als lebendig. Du hast seine Verletzungen gesehen. Kein Arzt der Welt, und sei er noch so genial, hätte sie heilen können. Nicht einmal Viktor. So tat ich das einzige, was ich noch für ihn tun konnte.«

Er sah den alten Rechtsanwalt ernst an. »Was du jetzt hörst, wird dich in Erstaunen versetzen, aber es ist die Wahrheit. Du weißt, daß ich in der Lage bin, gewisse ... nennen wir es *Manipulationen* an der Zeit vorzunehmen.«

Gray wirkte nicht im mindesten überrascht. »Ja.«

»Aber du weißt nicht, in welchem Umfang ich dazu in der Lage bin«, fuhr Howard fort. »Bis zu jenem Abend vor fünf Jahren wußte ich es selbst nicht. Rowlf und ich gingen in der Zeit zurück, um Robert zu retten oder wenigstens zu warnen, bevor Priscyllas böse Saat aufgehen konnte. Wir kamen zu spät. Doch eines konnte ich noch tun. Ich brachte seinen sterbenden Körper zurück in die Gegenwart, und ich gab ihm all meine magische Kraft. Ich hielt die Zeit für ihn an.«

»Wie bitte?« fragte Gray. Hatte er Howard bisher zugehört und offensichtlich auch geglaubt, so machte sich nun doch ein deutlicher Ausdruck von Zweifel auf seinem Gesicht breit.

»Ich tat genau das«, bestätigte Howard. »Sein Körper starb. Er war vielleicht noch Sekunden vom endgültigen Tod entfernt, und so hielt ich die Zeit in jenem Augenblick an. Meine Hoffnung war – und ist –, daß es Viktor in den letzten fünf Jahren gelungen ist, seine körperlichen Wunden so weit zu heilen, daß ich es wagen kann, den Bann wieder zu lösen.«

»Moment mal«, sagte Gray. »Du willst damit sagen, daß ...«

»... die letzten fünf Jahre und sechs Monate für Robert nicht existiert haben«, bestätigte Howard. »Für ihn ist kaum eine Sekunde vergangen. Er schläft eine Art ewigen Schlaf, ohne zu träumen, ohne zu atmen, ohne essen oder trinken zu müssen, und ohne zu altern.«

»Aber das ist ... unglaublich«, murmelte Gray.

»Und es hat all meine Kraft gekostet«, sagte Howard. »In jeder Sekunde jedes Tages der letzten Jahre. Das war der einzige Grund, aus dem ich immer wieder gebeten habe, einen weiteren Aufschub zu erwirken, die Hinrichtung noch einmal hinauszuzögern. Wäre es anders gewesen, ich hätte es längst hinter mich gebracht.«

»Und wenn du stirbst«, flüsterte Gray, »dann erlischt dein Zauber.«

Howard nickte. »Ja. Ich weiß nicht, was geschehen wird. Du hast mir von den Fortschritten berichtet, die Viktor mit der Heilung seines Körpers gemacht hat, doch niemand weiß, ob sie ausreichen.« Er sah zum Fenster. »Wenn ich jetzt dort hinuntergehe und der Henker seine Arbeit tut, dann gibt es nichts mehr, was Robert noch schützt.«

»Dann wird er vielleicht sterben«, sagte Gray.

»Vielleicht«, bestätigte Howard. »Aber vielleicht auch nicht. Viktor ist ein genialer Arzt auf seine Weise. Was du mir erzählt hast, läßt mich hoffen, daß Robert von sich aus die Kraft findet, zu erwachen und am Leben zu bleiben. Wenn nicht, so habe ich endgültig versagt und unsere Feinde endgültig gewonnen, und alles war umsonst. Weißt du, das ist das schlimmste. Ich fürchte mich nicht mehr vor dem Tod. Ich habe nur Angst, daß meine Bemühungen nicht gereicht haben. Aber wenn doch«, schloß er, »dann sind Rowlf, Sill und du die einzigen, die er noch hat. Ich bitte dich, von hier aus gleich zu Viktor zu fahren und nach Robert zu sehen.«

»Das werde ich«, sagte Gray. Leise und in fast feierlichem Tonfall fügte er hinzu: »Ich gebe dir mein Wort, daß ich ihn beschützen und auf ihn achtgeben werde, als wäre er mein eigener Sohn.«

Das habe ich auch versucht, mein Freund, dachte Howard. *Aber es hat nicht gereicht.*

Er sprach es nicht laut aus, sondern lächelte dem grauhaarigen alten Anwalt zu, straffte plötzlich die Schultern und drehte sich zur Tür.

»Komm«, sagte er. »Der Henker von London erwartet mich.«

ENDE DES ERSTEN BUCHES

Zweites Buch

Bote aus dem Jenseits

Die Ratte war so groß wie ein Airdale-Terrier und mindestens genauso angriffslustig, aber sie sah nicht halb so ansehnlich aus, und unglücklicherweise war sie nicht einmal *annähernd* so feige, wie es diese hysterischen Kläffer zumeist sind. Abgesehen von diesen Unterschieden zu den gestylten Luxushündchen gab es allerdings *noch* einen Unterschied: Airdale-Terrier pflegen im allgemeinen einzeln aufzutreten.

Die Ratte nicht.

Sie hatte ein paar Kumpel mitgebracht; möglicherweise sogar ihre gesamte Familie. Genau konnte ich das nicht sagen – das Teilstück des Tunnels, das ich überblicken konnte, war nur zwanzig oder dreißig Fuß lang; alles, was dahinter lag, war in einer unangenehmen, irgendwie *klebrigen* Schwärze verborgen, die leer sein mochte, ebensogut aber auch noch etliche Dutzend Onkel und Tanten des graubraunen Ungetüms enthalten konnte.

Normalerweise habe ich nichts gegen Geselligkeiten jeder Art, aber *dieses* Familientreffen gefiel mir ganz und gar nicht – ich wurde nämlich das Gefühl nicht los, daß ich mich nicht nur in der Rolle eines uneingeladenen Gastes befand, sondern zugleich auch die Hauptmahlzeit darstellte. Die Ratte jedenfalls hatte schon ein gutes Stück aus meiner Hose herausgebissen und kaute genüßlich darauf herum. Wie lange mochte es wohl dauern, bis sie auch an dem Fleisch darunter Interesse finden würde?

Ich verscheuchte die albernen Gedanken – die ohnehin nichts anderes als Hysterie waren, mit denen etwas in mir meine an Panik grenzende Furcht zu kompensieren versuchte – und packte den Knüppel fester, mit dem ich mich bewaffnet hatte.

Eigentlich war es nur ein Holzscheit, kaum anderthalb Fuß lang, das noch dazu lange genug im Wasser gelegen hatte, um halb verfault zu sein; eine erbärmliche Waffe. Aber leider die einzige, die ich besaß. Außerdem hätte mir vermutlich auch die schärfste Klinge des gesamten Empires nicht geholfen, wenn sich die Ratten tatsächlich entschlossen, über mich herzufallen.

Ich hatte den Fehler begangen, auch nur einen Augenblick lang nicht auf meine Umgebung zu achten, und dieser Augenblick mußte gereicht haben, mich direkt in ihr Revier hineinzuführen. Der Tunnel vor mir wimmelte von struppigen grauen und braunen Leibern, und ich konnte die Blicke von Hunderten gieriger kleiner Augen beinahe körperlich auf mir spüren. Wenn auch nur die Hälfte von dem stimmte, was man sich über die Londoner Kanalratten erzählte, dann war ich verloren, denn diese Biester galten nicht nur als besonders verschlagen und heimtückisch, sondern auch als ganz besonders *gefräßig*. Sie hätten schon ziemlich dumm sein müssen, um einen so appetitlichen Happen, wie ich ihn in ihren Augen zweifellos darstellte, anstandslos wieder gehen zu lassen.

Das Tier, das mich in den Hosensaum gebissen hatte, kam jetzt mit kleinen trippelnden Schritten wieder näher. Ich konnte sehen, wie es schnüffelnd die Luft einsog, wie ein Hund, der eine Witterung aufnimmt. Die anderen rührten sich nicht (das hieß: natürlich *rührten* sie sich – sie huschten und rannten unentwegt durcheinander, so daß sie eine einzige quirlende graubraune Masse zu bilden schienen, aber die Bewegung war noch nicht zielgerichtet, wie sie es bei einem direkten Angriff gewesen wäre), aber das mußte nicht unbedingt bedeuten, daß sie kein Interesse an mir hatten. Vielleicht hatten sie diese eine sozusagen als Scout vorausgeschickt, um meinen Geschmack und möglicherweise auch meine Wehrhaftigkeit zu testen.

Ich gab ihr eine Kostprobe von Letzterem, indem ich mit meinem Knüppel nach ihr schlug – sie ganz absichtlich aber verfehlte. Es hätte mir wenig genutzt, diesem einen Tier den Schädel einzuschlagen und damit vielleicht einen Angriff fünfhundert anderer zu provozieren.

Immerhin trieb der Schlag, der wenige Inches vor ihr durch die Luft pfiff, die Ratte wieder ein Stück zurück. Zugleich aber stieß sie auch einen schrillen Pfiff aus, und eine nicht eben geringe Anzahl ihrer struppigen Verwandten hielt in ihrem sinnlosen Durcheinanderwuseln inne und wandte ihre Aufmerksamkeit nun ganz mir zu.

»Nicht doch«, sagte ich mit einem hastig-verlegenen Lächeln. »Macht ruhig weiter, Leute. Tut einfach so, als wäre ich gar nicht da.«

Ich redete Unsinn, und ich wußte es, aber allein der Klang einer menschlichen Stimme, auch wenn es meine eigene war, schien die angsterfüllte Atmosphäre ein wenig zu lockern. Vielleicht half sie sogar *wirklich,* denn ich sah, wie einige Ratten erschrocken zusammenfuhren und Sekunden später in der Dunkelheit verschwanden. Möglicherweise hatten sie schlechte Erfahrungen mit den Wesen gemacht, zu denen Stimmen solcher Art gehörten.

Aber wenn, dann galt das leider nicht für alle. Nicht einmal für sehr viele.

Die Ratte kam schon wieder näher, und sie war jetzt nicht mehr allein, sondern wurde von drei oder vier anderen Nagern begleitet, die sich mir ebenso vorsichtig, aber mit einer ebensolchen Gier in den Augen naherten wie sie.

»Ich würde das nicht tun, Freunde«, sagte ich. »Ich schmecke scheußlich, glaubt mir.«

Nein – sie glaubten mir ganz offensichtlich nicht. Sie kamen weiter näher, und ich begann mich – Schritt für Schritt und rückwärts gehend, um die grauen Killer auch nicht für eine Sekunde aus den Augen zu verlieren – im gleichen Tempo zurückzuziehen. Alles in mir schrie danach, herumzufahren und davonzurennen, so schnell ich konnte, aber ich gestattete es mir nicht, diesem Impuls nachzugeben; und das aus gleich zwei guten Gründen: Zum einen wußte ich, daß Ratten einfach schneller rennen können als ein Mensch, selbst wenn er sich in bester körperlicher Verfassung befindet. Und zum anderen *befand* ich mich in keiner guten körperlichen Verfassung; eher in einer erbärmlichen. Und die Vorstellung, zu rennen und dabei jede Sekunde damit rechnen zu müssen, von einem struppigen Ungeheuer angesprungen zu werden, das seine Zähne in meinen Nacken oder meine Beine schlug, jagte mir eine zehnmal größere Furcht ein, als es der Anblick der Ratten tat.

Verzweifelt versuchte ich mich zu erinnern, wie ich hierher gekommen war. Irgendwann auf dem Weg war mir eine Anzahl eiserner Trittstufen aufgefallen, die in die Tunnelwand eingelassen waren und in die Höhe führten. Wenn ich sie erreichte, hatte ich vielleicht eine Chance. Aber ich vermochte einfach nicht zu sagen, ob sie zehn, hundert oder auch tausend Schritte hinter mir lagen.

Genaugenommen vermochte ich überhaupt nicht

zu sagen, wie ich hierhergekommen war. Seit dem Angriff des Shoggotenmonsters auf Viktors Haus mußten Stunden vergangen sein, Stunden, in denen ich halb verrückt vor Angst durch das Labyrinth der Kanalisation irrte und in denen der einzige klare Gedanke, den ich überhaupt fassen konnte, der gewesen war, um jeden Preis die Nähe von Menschen zu meiden. Etwas in mir krümmte sich noch jetzt vor Entsetzen, als ich mich erinnerte, wie nahe ich daran gewesen war, Viktor zu töten. Und obwohl meine Erinnerungen noch immer ein einziges Chaos aus sinnlos in- und übereinandergestapelten Bildern und Szenen waren, wußte ich doch eines mit unerschütterlicher Sicherheit: Ich *hätte* es getan, wäre ich nicht Hals über Kopf aus seinem Laboratorium geflohen. Ich war blindlings ins Freie gestürzt, und wahrscheinlich war es wenig mehr als ein Instinkt gewesen, der mich hierher hatte fliehen lassen, in die Kanalisation, wo ich sicher vor der Gesellschaft anderer Menschen war – und diese vor allem vor mir. Erst als ich das zornige Quietschen hörte, eine halbe Sekunde darauf einen brennenden Schmerz am Schienbein verspürte und eine weitere halbe Sekunde später begriff, daß das dünne zuckende Etwas, auf dem ich stand, ein *Rattenschwanz* war, war ich aus meiner Betäubung erwacht – übrigens nicht nur aus dem Schock, der sich meiner nach der schrecklichen Szene in Viktors Laboratorium bemächtigt hatte.

Es war, als hätte dieser abgrundtiefe Schrecken eine ganze Anzahl weiterer, bis dato verschlossener Türen in meinem Kopf aufgestoßen, und ich erinnerte mich jetzt an viel mehr als noch am Morgen; längst nicht an alles, aber doch an vieles, und nicht alle dieser Erinnerungen waren angenehm. Dummerweise sah es im Moment ganz so aus, als würde ich nicht mehr viel Zeit haben, auch den Rest meiner Erinnerungen wieder zurückzubekommen. Die Ratten hatten die Verfolgung nicht aufgegeben. Zwar beteiligten sich zu meiner Erleichterung längst nicht alle an dem Unternehmen, das Abendessen am Davonlaufen zu hindern, aber es mußten immerhin gute zwei Dutzend sein. Wahrscheinlich hätte ich in meinem augenblicklichen Zustand nicht einmal gegen *eines* der Monster eine gute Figur gemacht …

Ich prallte mit dem Rücken gegen etwas Hartes. Ich drehte mich immer noch nicht herum, erinnerte mich aber jetzt, mich ganz automatisch unter einem Mauervorsprung hinweggeduckt zu haben – die Leiter konnte jetzt nicht mehr weit sein. Vielleicht noch zehn Schritte. Die Verlockung, mich herumzudrehen und einfach loszustürmen, wurde übermächtig. Aber ich wußte auch, daß ich verloren war, wenn ich ihr nachgab. So zwang ich mich, weiter rückwärts und mit bewußt langsamen Bewegungen zu gehen und den Anblick der Ratten zu ertragen, die sich immer ein ganz kleines bißchen schneller bewegten, als ich es tat. Es war ein Rechenexempel, wann sie die Distanz zwischen uns so sehr verkürzt hatten, daß ihre Instinkte ihnen endgültig den Angriff befahlen. Zehn Schritte, dann noch acht, sechs …

Ich spürte es, einen Sekundenbruchteil ehe ich *sah*, wie sich der Anführer der Rattenmeute zum Sprung spannte. Für einen winzigen, zeitlosen Moment schien etwas wie eine fühlbare Aggressivität in der Luft zu liegen, fast, als könne ich mit einem unheimlichen zusätzlichen Sinn die Gedanken der Ratten verfolgen, und vermutlich war es auch das, was mir letztlich das Leben rettete – auch wenn mir dies erst viel später klar werden sollte.

Instinktiv warf ich mich zur Seite und gleichzeitig herum. Die Bewegung fiel so aus, wie es in meinem desolaten Zustand zu erwarten war: alles andere als schnell oder gar geschickt, sondern eher langsam und fast tölpelhaft. Es gelang mir nicht, der Ratte auszuweichen, die nach meiner Kehle sprang, und ich verlor auf dem schmierigen Boden des Kanalisationsrohres um ein Haar das Gleichgewicht.

Immerhin verfehlten die zuschnappenden Zähne der Ratte meine Kehle und verbissen sich statt dessen in die Schulter meiner Jacke. Ich spürte einen heftigen Schmerz – keinen Biß, denn der dicke Stoff schützte mich –, aber doch den enormen Druck, den die so täuschend kleinen Kiefer des struppigen Monsters ausübten, schrie auf und schlug mit der linken Hand nach dem Ungeheuer. Zugleich stürzte ich mit weit ausgreifenden Schritten los.

Eine zweite Ratte sprang nach meinem Bein, verbiß sich in meine Wade und wurde mit einem fast überrascht klingenden Quietschen davongeschleudert, als ich einen gewaltigen Schritt tat, so daß sie gegen die Wand flog und hilflos daran herunterglitt. Dann sah ich die Leiter vor mir.

Sie war noch ein gutes Stück weiter entfernt, als ich geglaubt hatte, aber die Todesangst verlieh mir zusätzliche Kräfte. Halb spurtend, halb über den schmierigen Boden schlitternd, erreichte ich die Leiter, sammelte alle Kraft zu einem letzten verzweifelten Sprung und stieß mich ab. Die Ratte hing noch immer an meiner Schulter und versuchte sich durch den Stoff zu wühlen, aber ich hörte trotzdem auf, auf sie einzuschlagen, und streckte beide Arme weit vor, um die rostigen Eisenstufen zu ergreifen.

Es gelang. Mit einem verzweifelten Sprung erreichte ich die Sprosse, klammerte mich daran fest und zog gleichzeitig die Knie an den Leib, um vollends aus der Reichweite der Rattenmeute unter mir zu kommen. Ganz kurz mußte ich mich gegen die schreckliche Vorstellung wehren, daß das rostige Eisen unter meinen gut hundertfünfzig Pfund Gewicht nachgeben und zerbrechen könnte, so daß ich direkt in die heranwogende Rattenhorde zurückfiel. Aber diese Angst war unbegründet. Die Sprosse mochte uralt und verrostet sein, aber sie hielt.

Nur die Wand nicht, in die sie eingelassen war.

Ich konnte tatsächlich spüren, wie meine Augen vor Entsetzen ein Stück aus den Höhlen quollen, als sich die Trittstufe mit einem lauten Knirschen aus der Wand löste. Mit haltlos rudernden Armen kippte ich nach hinten, kam einen Sekundenbruchteil zu spät auf den Gedanken, die nutzlose Sprosse fallenzulassen und nach einer anderen zu greifen, und verfehlte sie um wenige Millimeter. Ich stürzte nach hinten, schlug einen ungeschickten halben Salto in der Luft und fiel auf etwas Weiches, das einen schrillen Schrei ausstieß und dann still lag.

Für einen Moment drohten mir die Sinne zu schwinden. Wahrscheinlich war es nur eine Sekunde, vielleicht sogar noch weniger, aber als ich die Augen wieder öffnete, hatte die Ratte endlich ihre Zähne aus meiner Schulter gezogen und war dabei, mit emsigen Bewegungen auf meine Brust hinaufzuklettern. Instinktiv schlug ich nach ihr und traf sie auch – sie flog davon, prallte gegen die Wand und blieb zuckend liegen.

Aber die Gefahr war keineswegs vorbei. Ich hatte eine, möglicherweise auch zwei Ratten bei meinem Sturz unter mir begraben und zerquetscht, aber mindestens zwei Dutzend weiterer befanden sich noch in meiner unmittelbaren Nähe, und sie griffen auf der Stelle an!

Verzweifelt versuchte ich in die Höhe zu kommen, glitt aber auf dem schmierigen Boden sofort wieder aus und erschlug dabei ganz aus Versehen eine dritte Ratte. Gleichzeitig spürte ich, wie sich kleine, aber rasiermesserscharfe Zähne in meine Waden gruben. Ich schrie vor Schmerz und Angst, schlug blindlings um mich und bekam etwas Hartes zu fassen – die Leitersprosse, die ich aus der Wand gebrochen hatte! Ganz automatisch ergriff ich sie und schlug damit zu. Ich erlegte eine weitere Ratte, aber dann war das Gros der anderen heran und überspülte meine Beine wie eine braune, lebende Woge, die nur aus Zähnen und winzigen reißenden Krallen zu bestehen schien. An einem Dutzend Stellen zugleich gruben sich Fänge in meine Kleider und die Haut darunter, etwas kroch in mein Hosenbein und zerriß mir mit den Krallen die Haut, und ein häßliches, haariges Nagergesicht erschien unmittelbar vor dem meinen, die Zähne gebleckt, um sie in meine Haut oder auch die weicheren Augen zu schlagen.

»Nein!« schrie ich verzweifelt. *»Hört auf! Geht weg! Geht doch weg!«*

Es war nicht mehr als der gellende Angstschrei eines Kindes, das weiß, daß das Ungeheuer aus seinen Träumen Wirklichkeit geworden ist und es holt, aber ich schrie immer wieder und wieder, und etwas in mir fing diesen Schrei auf und stimmte darin ein. Ich merkte nicht einmal, daß ich mich wimmernd zusammenkrümmte, die Beine an den Leib gezogen und die Arme schützend über das Gesicht geschlagen.

Aber nach einer Weile merkte ich, daß ich noch am Leben war.

Und daß die Ratten von mir abgelassen hatten.

Völlig verstört – und von nichts so sehr überzeugt wie der aberwitzigen Angst, daß ich nur die Augen zu öffnen bräuchte, um die Ratten dadurch zu einem neuen Angriff zu provozieren – nahm ich die Arme herunter und richtete mich ein wenig auf.

Die Ratten waren noch da.

Sie hockten, einen fast perfekten Dreiviertelkreis bildend, in dessen Schnittpunkt ich mich befand, weniger als einen Yard von mir entfernt und starrten mich an, und wenn ein Rattengesicht überhaupt in der Lage ist, irgendein Gefühl auszudrücken, so war das, was ich auf den ihren las, eine Verblüffung, die kaum weniger gewaltig war als meine eigene.

Für eine Sekunde fragte ich mich allen Ernstes, ob ich mir den Angriff und alles andere vielleicht nur eingebildet hatte. Aber er war real gewesen – ich blutete aus einem Dutzend winziger, aber heftig brennender Bißwunden, meine Kleider hingen in Fetzen, und in der Hand hielt ich noch die Eisensprosse, an deren rostigem Ende Blut und graue drahtige Haare klebten.

Unendlich behutsam richtete ich mich weiter auf. Die Ratten reagierten nicht auf die Bewegung, aber sie starrten mich weiter auf eine Art an, die mich schaudern ließ. In ihren Augen loderte eine animalische Gier und Mordlust, aber auch noch etwas anderes, das ich nicht in Worte fassen konnte, das mir aber fast noch mehr angst machte. *Was um alles in der Welt ging hier vor?*

Ich richtete mich weiter auf. Die Ratten regten sich noch immer nicht, und ich begann etwas wie eine vorsichtige Erleichterung zu empfinden. Wunder oder nicht, vielleicht hatte ich ja doch noch eine Chance, lebend hier herauszukommen.

Im gleichen Moment preschte eine der Ratten vor und schnappte nach meinem Fuß.

»Nein!« schrie ich.

Die Ratte blieb stehen. Wieder erschien dieser bei einem Tier eigentlich unmögliche Ausdruck von Verwunderung auf ihrem spitzen Gesicht, und dann begann sie Schritt für Schritt zurückzuweichen, bis sie ihren Platz in der Reihe der anderen wieder eingenommen hatte. Es war fast, als ... als *hätte sie meine Worte verstanden und dem Befehl gehorcht!*

»Geht zurück!« befahl ich.

Die Ratten zogen sich zurück. Nicht sehr weit und mit sichtlichem Widerwillen, aber sie gehorchten. Vor lauter Verblüffung riß ich Mund und Augen auf, und sofort geschah dasselbe wie gerade, als ich in meiner Aufmerksamkeit nachgelassen hatte: Die Ratten rückten wieder vor und blieben abermals stehen, als ich ihnen ein befehlendes »Nein!« entgegenrief,

Für lange Sekunden stand ich einfach da und blickte sie an. Das Geschehen war so unheimlich, daß meine Furcht wieder erwachte, jetzt aber von völlig anderer Art war. Irgend etwas ging hier vor, etwas Unheimliches, das ich beim besten Willen nicht erklären konnte und das mir beinahe mehr angst machte, als es alle Ratten Londons zusammengenommen vermocht hätten. Ich mußte plötzlich wieder an das Empfinden denken, das ich vorhin gehabt hatte – das absurde Gefühl, die *Gedanken* der

Ratte zu spüren. War es möglich, daß ich tatsächlich *mit ihnen sprach*? Auf eine unheimliche, mir selbst angst machende Weise imstande war, diesen Tieren Befehle zu erteilen?

Logisch betrachtet sicher nicht. Aber da waren gewisse sonderbare Bemerkungen gewesen, die Viktor gemacht hatte, und ich spürte auch im gleichen Moment, wie sich hinter den verschlossenen Türen in meinem Gedächtnis etwas regte; eine Information, die heraus wollte und es nicht konnte, sich aber durch ein kräftiges Klopfen bemerkbar machte.

Ganz, ganz behutsam richtete ich mich vollends auf, wich rückwärts gehend bis zur Wand zurück und tastete nach den Leitersprossen. Die Ratten behielten mich dabei aufmerksam im Auge, und ich starrte sie an. Ja, jetzt hatte ich keinen Zweifel mehr – ich *spürte* ihre Gier, die brodelnde Mordlust und den unstillbaren Hunger, der in ihren Eingeweiden wühlte. Aber ich spürte auch, daß sie es aus irgendeinem Grunde nicht wagten, mich anzugreifen.

»Bleibt, wo ihr seid!« sagte ich. »Rührt euch nicht von der Stelle!«

Meine tastenden Finger ergriffen rostiges Eisen und schlossen sich darum. Ich rüttelte an der Stufe, aber diesmal schien sie mein Gewicht zu halten. Vermutlich war nur der plötzlich Ruck zuviel gewesen, oder ich hatte das Pech gehabt, die einzige wirklich morsche Stufe zu erwischen. So oder so – ich mußte das Risiko eingehen.

Ich bedachte die Ratten mit einem letzten warnenden Blick, raffte all meinen Mut zusammen und drehte mich mit einem Ruck herum. Sofort spürte ich, wie der unheimliche Bann von den Ratten abfiel und sie wieder vorstürmten. Während ich hastig in die Höhe kletterte, bildeten sie einen geifernden, zischenden Haufen am Fuße der Leiter, und ein Nijinski unter ihnen versuchte tatsächlich zu mir in die Höhe zu springen, handelte sich damit aber nur einen derben Tritt auf die Nase ein, der ihn quiekend in die Meute der anderen zurückfallen ließ – die sich sofort auf ihn stürzten und ihn bei lebendigem Leibe in Stücke rissen. Offensichtlich kannte ihre Mordlust plötzlich keine Grenzen mehr.

Rasch kletterte ich weiter, erreichte die Decke und hielt noch einmal inne. Die Sprosse führte in einen sehr engen, kreisrunden Schacht, über dem aber kein Tageslicht war, auch nicht das Lochmuster eines Kanaldeckels. Offensichtlich führte die Leiter nur in eine andere, höher gelegene Etage der Kanalisation hinauf.

Die Ratten tobten unter mir noch immer wie von Sinnen. Sie hatten ihren unglückseligen Kameraden in Stücke gerissen und offensichtlich auch gleich verspeist, aber ihr Wüten nahm kein Ende. Die Tiere griffen sich jetzt gegenseitig an, verbissen sich ineinander und kratzen und schnappten wie wild um sich. Der Anblick ließ mich schaudern. Man mußte kein Experte für Ratten sein, um zu erkennen, daß *dieses* Verhalten nicht einmal für diese blutgierigen kleinen Killer normal war. Es schien, als wäre der Bann, der für einen Moment von ihnen Besitz ergriffen hatte, von etwas anderem abgelöst worden, das sie nun zwang, ebenso hilflos zu toben und übereinander herzufallen, wie sie vorher all ihren Instinkten widersprochen und eine schon sichere Beute hatten gehen lassen.

Aber das allein war nicht einmal das schlimmste.

Was mich mit schierem Entsetzen erfüllte, war

das, was ich bei dem Anblick der amoklaufenden Ratten empfand. Ekel, Entsetzen, Furcht – sicher.

Und gleichzeitig *genoß* ich es.

Etwas in mir schien triumphierend aufzuschreien, als es sah, wie sich die Ratten gegenseitig zerfleischten, und es war das gleiche, unendlich fremde, unendlich *böse* Etwas, dessen Macht ich vorhin gespürt hatte, als ich den *Shoggoten* in Viktors Haus vernichtete, und das um ein Haar auch Viktor selbst zum Verhängnis geworden wäre.

Ich hatte gehofft, es wäre erloschen, fort, hätte sich wie ein Raubtier, das seine Beute geschlagen hatte und satt war, wieder in die Abgründe meiner Seele zurückgezogen, aus denen es emporgestiegen war, aber das stimmte nicht. Es schlief nicht. Es war noch immer da.

Und es war stärker als zuvor.

Nach einem letzten Blick auf die tobende Rattenmeute unter mir kletterte ich weiter. Ich hatte noch immer Angst, aber ich begriff erst jetzt, daß es in Wahrheit nie die Ratten gewesen waren, denen diese Angst galt.

Was ich *wirklich* fürchtete, vor dem konnte ich nicht davonlaufen, ganz egal, wohin diese Leiter auch führte und wie weit ich auch floh. Denn das war ich selbst.

Der Morgen war feucht und sehr kalt. Ein leichter Nieselregen hatte eingesetzt und verwandelte den Himmel in eine graue Decke aus geschmolzenem Blei, die so beklemmend tief über der Stadt hing, daß man glauben konnte, sie anfassen zu können, wenn man nur den Arm ausstreckte. Alle Geräusche wirkten sonderbar gedämpft und stumpf, und selbst das graue Licht, das die Wolken irgendwie durchdrungen hatte, war nicht richtig; die Schatten, die es warf, schienen ein winziges bißchen in die Richtung verschoben, in der der Wahnsinn und das Chaos lauerten, und wenn man genau hinsah, dann glaubte man manchmal, *Dinge* in diesen Schatten zu erkennen, Dinge, die sich bewegten und krochen, aber immer wieder verschwanden, einen winzigen Moment, ehe sie Realität werden konnten.

Ein eisiger Windstoß schlug Howard ins Gesicht, als er auf den Gefängnishof hinaustrat, und überschüttete ihn mit winzigen Tröpfchen, die wie Nadeln in seine Haut stachen. Er verzog leicht das Gesicht, aber er widerstand der Versuchung, schützend die Hand darüber zu heben oder auch nur den Blick zu wenden, denn selbst dieser Schmerz erschien ihm unendlich kostbar, war er doch eine der letzten Empfindungen, die er in seinem Leben haben würde.

Er dachte diesen Gedanken ohne Bitterkeit oder auch nur Furcht. Alles, was er fühlte, war eine tiefe Trauer über all die Dinge, die er nun nicht mehr sehen oder tun konnte, und eine fast wissenschaftliche Neugier bei der Frage, was ihn wohl auf der anderen Seite erwartete.

Nun, in wenigen Augenblicke würde er es wissen.

Er ging weiter, und ein neuerlicher, viel heftigerer Windstoß traf sein Gesicht und ließ ihn blinzeln. Ein einzelner Blitz spaltete den Horizont, und einige Sekunden später rollte das Echo eines weit entfernten Donnerschlages über die Stadt. Aus dem leichten Nieselregen würde bald ein ausgewachsenes Unwetter werden, das die Einwohner Londons zurück in ihre Häuser trieb und den schlechten Ruf dieser Stadt – was ihr Wetter anging – weiter festigte.

Das passende Wetter für eine Hinrichtung, dachte Howard.

Und das war sein letzter wirklich klarer und ruhiger Gedanke. Denn in diesem Moment fiel sein Blick auf das hölzerne Gerüst des Galgens, der in einer Ecke des Hofes errichtet worden war, und seine Gelassenheit und Ruhe zerplatzten ebenso wie die Neugier auf das Leben danach, mit einem Knall, den er beinahe hören konnte.

Abrupt blieb er stehen. Die beiden Gefängniswärter, die ihn begleiteten, duldeten es stillschweigend, aber Howard nahm diese ungewohnte Großzügigkeit nicht einmal wahr.

In Gedanken hatte er sich diesen Moment, von dem er seit mehr als fünf Jahren wußte, daß er irgendwann kommen würde, Hunderte, Tausende Male ausgemalt. Er hatte sich vorgestellt, wie er hocherhobenen Hauptes zum Galgen schritt, um so stolz und würdevoll zu sterben, wie er gelebt hatte.

Aber es war etwas anderes, sich eine solche Situation nur vorzustellen oder sie real zu *erleben*.

In seiner Vorstellung war die Angst nur ein abstrakter Faktor gewesen, und er war sicher gewesen, sie ohne große Mühe in den Griff zu bekommen, so wie er es zeit seines Lebens stets verstanden hatte, seine Emotionen zu beherrschen. Zu oft schon war er in unmittelbarer Lebensgefahr gewesen, um noch wirklich Furcht vor dem Tod zu empfinden, und er hatte sich eingebildet, sein Lebenswille wäre spätestens durch die endlosen Jahre in der Todeszelle zermürbt worden.

Aber das stimmte nicht.

Das stimmte ganz und gar nicht.

Wann immer er sich sonst in gefährlichen Situationen befunden hatte, war ihm immer noch Hoffnung geblieben, eine zumindest winzige Chance, dem Sensenmann doch noch zu entkommen. Er hatte gekämpft, weil er es mit *Feinden* zu tun hatte, aber nicht einmal das war hier der Fall. Die Männer, die in einer Reihe neben dem Galgen standen, waren nicht seine Feinde, sondern lediglich Menschen, die ihrer Pflicht nachkamen.

Howard begriff es im gleichen Moment, in dem sein Blick auf den Galgen fiel. Eine Welle heißer Panik überflutete seine Gedanken. Er spürte, wie seine Hände zu zittern begannen und sein Beine plötzlich nicht mehr in der Lage schienen, das Gewicht seines Körpers zu tragen. Es gelang ihm kaum, weiterzugehen und einen Fuß vor den anderen zu setzen.

Howard nahm plötzlich jede Einzelheit seiner Umgebung mit einer nie gekannten, fast magischen Klarheit wahr: den eisigen, mit winzigen Eiskristallen durchsetzten Regen, der wie ein verfrühter Vorbote des Winters anmutete, die Pflastersteine unter seinen Füßen, das Zwitschern von Vögeln irgendwo auf den Dächern der Gefängnisbauten, die wie aus Stein gehauenen Gesichter der Männer, die Zeugen der Hinrichtung sein würden. Unter ihnen befanden sich nicht nur Dr. Gray, Langston und Cohen, sondern auch Ihrer Majestät Lordoberrichter James Darender persönlich, der Howard vor rund fünf Jahren im Old Bailey schuldig gesprochen hatte.

Für einen Moment begegneten sich ihre Blicke, und wäre die Situation irgendwie anders gewesen, dann hätte Howard vielleicht Zufriedenheit verspürt, zumindest aber eine leise Verwunderung, denn was er im Gesicht des Lordoberrichters las, waren Trauer und Mitleid und ein kaum verhohlener Schmerz; Gefühle, die Howard bei diesem Mann zuallerletzt erwartet hätte, denn schließlich verging kein Monat, in dem er nicht Menschen an den Galgen oder zeit ihres Lebens hinter die Mauern eines Zuchthauses schickte. Jetzt in seinen Augen Bestürzung über den bevorstehenden Tod eines Menschen zu lesen überraschte Howard. Gleich darauf schämte er sich seiner eigenen Gedanken, denn damit sprach er Darender letztlich auch jedes menschliche Gefühl ab.

Er erreichte das Gerüst und stieg die Stufen zu dem Podest hinauf, auf dem der Henker ihn mit teilnahmsloser Miene erwartete. Das Zittern in seinen Händen und Beinen verstärkte sich noch. Er wollte nicht sterben. Nicht hier und nicht jetzt und vor allem nicht *so.*

Hatte er wirklich vor nicht einmal einer halben Stunde zu Gray gesagt, er wäre *erleichtert,* daß es nun endlich vorbei war?

Lächerlich!

Niemand war erleichtert, wenn er starb, ganz gleich, wer und aus welchen Gründen auch immer. Er wollte leben, ganz egal, um welchen Preis. Fünf Jahre lang hatte er sich eingebildet, nur noch aus einem einzigen Grund durchzuhalten, aber jetzt begriff er, daß das nicht stimmte. Er wollte leben, weil er leben wollte, so einfach war das, und das war Grund genug.

Du kannst es, wisperte eine Stimme in seinem Kopf. *Du mußt es nur wollen. Es ist ganz einfach.*

Howard schloß mit einem Stöhnen die Augen und ballte die Hände zu Fäusten, so heftig, daß sich seine

Fingernägel in die Handflächen gruben und Blut hervorquoll. Verzweifelt versuchte er, das verlockende Wispern zum Schweigen zu bringen, aber es gelang ihm nicht.

Howard hatte versucht, jeden Gedanken an einen Ausbruch, ja sogar an die bloße *Existenz* seiner Fähigkeiten zu verdrängen, doch nun ging selbst das nicht mehr. Er hatte seine Kräfte genutzt, um Robert Craven vor dem sicheren Tod zu bewahren, warum sollte er jetzt nicht auch sich selbst retten?

Wenn du stirbst, wisperte die Stimme hinter seiner Stirn weiter, leise, schmeichelnd und seidig wie die Stimmen aller Verlocker zu allen Zeiten gewesen waren, *wird das Zeitfeld ohnehin erlöschen, mit dem du Robert schützt.*

Und das schlimmste war vielleicht, daß das die Wahrheit war. Falls es Viktor in den vergangenen fünfeinhalb Jahren nicht gelungen war, Roberts Körper wieder in einen lebensfähigen (oder wenigstens *über*lebensfähigen) Zustand zu versetzen, würde Robert ohnehin sterben. *Ob jetzt oder in fünf Minuten, wo ist der Unterschied?* wisperte der Versucher. *Tu es. Rette dich, und rette damit auch Robert.*

Das alles war wahr, auf eine entsetzliche Weise einfach und logisch – und trotzdem gab er der Versuchung nicht nach. Wenn er seine geheimnisvollen Kräfte, die Zeit zu manipulieren, jetzt benutzte, um sich selbst zu schützen, dann würde das Zeitfeld um Robert sofort zusammenbrechen, und die fünf Jahre, die er dem Tod abgetrotzt hatte, würden Robert einholen und mit ziemlicher Sicherheit auf der Stelle umbringen.

Möglicherweise geschah das auch, wenn er starb, möglicherweise – nur möglicherweise, aber Howard wußte, daß die Chance dazu bestand – jedoch würde es nur langsam schwinden. Das konnte einige Tage dauern, unter Umständen aber auch Wochen. Viktor hatte fünfeinhalb Jahre Zeit gehabt, da war es lächerlich zu glauben, einige wenige weitere Tage oder auch Wochen könnten noch eine Rolle spielen, aber es war immerhin eine Chance.

Der zweite Grund war wesentlich persönlicher – und weniger rational.

Als er das letzte Mal seine Kräfte eingesetzt hatte, hatte es den Tod von Roberts Sohn zur Folge gehabt. Gray hätte diesen Gedanken als lächerlich abgetan, und sogar Robert selbst hätte ihn vermutlich ausgelacht, hätten sie Gelegenheit gehabt, darüber zu reden. Selbst die Logik sagte ihm, daß das, was mit dem Kind geschehen war, nicht an ihm lag. Aber da war noch ein zweites Wissen in ihm, dem alle Logik und alle rationalen Argumente egal waren, und es hatte fünf Jahre lang Zeit gehabt, Howard immer wieder zu erklären, daß alles anders gekommen wäre, hätte er auf seinen wahnwitzigen Gedanken, die Zeit betrügen zu wollen, verzichtet und dem Schicksal seinen Lauf gelassen. Die Götter lassen sich nicht ungestraft betrügen. Das Kind war tot, und es war tot, weil *er* versucht hatte, den vorgegebenen Lauf der Dinge zu ändern. Wenn er jetzt versuchte, sich zu retten, bestand nicht nur die Gefahr, daß Robert endgültig starb – dann wäre auch alles, was er vorher getan hatte, umsonst gewesen. Der Tod des Jungen – falls der Tod eines Menschen überhaupt jemals einen Sinn haben konnte – würde sinnlos.

Howard wollte nicht um den Preis dieser Schuld weiterleben; er wußte, daß er es nicht *können* würde. Sein Leben hätte keinen Sinn mehr.

Ein fast verlegenes Räuspern riß Howard in die Wirklichkeit zurück. Er schrak ein wenig zusammen, sah auf und begegnete dem Blick des Henkers. Der Mann hatte sein Zögern bemerkt, ebenso wie den lautlosen Kampf, der sich deutlich auf Howards Gesicht widergespiegelt hatte, beides aber natürlich falsch gedeutet. Immerhin hatte er ihm aus Pietät noch einige Sekunden gegönnt. Jetzt blickte er ihn fast fragend an.

Howard nickte, und der Henker trat mit dem Seil in der Hand neben ihn, legte ihm die Schlinge um den Hals und schob den Knoten zurecht. Pedantisch überprüfte er den Sitz der Schlinge, damit es keine Komplikationen gab. Seine Bewegungen waren knapp und verrieten große Übung in dem, was er tat.

Howard ließ alles regungslos über sich ergehen. Es würde schnell gehen, das zumindest. Vermutlich würde er nichts merken. Die ganze Konstruktion war so ausgerichtet, daß sich das Seil erst straffen würde, kurz bevor er den Boden berührte, um ihm im Bruchteil einer Sekunde das Genick zu brechen, statt ihn langsam zu erdrosselt.

»Sind Sie bereit, Mr. Lovecraft?« erkundigte sich Langston. Seine Stimme klang belegt.

Howard nickte stumm. Seine Angst erlosch. In diesen Sekunden, in denen das Ende unmittelbar bevorstand, breitete sich eine unnatürliche Taubheit in seinem Kopf aus, die selbst seine Gedanken zu lähmen schien. Er spürte nichts als Leere, als er auf die Männer herabstarrte.

»Dann möge Gott Ihrer Seele gnädig sein«, sprach Langston die vorgeschriebenen Worte aus. »Henker von London, tu deine Pflicht.«

Howard nahm nur aus den Augenwinkeln wahr,

wie der Henker nach dem großen Hebel griff, der die Falltür unter seinen Füßen betätigte.

Im gleichen Moment ertönte ein gellender Schrei.

Es dauerte eine Weile, bis ich wieder zu mir kam, mit dröhnendem Schädel, dem widerwärtigsten Geschmack meines Lebens im Mund und verklebten Augen. In meinen Ohren rauschte das Blut, und jeder einzelne Herzschlag echote als dumpfer Schmerz hinter meinen Schläfen, mehrmals und leiser werdend, um immer gerade dann, wenn er die Grenzen des Erträglichen unterschritten hatte, von einem neuen, dumpfen Dröhnen abgelöst zu werden.

Ich konnte mich nicht einmal daran erinnern, das Bewußtsein verloren zu haben, aber das hatte ich eindeutig, und das Erwachen war so unangenehm und schmerzhaft, wie die Ohnmacht plötzlich und warnungslos gekommen war.

Wenn es eine Ohnmacht gewesen war. Je weiter sich meine Gedanken klärten, desto heftigere Zweifel hegte ich daran, daß es sich wirklich nur um einen normalen Schwächeanfall gehandelt hatte, obwohl auch dies in meinem momentanen Zustand nicht einmal sehr verwunderlich gewesen wäre. Aber meine Sinne meldeten sich nun (einzeln und jeder mit einem fröhlichen: *Hallo, da bin ich wieder!* das er direkt in das Schmerzzentrum meines Gehirns hineinbrüllte) zurück, und je mehr ich von meiner Umgebung wahrnahm, desto weniger glaubte ich daran. Es gab da einige Dinge, die ganz entschieden *gegen* diese Erklärung sprachen.

Ich war nicht allein. Es gelang mir noch immer

nicht, meine Augen zu öffnen, denn irgend etwas verklebte meine Lider, so daß der Versuch mir nur einen stechenden Schmerz einbrachte, aber ich hörte Stimmen, die sich ganz in meiner unmittelbaren Nähe unterhielten, und ich *spürte* noch viel intensiver die Anwesenheit von Menschen.

»… mal wissen, was der Bursche hier sucht«, sagte eine der beiden Stimmen, die ich auseinanderhalten konnte. Möglicherweise waren es auch mehr, aber das Rauschen in meinen Ohren war noch zu laut, als daß ich sicher sein konnte. Vorsichtshalber blieb ich erst einmal völlig reglos liegen und spielte weiter den Schlafenden, obwohl der üble Geschmack in meinem Mund immer schlimmer wurde.

»Keine Ahnung«, antwortete die zweite Stimme. Beide klangen rauh und irgendwie unangenehm, aber das mochte auch an der unheimlichen Akustik in den Kanalisationsrohren liegen. »Interessiert mich auch nicht. Der Boß hat gesagt, wir sollen die Augen offenhalten, und das haben wir getan, oder?«

»Ja – aber er hat auch gesagt, daß es sich für uns auszahlt«, erwiderte die erste Stimme. Sie klang irgendwie nörgelig, wie die eines Kindes, das zum dritten Mal fragt, wann es denn endlich seine Weihnachtsgeschenke auspacken darf. »Der Typ hat rein gar nichts bei sich. Nicht einen Penny. Dabei sieht er aus wie der stinkreichste Dandy. Aber keinen roten Heller in der Tasche!« Ein Seufzen. Dann: »Sag mal – hat der Kerl gerade wirklich mit einer *Ratte* geredet, oder sehe ich schon Gespenster?«

Der andere antwortete mit einem Lachen, und ich glaubte am Klang der Stimmen zu erkennen, daß sich die Männer jetzt nicht mehr unmittelbar in meiner Nähe befanden, und so wagte ich es ein zweites

Mal, vorsichtig die Lider zu öffnen. Es tat genauso weh wie der erste Versuch, aber immerhin bekam ich das rechte Augenlid einen winzigen Spalt auf. Ich sah grauen, schmutzverkrusteten Stein und die ölig schimmernde Oberfläche einer Pfütze, in der mein Gesicht lag. Der Anblick ließ die Übelkeit in meinem Magen zu einem Orkan anwachsen, aber immerhin wußte ich jetzt, woher der widerwärtige Geschmack auf meiner Zunge kam. Das schmutzige Wasser war in meinen Mund gedrungen, als ich bewußtlos gewesen war.

Wenigstens redete ich mir ein, daß es *Wasser* war.

»Und was machen wir jetzt mit dem Kerl?« fuhr die nörgelnde Stimme fort.

Ich wagte es, auch das andere Augenlid zu heben. Jetzt konnte ich einen zerschrammten Schuh erkennen, der nur wenige Inches vor meinem Gesicht stand. Die Sohle begann sich an einer Seite zu lösen, und es war ein sehr *großer* Schuh.

»Was der Chef gesagt hat – wir bringen ihn zum Treffpunkt.«

»Und alles für nothing?« fuhr der Nörgler fort. »Und wenn er es nicht ist, haben wir das Problem, uns den Kerl wieder vom Hals zu schaffen.«

»Du kannst ihn ja hierlassen. Bin nur gespannt, wie du dem Boß erklärst, warum.«

»Was er nicht weiß, macht ihn nicht – *he, der Kerl ist wach!*«

Ehe ich auch nur ganz begriff, daß sich die letzten fünf Worte auf mich bezogen, wurde ich auch schon von kräftigen Händen gepackt und in die Höhe gerissen. Ganz instinktiv hob ich die Hände, und der Bursche mußte diese Bewegung wohl falsch deuten, denn das nächste, woran ich mich klar erinnerte, war, schon wieder auf dem Boden zu hocken und mir die brennende Wange zu halten. Für einen Moment verschwamm alles vor meinem Blick. Ich sah zwei schattenhafte Gestalten vor mir aufragen, aber ihre Gesichter waren nicht mehr als konturlose Flecken in der Dunkelheit.

»Wie lange bist du schon wach und belauschst uns, Kerl?«

Die Stimme klang plötzlich gar nicht mehr nörgelnd, sondern scharf und so drohend, daß ich erschrocken aufsah und für einen Moment sogar meine Benommenheit vergaß.

Die beiden Burschen standen nebeneinander vor mir, der, der mich hochgerissen und geohrfeigt hatte, mit drohend geballten Fäusten, der andere einen halben Schritt dahinter. In seiner Hand baumelte ein alter Socken, der zigfach und mit verschiedenfarbigem Garn geflickt und mit Sand oder Kieselsteinen gefüllt war. Ich begann allmählich zu begreifen, woher das Dröhnen in meinem Kopf stammte. Beide waren sehr groß, und obwohl sie sich nicht einmal ähnelten, spürte ich doch eine gewisse Verwandtschaft zwischen ihnen. Sie gehörten dem gleichen *Typ* von Männern an: groß, brutal, gemein – ganz die Burschen, von denen man sonntags mit einem wohligen Schauer in den Gazetten liest, daß sie wieder einen arglosen Geschäftsmann überfallen oder leichtsinnige Touristen in einen Hinterhalt gelockt hatten.

Nur, daß heute nicht Sonntag war, ich nicht in dem gemütlichen Salon in meinem Haus am Ashton-Place saß und in einer Zeitung blätterte und der Schauer, der mir über den Rücken rann, alles andere als *wohlig* war. Und außerdem …

Ashton-Place? Salon?

Ich starrte die beiden Kerle mit offenem Mund an, und im gleichen Augenblick brachen immer mehr und mehr Erinnerungen über mich herein. Noch lange nicht alle. In meinem Gedächtnis waren noch immer riesige weiße Flächen, die darauf warteten, beschriftet zu werden, aber der Schlag auf den Kopf schien mir nicht nur für Minuten das Bewußtsein gekostet, sondern auch einen Teil meiner Erinnerungen zurückgebracht zu haben.

Zumindest genug, daß ich jetzt wußte, daß mit Kerlen wie diesen nicht gut Kirschen essen war. Und daß es im Grunde nur eine Sprache gab, die sie wirklich verstanden.

»Glotz nicht so blöd, sondern antworte, Kerl!« fuhr der Bursche fort. »Wer bist du? Was treibst du dich hier herum, und was suchst du hier?«

Ich räusperte mich ein paarmal, hob langsam die Hände und stand in dieser unbequemen Haltung auf, und sehr vorsichtig, um mir nicht eine zweite Maulschelle einzuhandeln oder gar wieder Bekanntschaft mit dem selbstgebastelten Totschläger zu machen. »Verzeihen Sie, Sir«, sagte ich betont. »Aber das sind gleich drei Fragen auf einmal. Welche soll ich zuerst beantworten?«

Der Kerl starrte mich an. Sein Unterkiefer klappte herunter, und auf seinem Gesicht erschien ein so perplexer Ausdruck, daß ich an mich halten mußte, um nicht laut loszulachen. Sein Kumpan hatte da weniger Skrupel: Er grinste breit, wobei er zwei Reihen schiefer, von Tabak gelb gewordener Zähne entblößte, die einem Pferd zur Ehre gereicht hätten.

»Willst du mich auf den Arm nehmen?« fragte der Nörgler mißtrauisch.

Ich maß ihn mit einem lange, prüfenden Blick,

dann schüttelte ich den Kopf. »Nichts liegt mir ferner als das, Sir«, sagte ich. »Ich schätze Ihr Gewicht auf gut und gerne zweihundert Pfund, und …«

Ich sah den Schlag schon im Ansatz kommen, und ich war vorbereitet, wenn auch ein wenig überrascht, wie leicht es gewesen war, den Burschen zu provozieren. Aber noch lange nicht überrascht genug, seinen Schlag nicht abzufangen und ihn in der gleichen Bewegung zu packen und herumzuwirbeln. Der Kerl grunzte verblüfft, stolperte an mir vorbei und stieß einen halben Schrei aus. Die andere Hälfte verschluckte die Mauer, vor die er mit dem Gesicht zuerst prallte.

Ich machte einen raschen Schritt zur Seite, trat nach hinten aus und traf den Kerl genau in die Kniekehle, hart genug, um sicher zu sein, daß er mir in den nächsten Sekunden keine Schwierigkeiten bereiten würde. Dabei ließ ich den anderen keine Sekunde aus den Augen.

Meine Einschätzung, in ihm den gefährlicheren der beiden Banditen vor mir zu haben, schien sich als richtig zu erweisen. Der Bursche hatte seinen Totschläger erhoben, zögerte aber noch, mich anzugreifen. Vielleicht hatte ihn die Schnelligkeit, mit der ich seinen Kumpan überrumpelt hatte, einfach verblüfft. Aber vielleicht suchte er auch nur nach einer schwachen Stelle in meiner Deckung. Er stand scheinbar ganz locker da, aber diese Haltung täuschte mich keine Sekunde. In Wahrheit war jeder Muskel in seinem Körper gespannt.

»Hör zu«, sagte ich. »Ich weiß nicht, wer ihr seid oder was ihr von mir wollt. Wenn ihr Beute sucht, dann wißt ihr ja schon, daß bei mir nichts zu holen ist. Also verschwindet lieber.«

»Der Kerl hat mir das Bein gebrochen!« wimmerte der andere hinter mir. »Bring ihn um, Shorty! Schlag ihm den Schädel ein!«

Shorty, der gut und gerne zwei Köpfe größer war als ich, begann den Totschläger in der Hand zu wiegen. Dabei verlagerte er sein Körpergewicht fast unmerklich; gleichzeitig sah ich, wie sich die Muskeln in seinen Beinen spannten. Der Blick seiner kleinen tückischen Augen, die mich an die der Ratten von vorhin erinnerten, huschte unstet über meine Gestalt.

»Tun Sie es nicht, Shorty«, sagte ich ruhig. »Vielleicht werden Sie mit mir fertig, vielleicht auch nicht. Aber es lohnt sich nicht, glauben Sie mir.«

Ganz offensichtlich glaubte er mir nicht.

Wie bei seinem Kumpan sah ich den Angriff schon im Ansatz, doch es war so, wie ich befürchtet hatte: Der Kerl war weitaus gefährlicher als der Nörgler. Es gelang mir zwar, dem ersten Hieb des sandgefüllten Socken auszuweichen, aber er brachte ein Kunststück fertig, das die wenigsten Menschen beherrschen: Er schlug gleichzeitig auch noch mit der anderen Faust zu, und *dieser* Hieb traf mich.

Ich taumelte zurück, prallte gegen die Wand und blockte einen nachgesetzten Hieb mit dem Totschläger mehr schlecht als recht ab. Die Socke traf mein Handgelenk, und ich hatte das Gefühl, daß mein Knochen in tausend Stücke zersprang. Vor Schmerz schreiend, wankte ich zurück, glitt auf dem schmierigen Boden aus und fiel halb über den anderen Kerl.

Irgendwie gelang es mir, den Sturz abzufangen, aber der Nörgler packte blitzschnell zu, hielt mit der rechten Hand meinen Fuß fest und versuchte mir die andere Faust in meine edelsten Teile zu schlagen. Ich fing den Hieb ab und revanchierte mich mit einem Fußtritt in sein Gesicht, der ihn schrill aufheulen ließ, aber die Aktion, so kurz sie gewesen sein mochte, hatte mich *Zeit* gekostet.

Zeit, die der andere gnadenlos ausnutzte.

Ich sah seinen Tritt kommen und drehte im letzten Moment das Gesicht zur Seite. Die Bewegung bewahrte mich zwar davor, ein paar Zähne oder ein Auge zu verlieren, aber ich wurde trotzdem hart nach hinten geschleudert, schlitterte ein paar Yards weit über den Boden und war für Sekunden benommen.

Als ich mich wieder aufrichten wollte, waren sie über mir. Shorty prügelte mit seiner Socke auf mich ein, während sein Kumpan mir die Knie in den Magen rammte, daß mir die Luft wegblieb. Ich riß die Hände über den Kopf und versuchte mein Gesicht wenigstens vor den schlimmsten Schlägen zu schützen, aber die Hiebe prasselten immer rascher auf mich herab.

Wahrscheinlich war es nur das Alter der Socke, die mich rettete. Ein besonders heftiger Hieb traf meinen Nacken und ließ mich halb bewußtlos zur Seite sinken, aber der Schlag war nicht nur für mich, sondern auch für den Strumpf eindeutig zuviel. Er zerplatzte. Ein ganzer Schauer von kleinen runden Kieselsteinen regnete rings um mich herum zu Boden, und obwohl Shortys Hände groß genug waren, mir auch ohne irgendeine Waffe den Garaus zu machen, stand er plötzlich auf und trat einen halben Schritt zurück. Sein Gesicht glänzte vor Schweiß, und sein Atem ging schnell. Sein Kumpan drosch weiter auf mein Brust und meinen Magen ein. Offenbar hielt er mich für eine Art lebenden Punching-Ball.

»Hör auf, Jack«, sagte Shorty. »Er hat genug.«

Jack schien anderer Meinung zu sein, denn er prügelte weiter auf mich ein, und Shorty versuchte nicht, ihn noch einmal umzustimmen, sondern beugte sich wortlos herab, packte den Burschen am Kragen und hob ihn ohne sichtliche Anstrengung in die Höhe. Jacks Arme fuhrwerkten noch ein paar Sekunden weiter in der Luft herum, bevor er begriff, daß seine Hiebe ins Leere gingen. Shorty schüttelte ihn wild, hob ihn noch ein Stück höher und ließ ihn unsanft zu Boden fallen.

»Der Boß hat gesagt, wir sollen ihn lebend bringen«, sagte Shorty.

»Der Kerl hat mir das Bein gebrochen!« wimmerte Jack. Er stand auf, zog eine Grimasse und umklammerte sein linkes Knie. »Dafür wird er bezahlen!«

»Der Chef wird dir noch was ganz anderes brechen, wenn du ihm eine Leiche anschleppst«, sagte Shorty. Er bedachte den anderen noch einmal mit einem warnenden Blick, dann beugte er sich über mich, packte mich bei den Rockaufschlägen und zerrte mich ebenso mühelos in die Höhe, wie er es gerade mit seinem Kumpan getan hatte. Ich stöhnte vor Schmerz, versuchte aber nicht mehr, mich zu wehren. Ich war noch immer fest davon überzeugt, daß ich normalerweise mit zwei Burschen wie diesen spielend fertig geworden wäre, aber entweder täuschten mich meine Erinnerungen in dieser Hinsicht, oder ich war ein wenig aus der Übung.

»Und jetzt zu uns, Mister«, sagte Shorty. »Jack hat Ihnen eine Frage gestellt. Wer sind Sie, und was suchen Sie hier?«

»Ich ... weiß nicht«, murmelte ich. Schwäche überflutete mich, und ich spürte, daß ich schon wieder das Bewußtsein zu verlieren drohte. Der einzige Grund, aus dem ich es nicht tat, war die feste Überzeugung, daß Shorty und sein Kumpan wahrscheinlich so lange auf mich einprügeln würden, bis ich wieder wach war.

»Sie wissen nicht, wer Sie sind?« Shorty ballte eine Faust vor meinem Gesicht, die fast so groß wie mein Kopf sein mußte.

Ich machte eine hastige Bewegung. »Ich weiß nicht, wie ... ich hierher gekommen bin«, antwortete ich wahrheitsgemäß. »Sie müssen mich verwechseln. Bitte, Sir, ich ... kann Ihnen Geld geben. Ich habe nichts bei mir, aber ich ...«

»Mach ihn fertig, Shorty!« quengelte Jack. »Das ist er nicht. Schlag ihm den Schädel ein!«

»Halt's Maul, Jack«, sagte Shorty, ohne seinen Kumpan auch nur eines Blickes zu würdigen. »Wie ist dein Name?« fuhr er mich an, wobei er mich schüttelte wie ein Bernhardiner eine nasse Katze, die sich an seinem Futtertrog vergangen hatte. »Du solltest lieber das Maul aufmachen, bevor ich wirklich die Geduld verliere!«

Ich konnte ihm nicht antworten. Ich hatte einen Teil meiner Erinnerungen zurückgewonnen, aber mein Name gehörte nicht dazu. Ich wußte meinen Vornamen, und selbst den nur, weil Viktor ihn mir verraten hatte. Aber der Bursche würde mir nicht glauben – wie konnte er auch? Er würde mich umbringen.

Wäre die Situation nicht so ernst gewesen, hätte ich vielleicht gelacht. Das Schicksal hatte sich einen besonders boshaften Scherz mit mir erlaubt. Ich war den Ratten entkommen, wie durch ein Wunder, nur um zwei anderen, zweibeinigen Ratten in die Hände zu fallen, die ...

... ich vielleicht auf die gleiche Weise besiegen konnte.

Der Gedanke erschien mir im ersten Moment selbst absurd. Aber die ganze Situation war absurd, und ich hatte nichts zu verlieren.

Ich richtete mich auf, straffte die Schultern, so weit es der Würgegriff Shortys zuließ, und versuchte meine Angst und die hämmernden Schmerzen in meinem Kopf ebenso zu ignorieren wie die melonengroße Faust, die noch immer drohend vor meinem Gesicht hing. Fest sah ich ihm in die Augen.

»Also?« fragte Shorty. »Wer bist du?«

Ich starrte ihn an. Meine Augen fixierten die seinen, und ich konzentrierte mich wie nie zuvor im Leben. »Ich bin dein schlimmster Alptraum«, sagte ich ruhig.

»Was?« machte Shorty dümmlich.

»Laß mich los«, fuhr ich fort; nicht einmal sehr laut, aber mit einer Stimme, die so schneidend und scharf war, daß es einfach keinen Widerspruch gab. Und zugleich spürte ich, wie ... irgend etwas in mir wieder erwachte. Nicht einmal die unheimliche Macht, die ich in Viktors Haus entfesselt hatte, sondern ... etwas anderes. Der gleiche unbezwingbare Wille, der die Ratten vertrieben hatte. Shorty hatte ihm nichts entgegenzusetzen, das spürte ich genau.

»Laß mich los«, sagte ich noch einmal. »Ich befehle es dir!«

Shorty riß die Augen auf, blinzelte – und schlug mir so wuchtig die Faust auf die Nase, daß ich vor Schmerz aufschrie und ein Schwall von Blut über mein Gesicht schoß.

Jack klatschte johlend Beifall und hüpfte vor lauter Begeisterung auf dem Bein herum, das ich ihm angeblich gebrochen hatte. »Mach ihn fertig, Shorty!« schrie er. »Schlag ihm den Schädel ein!«

Shortys Gesicht nahm einen so grimmigen Ausdruck an. Daß ich für einen Moment felsenfest davon überzeugt war, er würde der Aufforderung seines Kumpans Folge leisten. Aber dann begnügte er sich doch damit, mich noch einmal so derb zu schütteln, daß meine Zähne schmerzhaft aufeinanderklapperten. Trotzdem versuchte ich, noch einmal seinen Blick zu fixieren, aber es gelang mir nicht. Ich sah alles doppelt, und meine Nase blutete noch immer heftig, was meine Konzentration doch nachhaltig störte.

Irgend etwas mußte Shorty jedoch trotzdem gespürt haben, denn er hielt für einen Moment darin inne, mich wie einen Cocktail-Shaker hin und her zu schütteln, stellte mich grob auf die Beine und hielt mich zugleich fest, wofür ich ihm im Moment aber eher dankbar war, denn anderenfalls wäre ich wahrscheinlich auf der Stelle zusammengebrochen.

»Wir nehmen ihn mit«, entschied er. »Soll sich doch der Boß Gedanken darüber machen, was mit ihm passiert.«

Trotz des Windes war Nebel aufgekommen, der von den Böen durcheinandergewirbelt, nicht jedoch auseinandergerissen oder verjagt wurde. Es war kein normaler Nebel.

Howard hätte den Schrei nicht einmal hören müssen, um das zu begreifen.

Genau wie alle anderen war er herumgefahren; vielleicht den Bruchteil einer Sekunde später, denn sein *allererster* Gedanke war eine gewisse, fast akademische Neugier, ob er nun wirklich noch am Leben war oder der Schrei und die plötzliche Aufregung vielleicht schon zu dem gehörten, was auf der anderen Seite wartete. Aber diese Verwirrung hielt nur so lange an, wie es dauerte, die Augen zu öffnen und die grauen Schwaden anzublicken.

Es war kein Nebel. Es sah nicht wirklich aus wie Nebel, und es *benahm* sich nicht wirklich wie Nebel. Die grauen, nassen Schwaden schlugen wie Wogen eines in einer langsameren Zeit gefangenen schmutzigen Ozeanes über die dreifach mannshohe Außenmauer des Gefängnishofes und krochen träge daran herab, zähflüssig wie Öl oder Sirup, und wenn man genau hinsah, dann konnte man tatsächlich dünne, rauchige Fäden erkennen, die sie hinter sich herzogen, ehe sie zerfaserten. Gleichzeitig hüllten sie einen der Wachtürme ein. Der Schrei war von dort gekommen – genauer gesagt von dem Wächter, der dort oben Dienst tat. Er war so abrupt verstummt, wie er begonnen hatte.

Howard hatte einen flüchtigen Eindruck von etwas Großem, Massigem, das sich inmitten der klebrigen Schwaden bewegte, etwas, das lang und düster war und wie der Schwanz einer Schlange peitschte, aber die Bewegung war so schnell, daß er nicht sicher war, ob ihm seine überreizten Nerven nur etwas vorgaukelten. Zugleich sah er auch Gray, Langston, Darender und die anderen, die ebenso wie die Schwaden zu bizarrer Langsamkeit erstarrt schienen, als wären auch sie nicht real, sondern Teil eines Trugbildes, dem er erlag. Vielleicht war dies doch der Tod, dachte er noch einmal.

Aber eigentlich glaubte er selbst nicht daran.

Er hatte nie davon gehört, daß der Tod mit Steinen

warf – und genau das traf ihn plötzlich an der Schulter. Es tat nicht einmal sehr weh, aber Howard blickte trotzdem sekundenlang verblüfft auf den kinderfaustgroßen Brocken, der von seinem Arm abprallte und zu Boden fiel, hob dann noch einmal und erschrocken den Kopf – und starrte auf das Loch in der steinernen Balustrade des Turmes, das genau dort klaffte, wo gerade noch der Wärter gestanden hatte.

Jetzt war der Mann verschwunden, und das Schweigen, das nach seinem Schrei Einzug gehalten hatte, schien plötzlich eine düstere, unheilschwangere Bedeutung zu erhalten. Einen Moment lang breitete es sich sogar weiter aus, so spürbar und präsent, als wäre es tatsächlich etwas Materielles, wurde zu einer ungläubigen, atemlosen Stille ...

... und dann zerbarst die gut fünf Fuß dicke Außenmauer wie unter dem Fußtritt eines Titanen in ihrer gesamten Höhe und auf einer Breite von mehreren Yards. Mit einem ungeheuerlichen Krachen flog die Wand auseinander und überschüttete den Hof mit Trümmern und fliegenden, tödlichen Geschossen. Das gesamte Gefängnis schien in seinen Grundfesten zu erbeben, und einige Trümmerstücke regneten auch rings um Howard und die anderen nieder oder trafen das hölzerne Gerüst des Galgens.

Howard riß instinktiv die Arme über den Kopf und wollte sich ebenso instinktiv ducken, aber der Galgenstrick beendet die Bewegung abrupt. Er keuchte vor Schmerz, sah einen Schatten aus den Augenwinkeln auf sich zurasen und taumelte ein zweites Mal, von einem weiteren, sehr viel größeren Steinbrocken getroffen.

Diesmal verlor er das Gleichgewicht. Er stürzte,

wurde von dem Strick gehalten und kämpfte würgend und mit wild rudernden Armen darum, wieder in die Höhe zu kommen, um sich nicht selbst zu erdrosseln. Noch immer regneten Trümmer vom Himmel, und die Menschen ringsum erwachten endlich aus ihrer Erstarrung und begannen in heller Panik davonzulaufen, soweit sie sich nicht verletzt am Boden krümmten oder gar reglos dalagen.

Endlich kam Howard wieder auf die Füße. Keuchend griff er nach oben, zerrte den Strick von seiner Kehle fort und sah sich nach dem Henker um.

Der Mann lag kaum zwei Schritte von ihm entfernt. Ein Trümmerstück hatte ihn getroffen und von den Füßen gefegt. Seine Stirn blutete, und seine Hand lag noch immer auf dem tödlichen Hebel, der die Falltür unter Howards Füßen auslöste. Es grenzte an ein Wunder, daß er ihn nicht gedrückt hatte, als er getroffen worden war.

Howard streifte den Strick hastig ab und sprang mit einem Satz von der Falltür herunter. Mehrere Stufen auf einmal nehmend, stürzte er die Treppe des Gerüsts hinab. Hastig sah er sich um. Etwas wie ein steinerner Geysir schien inmitten der Mauer ausgebrochen zu sein. Noch immer flogen Trümmer hoch durch die Luft, und noch immer wallte dieser graue, sonderbar *falsche* Nebel wie eine Flutwelle durch die Bresche. Und diesmal war Howard sicher, daß das gigantische, mißgestaltete *Ding,* das sich im Schutze der Schwaden durch die Öffnung schob, nicht seiner Einbildung entsprang.

Er überwand die restlichen Stufen mit einem Sprung und sah sich noch einmal um. Langston, Darender und die meisten der anderen Männer, die als Zeugen der Hinrichtung erschienen waren, wandten sich dem Hauptgebäude des Gefängnisses zu, um darin Schutz zu suchen. Dabei rannten sie in ihrer Panik kopflos durcheinander, und die Wächter, die durch die gleiche Tür auf den Hof hinauszugelangen versuchten, vervollständigten das Chaos noch. Das schrille Heulen einer Alarmsirene war zu hören. Schreie und die Geräusche durcheinanderstürzender Menschen mischten sich in das noch immer anhaltende Prasseln der Steine und das unheimliche Schleifen und Schaben, mit dem sich das Ungeheuer durch die Lücke in der Wand schob.

Der Koloß war inzwischen fast vollständig hereingekrochen, Schutt und Steine unter sich zermalmend wie eine riesige, unaufhaltsame Maschine. Ein heiseres Röcheln drang an Howards Ohr, ein unangenehmer, asthmatischer Laut, der ihm einen eisigen Schauer über den Rücken laufen ließ. Das *Ding* verbarg sich hinter dem Nebel wie hinter einem Schleier, und Howard konnte nur schemenhafte Umrisse erkennen. Aber was er sah, war schon fast mehr, als er sehen *wollte.* Lange, durch die Luft wirbelnde Peitschenarme gingen von einem in beständiger pumpender Bewegung befindlichen, aufgedunsenem Sack aus, der an eine ins Absurde vergrößerte Qualle oder auch Schnecke erinnerte.

Und plötzlich wußte er, was er vor sich hatte.

Howard hatte nichts dergleichen je gesehen – aber er hatte davon *gehört*. Dr. Gray hatte ihm von Rowlfs und Sill el Mots Erlebnis in jener Nacht auf dem Friedhof berichtet, in der sie Roberts Leichnam aus der Kapelle gestohlen hatten, und die Schilderung des Wesens, das sie dort angegriffen hatte, deckte sich so vollkommen mit dieser Kreatur, daß es kein Zufall sein konnte – einschließlich des unheimlichen

Nebels und der schweren, röchelnden Atemzüge. Ein scharfer Säuregeruch drang an Howards Nase.

Auch Howard erwachte endlich aus seiner Erstarrung, wandte sich allerdings in eine andere Richtung. Er spürte, daß es die Kreatur im Grunde nur auf ihn abgesehen hatte, und deshalb versuchte er ganz instinktiv, sie von den anderen wegzulocken.

Es schien zu funktionieren – und vielleicht sogar ein bißchen *zu* gut. Näher und näher kam die Kreatur, und ganz wie schon auf dem Friedhof bewegte sie sich nicht besonders schnell.

Doch es gab einen Unterschied zwischen dem Friedhof, auf dem Sill und Rowlf dieser Bestie begegnet waren, und dem Gefängnishof. So groß der Hof auch war, so *geschlossen* war er auch. An drei Seiten umgaben ihn fünfzehn Fuß hohe, unübersteigbare Mauern, die vierte wurde von der noch höheren Rückwand des Hauptgebäudes gebildet, vor dessen Tür noch immer ein heilloses Chaos tobte. Zwei oder drei Männer waren bereits niedergetrampelt worden. Selbst wenn die Bestie die Menschen dort nicht angriff, würde es eine Menge Verletzte geben.

Howard rannte im Zickzack über den Hof. Er wußte, daß er verloren war, wenn er sich in die Ecke drängen ließ. Seine einzige Chance war, in Bewegung zu bleiben und das einzige auszunutzen, in dem er dem Ungeheuer überlegen war: seine Schnelligkeit.

Die Wärter, die auf den Hof geeilt waren, eröffneten das Feuer. Auch auf den Wehrgängen, die wie bei einer mittelalterlichen Burg dicht unterhalb der Mauerkronen verliefen, erschienen Männer mit Gewehren, die auf die Kreatur feuerten – beziehungsweise auf den Nebel und den Schatten, der nur manchmal darin zu erkennen war. Howard wußte, daß ihre

Kugeln dem unheimlichen Geschöpf nichts anhaben konnten – doch sie lenkten den *Shoggoten* zumindest ab. Das Röcheln und Keuchen wurde lauter, klang jetzt unwillig, als die Kreatur anhielt und sich dann plötzlich aufbäumte. Mehrere ihrer gewaltigen Fangarme zuckten nach den Männern auf dem Hof. Die meisten von ihnen standen zu weit entfernt oder konnten sich rechtzeitig in Sicherheit bringen, aber einige wurden von den Tentakeln getroffen und zu Boden geschleudert. Howard sah, daß sich dünne, graue Rauchfäden von ihren Uniformen kräuselten, wo sie die peitschenden Tentakel getroffen hatten. Die Schüsse wurden weniger, brachen aber noch immer nicht völlig ab. Vor allem von der Mauerkrone aus peitschten ganze Salven in den Nebel.

Das Ungeheuer bäumte sich weiter auf. Ein titanischer schwarzer Schatten wuchs aus dem Nebel empor, und ein ganzer Wald haardünner peitschender Tentakel griff nach den Männern oben auf der Mauer. Die meisten konnten sich auch hier rechtzeitig in Sicherheit bringen, aber zwei der Unglücklichen wurden von den Fangarmen gepackt und in den Nebel herabgezerrt. Ihre Schreie endeten abrupt. Die Überlebenden schleuderten ihre Waffen fort und flohen in heller Panik, doch der Riesen*shoggote* tobte weiter. Seine Fangarme hämmerten in sinnloser Raserei auf die Mauerkrone ein und zertrümmerte den massiven Stein wie morsches Holz.

Noch immer klangen vereinzelte Schüsse auf, aber das Schneckenwesen wandte seine Aufmerksamkeit nun wieder Howard zu. Er hatte die kurze Pause genutzt, ein Stück zur Seite zu laufen, um sich aus der Ecke zu befreien und größere Bewegungsfreiheit zu erlangen, aber es gab einfach nichts, wohin er sich hätte wenden können. Seine Gedanken überschlugen sich. Sollte er dem Tod am Galgen tatsächlich nur entronnen sein, um einen Augenblick später ein ungleich schrecklicheres Schicksal zu erleiden?

Die Kreatur erreichte den Galgen und zermalmte das Hindernis unter sich, ohne auch nur langsamer zu werden. Das massive Gerüst zerbarst, als bestünde es aus Streichhölzern statt aus massivem Eichenholz. Howard hoffte nur, daß sich der Henker noch rechtzeitig in Sicherheit hatte bringen können.

Der Nebel hatte sich inzwischen über den gesamten Hof ausgebreitet. Die Schwaden waren nicht überall so dicht wie die, die die Dienerkreatur der GROSSEN ALTEN umgaben, sondern eher ein milchiger Dunst, der Howards Sicht aber dennoch auf ein knappes Dutzend Yards begrenzte.

Eine Gestalt tauchte vor ihm auf, die sich gleich darauf als Inspektor Cohen entpuppte. Howard atmete erleichtert auf, setzte dazu an, Cohen eine Warnung zuzurufen – und verstummte abrupt, als er den Revolver in Cohens Hand sah.

»Bleiben Sie stehen, Lovecraft!« brüllte Cohen. Panik flackerte in seinen Augen. »Ich weiß nicht, wie Sie das gemacht haben, aber ich schwöre Ihnen, daß ich Sie auf der Stelle erschießen werde, wenn Sie dieses ... dieses *Ding* nicht zurückrufen.«

Für einen Moment weigerte sich Howard schlichtweg zu glauben, was er gerade gehört hatte. Cohen konnte nicht so dumm sein zu glauben, er hätte das alles nur inszeniert! Aber ein Blick in die Augen des Inspektors zeigte ihm, daß es so war. Alles, was im Gesicht des Mannes geschrieben stand, war eine Angst, die die Grenze des Wahnsinns schon um ein winziges Stück überschritten hatte.

»Sie verdammter Idiot!« schrie Howard ihn an. »Dieses Ding hat es auf mich abgesehen, begreifen Sie das nicht? Es wurde geschickt, um mich *zu töten*!«

Der nebelumhüllte Koloß war nähergekommen, erschreckend nahe. Ein ganzer Wald dürrer peitschender Tentakel griff in ihre Richtung, noch fünf Yards von Howard und keine zwei mehr von Cohen entfernt. Howard sah, daß das Kopfsteinpflaster des Hofes Blasen warf und zu grauer Schlacke zerfiel, wo das Ungeheuer darüber hinwegkroch.

Howard machte zwei Schritte auf Cohen zu, blieb aber erneut stehen, als der Inspektor seine Waffe noch ein wenig mehr anhob, so daß die Mündung nun direkt auf Howards Gesicht deutete.

»Stehenbleiben!« kreischte Cohen mit überschnappender Stimme. »Ich werde ...«

Eine weitere Gestalt tauchte hinter ihm auf, schwang etwas Großes, Viereckiges und ließ es wuchtig auf Cohens Kopf niedersausen. Der Polizist taumelte benommen und drehte sich um.

»Lauf, Howard!« brüllte Gray und hämmerte Cohen seine Aktentasche ein zweites Mal gegen die Schläfe. Cohen taumelte, und im gleichen Augenblick schlug Gray zum dritten Mal zu. Diesmal traf seine Tasche Cohen direkt ins Gesicht und schleuderte ihn hintenüber zu Boden.

Aus den Augenwinkeln sah Howard etwas heransausen. Er warf sich zur Seite, prallte hart auf den Pflastersteinen auf und rollte sich instinktiv weiter. Gleich darauf klatschte einer der Fangarme dort auf den Stein, wo er gerade noch gestanden hatte, zermalmte das Pflaster und riß eine tiefe, mehrere Yards lange Furche ins Erdreich. Ätzender Rauch stieg auf und ließ Howard würgen. Er rollte sich weiter, sah einen Schatten und krümmte sich instinktiv. Der Fangarm verfehlte ihn, streifte aber seinen Rücken, und er spürte, wie der derbe Drillichstoff der Sträflingskluft zu Asche zerfiel. Eine Sekunde später kreischte er vor Schmerz. Ein weißglühender Draht schien seinen Rücken berührt zu haben.

Howard spürte Hände, die ihn an den Schultern packten und in die Höhe zerrten. »Komm schon!« brüllte Gray. Er zerrte ihn weiter, mit einer Kraft, die Howard einem Mann seines Alters niemals zugetraut hätte, und versetzte ihm einen Stoß, der ihn nach vorne taumeln ließ.

Innerhalb des Nebelzentrums war eine weitere Bewegung, ein Zucken und Sich-Zusammenziehen wie von einer Schlange, die sich spannt, um blitzschnell vorzuschießen.

»Lauf weg!«, keuchte Howard. »Es will nur mich. Wir treffen uns bei Viktor!«

Weiter kam er nicht. Erneut sah er einen der Tentakel heransausen und brachte sich mit einem verzweifelten Satz in Sicherheit.

Zumindest versuchte er es, aber diesmal schaffte er es nicht ganz. Der schwarzglänzende Fangarm streifte sein Bein nur, dennoch hatte Howard das Gefühl, von einem Hammerschlag getroffen worden zu sein. Seine Wade brannte, als wäre sie mit Säure in Berührung gekommen. Tränen schossen in seine Augen.

Howard rappelte sich schluchzend hoch und humpelte weiter. Es tat weh, wenn er das verletzte Bein belastete, aber wenigstens konnte er noch auftreten. Das Hosenbein seines Gefängnisanzugs hing in Fetzen, und er spürte, wie Blut an seinem Bein herablief.

Howard faßte einen verzweifelten Entschluß.

Ohne länger zu überlegen, rannte er los. Sein Bein schmerzte höllisch, aber die pure Verzweiflung und das Wissen, daß ihn etwas ungleich Schrecklicheres als der Tod erwartete, wenn das Monstrum seiner habhaft wurde, trieben ihn vorwärts und gaben ihm die Kraft, die Schmerzen zu ignorieren.

Das *Ding* erkannte sein Vorhaben und änderte die Richtung, in die es kroch. Howard sah gleich drei Fangarme auf sich zu schnellen. Zwei davon erreichten ihn nicht, sondern rissen knapp einen halben Yard von ihm entfernt neue rauchende Furchen in den Boden, der dritte jedoch verfehlte ihn nur um Haaresbreite. Gerade noch rechtzeitig spürte er die Gefahr und warf sich zu Boden. Der Tentakel schnellte so dicht über ihn hinweg, daß Howard den Luftzug wahrnahm. Ein Regen aus kleinen Gesteinsbrocken ging auf ihn nieder, als der Hieb die Mauer traf und ein kopfgroßes Loch hineinschlug.

Sofort rappelte Howard sich wieder auf und rannte weiter. Für den Moment war er außer Reichweite der Tentakel, aber wenn es ihm nicht gelang, vom Hof zu kommen, hatte er nicht mehr als eine kurze Verschnaufpause. Das Monstrum war nicht so schnell wie er, aber dafür unermüdlich, während seine eigenen Kräfte bereits nachließen. Es würde ihn so lange jagen, bis er entweder einen Fehler beging oder einfach vor Schmerz und Schwäche nicht mehr weiter konnte.

Der Nebel wurde noch dichter. Howard konnte kaum weiter als zwei Schritte sehen. Um nicht völlig die Orientierung zu verlieren, hielt er sich nahe der Wand.

Aber die Kreatur war nicht die einzige Gefahr, eine vielleicht ebenso große drohte aus einer anderen Richtung: Noch immer fielen Schüsse, obwohl die Wärter kaum mehr sehen konnten als er selbst, sondern blindlings in die ungefähre Richtung feuerten, in der sie die Bestie vermuteten.

Unmittelbar hintereinander trafen zwei Kugeln die Mauer und heulten als funkensprühende Querschläger davon.

Mit einem verzweifelten Satz warf sich Howard zu Boden und kroch einige Yards auf Händen und Knien, während weitere Kugeln die Mauer trafen, einige fast genau über ihm. Erst als er ein gutes Stück auf Händen und Knien zurückgelegt hatte, wagte er es, sich wieder aufzurichten und weiterzulaufen.

Blindlings folgte er dem Verlauf der Mauer, bis er schließlich die Bresche erreichte, die das Schneckenwesen hineingeschlagen hatte. Es gab nicht einmal viele Trümmer, über die er hätte hinwegklettern müssen. Die Steine waren unter dem Gewicht der Kreatur regelrecht pulverisiert worden.

Howard rannte noch, als er das Gefängnis längst verlassen hatte.

Der Weg durch das unterirdische Labyrinth schien kein Ende zu nehmen. Wir waren seit sicherlich zwanzig Minuten unterwegs, wenn nicht länger, aber ich hätte nicht sagen können, in welcher Richtung wir uns in dieser Zeit bewegten, oder wie weit. Shorty und sein Kumpel waren auf Nummer Sicher gegangen und hatten noch eine Weile auf mich eingeprügelt, so daß ich kaum noch in der Lage war, aus eigenen Kräften zu gehen, und sie mich zwischen sich herschleiften wie einen Sack Kartoffeln. Jack wurde nicht müde zu lamentieren, daß ich ihm das Bein gebrochen hätte und dafür bezahlen würde, und er humpelte auch dekorativ, um diese Behauptung zu untermauern; manchmal zwar mit dem falschen Bein, aber das Humpeln selbst vergaß er nie.

Ich hatte es aufgegeben, mich wehren zu wollen. Shorty war mir zumindest in meinem momentanen körperlichen Zustand hoffnungslos überlegen, und was meine Fähigkeiten, mich mental zur Wehr zu setzen, anging ... nun, ich war sicher gewesen, daß ich irgend etwas getan hatte. Ich hatte sogar gespürt, daß auf einer den normalen menschlichen Sinnen nicht zugänglichen Ebene der Wirklichkeit *irgend etwas* geschah – aber es war leider ohne die geringste Wirkung auf die beiden Schläger geblieben. Vielleicht hatten sie einfach nicht genug Geist, um sie nachhaltig zu beeinflussen.

Shorty blieb plötzlich stehen, sah sich nach rechts und links um und runzelte die Stirn, wodurch sein Haaransatz direkt auf seine Augen herunterzufallen schien. Wir hatten einen Punkt erreicht, an dem das Kanalisationsrohr einen halbrunden, gemauerten Tunnel kreuzte, und offensichtlich überlegte er, in welcher Richtung es weiterging.

»Geradeaus«, sagte Jack. »Wir müssen erst an der nächsten Kreuzung abbiegen.«

»Halt's Maul, Jack«, antwortete Shorty. »Das weiß ich selbst. Aber irgendwas stimmt hier nicht.«

Ich pflichtete ihm im stillen bei. Hier stimmte sogar *eine ganze Menge* nicht. Statt mich von zwei Totschlägern durch die Kanalisation von London schleifen zu lassen, sollte ich in meinem Arbeitszimmer am Ashton Place sitzen, ein gutes Buch lesen und mir von Mary eine Tasse ihres köstlichen Tees servieren lassen, oder ...

Da war er wieder – einer jener Gedanken, die Teil

eines völlig anderen Lebens zu sein schienen und die ich jetzt immer öfter und immer selbstverständlicher dachte. Ich war jetzt sicher, daß meine Erinnerungen schon in ganz kurzer Zeit vollkommen zurückkehren würden. Falls ich noch lange genug am Leben blieb, hieß das.

Ich war so sehr mit meinen eigenen Überlegungen beschäftigt, daß ich im ersten Moment gar nicht registrierte, daß Shorty abermals stehenblieb. Erst als Jack mich mit einem derben Ruck zurückzerrte, sah ich auf.

Das mannshohe Abwasserrohr vollführte vor uns eine sanfte Biegung, die aber nur zum Teil zu erkennen war, denn das Licht nahm mit jedem Yard Entfernung deutlich ab. Außerdem ... *war da* etwas.

Es war nicht genau zu erkennen. Ein Schatten. Vielleicht auch etwas wie ein Netz. Vielleicht auch bloße Einbildung.

Aber wenn es eine Halluzination war, dann eine, der nicht nur ich, sondern auch die beiden Halunken erlagen, denn Shorty machte plötzlich eine Geste zu Jack, auf mich achtzugeben, ließ meinen Arm los und ging allein weiter.

»Tun Sie das nicht!« sagte ich erschrocken. Ich wußte selbst nicht, warum, aber irgend etwas sagte mir, daß das Gebilde vor Shorty *gefährlich* war. Unvorstellbar gefährlich.

Shorty ignorierte mich allerdings und ging einfach weiter, während Jack – was auch sonst? – meine Worte zum willkommenen Anlaß nahm, mir in die Rippen zu boxen. Als ich wieder Luft bekam, waren auch wir weitergegangen, und Shorty hatte das unheimliche Gebilde fast erreicht.

Ich sah jetzt, daß es sich tatsächlich um eine Art

Netz handelte, das allerdings vollkommen anders aussah als etwa das einer Spinne. Die Fäden waren unterschiedlich dick und unterschiedlich lang, und sie waren nicht in der üblichen Ästhetik eines Spinnennetz angeordnet, sondern … *anders.*

Es war unmöglich, den Unterschied in Worte zu fassen. Es *gab* ein Muster, aber es entsprach einer vollkommen fremden, unangenehm anzuschauenden Symmetrie. Überall in diesem Netz hingen große, vibrierende Klumpen, schwarzen Geschwüren gleich, die feucht glänzten und darauf warteten, auseinanderzuplatzen.

»Was zum Teufel *ist* das?« murmelte Shorty. Er hob den Arm, hielt aber wieder inne, eine Sekunde ehe er das Netz tatsächlich berührt hätte. »Das kann doch keine Spinne gemacht haben.«

»Fassen Sie es nicht an!« sagte ich warnend. »Um keinen Preis!«

Jack und er sahen mich gleichermaßen erschrocken an, und ich rechnete schon damit, daß Jack mich wieder schlagen würde. Statt dessen schluckte er nur ein paarmal nervös.

»Hauen wir ab«, sagte er. »Ich kann Spinnen nicht ausstehen. Ekeliges Viehzeug!«

»Du hast recht«, pflichtete ihm Shorty bei. »Verschwinden wir von hier.«

Jack drehte sich herum und sog im gleichen Moment wie ich erschrocken die Luft ein.

Auch hinter uns erhob sich plötzlich ein schwarzes, engmaschiges Netz.

Wir waren den Gang vor nicht einmal einer Minute entlanggekommen, und da war es noch nicht dagewesen, aber jetzt erhob es sich vom Boden bis zur Decke und versperrte uns den Weg.

Und anders als das, vor dem Shorty stand, war es nicht leer.

Seine Bewohnerin hockte im Zentrum des Netzes und glotzte uns aus vier oder fünf unterschiedlich großen, unterschiedlich geformten Augen an.

Es war nicht wirklich eine Spinne, so wie das Netz nicht wirklich ein Spinnennetz war, aber es gab sich immerhin Mühe, wie eine solche auszusehen. Allerdings mußte man wohl mehr die Absicht als das Ergebnis dieser Bemühungen anerkennen.

Ihr Körper war so groß wie der eines Pudels, geformt wie der einer Spinne, aber mit glitzernden schwarzen Schuppen bedeckt statt mit Fell, und die Beine – es waren neun, fünf auf der einen und vier auf der anderen Seite! – waren unterschiedlich lang und unterschiedlich dick und hatten verschieden viele Gelenke; eines mindestens ein Dutzend, ein anderes gar keines, so daß es wie ein stumpfer Stachel von dem grotesken Leib abstand. Dieses Ding mußte einen ziemlich komischen Anblick bieten, wenn es zu laufen versuchte.

»Großer Gott!« keuchte Jack. *»Was ist denn das?!«*

Ich hätte es ihm vermutlich sogar sagen können – aber mir blieb keine Zeit mehr dazu, denn das Wesen erwachte in diesem Augenblick aus seiner Starre; ob durch Zufall oder als Reaktion auf den Klang von Jacks Stimme, wußte ich nicht. Es spielte auch keine Rolle.

Es sah tatsächlich ziemlich komisch aus, als es versuchte, auf seinen ungleichen Beinen zu laufen – aber keiner von uns lachte.

Das Ungeheuer war nicht nur häßlich wie die Nacht – es war auch unvorstellbar *schnell.* Das Ding verwandelte sich in einen Klumpen aus wirbelnden

Gliedmaßen und Panzerschuppen, flitzte an seinem Netz herunter und sprang Jack an. Der Bursche wurde zurückgeschleudert, prallte gegen die Wand und sank mit hilflos zuckenden Glieder daran herab. Sein hysterischer Schrei erstickte, als das Monster jählings seine Form verlor und zu einem schwarzen Sack wurde, der sich über sein Gesicht stülpte.

Der harte Ruck hatte auch mich zurück und gegen die Wand geworfen, aber ich war auf den Beinen geblieben, und zumindest im Augenblick drohte mir anscheinend nicht einmal eine direkte Gefahr. Es schien nur diesen einen *Shoggoten* zu geben. Das zweite Netz, vor dem Shorty stand und das den Tunnelabschnitt in eine Falle verwandelte, blieb leer. Was aber ganz und gar nicht hieß, daß es *harmlos* gewesen wäre ... Ich begriff die Gefahr im selben Moment, in dem Shorty herumfuhr, aber meine Warnung kam zu spät. Und vermutlich hätte Shorty auch nicht darauf gehört, wenn er sie verstanden hätte. Der Anblick dessen, was mit seinem Kameraden geschah, mußte ihn an den Rand des Wahnsinns getrieben haben. Mit einem gellenden Schrei warf er sich herum und versuchte, das Netz einfach mit seinem Körpergewicht zu zerreißen.

Aber es zerriß nicht. Die Fäden dehnten sich, wurden länger und dünner, aber sie zerrissen nicht. Shorty schrie, und mittlerweile nicht nur vor Angst. Ich sah, daß sich grauer Rauch von seinen Kleidern kräuselte, wo sie mit den schwarzen Fäden in Berührung kamen, und seine Haut rot wurde und Blasen warf. Die Fäden mußten wie Säure wirken. Er kreischte wie von Sinnen, versuchte aber trotzdem weiterzurennen, und Schmerzen und Todesangst gaben ihm schier übermenschliche Kräfte.

Trotzdem schaffte er es nicht. Die Fäden dehnten sich weiter, bis einige davon kaum mehr dicker waren als ein Haar, aber sie schienen die Festigkeit von Draht zu haben. Shorty wurde zurückgezerrt, und plötzlich platzten einige der pulsierenden Klumpen, die zu Dutzenden in dem Netz gingen, mit einem ekelhaften Geräusch auf. Heraus kamen schwarze, faustgroße … *Dinge,* die lautlos über Shorty herfielen. Seine Schreie wurden lauter, schriller, bis sie kaum noch etwas Menschliches hatten – und brachen abrupt ab. Wie vom Blitz getroffen fiel er zu Boden und rührte sich nicht mehr. Der ganze schreckliche Vorgang hatte nur wenige Sekunden in Anspruch genommen.

Aber es war noch nicht vorbei.

Ich spürte es, noch bevor ich das Geräusch neben mir hörte und herumfuhr.

Das Netz … *bewegte sich.*

Die Fäden wurden dünner. Im allerersten Moment sah es für mich so aus, als lösten sie sich einfach in nichts auf, aber schon auf den zweiten Blick erkannte ich, daß das nicht stimmte. Sie *schmolzen.* Mit einem Geräusch wie weit entferntes, tropfendes Wasser fielen sie zu Boden und sammelten sich in kleinen, ölig schimmernden Pfützen, in deren Zentrum sich vibrierende schwarze Klumpen heranbildeten. Es war ein unbeschreiblich widerwärtiger Anblick und zugleich ein Bild, das mir klarmachte, was ich bisher nur vermutet hatte: Wie das Gebilde, das Shorty getötet hatte, war auch dieses Netz in Wahrheit nichts anderes als ein *Shoggote* gewesen, eines jener fürchterlichen Protoplasmawesen, die nahezu jede beliebige Gestalt anzunehmen imstande sind. Und jetzt verwandelte es sich zurück, um auch sein drittes Opfer zu packen …

Mich.

Ich hörte einen Laut wie von einem zerbrechenden Ast. Der schwarze Sack, der Jacks Körper mehr als zur Hälfte verschlungen hatte, zog sich mit einem harten Ruck zusammen. Wieder ertönte jenes fürchterliche Splittern und Bersten, und dunkles Blut lief plötzlich über Jacks Beine. Wo es das schwarze Protoplasma des *Shoggotenmonsters* berührte, wurde es absorbiert wie von einem ausgetrockneten Schwamm.

Dann öffnete sich die schwarze Masse, ungefähr dort, wo sie Jacks Gesicht bedecken mußte, und ein einzelnes, totenweißes Auge starrte mich an.

Der Anblick war zuviel.

Ich schrie gellend auf, fuhr herum und lief blindlings los. Eine innere Stimme warnte mich verzweifelt, daß ich in den Tod rannte, denn das Netz war zwar dünner geworden, aber noch immer da, und ich würde dasselbe Schicksal erleiden wie Shorty – aber ich war unfähig, auf diese Stimme zu hören, und stürmte einfach weiter.

Im allerletzten Moment versuchte ich, die Bewegung aufzuhalten. Es war zu spät. Von meinem eigenen Schwung vorwärts gerissen, stolperte ich weiter, prallte gegen das schwarze Gewebe …

… und durchbrach es.

Ich spürte – nichts.

Ich hatte gesehen, wie die schwarzen Fäden Shortys Fleisch und seine Kleider verbrannt hatten, und ich war auf den tödlichen Schmerz gefaßt, der allem ein Ende bereiten mußte. Aber ich fühlte rein gar nichts, nicht einmal den Widerstand der doch scheinbar unzerreißbaren Fäden, sondern allenfalls den Hauch einer Berührung, wie Altweibersommer, den der Wind heranträgt. Mit haltlos rudernden

Armen stolperte ich noch zwei, drei Schritte weiter, prallte gegen die Wand und blieb wieder stehen; nicht einmal, weil ich es wollte, sondern weil ich vor lauter Schwäche und Schrecken einfach nicht mehr konnte. Zitternd sank ich gegen den feuchten Stein und sah zurück.

Das Netz war fast völlig zerfallen. Einige wenige Fäden hingen noch von der Decke oder den Wänden, aber auch sie lösten sich jetzt immer schneller auf, doch zugleich wuchsen die dunklen Herzen der Pfützen auch immer rascher. Noch Augenblicke, und die Kreatur würde sich neu formen und sich auf mich stürzen.

Ich spürte eine Berührung an der Hand, sah an mir herab und stieß einen Schrei aus. Die zerrissenen Fäden des Netzes waren zum größten Teil von mir abgefallen, aber einige wenige Reste klebten noch an meiner Kleidung und meiner Haut – und sie dachten nicht daran, sich zu ihren Kameraden auf dem Boden zu gesellen, sondern erwachten jedes für sich zu zuckendem Leben. Ich sah mich von einem Dutzend dürrer schwarzer Würmer attackiert, die in spasmischen Bewegungen hin und her zuckten.

Angeekelt streifte ich die Biester ab, so weit ich sie erreichten konnte, zertrampelte zwei oder drei von ihnen – obwohl ich wußte, wie sinnlos es war, verschaffte es mir eine grimmige Befriedigung, die widerwärtigen Geschöpfe unter dem Absatz zu zermalmen – und fuhr endlich herum, um das einzige zu tun, was *wirklich* Sinn machte:

Ich rannte um mein Leben.

Er hatte Stunden für den Weg hierher gebraucht, mehr als einen halben Tag, so daß er erst am späten Nachmittag sein Ziel erreichte. Im Grunde war es ein Wunder, daß er es überhaupt geschafft hatte.

Nicht im Traum war daran zu denken gewesen, sich eine Kutsche zu nehmen; nicht in seinem Zustand, verletzt, in zerfetzter, verdreckter Gefängniskleidung und noch dazu ohne einen Penny in der Tasche mußte er auffallen wie ein bunter Hund. Er hatte nicht den kürzesten Weg hierher nehmen können, nicht einmal einen Umweg, sondern hatte die Stadt in einem irrsinnigen Zickzack durchquert, bei dem er sich durch jeden Hinterhof, jede finstere Gasse und jeden Park geschlichen hatte, die er fand; einmal war er sogar gezwungen gewesen, in die Kanalisation hinabzusteigen, um einen belebten Platz zu überwinden, denn er konnte es nicht riskieren, sich irgendeinem Menschen zu zeigen – ebensogut hätte er sich ein großes Schild AUSBRECHER um den Hals hängen können, zumal er sicher sein konnte, daß die Polizei bereits nach ihm suchte. Vorsichtig ausgedrückt. Falls Cohen noch lebte (Howard hoffte es inständig), hatte er mittlerweile wahrscheinlich nicht nur jeden einzelnen Polizeibeamten der Stadt, sondern alles bis hin zur Royal Navy auf seine Spur gesetzt.

Einzig der immer stärker gewordene Regen und die eisige Kälte, die er anfangs noch verflucht hatte, hatten sich als seine Verbündeten erwiesen. Weit weniger Menschen als normal hielten sich bei dem schlechten Wetter im Freien auf. Viele Straßen lagen wie ausgestorben da, und wenn ihm doch einmal jemand entgegenkam, war es Howard immer noch gerade rechtzeitig gelungen, sich irgendwo zu verstecken oder in eine Seitenstraße auszuweichen.

Dennoch war es ein Wunder, daß er unbeschadet bis hierher gelangt war – ein ebensolches Wunder, wie es eigentlich die ganzen Umstände seiner Flucht waren. Er hatte viel Zeit gehabt, darüber nachzudenken, und je mehr Fragen er sich stellte, desto weniger Antworten hatte er gefunden. Alles ergab so schrecklich wenig Sinn.

Und es war zu einfach gewesen.

Sicher, er war nur mit knapper Not mit dem Leben davongekommen, aber gerade das hätte erst gar nicht geschehen dürfen.

Es war schlicht und einfach *unmöglich.*

Die GROSSEN ALTEN oder ihre Helfer hatten mehr als fünf Jahre Zeit gehabt, sich einen Plan zurechtzulegen, ihn aus dem Weg zu räumen. (Der – so ganz nebenbei – noch dazu ziemlich blödsinnig war. Hätten sie seinen Tod gewollt, so hätten sie nur abzuwarten brauchen.)

Dennoch hatten sie versagt. Mehr noch – im Grunde hatte er es ihnen zu verdanken, daß er noch lebte. Alles erweckte in ihm den Eindruck einer völlig überhasteten Verzweiflungstat. Er begriff nur einfach nicht, *warum* sie es getan hatten. Und gerade das beunruhigte ihn. Er kämpfte nun schon lange genug gegen diese schrecklichen Wesen aus den dunkelsten Epochen dieser Welt, um zu wissen, daß sie oft unerwartete und furchtbare Dinge taten – aber niemals etwas, das *sinnlos* war.

Howard verdrängte diese Gedanken, während er sich Frankensteins Haus vorsichtig – und von der Rückseite her – näherte. Das Grundstück, auf dem die Villa lag, war riesig. Der parkartige Garten mit dem kleinen Teich wurde von gewaltigen alten Bäumen beherrscht, deren Kronen im Laufe der Zeit zu einem fast undurchdringlichen Dach zusammengewachsen waren. Es war schon den ganzen Tag nicht besonders hell gewesen, doch hier war es so dunkel, als wäre die Abenddämmerung um Stunden zu früh hereingebrochen.

Einst mußte dieser Park sehr schön gewesen sein, aber jetzt war er verwildert wie ein Dschungel. Es wäre eine Lebensaufgabe für eine ganze Kompanie von Gärtnern gewesen, ihn wieder in Ordnung zu bringen. Zwischen den Bäumen wucherten Unkraut und Dickicht und bildeten eine mannshohe, fast undurchdringliche Wand aus Unterholz und ineinander verwobenen Schatten.

Im ersten Moment hielt es Howard für eine Täuschung, einen Streich, den ihm seine überreizten Nerven spielten, aber je weiter er vordrang, desto sicherer war er, daß er sich nicht nur etwas einbildete. Die Schatten waren eine Spur zu dicht und zu düster, erfüllt von huschenden Bewegungen, die sich nur aus den Augenwinkeln wahrnehmen ließen und immer sofort aufhörten, sobald er genauer hinsah. Aber sie waren *da.*

Howard spürte, daß etwas nicht stimmte, aber er konnte nicht umkehren. Es gab keinen anderen Ort, wohin er gehen konnte, und außerdem – Robert war hier.

Viktor war schon immer ein reichlich sonderbarer Kauz gewesen. Einige seiner Experimente rührten an die ehernen Gesetze des Lebens und waren dementsprechend gefährlich, so daß vieles, was er tat, anderen wie Zauberei erscheinen mochte; vielleicht wie Gotteslästerung. Howard wußte es besser. Viktor hatte sich niemals mit *echter* Magie eingelassen, sondern war stets ein Mann der Wissenschaft geblieben.

Hier jedoch ...

Noch vorsichtiger als bisher drang Howard weiter vor. Endlich tauchte das Haus vor ihm auf, aber Howard konnte nicht sagen, daß der Anblick ihn froher stimmte. Es war uralt und gewaltig; mit seinen zahlreichen Seitenflügeln, vorspringenden Erkern und kleinen Türmchen erinnerte es mehr an eine Trutzburg als an eine Villa.

Viktor liebte die Abgeschiedenheit, und von dieser hatte er hier mehr als genug. Aber Howard glaubte zu wissen, daß sich Viktor noch aus einem anderen Grund gerade für dieses Haus entschieden hatte: Es erinnerte frappierend an den Stammsitz seiner Familie in Deutschland, von wo er bereits vor vielen Jahren vertrieben worden war. Howard hatte das Schloß derer von Frankenstein nur ein einziges Mal besucht, aber er entsann sich noch so deutlich daran, als wäre es erst gestern gewesen.

Erst jetzt fiel Howard etwas auf, das er schon die ganze Zeit über unbewußt wahrgenommen hatte und das möglicherweise die Schuld an dem Gefühl von Unbehagen trug, ohne daß es ihm bisher bewußt geworden wäre.

Es war zu still.

Nicht ein einziger Vogel zwitscherte in den Bäumen, nicht einmal das Summen von Insekten oder das leise Rascheln von Wühlmäusen oder Ratten war zu hören; keiner der zahllosen, bewußt kaum wahrzunehmenden Laute, die doch die Stimme eines so großen Gartens waren. Abgesehen vom monotonen Prasseln der Regentropfen auf die Blätter hatte sich Schweigen wie eine unsichtbare Decke über den Park ausgebreitet; eine so vollkommene Totenstille, daß sie auf beklemmende Art fast *stofflich* wirkte.

Wie schon das äußere Tor des Grundstücks war auch das Eingangsportal der Villa zu seiner Beunruhigung nicht verschlossen, sondern nur angelehnt. Howard drückte es vorsichtig weiter auf, gerade weit genug, daß er in der Lage war, sich durch den Spalt zu zwängen, konnte aber dennoch nicht verhindern, daß es in den Scharnieren knarrte. In der herrschenden Stille kam ihm das leise Geräusch überlaut vor.

Auf dem schwarz-weißen Mosaikboden der Eingangshalle lag ein Toter.

Howard warf nur einen flüchtigen Blick darauf und wandte sich dann sofort wieder ab. Erst nachdem er sich vergewissert hatte, daß keine unmittelbare Gefahr auf ihn wartete, zwang er sich, den Leichnam noch einmal genauer anzusehen.

Er kannte den Toten. Es war Boris, Viktors Assistent.

Aber er war nicht einfach nur getötet worden. Jemand – etwas – hatte ihn regelrecht *zerfetzt*. An einigen Stellen hatte sich sein Fleisch schwarz verfärbt und sah aus, als hätte es begonnen zu zerfließen und sich zu ... *irgend etwas* anderem zu formen, ohne diesen Prozeß völlig zu beenden. Ein ekelerregender Geruch ging von dem Leichnam aus, nicht der süßliche, schwere Geruch des Todes, sondern etwas anderes, viel, viel Schlimmeres.

Der Anblick bewies Howard, daß seine Ahnung ihn nicht getrogen hatte, und er alarmierte ihn zugleich auch aufs höchste. Boris war nicht einfach nur groß und häßlich gewesen, sondern auch mindestens so stark, wie er aussah. Wahrscheinlich hätte er selbst einen Hünen wie Rowlf mit einer Hand mühelos zu Boden gerungen. Wer – oder was – immer ihn so zugerichtet hatte, mußte schier ungeheuerliche Kräfte haben.

Es war kein Mensch gewesen, dessen war Howard sich sicher.

Nach einer Weile richtete er sich wieder auf und wandte sich schaudernd ab. Was immer Boris umgebracht hatte, konnte noch hier sein.

Er sah in einige der angrenzenden Zimmer, ohne etwas Verdächtiges zu bemerken. Abgesehen von dem Toten, den jemand in der Halle draußen vergessen hatte, sah alles noch genauso aus wie bei seinem letzten Besuch.

Schließlich erreichte er die Küche, wo er einige Schubladen öffnete, bis er das Besteck fand. Er nahm ein Fleischmesser mit mehr als handlanger Klinge heraus. Eine erbärmliche Waffe, aber besser als gar keine. Vermutlich würde sie ihm ohnehin nichts nutzen, aber er fühlte sich einfach wohler, nicht mehr mit völlig leeren Händen dazustehen.

Ein leises Rascheln hinter seinem Rücken ließ ihn herumfahren. Die Tür eines großen Schranks stand auf, und er war sicher, daß das Geräusch dahinter erklungen war.

Howards Nerven waren zum Zerreißen gespannt. Er schlich auf die Nische neben dem Schrank zu – und riß die Tür zur Seite. Das Messer hielt er stoßbereit in der anderen Hand.

Doch er kam nicht dazu, es einzusetzen.

Jemand war bereits vor ihm auf die gleiche Idee gekommen.

Howard nahm nur eine blitzschnelle Bewegung wahr, als der Unbekannte einen lauten Schrei ausstieß und sich, gleichfalls mit einem Messer bewaffnet, auf ihn stürzte. Mit einem erstickten Keuchen sprang

Howard zurück, ließ seine eigene Waffe fallen und umklammerte mit beiden Händen die Messerhand des Angreifers. Erst jetzt erkannte er, daß es sich um eine Frau handelte. Um niemand anderes als …

»Mary!«

Die Haushälterin erkannte ihn offensichtlich nicht, und sie reagierte auch nicht auf seinen Schrei. Ihr Blick flackerte. Sie mußte halb wahnsinnig vor Angst sein, und die Furcht gab ihr die entsprechenden Kräfte. Howard wand ihr das Messer aus der Hand, aber es kostete ihn jedes bißchen Kraft, das er noch besaß. Die Klinge klirrte auf die Fliesen.

»Mary, hören Sie auf! Ich bin es, Howard!«

Sie reagierte auch jetzt nicht, sondern raste wie eine Furie. Mit der freien Hand schlug sie nach seinem Gesicht. Gerade noch rechtzeitig konnte Howard den Kopf nach hinten biegen, so daß ihre Fingernägel seine Augen verfehlten, aber sie hinterließen brennende Kratzer auf seiner Wange.

»Verdammt, Mary, hören Sie endlich auf!«

Er schlug ihr zweimal mit der freien Hand ins Gesicht, härter, als ihm lieb war, aber auch wissend, daß Mary einen weniger kräftigen Schlag wohl gar nicht gespürt hätte.

Und der Schmerz brachte sie tatsächlich zur Besinnung. Sie hörte auf, wie besessen auf ihn einzuschlagen. Langsam klärte sich ihr Blick. Sie ließ die Arme sinken. Die Angst in ihrem Gesicht wich einem Ausdruck ungläubiger Überraschung.

»Howard! Mr. Lovecraft … Wie …?!«

Im nächsten Moment begann sie zu schluchzen, schlang sie die Arme um ihn und klammerte sich mit aller Kraft an ihn. Tränen flossen ihr über das Gesicht.

»Beruhigen Sie sich, Mary. Was ist passiert? Wo sind Viktor und … Robert?«

»Ich … Ich weiß nicht«, stammelte sie unter Tränen. »Da waren diese Kinder, und plötzlich haben sie sich verwandelt, und sie haben Boris …« Ihre Worte gingen in einem Schluchzen unter.

»Kinder?« Howard hielt sie auf Armlänge von sich und starrte ihr in die Augen. Marys Schmerz ließ ihn nicht kalt, aber er spürte, daß sie keine Zeit zu verlieren hatten. »Was soll das heißen? Was für Kinder? Was ist mit Robert? Und wo ist Viktor?«

»Robert ist … aufgewacht«, stieß sie unter Tränen hervor. »Sie sind … nach oben gelaufen.«

Eine ungeheure Aufregung ergriff Howard. *Robert lebte!* Er mußte ihn finden! Er packte Mary am Arm und zerrte sie herum, ohne auch nur zu merken, wie grob seine Bewegung war. »Kommen Sie! Es ist sicherer, wenn Sie bei mir bleiben. Schnell!«

Die Haushälterin nickte nur stumm. Sie schien sich wieder etwas gefangen zu haben. Vielleicht war es auch die Erwähnung Roberts, die ihr half, ihre Angst zu beherrschen. Sie liebte ihn wie einen Sohn. Nach seinem Tod hatte sie Viktor regelrecht erpreßt, um die Stelle als Haushälterin bei ihm zu bekommen, und wie Howard durch Gray erfahren hatte, hatte sie sich eindeutig mehr um Robert gekümmert als um ihre Pflichten als Köchin und Hausdame.

Howard nahm das Messer wieder an sich. Sie kehrten in die Eingangshalle zurück und stiegen vorsichtig die breite Treppe zum oberen Geschoß hoch. Sowohl er als auch Mary vermieden es krampfhaft, den Leichnam auf den Fliesen anzusehen.

»Robert ist aufgewacht?« ergriff Howard wieder

das Wort, als sie die obere Etage erreicht hatten. »Wann war das?«

»Vor drei – nein, vor vier Tagen«, antwortete Mary. »Es geschah ganz plötzlich. Wir hatten die Hoffnung schon fast aufgegeben. Es war wie ein Wunder, aber Robert ...«, sie stockte kurz, »... war plötzlich gesund. Jedenfalls körperlich«, fügte sie rasch hinzu. »Anfangs war er verwirrt und konnte sich an nichts erinnern, aber er erholte sich schnell.«

Für den Moment gab sich Howard mit dieser Erklärung zufrieden. Sie würden später Zeit haben, alles in Ruhe zu besprechen. Wichtiger als über Robert zu reden war jetzt, ihn zu *finden.* Systematisch sahen sie in einen Raum nach dem anderen, bis sie schließlich an eine verschlossene Tür gelangten.

»Roberts Krankenzimmer«, sagte Mary leise.

Howard nahm Anlauf und warf sich wuchtig gegen die Tür. Nachdem er wieder aufgestanden war, versuchte er eine andere Taktik. Er war nie besonders kräftig gewesen, und die lange Zeit im Gefängnis hatte ihn zusätzlich geschwächt. Die Tür erbebte zwar unter seinen Fußtritten, hielt aber stand. Erst beim fünften Versuch zerbrach der Riegel. Die Tür flog so abrupt auf, daß Howard in den Raum taumelte und fast auf das Bett gefallen wäre.

»Der Schrank«, sagte Mary.

Auch Howard hatte es bereits gesehen. Das Zimmer wies keinerlei Spuren eines Kampfes auf, aber jemand hatte in großer Hast sämtliche Kleidungsstücke aus dem Schrank gerissen und auf den Boden geworfen. Die Türen standen auf, und er konnte sehen, daß statt einer Rückwand eine weitere, halb geöffnete Tür dahinter lag. Eine Anzahl schmaler, ausgetretener Stufen führten in die Tiefe.

»Wohin führt der Gang?« wollte Howard wissen.

Mary zuckte ratlos die Schultern. »Keine Ahnung. Ich habe die Tür noch nie gesehen«, sagte sie verwirrt. »Ich ... Ich wußte bislang nicht einmal, daß dieser Gang überhaupt existiert.«

Howard streckte den Kopf durch die Öffnung. In engen Windungen schraubte sich eine Steintreppe in die Tiefe. Am unteren Ende war gedämpfter Lichtschein zu erkennen. *Sehr weit* am anderen Ende.

»Die Treppe geht tiefer als nur ins Erdgeschoß«, sagte er. »Was befindet sich im Keller?«

»Einige Vorratsräume – und das Laboratorium des Doktors«, erwiderte Mary. »Aber dort war ich noch nie.«

»Dann werden Sie es jetzt kennenlernen. Kommen Sie.«

Mary hatte noch immer unübersehbare Angst, doch sie folgte ihm trotzdem ohne zu zögern. Hintereinander stiegen sie die Stufen hinab.

Als sie etwa die Hälfte der Treppe hinter sich gebracht hatten, nahm Howard einen seltsamen Geruch wahr, der sich mit jedem Schritt verstärkte. Es stank verschmort, aber auch nach etwas anderem, ähnlich wie der Geruch, der von Boris' Leichnam ausgegangen war. Zu hören war nichts – aber gerade das bereitete Howard die größte Sorge. Er versuchte diese Gedanken zu verdrängen. Nur weil er nichts hörte, mußte das noch lange nicht bedeuten, daß dort unten irgendeine Gefahr auf sie lauerte.

Der Gestank wurde fast übermächtig, als sie das Laboratorium erreichten. Genau wie Mary preßte Howard die rechte Hand vor Mund und Nase, während er sich umsah. Der Raum war gewaltig, viel größer, als man es von einem normalen Keller erwartete – aber dieser Keller war auch nicht *normal*.

Die Wände wurden von fremdartig aussehenden Apparaturen mit zahlreichen Knöpfen, Hebeln, Schaltern und Anzeigen verdeckt, aber es gab auch mehrere Tische, auf denen zum Teil fast mannshohe, auf bizarrste Art geformte und gebogene Glasgefäße standen. In einigen davon blubberten verschiedenfarbige Flüssigkeiten. Selbst von der Decke hing irgendeine gewaltige Maschine.

In der Mitte des Laboratoriums befand sich ein verchromtes Gestell, das eine Art Mischung aus Tisch und Liege darstellte. Ein schwarzer Brandfleck war darauf zu sehen. Ein Stück hinter dem Gestell entdeckte Howard eine auf dem Boden liegende Gestalt und eilte darauf zu.

Es war Viktor.

Im ersten Moment verspürte Howard einen eisigen Schrecken. Viktor lebte, aber er war fürchterlich zugerichtet und blutete aus unzähligen Wunden. Die unnatürlich verkrümmte Haltung, in der er dalag, zeigte, daß er mehrere Knochenbrüche davongetragen haben mußte. Er sah aus, als hätte ihn ein Riese gepackt, eine Weile an ihm herumgeknetet und ihn schließlich achtlos gegen die Wand geschleudert. Howard hockte sich neben ihn nieder, legte ihm behutsam die Hand auf die Brust und tastete dann nach seinem Handgelenk. Viktor hatte das Bewußtsein verloren, und sein Atem ging ebenso flach und unregelmäßig wie sein Puls – aber wenigstens lebte er noch.

Von Robert hingegen war nichts zu entdecken.

»Was ist mit ihm?« erkundigte sich Mary bange.

»Er lebt, aber er muß schnellstens in ein Krankenhaus«, erklärte Howard und richtete sich wieder auf. Erst jetzt fiel ihm eine weitere, halb geöffnete Tür auf. »Wohin geht es da?«

»Wenn das der normale Eingang zum Laboratorium ist, müßte dahinter der Gang liegen, der zu den Vorratsräumen führt«, sagte Mary, ging hinüber und sah nach. »Wie ich vermutet habe. Und ...«

Sie brach ab und lauschte einen Augenblick. »Es kommt jemand«, flüsterte sie.

Auch Howard hörte im gleichen Moment die sich nähernden Schritte mehrerer Menschen. Er schaute sich nach einem Versteck um, doch das Laboratorium bot keinerlei Möglichkeit, sich zu verbergen. Kurz erwog er den Gedanken, sich auf die Geheimtreppe zurückzuziehen, aber das würde ihm nur einen Vorsprung von wenigen Sekunden verschaffen. Die Scharniere der Tür waren ziemlich eingerostet und machten nicht den Eindruck, als ob sie sich lautlos schließen ließe. Und jedes Geräusch würde die Eindringlinge nur erst recht aufmerksam machen.

Er entschied sich blitzschnell, huschte in den toten Winkel neben der Tür und zog auch Mary mit sich.

Nur wenige Sekunden später betrat der erste der Eindringlinge das Laboratorium. Howard packte zu, bekam einen langen Mantel zu fassen und wirbelte den Unbekannten herum, um ihm das Messer an die Kehle zu setzen. Seine Bewegung war so schnell, daß niemand mehr darauf hätte reagieren können.

Soweit die Theorie.

Der Eindringling reagierte mit unglaublicher Schnelligkeit. Ein wuchtiger Ellbogenstoß in den Magen trieb Howard zurück, und gleich darauf verlor er plötzlich den Halt unter den Füßen. Er prallte hart zu Boden, und noch bevor er sich von dem Sturz erholen konnte, spürte er bereits die Spitze eines gewaltigen Messers an der Kehle.

»Sill, nich!« ertönte eine Stimme. »Dassis Howard!«

Erst jetzt sah Howard, daß es sich bei dem ersten Eindringling um eine Frau handelte, und er erschauerte noch nachträglich, als er Sill el Mot erkannte und begriff, um welche Haaresbreite er dem Tod entronnen war. Vermutlich war er der einzige Mensch auf der Welt, der es jemals überlebt hatte, Sill el Mot mit einem Messer anzugreifen ...

Die Schwertklinge verschwand von seinem Hals, und gleich darauf fühlte er sich von gewaltigen Pranken gepackt und so derb in die Höhe gerissen, daß ihm die Luft wegblieb. Dicht vor sich sah er Rowlfs freudestrahlendes Bulldoggengesicht, dann preßte ihn der Hüne so fest an sich, daß Howard es ernsthaft mit der Angst zu tun bekam, er würde ihm alle Knochen brechen.

»Mensch, Howard!« jubelte Rowlf. »Du bisses wirklich! Mann, dassich das noch erlbn tun darf! Er isses! Er lebt un is frei! Gott sei Dank! Gott sei Dank Gott sei Dank Gott sei Dank!«

Und bei jedem *Gott sei Dank* hüpfte er vor lauter Freude auf einem Bein herum und preßte Howard dabei so heftig an sich, daß dessen Rippen hörbar knirschten. Vor Howards Augen begannen allmählich dunkle Schlieren zu kreisen. Seine Lungen schrien nach Luft, aber Rowlfs Wiedersehensfreude kannte keine Grenzen. Er wirbelte Howard herum, daß ihm schwindelte, strahlte dabei wie ein Kind, das zum ersten Mal im Leben einen Weihnachtsbaum sieht, und rief immer wieder: »Er lebt! Stell dir vor, Sill, er lebt!«

Howard bekam endlich wieder ein wenig Luft

und stöhnte hörbar. »Laß mich los!« keuchte er. »Ich bitte dich, Rowlf!«

Auf Rowlfs Gesicht erschien ein betroffener Ausdruck. Hastig blieb er stehen und stellte ihn auf die Füße.

Howard preßte stöhnend die Hände gegen seine malträtierten Rippen. »Willst du ... nachholen, was die im Gefängnis ... versäumt haben?« keuchte er.

Rowlf fuhr schuldbewußt zusammen, aber er grinste trotzdem weiter wie das sprichwörtliche Honigkuchenpferd. »Mensch, H.P., du lebs noch. Ich hab' kaum glaubn könn, als Gray erzählt hat, dasse ausm Knast abgehaun bis.«

Howard rang sich ein Lächeln ab. »Wenn ich gewußt hätte, daß ich dafür um ein Haar erst von Sill aufgespießt und dann fast von dir zerquetscht werde, hätte ich es mir gründlicher überlegt.«

»Sie is numa meine Leibwächterin«, nuschelte Rowlf und zuckte entschuldigend die Schultern.

»*Deine* ... Leibwächterin?« Howard blinzelte.

»Ich störe eure Wiedersehensfreude ja nur ungern«, mischte sich Dr. Gray, der dritte der Ankömmlinge, ein. Sein Brillengestell saß ihm schief auf der Nase. Es war zerbrochen und nur notdürftig mit etwas Schnur geflickt worden. Ein Spinnennetz von Sprüngen zog sich durch eines der Gläser. »Aber vielleicht können wir erst einmal ein paar wichtigere Punkte klären. Was ist hier passiert? Und wo sind Viktor und Robert?«

Leibwächterin? dachte Howard verwirrt. Er bedachte Rowlf und die schwarzäugige Araberin mit einem völlig verstörten Blick. Wie es aussah, hatte er mehr verpaßt als knapp siebzehnhundert Ausgaben der Times.

Aber das hatte Zeit bis später. Howard wurde schlagartig wieder ernst. »Viktor liegt da hinten. Er ist ziemlich schwer verletzt und muß unbedingt ins Hospital gebracht werden«, sagte er. »Und Robert ...«

Er machte eine kurze Pause. Ein gequälter Ausdruck erschien auf seinem Gesicht.

»Ich weiß es nicht«, sagte er fast unhörbar. »Er ist verschwunden.«

Der Himmel war grau und tief, und die Wolken, die eine fast geschlossene Decke bildeten, sahen aus wie eine Skulptur aus mattem Blei, deren Gewicht man beinahe körperlich spüren konnte. Es war sehr kalt, und aus dem leichten Nieselregen, der mich nach meinem Aufstieg aus der Londoner Unterwelt empfangen hatte, war mittlerweile ein ausgewachsener Wolkenbruch geworden. Der Himmel schien sämtliche Schleusen geöffnet zu haben. In den Rinnsteinen gurgelten winzige Wildwasserbäche, und die Gullys waren kaum mehr in der Lage, die Wassermassen aufzunehmen. Die wenigen Menschen, denen ich auf dem Weg hierher überhaupt noch begegnet war, hasteten mit hochgeschlagenen Mantelkragen oder tief unter ihre Schirme geduckt einher.

Von alledem jedoch hatte ich kaum Notiz genommen. Ich spürte auch die Kälte nicht oder den eisigen Wind, den mir der Regen ins Gesicht peitschte. Ich stand seit fast zwanzig Minuten einfach da, hochaufgerichtet und reglos, und wenn ich in dieser Zeit überhaupt einen klaren Gedanken faßte, so lief dieser auf einer meinem direkten Zugriff entzogenen Ebene ab.

Ich stand da und starrte die Ruine an.

Ich war zu Hause. Meine Schritte hatten mich – fast ohne mein eigenes Zutun – hierher geführt, zum Ashton Place Nummer 9, dem Grundstück, auf dem sich Andara-House befunden hatte, das Haus meines Vaters, das nach dessen Tod auch zu meinem Heim geworden war.

Es war zerstört. Aus dem ehemals prachtvollen Herrenhaus war eine verkohlte Ruine geworden.

Aber das war es nicht, was mich so erschüttert hatte.

Ich erinnerte mich jetzt.

Ich erinnerte mich an *alles*.

Es war der Anblick dieses Hauses gewesen, der die Erinnerung ausgelöst hatte, der Anblick der brandgeschwärzten, verkohlten Wände, der ausgebrannten Fenster und verkohlten Dachsparren, die Erinnerung an das Feuer, die Flammen, das grausam helle Licht und Priscylla …

Ich wußte jetzt alles. Meine Jugend in New York, das Zusammentreffen mit Roderick Andara, der sich später, im Augenblick des Todes erst, als mein Vater zu erkennen gab, die Erkenntnis, wer und vor allem was ich wirklich war, mein erstes Zusammentreffen mit Priscylla und Necron, der schier aussichtslose Kampf mit dem uralten Hexenmeister und schließlich der triumphale Sieg. Howard. Rowlf. Sill el Mot und all die anderen, und schließlich meine Hochzeit mit Priscylla, nach einem schier aussichtslosen, jahrelangen Kampf endlich der Moment des größten Triumphes, der zum Augenblick meiner größten Niederlage werden sollte. Dies alles und noch tausendmal mehr wirbelte in chaotischen Bildern hinter meiner Stirn, entsetzlich, lähmend, grausam.

Wie lange stand ich da und durchlebte die letzten

Stunden immer und immer wieder? Die Minuten, in denen ich begriffen hatte, wie grausam ich mich getäuscht hatte, wie perfide der Betrug und wie gewaltig der Plan, den die GROSSEN ALTEN schon vor Jahren eingefädelt hatten? Zehnmal? Hundertmal? Ich wußte es nicht. Ich spürte weder die Kälte noch die Tränen, die mir über die Wangen liefen. Ich sah das Feuer, hörte Priscyllas triumphierendes Lachen und das Prasseln der Flammen, fühlte den grausamen Schmerz, mit dem sie sich in mein Fleisch brannten, und jenen anderen, unendlich größeren Schmerz, mit dem sich das Wissen um Priscyllas Verrat in meine Seele fraß. Priscylla war nicht Priscylla gewesen. Sie war niemals *sie* gewesen, sondern stets nur ein ... Ding, ein Werkzeug, das nur zu einem einzigen Zweck erschaffen worden war und diesen Zweck perfekt erfüllte. Sie hatte die *SIEBEN SIEGEL DER MACHT* zusammengefügt.

Was danach geschehen war, wußte ich nicht. Ich erinnerte mich an das *SIEGEL* in Priscyllas Händen und ihr schrilles, hysterisches Lachen, und danach an nichts mehr. Ich war gestorben, aber Howard hatte mich irgendwie ... zurückgeholt.

Doch wozu? Hatte er wirklich geglaubt, mir damit einen *Gefallen* zu tun? Hatte er tatsächlich auch nur eine Sekunde lang geglaubt, daß ich noch weiterleben *wollte,* nach allem, was geschehen war und woran ich mich jetzt erinnerte?

»Kann ich Ihnen helfen, Sir?«

Ich drehte mich herum. Howard stand hinter mir. Durch den Schleier von Tränen vor meinen Augen erkannte ich ihn nur undeutlich. »Warum, Howard?« fragte ich mit tränenerstickter Stimme. »Warum hast du mich nicht einfach sterben lassen?«

»Sir?« fragte Howard verwirrt. Natürlich war es nicht Howard. Es war ein Mann in der schwarzen Uniform der Londoner Bobbys, über die er ein glänzendes Regencape geworfen hatte. Sein Gesicht glänzte vor Nässe, und vom Rand seines runden Hutes tropfte Wasser. Er sah mich verstört, fragend und besorgt zugleich an, aber auch ein wenig ratlos. »Kann ich etwas für Sie tun?«

»Ich ... nein«, antwortete ich. »Ich habe Sie mit jemandem verwechselt. Bitte verzeihen Sie.«

»Das habe ich mir schon gedacht«, sagte der Bobby. »Ist wirklich alles in Ordnung mit Ihnen?«

»Ja«, antwortete ich. »Ich war nur ...« Ich suchte einen Moment nach Worten, ehe ich auf die verkohlte Ruine deutete. »Das ist mein Zuhause. Es hat einmal mir gehört, wissen Sie?«

Der Polizist wirkte nicht besonders überzeugt. »Andara-House? Soviel ich weiß, ist es vor über fünf Jahren niedergebrannt. Der Besitzer kam dabei ums Leben.«

»Er war mein Bruder«, sagte ich. »Ich war eine Weile fort und bin erst heute nach England zurückgekehrt.«

Jetzt machte sich ein Ausdruck echten Mitgefühls auf dem Gesicht meines Gegenübers breit. »Das ist ein Schock, das verstehe ich«, sagte er. »Trotzdem: Sie sollten nicht hier im Regen stehen. Es ist kalt.«

»Ich ... bleibe nur noch einen Moment«, antwortete ich stockend. »Haben Sie jedenfalls vielen Dank für Ihre Sorge.«

»Dafür sind wir da, Sir«, sagte der Bobby. »Trotz allem einen schönen Tag noch.« Er tippte mit zwei Fingern an den Rand seines Hutes, wandte sich um und ging mit langsamen Schritten davon. Ich sah ihm nicht nach, aber ich spürte, daß er ein paarmal zu mir zurückblickte, und ich wußte auch, daß ich sein Mißtrauen nicht vollends zerstreut hatte. Wahrscheinlich würde er in wenigen Minuten zurückkommen, um sich davon zu überzeugen, daß ich auch wirklich gegangen war. Weder meine Geschichte noch mein Aussehen konnten ihn vollkommen überzeugt haben. Der Regen, der mich bis auf die Haut durchnäßt hatte, hatte zwar den Schmutz und Gestank der Kanalisation aus meinen Kleidern gewaschen, aber sie waren trotzdem zerfetzt, und auch meine Geschichte würde einer nur etwas eingehenderen Überprüfung kaum standhalten.

Aber ich hatte auch nicht vor zu warten, bis der Beamte zurückkam. Ich überzeugte mich davon, daß er im Moment nicht in Sicht war, dann stieg ich über die niedergebrochene Umfriedung und ging mit langsamen Schritten auf das Haus zu.

Mein Blick glitt über die geborstenen Mauern und weiter über das, was einmal der gepflegte, parkähnliche Garten von Andara-House gewesen war. Jetzt glich er einer Wüste. Der Brand hatte die meisten der hundert Jahre alten Eichen vernichtet, ebenso wie fast alle anderen Pflanzen, und obwohl seither mehr als fünf Jahre vergangen waren, hatte die Natur das verlorene Terrain bisher noch nicht zurückerobert.

Wie unheimlich der Anblick war, fiel mir erst jetzt richtig auf. Die verkohlten Baumstümpfe ragten schwarz und kahl aus einem Boden, den der Regen in einen braungrauen Morast verwandelt hatte. Nirgendwo zeigte sich der winzigste Flecken von Grün; kein Grashalm, kein Moos, kein Unkraut hatte auf dem brandgerodeten Boden Fuß gefaßt. Und – auch dies bemerkte ich erst jetzt wirklich – die Ruine des Hauses selbst bot sich mir nur in den Farben des erloschenen Feuers dar: Schwarz und Grau und Braun.

Der Anblick war nicht nur unheimlich, er war regelrecht beängstigend.

Das Haus stand seit fünfeinhalb Jahren so da. Sicherlich betrachteten die übrigen Anwohner dieser noblen Wohngegend die Brandruine als Schandfleck, und ich wunderte mich ein wenig, daß noch niemand das Grundstück erworben und neu bebaut hatte. Aber noch sehr viel mehr wunderte es mich, daß die Ruine nicht längst bis unter die geschwärzten Dachbalken von Unkraut und Moos überwuchert war.

Jetzt, als ich einmal darauf aufmerksam geworden war, spürte ich, wie leblos dieser Ort war; nicht einfach von allem Leben verlassen, sondern auf eine sonderbar präsente Art tot. Es war ein verfluchter Ort, von dem das Leben geflohen war, um vielleicht nie wieder zurückzukommen.

Trotzdem ging ich nach einigen Augenblicken weiter. Was ich spürte, mußte das Echo dessen sein, was vor fünf Jahren hier geschehen war. Priscylla hatte die *SIEBEN SIEGEL DER MACHT* am Ende doch nicht zusammengefügt – wäre es so, dann stünde ich jetzt nicht hier, und es hätte auch diese Stadt, ja, möglicherweise diese ganze Welt nicht mehr gegeben –, aber für eine kurze Zeit hatte sie die Tore zu den Dimensionen des Wahnsinns aufgestoßen, und etwas hatte aus der Welt der GROSSEN ALTEN herübergegriffen in das Universum der Menschen und diesen Platz für alle Zeiten verdorben.

Ich durchschritt die brandgeschwärzte Öffnung, die einmal das Portal von Andara-House gewesen war. Die Tür selbst war verschwunden. Das magische Feuer war heiß genug gewesen, das zollstarke Eichenholz zu Asche zerfallen zu lassen.

Die große Halle dahinter, einstmals die Zierde des stolzen Herrenhauses, bot einen Anblick der Verheerung. Wie die Tür, war auch die große Treppe nach oben einfach verschwunden. Die Zwischendecken waren eingestürzt, und auf den unter der Hitze des Feuers geborstenen Bodenfliesen türmten sich Trümmer zu einem mehr als mannshohen Berg. Die Wände waren bis auf das nackte Mauerwerk vom Feuer kahlgefressen, und nicht weit von mir lag ein zusammengeschmolzenes Etwas; wohl die Reste eines der kostbaren Lüster, die an den Decken gehangen hatten. Die Hitze, die hier drinnen geherrscht hatte, mußte einfach unvorstellbar gewesen sein. Ich fragte mich mehr und mehr, wie Howard es geschafft hatte, mich hier herauszuholen. Er würde mir eine Menge Fragen beantworten müssen.

Ziellos ging ich weiter, durchstreifte die leerstehenden Räume und spürte auch hier die Anwesenheit des Todes wie einen übelriechenden Hauch. Dieses Haus war einst ein Ort gewaltiger Magie gewesen, aber sie war erloschen. Jedes Lachen, das je in diesen Mauern erklungen war, war dahin, jedes Wort, das diese Wände gehört hatten, in Rauch und Flammen aufgegangen, die unendlichen Schätze seines Wissens, gut behütet in seiner Bibliothek, für immer verloren. Was ich spürte, war Trauer; nicht die Trauer um den Verlust eines Gebäudes, sondern die um den Tod eines geliebten Wesens. Und in irgendeiner Hinsicht *hatte* dieses Haus gelebt. Es war viel mehr als ein Gebilde aus sorgsam übereinandergeschichteten Steinen und Holz gewesen, viel mehr, und das Feuer hatte es nicht einfach vernichtet. Es hatte es *gemordet*.

Seither hatte sich nichts verändert. Ich wußte plötzlich, daß in den letzten fünf Jahren keine lebende Seele hiergewesen war. In dieser Ruine hatten keine Kinder gespielt, wie es sonst in leerstehenden Gebäuden oder gar Ruinen unweigerlich der Fall war. Kein Immobilienmakler war gekommen, um den Wert des Grundstückes abzuschätzen und die Kosten, die ein Abriß und Wiederaufbau verursachen mochten. Und vielleicht war das auch gut so. Dieses Haus mochte tot sein, aber es konnte noch immer gewaltige Gefahren beherbergen.

Der Gedanke führte einen anderen im Geleit, und ich wandte mich wieder um und kletterte mühsam über die Trümmerberge zurück, bis ich die ehemalige Bibliothek erreicht hatte.

Der Raum war so verwüstet wie der Rest des Hauses. Die Bücherregale waren samt ihrem Inhalt zu schwarzer Asche zerfallen, der Safe, der in der Wand über dem Kamin eingelassen war, zu einem bizarren Gebilde aus geschmolzenem und wiedererstarrtem Metall zerlaufen.

Für einen Moment wurden die Erinnerungen übermächtig, und ich glaubte mich noch einmal zurückversetzt in jene grauenhafte Nacht, sah das Feuer und hörte das Zischen der Blitze, sah, wie Priscyllas Hände die stählerne Tür des Safes durchstießen und das unsagbare … *Ding* herausholten, zu dem sich dessen Inhalt zusammengefügt hatte …

Nur mit äußerster Mühe gelang es mir, die Bilder

zurückzudrängen. Der Safe war leer, sein Inhalt so zerstört wie alles hier. Und ich war auch nicht seinetwegen gekommen. Mühsam löste ich meinen Blick von dem geschwärzten rechteckigen Loch in der Wand und suchte die Uhr.

Sie war nicht mehr da.

Natürlich hatte ich damit gerechnet, daß auch sie ein Raub der Flammen geworden war. Aber das war sie nicht. Jemand hatte sie *weggebracht*.

Ihre Umrisse waren ganz deutlich in der steinhart zusammengebackenen Asche zu sehen, aber sie selbst war verschwunden.

Ich spürte einen eisigen Schrecken. Die uralte Standuhr war alles andere als nur eine *Uhr* gewesen. Vielleicht war sie das sogar am allerwenigsten, denn ich konnte mich nicht erinnern, daß sie jemals die *Zeit* angezeigt hätte. Vielmehr hatte das Gehäuse eines der wenigen noch existierenden *Tore* der GROSSEN ALTEN beherbergt, einen Zugang zu dem unvorstellbaren Transportsystem jener dämonischen Rasse, das es dem Benutzer ermöglichte, im Bruchteil eines Augenblicks an beinahe jeden beliebigen Ort auf der Welt zu gelangen. Und vielleicht nicht nur auf *dieser*.

Daß sie das Feuer überstanden hatte, überraschte mich zwar, wunderte mich aber im Grunde kaum; immerhin hatten die Kräfte, die das *Tor* beschützten, es mehr als zweihundert Millionen Jahre lang gegen alle Naturgewalten und den Zugriff der Zeit gefeit. Vielleicht gab es im ganzen Universum keine Gewalt, die dieses *Tor* zu zerstören imstande war.

Was mich erschreckte, war der Umstand, daß jemand die Uhr weggenommen hatte – und das, wie die Abdrücke in der Asche bewiesen, vor nicht einmal allzu langer Zeit, vielleicht sogar erst vor Tagen. Es bestand eine kleine Chance, daß es Howard oder einer seiner Freunde gewesen war, die um die Gefährlichkeit der vermeintlichen Standuhr wußten. Doch wenn nicht … Der bloße Gedanke an das, was diese Uhr in den falschen Händen anzurichten vermochte, jagte mir schon einen eisigen Schauer über den Rücken.

Ein Geräusch drang in meine Gedanken. Es war sehr leise, gerade noch an der Grenze des überhaupt noch Wahrnehmbaren, und in jeder anderen Umgebung hätte ich es wahrscheinlich überhört. Hier aber, an diesem Ort des Todes, wirkte jeder noch so winzige Laut störend und falsch, und so fuhr ich auf der Stelle herum …

… und sah mich zwei Burschen in zerschlissenen Kleidern gegenüber, die kaum drei Schritte hinter mir standen und mich mißtrauisch beäugten. Einer hielt einen kurzen Knüppel in der Hand, der andere eine Pistole, deren Lauf auf meinen Magen gerichtet war. Sie sahen Jack und Shorty nicht einmal ähnlich, und trotzdem spürte ich sofort, daß ich es mit Männern des gleichen Schlages zu tun hatte. Automatisch sah ich mich nach einer Waffe um.

Aber der Bursche mit der Pistole kam mir zuvor. Eine Sekunde lang sah er mich noch durchdringend an, doch dann senkte er seine Waffe, und in seinen Augen erschien ein sonderbares Lächeln, das ich im ersten Moment nicht verstand.

»Sie brauchen keine Angst zu haben, Mr. Craven«, sagte er. »Wir stehen auf Ihrer Seite.«

»Im Gefängnis herrschte das totale Chaos«, berichtete Gray. Er hatte eine Ersatzbrille aufgesetzt, die seinem Gesicht ein noch eulenhafteres Aussehen verlieh, als es ohnehin der Fall war. »Und bei Scotland Yard nicht weniger. Ich bin nur froh, daß ich mich überhaupt absetzen konnte. Eine Weile hatte ich fast das Gefühl, als hätten Langston und ein paar andere am liebsten *mich* an deiner Stelle aufgehängt.« Er zog eine Grimasse. »Vor allem Cohen hat getobt. Er hat wohl mitbekommen, daß ich es war, der ihn niedergeschlagen hat, und er war nahe dran, mich wegen Fluchthilfe einzusperren.« Nach einer Sekunde fügte er hinzu: »Wahrscheinlich wird er es noch nachholen.«

Sie saßen zusammen mit Mary Winden und Rowlf bereits seit gut zwei Stunden im Salon von Grays Haus, das sich nicht sehr weit von der Villa der Frankensteins erhob. Vor den Fenstern begann es allmählich zu dämmern. Das schlechte Wetter hatte es den ganzen Tag über nicht richtig hell werden lassen, und es wurde noch früher dunkel als für diese Jahreszeit üblich. Und obwohl Mary bereits alle Lampen angezündet hatte und im Kamin ein anheimelndes Feuer knisterte, schienen Kälte und Dunkelheit irgendwie einen Weg ins Haus gefunden zu haben. Howard war so nahe an das Feuer herangerückt, wie er konnte, aber er fror trotzdem noch immer.

Howard hatte seine Sträflingskleidung gegen einen Anzug aus Viktors Garderobe vertauscht, während Harley, Grays Kutscher, Hausdiener, Koch, Gärtner und Majordomus in einem, den Verletzten ins Hospital gebracht hatte. Anschließend waren sie hierher gefahren. Sill war von Rowlf mit einem Auftrag, über den sich der Hüne bislang beharrlich ausgeschwiegen hatte, weggeschickt worden.

Grays persönlicher Butler David – wie Howard aus einer beiläufigen Bemerkung des Anwalts geschlossen hatte, handelte es sich bei dem sonderbaren Burschen um Harleys Sohn – trat mit einem Tablett in den Händen ein. Er stellte Tassen vor ihnen ab und schenkte ihnen Kaffee ein. Er bewegte sich auf eine sonderbare, fast lächerliche Art, wie Howard wohl bemerkte, dieser Beobachtung im Moment allerdings keine weitere Bedeutung schenkte. Sie hatten wahrlich Wichtigeres zu besprechen.

»Wie viele Tote hat es gegeben?« fragte er.

»Drei«, erklärte Gray mit belegter Stimme, nachdem David sich zurückgezogen und die Tür wieder hinter sich geschlossen hatte. »Allesamt Wächter. Vier weitere sind spurlos verschwunden. Ich bin sicher, daß dieses ... dieses *Ding* sie sich geholt hat. Mein Gott, Howard, was um alles in der Welt *war* das?«

»Eine Art Shoggotenwesen«, murmelte Howard. Er nippte an seinem Kaffee, stellte fest, daß dieser im Gegensatz zu dem lauwarmen Spülwasser, das er – wenn überhaupt – im Gefängnis zu trinken bekommen hatte, kochend heiß war und tatsächlich nach Kaffee schmeckte, und stellte die Tasse rasch wieder ab, als er sich die Zunge verbrühte. In der gleichen Bewegung griff er nach seiner Zigarre. Es war die fünfte, die er im Laufe der letzten Stunde rauchte. Die Luft im Salon war bereits zum Schneiden dick, und Gray hatte nicht zum ersten Mal demonstrativ gehustet und mit der Hand vor dem Gesicht herumgewedelt, aber Howard ignorierte es eisern.

»Aber es war so ungeheuer groß. Ich habe so etwas noch nie zuvor gesehen.«

»Aba ich«, sagte Rowlf. »Soweitma beim ganzn Nebelkram drumrum überhaupt was sehn konnte.«

Howard sah ihn überrascht an, und Rowlf fuhr mit einem heftigen Nicken fort: »Vorn paar Jahrn aufm Friedhof, als Sill und ich den Kleenen geholt ham. Das Ding mag keine Kreuze. Wennich heut morgn im Knast gewesen wär, hätt ich ihm damit orntlich eins übergebratn.«

»Kreuze?« wiederholte Howard zweifelnd. »Diese Kreatur hat mit dem christlichen Kulturkreis nichts zu tun. Ich glaube nicht, daß wir ihr mit *Kreuzen* etwas anhaben können.«

»Aber wennichs doch sagn tu«, beharrte Rowlf. Er griff nach seiner Tasse und trank den brühend heißen Kaffee in einem Zug aus, ohne auch nur das Gesicht zu verziehen. »Als das Scheißviech inner Kapelle ans Kreuz gestoßn is, wars aus. Hatn schönes Feuerwerk gegeben.«

Howard blieb skeptisch.

»Möglicherweise sah es nur so aus, und in Wahrheit hat ein Rest von Roberts Hexerkräften die Kreatur vernichtet«, wandte Gray ein. »Aber damit können wir uns später beschäftigen. Wichtig ist im Moment nur, daß wir Robert möglichst schnell finden.«

»Wenn er überhaupt noch lebt«, sagte Howard düster.

»Er lebt!« behauptete Rowlf und funkelte ihn zornig an. »Mary hat ihn doch wechrennen hörn.«

»Ich ... Ich habe nur *irgend jemanden* laufen gehört«, stellte die Haushälterin richtig. »Es könnte Robert gewesen sein, ich weiß es nicht. Da waren Schritte in der Halle, aber ich hatte viel zuviel Angst, um nachzusehen.«

»Niemand macht Ihnen einen Vorwurf«, beruhigte Howard sie. »Aber nach allem, was wir gesehen haben, hat es sich wahrscheinlich um Robert gehandelt. Wir müssen unbedingt herausfinden, wo er sich jetzt aufhält.«

»Ich hatte gehofft, er würde hierherkommen, sobald er sich etwas beruhigt hat«, meinte Gray. »Aber bislang sieht es nicht so aus.«

»Ich glaube nicht, daß er sich überhaupt an Sie erinnert oder an diese Adresse«, sagte Mary. »Er wußte fast nichts mehr, was mit seinem früheren Leben zu tun hatte.«

»Also irrt er irgendwo da draußen herum. Ein Grund mehr, ihn möglichst schnell zu finden.« Sorge schwang in Howards Stimme mit, und eine Furcht, die er nur noch mühsam im Zaum zu halten vermochte.

»Meine Leute werns schon schaffen«, behauptete Rowlf. »Selbst wennern bißchen anders aussehen tut, isser anner weißn Strähne im Haar leicht zu erkennen.«

Fragend sah Howard ihn an. »Deine Leute?« Sie hatten praktisch ununterbrochen geredet, seit sie sich im Keller von Viktors Haus wiedergesehen hatten – aber irgendwie fiel ihm erst jetzt auf, daß Rowlf im Grunde nichts über *sich* erzählt hatte oder das, was er in den letzten fünf Jahren so getrieben hatte. Zwar hatte ihm Gray bei seinen Besuchen im Gefängnis regelmäßig Bericht erstattet, aber Howard hatte immer mehr und mehr das Gefühl, daß er ihm nicht alles erzählt hatte.

»Ich konnte ihn leider nicht davon abhalten, in den letzten Jahren in der Londoner Unterwelt Karriere zu machen«, erklärte Gray säuerlich. »Ein paarmal habe ich sogar nur mit knapper Not verhindern können, daß er dir im Gefängnis Gesellschaft leistet.

Aber in diesem Fall könnte uns dieser Einfluß wirklich von Nutzen sein. Wahrscheinlich hält bereits jeder kleine Taschendieb in London Ausschau nach Robert.«

Rowlf nickte. »Und wer's nich tut, dem hau ich so was aufs Auge, dassa in nächster Zeit nach gar nix mehr Ausschau halten kann«, verkündete er fröhlich und ignorierte Howards vorwurfsvollen Blick. »Wir finden den Kleenen, verlaß dich drauf.«

»Fragt sich nur, was weiter passiert, wenn er gefunden ist«, sagte Gray besorgt. »Am besten wäre es, wenn ihr alle für eine Weile die Stadt verlassen würdet. Nach dir wird gesucht, Howard, und die Polizei wird nicht eher ruhen, bis sie dich gefunden hat. Du giltst als flüchtiger Schwerverbrecher. Bevor ich wegfuhr, bastelte Langston gerade an einer Erklärung für die Presse, daß du selbst hinter dem Angriff auf das Gefängnis gesteckt hast. Er stellt diese Kreatur als eine Art … Massensuggestion oder so etwas dar. Eine Menge Leute wissen, daß du dich mit Zauberkunststückchen und Gauklertricks beschäftigt hast.«

»Das war kein Gauklerstück«, sagte Howard niedergeschlagen.

Gray nickte. »Ich weiß das«, sagte er. »Und du weißt es. Aber die anderen nicht.«

»Und wie will er die Toten erklären?« fragte Howard scharf.

»Es ist Langstons Theorie, nicht meine«, sagte Gray. »Auf jeden Fall glaubt niemand, daß der Angriff in Wahrheit *dir* gegolten hat.«

»Ich kann es niemandem verdenken«, murmelte Howard. »Je mehr ich über alles nachdenke, desto weniger Sinn ergibt es, weißt du? Ich war bereit, zu sterben. Schließlich konnte ich nicht wissen, daß Robert bereits von allein aufgewacht ist.«

»Aber das konnten die GROSSEN ALTEN wiederum nicht ahnen, und ...« Gray brach ab und zuckte merklich zusammen, als ihm plötzlich der verborgene Vorwurf in Howards Worten bewußt wurde. »Ich wußte selbst nichts von Roberts Erwachen«, verteidigte er sich. »Ich war ein paar Tage nicht in der Stadt, und nach meiner Rückkehr hat niemand ...«

»Schon gut«, fiel Howard ihm sanft ins Wort. »Darum geht es jetzt nicht. Ich begreife nur nicht, warum alles auf diese Art geschah. Mehr als fünf Jahre war ich jedem Angriff im Gefängnis hilflos ausgeliefert. Wenn man mich wirklich hätte töten wollen, hätte es Tausende Gelegenheiten gegeben. Sicherer und vor allem unauffälliger.«

Er beugte sich vor und trank einen Schluck des mittlerweile auf eine erträgliche Temperatur abgekühlten Kaffees, bevor er seine Zigarre ausdrückte. Grays Gesicht hellte sich auf – für genau die Sekunden, die Howard brauchte, um sich eine weitere Zigarre anzustecken. Grays Blick suchte die Kiste mit den teuren Brasil-Zigarren, die aufgeklappt auf dem kleinen Tischchen vor Howard stand. David hatte sie eigens für Howard geholt, aber wahrscheinlich bedauerte der Anwalt seine Freundlichkeit schon bitter. In der Kiste befanden sich noch mindestens dreißig Zigarren – und Howard schien entschlossen, sie in Rekordzeit zu leeren.

Er nahm einen tiefen, genießerischen Zug, ehe er fortfuhr: »Das gleiche gilt ebenso für Robert. Der Angriff von heute zeigt, daß die GROSSEN ALTEN wußten, wo er sich befand. Jahrelang wäre er ein leichtes Opfer gewesen.«

»Er war tot«, wandte Mary ein. Howard, Gray und auch Rowlf blickten sie verwirrt an, und Mary machte ein fast schuldbewußtes Gesicht, fuhr aber trotzdem fort: »Nicht einfach nur schwer verletzt und bewußtlos, sondern *tot*. Daß er überhaupt noch lebt, haben sie wahrscheinlich erst bemerkt, als er ... aufwachte. Jedenfalls könnte ich mir das vorstellen.«

Das kurze Stocken in ihrer Stimme entging Howard keineswegs, und Mary hatte völlig recht. Robert war nicht aufgewacht, sondern war *wiederbelebt* worden. Viktor hatte ein Wunder vollbracht, und er hatte im Laufe der Zeit deutlich an Erfahrung und Wissen dazugewonnen. Noch vor wenigen Jahren hätte die nicht unerhebliche Gefahr bestanden, daß Robert als tumber Idiot mit dem Verstand eines Kleinkindes auferstanden wäre. Nach Marys Beschreibung jedoch hatte er lediglich Teile seines Gedächtnisses, nicht aber seine Intelligenz verloren, und wenn er sich auch optisch geringfügig verändert hatte, war er doch kein ungeschlachter Kinderschreck wie zum Beispiel Boris geworden.

Howard nickte. Marys Erklärung war so einfach wie naheliegend. Sie erklärte auch die überhastete Eile, mit der der Angriff auf Robert durchgeführt worden war.

»Es könnte sein, daß sie erst nach Roberts Erwachen wieder auf mich aufmerksam geworden sind«, überlegte er laut. »Aber trotzdem ...« Er schüttelte den Kopf. »Irgendwie paßt das alles nicht zusammen. Die Art, wie man mich nach Roberts Tod mattgesetzt hat, war brillant, aber was heute im Gefängnis passiert ist, trägt absolut nicht die gleiche Handschrift. Ich müßte tot sein. Statt dessen konnte ich einfach weglaufen.«

»Einfach?« keuchte Gray. »Sieben Männer sind tot, und du ...«

»Eben«, fiel ihm Howard ins Wort. »Sieben bewaffnete Männer. Ich hingegen konnte fliehen. Und ich werde das Gefühl nicht los, als wäre genau das der Sinn der Sache gewesen. Diese Kreatur sollte mich nicht töten, sondern mir zur Flucht verhelfen.«

»Das ist absurd«, behauptete Gray. »Welchen Sinn sollte das haben?«

Howard zuckte die Schultern. »Genau das muß ich herausfinden. Und das werde ich auch, verlaß dich darauf.«

In diesem Moment wurde die Tür aufgestoßen. Sill kam hereingestürmt, gefolgt von David, der sie vergeblich aufzuhalten versuchte.

»Ich glaube, wir haben Robert gefunden«, stieß sie atemlos hervor.

Ich brauchte eine ganze Weile, bis ich meine Überraschung auch nur halbwegs überwunden hatte. Ich starrte die beiden Burschen in dieser Zeit durchdringend und wortlos an, und sie starrten ebenso durchdringend und wortlos zurück. Wir schätzten uns gegenseitig ab. Ich weiß nicht, zu welchem Ergebnis sie kamen – aber ich spürte nichts anderes als eine immer größer werdende Verwirrung.

Ich hatte keinen Grund, an der Behauptung der beiden zu zweifeln; mehr noch: Ich wußte, daß sie die Wahrheit gesagt hatten, denn es gehörte zu dem magischen Erbe meines Vaters, daß man mich nicht belügen konnte. Priscylla ausgenommen, hatte ich zeit meines Lebens stets sofort gespürt, wenn mir jemand die Unwahrheit sagte. Auf der anderen Seite war die Erinnerung an meine Begegnung mit Shorty und Jack noch entschieden zu frisch, als daß ich mein Mißtrauen sofort hätte überwinden können. Um es kurz zu machen: Ich verstand überhaupt nichts mehr.

»Wer sind Sie?« fragte ich zögernd.

»Mein Name ist Matt«, sagte der Bursche mit der Pistole. Er deutete auf seinen Kameraden. »Das ist Thomas. Sie sind Robert Craven, nehme ich an?«

Ich nickte. Matt hatte seine Pistole mittlerweile eingesteckt, aber Thomas hielt noch immer den Prügel umklammert. Sein Blick erinnerte mich auf frappierende Weise an den Jacks; er hatte den gleichen Rattenblick, und in sein Gesicht hatte sich der gleiche Ausdruck eingegraben – der verschlagene Ausdruck des Berufsverbrechers –, den ich auch in den Gesichtern der beiden anderen entdeckt hatte. Nicht, daß diese Erkenntnis etwa in irgendeiner Hinsicht dazu beigetragen hätte, meine Verwirrung zu lösen. Im Gegenteil: Über einen Mangel an Feinden hatte ich mich ja noch nie beklagen können, aber wieso zum Teufel interessierte sich nun auch noch die Londoner *Unterwelt* für mich?

»Woher wissen Sie das?« fragte ich mit einiger Verspätung.

»Man hat Sie uns beschrieben«, antwortete Matt.

»Man? Wer ist *man*?« fragte ich betont.

Damit brachte ich Matt sichtlich in Verlegenheit. Er druckste einen Moment herum, und als er endlich doch antwortete, wich er meinem Blick aus. »Unser Chef«, sagte er. »Wir alle suchen nach Ihnen. Schon den ganzen Tag. Wer Sie zu ihm bringt, bekommt zwanzig Pfund Belohnung.«

Mein Gesichtsausdruck verdüsterte sich. Zwanzig

Pfund mochten eine Menge Geld für diese Burschen sein, aber ich hatte doch geglaubt, ein wenig mehr wert zu sein. Trotzdem sagte ich: »Jetzt wird mir einiges klar.«

»Sir?« Matt runzelte die Stirn.

»Oh, nichts.« Ich winkte ab. »Kennen Sie zwei Burschen namens Jack und Shorty?«

»Haben die beiden Sie so zugerichtet?« fragte Matt statt einer Antwort. »Wenn ja, möchte ich nicht in deren Haut stecken, wenn der Boß Sie sieht.«

»Ich fürchte, das tun die beiden sowieso schon nicht mehr«, murmelte ich.

»Wie?« machte Matt.

Ich winkte abermals ab. »Vergessen Sie es. Wer ist Ihr Boß, und wieso hat er so ein Interesse an mir?«

»Das darf ich Ihnen nicht sagen, Sir«, antwortete Matt. »Aber Sie brauchen sich keine Sorgen zu machen. Wir passen auf, daß Ihnen nichts passiert.« Er grinste. »Schließlich sind Sie eine hübsche Stange Geld wert.«

Ich konnte mir nicht verkneifen, zu sagen: »Sie wären erstaunt, wenn Sie wüßten, *wieviel*. Ihr Boß ist ein Geizkragen.«

Matt sah mich eine Sekunde lang irritiert an, ehe er sich zu einem nicht besonders überzeugend wirkenden Grinsen durchrang. »Wir sollten hier verschwinden, Sir«, sagte er. »Die halbe Stadt sucht nach Ihnen.«

»Und Sie wollen Ihr Geld, ich weiß.« Ich wollte mich unverzüglich in Bewegung setzen, aber Matt hielt mich noch einmal zurück.

»Einen Moment noch, Sir. Als wir gekommen sind, hat sich ein Polizist hier herumgetrieben. Vielleicht ist es besser, wenn wir ihm nicht über den Weg laufen. Tom – sieh nach, ob die Luft rein ist.«

Der Bursche verschwand, um zu tun, was Matt verlangt hatte, und Matt selbst griff in die Tasche seiner abgewetzten Jacke und zog einen Tabaksbeutel hervor. »Ganz schöne Bruchbude«, sagte er, während er seinen Blick in die Runde schweifen ließ und sich dabei geschickt und nur mit einer Hand eine Zigarette zu drehen begann.

»Ich weiß«, antwortete ich. Nach einer Sekunde fügte ich hinzu: »Sie gehört mir.«

Matt fuhr sichtbar zusammen und rettete sich in ein verlegenes Lächeln. »Oh«, sagte er. »Das wußte ich nicht. Ich wollte Ihnen nicht zu nahe...«

»Schon gut«, unterbrach ich ihn. »Es ist lange her. Aber woher wußten Sie, daß Sie mich hier treffen würden, wenn Ihnen dieser Umstand nicht bekannt war?«

Matts Gesichtsausdruck machte deutlich, daß er gewisse Schwierigkeiten hatte, diesen Satz zu begreifen. »Wußte ich nicht«, sagte er schließlich, und ich fühlte, daß es die Wahrheit war. »Der Boß hat gemeint, daß wir Sie vielleicht irgendwo hier in der Gegend finden würden.« Er hatte seine Zigarette fertiggedreht, riß ein Streichholz an und blies eine übelriechende graue Wolke in meine Richtung. »Und so furchtbar viele Verstecke gibt's in einer so piekfeinen Gegend wie dieser ja nicht.«

Er pustete mir eine weitere Qualmwolke ins Gesicht und sah sich abermals in der verwüsteten Bibliothek um. »Muß einmal ein schönes Haus gewesen sein«, sagte er. »Verdammt schade drum. Ich hoffe, bei dem Brand ist niemand zu Schaden gekommen.«

»Es gab zwei Tote«, sagte ich. *Und einer davon war ich.* Aber das sprach ich nicht laut aus.

»Jemand, den Sie kannten?«

»Es ist lange her«, antwortete ich knapp. »Wo bleibt Ihr Freund?«

Matt sah erst mich, dann die halb heruntergebrannte Zigarette in seiner Hand an, und ich begriff, daß er sie tatsächlich als eine Art Zeitmesser betrachtete. Eine halbe Zigarettenlänge schien ihm noch nicht lange genug, um sich Sorgen zu machen.

»Vielleicht schleicht der Polyp noch draußen rum«, sagte er. »Kommen Sie, wir sehen nach. Aber vorsichtig.«

Wir verließen hintereinander die Bibliothek. Obwohl der Raum ebensowenig eine Decke hatte wie irgendein anderes Zimmer in dem verkohlten Skelett, das einmal ein Haus gewesen war, hatten uns die Wände trotzdem vor dem Regen geschützt. Hier draußen in der Halle schlug er uns dafür um so intensiver in die Gesichter. Matt fluchte und warf seine Zigarette weg, die schon nach wenigen Augenblicken durchnäßt war, und auch ich drehte das Gesicht aus dem Wind. Trotzdem bemerkte ich, daß Tom unter der Tür stehengeblieben war und reglos hinausstarrte. Seine ganze Haltung verriet gespannte Aufmerksamkeit.

Matt bedeutete mir mit einer Geste (die ich ignorierte) zurückzubleiben und trat neben seinen Freund, wobei er einen Umweg in Kauf nahm, um von der Straße aus nicht gesehen zu werden. Ich folgte ihm auf die gleiche Weise.

»Was ist los?« fragte Matt. »Schleicht der Polyp noch hier rum?«

Tom schüttelte den Kopf. Er antwortete nicht, sondern blickte nur schweigend hinaus, aber Matt und ich sahen auch so, was er meinte.

Es war der Garten.

Der Regen hatte noch an Heftigkeit zugenommen. Die Wassermassen stürzten jetzt in grauen, von einem heulenden Wind fast waagerecht über die Straßen gepeitschten Schleiern zu Boden, und die Straße hinter dem verrosteten schmiedeeisernen Zaun schien sich in einen tobenden Fluß verwandelt zu haben, dessen gegenüberliegendes Ufer nicht mehr zu erkennen war. Aber der Garten hatte sich verändert, auf eine furchtbare, im ersten Moment kaum zu *beschreibende*, aber unübersehbare Weise.

Er war noch immer bar jeden Lebens, ein gewaltiger, schlammig-brauner Morast, in den die vom Himmel stürzenden Wassermassen die Illusion von Bewegung zauberten, und doch war etwas ... *da*.

Ich konnte es nicht mit Worten beschreiben, und Matt und Thomas schienen ebensowenig dazu in der Lage; aber sie registrierten die Veränderung genauso deutlich wie ich. Ich sah die Angst auf Toms Gesicht, und ich hörte, wie Matt scharf die Luft einsog.

»Da hol mich doch der Teufel!« stieß er hervor. »Was ist denn das?«

Ich war nicht sicher, ob es so klug war, diese Worte auszusprechen. Wenn *das* das war, was ich vermutete, mochte sein Wunsch schneller in Erfüllung gehen, als er glaubte.

Überall zwischen den verkohlten Baumstümpfen waren ... *Dinge* erschienen.

Schwarze, formlose Dinge, die mit Worten nur unzureichend zu beschreiben waren. Manche waren so groß wie ein Hund, andere winzig, über die Entfernung hinweg nur als Punkte zu erkennen, aber es gab auch Linien und unheimliche, zitternde Muster. Eines aber hatten all diese Erscheinungen gemein:

Sie bewegten sich, und sie bewegten sich *auf uns zu.* Ich konnte nur einen Teil des Gartens überblicken, aber ich wußte, daß der Anblick überall derselbe sein würde.

Die Ungeheuer dort draußen waren *Shoggoten,* wenn auch von einer Art, wie ich sie nie zuvor zu Gesicht bekommen hatte. Es waren Wesen der gleichen Art, die Viktor überfallen und Shorty und Jack getötet hatten und denen ich zweimal nur mit knapper Not entkommen war.

Und es war sicher kein Zufall, daß sie immer wieder in meiner Nähe auftauchten …

Ich versuchte, es auf meine bisher fehlenden Erinnerungen zu schieben, aber die Erklärung überzeugte mich nicht einmal selbst – wieso hatte ich es nicht längst begriffen, daß diese Ungeheuer *mich jagten*? Und daß es kein Zufall gewesen war, daß das Netz, dessen flüchtige Berührung ausgereicht hatte, Shorty bei lebendigem Leibe zu verbrennen, mich unversehrt gelassen hatte?

Die Ungeheuer wollten mich.

Und sie wollten mich *lebend.*

»Was ist das?« fragte Matt noch einmal. Es war eine rhetorische Frage, auf die er keine Antwort erwartete, und so fuhr er überrascht zusammen, als ich hastig die Hand ausstreckte und ihn zurückhielt, als er an seinem Freund vorbeigehen und das Haus verlassen wollte.

»Nicht«, sagte ich. »Gehen Sie um Gottes willen nicht raus. Dieses Ding … würde Sie töten!«

Matt starrte mich an. Er versuchte zu lachen, um meinen Worten etwas von ihrem unheimlichen Klang zu nehmen, aber es gelang ihm nicht. Obwohl er nicht wissen konnte, mit was für Kreaturen er es hier zu tun hatte, schien er doch die Gefahr instinktiv zu spüren, die von dem schwarzen Gewimmel draußen im Morast ausging.

»Versuchen wir es hinten«, sagte Tom.

Ich wußte, wie sinnlos es war, aber ich widersprach nicht, sondern schloß mich den beiden im Gegenteil an, als sie sich hastig umwandten und zur Rückseite des Hauses liefen.

Wir verließen es nicht. Auch hier war der Morast zu brodelndem, schwarzem Scheinleben erwacht, und die Zeit, die wir gebraucht hatten, das Haus zu durchqueren, hatte den Ring sich bereits deutlich enger zusammenziehen lassen. Einige der schwarzen, formlosen Dinge, die sich dem Haus näherten, waren nur noch wenige Yards entfernt. Ich konnte jetzt erkennen, daß sie sich tatsächlich bemühten, eine Form anzunehmen: Hier wuchs ein mißgestalteter Kopf aus dem schwarzen Brodeln, dort ein Bein, vielleicht auch etwas, das ein Arm oder eine Klaue hatte werden sollen. Aber es gelang den Bestien nie, die Transformation zu beenden; die Pseudoglieder sanken so rasch in sich zusammen, wie sie entstanden. Etwas stimmte mit diesen *Shoggoten* nicht.

»Mein Gott, was ist das?« flüsterte Matt zum wiederholten Male. Seine Stimme zitterte, und auf seinem Gesicht lag ein Ausdruck nackter Panik. Er zog seine Pistole. Die Waffe würde ihm herzlich wenig nutzen, aber ich sagte nichts dazu.

Meine Gedanken rasten. Ich wußte jetzt, womit wir es zu tun hatten, und ich hatte zumindest eine Ahnung, was diese Kreaturen hier wollten aber nicht die mindeste Vorstellung, wie wir aus dieser Falle entkommen sollten. Es war nicht das erste

Mal, daß ich den protoplasmischen Dienerwesen der GROSSEN ALTEN gegenüberstand, aber selten war meine Lage so aussichtslos gewesen wie jetzt. Wäre der Überfall in Viktors Haus nicht gewesen, hätte ich vielleicht versucht, mein magisches Erbe einzusetzen, um die Kreaturen zu vernichten, aber ich wagte es nicht. Was immer es war, das in mir schlummerte, es hatte sich in den mehr als fünf Jahren meines Schlafes ... *verändert.* Auf eine Weise, die ich nicht verstand, die mich aber mit einer schier grenzenlosen Furcht erfüllte. Ich wußte jetzt mehr denn je, daß ich diese furchtbaren Gewalten vielleicht entfesseln, möglicherweise aber nie wieder würde bannen können, wenn ich mich ihrer noch einmal bediente. Vielleicht wäre ich das Risiko trotz allem eingegangen, denn nichts konnte schlimmer sein als das Schicksal, das mich erwartete, wenn ich in die Hand der GROSSEN ALTEN fiel, aber ich war nicht allein. Irgend etwas sagte mir, daß ich zumindest indirekt die Schuld am Tode von Shorty und Jack trug, und es war schwer genug, mit *dieser* Last zu leben.

Langsam, aber unaufhaltsam kamen die *Shoggoten* näher. Ihre Zahl war nicht zu erkennen: Manchmal schienen es nur einige wenige, dann wieder schien der ganze Boden zu kriechendem schwarzen Leben erwacht zu sein; ich konnte nicht einmal sagen, ob es wirklich mehrere Geschöpfe waren oder vielleicht nur Teile einer einzigen, gigantischen Kreatur, die sich aufgespalten hatte, um das Haus von allen Seiten zu umschließen. Auch die *Shoggoten* in Viktors Haus hatten sich nach Belieben zusammengeschlossen und wieder geteilt. Ich hatte bisher nicht einmal gewußt, daß die Kreaturen dazu in der Lage waren, aber ich begann zu begreifen, daß es offensichtlich eine Menge gab, was ich noch nicht über diese Geschöpfe wußte.

»Wir müssen raus hier«, sagte ich gehetzt. »Schnell!«

»Und wie?« flüsterte Matt.

Meine Gedanken rasten. »Sie wollen mich«, sagte ich hastig, »nicht euch. Vielleicht kann ich sie ablenken.«

»Damit sie Sie umbringen und wir tatenlos dabei zusehen?« Matt schüttelte den Kopf, aber ich schnitt ihm mit einer entschlossenen Geste das Wort ab.

»Ihr könnt überhaupt nichts tun«, sagte ich. »Shorty und Jack sind bereits tot. Wollt ihr auch sterben?«

»Shorty ist ...«, begann Matt und brach mit einem überraschten Keuchen ab, als ich ihn blitzschnell an der Schulter packte und zurückriß.

Ich hatte die Bewegung mehr erahnt, als ich sie wirklich gesehen hatte, und trotzdem kam meine Reaktion beinahe zu spät. Ein dünner, glitzernder Strang schoß aus dem Morast hervor, züngelte wie eine Peitschenschnur nach Matts Gestalt und verfehlte ihn um Haaresbreite. Winzige Gesteinssplitter flogen uns entgegen, als er dort gegen einen Mauerrest klatschte, wo sich Matts Gesicht befunden hätte, hätte ich ihn nicht zurückgerissen. Ätzender grauer Rauch stieg aus dem Mauerwerk empor.

Matts Gesicht verlor alle Farbe. Der Peitschenarm zog sich zurück, wobei er eine verbrannte Spur auf dem Stein hinterließ, aber überall vor uns begann nun der Schlamm zu brodeln. Matt versuchte nicht noch einmal, mir zu widersprechen, als ich ihn wortlos an der Schulter ergriff und vor mir herstieß.

Wir liefen den Weg zurück, den wir gekommen waren, obwohl wir wußten, wie sinnlos es war. Es mochte ein Dutzend Möglichkeiten geben, die Ruine zu verlassen, aber die Ungeheuer waren überall. Sie brauchten sich nicht einmal zu beeilen. Allein das schlechte Wetter sorgte schon dafür, daß niemand bemerkte, was hier vorging. Und selbst wenn – was hätte er schon tun können?

Wir erreichten die Halle, und Thomas blieb mit einem erschrockenen Keuchen stehen.

Der schuttübersäte Boden war zu schwarzem Leben erwacht. Das Schwarz-weiß-Muster des Mosaiks war verschwunden; an seiner Stelle brodelte ein schimmernder schwarzer See. Dünne, zitternde Ärmchen streckten sich aus seiner Oberfläche, wie die Gliedmaßen ertrinkender Urzeittiere aus einer Teergrube, und hier und da gewahrte ich einen pulsierenden schwarzen Klumpen, der vergeblich versuchte, sich zu einem Körper zu formen. Etwas stimmte nicht mit diesem Ungeheuer. Ich spürte es. Und ich spürte ebenso deutlich, daß das vielleicht die Rettung war. Wenn ich herausfand, was mit dem *Shoggoten* nicht in Ordnung war, dann hatte ich vielleicht den Weg gefunden, ihn zu besiegen.

Meine Gedanken drehten sich immer wilder im Kreis. Panik drohte mich zu übermannen, aber ich ließ es nicht zu. Ich mußte … Ruhe bewahren. Nachdenken. Ich hatte die Lösung vor mir, aber es gelang mir einfach nicht, sie zu fassen. Wenn wir hier herauskämen, wenn es einen Weg aus dieser Ruine gäbe, die –

– jahrelang mein Zuhause gewesen war.

Die Erkenntnis kam beinahe zu spät. Die schwarze Masse hatte die Halle schon fast zur Gänze überflutet, und ich sah, daß es vor der schmalen Tür unter den Überresten der Treppe nur noch einen kaum handtuchbreiten Streifen freien Bodens gab, der in rasender Geschwindigkeit zusammenschmolz. Vielleicht hatten wir nur noch Sekunden.

»Lauft!« schrie ich. »Folgt mir!«

Ich rannte los und nahm mir nicht einmal Zeit, mich davon zu überzeugen, daß Matt und Tom mir folgten. Mit gewaltigen Sätzen fegte ich durch die Halle und auf die Tür zu, erreichte sie im buchstäblich allerletzten Moment und warf mich hindurch ...

... und erinnerte mich einen Moment zu spät daran, daß auch die Kellertreppe aus *Holz* bestanden hatte. Wie alles andere in diesem Haus, das nicht aus Stein oder Metall gewesen war, war sie ein Raub der Flammen geworden.

Der Sprung war perfekt berechnet. Halb geduckt und mit vorgestreckten Armen flog ich durch die Tür, und meine Füße hätten genau dort den Boden berührt, wo sich die oberste Stufe befand.

Wäre sie noch dagewesen.

So taten sie es gute drei Meter tiefer.

»Und Sie sind ganz sicher? Ich meine, ein Irrtum ist ausgeschlossen?« Chefinspektor Cohen starrte den stämmig gebauten Mann auf der anderen Seite des Tisches so durchdringend an, daß dieser spürbar nervöser zu werden begann.

»Was heißt ausgeschlossen?« fragte er schließlich. Seine Hände schmiegten sich fest um die Emaille einer gewaltigen, sicher einen halben Liter fassenden Kaffeetasse, die ihm einer seiner Kollegen in die Hand gedrückt hatte, kaum daß er die Wache betrat.

»Hundertprozentig sicher bin ich natürlich nicht. Aber die Ähnlichkeit war schon verblüffend.« Er blies in seine Tasse, nippte von dem kochendheißen Kaffee und zog eine Grimasse.

Es war nicht zu sagen, ob sie Anerkennung oder Mißfallen ausdrücken sollte. Dann runzelte er die Stirn und sah Cohen nachdenklich an. »Hieß es nicht, er wäre ums Leben gekommen?«

»Das hieß es, ja«, antwortete Cohen. Seine Stimme klang gereizt, und sein Aussehen paßte zu dem gereizten Ton und seinem fahrigen Blick. Sein Gesicht war bleich, und seine Hände zitterten, so sehr er auch versuchte, es zu unterdrücken. Er trug einen schwarzen, maßgeschneiderten Anzug und dazu passende Schuhe und Hut, aber alles war vollkommen verdreckt, die teure Jacke eingerissen. Am Kragen des ehemals blütenweißen Hemdes klebte Blut. Die drei Beamten, die in der kleinen Wache Dienst taten, hatten ihn mit sehr mißtrauischen Blicken beäugt, als er hereingekommen war, und sie hatten den Dienstausweis, der ihn als Chefinspektor von Scotland Yard auswies, sehr aufmerksam studiert. Seither legten sie eine Art von Respekt an den Tag, der Cohen normalerweise zur Weißglut gereizt hätte. Aber an diesem Tag war rein gar nichts normal, und das, was Cohen gerade von dem stämmig gebauten Beamten gehört hatte, der triefend vor Nässe von seiner Streife hereinkam, ließ ihn ohnehin nichts anderes mehr zur Kenntnis nehmen. Vermutlich hätte Queen Victoria persönlich durch die Tür der Polizeiwache hereinspazieren können, ohne daß er es registriert hätte.

»Versuchen Sie sich zu erinnern«, sagte er. »Es ist wichtig.«

Der Beamte gewann einige weitere Sekunden,

indem er erneut an seinem Kaffee nippte und Cohen dabei über den Rand der Tasse hinweg verstohlen ansah. Was hinter seiner Stirn vorging, war nicht schwer zu erraten: Ganz offensichtlich hielt er Cohen für – vorsichtig ausgedrückt – ein wenig sonderbar. Schließlich zuckte er mit den Achseln, stellte seine Tasse mit einer betont langsamen Bewegung auf den Tisch zurück und sagte: »Ich war damals noch gar nicht hier, Inspektor. Ich bin erst vor vier Jahren auf dieses Revier versetzt worden.«

Die Art, auf die er dies sagte, der Blick, mit dem er Cohen dabei maß, und vor allem die anderen verstohlenen Blicke, die er rasch mit seinen Kollegen wechselte, fügten fast unüberhörbar hinzu: *Und das aus gutem Grund. Dies hier ist nämlich ein friedliches Revier in einer friedlichen Gegend, und wir schieben hier eine ruhige Kugel und wollen mit Verrückten wie dir nichts zu tun haben.* Natürlich hütete er sich, das laut auszusprechen, aber Cohen las es ganz deutlich in seinen Augen, und der Polizist umgekehrt schien zu begreifen, daß er vielleicht einen Schritt zu weit gegangen war, denn er fügte beinahe hastig hinzu: »Aber ein wenig seltsam kam er mir schon vor.«

»Seltsam?« hakte Cohen nach. »Wieso?«

Der Mann zuckte mit den Schultern. Regenwasser lief aus seinem Haar und seinen Brauen, tropfte auf den Schreibtisch herunter und hinterließ kleine Flecken auf seinen Papieren. Er wischte sie pedantisch mit dem Handrücken weg, ehe er auf Cohens Frage antwortete. »Seltsam eben. Er stand mitten im strömenden Regen und schien es nicht einmal zu merken. Er starrte immer nur das Haus an.«

»Und Sie haben nichts unternommen?« fragte Cohen scharf.

Wieder maß ihn der Beamte mit einem Blick, in dem sein Ärger einen immer heftigeren Kampf gegen den Respekt Cohens höherem Dienstgrad gegenüber focht. »Es ist nicht verboten, sich naßregnen zu lassen«, sagte er betont.

Cohen seufzte, mußte dem Beamten aber recht geben. »Wann war das genau?« wollte er wissen.

Der Bobby sah auf die Wanduhr hinter Cohen, griff dann unter seine Jacke und zog eine Taschenuhr an einer langen goldenen Kette hervor. Umständlich klappte er ihren Deckel auf, blickte sekundenlang auf das Zifferblatt herab und sagte schließlich: »Eine halbe Stunde … ungefähr.«

Cohen stand auf. Ihm war klar, daß es bei diesen dürftigen Informationen bleiben würde. Mit zwei entschlossenen Schritten war er bei der Tür, streckte die Hand nach der Klinke aus und wandte sich dann noch einmal um. »Haben Sie eine Waffe hier?« fragte er.

Zwei der drei Polizeibeamten blickten ihn nur verwirrt und ein wenig erschrocken an, aber der Bobby, mit dem er gerade geredet hatte, zog wortlos die Schublade seines Schreibtisches auf, nahm einen großkalibrigen Revolver mit langem Lauf heraus und reichte ihn Cohen.

Cohen riß ihm die Waffe regelrecht aus der Hand, ließ die Trommel herausklappen und überzeugte sich davon, daß sie geladen war. Dann schob er sie fast achtlos unter den Gürtel, knöpfte seine Jacke wieder zu und stürmte mit weit ausgreifenden Schritten davon.

Die drei Polizeibeamten sahen ihm durch das Fenster der kleinen Wache nach, bis seine Gestalt in den niederrauschenden Regenmassen verschwunden war.

Die beiden Männer waren tot, aber man hatte sie nicht einfach ermordet.

Sie waren regelrecht geschlachtet worden.

Entsetzt starrten Howard, Rowlf und Sill auf das schreckliche Bild. Die beiden waren große, kräftige Kerle gewesen, und sie machten ganz den Eindruck, als wären sie in der Lage gewesen, sich ihrer Haut zu wehren. Aber es hatte ihnen nichts genutzt. Auf ihren Gesichtern lag ein Ausdruck von ungläubigem Schrecken und Grauen, und ähnlich wie Boris waren sie alle auf grausame Art verstümmelt worden. Aber so schrecklich ihre Verletzungen waren, zeigten sie Howard zugleich, daß es keinen wirklichen Kampf gegeben hatte. Jemand hatte die beiden zu Tode gefoltert.

Im ersten Moment hatte sich Howard schlicht geweigert, diese Erklärung zu akzeptieren. So etwas ... durfte einfach nicht sein. Auf einer einsamen Molukken-Insel, vielleicht, oder irgendwo in den unerforschten Weiten Afrikas oder Asiens. Aber dies hier war das London des ausgehenden neunzehnten Jahrhunderts!

Rowlf schien durch den Anblick noch mehr mitgenommen zu werden als er. Trauer, Schrecken und grenzenlose Wut spiegelten sich auf seinem Gesicht. Er ballte und öffnete die Fäuste, immer wieder, ohne es auch nur zu merken. Sein Atem ging schnell, und in seinen Augen war etwas, das Howard angst machte.

Er legte ihm die Hand auf die Schulter. »Deine Leute?« erkundigte er sich leise.

Es war eine überflüssige Frage, nur dazu gedacht, das bedrückende Schweigen zu brechen. Rowlfs Gesichtsausdruck war Antwort genug. Dennoch nickte er mit mühsamen, abgehackten Bewegungen.

»Wenn ich die Kerle finde, die das getan haben, bringe ich sie um!« sagte er mit eisiger, völlig akzentfreier Stimme, die Howard eine Gänsehaut über den Rücken laufen ließ. »Ich bringe sie um, das schwöre ich, Howard!«

Howard sagte nichts dazu. Es war der Schmerz, der aus Rowlf sprach, und sobald er ein wenig abgeflaut war, würde er auch seine Beherrschung wiederfinden. Nach allem, was Gray ihm auf der Fahrt hierher über Rowlf und seine *Männer* erzählt hatte, hatten Rowlf und Sill sich tatsächlich in dem vergangenen halben Jahrzehnt zu etwas wie den neuen Unterweltbossen von London gemausert – allerdings auf eine für Gestalten dieser Couleur höchst ungewöhnliche Weise. Ihre Männer raubten und stahlen, was das Zeug hielt, aber Rowlf wäre nicht Rowlf gewesen, hätte er sich zu einem x-beliebigen Ganovenboß aufgeschwungen. Vielmehr genoß seine Bande selbst bei den Behörden (und erst recht bei großen Teilen der Bevölkerung) einen gewissen Ruf. Gray hatte nicht viel erzählt, aber Howard hatte begriffen, daß sie eine Art moderne Robin Hoods waren, die nur von den Reichen nahmen, um es den Armen zu geben (wenigstens zum Teil). Rowlf herrschte mit eiserner Hand über seine kleine Ganovenarmee und duldete keinerlei Übergriffe, aber er fühlte sich auch für jeden einzelnen seiner Männer verantwortlich. Vielleicht war es das beste, wenn er Rowlf einen Moment völlig in Ruhe ließ.

Während Harley sie mit der Kutsche hergefahren hatte, hatte Sill ihnen erzählt, was sie erfahren hatte, auch wenn sie selbst kaum genauere Einzelheiten kannte. Sie hatte sich in Rowlfs Hauptquartier befunden, das ihren Andeutungen zufolge irgendwo in einem stillgelegten Teil der Kanalisation zu liegen schien, als ein Bote ihr die Nachricht gebracht hatte, ein Mann, auf den die Beschreibung Roberts zutraf, wäre beim Betreten dieses Hauses gesehen worden. Mehr hatte auch sie nicht berichten können.

Inzwischen zweifelte Howard nicht mehr daran, daß es sich bei dem Mann wirklich um Robert gehandelt hatte. Sie waren zu spät gekommen, wenn auch vermutlich nur um wenige Minuten. Aber ihre Gegner waren schneller gewesen, und so sehr ihn der Tod der beiden auch entsetzte, verspürte er dennoch Erleichterung, daß sich Robert nicht unter den Toten befand. So bestand wenigstens ein Rest von Hoffnung, daß er noch am Leben war.

Er wandte sich um, tauschte einen raschen, wortlosen Blick mit Gray und zwang sich dann, sich noch einmal und genauer in der Eingangshalle des Hauses umzusehen.

Andara-House hatte sich in den letzten fünf Jahren nicht verändert. Er hatte gewußt, daß es noch immer eine Ruine war – schließlich hatte Gray auf seine ausdrückliche Anweisung hin dafür gesorgt, daß das Haus in genau dem Zustand blieb, in dem es sich am Morgen nach dem Feuer befunden hatte; und das mit gutem Grund. Aber hier schien tatsächlich die Zeit stehengeblieben zu sein. Nichts, absolut *nichts* hatte sich verändert. Selbst der Brandgeruch von damals schien noch in der Luft zu hängen – obwohl Howard natürlich sehr gut wußte, daß das kaum möglich war. Wahrscheinlich spielte ihm seine Erinnerung einen Streich.

Wenn ja, befand sie sich damit in guter Gesellschaft. Nicht nur sein Erinnerungsvermögen, auch seine *Logik* schien im Moment auf Urlaub zu sein.

Howard entsann sich mit einem Gefühl leiser Verärgerung des Momentes, in dem die Kutsche auf den regenüberfluteten Ashton Place hinausgerollt war und er begriffen hatte, *wo* ihr Ziel lag.

Dabei hätte er es wissen müssen. Andara-House war der einzige Ort, der überhaupt Sinn machte. Wohin sonst hätte Robert sich auch wenden sollen? Niedergebrannt oder nicht, Andara-House war Roberts *Zuhause,* der einzige Ort in dieser Stadt, an den er sich wahrscheinlich überhaupt erinnern konnte, nach allem, was Mary erzählt hatte. Wenn es einen Platz gab, an dem es Sinn hatte, nach ihm zu suchen, dann hier.

Aber der Ärger über dieses Versäumnis war nicht der einzige Grund für sein Unbehagen. Es war nicht einmal der *Hauptgrund.*

Es war dieses Haus selbst. Die Erinnerungen, die es beherbergte, und der grenzenlose Schrecken, den er hier erlebt hatte. Es war länger als fünf Jahre her, aber jetzt glaubte er sich plötzlich zurückversetzt in jene fürchterliche Nacht, in der …

Howard schüttelte den Gedanken mit aller Macht ab, atmete ein paarmal tief und gezwungen lange ein und griff dabei ganz automatisch in die Tasche, in der er den Vorrat an Zigarren trug, den er bei ihrem überhasteten Aufbruch eingesteckt hatte. Er nahm eine der Zigarren zwischen die Lippen, kramte ein Streichholz hervor und sah sich nach einer passenden Stelle um, es anzureißen. Vor ihm ragten die verkohlten Reste eines Türrahmens in die Höhe. Howard ging hin, riß das Zündholz an – und erstarrte.

Er bemerkte erst jetzt, daß der vor ihm liegende Raum nichts anderes als die ehemalige Bibliothek war.

Der Raum, in dem es geendet hatte.

Er war so zerstört wie alles hier. Die Wände waren geschwärzt und zum Teil unter der furchtbaren Hitze geborsten, Möbel, Regale und Bücher einfach verschwunden. Aber für ihn war dieser Raum lebendig, und wieder – und ungleich stärker als gerade – drohten ihn die Erinnerungen zu übermannen. Er sah zuckende Flammen, hörte das Tosen des zusammenbrechenden Hauses, sah Priscyllas haßverzerrtes Gesicht …

Ein heftiger Schmerz riß ihn in die Wirklichkeit zurück. Howard schleuderte das Streichholz zu Boden, das heruntergebrannt war, ohne daß er seine Zigarre angezündet hatte, griff automatisch nach einem neuen und steckte die Zigarre schließlich wieder ein. Mit einem Ruck drehte er sich wieder herum.

Gray stand hinter ihm; vermutlich schon eine ganze Weile. Er sah ihn an, und Howard las in seinen Augen, daß er sehr genau spürte, was in ihm vorging.

»Hier ist es passiert, nicht?« fragte Gray leise.

Howard nickte. Er wollte etwas sagen, aber seine Stimme verweigerte ihm den Dienst. Plötzlich hielt er Grays Blick nicht mehr länger stand. Er drehte sich abermals um, zögerte noch eine Sekunde und trat dann endgültig in die ehemalige Bibliothek hinein.

Der Anblick traf ihn wie ein Schlag, und er reagierte, als hätte er einen solchen erhalten: Howard fuhr so heftig zusammen, daß selbst Gray, der ihm gefolgt war, erschrocken die Augen aufriß und sich hastig umsah.

»Was ist?« fragte er.

»Die Uhr!« Howard deutete mit ausgestrecktem Arm auf die Ecke neben dem Fenster, in der die Standuhr gestanden hatte. »Die Uhr ist verschwunden!

Wo …« Er fuhr auf dem Absatz herum und starrte Gray aus weit aufgerissenen Augen an. »Hast du sie wegbringen lassen?«

Gray schüttelte wortlos den Kopf. Trotz des schlechten Lichtes, das hier drinnen herrschte, konnte Howard sehen, wie sein Gesicht alle Farbe verlor.

»Aber das … ist vollkommen unmöglich«, stammelte Howard. »Niemand … niemand hätte diese Uhr auch nur anrühren können!«

»Vielleicht ist ihr Zauber erloschen«, sagte Gray. Die Worte hörten sich nach genau dem an, was sie waren: einem verzweifelten Strohhalm, nach dem er griff, um nicht zugeben zu müssen, was wirklich geschehen war.

Howard antwortete auch gar nicht darauf. Langsam näherte er sich der Stelle, an der die vermeintliche Standuhr gestanden hatte, solange es dieses Haus gab. Ihre Umrisse waren noch deutlich auf dem Boden zu sehen. Es konnte noch nicht lange her sein, daß sie weggeschafft worden war. Zögernd streckte er die Hand aus, aber er führte die Bewegung nicht ganz zu Ende.

»Was hast du?« fragte Gray.

Howard schwieg. Seine Hand verharrte reglos in der Luft, Millimeter vor der Stelle, an der die Uhr gewesen war.

»Sie ist noch da«, murmelte Howard.

»Wie?« fragte Gray verwirrt.

»Die Uhr«, murmelte Howard. Seine Stimme war nur noch ein Flüstern. Schweiß erschien auf seiner Stirn, obwohl es hier drinnen bitter kalt war. »Sie ist … noch da.«

Gray sah ihn zweifelnd an. Aber er sagte nichts, sondern reagierte so pragmatisch, wie es von einem

Mann wie ihm zu erwarten war: Mit einem raschen Schritt trat er an Howards Seite und fuhr mit einer weit ausholenden Bewegung durch die Luft, dort, wo ganz eindeutig *keine* Standuhr mehr war. Er schwieg auch weiter, aber der Blick, mit dem er Howard bedachte, sprach Bände.

»Sie ist noch da«, beharrte Howard. »Ich ... ich kann sie spüren. Sie ist immer noch hier. Irgendwie.«

»Er hat recht«, sagte eine Stimme hinter ihnen.

Howard und Gray wandten im gleichen Augenblick die Köpfe und sahen, daß auch Rowlf und Sill el Mot den Raum betreten hatten. Rowlfs Gesicht sah noch immer aus wie eine leblose Maske, aber auf Sills Zügen hatte sich ein Ausdruck breitgemacht, der am ehesten Verwirrung ausdrückte.

»Er hat recht«, sagte sie noch einmal und jetzt direkt an Gray gewandt. »Sie ist noch immer da. Ich ... kann sie spüren.«

Zwischen Grays Augenbrauen erschien eine steile Falte. »So«, raunzte er. »Dann könnt ihr beiden offensichtlich mehr *spüren*, als ich *fühlen* kann.« Er wiederholte seine wedelnde Handbewegung, aber Sill lächelte nur.

»Nicht alles, was man nicht anfassen kann, existiert deshalb nicht«, sagte sie sanft. »Das solltest selbst du wissen.«

Gray verdrehte in geschauspielertem Zorn die Augen. »Manchmal ist es wirklich lästig, eine Hexe zur Tochter zu haben«, murrte er.

Howard sah ihn eine Sekunde lang verwirrt und fragend an, ging aber nicht weiter auf Grays Bemerkung ein. Er stand mit einem Ruck auf, trat einen Schritt zurück und bedeutete Gray mit einer Geste, dasselbe zu tun. Der Anwalt gehorchte.

»Irgend etwas stimmt hier nicht«, murmelte Howard.

»Das kannst du laut sagen«, pflichtete ihm Gray bei. Er versuchte noch immer, seine Unsicherheit mit Ruppigkeit zu überspielen, aber es gelang ihm nicht ganz. »Ist dir eigentlich der Geruch nicht aufgefallen?«

»Was für ein Geruch?« Howard sog hörbar die Luft ein.

»Brandgeruch.« Gray verdrehte abermals die Augen. »Wenn man eine stinkende Zigarre nach der anderen raucht, riecht man wahrscheinlich nicht einmal, wenn die eigene Hose brennt.« Er wurde sofort wieder ernst. »Fällt es dir wirklich nicht auf?«

Howard schnüffelte noch einmal. Er spürte den Geruch. Er hatte ihn die ganze Zeit über gespürt. »Das ist kein Brandgeruch«, sagte er zögernd.

»Riecht wie Säure«, sagte Rowlf.

»Er hat recht.« Gray sah plötzlich gar nicht mehr nachdenklich aus, sondern eindeutig erschrocken. »Es riecht wie ...«

»Wie im Gefängnis«, führte Howard den Satz zu Ende. Wieso war es ihm eigentlich nicht sofort aufgefallen? Es war der gleiche ätzende Säuregeruch, den er auch während des Überfalls des Schneckenmonsters auf das Gefängnis verspürt hatte.

»Wie damals aufm Friedhof«, sagte Rowlf. »Da hat's genauso gestunken.«

»Dann weißt du jetzt, wer deine Leute umgebracht hat«, sagte Howard düster. »Es war dieses Ungeheuer. Es war hier.«

»Un hat den Kleenen verschleppt?« entfuhr es Rowlf. »Aba das kann garnich sein. Das Vieh ist doch hin! Ich ... ich hab's doch gesehn! Un Sill auch.«

Howard schwieg dazu. Er hatte von Anfang an

bezweifelt, daß das Ungeheuer damals tatsächlich vernichtet worden war. Außerdem – wer sagte ihnen, daß es nur ein einziges dieser Ungeheuer gab?

»Ist einem von euch eigentlich aufgefallen, was mit dem Garten passiert ist?« fragte Sill plötzlich.

Howard schüttelte den Kopf, aber Gray sah die schwarzhaarige Araberin plötzlich betroffen an. »Die Pflanzen sind verdorrt«, sagte er.

»Nicht verdorrt«, verbesserte ihn Sill. »Sie sind *weg*. Irgend etwas hat sie gefressen.«

Ein eisiger Schauer lief über Howards Rücken. Er war viel zu sehr mit seinen eigenen Gedanken beschäftigt gewesen, um tatsächlich auf seine Umgebung zu achten, als sie gekommen waren, aber er kannte Sill el Mot als einen Menschen, der selten etwas sagte, worüber er nicht gründlich nachgedacht hatte. Rasch stand er auf, verließ die Bibliothek und ging durch die trümmerbedeckte Halle zur Tür.

Eine Sekunde später schrie er so entsetzt auf, daß selbst Gray nur einen Augenblick brauchte, um an seine Seite zu stürmen, und ebenso entsetzt wie er und die beiden anderen stehenblieb.

Der Regen fiel noch immer in grauen, rauschenden Schleiern vom Himmel, die mittlerweile so dicht waren, daß selbst die gegenüberliegende Seite des Ashton-Platzes nicht mehr zu erkennen war.

Um so deutlicher erkannten sie dafür den Garten, den braunen Morast, in den sich der ehemals blühende Park verwandelt hatte.

Und das schwarze, unheilige Leben, das plötzlich darin erschienen war und rasend schnell auf das Haus zukroch …

Seit meinem Erwachen in Viktors Obhut hatte ich eine gewisse Übung darin entwickelt, auf die eine oder andere Weise das Bewußtsein zu verlieren und auf die eine oder andere (aber ausnahmslos *unangenehme*) Weise wieder zu erwachen. Aber so schlimm wie jetzt war es noch nicht gewesen. Zwar lag ich weder mit dem Gesicht in stinkendem Abwasser, noch sah ich mich einer angriffslustigen Ratte gegenüber oder wurde von einem Kerl durchgeschüttelt, der unbedingt herausfinden wollte, was ich zum Frühstück gehabt hatte, doch ich erwachte in der sicheren Gewißheit, nunmehr endgültig gestorben zu sein. Und offensichtlich war diesmal niemand dagewesen, der dem Tod im letzten Moment ein Schnippchen schlug und mich zurückholte.

Ich befand mich in der Hölle. Ein rotes, flackerndes, unheimliches Licht umgab mich, und die Luft war heiß und stickig und stank so durchdringend nach Schwefel und Feuer, daß jeder Atemzug zur Qual wurde. Ich lag auf rauhem, auf eine unangenehme Weise warmen Fels, und auch über meinem Kopf erhob sich eine unregelmäßig gewölbte Decke aus grauschwarzem Stein, auf den das flackernde Licht unheimliche Schatten warf. Und nur ein paar Schritte vor mir stand gleich ein halbes Dutzend Teufel, komplett mir Hörnern, Schwanz und den langen Gabeln, mit denen sie Jagd auf verlorene Seelen machten. Aus rotglühenden Augen starrten sie auf mich herab.

Ich versuchte mich zu bewegen, aber es blieb bei dem Versuch – ein gräßlicher Schmerz zuckte durch meine Beine, und ich hatte das Gefühl, durch beide Füße hindurch bis zu den Knien gepfählt zu werden. Ich krümmte mich vor Pein, schluckte aus einem mir selbst nicht ganz verständlichen Stolz heraus aber jeden Schmerzlaut herunter und löste meinen Blick endlich von dem halben Dutzend Teufel, um auf meine Beine herabzusehen.

»Sie sind nicht gebrochen, Mr. Craven.«

Überrascht sah ich auf. Eine der in blutfarbenes Rot gehüllten Gestalten war aus ihrer Starre erwacht und einen Schritt auf mich zu getreten. Ich sah jetzt, daß mein allererster Eindruck nicht ganz richtig gewesen war: Das unheimliche Rot war die Farbe eines weitgeschnittenen Umhanges, den der Mann trug und der seine Gestalt vom Hals bis zu den Füßen verhüllte. Was ich für Hörner gehalten hatte, entpuppte sich als eine Art Diadem, das tief auf seiner Stirn saß, aber von so unheimlichem Aussehen war, daß ich es vorzog, es nicht genauer zu studieren. Der vermeintliche Schwanz war eine gut drei Meter lange Schleppe, die er raschelnd hinter sich herzog, und die Mistgabel schließlich wurde auf den zweiten Blick zu etwas, das die Alptraumversion eines Bischofsstabes sein mußte; ein knotiger, zwei Meter hoher Stock mit einem fein aus goldfarbenem Metall herausziselierten Ziegenschädel, dessen übergroße Hörner wie Schneckenhäuser gewunden waren. Vielleicht war mein allererster Eindruck doch nicht richtig gewesen, und ich war weder tot, noch befand ich mich in der Hölle. Allerdings war ich nicht völlig davon überzeugt, damit wirklich einen guten Tausch gemacht zu haben.

»Sie haben Glück gehabt, Mr. Craven«, fuhr der Mann fort. »Aber dieser Sprung war ziemlich leichtsinnig. Sie hätten sich den Hals brechen können.«

Er war jetzt so nahe gekommen, daß ich eigentlich sein Gesicht hätte erkennen können – hätte er eines gehabt. Aber dort, wo sich unter dem Diadem sein

Gesicht befinden sollte, war nur eine glatte, goldfarbene Maske aus Metall mit zwei schmalen Öffnungen für die Augen und einem feinmaschigen Gitter vor dem Mund, durch das er sprach. Trotzdem klang seine Stimme, als dränge sie vom Grunde eines zu groß geratenen Kochtopfes empor.

Mein Gegenüber ließ mir ausreichend Zeit, sein nicht vorhandenes Gesicht zu studieren, dann trat er einen weiteren Schritt auf mich zu und streckte die Hand aus. Wie sein ganzer Körper war sie von roter Seide verhüllt, die einen höchst sonderbar geformten Handschuh bildete. Die Finger waren miteinander verbunden, so daß er sie kaum bewegen konnte und es aussah, als spannten sich blutrote Schwimmhäute dazwischen. Ganz instinktiv schrak ich davor zurück, diese Hand zu berühren, und mein Gegenüber schien meine Gefühle wohl zu erahnen, denn er zog die Hand nach einer Sekunde wieder zurück.

Ich versuchte aus eigener Kraft aufzustehen, und beim vierten Ansatz gelang es mir sogar. Meine Füße fühlten sich immer noch so an, als wäre ich versehentlich in die Pantinen eines Fakirs geschlüpft, aber ich stand aus eigener Kraft, wenn auch mit zusammengebissenen Zähnen und äußerster Mühe.

Mein Gegenüber musterte mich durch die schmalen Sehschlitze seiner Maske hindurch. Seine Augen glitzerten, und sie sahen irgendwie … sonderbar aus. Erschreckend. Fremd. Und im gleichen Augenblick auf eine unheimliche, unangenehme Weise vertraut. Ich wußte plötzlich, daß ich diesem Mann – oder jemandem *wie* ihm – schon einmal begegnet war. Ich wußte nur nicht, wann und wo.

»Wer sind Sie?« fragte ich. »Wo bin ich hier?« Zumindest die zweite Frage war nur zu berechtigt.

Ich war zwar in den Keller meines Hauses am Ashton Place hinabgestürzt, aber der Ort, an dem ich aufgewacht war, war mir gänzlich unbekannt. Es war eine Höhle, die tief unter der Erde liegen mußte. Man konnte das ungeheure Gewicht der Fels- und Erdmassen direkt spüren. Erneut fiel mir die unangenehme Wärme auf, und der Geruch. Natürlich stank es nicht nach Schwefel, aber was mir in die Nase stieg, roch kaum weniger unangenehm. Verbrannter Fels. Verbranntes Fleisch. Ja, sogar verbrannte Luft. Und zugleich – und das machte die Sache völlig absurd – glaubte ich einen ganz schwachen Fischgeruch wahrzunehmen.

»Sie sind in Sicherheit, Mr. Craven«, antwortete mein Gegenüber, ohne meine wirklichen Fragen indes zu beantworten. »Das Geschöpf, vor dem Sie geflohen sind, wird Ihnen hier nichts zuleide tun.«

»Aha«, sagte ich. Ich starrte die Augen hinter der goldenen Maske noch einen Herzschlag lang an, aber sie blieben so kalt und ausdruckslos wie die eines Fisches, und schließlich löste ich meinen Blick von ihnen und besah mir die anderen Gestalten etwas genauer.

Sie waren wie der Mann vor mir gekleidet, aber es gab Unterschiede. Ihre Diademe waren kleiner und nicht aus purem Gold, sondern aus schwarzem Eisen oder vielleicht auch Holz, und auch die Stäbe, auf die sie sich stützten, waren nur verkleinerte, einfachere Ausführungen des Widderstabes, den die Gestalt mit der Goldmaske in der Hand trug. Der größte Unterschied aber waren die Gesichter, denn anders als er war das halbe Dutzend Männer nicht maskiert.

Trotzdem schauderte ich, als ich in ihre Augen sah. Vielleicht lag es an dem roten Licht, vielleicht an der Furcht, die sich immer stärker in mir breitzumachen begann – aber ich hatte nicht das Gefühl, in die Augen lebender Menschen zu blicken. Die sechs Männer starrten mich an, und gleichzeitig schienen sie mich nicht zu sehen. Ihre Augen waren leer.

»Wo bin ich hier?« wiederholte ich noch einmal, und nunmehr in einem scharfen, herausfordernden Ton. »Wer sind Sie, und was hat das alles zu bedeuten?«

»Mein Name ist Crowley«, antwortete mein Gegenüber. »Für den Moment mag das genügen.«

»Nein«, antwortete ich. »Das genügt mir ganz und gar nicht, Mr. Crowley. Anscheinend haben Sie und Ihre Freunde mich gerettet, und dafür bin ich Ihnen dankbar, aber ...«

»Sie werden alles erfahren, Mr. Craven«, unterbrach mich Crowley. »Kommen Sie einfach mit. Wenn Sie sehen, was ich Ihnen zeigen werde, erspart uns das eine Menge überflüssiger Erklärungen.«

Er machte eine auffordernde Handbewegung, aber ich rührte mich nicht. Ganz plötzlich wußte ich, daß ich mich *nicht* unter Freunden befand. Ich war dem Shoggoten, der das Haus am Ashton Place überfallen hatte, entkommen – aber ich hatte das immer sicherere Gefühl, vom Regen in die Traufe geraten zu sein.

»Nein«, sagte ich noch einmal. »Ich verlange ein paar Erklärungen von Ihnen, Mr. Crowley. Vorher rühre ich mich nicht von der Stelle.«

Crowley maß mich noch eine Sekunde aus seinen kalten Augen, dann deutete er ein Kopfnicken an und trat einen halben Schritt zurück. »Wie Sie wollen«, sagte er. Die Worte klangen fast ein wenig bedauernd. Er wich einen weiteren Schritt zurück und machte eine Handbewegung, und plötzlich traten zwei der anderen Rotgekleideten auf mich zu.

Ich wog blitzschnell meine Chancen ab, mich auf eine körperliche Auseinandersetzung mit ihnen einzulassen. Das Ergebnis, zu dem ich kam, begeisterte mich nicht sehr. Zwar war mit meinen Erinnerungen auch das Wissen um die diversen Arten der Selbstverteidigung zurückgekehrt, die ich in den letzten Jahren auf Howards Anraten hin erlernt hatte, und unter normalen Umständen hätte ich mir durchaus zugetraut, mit den beiden Burschen fertig zu werden. Aber zum einen hatte ich kaum die Kraft, mich auf den Beinen zu halten, und zum anderen *waren* die Umstände nun einmal nicht normal. Und selbst wenn es mir gelänge, die beiden Männer zu überwältigen – hinter ihnen warteten vier weitere darauf, nötigenfalls in den Kampf einzugreifen, von dem Unheimlichen mit der Goldmaske ganz zu schweigen. So wich ich mit zusammengebissenen Zähnen Schritt für Schritt vor den beiden Rotgekleideten zurück, bis ich mit dem Rücken gegen rauhen Felsen stieß.

Die beiden folgten mir, nicht einmal sehr schnell und mit sonderbar mechanischen, abgehackten Bewegungen. Ihre Gesichter blieben leer und völlig ausdruckslos, und je näher sie mir kamen, je deutlicher ich ihre leblosen Augen sehen konnte, desto weniger erschienen sie mir überhaupt wie Menschen. Vielmehr erinnerte mich ihr Anblick an die schrecklichen metallenen Monster, die der wahnsinnige Tempelritter Sarim de Laurec vor so langer Zeit auf meine Fährte gesetzt hatte.

Und vielleicht war diese Assoziation auch der Grund, aus dem ich *jetzt* nicht zögerte, das magische

Talent einzusetzen, das mein Vater mir hinterlassen hatte.

»Bleibt stehen!« sagte ich. Ich bemühte mich, alle suggestive Kraft, jedes bißchen Willen, das ich aufbringen konnte, in diese beiden Worte zu legen. Es war so lange her, daß ich diese Kräfte eingesetzt hatte, und ich hatte es stets nur widerwillig und in Momenten höchster Gefahr getan, aber nun spürte ich, daß mein Leben davon abhing. Vielleicht mehr. Und was ich kaum zu hoffen gewagt hatte, geschah. Zuerst der eine, dann auch der andere Rotgekleidete blieb stehen, und zum ersten Mal erschien der Ausdruck eines echten Gefühles in ihren Augen: Verwirrung.

»Zurück!« sagte ich. »Geht zurück! Ihr werdet mich nicht anrühren!«

Tatsächlich bewegte sich einer der beiden einen Schritt rückwärts, aber nur einer, und auch er nur einen einzigen Schritt, ehe er wieder zur Reglosigkeit erstarrte. Ich konnte den lautlosen Kampf, der in seinem Inneren tobte, in seinen Augen sehen. Die hypnotische Macht meines Blickes und meiner Stimme bannte ihn, aber zugleich war da auch eine andere, ebenso starke Kraft, die ihn zwingen wollte, weiterzugehen.

»Bravo«, sagte Crowley kalt. »Was man mir über Sie erzählt hat, scheint der Wahrheit zu entsprechen, Mr. Craven. Sie sind tatsächlich ein äußerst talentierter junger Mann.«

Ich widerstand der Versuchung, ihn anzusehen, sondern fixierte die beiden Gestalten vor mir weiter. Ich spürte, daß meine Kräfte nicht mehr lange vorhalten würden.

»Was wollen Sie von mir?« fragte ich. »Wer zum Teufel sind Sie überhaupt?« Es war ein Fehler, mit ihm zu reden, das wußte ich. Ich sollte alle meine Kräfte für den bevorstehenden Kampf aufheben, denn zweifellos würde Crowley mich nicht einfach so davonkommen lassen. Vielleicht ließ er meinen Widerstand sogar ganz absichtlich zu, um herauszufinden, wie groß meine Kräfte wirklich waren.

»Sie machen es sich und uns nur unnötig schwer, Robert«, sagte er. »Sie halten uns für Ihre Feinde. Aber das sind wir nicht. Im Gegenteil.«

Ich sah aus den Augenwinkeln, wie er eine Geste machte, und plötzlich drehten sich die beiden Männer vor mir um und gingen wortlos zu ihren Kameraden zurück, um wieder ihren Platz in deren Reihe einzunehmen. Zögernd drehte ich mich zu Crowley herum, versuchte aber so stehenzubleiben, daß ich sowohl ihn als auch die anderen zugleich im Auge behalten konnte.

»Sie glauben mir nicht«, sagte Crowley. »Nun, das verstehe ich. Aber vielleicht wird Sie das überzeu gen.« Er hob den freien Arm und deutete auf einen Punkt hinter mir. »Sehen Sie dort hin, Robert.«

Ich zögerte, der Aufforderung Folge zu leisten, aber nur eine Sekunde. Crowley war nicht auf solch billige Tricks angewiesen, um mich zu überwältigen. Langsam drehte ich mich herum und sah in die Richtung, in die seine ausgestreckte Hand deutete.

Eine weitere Gestalt war hinter mir erschienen. Sie war nicht in das blutige Rot der anderen gekleidet, sondern trug ein Gewand von strahlendem Weiß. Von der gleichen Farbe war auch ihr Haar, das lang und glatt bis weit über die Schultern fiel, und das Paar riesiger Flügel, das hinter ihrem Rücken zusammengefaltet war.

Hinter mir stand Shadow, der abtrünnige Engel.

Es war eine Flucht ohne Aussicht. Sie hatten das Gebäude ein halbes Dutzend Mal durchquert, waren vom Eingang zur Hintertür, von dort wieder zurück zum Portal und zum Dienstboteneingang gelaufen, aber der Anblick war überall derselbe: Im braunen Morast des Gartens war ein schwarzes Gewebe erschienen, ein Ding wie ein riesiges pulsierendes Netz, in dem sich schwarze, gestaltlose Geschöpfe bewegten und das sich immer weiter und weiter zusammenzog. Die Bewegung war nicht ganz so schnell, wie es im ersten Moment den Anschein gehabt hatte, aber sie war schnell genug. Sie hatten bestenfalls noch Minuten.

Howard sah sich mit wachsender Verzweiflung in der Bibliothek um. Sie waren wieder hierher zurückgekehrt, obgleich sie in diesem Raum ebensowenig sicher waren wie an irgendeinem anderen Punkt des Hauses. Rowlf hatte ein paar Trümmerstücke genommen und den Türrahmen damit verbarrikadiert, aber sie wußten alle, wie sinnlos es war. Es gab nichts, was den kriechenden schwarzen Tod aufhalten konnte, der sich dem Haus näherte. Vielleicht hatte er es auch schon erreicht. Howard wußte es nicht. Der letzte Blick, den er nach draußen geworfen hatte, als sie durch die Halle gestürmt waren, hatte ihm etwas Schwarzes, Glänzendes gezeigt, das sich mit zitternden Bewegungen die Treppe zum Portal hinaufschob.

»Das ist das Ende«, murmelte Gray. Der grauhaarige Anwalt hatte sich erschöpft gegen die Wand sinken lassen. Sein Atem ging keuchend und in kurzen, mühsamen Stößen. Er hatte bei ihrer verzweifelten Flucht mit ihnen Schritt gehalten, aber nun war er sichtlich am Ende seiner Kräfte. Vielleicht zum ersten Mal, seit Howard ihn kannte, sah er so alt aus, wie er wirklich war.

»Diesmal haben sie uns.«

»Noch nicht!« antwortete Howard beinahe zornig. Seine Gedanken rasten. Alles sah ganz danach aus, als hätte Gray mit seiner düsteren Prophezeiung recht, aber er weigerte sich einfach, den Gedanken zu akzeptieren. Es *mußte* einfach einen Ausweg aus dieser Falle geben!

»Mach dir nichts vor, Howard«, sagte Gray. »Diesmal ist es vorbei.« Der Ton in seiner Stimme war nicht einmal wirkliche Angst. Er klang nur traurig und irgendwie müde. »Man kann nicht unentwegt die finstersten Kräfte des Universums herausfordern und im Ernst glauben, ungestraft davonzukommen.« Er lächelte bitter. »Ich habe nicht einmal Angst, ist das nicht sonderbar? Um einen alten Esel wie mich ist es vermutlich nicht schade. Aber um dich und die beiden anderen tut es mir leid. Ihr hättet noch so viele Jahre vor euch.«

»Verdammt noch mal, hör endlich auf zu jammern!« fuhr ihn Howard an. Der Ausbruch tat ihm sofort wieder leid, aber Gray lächelte nur weiter traurig, und Rowlf sagte von der Tür her:

»Sie kommen.«

Howard sah rasch zu ihm hinüber und wandte sich dann sofort wieder an Gray. »Entschuldige«, sagte er. »Aber resignieren hilft uns hier nicht raus. Wir müssen eine Lösung finden.« Er ballte die Fäuste und preßte die Fingerknöchel so fest gegen die Schläfen, daß es weh tat. *Verdammt, er konnte nicht mehr klar denken!* Ihre Zeit lief ab und war jetzt vielleicht nur noch nach Sekunden zu rechnen, aber er *wußte* einfach, daß es einen Ausweg gab. Es war noch nicht vorbei. Die Lösung war hier, in diesem Haus, ja sogar in diesem Raum, und ...

Howard fuhr wie elektrisiert herum.

»Was hast du?« fragte Gray alarmiert.

Howard antwortete nicht. Mit einem Satz war er bei der Stelle, vor der er schon einmal gekniet hatte: dem rechteckigen Abdruck der Standuhr auf dem Boden.

»Sie ist noch hier«, flüsterte er. »Sie ist immer noch hier. Sie war es die ganze Zeit!« Hastig hob er die Hand. »Sill! Ich brauche deine Hilfe!«

Die Araberin trat wortlos an seine Seite. Sie verschwendete keine Zeit mit Fragen, sondern streckte Howard nur stumm die Hand entgegen. Er ergriff sie und drückte so fest zu, daß Sills Mundwinkel vor Schmerz zuckten.

»Was ... was tut ihr?« fragte Gray.

Weder Sill noch Howard antworteten auf seine Frage. Ein Ausdruck höchster Konzentration erschien auf seinem Gesicht, und auch Sills Züge nahmen einen gebannten Ausdruck an.

Gray trat schaudernd einen Schritt zurück. Es war nicht das erste Mal, daß er Zeuge wurde, wie Sill oder Howard ihre unheimlichen Fähigkeiten einsetzten, aber er empfand noch immer die gleiche Mischung aus Furcht und morbider Faszination wie beim allerersten Mal – wobei die Furcht bei weitem überwog. Es hatte eine Zeit gegeben, als er geglaubt hatte, daß er sich daran gewöhnen würde. Aber das stimmte nicht. Es gab Dinge, an die man sich nie gewöhnen konnte.

Der Ausdruck von Konzentration auf Howards und Sills Gesichtern verstärkte sich noch. Schweiß erschien auf Howards Stirn. Seine Hand umklammerte Sills Hand jetzt so fest, daß Blut unter zweien ihrer Fingernägel hervorquoll. Und dann ...

... geschah etwas.

Gray spürte es. Irgend etwas schien sich zu verschieben, unsichtbar, aber überdeutlich zu fühlen, als ordneten sich ungeheure Kräfte neu und ...

Gray sog erschrocken die Luft ein. Seine Augen weiteten sich ungläubig. Der Platz vor Howards ausgestreckter linker Hand war plötzlich nicht mehr leer. Ein blasses, grünliches Leuchten erschien plötzlich in der Luft, ein filigranes Gebilde aus nichts anderem als Licht, mehr zu erahnen als wirklich zu sehen.

»Ich weiß ja nich, wasse da machn tut«, sagte Rowlf von der Tür her. »Aba ihr solltet es verdammich nochma *schnell* tun!«

Gray warf einen nervösen Blick in seine Richtung. Rowlf war rückwärts gehend von der Tür zurückgewichen. Zwischen den Trümmern, mit denen er den Durchgang blockiert hatte, erschien eine zitternde lebendige Schwärze. Gray sah hastig wieder weg.

Das Leuchten vor Howards Gesicht war mittlerweile intensiver geworden. Gray konnte jetzt ein fast symmetrisches Muster aus dünnen Linien erkennen, die immer mehr und mehr an Leuchtkraft zunahmen. Etwas wie ein Umriß entstand, drohte für eine halbe Sekunde wieder zu verblassen ...

... und wurde schlagartig zu einer über zwei Meter hohen Standuhr mit insgesamt vier Zifferblättern. Die drei kleineren glühten in einem düsteren, pulsierenden Licht, die Zeiger des vierten drehten sich wie rasend, so schnell, daß sie zu huschenden Schatten wurden.

Und wie sie war auch die ganze Uhr nicht völlig so, wie Gray sie in Erinnerung hatte. Sie wirkte verzerrt, auf unmögliche Weise gestaucht und verbogen und irgendwie ... lebendig, dachte Gray schaudernd.

Howard sank mit einem Keuchen zurück und ließ Sills Hand los. Die Araberin taumelte vor Schwäche, hielt sich aber noch auf den Beinen, und Gray erwachte endlich aus seiner Erstarrung. Mit einem einzigen Satz war er bei der Uhr, überwand auch noch den letzten Rest von Widerwillen und Furcht und riß die hohe, schmale Tür an ihrer Vorderseite auf. Das Holz fühlte sich so unnatürlich an, wie es aussah: nicht wie Holz, sondern wie warmes, faulendes Fleisch, und es war so heiß, daß Gray vor Schmerz aufschrie, als er es berührte. Aber er ließ nicht los, sondern zerrte die Tür mit verzweifelter Kraft vollends auf.

Dahinter kam nicht das zum Vorschein, was im Inneren einer Standuhr sein sollte. Statt sich drehender Zahnräder, metallener Gewichte und klickender Mechanik blickte Gray in einen zuckenden Schlauch, der sich geradewegs in die Unendlichkeit zu winden schien. Seine Wände schienen auf monströse Weise zu *leben*, und von irgendwoher kam ein unheimliches, pulsierendes grünes Licht. Ein Hauch eisiger Kälte und ein atemberaubender Gestank schlugen Gray entgegen.

»*Howard!*« kreischte Rowlf in höchstem Falsett. »Tu was!«

Howard erhob sich stöhnend. Sein Gesicht war grau vor Schwäche, und etwas in seinem Blick schien ausgebrannt zu sein. Wortlos deutete er auf den pulsierenden grünen Schlauch, der im Inneren der Uhr sichtbar geworden war. Gray mußte ihm helfen, den Schritt durch die schmale Tür in die Unendlichkeit des *Tores* hinein zu tun.

Sie war so schön und zerbrechlich, wie ich sie in Erinnerung hatte. Ein überirdisches, mildes Licht umgab ihre Gestalt, und ich spürte die gleiche Aura von mit Sanftmut gepaarter Stärke, die ich stets in ihrer Nähe verspürt hatte.

Minuten mußten vergehen, in denen ich einfach dastand und sie anstarrte, und die El-o-hym erwiderte meinen Blick schweigend und mit dem gleichen, nur angedeuteten Lächeln auf den Lippen, das mich vom ersten Moment an so verwirrt hatte. Schließlich war ich es, der das Schweigen brach.

»Shadow«, flüsterte ich. »Du ... du bist zurück.«

»Ich war nie fort«, antwortete die El-o-hym. »Du warst es, der fort war, Robert.«

»Ich weiß«, antwortete ich. »Ich war ... an einem anderen Ort.« Die Worte klangen selbst in meinen eigenen Ohren unbeholfen. Bildete ich mir tatsächlich ein, irgend etwas vor ihr geheimhalten zu können?«

»Du warst an einem Ort, von dem noch nie ein Mensch zurückgekehrt ist, Robert«, sagte sie. »Und von dem kein Mensch je zurückkehren darf.«

Ich starrte sie einfach nur an. Ich hörte die Worte, und irgend etwas in mir begriff auch, sofort und ohne daß es irgendeiner Erklärung bedurft hätte, wie sie sie meinte, aber dasselbe Etwas verhinderte auch, daß dieses Begreifen wirklich an mein Bewußtsein drang. Ich konnte nichts anderes tun, als einfach dazustehen und sie anzustarren, und ich dachte immer wieder denselben Gedanken, monoton und ununterbrochen wie eine Grammophonplatte, die einen Sprung hatte, so daß die Nadel nach dem Ende einer Umdrehung immer wieder in dieselbe Rille zurücksprang. *Sie war wieder da. Alles würde gut werden.*

Ich weiß nicht, wie lange ich so dastand und das Gesicht des Cherubins anblickte, bis ich schließlich ein leises, gekünsteltes Räuspern hinter mir hörte, mit dem Crowley meine Aufmerksamkeit zu erhaschen versuchte. Mit einem deutlichen Gefühl von Verärgerung, daß er es wagte, den Zauber des Augenblicks zu stören, drehte ich mich zu ihm herum.

Crowley stand zwei Schritte hinter mir, aber er sah mich nicht an, sondern Shadow. Der Engel nickte ganz sacht, und obwohl das Lächeln nicht von seinem Gesicht wich, mischte sich plötzlich ein Ausdruck von Trauer in seinen Blick.

»Es tut mir leid, Robert«, sagte sie. »Wir haben uns so lange nicht gesehen, und es gäbe so viel zu erzählen. Aber Crowley hat recht. Unsere Zeit läuft ab.«

»Zeit?« fragte ich. »Zeit wofür?«

Sekundenlang sah mich Shadow nur traurig an, und ein Schatten huschte über ihre Züge. Darunter ... schien etwas zu sein. Etwas Finsteres, Wildes, das nicht dorthin gehörte und ...

Shadow blinzelte, und der Gedanke verschwand aus meinem Kopf.

»Zeit zum Sterben, Robert«, sagte sie.

Ich erschrak nicht einmal wirklich; vielleicht, weil ich nicht wirklich überrascht war. Irgendwie hatte ich wohl die ganze Zeit über geahnt, daß es so kommen mußte. Seit meinem Erwachen hatte ich nur Unheil angerichtet. Jeder, der meinen Weg gekreuzt hatte, war auf die eine oder andere Weise zu Schaden gekommen.

»Du meinst, ich ...«

»Es war unrecht, Robert«, unterbrach mich Shadow. »Was dein Freund getan hat, verstößt gegen die

Gesetze der Schöpfung selbst. Ich weiß, er meinte es gut. Er war nur in Sorge um dich. Aber er hat nicht einfach dein Leben gerettet, Robert. Du warst tot, und er hat dich zurückgeholt aus jenem Land, aus dem nichts und niemand zurückkehren darf. Das hat die Ordnung der Dinge durcheinandergebracht.«

»Und du bist hier, um sie wieder herzustellen«, vermutete ich.

»Für alles, was vergeht, entsteht etwas Neues«, sagte Shadow. »Für alles, was entsteht, muß etwas Altes vergehen. An dieser Regel zu rühren brächte die Ordnung des Universums selbst in Gefahr. Es tut mir leid. Howard konnte nicht wissen, was er tat.«

»Was Sie gestern und heute erlebt haben, ist nur der Anfang«, sagte Crowley hinter mir. »Es würde schlimmer werden, mit jeder Stunde. Vielleicht würden Sie noch Tage durchhalten, vielleicht noch Wochen, aber Sie würden mehr und mehr Unglück verbreiten. Die Schöpfung läßt sich nicht betrügen, Mr. Craven.«

»Wer sind Sie wirklich, Crowley?« fragte ich. Er war jetzt an mir vorbeigegangen und stand unmittelbar neben Shadow, zwei Gestalten, wie sie unähnlicher kaum sein konnten. Es war unvorstellbar, daß der Engel und dieser unheimliche Mann in der Teufelsmaske auch nur das geringste gemein haben sollten.

»Jemand, der ein wenig mehr über das Wesen des Universums und der Dinge weiß, Mr. Craven«, antwortete Crowley. »Nicht einmal viel, aber doch genug, um zu verstehen, welch unvorstellbare Gefahr Ihr Freund heraufbeschworen hat, als er Sie aus dem Reich des Todes zurückholte.«

»Und das soll ich Ihnen glauben?« fragte ich. Tief

in mir, noch ganz schwach, aber allmählich doch heranwachsend, war plötzlich das Wissen, daß Crowley log. Irgend etwas ... stimmte hier einfach nicht.

»Nein«, antwortete Crowley ruhig. »Das erwarte ich nicht. Hätten sich unsere Wege auf andere Art gekreuzt, dann wären wir vielleicht sogar Feinde geworden, Mr. Craven, denn auch wenn ich nicht auf der Seite der GROSSEN ALTEN und ihrer Verbündeten stehe, so verfolgen meine Anhänger und ich doch Ziele, mit denen Sie nicht einverstanden wären.«

Er hob die Hand und schnitt meinen Widerspruch schon im Ansatz ab. »Aber es geht hier um mehr. Shadow hat mich davon überzeugt, daß die Gefahr, die uns allen droht, zu groß ist, als daß persönliche Feindschaften noch etwas zählen, und ich habe ihr meine Hilfe zugesagt.«

»Dabei, mich umzubringen?«

»Dein Tod allein würde nichts mehr ändern, Robert«, antwortete Shadow an seiner Stelle. »Als Howard dich von den Toten zurückholte, da war bereits eine andere Seele geboren, um deinen Platz unter den Menschen auszufüllen.«

»Also bin ich jetzt überzählig«, sagte ich bitter.

»Du bist kein normaler Mensch wie alle anderen, Robert«, fuhr Shadow ungerührt fort. »Die Kräfte, die dir dein Vater hinterlassen hat, dürfen nicht verlorengehen. Vielleicht sind sie das einzige, was diese Welt eines Tages noch davor bewahren kann, den GROSSEN ALTEN anheimzufallen. Als du starbst, da stand dein Nachfolger bereit, diese Kräfte aufzunehmen. Doch Howard verhinderte dies.«

»Mein *Nachfolger?* Ich habe keine Kinder.«

»Es ist nicht die Blutsverwandtschaft, die zählt«, sagte Shadow. »Der Plan des Schicksals wurde gestört. Würdest du jetzt sterben, dann vergingen deine Kräfte mit dir, und unsere Feinde wären einen Schritt weiter auf ihrem Weg zum Sieg.«

»Also, was kann ich tun?« fragte ich leise.

»Ihr magisches Erbe muß weitergegeben werden«, sagte Crowley. »Aber das bedeutet Ihren Tod.«

»Weitergegeben an wen?« fragte ich.

Crowley zögerte. Ich bemerkte, daß er einen schnellen verstohlenen Blick mit Shadow wechselte, und die Stimme der El-o-hym klang ein winziges bißchen nervös, als sie antwortete.

»Vorerst an mich. Wir werden ein Kind finden, das deines Erbes würdig ist, doch bis es soweit ist, werde ich der Hüter dieser Macht sein. Würdest du sie einem anderen anvertrauen?«

Natürlich nicht. Wenn es überhaupt ein Wesen gab, das die furchtbaren Gewalten, die in meiner Seele schlummerten, zu beherrschen – oder wenigstens zu bändigen – imstande war, so war es Shadow. Und trotzdem: »Ihr habt ... noch niemanden gefunden? Aber wir könnten doch wenigstens warten, bis ...«

»Bis wann?« unterbrach mich Shadow. Ihr Blick war voller Trauer. »Bis morgen? Zwei Tage? Eine Woche?« Sie schüttelte den Kopf. »Es hätte keinen Sinn, Robert. Jede Minute, die du existierst, macht es nur schlimmer. Und schwerer für mich, den Schaden wieder rückgängig zu machen. Du hattest mehr als irgendein anderer Mensch vor dir, Robert. Gib dich mit diesem zweiten Leben zufrieden.«

»Es war nicht sehr lang«, sagte ich leise. »Und nicht sehr angenehm.«

»Es gibt nichts, wovor du Angst haben müßtest«, sagte Shadow. »Der Tod ist nicht das Ende. Ich bin der lebende Beweis dafür.«

Ich sagte nichts mehr. Ich wußte, daß sie recht hatte, mit jedem Wort, aber, verdammt noch mal, ich wollte nicht sterben, ganz egal, aus welchem Grund.

Doch ich sprach nichts von alledem aus, sondern nickte nur und ging, begleitet von Shadow und Crowley, den Engel auf der rechten und den Teufel zur linken Seite, davon.

Es war unheimlich: Der Regen hörte wie abgeschnitten auf, als Cohen auf den Platz hinaustrat, nicht von einem Moment auf den anderen, sondern buchstäblich von einem Sekunden*bruchteil* auf den nächsten. Gerade noch hatte der Sturm ihm eine fast undurchdringliche Wasserwand entgegengeschleudert, mit solcher Wucht, daß er sich nach vorne hatte beugen müssen und jeder Schritt ihn fühlbare Anstrengung gekostet hatte; und plötzlich war der Widerstand fort, und Cohen mußte einen hastigen Schritt tun und wedelte mit den Armen, um nicht das Gleichgewicht zu verlieren und der Länge nach in den flachen See zu fallen, in den sich der Ashton Place verwandelt hatte.

Verblüfft blieb er stehen und wischte sich mit dem Handrücken das Wasser aus dem Gesicht.

Gleichzeitig sah er sich um. Es war ein reiner Zufall, daß das erste, worauf sein Blick fiel, die Ruine von Andara-House war, die sich genau auf der gegenüberliegenden Seite des Platzes befand. Und für einen Moment, einen winzigen Moment nur, glaubte er etwas zu sehen: Ein Licht, etwas wie ein unheimliches flackerndes Leuchten von giftiggrüner Farbe, das irgendwo hinter den geschwärzten Mauern zu pulsieren schien.

Cohen fuhr sich erneut mit der Hand über die Augen, blinzelte, und als er die Lider wieder hob, war das Licht verschwunden. Wahrscheinlich war es ohnehin nicht wirklich dagewesen. Seine Nerven begannen ihm Streiche zu spielen. Nach allem, was er heute erlebt hatte, war es auch kein Wunder, wenn er anfing, Gespenster zu sehen.

Die Erklärung erschien ihm durchaus einleuchtend – und trotzdem blieb ein sonderbares Gefühl der Beklemmung zurück, als er weiterging. Da war diese Stille. Es war nicht die normale Stille nach einem heftigen Regenguß, sondern ein viel umfassenderes, ungutes Schweigen. Selbst das Platschen seiner Schritte in dem annähernd schuhsohlenhohen Wasser war kaum vernehmbar.

Andara-House erhob sich auf der anderen Seite wie die Ruine eines Märchenschlosses über einem verwunschenen See. Nirgendwo rührte sich etwas. Kein Mensch war zu sehen. Hinter keiner Scheibe erschien ein Gesicht, um in den Himmel zu blicken, kein Fenster wurde geöffnet, um die klare Luft nach dem reinigenden Unwetter einzulassen. Der große, von mehr als einem Dutzend prachtvoller Stadtvillen gesäumte Platz lag da wie ausgestorben.

Cohen ging etwas schneller weiter und blieb vor der brandgeschwärzten Einfahrt noch einmal stehen. Selbst aus der Nähe machte das Haus einen unheimlichen Eindruck. Cohen fror. Der Regen hatte seine Kleider binnen Sekunden durchdrungen, und er war naß bis auf die Haut. Aber das war nicht der einzige Grund für sein Frösteln. Schon zu Cravens Lebzeiten, als es noch unversehrt gewesen war, hatte dieses Haus etwas Unheimliches gehabt. Cohen war mehr als einmal hiergewesen, aber er hatte sich eines unangenehmen Gefühles nie erwehren können; und das gleiche Gefühl spürte er auch jetzt wieder. Das Feuer hatte dem Haus nichts von seinem unheimlichen Flair genommen. Ganz im Gegenteil.

Cohen trat über einen verkohlten Balken hinweg, der die Zufahrt blockierte, und näherte sich der Treppe, über der einst die ehrfurchtgebietende, zweiflügelige Tür gewesen war; ein Portal, das einem Schloß zur Ehre gereicht hätte und jedem Besucher, der davor stand, das Gefühl gab, klein und winzig zu sein. Jetzt erblickte er nur ein geschwärztes Loch. Und plötzlich hatte er Angst, durch diese Tür zu gehen. Etwas Gräßliches würde geschehen, wenn er dieses Haus betrat.

»Unsinn!« sagte Cohen. Er sagte es sehr laut, um sich selbst zu beruhigen, aber das Wort bewirkte eher das Gegenteil: Statt etwas Vertrautes in die alptraumhafte Szenerie zu bringen, schien der Klang einer menschlichen Stimme den fremdartigen Odem seiner Umgebung eher noch zu betonen.

Trotzdem ging er nach einem Augenblick weiter. Nicht, weil er seine Angst wirklich überwunden hätte, sondern einzig aus dem Grund, daß er wußte, er würde nie wieder mit seiner eigenen Furcht fertig werden, wenn er den Kampf jetzt aufgab. Während er die geborstenen Stufen hinaufging, bewegte sich seine Hand unter die Jacke und zog den Revolver hervor, den ihm der Polizeibeamte gegeben hatte. Er bemerkte es nicht einmal. Sein Herz begann wie rasend zu klopfen, als er die letzte Stufe hinaufschritt und das betrat, was einmal eines der prachtvollsten und größten Häuser der Stadt gewesen war.

Jetzt war es eine Ruine. Ihr Inneres bot einen noch viel chaotischeren Anblick als das Äußere, und das ungute Gefühl, das Cohen die ganze Zeit über begleitet hatte, wurde zur Gewißheit, kaum daß sich seine Augen an das graue Zwielicht hier drinnen gewöhnt hatten und er mehr als vage Schatten erkennen konnte.

Nur ein paar Schritte hinter der Tür lagen zwei Leichen.

Die Männer (Cohen war nicht ganz sicher, daß es wirklich *Männer* gewesen waren, aber er unterstellte es einfach) lagen in so unnatürlich-unmöglichen Haltungen da, als wären sämtliche Knochen in ihrem Körper zerbrochen, und was immer man ihnen angetan hatte (oder gar, *wer* dies getan hatte), darüber weigerte sich Cohens Verstand einfach, nachzudenken. Er hatte in seiner Karriere als Inspektor bei Scotland Yard eine Menge gesehen; Dinge, die anderen weiße Haare und lebenslange Alpträume bereitet hätten, und bis zu diesem Augenblick hatte er gedacht, daß es nichts mehr gäbe, was ihn noch aus der Fassung bringen konnte. Aber das stimmte nicht. Cohen sah nur eine Sekunde hin, ehe er sich mit einem Ruck abwandte und die Hand vor den Mund schlug, um den Brechreiz zu unterdrücken, der plötzlich in seiner Kehle aufstieg, aber er wußte, daß er den Anblick nie wieder wirklich vergessen würde.

Langsam, den Blick von den beiden geschändeten Leichen abgewandt, ging er durch die Halle und begann das Untergeschoß des Hauses (da sämtliche Zwischendecken eingebrochen waren, war es zugleich auch das einzige) Zimmer für Zimmer zu durchsuchen. Er ging sehr behutsam zu Werke und blieb manchmal sekundenlang stehen, um zu lauschen, ehe er durch eine Türöffnung trat, und er hielt den Revolver schußbereit erhoben.

Aber seine Vorsicht erwies sich als unbegründet. Wer immer die beiden armen Teufel in der Halle umgebracht hatte, war nicht mehr da. Schließlich kehrte er in die Halle zurück. Es gab jetzt nur noch einen einzigen Raum, den er nicht inspiziert hatte: die ehemalige Bibliothek.

Cohen näherte sich ihr mit ebenso großer Vorsicht, blieb auch hier einen Herzschlag lang stehen und lauschte angestrengt, ehe er weiterging und über die Barrikade aus Trümmern und Schutt kletterte, die die Tür fast zur Hälfte ausfüllte. Sein Instinkt sagte ihm, daß auch dieser Raum verlassen war. Die Mörder waren nicht mehr hier. Aber der gleiche Instinkt warnte ihn auch. Etwas in diesem Raum war ... anders.

Er täuschte sich nicht.

Der Raum war so verlassen wie der Rest des Hauses – aber noch nicht lange. Der Regen hatte Ruß und Asche zu einer klebrigen Schicht auf dem Boden zusammengebacken, und Cohen konnte deutlich die Spuren von mindestens drei, wenn nicht vier Menschen ausmachen, die hiergewesen waren. Sie führten quer durch den Raum und endeten vor dem einzigen unversehrten Möbelstück, das das Zimmer enthielt: einer riesigen, irgendwie sonderbar aussehenden Standuhr in der Ecke neben dem Kamin.

Aber sie führten nicht mehr zurück.

Cohen blieb stehen und starrte die Fußspuren verblüfft an. Sie waren frisch und so deutlich, als hätte sich jemand große Mühe gegeben, sie für ihn zu hinterlassen, aber wenn dem so war, dann hatte sich derselbe Jemand offenbar einen üblen Scherz für ihn ausgedacht: Es gab keinen Zweifel – die Spuren führten nur *hin* zu der Uhr.

Genauer gesagt: *in sie hinein.*

Cohen hatte plötzlich das Gefühl, von einer eisigen Hand berührt zu werden. Es war so intensiv, daß er leicht zusammenfuhr und sich erschrocken umsah. Aber er war allein. Mit einem nervösen Lächeln wandte er sich wieder um und ging auf die Standuhr zu.

Erst jetzt fiel ihm auf, daß das, was er sah, eigentlich unmöglich war; und nicht nur wegen der Spuren in der Asche.

Er kannte diese Uhr. Er hatte sie schon einmal hier gesehen, vor sechs oder sieben Jahren, bei seinem ersten Besuch in diesem Haus, und schon damals waren ihm ihre sonderbare Wuchtigkeit und die verwirrende Vielfalt von Zifferblättern (von denen übrigens kein einziges die *Zeit* anzeigte) aufgefallen. Sie sah jetzt noch immer so seltsam aus wie damals – aber sie hätte gar nicht mehr da sein dürfen! Das Feuer hatte das Haus fast bis auf die Grundmauern niedergebrannt. Nichts, was nicht aus Stein oder Metall war, hatte die Katastrophe überstanden. Aber die Uhr stand vollkommen unbeschädigt da. Das Holz war nicht einmal geschwärzt.

Mit klopfendem Herzen ging Cohen weiter, wechselte den Revolver von der rechten in die linke Hand und streckte den Arm nach der Tür aus. Seine Finger zitterten. Es war absurd – aber plötzlich hatte er furchtbare Angst davor, diese Tür zu öffnen.

Trotzdem tat er es.

Dahinter kam eine komplizierte Mechanik aus Stangen, Zahnrädern, Ketten und messingfarbenen Gewichten zutage. Keine Tür, die zu einem geheimen Gang führte, oder eine Klappe im Boden, wie er erwartet hatte.

Verstört blickte er wieder auf die Fußspuren

hinab. Sie führten eindeutig in die Uhr *hinein*. Nicht etwa nur bis zu ihr hin. Die Tür war geöffnet worden, und ein wenig feuchte Asche klebte am unteren Rand des Rahmens.

Cohen beugte sich vor, so weit es ging, und versuchte, den Arm durch das komplizierte Gestänge im Inneren der Uhr zu schieben, um die Rückwand abzutasten. Sie rührte sich nicht. Auch der Boden der Uhr erwies sich als massiv. Wenn sie wirklich die Tür zu irgendeiner Art von Geheimgang darstellte, dann stand er einem wahren Meisterstück der Tarnung gegenüber.

Und wenn nicht ...

Cohen schauderte erneut. Nein – über dieses *wenn nicht* wollte er im Moment einfach nicht nachdenken. Die Erklärung war einfach zu bizarr, selbst nach allem, was er heute erlebt hatte.

Mit zitternden Händen schloß er die Uhr wieder, ließ seinen Blick noch einmal durch den Raum schweifen und ging dann in die Halle zurück. Er vermied es auch jetzt wieder, die beiden Toten anzusehen, sondern näherte sich mit weit ausgreifenden Schritten der Tür. Mit einem Male hatte er es sehr eilig, dieses unheimliche Haus zu verlassen.

Dann hörte er ein Geräusch.

Cohen blieb stehen, drehte sich wieder herum und sah aus schreckgeweiteten Augen in die Runde. Er war allein mit den beiden Toten und den Schatten, die wie sonderbar mißgestaltete kleine Ungeheuer in den Ecken und Winkeln hockten und ihn aus unsichtbaren Augen zu belauern schienen. Schließlich hatte er sich vor ein paar Minuten erst selbst davon überzeugt, daß dieses Haus *leer* war.

Und trotzdem war der Laut *da*.

Er konnte ihn nicht identifizieren, denn es war ein Geräusch, das die Grenzen des wirklich Hörbaren noch nicht überschritten hatte. Aber er spürte es, und es war ein sehr unangenehmes Gefühl, zugleich vertraut wie fremd und alarmierend. Irgendwie rhythmisch, aber auf eine Art und Weise, die ihm fast körperliche Übelkeit bereitete.

Aufmerksam sah sich Inspektor Cohen weiter um. Der Laut kam irgendwo von der anderen Seite der Halle, und er schien allmählich an Intensität zuzunehmen, ohne dadurch allerdings deutlicher zu werden.

Schließlich blieb sein Blick an einer rußgeschwärzten Öffnung unter einem Trümmerberg hängen, der einmal die Treppe nach oben gewesen sein mußte. Das Geräusch kam von dort. Er war jetzt sicher.

Und dann fiel es Inspektor Wilbur Cohen wie Schuppen von den Augen.

Er hatte das Haus gar nicht ganz durchsucht. Die Öffnung dort drüben war die Tür zum Keller, und wie die Tatsache, daß er hier oben stand, zweifelsfrei bewies, war *dessen* Decke unter der Gewalt des Feuers nicht eingebrochen. Vermutlich hatte er die Katastrophe sogar relativ unbeschadet überstanden, denn Cohen wußte, daß diese alten Herrenhäuser meist überaus massive Keller besaßen.

Cohen wunderte sich ein bißchen über sich selbst, daß er nicht auf das Naheliegendste gekommen war, als er das Haus durchsuchte. Offensichtlich war der Tag doch ein bißchen zu viel für ihn gewesen. Oder er begann allmählich alt zu werden ...

Er erreichte die Tür, hielt für einen Moment inne und beugte sich dann behutsam vor, ehe er einen weiteren Schritt machte. Den Revolver hielt er schußbereit in der Rechten.

In der nächsten Sekunde beglückwünschte er sich für seine Vorsicht. Hinter der Tür warteten keine bewaffneten Meuchelmörder oder andere Gefahren auf ihn, aber dafür eine Überraschung, die ebenso tödlich hätte enden können: Die Treppe war nicht mehr da. Der steinerne Boden des Kellers lag gute drei Meter unter ihm. Ein unvorsichtiges Vordringen, und er hätte sich dort unten den Hals gebrochen.

Cohen lauschte. Das Geräusch war deutlicher geworden, und er war jetzt sicher, daß es aus den finsteren Gewölben unter ihm kam. Und ganz plötzlich wußte er auch, *was* er da hörte.

Gesang.

Es war ein unheimlicher, an- und abschwellender, auf enervierende Art arhythmischer Gesang, aber eindeutig Gesang; ein düsterer Chor, der Worte in einer Sprache intonierte, die Cohen noch nie zuvor im Leben gehört hatte und die trotzdem irgend etwas in ihm zum Klingen brachten, als erinnerten sie ihn an Dinge, die er niemals selbst erlebt hatte. Der Gesang war mehr als unheimlich. Er machte ihm angst, und er bereitete ihm ein fast körperliches Unbehagen.

Und trotzdem steckte er nach einigen Sekunden die Waffe wieder unter den Gürtel, ließ sich auf die Knie herabsinken und drehte sich herum, um in die lichtlose Tiefe hinabzusteigen.

Der Tempel war groß und auf eine Weise schlicht eingerichtet, die ihn beinahe schon wieder majestätisch erscheinen ließ. Das rote Licht der Fackeln, die Crowleys Begleiter in den Händen trugen, ließ ihn kleiner erscheinen, als er vermutlich war, und seine Formen geduckter und feindseliger, als sie sein sollten.

Über eine breite, aus weißem Marmor gefertigte Treppe waren wir in den runden Raum hinabgestiegen, und ich wußte, daß wir unser Ziel erreicht hatten. Niemand hatte es mir gesagt, so wie überhaupt kaum jemand ein Wort gesprochen hatte, während wir durch die weißen Marmorgänge des unterirdischen Palastes geschritten waren, aber ich wußte, daß dies der Altarraum des Tempels war, der Ort, an dem ich zum zweiten Mal – und jetzt endgültig – sterben würde.

Der Gedanke schreckte mich nicht einmal. Es war so, wie Shadow gesagt hatte: Ich hatte ein zweites Leben geschenkt bekommen, und auch wenn es nicht einmal nach Tagen, sondern nur nach Stunden gezählt hatte, so war es doch weit mehr gewesen, als ich erwarten konnte; und vielleicht mehr, als gut war. Es *gab* Dinge, an die die Menschen niemals rühren sollten, und der Tod – nicht der Moment des Sterbens, aber das, was danach kommt – gehört dazu.

»Hier?« fragte ich.

Crowley sah mich durch die schmalen Sehschlitze seiner Maske hindurch nur schweigend an, aber Shadow nickte. »Ja«, antwortete sie. »Es ist … ein besonderer Ort. Ich würde es dir gerne genauer erklären, aber uns bleibt nicht mehr viel Zeit.«

»Das macht nichts«, antwortete ich. »Es ist ein guter Ort, um zu sterben.« Ich meinte das völlig ernst. Vielleicht gibt es ja keine *guten* Orte, um zu sterben, aber Shadow und Crowley hatten sich zumindest bemüht, für meine letzten Augenblicke eine möglichst angenehme Umgebung zu schaffen.

Wir befanden uns in einer großen, halbrunden Halle, deren Wände aus dem gleichen weißen Marmor bestanden wie der Gang, der uns hierhergebracht hatte, und genau wie dieser keine Fenster hatten und wie auch? Schließlich lag die gesamte Anlage tief unter der Erde, nicht einmal sehr weit vom Haus meines Vaters entfernt. Für einen Moment verspürte ich eine leichte Irritation bei der Vorstellung, daß sich dieses phantastische Gebilde die ganze Zeit direkt unter unseren Füßen befunden haben sollte, ohne daß ich, mein Vater, Howard oder irgendein anderer etwas davon geahnt hatten, aber auch dieser Gedanke entglitt mir wieder, noch ehe ich ihn ganz zu Ende verfolgen konnte, und ich setzte meine Betrachtung des Altarraumes fort.

Abgesehen von dem roten Licht der Fackeln und der unheimlichen Kleidung Crowleys und seiner Männer, die einfach nicht in diese Umgebung passen wollten, hätte der Tempel auch aus dem biblischen Garten Eden stammen können: Überall an den Wänden waren Schalen mit exotischen Blumen aufgehängt, und in der Luft hing ein Wohlgeruch, den ich nicht zu definieren vermochte, der aber fast berauschend war. In der Mitte des Raumes befand sich ein gemauertes Becken mit kristallklarem Wasser, auf dessen Oberfläche gelbe Seerosen schwammen. Für einen kurzen Moment glaubte ich eine Bewegung unter der Wasseroberfläche wahrzunehmen, aber es war nur ein Schatten, der davonhuschte, als ich genauer hinsah.

Shadow deutete auf einen gewaltigen Block aus schneeweißem Marmor, der sich auf der anderen Seite des Beckens erhob, und ich setzte mich gehorsam in Bewegung, obgleich mir auch dieser Anblick irgendwie … nicht richtig erschien. Ich hatte akzeptiert, daß ich dieses geliehene Leben nicht weiterleben durfte, und trotzdem ließ die Vorstellung, auf diesem Altar *geopfert* zu werden, etwas in mir erstarren.

»Es muß sein, Robert«, sagte Shadow. Offensichtlich hatte sie meine Gedanken gelesen. »Es mag dich erschrecken, doch für das, was ich tun muß, sind besondere Umstände vonnöten.« Sie atmete hörbar ein. »Ich hoffe, es ist noch nicht zu spät.« Die Furcht, die sie bei diesen Worten verspürte, war unüberhörbar.

»Zu spät?« fragte ich und blieb stehen. Ich sah sie eine Sekunde lang scharf an. »Wovor hast du solche Angst?«

Und vielleicht zum ersten Mal, seit ich diesem unglaublichen Wesen begegnet war, hatte sie nicht die Kraft, meinem Blick standzuhalten.

»Du verschweigst mir etwas«, sagte ich.

Shadow antwortete auch jetzt nicht, aber es war die Art ihres Schweigens, die mir sagte, daß ich recht hatte mit meiner Vermutung. »Was ist es? Was ist geschehen, während ich … tot war?«

»Nichts«, antwortete Crowley an Shadows Stelle. Ich warf ihm einen zornigen Blick zu, aber er ignorierte ihn und fuhr im Gegenteil fort: »Aber danach. Nicht nur wir, sondern auch Ihre alten Feinde haben Ihr Erwachen registriert, Robert …«

»Das weiß ich«, unterbrach ich ihn, aber wieder fuhr Crowley unbeeindruckt fort:

»Und sie sind nicht nur auf Sie, sondern auch auf Ihre Freunde aufmerksam geworden.«

»Meine …« Ich verstummte entsetzt, als ich begriff, was Crowley meinte. »Howard?« fragte ich.

»Sie wollen sagen, daß sie ... auch Howard und die anderen verfolgen?«

»Ich hoffe, es ist noch nicht zu spät«, sagte Crowley. »Sie werden von ihren Opfern ablassen, sobald es Sie nicht mehr gibt, Mr. Craven, denn es wäre sinnlos, Howard und die anderen zu jagen, verfolgte es nicht den einzigen Zweck, Ihnen zu schaden. Und die GROSSEN ALTEN tun niemals etwas Sinnloses.«

»Aber sie tun oft Dinge, deren Sinn wir nicht erkennen«, antwortete ich gereizt, fuhr herum und wandte mich in kaum weniger gereiztem, zumindest aber sehr vorwurfsvollem Ton an Shadow: »Warum hast du es mir nicht gesagt?«

Sie hob den Kopf und blickte mich aus Augen an, die dunkel vor Trauer und Mitgefühl waren. »Um dir nicht weh zu tun, Robert«, sagte sie »Welchen Sinn hätte es gehabt?«

Darauf antwortete ich nicht, denn ich spürte genau, wie sehr sie mein Vorwurf traf. Statt dessen drehte ich mich herum und umrundete mit raschen Schritten das Wasserbecken, um zu dem Altar auf der anderen Seite zu gelangen. Wieder glaubte ich einen Schatten unter der Oberfläche davonhuschen zu sehen, und für einen winzigen Moment stieg mir ein leicht fauliger Geruch in die Nase, den das kristallklare Wasser auszuströmen schien. Aber ich war viel zu aufgeregt, um dieser Beobachtung irgendeine Bedeutung zuzumessen. Meine Gefühle befanden sich in hellem Aufruhr. Trotz allem war da in mir noch etwas, das sich verzweifelt an das Leben klammerte und immer heftiger gegen das protestierte, wozu ich entschlossen war. Aber ich gab dieser lautlosen Stimme keine Gelegenheit, Einfluß auf meine Gedanken und Entscheidungen zu nehmen. Plötzlich hatte ich es beinahe eilig. Wenn es etwas Schlimmeres gab als die Gewißheit des sicheren Todes, dann war es vielleicht das *Warten* darauf. Ein gutes Stück vor Shadow, Crowley und seinem halben Dutzend Begleiter, die uns mit gemessenen Schritten folgten, erreichte ich den Marmorblock und blieb stehen.

»Was muß ich tun?« fragte ich.

Crowley bedeutete mir mit einer Geste, auf den Stein zu klettern, und ich gehorchte und streckte mich lang darauf aus. Der Marmor war so kalt, daß ich es selbst durch meine Kleider hindurch spüren konnte, und ich versuchte das eisige Frösteln, das mich ergriff, auf diesen Umstand zu schieben. Natürlich gelang es mir nicht völlig.

Während Shadow, Crowley und die anderen näher kamen, drehte ich den Kopf und sah ihnen entgegen. Mein Blick fiel auf die verzerrten Schatten, die das flackernde Licht der Fackeln an die Wände warf, und für eine Sekunde hatte ich einen unheimlichen Eindruck: Die Schatten, die ich sah, schienen nicht zu den Gestalten, die sich mir näherten, zu passen. Aber auch dieser Eindruck verschwand so schnell, wie er gekommen war, und ich wußte natürlich auch, daß er nur meiner eigenen Einbildung entsprang.

Fünf Schritte vor dem Altarblock blieben Crowleys Begleiter – bis auf einen, der sich auf einen wortlosen Blick seines Herrn hin an dessen Seite gesellte – stehen und bildeten mit ihren Fackeln und Widderstäben einen Halbkreis, in dessen gedachtem Schnittpunkt sich der Altar befand, während Crowley, Shadow und der dritte Mann langsam weitergingen. Crowleys Augen hinter den schmalen Sehschlitzen seiner Maske blieben so kalt wie bisher, und auch auf dem Gesicht des Rotgekleideten zeigte sich nur dieselbe schreckliche Leere, und für eine Sekunde glaubte ich noch einmal Crowleys Worte zu hören, der gesagt hatte, daß wir vermutlich Feinde geworden wären, hätten wir uns unter anderen Umständen und an einem anderen Ort getroffen. Ich wußte noch immer nicht, wer oder was diese Männer waren, aber tief in mir spürte ich, daß er recht hatte.

Shadow trat dicht an den Altarstein heran, und ich löste meinen Blick von Crowley und seinem Begleiter, um zu ihr hinaufzusehen. Ihr Gesicht war so schön und edel wie eh und je, und in ihren Augen mischten sich Trauer und Mitleid mit einer Zuversicht, die ich trotz aller Anstrengung nicht ganz zu teilen vermochte. Sie hatte gesagt, daß der Tod nicht das Ende war, und schließlich war sie der existierende Beweis für die Richtigkeit dieser Behauptung. Aber da war noch immer jene dünne, verzweifelt schreiende Stimme in mir, der alle Logik und alle Gründe gleich waren und die einfach nur leben wollte und Angst hatte. Ich *war* schon einmal tot gewesen, nicht beinahe gestorben, nicht scheintot, sondern wirklich und wahrhaftig tot, und für lange Zeit. Wenn das, was Shadow sagte, der Wahrheit entsprach, wieso konnte ich mich dann nicht an das erinnern, was jenseits jener ultimaten Grenze wartete?

»Bist du bereit?« fragte Shadow. Sie sah mich nicht an bei diesen Worten. Sie blickte mir ins Gesicht, aber nicht in die Augen, und ich spürte, wie schwer es ihr fiel, zu reden.

»Ja«, sagte ich.

»Du mußt es wirklich wollen«, fuhr sie fort. »Es darf nicht die Furcht um das Leben deiner Freunde sein, oder Resignation, Robert. Es ist wichtig, daß du dich hingeben *willst*. Nur so ist es mir möglich, dein Erbe an einen anderen weiterzugeben.«

»Ich will es«, sagte ich. Und ich wollte es wirklich. Ich vertraute ihr mehr als jedem anderen Wesen auf dieser Welt – und wieso auch nicht, schließlich war sie ein leibhaftiger *Engel!* »Tu es«, sagte ich leise. »Jetzt.«

Shadow tauschte einen Blick mit Crowley, der auf der anderen Seite des Opfersteines Aufstellung genommen hatte. Ich sah ihn nicht an, aber ich hörte die Seide seines Gewandes rascheln und registrierte das Blitzen von Metall aus den Augenwinkeln. Zugleich hörte ich einen anderen Laut: ein ganz leises Plätschern, als bewege sich etwas im Wasser des Beckens hinter mir.

Shadow nickte ganz unmerklich in Crowleys Richtung, und ich hob rasch die Hand und sagte: »Nein!«

Crowley erstarrte. Shadow sah mich alarmiert an, und ich fuhr mit dem verunglückten Versuch eines Lächelns fort: »Bitte tu du es.«

Sie erschrak. »Nein«, sagte sie, »das kann ich nicht.«

Ich wiederholte meine Bitte nicht noch einmal laut, aber mein Blick ließ sie auch nicht los, und für Sekunden, in denen sie reglos dastand, spiegelte sich ein wahrer Sturm von Gefühlen in ihren Augen.

»Du weißt nicht, was du da verlangst, Robert«, sagte sie. »Es ist mir verboten, Leben zu vernichten.«

Ich sagte noch immer nichts, sondern sah sie weiter unverwandt an, und schließlich senkte sie mit einem tiefen Seufzen den Blick und streckte die Hand in Crowleys Richtung aus.

»Aber ...«, begann Crowley.

Shadow hob mit einem Ruck den Kopf und sah ihn an, und so unendlich der Schmerz in ihren Augen gewesen war, als sie auf mich herabblickte, so zwingend war plötzlich die Macht ihrer Augen. Crowley zögerte nur noch eine Sekunde, dann händigte er ihr das Messer aus. Es war ein sehr langer, schmaler Dolch, dessen Klinge zweiseitig und rasiermesserscharf geschliffen war. Es würde schnell gehen, dachte ich. Wahrscheinlich würde ich nicht einmal einen Schmerz spüren.

Shadow ergriff das Messer mit beiden Händen. Ich lächelte ihr zum Abschied zu, ließ mich zurücksinken und schloß die Augen, während Shadow den Dolch hoch über den Kopf erhob und einen Schritt auf mich zu trat.

Der Anblick war so grotesk und zugleich so entsetzlich, daß Cohen um ein Haar aufgeschrien hätte. Er unterdrückte es im letzten Moment, und mehr noch – seine Instinkte zwangen ihn, das einzig Richtige zu tun und sich blitzschnell hinter einen Felsbrocken zu ducken, aber das bizarre Bild, das sich ihm bot, schlug ihn trotzdem so in seinen Bann, daß er länger als eine Minute zu nichts anderem fähig war, als über den Rand seiner Deckung hinweg in die gewaltige Höhle zu starren, in die der unterirdische Gang ihn geführt hatte.

Er hatte es mehr seinem Glück als irgendeinem anderen Umstand zu verdanken gehabt, daß er halbwegs unbeschadet in den Keller hinuntergekommen war, denn der morsche Türrahmen, an dem er sich festgehalten hatte, hatte genau in dem Moment unter seinem Gewicht nachgegeben, in dem es kein Zurück mehr gab, und so war er um etliches schneller (und unsanfter) ins Untergeschoß des Hauses hinabgestiegen, als er eigentlich beabsichtigt hatte.

Glücklicherweise hatte er sich nichts gebrochen, ja, sich nicht einmal wirklich weh getan, sondern war nur einige Augenblicke lang benommen liegengeblieben, ehe er sich wieder hochgerappelt und eine Weile im Dunkeln herumgetastet hatte, um den Revolver zu suchen, der ihm bei seinem Sturz aus dem Gürtel gerutscht war. Einige weitere Augenblicke hatte er mit der Frage zugebracht, wie um alles in der Welt er jemals wieder aus diesem Keller *herauskommen* sollte, ihre Beantwortung aber auf später verschoben – er hatte das Gefühl, daß sie ihm nicht gefallen würde.

Der Gesang war deutlicher geworden, als er sich schließlich aufrichtete und versuchte, in der fast vollkommenen Dunkelheit hier unten etwas zu erkennen, und für eine ganze Weile war er blind durch die Schwärze gestolpert – mit kleinen, schleifenden Schritten, die linke Hand tastend ausgestreckt und auf nichts anderes als den unheimlichen Singsang als Wegweiser angewiesen. Und schließlich hatte er das Licht gesehen.

Es war ein flackernder rötlicher Schein, der von einem Punkt sehr weit vor ihm gekommen war, und er war im gleichen Maße deutlicher geworden, wie der Gesang an Lautstärke zunahm. Cohen war beidem gefolgt, und er war nicht einmal sehr überrascht gewesen, als das Licht intensiv genug wurde, ihn seine Umgebung erkennen zu lassen, und er begriff, daß er sich nicht mehr im Keller der niedergebrannten Villa aufhielt, sondern in einem gemauerten, halbrunden Gang, der offenbar zum Kanalisationsnetz der Stadt gehörte (das verriet ihm der Gestank, der in der Luft lag) und auf irgendeine Weise mit den Kellern von Andara-House verbunden war. So war er schließlich hierher gelangt, um die größte (und vielleicht schlimmste) Überraschung seines Lebens zu erfahren.

Der Stollen endete in halber Höhe eines gewaltigen, kuppelförmigen Raumes, der nur zum Teil gemauert, zum anderen Teil ein natürlicher Hohlraum im gewachsenen Fels zu sein schien. Ein schmaler Sims mit einem nicht sehr vertrauenerweckend aussehenden Gitter führte in halber Höhe um den Raum herum, und auf der anderen Seite erkannte Cohen eine steile Treppe aus rostigem Metall, die nach unten führte. In den Wänden gab es eine Anzahl unregelmäßig geformter, metallgefaßter Öffnungen, die zum Teil ebenfalls vergittert waren, und in der Mitte des Bodens gähnte ein gewaltiger runder Schacht. Cohen vermochte nicht zu sagen, wozu dieser Raum einmal gedient hatte. Er dachte auch nicht eine Sekunde über diese Frage nach.

Jetzt war er zu einer Art barbarischem Tempel geworden.

Cohen fiel keine passendere Bezeichnung für das unglaubliche Bild ein, das sich ihm bot. Fünf Meter unter ihm stand ein knappes Dutzend zerlumpter Gestalten, die einen Halbkreis um einen gewaltigen schwarzen Block bildeten, der sich wie ein Altar am Rande des Schachtes erhob. Cohen kannte keinen dieser Männer, aber er hatte Männer *wie* sie schon oft genug getroffen, um sofort zu wissen, womit er es zu tun hatte. Sie waren in Lumpen gekleidet, ihre Gesichter waren schmal und ausgezehrt, und wäre er näher bei ihnen gewesen, hätte er die Spuren von Mangel und Krankheit in ihren Zügen lesen können, und die Härte und Bosheit, die ein Leben am äußersten Rand der Gesellschaft hineingegraben hatte. Es war der Abschaum der Stadt, der Bodensatz, den nicht einmal die normalen Kriminellen noch achteten; Menschen, die in der Kanalisation und den U-Bahn-Schächten lebten und selbst zu einer Art Geschöpfe der Nacht geworden waren, unsichtbar und unerkannt; die meisten Menschen in dieser Stadt wußten nicht einmal, daß es sie gab. Cohen war plötzlich sehr froh, so vorsichtig gewesen zu sein, denn er wußte, wie wenig ein Menschenleben Männern wie diesen galt.

Vor dem Altar, auf den die Fackeln, die das halbe Dutzend Gestalten in den Händen hielten, unheimliche rote Lichtreflexe warfen, standen vier weitere Gestalten. Cohen konnte ihre Gesichter nicht erkennen, denn sie drehten ihm allesamt den Rücken zu, aber er sah zumindest, daß es sich bei einer um eine Frau handelte, ein verhutzeltes, gebeugtes altes Weib in einem Kleid aus grauen Fetzen, das einen verkrüppelten linken Arm hatte, und daß sie ein Kind an der Hand hielt. Der Junge mochte fünf oder sechs Jahre alt sein, kaum älter, und mit Ausnahme der beiden Männer, die auf der anderen Seite des Altars standen, trug er als einziger hier saubere Kleidung.

Cohen überwand endlich seine Starre, warf einen sichernden Blick in den Gang hinter sich und begann sich dann auf Händen und Knien auf den Sims hinauszuschieben, um besser sehen zu können. Er war sich des Risikos bewußt, das er einging, aber welche

Wahl hatte er schon? Außerdem schien die unheimliche Versammlung dort unten so sehr mit ihrem eigenen Tun beschäftigt zu sein, daß sie von nichts Notiz nahm, was um sie herum vorging. Die Männer mit den Fackeln wiegten die Oberkörper im Takt des Gesanges, und jetzt erhaschte Cohen auch einen Blick in eines der Gesichter. Es war so ausgezehrt und brutal, wie er erwartet hatte – aber was er nicht erwartet hatte, das war der leere, ja fast leblose Ausdruck darauf.

Was um alles in der Welt ging hier vor?

Er bewegte sich noch ein winziges Stück weiter, verharrte einen Moment, um seine Waffe zu ziehen und so leise wie nur irgend möglich den Hahn zu spannen, und kroch schließlich bis zum Rand des Simses. Wenn auch nur einer dieser Burschen da unten den Kopf hob, mußte er ihn unweigerlich sehen, aber diese Gefahr nahm er in Kauf. Cohen blinzelte vorsichtig über den Rand des Simses …

… und erstarrte.

Er war jetzt weit genug, um in den Schacht in der Mitte des Raumes hinabsehen zu können, aber er wünschte sich, es nicht getan zu haben.

Das Loch war kreisrund und reichte vielleicht fünf, sechs Yards weit in die Tiefe. An seinem Grund glitzerte schwärzliches, übelriechendes Wasser, auf dessen Oberfläche eine ölig schimmernde Schicht schwamm, und dicht darunter …

Alles in Cohen schien sich schmerzhaft zusammenzuziehen, als er den schwarzen Koloß erblickte, der dicht unter der Wasseroberfläche schwamm. Er konnte wenig mehr als einen Umriß erkennen, aber er wußte trotzdem sofort, welcher Art von Geschöpf er sich gegenübersah. Er hatte ein solches Wesen schon einmal gesehen, und dieses eine Mal hatte gereicht, ihn den Anblick nie wieder vergessen zu lassen.

Es war das Geschöpf, das am Morgen das Gefängnis überfallen hatte. Wie dort konnte er seine wahre Gestalt nicht wirklich erkennen, denn nun verhüllte sie das schmutzige Wasser, so wie es am Morgen der Nebel getan hatte.

Plötzlich waren die Angst und das Entsetzen wieder da, und das gleiche Grauen, das er am Morgen verspürt hatte, als die monströse Riesenschnecke das Gefängnis angegriffen und vor seinen Augen drei bewaffnete Männer regelrecht in Stücke gerissen hatte. Der Revolver in seiner Hand kam ihm mit einem Male lächerlich vor.

Und vielleicht wäre Inspektor Wilbur Cohen in diesem Moment zum ersten Mal im Leben schwächer gewesen als seine Furcht und hätte die Flucht ergriffen, wäre sein Blick nicht in der gleichen Sekunde auf die Gestalt gefallen, die lang ausgestreckt auf dem schwarzen Altar lag.

Seine Augen weiteten sich ungläubig. Was er sah, war ... einfach unmöglich.

Cohens Gedanken begannen sich wie wild im Kreise zu drehen. Für einen Moment war er felsenfest davon überzeugt, sich bei dem Sturz in den Keller doch ernsthaft verletzt zu haben und nun im Hospital zu liegen und einen Fiebertraum zu durchleiden. Es war unmöglich. Er hatte *seine Leiche gesehen.* Er war dabei gewesen, als man ihn in einen Sarg gelegt und auf den Friedhof gebracht hatte! Es war un-mög-lich!

Etwas im Rhythmus des Gesanges und der sich hin und her wiegenden Männer unter ihm veränderte sich, und zugleich registrierte Cohen eine schwerfällige Bewegung in dem schwarzen Wasser am Grunde des Schachtes und fuhr aus seinen Gedanken hoch.

Ein dünner, schwarz glänzender Arm streckte sich aus dem Wasser, gefolgt von einem zweiten, dritten, vierten, bis es ein ganzer Wald zitternder Tentakel war, der sich langsam über den gemauerten Rand des Schachtes erhob und nach dem Altar tastete. Zugleich beugte sich die Frau über die reglose Gestalt auf dem Stein, und ebenfalls im gleichen Moment zog einer der beiden Männer auf der anderen Seite des Blockes einen langen, zweischneidig geschliffenen Dolch unter seinem Gewand hervor und beugte sich über den Mann, der auf dem Altar ausgestreckt war. Der Gesang wurde wilder, stampfender. Etwas ungemein *Böses* war plötzlich in seinem Rhythmus.

Inspektor Cohen hob seine Waffe.

Der Schuß rollte als mehrfach gebrochenes, lang widerhallendes Echo durch die unterirdische Halle. Das Dröhnen schien kein Ende zu nehmen, sondern im Gegenteil mit jedem Male, da es vom weißen Marmor der Wände zurückgeworfen wurde, um eine Winzigkeit lauter zu werden. Und darunter wuchs ein anderes Geräusch heran, etwas wie ein Schrei, ein Grollen, noch im Entstehen begriffen und im ersten Moment kaum wahrnehmbar, dem man aber trotzdem bereits jetzt anmerkte, daß es sich zu einem Brüllen steigern würde, unter dessen Wucht die ganze Welt erzittern mußte.

Mit einem Ruck öffnete ich die Augen – und stieß

meinerseits einen ungläubigen, überraschten Schrei aus.

Shadow stand über mir, die Arme hoch erhoben und den Dolch in beiden Händen, zum Zustoßen bereit. Aber sie war nicht mehr Shadow. Aus dem Antlitz des weißen Engels war das einer uralten, abgrundtief häßlichen Frau geworden. Strähniges, graues Haar umgab ein Gesicht, das von Entbehrungen, Krankheit und einem Leben voller Haß und Kampf gezeichnet war. Ihre Haut starrte vor Schmutz und war von einem häßlichen schwarzen Ausschlag übersät, und hinter den rissigen Lippen des viel zu breiten Mundes grinsten mich die verfaulten Ruinen gelber, schräg gewachsener Zähne an. Eine Sekunde lang stand sie noch völlig reglos über mich gebeugt da, dann begann sie zu wanken, beugte sich vor, so daß ich fast Angst hatte, sie würde auf mich stürzen – und kippte dann stocksteif und den Dolch noch immer mit beiden Händen umklammernd, als wäre er das letzte, woran sie sich noch festhalten könnte, nach hinten. Und noch während sie fiel, sah ich den roten, rasch größer werdenden Fleck, der sich auf der Brust ihres zerfetzten Lumpenkleides ausbreitete.

Ein zweiter Schuß fiel, und das Geräusch riß mich endlich aus der Erstarrung, in die mich der erste versetzt hatte. Ich registrierte instinktiv die Gefahr, in der ich mich befand, riß schützend die Arme über das Gesicht und rollte mich gleichzeitig von dem Opferaltar herunter, kaum eine Sekunde, bevor Crowleys Begleiter von einer Kugel getroffen und nach vorne geschleudert wurde. Die Fackel, mit der er nach mir geschlagen hatte, traf den Stein genau dort, wo mein Gesicht gewesen wäre, hätte ich mich nicht herumgeworfen. Glühende Holzsplitter spritzten hoch; einige trafen meine Kleider und hinterließen winzige rauchende Löcher. Ich rollte vollends von dem Stein herunter, schlug schwer auf dem Boden auf und hätte mich wahrscheinlich übel verletzt, wäre ich nicht auf den reglosen Körper der Alten gefallen, die ich für Shadow gehalten hatte. Aber auch so blieb ich benommen einige Sekunden lang liegen, während rings um mich herum die Hölle loszubrechen schien.

Immerhin gab mir meine Benommenheit Zeit, mich zum ersten Mal *wirklich* in meiner Umgebung umzusehen, und was ich erblickte, das war so bizarr und erschreckend, daß ich vermutlich ohnehin einige Sekunden gebraucht hätte, den Anblick zu verarbeiten.

Shadow war nicht die einzige, die sich verändert hatte. *Nichts* hier war so, wie ich es gesehen hatte. Der Tempel war kein Tempel, sondern eine verfallene, finstere Höhle, zum Teil aus natürlichem Fels, zum Teil aus uraltem Mauerwerk gemacht, das von einer schmierigen, übelriechenden Schicht überzogen war. Der Altarstein bestand nicht aus weißem Marmor, sondern war ein gewaltiger, rissiger Block, auf dessen Oberfläche eingetrocknetes Blut und faulender Schmutz klebten, und statt eines halben Dutzends in rote Seide gekleideter, priesterähnlicher Gestalten sah ich mich der gleichen Anzahl zerlumpter, heruntergekommener Männer gegenüber, deren Gesichter ebenso krank und ausgezehrt wirkten wie das der alten Frau.

Einzig Crowley hatte sich nicht verändert, sondern stand in das gleiche unheimliche Gewand gehüllt und mit der gleichen Maske vor dem Gesicht da, und obwohl ich noch immer nur seine Augen sehen konnte, erkannte ich doch den abgrundtiefen Schrecken und die grenzenlose Wut, die darin loderten. Und noch etwas: Neben der vermeintlichen Shadow hatte eine weitere Gestalt gestanden, die aber so klein war, daß sie kaum über den Rand des Altars hatte blicken können und die ich bei meinem Sturz halb von den Füßen gerissen hatte.

Es war ein Junge. Ich schätzte ihn auf fünf, allerhöchstens sechs Jahre. Er hatte ein sanft geschnittenes, fast mädchenhaftes Gesicht und volles schwarzes Haar, und als einziger außer Crowley war er nicht in Lumpen gekleidet, sondern trug ein Gewand aus feinstem grauen Tuch und ein weißes Rüschenhemd. Seine großen dunklen Augen blickten mich voller Furcht und Erstaunen an, so daß ich instinktiv die Hand nach ihm ausstreckte, um ihn zu beruhigen. Aber er schreckte vor mir zurück, starrte mich noch eine Sekunde lang aus weit aufgerissenen Augen an und fuhr dann herum, um in heller Panik davonzustürzen.

Ich konnte es ihm nicht verdenken, denn die Szenerie begann mittlerweile alptraumhafte Dimensionen anzunehmen. Ein weiterer Schuß fiel, und einer von Crowleys Männern drehte sich, von der Kugel getroffen, anderthalbmal um seine eigene Achse und sank dann zu Boden, und plötzlich hörte ich wieder dieses ungeheuerliche, zornige Brüllen, das diesmal tatsächlich so laut war, daß der Boden unter mir vibrierte. Ich sah auf und hinter mich, kreischte vor Schrecken und war so schnell auf den Füßen wie noch nie zuvor im Leben.

Auch das vermeintliche Seerosenbecken hatte sich verändert. Es war zu einem runden, wie in den Boden hineingestanzt wirkenden Loch voller schmierigem, schwarzem Wasser geworden, von dem ein Übelkeit erregender Gestank ausging. Aus seiner brodelnden Oberfläche erhob sich ein Dutzend schwarzer, glänzender Tentakel, von denen Schleim und stinkendes Wasser tropften, und darunter war der Körper einer ungeheuerlichen, aufgedunsenen Scheußlichkeit zu erkennen, die sich mit unbeholfenen Bewegungen aus dem Pfuhl herauszuschieben versuchte.

»Craven! Vorsicht!«

Ich reagierte ganz instinktiv auf die Stimme, duckte mich und machte gleichzeitig einen halben Schritt zur Seite, und nur einen Sekundenbruchteil später fuhr eine Fackel funkensprühend durch die Luft, mit der jemand nach meinem Gesicht geschlagen hatte. Ich sah den Angreifer nur als Schatten, reagierte aber trotzdem ganz instinktiv, indem ich ihm einen Tritt vor das Knie versetzte. Der Mann – einer von Crowleys zerlumpten Begleitern – taumelte mit einem Schmerzensschrei zurück, geriet an den Rand des Wasserbeckens und kämpfte für eine Sekunde mit wild rudernden Armen um seine Balance. Ich half ihm, den Kampf zu entscheiden, indem ich ihm einen zweiten Tritt vor das andere Bein versetzte, und er ließ seine Fackel fallen und kippte mit einem schrillen Schrei nach hinten direkt in den Wald gierig peitschender Schlangenarme hinein. Sein Schreien wurde zu einem hysterischen Kreischen, das dann übergangslos und mit einer erschreckenden Endgültigkeit abbrach.

Aber die Gefahr war keineswegs vorüber. Im Gegenteil. Zwei oder drei Tentakel hatten den Unglücklichen umschlungen und in die Tiefe hinabgezerrt, aber das verbliebene gute Dutzend griff nun nach mir – und die Bewegungen der peitschenden Arme waren nicht halb so langsam, wie man bei ihrer enormen Größe hätte vermuten können. Ich duckte mich unter einem schlängelnden Arm hinweg, wich auch noch einem zweiten aus, der sich um meine Füße zu ringeln versuchte, dann berührte etwas meinen linken Arm und umschloß ihn mit der Kraft eines Schraubstockes. Ich schrie vor Schmerz und Entsetzen auf, versuchte mich loszureißen, wurde aber im Gegenteil unbarmherzig auf den Rand des Schlundes zu gezerrt. Ein zweiter Arm umgriff meine andere Hand, und vier oder fünf weitere machten sich daran, meinen Körper einzuhüllen.

Mit furchtbarer Gewalt wurde ich auf den Schlund zugerissen. Die Arme zerrten mich in die Höhe und weiter auf den Abgrund voll schwarzem Wasser und brodelnder Bewegung zu, und für einen Moment, einen gräßlichen, zeitlosen Augenblick starrte ich direkt in das weit aufgerissene, zahnbewehrte Maul der Bestie, einen grundlosen Rachen, aus dem mir der Atem der Hölle entgegenschlug und der in einem pulsierenden Balg ohne Gesicht oder irgendwelche andere Sinnesorgane gähnte. Ich konnte nicht einmal mehr schreien, denn der Würgegriff der Tentakel schnürte mir den Atem ab ...

... und war plötzlich fort.

Ich stürzte so hart zu Boden, daß ich abermals sekundenlang gegen eine Bewußtlosigkeit ankämpfen mußte, war aber trotzdem noch geistesgegenwärtig genug, mich zur Seite und von dem brodelnden Höllenpfuhl wegzuwälzen. Die schwarzen Tentakel peitschten über mir durch die Luft, gierig nach dem

Opfer suchend, das ihnen im letzten Augenblick entschlüpft war; durch einen glücklichen Zufall, den ich beinahe selbst nicht zu glauben vermochte. Halb ohnmächtig stemmte ich mich auf Hände und Knie hoch, sah eine Gestalt in roter Seide auf mich zuspringen – und riß instinktiv die Arme in die Höhe.

Es war pures Glück. Eine jener Eins-zu-hunderttausend-Chancen, die man vielleicht nur einmal im Leben bekam. Ich bekam sie, packte mit aller Kraft zu und ergriff den Widderstab, mit dem Crowley meinem Gesicht eine kleine Schönheitsoperation in Richtung Quasimodo hatte verpassen wollen. Der Ruck riß mich nach hinten und ließ mich schon wieder ein Stück auf das Wasserbecken zuschlittern, in dem der gigantische *Shoggote* noch immer wie von Sinnen tobte, aber ich hielt den Stab mit der Kraft der puren Todesangst fest, zerrte im Gegenteil noch ein bißchen stärker daran und riß ihn Crowley aus den Händen.

Meine Bewegung mußte wohl ein wenig heftiger ausgefallen sein, als ich selbst gemerkt hatte, denn ich hatte nicht mehr genug Kraft in den Händen, den Stab zu halten. Er entglitt mir, flog in hohem Bogen über mich hinweg, drehte sich dabei in der Luft – und bohrte sich wie ein Speer in den aufgedunsenen Leib des *Shoggoten,* der sich in genau diesem Augenblick schwerfällig über den Rand des Wasserbeckens schob.

Das Ergebnis übertraf meine kühnsten Erwartungen. Keine gewöhnliche Waffe auf der Welt vermochte diesem Ungeheuer Schaden zuzufügen, wie ich nur zu gut wußte – aber die Berührung des Stabes wirkte verheerend.

Der Stab bohrte sich tief in das unheilige Fleisch der Bestie, und im gleichen Moment, in dem sein Ende in den Körper des *Shoggoten* eintauchte, begann der goldene Widderkopf auf seiner Spitze in einem unheimlichen, giftiggrünen Licht zu glühen.

Das Ungeheuer brüllte. Sein gewaltiges Maul klaffte auf, und ein Schwall von übelriechendem, schwarzem Blut schoß heraus. Das Dutzend schlangengleicher Tentakel begann wie in irrsinniger Agonie zu peitschen, und dann lief eine krampfartige, zuckende Bewegung durch den riesigen Körper des Ungeheuers. Noch einmal bäumte es sich auf, wuchs zu schier unvorstellbarer Größe heran, so daß sein gesichtsloser Schneckenschädel beinahe die Decke berührte, und sank dann in den Pfuhl zurück, aus dem es heraufgestiegen war, um in dem kochenden Wasser zu versinken.

Als ich mich herumdrehte, war der Kampf vorüber. Cohen hatte mit einem gezielten Schuß einen weiteren Angreifer niedergestreckt und stand jetzt breitbeinig da, die Waffe in beiden Händen haltend. Ihm mußte so klar wie mir sein, daß er nur noch zwei Kugeln hatte, sich aber immer noch drei Gegnern gegenübersah – aber es war gar nicht mehr nötig, zu schießen.

Die beiden zerlumpten Gestalten waren zur Reglosigkeit erstarrt. Sie standen da wie Statuen, in fast lächerlichen Haltungen, und auch Crowley selbst stand noch immer so grotesk nach vorne gebeugt da, wie ich ihm den Stab entrissen hatte.

Schaudernd richtete ich mich auf, warf einen raschen Blick in die Tiefe und wich dann ebenso rasch vom Rand des wassergefüllten Loches zurück. Crowleys Widderstab ragte wie der Mast eines versunkenen Schiffes aus der übelriechenden Brühe, und eine schwarze, zähe Flüssigkeit begann sich in trägen Schlieren im Wasser auszubreiten. Ich wollte gar nicht sehen, was weiter geschah.

Als ich mich zu Crowley herumdrehte, erwachte dieser aus seiner Starre. Ganz langsam hob er den Kopf und starrte mich hinter seiner goldenen Maske hervor haßerfüllt an. Seine Augen schienen zu brennen. Vorhin hatte ich sie mit denen eines Fisches verglichen, aber nun erinnerten sie mich an zwei Tümpel voller glühender Lava, aus denen mir lodernder Haß entgegenschlug.

»Dafür werden Sie bezahlen, Craven«, flüsterte er. »Es ist noch nicht vorbei, das verspreche ich Ihnen. Wir werden uns wiedersehen.«

»Ja, und zwar in einer halben Stunde auf der Polizeiwache«, sagte Cohen. »Eine falsche Bewegung, und ich schieße Sie nieder!«

Crowley drehte sich langsam zu ihm herum. »Das glaube ich nicht«, sagte er ruhig.

Ich begriff, was geschah, aber ich war unfähig, irgend etwas zu tun. Und selbst wenn es mir möglich gewesen wäre, Cohen eine Warnung zuzuschreien, hätte es wahrscheinlich nichts mehr genutzt. Ich selbst hatte die suggestive Macht dieses Mannes ja schon gespürt, und Cohen hatte ihm noch viel weniger entgegenzusetzen als ich

»Die Sache hier geht Sie nichts an, Inspektor«, fuhr Crowley fort. »Halten Sie sich raus.«

Ein verblüffter Ausdruck begann sich auf Cohens Gesicht breitzumachen. Eine Sekunde lang wirkte er noch erschrocken, als spürte er im letzten Moment, was mit ihm geschah – und dann ließ er die Waffe sinken und schüttelte wie benommen den Kopf.

»Sie ... haben recht«, murmelte er. »Ich sollte mich nicht in Dinge mischen, die mich nichts angehen. Bitte entschuldigen Sie.«

Crowley lachte. »Nichts für ungut. Wissen Sie – im

Grunde haben Sie mir sogar einen Gefallen getan. Aus diesem Grund lasse ich Sie auch am Leben, Sie Narr. Aber stellen Sie meine Geduld nicht noch einmal auf die ...«

Weiter kam er nicht.

Crowley mochte ein Mann von ungeheurer hypnotischer Macht sein, aber er war auch ein bißchen das, wessen er Cohen gerade selbst bezichtigt hatte: ein Narr. Zumindest ein sehr *eitler* Mann, denn er hatte der Verlockung nicht widerstehen können, sich im Bewußtsein seines Sieges zu sonnen, statt daran zu denken, daß Cohen nicht sein einziger Feind war.

Ich hatte das keine Sekunde vergessen. Während Crowley mit Cohen sprach, pirschte ich mich schräg von hinten an ihn heran, verschränkte die Hände zu einer einzigen Faust – und schlug sie ihm mit aller Gewalt, die ich aufbringen konnte, in den Nacken.

Crowley taumelte. Mein Hieb war hart gewesen – nicht hart genug, ihn zu Boden zu schleudern, aber immerhin fest genug, ihn zwei Schritte nach vorne torkeln zu lassen. Schließlich fiel er auf ein Knie herab. Er sprang sofort wieder hoch, aber die kurze Zeitspanne hatte Cohen gereicht, die Gewalt über seinen eigenen Willen zurückzuerlangen.

Blitzschnell war er bei Crowley, hob seine Waffe und schmetterte ihm den Lauf des Revolvers ins Gesicht. Es gab einen sonderbar hallenden, metallischen Laut, als sie gegen die goldene Maske prallte. Crowley kippte nach hinten und schlug die Hände vor das Gesicht. Blut schoß unter der Goldmaske hervor.

»Packt sie!« brüllte er mit überschnappender Stimme.

Der Befehl galt seinen beiden letzten Männern, und

sie reagierten sofort. Einer stürzte sich wortlos auf mich, der andere warf sich mit weit ausgebreiteten Armen auf Cohen und versuchte, ihm die Waffe zu entreißen.

Doch wir waren vorbereitet. Ich stieß dem Burschen zwei ausgestreckte Finger in den Hals, und als er mit einem schmerzerfüllten Keuchen zurücktaumelte und die Hände gegen die Kehle schlug, packte ich seinen Arm, drehte mich blitzschnell herum und warf ihn mit einem perfekten Judogriff zu Boden. Er verdrehte die Augen und lag dann still.

Cohen machte mit seinem Gegner noch weniger Federlesens – er empfing ihn auf die gleiche Weise wie Crowley, indem er ihm den Lauf seiner Waffe über den Schädel schlug. Der Bursche grunzte, taumelte noch zwei Schritte weiter und schlug dann der Länge nach hin. Der ganze Kampf hatte weniger als zwei Sekunden in Anspruch genommen.

Doch so kurz er auch gewesen sein mochte – er hatte ausgereicht, Crowley verschwinden zu lassen.

Er war nicht etwa weggelaufen.

Der Mann in dem unheimlichen roten Gewand war einfach *verschwunden.* Die Stelle, an der er gerade noch gelegen hatte, war leer.

Cohen starrte aus ungläubig aufgerissenen Augen auf die kleine Blutlache, die unter Crowleys Maske hervorgequollen war, dann fuhr er herum, richtete die Waffe auf die rostige Eisentreppe nach oben – den einzigen Ausgang aus diesem Raum, der groß genug für einen ausgewachsenen Menschen war – und riß die Augen noch weiter auf, denn auch die Treppe war leer. Es war völlig unmöglich, daß die wenigen Sekunden ausgereicht haben sollten, Crowley dort hinaufrennen und in dem Gang verschwinden zu lassen – aber er war eindeutig nicht mehr da.

»Geben Sie sich keine Mühe«, sagte ich. »Er ist fort.« *Und das ist auch gut so,* fügte ich in Gedanken hinzu. Ich war mir nicht sicher, ob es uns wirklich gelungen wäre, den unheimlichen Mann zu besiegen; selbst mit Cohens Waffe nicht.

»Aber das ist doch ...« Cohen brach verstört ab, schüttelte noch ein paarmal den Kopf und drehte sich dann wieder zu mir herum. Ein neuer, aber keinen Deut weniger tiefer Ausdruck von Verwirrung trat in seine Augen, während sein Blick aufmerksam über mein Gesicht glitt.

»Craven?« murmelte er.

Meine Gedanken rasten. Ich hatte noch eine oder zwei Sekunden Zeit, mich zu entscheiden – und ich tat instinktiv das einzig Richtige: Ich runzelte meinerseits die Stirn und sah ihn ebenso fragend und überrascht an wie er mich.

»Sie kennen meinen Namen?« erwiderte ich.

Cohens Blick flackerte. Ich kannte diesen Mann seit Jahren, und ich hatte bisher geglaubt, daß es nichts gäbe, was ihn wirklich aus der Fassung bringen konnte – aber der Ausdruck auf seinem Gesicht belehrte mich eines Besseren.

Ich tat mein Möglichstes, um seine Verwirrung noch zu steigern, indem ich in perfekt geschauspielertem Ton fortfuhr: »Sind wir uns schon einmal begegnet, Mister ...?«

»Cohen«, antwortete Cohen automatisch. »Inspektor Wilbur Cohen, Scotland Yard.«

»Scotland Yard?« Ich atmete hörbar und ebenso übertrieben wie bisher auf. »Gott sei Dank! Ich dachte schon, Sie gehörten auch irgendwie zu diesen Verrückten. Es scheint ja zu stimmen, was man sich über die berühmte englische Polizei erzählt.«

»Craven?« fragte Cohen noch einmal und in einem Ton, als hätte er meine Worte gar nicht gehört – wahrscheinlich hatte er es auch nicht. »Aber das ist doch ... das ist doch vollkommen unmöglich. Sie sind doch .... ich meine, Sie können doch nicht ...«

»Ich fürchte, Sie verwechseln mich, Inspektor«, sagte ich. »Mein Name ist tatsächlich Craven, aber ich ...« Ich brach ab, starrte ihn eine Sekunde lang verblüfft an und schlug mir dann mit der flachen Hand vor die Stirn. »Jetzt verstehe ich. Sie halten mich für meinen Bruder. Sie glauben, ich bin Robert, nicht wahr?«

»Bruder?« Cohen kam näher. Sein Blick ließ mein Gesicht keine Sekunde los. »Sie behaupten, Sie wären Robert Cravens *Bruder?* Was soll der Unsinn? Craven hatte keinen Bruder.«

»Ja, ich weiß«, antwortete ich. »Bobby und ich standen uns nicht besonders nahe. Um ehrlich zu sein – wir haben seit fast zwanzig Jahren nichts mehr voneinander gehört.«

Cohen glaubte mir kein Wort, das spürte ich. Auf der anderen Seite hatte er gar keine andere Wahl, als mir zu glauben – schließlich *hatte* ich mich verändert, wenn auch nicht so sehr, daß ich eine gewisse *Familienähnlichkeit* hätte verleugnen können, und überdies hatte er meine gräßlich verstümmelte Leiche vor fünf Jahren mit eigenen Augen gesehen.

Er tat mir beinahe leid.

Aber nur beinahe.

ENDE DES ZWEITEN BUCHES

Drittes Buch

DAS DORF DER ALTEN KINDER

Der Wind heulte uns ein eisiges Willkommen entgegen, als wir auf den Bahnsteig traten, und meine erste (und, wie sich zeigen sollte, durchaus typische) Erfahrung mit Brandersgate war, daß eines der morschen Bretter des Bahnsteiges unter meinem Gewicht nachgab und ich jählings bis über den Knöchel in den morastigen Boden darunter versank.

Mit einem zornigen Fluch stellte ich meinen Koffer ab, zog den Fuß behutsam aus den morschen Planken heraus und betrachtete mißmutig den Morast, der an meinem Hosensaum klebte und meinen Schuh besudelte. Ich hatte die Schuhe erst vor drei Tagen gekauft, und sie hatten annähernd vierzig Pfund gekostet.

Hinter mir erscholl ein halblautes Lachen. Erbost fuhr ich herum und starrte Cohen an, aber das schadenfrohe Grinsen verschwand nicht von seinem Gesicht, sondern wurde eher noch breiter.

»Sie sind zu ungestüm, Roderick«, sagte er spöttisch. Er schüttelte den Kopf. »Das ist typisch für euch Amerikaner. Sie werden noch eine Menge lernen müssen, wenn Sie länger in England bleiben wollen. Dies hier ist ein altes Land, und viele von unseren Dingen sind ebenso alt. Aber sie sind nicht so alt geworden, weil wir grob mit ihnen umgehen.« Er trat an meine Seite, ergriff wortlos und ungefragt meinen Koffer und konnte sich nicht verkneifen, mit einem spöttischen Glitzern in den Augen hinzuzufügen: »Ihr Bruder hätte das gewußt.«

Ich bemühte mich, ihn mit Blicken aufzuspießen, während er an mir vorüberging, aber mir wurde auch schnell klar, daß mein Zorn nur Wasser auf seine Mühlen war, und so beherrschte ich mich, wischte den Schmutz von meinem Schuh, so gut es ging, und beeilte mich, ihm zu folgen. Dabei sah ich mich abermals und sehr aufmerksam auf dem Bahnhof um.

Nicht, daß es sonderlich viel zu sehen gegeben hätte. Der Bahnhof von Brandersgate machte auf den ersten Blick einen ziemlich heruntergekommenen Eindruck. Der zweite Blick zeigte, daß dieser Eindruck nicht ganz richtig war: Brandersgate war nicht *ziemlich* heruntergekommen, er war vollkommen verwahrlost, baufällig, schmutzig und allem Anschein nach seit ungefähr einer Generation verlassen.

Es begann mit dem Bahnsteig, der aussah, als hätte ihn jemand als Zielscheibe für seine neu erworbene Gatlin-Gun mißbraucht; offensichtlich war ich nicht der einzige, dessen Gewicht zuviel für die morschen Bretter gewesen war. Aber dieser jämmerliche Eindruck setzte sich auch bei dem Haupt- (und zugleich einzigen) Gebäude fort. Die Bretter waren morsch, von Holzwürmern zerfressen, und wenn sie jemals einen Anstrich gehabt hatten, so mußte das ungefähr hundertfünfzig Jahre her sein. Sämtliche Scheiben waren entweder blind vor Schmutz oder zerbrochen und mit Pappkarton geflickt, und aus dem Bahnhofsschild waren drei Buchstaben herausgefallen, so daß die Aufschrift nun BRNDRSGTE lautete. Ich vermutete, daß man es auch so ähnlich aussprach. Und was ich von der Stadt (Stadt?!) jenseits des Bahnhofsgebäudes erkennen konnte, das machte einen kaum vertrauenerweckenderen Eindruck.

Hinter uns setzte sich der Zug wieder in Bewegung, und die Erschütterung ließ den gesamten Bahnhof erzittern. Die wenigen Scheiben, die noch in ihren Rahmen verblieben waren, klirrten hörbar. Ich betete, daß der Zugführer nicht etwa auf die Idee kam, seine Pfeife schrillen zu lassen. Vermutlich hätte das die ganze Bruchbude zum Einsturz gebracht.

Ich hatte Cohen endlich eingeholt. Er grinste noch immer über das ganze Gesicht und hielt mir meinen Koffer entgegen. Ich ignorierte es geflissentlich. »Wo bleibt Ihr Kollege?« fragte ich. »Wollte er uns nicht am Bahnhof abholen?«

Cohen zuckte nur mit den Schultern. »Offensichtlich ist er nicht da«, antwortete er. »Dabei war der Zug doch pünktlich, oder?« Er warf einen Blick auf die Bahnhofsuhr, stellte fest, daß der große Zeiger fehlte und der kleine verbogen und auf der Zwölf stehengeblieben war, und setzte das Gepäck ab, um seine Taschenuhr aus der Weste zu ziehen.

»Auf die Minute«, sagte er, nachdem er den Deckel aufgeklappt und einen Blick auf das Zifferblatt geworfen hatte. Er klappte die Uhr wieder zu und ging weiter. Meinen Koffer ließ er stehen. »Vermutlich hat er sich nur verspätet. Aber das macht nichts. Schließlich ist die Stadt nicht so groß. Wir werden die Polizeiwache schon finden.«

Er hatte gut reden. Schließlich hatte *er* nur eine kleine Reisetasche in der Hand, während ich einen fast zentnerschweren Koffer mit mir schleppte. Cohen hatte schon während der fast achtstündigen Bahnfahrt hierher einige entsprechende Bemerkungen gemacht, und ich begann zu befürchten, daß er damit recht gehabt hatte.

Allerdings muß ich zu meiner Ehrenrettung an dieser Stelle sagen, daß wir tatsächlich beide damit gerechnet hatten, am Bahnhof von einem seiner Kollegen abgeholt zu werden. Cohen hatte eigens am Morgen noch einmal ein Telegramm an Constabler

McGillycaddy – den zuständigen Polizeibeamten für diesen Bezirk – geschickt, in dem die genaue Ankunftszeit des Zuges gestanden hatte. Warum McGillycaddy nicht gekommen war, um uns wie erwartet abzuholen, war mir ein Rätsel.

Wenigstens so lange, bis wir das Bahnhofsgebäude umrundet hatten und Brandersgate zum ersten Mal zur Gänze sehen konnten. Ich war mit einem Male gar nicht mehr sicher, daß Telegramme hier auch pünktlich ausgeliefert wurden. Ich fragte mich sogar, ob es hier überhaupt so etwas wie eine Post gab; und wenn ja, ob die Bediensteten dort wußten, was ein Telegramm ist.

Das mit Abstand beeindruckendste an Brandersgate war sein Name. Der Rest dieses gottverlassenen Kaffs bestand aus einer einzigen, ungeteerten Straße, die sich bei jedem heftigen Regen in einen Sumpf verwandeln mußte, knapp zwei Dutzend windschiefen, häßlichen Häusern, deren Zustand sich nicht wesentlich von dem des Bahnhofes unterschied, und einer Kirche, der jemand den Turm gestohlen hatte; zurückgeblieben war nur ein hölzernes Skelett, das ganz so aussah, als würde es beim nächsten heftigen Windzug einfach umfallen.

Nun, dachte ich, zumindest in *einem* Punkt hatte Cohen recht: *Wenn* es hier so etwas wie eine Polizeiwache gab, dann würden wir sie *schnell* finden.

Cohen trat auf die schlammige Straße hinunter und steuerte ein Gebäude auf der anderen Seite an, bei dem es sich wohl um eine Art Gemischtwarenladen handeln mußte, denn hinter den schmuddeligen Scheiben stapelten sich Waren aller Art, und neben dem Eingang waren eine Anzahl Säcke und großer Holzkisten aufgetürmt.

Ich wartete vor der Tür, daß Cohen zurückkam, und nutzte die Zeit, die kleine Ortschaft an der nördlichen Küste Schottlands einer zweiten, eingehenderen und zumindest etwas objektiveren Musterung zu unterziehen.

Sehr viel mehr als vorhin gab es allerdings noch immer nicht zu sehen. Es war zu kalt für die Jahreszeit, und der böige Wind, der von der nahe gelegenen Küste her über die Ortschaft fauchte, tat ein übriges, um die Menschen in die Häuser zurückzutreiben. Trotzdem spürte ich die neugierigen Blicke, die mich trafen. Das Auftauchen gleich zweier Fremder mußte so etwas wie eine kleine Sensation bedeuten.

Der Zugschaffner hatte uns verraten, daß nur äußerst selten Fahrgäste in Brandersgate ausstiegen; seit drei oder vier Jahren überhaupt so gut wie niemand mehr. Meistens hielt der Zug nicht einmal an. Wenn ich mich hier so umsah, konnte ich das auch gut verstehen. Ich wunderte mich ein bißchen, daß ein Kaff wie dieses überhaupt einen Bahnhof hatte. Aber ich wunderte mich auch genauso darüber, daß ich überhaupt hier war. Zwar hatte ich keinen Grund, an Cohens Behauptung zu zweifeln, wonach Crowleys Spur direkt hierher führen sollte, aber wenn ich mich in dem gottverlassenen Kaff so umsah ... Es *paßte* einfach nicht.

Andererseits – Scotland Yard arbeitete vielleicht manchmal ein wenig langsam, aber dafür mit gewohnter englischer Präzision. Und dieser düstere Hinweis war auch alles, was wir hatten. So hatten Cohen und ich kurzentschlossen den nächsten Zug bestiegen, der nach Norden ging, und waren hierhergekommen. Wenn ich bedachte, daß wir nicht einmal hundertprozentig sicher sein konnten, daß *dieser* Crowley auch tatsächlich *unser* Crowley war, dann hatte unser Vorgehen schon etwas von einer Verzweiflungstat an sich. Aber unsere Situation *war* auch ziemlich verzweifelt; vorsichtig ausgedrückt.

Seit Crowleys heimtückischem Anschlag auf mein Leben war etwas mehr als eine Woche vergangen, und ich hatte in dieser Zeit weder eine Spur von Howard noch von Gray, Rowlf oder Sill el Mot gefunden, und das, obwohl mir Harley, Grays Kutscher und Hausdiener beim Leben seiner Mutter versichert hatte, gesehen zu haben, wie alle vier in das niedergebrannte Haus am Ashton Place gingen. Und zusammen mit dem, was ich von Cohen erfahren und nach unserer Rückkehr aus den Kellern selbst in dem verwüsteten Haus gesehen hatte, ergab sich ein erschreckendes Bild: Howard und die anderen mußten erfahren haben, daß mich meine Schritte zu den Resten meines ehemaligen Zuhauses gelenkt hatten. Sie waren mir gefolgt und offensichtlich in die gleiche Falle gegangen wie Matt, Thomas und ich. Harley hatte erzählt, daß *irgend etwas mit dem Garten plötzlich nicht mehr in Ordnung* gewesen sei, und dann waren Regen und Sturm so heftig geworden, daß er den Wagen vom Platz herunter hatte lenken müssen, aus Furcht, das Gefährt könne vom Sturm umgeworfen werden. Ich machte ihm keine Vorwürfe deswegen. Wahrscheinlich hatte ihm seine Vorsicht das Leben gerettet, denn *was* mit dem Garten plötzlich *nicht mehr in Ordnung* gewesen war, war klar: Harley hatte dasselbe *Shoggotenmonster* gesehen, das auch mich attackiert hatte. Das Haus war eine Falle, in die Howard und die anderen ebenso nichtsahnend hineingetappt waren wie ich. Als

Cohen kurz darauf ebenfalls dort eintraf, waren sie verschwunden gewesen, und sein Bericht machte mir klar, auf welche Weise sie der tödlichen Falle entronnen waren: durch das magische *Tor*, das sich im Inneren der vermeintlichen Standuhr in der alten Bibliothek befand. Wie durch Zauberei war sie wieder dagewesen, als Cohen und ich aus dem Keller zurückgekommen waren.

Und von da ab war die Sache entschieden komplizierter geworden und entschieden unerquicklicher. In Ermangelung einer anderen Unterkunft hatte ich mich zu Grays Haus begeben, wo ich von einer überglücklichen Mary Winden in die Arme geschlossen wurde. Ihre überschwengliche Wiedersehensfreude erschien mir ein wenig übertrieben; außerdem machte sie mich verlegen. Aber dann führte ich mir vor Augen, daß für mich subjektiv vielleicht nur wenige Stunden vergangen waren, seit ich sie das letzte Mal gesehen hatte, für sie (und den Rest der Welt) allerdings mehr als fünf Jahre.

Wie sich zeigte, hatte der gute Dr. Gray für alle Eventualitäten vorgesorgt; selbst für genau den Fall, der nun eingetreten war, nämlich den, daß ich plötzlich auf mich allein gestellt dastand. Daß ich mich für meinen eigenen Zwillingsbruder ausgab, mußte er vorausgeahnt haben (was allerdings nicht besonders schwer war; schließlich hatte ich mich nicht *so sehr* verändert), denn in seinem Safe, den David für mich öffnete, befand sich nicht nur ein perfekt gefälschter amerikanischer Reisepaß, der mich als Roderick Andara-Craven auswies, sondern auch alle anderen notwendigen Papiere, die es mir ermöglichten, in diese vorbereitete Rolle zu schlüpfen und so ganz nebenbei auch über das ansehnliche Vermögen zu bestimmen, das mein ›Bruder‹ mir hinterlassen hatte. Zumindest theoretisch. Praktisch würden wahrscheinlich noch Monate vergehen, bis ich den Kampf gegen die hundertköpfige Hydra der englischen Bürokratie gewonnen hatte und wirklich in meine neue Existenz schlüpfen konnte.

Aber das war im Moment meine allergeringste Sorge.

Das einzige, was zählte, war, Howard und die anderen wiederzufinden. Und dabei traf ich auf einen völlig unerwarteten Verbündeten: Cohen.

Solange ich Chefinspektor Wilbur Cohen kannte, hatte er alles in seiner Macht Stehende getan, um mir und meinen Freunden Schwierigkeiten zu bereiten. Er glaubte mir kein Wort, aber aus irgendeinem Grund spielte er das Spiel zumindest nach außen hin mit und behandelte mich wie den Zwillingsbruder aus Amerika, der zu sein ich vorgab, wenn er auch keine Gelegenheit ausließ, mir durch die Blume klarzumachen, daß er mich durchschaut hatte. Trotzdem half er mir, nach dem geheimnisvollen Mr. Crowley zu suchen. Vermutlich hoffte er, daß er auf diese Weise auch Howards Spur wieder aufnehmen konnte, denn er war genauso versessen wie ich darauf, ihn wiederzusehen. Wenn auch aus vollkommen anderen Gründen. Die Spur nach Schottland war vielleicht nicht mehr als ein Strohhalm, aber zugleich auch der einzige Strohhalm, den wir hatten.

Cohen kam zurück. Sein Gesichtsausdruck hatte sich verändert. Der Spott war von seinen Zügen verschwunden und hatte der verbissenen Selbstbeherrschung eines Mannes Platz gemacht, der soeben einen heftigen Streit hinter sich gebracht hatte. Aber er ignorierte meinen fragenden Blick und deutete stumm auf ein Gebäude am Ende der Straße. Es erhob sich unmittelbar neben der Kirche und war kaum weniger heruntergekommen und verfallen als der Rest der Ortschaft. Aber zumindest befanden sich noch alle Scheiben in ihren Rahmen.

Auf dem Weg dorthin begegneten wir dem ersten menschlichen Wesen von Brandersgate. Es war ein Junge von neun, vielleicht zehn Jahren. Er trat aus einem der Häuser heraus, machte einen Schritt auf die Straße und blieb abrupt stehen. Ein nachdenklicher Ausdruck erschien auf seinem Gesicht; ein Blick, der mich sonderbar berührte, denn er erschien mir um einiges zu ernst für einen Knaben dieses Alters. Er stand einfach nur da und blickte uns an, noch nicht einmal unfreundlich, aber eben auf jene Art, die mich schaudern ließ.

»Gab es Ärger?« fragte ich.

»Im Laden?« Cohen zuckte mit den Schultern. »Kaum. Sie mögen keine Fremden hier. Und Engländer schon gar nicht.«

»Ich dachte, wir sind hier in England«, sagte ich spöttisch.

»Schottland«, verbesserte mich Cohen ruhig. »Hier ist jeder ein Ausländer, der weiter als zwei Meilen entfernt geboren wurde.«

Ich lächelte pflichtschuldig, aber wir sprachen nicht weiter, sondern legten den Rest des Weges schweigend zurück. Als wir vor dem bezeichneten Gebäude anhielten und Cohen anklopfte, drehte ich mich noch einmal herum und sah die Straße hinab. Der Junge stand noch immer da und beobachtete uns. Aber er war nicht mehr allein. Auf beiden Seiten der Straße waren weitere Kinder aus den Häusern getreten. Es waren acht oder neun. Keines von ihnen war älter als zehn Jahre, und sie alle blickten uns auf die gleiche, beinahe angstmachende Art an.

»Es sind Fremde in der Stadt«, sagte Barney. Er sagte es ruhig, mit einem leisen Ton von Mißbilligung, vielleicht sogar Mißtrauen, und er sagte es ganz und gar *nicht* auf eine Art, auf die ein Fünfjähriger so etwas sagen würde. »Ich möchte wissen, was sie hier suchen.«

Der fremde Ton in der Stimme ihres Sohnes gab Alyssa einen tiefen, schmerzhaften Stich, und noch bevor sie sich vom Herd umwandte und in Barneys Gesicht sah, wußte sie, was sie darin erblicken würde: nämlich einen Ausdruck von Ernst und beinahe Verbissenheit, der ebensowenig ins Antlitz eines Fünfjährigen gehörte wie dieser Klang in seiner Stimme. Aber sie waren nicht allein. Tom saß am Tisch und löffelte geistesabwesend die dünne Graupensuppe, die sie gekocht hatte, zwar den größten Teil seiner Konzentration auf die Titelseite der Zeitung verwendend, aber er hörte doch zu, und so zwang sie ein Lächeln auf ihre Züge und fragte: »So? Vielleicht sind sie ja nur auf der Durchreise.«

Wie sie erwartet hatte, ließ Tom ganz kurz seine Zeitung sinken und sah sie über den Rand der Gazette hinweg für eine Sekunde durchdringend an, ehe er sich wieder seiner Lektüre zuwandte, und Barney antwortete mit einem heftigen Kopfschütteln:

»Niemand kommt *auf der Durchreise* nach Brandersgate, das solltest du wissen, Mutter.«

Mutter. Schon dieses Wort allein machte es Alyssa schwer, weiter ihre Beherrschung zu bewahren. Ein Fünfjähriger sollte nicht *Mutter* zu seiner Mutter sagen. Mom, Mutti, Ma – aber nicht *Mutter,* nicht auf die Art, auf die *Barney* das Wort aussprach. Früher hatte er das nie getan.

Sie nahm den Topf mit dem Braten vom Herd, trug ihn zum Tisch und sah zu, wie Barney drei Teller und das Besteck aus dem Schrank holte. Er mußte sich dazu auf einen Hocker stellen, denn er war viel zu klein, um an den Hängeschrank über dem Ofen zu kommen, aber seine Bewegungen waren schnell und präzise; nach wenigen Augenblicken standen die Teller an ihrem Platz, und Tom faltete endlich raschelnd seine Zeitung zusammen und griff wie immer als erster zu.

Früher hatte Barney das nie getan. Die Phase, in denen Fünfjährige ihren Müttern freiwillig bei der Hausarbeit halfen, ging meist ebenso schnell vorüber, wie sie aufkam, aber bei Barney nicht. Alyssa empfand wenig Dankbarkeit dafür. Ganz im Gegenteil machte ihr die Hilfsbereitschaft ihres einzigen Sohnes beinahe angst. Barney ging ihr nicht mit der normalen Begeisterung eines Kindes zur Hand, das seine eigenen Fähigkeiten erforscht und dabei entdeckt, daß etwas *zu tun* eine durchaus positive Erfahrung ist, die *Last* dieser Arbeit aber noch nicht empfindet, sondern tat es mit der beiläufigen Verbissenheit eines Erwachsenen, der Dinge eben tut, weil sie getan werden müssen, aus keinem anderen Grund.

Nachdem Tom sich seinen Anteil an dem Braten abgesäbelt und Kartoffeln, Gemüse und Bratensauce auf seinen Teller gehäuft hatte, sagte Barney plötzlich:

»Sie sind zu McGillycaddy gegangen.«

Alyssa blickte scheinbar konzentriert auf ihren Teller, aber ihr Mann sah überrascht auf, und ihr entging auch keineswegs der rasche, fast mißtrauische Blick, den er in ihre Richtung warf, ehe er sich wieder an seinen Sohn wandte. »Bist du sicher?«

Barney nickte. »Stan hat es gesehen. Nick auch. Und Estelle ebenfalls.« Er begann mit bedächtigen und ganz und gar nicht kindlichen Bewegungen zu essen, und er kaute penibel den Mund leer, ehe er fortfuhr. Alyssa hätte viel darum gegeben, hätte er einmal mit vollem Mund geredet oder sich bekleckert oder auch einfach lustlos in seinem Essen herumgestochert, wie Kinder seines Alters es oft tun. »Sie haben in Cordwailers Laden nach dem Weg gefragt. Er sagt, sie wären ... seltsam.«

»Scheltscham?« Tom war nicht ganz so gut erzogen wie sein Sohn. *Er* sprach mit vollem Mund. »Hmwiemeinschudasch?«

»Seltsam eben«, erwiderte Barney mit einem Achselzucken und einem mißbilligenden Blick auf den Streifen dunkler Bratensauce, der am Kinn seines Vaters herunterlief und sich anschickte, auf sein Hemd herunterzutropfen, auf dem sich schon eine ganze Anzahl Flecken der verschiedensten Herkunft befanden. »Gut gekleidet. Städter. Cordwailer meint, aus London. Jedenfalls *sprachen* sie wie Städter.«

Tom schluckte heftig, schaufelte sich eine neue Gabel in den Mund und sagte: »Daschischnischgut. Wirschollten ...« Er schluckte, hustete und fuhr mit etwas verständlicherer Stimme fort: »Wir sollten Pasons Bescheid sagen, damit er sich die beiden einmal anschaut. Ich werde gleich nach dem Essen ...«

»Estelle ist schon auf dem Weg zu ihm«, unterbrach ihn sein Sohn. »Und Nick und ein paar von den anderen behalten sie im Auge.«

Der Rest der Mahlzeit verlief in völligem Schweigen. Als sie fertig gegessen hatten, half Barney seiner Mutter, das Geschirr in die Spüle zu tragen, und holte auch noch einen Eimer Wasser von der Pumpe, die auf dem kleinen Hof hinter dem Haus stand. Dann verabschiedete er sich – es war bereits nach eins, und in einer halben Stunde fingen die Exerzitien an; er mußte sich sputen, um noch rechtzeitig am Turm zu sein.

Tom blickte seinem Sohn voller Stolz nach, als er das Haus verließ und mit schnellen Schritten – aber ohne zu rennen – in südlicher Richtung davonging. »Er ist ein richtiger Prachtkerl«, sagte er. Er schüttelte den Kopf. »Fünf Jahre! Wenn ich es nicht besser wüßte, würde ich es einfach nicht glauben. Wir haben wirklich Glück, einen solchen Sohn zu haben, nicht wahr?«

Alyssa nickte. Aber sie sah ihren Mann dabei nicht an, sondern konzentrierte sich ganz auf das schmutzige Geschirr, das Barney ihr in die Spüle gestapelt hatte.

Sie wollte nicht, daß Tom ihre Tränen sah.

Constabler McGillycaddy sah nicht aus, wie man es von einem Constabler der königlich-britischen Polizei erwartet. Er sah überhaupt nicht aus wie ein Polizist, sondern eher wie ein leicht verwirrter Weihnachtsmann, der sich sowohl in der Jahreszeit als auch in der Gegend vertan hat: Er war so klein, daß er sich auf die Zehenspitzen hätte stellen müssen, um Cohen oder gar mir auch nur bis ans Kinn zu reichen, hatte schütteres weißes Haar, das eine Spur zu lang war, um noch gepflegt zu wirken, und rote Pausbäckchen, die von großer Gesundheit, ebensogut aber auch vom zu ausgiebigen Genuß schottischen Bieres herrühren mochten. Er trug keine Uniform, sondern einen abgewetzten roten Hausmantel, an dessen Bündchen und Kragen tatsächlich einmal ein weißer Fellbesatz gewesen sein mußte, und dazu passende Hauslatschen, die an den Zehen durchgescheuert waren. Um das Maß vollzumachen, war die Polizeiwache keine Polizeiwache, sondern ein winziges, offensichtlich nur aus zwei Zimmern bestehendes Haus, in dem McGillycaddy wohnte.

»Ja?« Der Blick, mit dem er uns begrüßte, nachdem er Cohens energischem Anklopfen gehorcht und die Haustür geöffnet hatte, sprach Bände: McGillycaddy hatte nicht vergessen, uns abzuholen. Er hatte nicht die geringste Ahnung, wer wir waren.

»Constabler McGillycaddy?« vergewisserte sich Cohen, der offensichtlich nicht so recht glauben konnte, was er sah.

»Der bin ich«, antwortete McGillycaddy. »Und was kann ich ...« Er stockte, blinzelte erst Cohen, dann mich und schließlich wieder Cohen kurzsichtig an und schlug sich dann mit der flachen Hand vor die Stirn, daß es klatschte.

»Sie müssen die Herren Cohen und Raven sein, aus London«, sagte er.

»Craven«, verbesserte ich ihn automatisch, und Cohen, der mittlerweile hörbare Mühe hatte, seine Contenance zu wahren, fügte mit bebender Stimme hinzu:

»Ganz recht. Und wir stehen uns seit geschlagenen zehn Minuten die Beine an Ihrem famosen Bahnhof in den Bauch und warten darauf, daß uns jemand abholt.«

»Seit zehn Minuten?« McGillycaddy verdrehte sich den Hals, offenbar, um auf eine Uhr zu sehen, die irgendwo im Inneren des Hauses an der Wand hing. »Der Zug ist schon da?«

»Er war auf die Minute pünktlich«, antwortete Cohen. Sein Gesicht begann langsam rot anzulaufen.

»Aber das ist noch nie passiert!« sagte McGillycaddy verblüfft. »Er war wirklich *pünktlich?* Sie sind ganz sicher?«

Cohens Gesicht begann sich immer dunkler zu färben, während ich immer mehr Mühe hatte, vor Lachen nicht laut herauszuplatzen. Ich war nicht einmal sicher, ob McGillycaddy uns nicht auf den Arm nahm – aber wenn, dann tat er es so bravourös, daß er allein dafür Bewunderung verdiente.

»So schlimm war es ja auch wieder nicht«, sagte ich hastig, ehe Cohen mit seiner unnachahmlich freundlichen Art lospoltern konnte. Immerhin waren wir hier, weil wir etwas von McGillycaddy *wollten*. »Gottlob ist Brandersgate ja nicht so groß, daß man sich hier verirren könnte. Und wir reisen mit leichtem Gepäck, wie Sie sehen.«

»Sicher«, antwortete McGillycaddy abwesend. »Und was kann ich jetzt für Sie tun?«

Cohens Unterkiefer klappte herunter, und ich sah, wie sich hinter seinen Augen ein Sturm zusammenbraute. McGillycaddy tat mir jetzt schon leid. Aber der erwartete Zornesausbruch kam nicht. Statt dessen sagte er mit überraschender Ruhe:

»Unser Kommen ist Ihnen nicht angekündigt worden?«

»Kommen? Angekündigt?« McGillycaddy kratzte sich am Schädel, und dann hellte sich sein Gesicht auf. »O ja, jetzt erinnere ich mich. Da kam ein Telegramm, heute morgen. Mit dem Frühzug, wissen Sie? Ich war noch erstaunt, daß er angehalten hat. Normalerweise fährt er einfach durch, aber heute hat er gehalten, und der Schaffner ist ausgestiegen und ...«

»Haben Sie es zufällig gelesen?« unterbrach ihn Cohen gepreßt.

»Gelesen?« McGillycaddy musterte ihn vorwurfsvoll. »Selbstverständlich habe ich es *gelesen*, Inspektor Corben.«

»Cohen«, verbesserte ihn Cohen.

»Sag' ich doch. Also – selbstverständlich habe ich es gelesen. Aber wenn ich ganz ehrlich sein soll ...« Er verriet uns nicht, was er getan hätte, wenn er ganz ehrlich sein sollte (auch nicht, ob wir aus dieser Bemerkung etwa schließen konnten, daß er normalerweise *nicht* ganz ehrlich war), sondern kratzte sich abermals am Schädel, drehte sich plötzlich herum und öffnete die Tür.

»Vielleicht treten Sie erst einmal ein. Es ist ungemütlich draußen. Ich habe gerade Tee gemacht. Vielleicht kann ich Ihnen und Mr. Carven ja eine Tasse anbieten?«

Cohen und ich tauschten einen bezeichnenden Blick, und Cohen tippte sich mit dem Zeigefinger an die Schläfe. Ich grinste, ergriff meine Tasche und trat mit einem raschen Schritt an ihm vorbei durch die Tür.

Dahinter erwartete uns eine Gerümpelkammer. Jedenfalls hielt ich das, was ich sah, im ersten Moment dafür. Aber dann erblickte ich den Kamin, in dem ein behagliches Feuer brannte, den mit Papieren, Zeitschriften und Büchern übersäten Tisch und den abgewetzten Sessel davor und begriff, daß in diesem Tohuwabohu tatsächlich ein Mensch lebte.

»Ui!« entfuhr es Cohen. »Ist das ... das örtliche Revier?«

McGillycaddy sah ihn vorwurfsvoll an, bedeutete

mir kopfschüttelnd, die Tür zu schließen, und begann mit flinken Bewegungen zwei Stühle aus dem Sperrmüll herauszusuchen, der das Zimmer fast bis in den hintersten Winkel füllte. »Das ist meine Wohnung«, sagte er. »Brandersgate ist ein kleiner Ort, Inspektor. So etwas wie ein Revier haben wir hier nicht. Wir brauchen es auch nicht.«

»Aber Sie sind der zuständige Constabler?« fragte Cohen. »Ich meine, wir haben uns nicht in der Adresse geirrt?«

»Keineswegs.« McGillycaddy seufzte. »Ich sehe schon, Sie sind anderes gewöhnt. Wahrscheinlich ist das normal, wenn man aus der Stadt kommt wie Sie und Mr. Craver. Hier auf dem Land läuft eben alles etwas anders. Aber nehmen Sie doch Platz.«

Cohen gehorchte, während ich vergeblich versuchte, die Tür völlig zu schließen. Sie war verzogen. Ich wandte ein bißchen mehr Kraft auf – und blickte schuldbewußt auf den abgebrochenen Türgriff, den ich plötzlich in der Hand hielt.

»Hoppla«, sagte McGillycaddy. Mit zwei flinken Schritten war er bei mir, nahm mir den Griff aus der Hand und betrachtete ihn eine Sekunde lang.

»Das tut mir leid«, begann ich. »Ich werde selbstverständlich für den Schaden …«

»Es ist nicht Ihre Schuld, Mr. Craver«, unterbrach mich McGillycaddy. »Dieses Haus ist alt. Wie alles hier.« Er seufzte. »Ich bringe das später in Ordnung.« Und damit schloß er die Tür mit einem wuchtigen Fußtritt und warf den zerbrochenen Griff einfach über die Schulter hinter sich. Er segelte um Haaresbreite an Cohens Gesicht vorbei, prallte gegen das Kaminsims und verschwand polternd in dem Krempel, der fast kniehoch überall auf dem Boden aufgestapelt war.

Ich setzte mich, nachdem McGillycaddy auch für mich einen Stuhl aus dem allgemeinen Durcheinander ausgegraben hatte; eingedenk meiner soeben gemachten Erfahrungen mit der Tür allerdings sehr vorsichtig.

»Um auf den Grund unseres Hierseins zu kommen ...«, begann Cohen, wurde aber sofort wieder von McGillycaddy unterbrochen.

»Eines nach dem anderen, Mr. Corben. Zuerst einmal lassen Sie mich Ihnen und Mr. Craver eine Tasse Tee einschenken. Sie werden sehen, dabei redet es sich viel gemächlicher. Und wir haben Zeit. Der Abendzug kommt erst in vier Stunden. Vorausgesetzt, er ist pünktlich.«

Cohen verdrehte die Augen, aber er schien einzusehen, daß es vollkommen sinnlos war, so etwas wie ein vernünftiges Gespräch mit McGillycaddy führen zu wollen; jedenfalls nicht zu seinen Bedingungen. So beließ er es bei einem gequälten Lächeln und sagte nichts mehr, während McGillycaddy zwei Tassen aus dem Gerümpel auf dem Tisch ausgrub (er pustete hinein, um den Staub zu entfernen, besaß aber wenigstens den Anstand, noch einmal mit dem Zipfel seines Hausmantels hindurchzufahren), jedem von uns eine in die Hand drückte und kochendheißen Tee hineingoß. Ich nippte daran und verzog das Gesicht.

»Schmeckt er Ihnen?« fragte McGillycaddy.

Ich beeilte mich, zu nicken. Der Tee schmeckte so, wie er aussah – wie heißes Wasser.

»Nun aber zum Grund Ihres Besuches, Inspektor Corben«, sagte McGillycaddy.

»Cohen«, verbesserte ihn Cohen automatisch. »Ich verstehe Sie nicht ganz, Constabler. Sie haben unser Telegramm doch bekommen?«

»O ja, sicher, das Telegramm. Also, wie gesagt: Ich habe es gelesen, aber um ehrlich zu sein, ist mir nicht ganz klar, wie ich Ihnen behilflich sein kann, Inspektor Coben.«

»Aber Sie selbst haben doch ...«

»Crowley«, unterbrach ich ihn. »Inspektor Cohen und ich sind auf der Suche nach einem gewissen Crowley.«

»Aha«, sagte McGillycaddy. »Und wie kann ich Ihnen dabei helfen?«

Cohens Augen wurden schmal. »Wollen Sie uns auf den Arm nehmen, Constabler?« fragte er.

»Nichts liegt mir ferner«, antwortete McGillycaddy. »Aber ich weiß wirklich nicht, wie ich Ihnen helfen könnte.«

»Constabler McGillycaddy«, sagte Cohen betont. »In meinem Büro im Scotland Yard liegt eine von Ihnen unterzeichnete telegraphische Auskunft, einen gewissen Crowley betreffend, der hier in Brandersgate lebt und auf den die Beschreibung eines Mannes zutrifft, den Mr. Craven und ich vor zwei Wochen in London getroffen haben.«

»Ich habe diesen Namen noch nie im Leben gehört«, versicherte ihm McGillycaddy. »Und ich habe auch keinen Bericht an Scotland Yard geschickt. Schon gar nicht telegrafisch.«

Cohen wollte auffahren, aber ich machte eine rasche, beruhigende Geste und versicherte mich damit gleichzeitig McGillycaddys Aufmerksamkeit. »Sind Sie ganz sicher, Constabler?« fragte ich. »Es ist äußerst wichtig, müssen Sie wissen.«

»Hundertprozentig«, antwortete McGillycaddy. »Ich weiß genau, daß ich keinen Bericht an Scotland Yard geschickt habe oder an sonstwen. Ich bin vielleicht etwas alt, und vielleicht ein bißchen unordentlich, aber ich bin nicht blöd.«

»So war das nicht gemeint«, sagte ich hastig. »Ich verstehe das nur nicht, wissen Sie? Sie sind der einzige Polizeibeamte hier im Ort?«

»Der einzige im Umkreis von dreißig Meilen«, bestätigte McGillycaddy.

Cohen und ich sahen uns betroffen an.

»Aber ... wenn Sie uns diesen Bericht nicht geschickt haben, Constabler, wer war es dann?« murmelte Cohen schließlich.

Darauf wußte keiner von uns eine Antwort.

»Wo, verdammich, simmer hier?« Rowlf sprach das aus, was ihnen wohl allen vier durch den Kopf ging, und sah sich dabei mit verdrießlichem Gesicht um.

»Jedenfalls nicht mehr am Ashton Place«, erwiderte Howard. Er fühlte sich benommen, auf jene sonderbare, kaum mit Worten zu beschreibende Art, die nur der Weg durch das Transportsystem der GROSSEN ALTEN zu verursachen imstande war und die wohl weniger *körperlich* als *seelisch* bedingt war; fast, als weigere sich etwas im menschlichen Teil seines Seins, jenes unsagbar fremde Universum zu akzeptieren, durch das sie gegangen waren.

Er drehte sich um. Wie nicht anders erwartet, war der wabernde Tunnel, der sie aufgenommen hatte, als sie in den Ruinen von Andara-House in die Standuhr getreten waren, verschwunden. Hinter ihnen erhob sich eine massive Felswand.

Sie befanden sich in einer gewölbeartigen Höhle, deren steinerne Decke sich Dutzende Yards über ihnen wie eine Kuppel spannte. Es gab zahlreiche kleine Löcher darin, durch die genügend Licht hereinfiel, daß sie ihre Umgebung wenigstens undeutlich erkennen konnten. Mehrere Stollen zweigten von der Höhle ab.

Howard strich mit den Fingerspitzen über die Wand. Das Felsgestein war rauh, aber ohne Zweifel künstlich bearbeitet worden. Deutlich waren die Spuren von Werkzeugen zu erkennen.

Sill hatte sich inzwischen den mit Staub und feinem Geröll bedeckten Boden genauer angesehen. »Fußspuren«, sagte sie. »Und zwar ziemlich viele. Aber einige davon sind … sonderbar. Seht euch das an.«

Howard ging neben ihr in die Hocke. Tatsächlich waren die Abdrücke zahlreicher nackter Füße zu sehen, aber auch noch andere Spuren. Sie waren in dem Gewirr kaum zu erkennen, nur vereinzelt der Abdruck einer Ferse oder eines Zehs, die deutlich größer als die von Menschen waren. Sie ähnelten nichts, was Howard zuvor gesehen hatte, und der Anblick verstärkte noch das Unbehagen, das er empfand, seit sie diese Höhle betreten hatten.

»Still!« sagte Sill plötzlich. Sie richtete sich auf, griff unter ihren Mantel und zog ihr Schwert, wobei sie die Klinge vorsichtig zwischen Daumen und Zeigefinger durchgleiten ließ, um kein verräterisches Geräusch zu verursachen. Einige Sekunden lang blickte sie sich aufmerksam um.

»Was ist?« raunte Howard.

»Ich dachte, ich hätte etwas gehört.« Sie fuhr urplötzlich herum und riß ihr Schwert hoch. Angestrengt starrte sie zu einem der Stollen hinüber. »Da ist etwas!«

Auch Howard sah in die angegebene Richtung, doch er konnte nichts entdecken. »Bist du sicher?«

»Völlig sicher. Da war eine Bewegung, eine Art ... Huschen. Ich habe nichts Genaues gesehen, aber es war da.«

»Sehma doch nach«, schlug Rowlf vor. »Bleib du mittem Dokta bessa zurück, Howard.«

Sill und er näherten sich dem Stollen von verschiedenen Richtungen und trafen direkt vor dem Eingang wieder zusammen. Rowlf trat in den Gang hinein. Als er nach ein paar Sekunden zurückkam, zuckte er mit den Schultern.

»Nix zu sehn«, verkündete er. »Außerdem isses stockfinster.«

Gleich darauf drang ein dumpfes Rumoren an ihre Ohren, gefolgt von einem Geräusch, das wie ein ferner, verzerrter Schrei klang.

»Was hat das alles zu bedeuten, Howard?« fragte Gray nervös. Die Angst des Anwalts war unübersehbar. »Seit ich dich kenne, habe ich ja schon eine Menge seltsamer Sachen erlebt, aber das hier ... Ich weiß nicht mal, wo wir überhaupt sind.«

Howard musterte ihn einige Sekunden ernst. »Vielleicht ist es besser, wenn ich Ihnen die Wahrheit sage«, antwortete er dann. »Ich fürchte, die Frage ist nicht nur, *wo* wir sind, sondern auch *wann*. Ich bin schon ein paarmal durch die Standuhr getreten, damals, als das Transportsystem noch richtig funktionierte. Aber etwas war diesmal anders. Wir haben uns nicht nur durch den Raum bewegt.«

»Ach«, sagte Gray. »Worin kann man sich denn sonst noch bewegen?« Er lächelte, aber es wirkte sehr nervös.

»In der Zeit«, antwortete Howard. »Ich fürchte, wir haben uns auch durch die Zeit bewegt.«

Gray starrte ihn ungläubig an. Obwohl es in der

Höhle kühl war, perlte Schweiß auf seiner Stirn. »Das ... ist ein Scherz, nicht wahr?« fragte er.

Howard schüttelte den Kopf. »Ich fürchte, nein«, sagte er. »Die Uhr war die ganze Zeit über da, wissen Sie?«

»Da?«

»In der Bibliothek«, erklärte Howard. »Sie ... war gar nicht weg. Wir konnten sie nur nicht sehen. Ich weiß, wie phantastisch sich das anhört, aber es ist die Wahrheit. Sie war ... in der Zukunft verborgen. Sill hat mir geholfen, sie zurückzuholen.«

Gray erbleichte noch ein bißchen mehr. Beinahe hilfesuchend sah er zu Sill hinüber, aber die dunkelhaarige Araberin nickte nur. Gray fuhr sich nervös mit der Hand über das Kinn und wandte sich wieder an Howard: »Und ... wie lange? Ich meine ... wie weit?«

»Ich weiß es nicht«, gestand Howard. »Es war nur ein flüchtiger Eindruck, aber ich konnte deutlich spüren, wie die Mauern der Zeit für einen Moment eingerissen wurden. Es kann sich um Minuten handeln, möglicherweise aber auch Stunden oder sogar Tage. Ich glaube jedoch nicht, daß der Sprung besonders groß war.« Den letzten Satz fügte er eindeutig nur hinzu, um Gray zu beruhigen. Und ein bißchen auch sich selbst. Erneut ertönte der unheimliche Schrei und ließ sie zusammenschrecken.

»Das kam aus dem Stollen, in dem ich die Bewegung gesehen habe«, sagte Sill. Sie hielt ihr Schwert fest umklammert. Immer wieder glitt ihr Blick zu dem runden Loch in der Felswand.

»Wir sollten nachsehen gehen«, erklärte Howard. »Das ist auf jeden Fall besser, als einfach hier herumzustehen. Außerdem müssen wir uns sowieso für einen der Stollen entscheiden.«

»Is vielleicht bessa, wennich mit Sill allein geh«, nuschelte Rowlf.

Howard schüttelte den Kopf. »Solange wir nicht wissen, wo wir sind, bleiben wir zusammen«, entschied er. »Falls es hier irgendwelche Gefahren gibt, können wir ihnen auf diese Art besser begegnen. Aber zunächst brauchen wir Licht.« Er sah sich suchend um und entdeckte in einer Ecke einige trockene Äste, aus denen er zwei dicke, knapp armlange Stöcke heraussuchte. »Sill, ich brauche ein Stück von deinem Mantel.«

Die Araberin riß einen breiten Streifen vom Saum des Kleidungsstückes ab. Howard zerriß das Stück noch einmal und wickelte die beiden Streifen um die Enden der Stöcke. In seiner Tasche fand er Streichhölzer. Das erste Hölzchen brach ab, doch mit dem zweiten gelang es ihm, die Stoffetzen in Brand zu setzen. Knisternd fing das trockene Holz Feuer. Er reichte eine der Fackeln an Rowlf weiter und zog seinen Revolver. »Gehen wir.«

Als erster trat er in den Stollen hinein. Die Decke war gerade hoch genug, daß er aufrecht gehen konnte, ohne mit dem Kopf anzustoßen. Sill folgte ihm dichtauf, dann kam Gray, und den Abschluß bildete Rowlfs hünenhafte Gestalt.

Immer noch drang leise das dumpfe Rumoren an ihre Ohren, und der Boden vibrierte fast unmerklich unter seinen Füßen, als würden irgendwo tief im Leib der Erde gewaltige Maschinen arbeiten. Davon abgesehen war es totenstill, nur das Geräusch ihrer eigenen Schritte war zu hören. Wenn hier wirklich jemand gewesen war, wie Sill behauptete, so war er verschwunden.

Ein warmer Luftzug wehte ihnen aus dem Stollen

entgegen und brachte die Fackeln zum Flackern. Geisterhaft glitt das Licht über die unebenen Wände, brach sich in Ritzen oder an winzigen Vorsprüngen und warf tanzende Schatten, die Howard die Illusion von Bewegung vorgaukelten und Leben zu erschaffen schienen, wo keines war.

Der Stollen fiel in sanfter Neigung ab. Glücklicherweise gab es keine Abzweigungen, so daß nicht die Gefahr bestand, sich zu verirren, wobei Howard sich keine Illusionen machte. Es war völlig egal, ob sie zu der Höhle zurückfanden. Der Weg, auf dem sie hergekommen waren, war hinter ihnen erloschen. Was sie finden mußten, war ein Ausgang aus diesem unterirdischen Labyrinth.

Das Rumoren wurde lauter, je weiter sie vordrangen, und auch Howards Unbehagen steigerte sich mit jedem Schritt. Keiner von ihnen sprach ein Wort, und am liebsten hätte Howard immer wieder zurückgeblickt, um sich zu vergewissern, daß seine Gefährten noch hinter ihm waren.

Aber nicht nur diese Umgebung war für seine wachsende Nervosität verantwortlich. Er hatte den anderen nicht die ganze Wahrheit gesagt, um sie nicht unnötig zu beunruhigen, doch sich selbst konnte er nicht belügen. Seine Aussage, er glaube nicht, daß sie sich weiter als ein paar Stunden in der Zeit bewegt hätten, war lediglich eine aus der Luft gegriffene Behauptung gewesen, für die es keinerlei Beweis gab. Er hatte nur gespürt, *daß* sich die Zeitebenen verschoben hatten, alles weitere blieb Spekulation. Es konnte sich um Stunden handeln, wie er behauptet hatte, aber ebensogut auch Jahre oder theoretisch sogar Jahrtausende. Er wußte ja nicht einmal, in welcher *Richtung* sie sich bewegt hatten, ob in die Vergangenheit oder die Zukunft. Es war besorgniserregend genug, daß es überhaupt geschehen war. Die *Tore*, das Jahrmillionen alte Transportsystem der GROSSEN ALTEN, waren schon vor Jahren weitgehend zusammengebrochen, zumindest so unsicher geworden, daß jede Benutzung ein unkalkulierbares Risiko darstellte. Niemand vermochte mehr den Endpunkt eines Durchgangs vorauszusagen, falls man überhaupt *irgendwo* herauskam und nicht auf ewig in den Korridoren zwischen den Dimensionen verschollen blieb.

Trotzdem hatte sich das Transportsystem bislang nur auf den Raum erstreckt, nicht durch die Zeit. Diese Veränderung zeigte deutlich, welchen Erschütterungen das gesamte Raum-Zeit-Kontinuum in den letzten Jahren unterworfen war. Das nur mit knapper Not verhinderte Erwachen der GROSSEN ALTEN hatte größere Veränderungen mit sich gebracht, als es zunächst schien, und diese Veränderungen waren immer noch im Gange.

Howard verdrängte diese Gedanken; sie brachten ihn im Moment nicht weiter.

Immer tiefer führte der Stollen in die Erde hinab. Einmal glaubte Howard, in der Dunkelheit außerhalb des Lichtscheins der Fackel vor sich eine flüchtige Bewegung wahrzunehmen, war sich jedoch nicht sicher, ob sie real gewesen war oder ob seine überdrehten Sinne ihm nur einen Streich gespielt hatten. Noch vorsichtiger als bisher ging er weiter.

Nach einer Strecke, die ihm wesentlich länger vorkam, als sie in Wahrheit vermutlich war, endete der Gang plötzlich. Das dumpfe Rumoren war inzwischen zu einem lauten Dröhnen angewachsen.

Vor ihnen erstreckte sich eine weitere Höhle, die

riesig zu sein schien, doch in völliger Dunkelheit dalag. Das Licht der Fackel reichte gerade aus, einen wenige Yards durchmessenden Halbkreis aus der Schwärze zu reißen. Ein Stück vor sich sah Howard ein einzelnes, rotglühendes Raubtierauge, das ihn anstarrte. Er erschrak, schalt sich jedoch gleich darauf selbst einen Narren, als er begriff, daß es sich lediglich um ein Kontrolllämpchen handelte. Es gehörte zu einer ganzen Reihe von Maschinen, die sich wie eine Wand aus Metall durch einen Teil der Höhle zogen. Als er nähertrat, entdeckte er Apparaturen und hohe säulenförmige Maschinen, die sich wie Pumpen auf und ab bewegten und dabei das grollende Stampfen verursachten, das sie hörten.

Er näherte sich dem Ende der Maschinenreihe. Als er die Ecke erreichte, nahm er aus den Augenwinkeln eine Bewegung wahr, doch es war zu spät, um noch zu reagieren. Ein harter Schlag traf seinen Arm und prellte ihm die Fackel aus der Hand. Gleich darauf ging er unter dem Aufprall eines schweren Körpers zu Boden. Inmitten eines Gesichts, das geradewegs einem Alptraum entsprungen zu sein schien, sah er gierig gebleckte Raubtierzähne, die sich seiner Kehle näherten.

McGillycaddy hatte noch eine Zeitlang versucht, uns zu überreden, mit dem Abendzug wieder zurück nach London zu fahren, denn *zweifellos handelte es sich bei der vermeintlichen Nachricht ja nur um ein Mißverständnis*, das wir *zu Hause in der Stadt viel rascher aufklären* konnten als hier, und außerdem sei Brandersgate kein Ort, wo zwei an ein gewisses Minimum an Komfort gewöhnte Männer wie wir sich wohl fühlen konnten. Zumindest bei letzterem stimmte ich ihm uneingeschränkt zu. Aber trotzdem beharrten Cohen und ich mit Nachdruck darauf, zumindest diese eine Nacht hier zu verbringen. Ich bedankte mich für McGillycaddys Sorge, erklärte ihm aber, daß wir beide es durchaus gewohnt seien, uns zu bescheiden, und auch mit einem einfachen Quartier vorlieb nehmen würden.

Da kannte ich Cordwailers ›Hotel‹ noch nicht …

Brandersgate war mit seinen knapp dreihundert Einwohnern nicht groß genug, als daß sich ein Hotel oder auch nur ein Gasthaus rentieren würden, und so begleitete uns der Constabler zurück zu dem kleinen Kolonialwarenladen gegenüber dem Bahnhof, in dem sich Cohen vorhin nach dem Weg erkundigt hatte. Cohens Gesichtsausdruck verdüsterte sich, als ihm klar wurde, wo unser Ziel lag, aber er sagte nichts, und ich erfuhr auch später nie, was in jenen wenigen Minuten zwischen ihm und Cordwailer vorgefallen war. Allerdings gehörte auch nicht sehr viel dazu, den Unmut Wilbur Cohens zu erregen. Manchmal reichte es schon, im falschen Moment einfach *da* zu sein.

McGillycaddy erklärte uns, daß Cordwailer in seinem Laden manchmal Bier ausschenkte und das Geschäft – das mit Ausnahme der Kirche das größte Haus in Brandersgate darstellte – auch ganz allgemein als Treffpunkt und – bei Bedarf – auch als Versammlungsort diente. Früher habe er auch Zimmer vermietet, dies aber irgendwann aufgegeben, weil immer weniger Fremde in die Stadt kämen, und seit ein paar Jahren eigentlich gar keine mehr. Trotzdem seien die entsprechenden Räumlichkeiten noch vorhanden, und McGillycaddy war sicher, daß Cordwailer uns für eine Nacht aufnehmen würde, wenn er ein gutes Wort für uns einlegte. Cohens Mine verdüsterte sich bei dieser Ankündigung noch weiter, aber er hüllte sich auch jetzt noch in eisiges Schweigen.

Ich konnte seinen unübersehbaren Widerwillen ein wenig besser verstehen, nachdem wir den Laden betreten hatten und ich einen ersten Blick in die Runde geworfen hatte.

Cordwailers Gemischtwaren- und Spezialitetenhandel (das handgemalte Schild über der Tür zeugte nicht nur von den mangelnden Orthographiekenntnissen, sondern auch vom gesunden Selbstbewußtsein seines Besitzers) ähnelte auf verblüffende Weise McGillycaddys Wohnung. Er war zwar nicht ganz so unordentlich wie diese, aber alles hier war alt und wirkte auf eine schwer zu greifende Weise verfallen. Hinter der zerschrammten Theke, die eine ganze Hälfte des Raumes einnahm, erhob sich ein Regal, dessen Fächer mit allem möglichen Zeug vollgestopft waren. Nur bei dem allerwenigsten vermochte ich überhaupt zu erkennen, worum es sich handelte, und noch weniger davon erschien mir geeignet, von irgend jemandem *gekauft* zu werden.

Dutzende von Gläsern, Schachteln, Kästen und Kistchen drängelten sich auf der Theke, und dazwischen erhob sich ein wahres Monstrum von Registrierkasse, auf dem wahrscheinlich schon die alten Ägypter ihre Steuereinnahmen zusammengezählt hatten.

Die andere Hälfte des Raumes wurde von drei wackeligen Tischen und einem Dutzend Stühlen eingenommen. Die Scheiben waren blind vor Schmutz, so daß das hereinfallende Tageslicht grau und irgendwie *trüb* wirkte, und in der Luft hing der

Geruch von abgestandenem Zigarren- und Pfeifenrauch und altem Bier.

Cordwailer selbst – ein verhutzeltes kleines Männchen mit einer Hakennase und einer großen Narbe auf der Stirn – stand hinter seiner Theke und kritzelte mit einem kaum zwei Zoll langen Bleistiftstummel in ein zerfleddertes Heft, als wir eintraten, und in seinen Augen blitzte es kampflustig auf, kaum daß er Cohen erblickte. Aber McGillycaddy kam dem drohenden Streit zuvor. Mit einem raschen Schritt trat er an die Theke, wedelte mit beiden Händen, um Cordwailers Aufmerksamkeit zu erwecken, und erklärte dann unser Problem. Cordwailer lehnte es rundheraus ab, uns aufzunehmen, aber McGillycaddy ließ nicht locker, und auch wenn man es ihm nicht ansah: Er schien doch über eine gewisse Autorität zu verfügen, denn schließlich willigte Cordwailer ein, wenn auch sichtlich widerstrebend.

»Aber nur für eine Nacht«, sagte er. »Und Frühstück gibt's nicht. Meine Frau – Gott hab sie selig – ist vor drei Jahren gestorben, und ich stehe nicht vor zehn auf.«

Dieses Geständnis machte mir den Alten schon bedeutend sympathischer. Auch ich pflegte – wenn es irgendwie ging – selten vor zwölf aus den Federn zu kriechen, und Störungen vor zehn Uhr vormittags betrachtete ich als vorsätzliche Körperverletzung. Überhaupt war ich schon vor Jahren zu der Überzeugung gelangt, daß der Mensch in Wahrheit ein nachtaktives Geschöpf ist und Tageslicht nicht nur ungesund, sondern auch dem natürlichen Lebensrhythmus unserer Spezies zuwider ist.

»Das macht nichts«, sagte ich. »Wir kommen schon zurecht.«

Cordwailer spießte mich mit Blicken regelrecht auf, aber er sagte nichts mehr, sondern bedeutete uns mit rüden Gesten, an einem der Tische Platz zu nehmen. Dann knurrte er, daß wir uns noch einen Moment gedulden sollten; er müsse rasch nach den Zimmern sehen und sich überzeugen, daß die Bettwäsche noch sauber sei. Ich dachte daran, daß McGillycaddy uns erzählt hatte, daß er die Zimmer das letzte Mal vor Jahren vermietet hätte, zog es aber vor, den Mund zu halten, und setzte mich.

McGillycaddy wechselte noch ein paar belanglose Worte mit Cordwailer, dann verabschiedete er sich und ging, und auch Cohen nahm neben mir Platz. Der Stuhl ächzte hörbar, als er sich daraufsinken ließ, und Cohen erstarrte für eine Sekunde mitten in der Bewegung. Äußerst behutsam führte er sie zu Ende, hielt sich aber vorsichtshalber mit beiden Händen an der Tischkante fest, falls der Stuhl doch noch unter ihm zusammenbrechen sollte. Nicht, daß der Tisch einen wesentlich stabileren Eindruck gemacht hätte.

»Was für eine Bruchbude«, sagte er kopfschüttelnd – aber vorsichtshalber erst, nachdem Cordwailer den Raum verlassen hatte. Wir hörten ihn irgendwo über unseren Köpfen lautstark herumpoltern.

»Ja. Aber sie paßt hierher.« Ich nickte und sah mich mit gerunzelter Stirn ein weiteres Mal um. »Ich habe ja schon viel erlebt – aber eine Stadt wie diese noch nie.«

»So?« fragte Cohen. »Was haben Sie denn schon so alles erlebt, Robert?«

Ich setzte zu einer Antwort an, klappte den Mund aber dann wieder zu, als ich das spöttische Glitzern bemerkte. Cohen nannte mich abwechselnd Robert und Roderick – wahrscheinlich war das seine Art, mir zu verstehen zu geben, was er von meiner Geschichte über den so plötzlich aufgetauchten Zwillingsbruder aus Amerika hielt. Wieder einmal war ich nahe daran, ihm die Wahrheit zu sagen, und wieder besann ich mich im letzten Moment eines Besseren. Menschen waren manchmal komplizierte Individuen – wir wußten beide, wie haarsträubend die Geschichte war, die ich ihm und dem Rest der Welt aufgetischt hatte, und wir taten seit gut zwei Wochen unser Bestes, dem jeweils anderen glaubhaft zu machen, daß wir ihm sein Pharisäerlächeln abnahmen.

»Nichts«, sagte ich nach ein paar Augenblicken. »Es war nur so eine Redensart.« Ich wechselte das Thema: »Vielleicht war es wirklich nur eine Verwechslung.«

Cohen sah mich verständnislos an.

»Die Information über Crowley«, erklärte ich. »Ein Irrtum, möglicherweise.«

»Scotland Yard unterlaufen keine Irrtümer.« Cohen zog eine Grimasse. »Jedenfalls nicht solche.«

»Aha«, sagte ich.

»Die Information war zu eindeutig«, beharrte Cohen im Ton einer trotzigen Verteidigung. »Im Ernst, Robe… ich meine Rode…«

»Wie wär's mit Roberick?« witzelte ich.

Cohen fand das anscheinend nicht sehr komisch. Seine Blicke wurden eisig. »Ein Irrtum ist ausgeschlossen«, wiederholte er. »Die Nachricht war sogar namentlich an mich gerichtet. *Der von Ihnen gesuchte Rev. Crowley befindet sich zur Zeit in Brandersgate, Schottland. Gezeichnet Constabler McGillycaddy*«, zitierte er.

»*Rev.?*« hakte ich nach.

Cohen zuckte die Schultern. »Reversham, Reva... ich habe keine Ahnung, wie dieser Crowley mit Vornahmen heißt.«

»Reverend?« schlug ich vor.

Cohens Blick machte deutlich, daß er diese Möglichkeit auch schon erwogen hatte. Aber er hatte die verfallene Kirche schließlich ebenso gesehen wie ich.

»Ich finde schon heraus, was hier läuft«, versprach er düster. »Irgendwas stimmt hier nicht, und ich gebe Ihnen mein Wort, daß ich herausbekomme, was es ist. Und ich komme auch Ihrem Freund Lovecraft und seiner Bande auf die Schliche.«

»*Roberts* Freund, meinen Sie«, verbesserte ich ihn betont.

Cohens Augen blitzten. Er schwieg.

»Ich habe über das nachgedacht, was Sie mir erzählt haben«, fuhr ich fort. »Über den Angriff auf das Gefängnis und alles andere. Ich kann mir immer weniger vorstellen, daß Lovecraft wirklich für den Überfall verantwortlich ist. Vielleicht galt der Angriff in Wahrheit ihm, nicht dem Gefängnis oder Ihnen. Dieses Ding, das Sie mir beschrieben haben, hatte doch ziemliche Ähnlichkeit mit dem Ungeheuer in der Kanalisation.«

»Es war dasselbe«, knurrte Cohen mißgelaunt. »Und stellen Sie sich vor, das habe ich auch schon gemerkt. Das ist übrigens der einzige Grund, aus dem ich hier bin. Irgendwas ist an dieser ganzen Geschichte oberfaul. Wenn ich herausfinde, daß Ihr Freund tatsächlich unschuldig ist, werde ich ihm helfen. Aber wenn nicht, bringe ich ihn eigenhändig dorthin zurück, wo er vor zwei Wochen schon einmal war.«

Ich schluckte meine spöttische Antwort herunter, als ich eine Bewegung an der Tür gewahrte. Ein vielleicht sechs- oder siebenjähriger Junge hatte den Laden betreten. Mit schnellen, aber eher zielsicheren als hastigen Schritten näherte er sich der Theke, wobei er Cohen und mich aufmerksam im Auge behielt. Ich war ziemlich sicher, daß er nicht zu den Kindern gehörte, die uns vorhin auf dem Weg zu McGillycaddys Haus auf so sonderbare Weise angeblickt hatten – aber auch er musterte Cohen und mich. Auf eine Art, die fast unheimlich war.

»Hallo«, sagte ich.

Der Junge nickte. »Guten Tag, Sir«, antwortete er.

Ich bemerkte aus den Augenwinkeln, wie Cohen leicht zusammenfuhr. Und auch ich konnte mich eines sanften Schauderns nicht erwehren. Der Knabe war nicht einfach nur gut erzogen. In seiner Stimme lag der gleiche, durch und durch unkindliche Ernst, der auch seinem Blick innewohnte. Ich hatte nicht das Gefühl, einem *Kind* gegenüberzustehen, sondern vielmehr einem kleinen Erwachsenen.

»Ist Mr. Cordwailer nicht hier?« fragte der Junge, und sein Blick fügte fast schon hörbar hinzu: *Was zum Teufel sucht ihr denn hier, noch dazu allein?*

»Er kommt gleich zurück.« Ich deutete nach oben, von wo noch immer das Poltern und Rumoren erklang. Anscheinend zog Cordwailer Bettwäsche aus massivem Gußeisen auf. »Wie ist dein Name, mein Junge?«

»Joshua, Sir«, antwortete der Junge. »Joshua Pasons.« Sein Blick blieb kalt, abschätzend, und ich begann mich in zunehmendem Maße unwohler darunter zu fühlen.

»Lebst du hier in Brandersgate?« fragte ich.

Joshua nickte. »Ja, Sir. Mit meinen Eltern und meiner jüngeren Schwester.«

»Dann kennst du doch sicher jeden, der hier wohnt«, sagte Cohen.

»Selbstverständlich, Sir. Ich nehme an, Sie sind extra aus der Stadt gekommen, weil Sie jemanden suchen.«

»Aus London, ja«, bestätigte Cohen. »Wir sind auf der Suche nach einem gewissen ...«

»Aus London?« unterbrach ihn Joshua. »Onkel Fred war einmal in London, aber das ist zwanzig Jahre her. Muß eine verdammt große Stadt sein.«

»Das ist sie«, sagte Cohen. Er klang nun schon ein ganz kleines bißchen ungeduldig. »Was den Mann angeht, den wir suchen ...«

»Ich wußte gar nicht, daß jemand aus Brandersgate Verwandte in London hat«, fuhr Joshua in aller Seelenruhe fort. »Das ist seltsam. Normalerweise weiß hier jeder alles über jeden.«

»Wer hat etwas von Verwandten gesagt?« sagte Cohen, nun schon *hörbar* ungeduldig. »Wir suchen einen gewissen Crowley.«

»Den Namen habe ich noch nie gehört, Sir«, antwortete der Junge. »Und selbst wenn es nicht so wäre, dürfte ich Ihnen nichts sagen, wenn Sie wirklich keine Verwandten von ihm sind.«

Cohens Augen wurden schmal, aber Joshua hielt ihrem Blick gelassen stand. »Meine Mutter hat mir verboten, mit Fremden zu reden«, fuhr er fort. »Sie sagt, man wüßte schließlich nie, wer käme und Fragen stellte und was er mit den Informationen anfinge.«

»So?« fragte Cohen, dessen Gesicht schon wieder einen verdächtig roten Farbton anzunehmen begann.

Jeder Tag in Brandersgate, schätzte ich, würde ihn ein Jahr an Lebenszeit kosten. »Hat sie das?«

Er beugte sich vor, griff in die Tasche und zog die rindslederne Mappe hervor, in der sich sein Dienstausweis befand. »Dann hat sie dir vielleicht auch gesagt, was das hier ist, oder?«

Er klappte den Ausweis direkt vor Joshuas Gesicht auf. Der Junge musterte ihn ein paar Sekunden lang aufmerksam und schüttelte dann den Kopf. »Nein, Sir«, sagte er. »Das hat sie nicht. Was ist es?«

Cohen schluckte hart. »Du kannst doch lesen, Bursche, oder?«

»Nein«, antwortete Joshua. »Das kann ich leider nicht, Sir. Ich bedaure.«

»Wie bitte!?« raunzte ihn Cohen an. »Willst du mich auf den Arm nehmen, Bürschchen?«

»Du kannst tatsächlich nicht lesen?« vergewisserte ich mich rasch, bevor Cohen endgültig explodieren und noch mehr Schaden anrichten konnte. »Aber habt ihr denn keine Schule hier?«

»Wir sind nur fünfundzwanzig Kinder in Brandersgate«, antwortete Joshua. »Eine Schule lohnt sich nicht. Mr. Hennessey unterrichtet uns manchmal; drüben, im alten Leuchtturm.«

»Und was bringt er euch bei? Doch bestimmt Lesen und Schreiben.«

»Nein, Sir. Es gibt wichtigere Dinge im Leben als Bücher und Rechnungen.«

»Ja, und das hier gehört dazu.« Cohen wedelte angriffslustig mit seinem Ausweis. Ich hätte ihn fressen können. Ich war gerade dabei gewesen, *wirklich* etwas von dem Jungen zu erfahren. »Wir sind von der Polizei, mein Junge. Und wenn deine Mutter dir so kluge Ratschläge gibt, dann hat sie dir doch ganz bestimmt auch gesagt, daß man der Polizei Rede und Antwort zu stehen hat.«

»Selbstverständlich, Sir«, antwortete Joshua. Er blieb ganz ruhig, und das war einfach *nicht richtig*. Siebenjährige Jungen bleiben nicht ruhig, wenn sie von einem Polizisten verhört werden. Sie haben entweder ein schlechtes Gewissen, oder sie betrachten das Ganze als Abenteuer, aber sie sind auf jeden Fall *aufgeregt*. Joshua nicht.

»Was kann ich für Sie tun, Sir?« fragte er.

»Crowley«, wiederholte Cohen, aber Joshua schüttelte auch jetzt den Kopf.

»Es tut mir leid, Sir. Ich habe diesen Namen noch nie gehört.«

Diesmal gelang es mir, Cohens Aufmerksamkeit zu erhaschen und ihn mit einem fast beschwörenden Blick zum Schweigen zu bringen, ehe er wieder lospoltern konnte.

»Ihr habt doch sicher einen Pastor in der Stadt«, sagte ich.

»Nein, Sir. Die Kirche ist vor fünf Jahren niedergebrannt, und Mr. Stone, der Pastor, ist weggegangen. Seither unterrichtet uns Mr. Hennessey in geistlichen Dingen.«

»Dieser Mr. Hennessey scheint ja ein sehr wichtiger Mann zu sein«, sagte ich. »Kannst du mir verraten, wo ich ihn treffen kann?«

»Im alten Leuchtturm«, antwortete Joshua. »Er wohnt dort. Aber Sie können jetzt nicht dorthin. Erst morgen früh wieder. Oder heute nacht.«

»Wieso?«

»Der Turm ist nur bei Ebbe zu erreichen. Früher gab es einen Steg, aber der ist eingestürzt, und seither ist der Turm bei Flut von der Küste abgeschnitten.«

Schritte polterten die Treppe herab, und einen Augenblick später kam Cordwailer herein. Als er Joshua erblickte, stockte er mitten im Schritt. Und für einen Moment erschien ein erschrockener Ausdruck auf seinem Gesicht.

»Benötigen Sie sonst noch irgendwelche Auskünfte, Sir?« fragte Joshua. »Wenn nicht, dann würde ich jetzt gerne wieder gehen.«

»Nein, nein«, sagte Cohen verstört. »Schon in Ordnung. Geh ruhig. Und vielen Dank.«

»Gern geschehen, Sir«, antwortete Joshua. Er verabschiedete sich mit einem artigen Kopfnicken zuerst von Cohen, dann von mir, dann drehte er sich um und verließ mit gemessenen Schritten den Laden. Ich blickte ihm verwirrt nach. Dieses Kind war mir ... unheimlich. Ich hatte gespürt, daß Joshua uns nicht belog, sondern jede unserer Fragen wahrheitsgemäß beantwortete. Und trotzdem ... irgend etwas stimmte nicht mit diesem Jungen.

Und da war noch etwas, aber das wurde mir erst klar, als Cordwailer mit schlurfenden Schritten wieder hinter seiner Theke verschwand und uns von dort aus feindselig musterte wie ein Raubritter hinter den Zinnen seiner Burg hervor. Joshua hatte nicht ein einziges Wort mit ihm gewechselt. Er hatte auch nichts geholt oder gebracht – warum zum Teufel also war er eigentlich hergekommen?

Da es nichts gab, was wir an diesem Abend noch unternehmen konnten (und sich das Nachtleben von Brandersgate in Grenzen hielt), hatten wir beschlossen, an diesem Abend frühzeitig zu Bett zu gehen, um die Suche nach Crowley – oder dem geheimnisvollen Unbekannten, der uns mit der offensichtlich fingierten Nachricht nach Brandersgate gelockt hatte – am nächsten Morgen schon in aller Herrgottsfrühe beginnen zu können.

Die mehr als achtstündige Bahnfahrt hierher war doch sehr anstrengend gewesen; trotzdem fand ich keinen Schlaf, sondern wälzte mich mehr als eine Stunde unruhig in dem schmalen Bett herum und starrte die schräge Decke über meinem Kopf an. Draußen war die Sonne untergegangen, aber hier drinnen war der Unterschied nicht einmal sehr groß, denn auch die Scheiben dieses Zimmers waren so schmutzig und blind, daß es vermutlich selbst tagsüber hier nie richtig hell wurde.

Ich lag direkt unter dem Dach. Hier und da waren die Ziegel verrutscht, ein paar schon gar nicht mehr vorhanden, so daß ich durch die Lücken direkt in den Himmel hinaufsehen konnte. Cordwailer hatte tatsächlich frische Wäsche aufgezogen, aber trotzdem roch alles hier alt und muffig, nach Verfall und Moder, und manchmal glaubte ich das ganze Haus rings um mich herum ächzen zu hören; wie ein uralter Mann, der unter der Last seiner Jahre stöhnt. Durch die dünne Bretterwand konnte ich die Federn von Cohens Bett quietschen hören. Offensichtlich fand er ebensowenig Schlaf wie ich.

Ich überlegte gerade zum dritten Mal, ob ich hinübergehen und den Moment ausnutzen sollte, mich mit Cohen auszusprechen und endlich reinen Tisch zu machen, als etwas gegen die Fensterscheibe prallte. Mit einem erschrockenen Ruck setzte ich mich auf, sah zum Fenster und lauschte, und nur einen Augenblick später flog ein zweites Steinchen gegen die Scheibe und prallte davon ab.

Ich stand auf und ging zum Fenster. Ein paar Sekunden verschwendete ich mit dem nutzlosen Versuch, durch das verdreckte Glas mehr als vage Umrisse erkennen zu wollen, dann öffnete ich das Fenster und beugte mich hinaus – genau im richtigen Moment, um den dritten Stein genau ins Gesicht zu bekommen, und zwar mit derart großer Wucht, daß ich Sterne sah. Aber ich unterdrückte jeden Laut, preßte nur die Hand gegen die schmerzende Wange und starrte auf die schattenhafte Gestalt herab, die auf der Straße vor Cordwailers Laden stand. Nicht *unmittelbar* davor, hieß das, sondern fast im Schatten des gegenüberliegenden Gebäudes und so, daß sie jederzeit binnen eines Sekundenbruchteils verschwinden konnte. Ich erkannte sie auch nur einen kurzen Moment. Als sie mich im Fenster auftauchen sah, hob sie die Hand, winkte mir zu und verschmolz dann vollends mit den Schatten der Nacht.

Für einen kurzen Moment war ich unschlüssig. Das Benehmen der Person dort unten war eindeutig – sie wollte, daß ich zu ihr herunterkäme, und das möglichst unauffällig. Aber wollte sie nicht, daß *Cordwailer* etwas bemerkte, oder galt ihre Vorsicht eher Cohen?

Irgendwie spürte ich, daß es nicht so war – aber für einen Moment erwog ich auch die Möglichkeit, daß es sich bei der nächtlichen Einladung um eine Falle handeln konnte. Aus diesem Grund steckte ich auch den kleinen Revolver ein, mit dem ich mich in London ausgerüstet hatte. Schließlich schlich ich, so leise es ging, aus dem Zimmer und die Treppe hinunter.

Fast gegen seine eigenen Erwartungen war Cohen schließlich doch eingeschlafen; aber nicht lange, und es war auch kein besonders erquicklicher Schlaf gewesen. Nach ein paar Minuten nur wachte er schweißgebadet und mit dem Gefühl, nicht mehr richtig atmen zu können, wieder auf. Außerdem tat ihm so ziemlich jeder Knochen im Leib weh. Das Bett, das in der winzigen Kammer stand, die Cordwailer in einem Anfall von Größenwahn *Zimmer* genannt hatte, war kein Bett, sondern das reinste Folterinstrument. Hätte sich jemand die Mühe gemacht, ein paar Dutzend rostiger Nägel durch das morsche Brett zu treiben, das es anstelle einer Matratze hatte, wäre das Ergebnis auch nicht mehr viel unbequemer ausgefallen.

Aber das war nicht der einzige Grund für Cohens Schlaflosigkeit. Es war nicht einmal der *wirkliche* Grund.

Inspektor Wilbur Cohen hatte Sorgen. Große Sorgen.

Vielleicht zum ersten Mal, seit er vor nunmehr fast dreißig Jahren seinen Dienst bei Scotland Yard angetreten hatte, wußte er nicht, was er tun sollte. Schlimmer noch – er hatte das fast sichere Gefühl, *das Falsche* zu tun.

Cohen hatte sich zeit seines Lebens immer mehr auf seine Instinkte als auf irgend etwas anderes verlassen und (fast) immer richtig damit gelegen. Inspektor Wilbur Cohen war ein guter Polizist – sein Verstand arbeitete schnell und logisch und so präzise wie ein Abakus, wenn es darauf ankam, aber er wäre nie geworden, was er war, hätte er nicht auch über einen gut entwickelten kriminalistischen Instinkt verfügt, der ihn Erklärungen und verborgene Zusammenhänge meist schon lange zuvor erahnen ließ, ehe der analytische Teil seines Bewußtseins die Erklärung dafür nachlieferte.

Aber in diesem Fall ließen ihn sowohl seine Logik als auch seine Instinkte jämmerlich im Stich. Bei der *Logik* überraschte ihn das nicht einmal besonders. Mit gesundem Menschenverstand, Logik und naturwissenschaftlichen Erklärungen hatte das, was seit dem Morgen der Hinrichtung geschehen war, weiß Gott nichts mehr zu tun; jeder Versuch, die Geschehnisse irgendwie *logisch* erklären zu wollen, hätte höchstens dazu geführt, daß er sich einen Knoten ins Gehirn wand, den er vielleicht nie wieder aufbekommen würde. Wie alle anderen (und wider besseres Wissen) hatte auch er die offizielle Erklärung akzeptiert, daß Lovecraft durch einen Husarenstreich seines seit fünf Jahren untergetauchten Komplizen aus dem Gefängnis befreit worden und das Ungeheuer und alles andere nichts als eine geschickte Täuschung gewesen war; zusammen mit einer gehörigen Portion Massenhysterie. Natürlich befriedigte ihn diese Erklärung nicht wirklich, aber vermutlich hätte er sich damit zufriedengeben können – wäre da nicht noch etwas anderes gewesen.

Etwas viel Unheimlicheres.

Es war Craven.

Cohen hatte die Geschichte von dem angeblichen Zwillingsbruder aus Amerika nicht eine Sekunde lang geglaubt. Sicher, seine *Papiere* waren in Ordnung; sogar ein bißchen *zu sehr* in Ordnung für Cohens Geschmack. Er konnte eine lückenlose Biographie vorlegen, von seiner Geburtsurkunde bis hin zur Quittung der Schiffspassage, die ihn angeblich vor guten drei Wochen zum ersten Mal auf die britischen Inseln gebracht hatte. Nichts war daran auszusetzen. Es waren die mit Abstand perfektesten Fälschungen, die Cohen je gesehen hatte. Cohen hatte sie den besten Spezialisten Scotland Yards vorgelegt, und sie alle hätten sich selbst zu Halbwaisen gemacht, hätte Cohen sie beim Wort genommen, denn sie hatten beim Leben ihrer Mütter geschworen, daß die Papiere echt seien.

Cohen wußte, daß sie es nicht waren. Weil nämlich der *Mann*, dem sie gehörten, nicht echt war.

Cohen wußte einfach, daß der junge Mann mit dem asketischen Gesicht und den zwingenden Augen niemand anderer als Robert Craven war, nicht sein Zwillingsbruder, nicht irgendein Doppelgänger, sondern der gleiche Robert Craven, dessen Leiche er selbst vor fünfeinhalb Jahren auf dem Pflaster vor dem niedergebrannten Herrenhaus am Ashton Place hatte liegen sehen; und auch später noch einmal, auf dem emaillierten Tisch im Pathologie-Raum der Gerichtsmedizin. Natürlich war das völlig unmöglich – Robert Cravens Körper war fast bis zur Unkenntlichkeit verbrannt gewesen, von den zahllosen anderen inneren und äußeren Verletzungen ganz zu schweigen. Seine Leiche war zwar anschließend unter höchst geheimnisvollen Umständen aus der Friedhofskapelle verschwunden (die bei dieser Gelegenheit gleich in Rauch und Flammen aufgegangen war), aber es gab trotzdem nicht den geringsten Zweifel daran, daß er tot sein mußte.

Und trotzdem …

Da waren Gerüchte, die ihm zu Ohren gekommen waren. Sie hatten nicht einmal direkt mit Robert Craven zu tun, aber jetzt, im nachhinein …

Zum einen die Geschichten, die man sich, hinter

vorgehaltener Hand, aber hartnäckig, über Viktor Frankenstein erzählte, diesen unheimlichen Arzt aus Deutschland, der am gleichen Tag, an dem Lovecraft aus dem Gefängnis floh, unter höchst merkwürdigen Umständen verunglückt war. Dann die Andeutungen, die Lovecraft immer wieder gemacht hatte, ohne es selbst zu merken, ja ohne zu ahnen, daß er Cohen so manche Frage gerade dadurch beantwortete, daß er sie *nicht* beantwortete. Die seltsamen Aktivitäten, die Dr. Gray in den letzten Jahren entwickelt hatte, und seine noch seltsamere Adoptivtochter, jene schwarzäugige Schönheit aus dem Morgenland, die die Männer allein durch ihren Anblick aus der Fassung brachte und in deren Nähe sich doch kein Mann *wirklich* wohl fühlte ... und schließlich das, was er in der Höhle unter Cravens Haus erlebt hatte.

An diesem Punkt weigerten sich seine Erinnerungen fast, ihm zu gehorchen. Er *hatte* das schwarze Ungeheuer gesehen, das gleiche gräßliche *Ding*, das auch das Gefängnis überfallen und sieben seiner Männer verschlungen hatte, aber er weigerte sich selbst jetzt noch, es zuzugeben. Es gab Dinge, die nicht sein konnten, weil sie einfach nicht sein *durften*, basta.

Nachdem er sich eine ganze Weile unruhig in seinem Bett hin und her gewälzt hatte, setzte er sich auf, schwang die Beine auf den Boden und starrte unschlüssig ins Leere. Er spürte, daß er so schnell keinen Schlaf mehr finden würde.

Er schien nicht der einzige zu sein, der in dieser Nacht wach lag. Durch die morsche Trennwand zu Cravens Zimmer drangen Geräusche, die ihm verrieten, daß auch er sich unruhig in seinem Bett hin und her bewegte. Einen Moment lang spielte Cohen ernsthaft mit dem Gedanken, zu ihm zu gehen und ihn zur Rede zu stellen. Craven mußte sowieso ahnen, daß er ihn längst durchschaut hatte. Im Grunde war es nur noch eine Frage der Zeit, wann einer von ihnen des Versteckspieles überdrüssig wurde und sich dem anderen offenbarte. Cohen hatte fast Angst vor diesem Moment, denn spätestens dann würde er sich selbst gegenüber die Frage beantworten müssen, warum er Robert Craven nicht auf der Stelle verhaftet hatte. Gründe genug dazu hatte er – von den beiden Leichen, die in seinem Haus gefunden worden waren, bis hin zu Urkundenfälschung und Meineid.

Aber er hatte auch Gründe, es nicht zu tun.

Der gewichtigste war zweifellos Lovecraft. Wenn es eine Chance gab, ihn aufzuspüren und dingfest zu machen, dann in Cravens Nähe.

Aber es gab auch noch einen Grund, und der war – zumindest für Cohen – beinahe ebenso wichtig und mindestens genauso rätselhaft wie alles andere. Inspektor Cohen trug diesen Grund sogar bei sich.

Er stand auf, ging zu dem kleinen Tisch, auf dem er seine Reisetasche abgestellt hatte, und öffnete sie. Unter dem wenigen Gepäck, das er für den nur für einen oder zwei Tage geplanten Ausflug mitgenommen hatte, kam ein schmaler, in ein weißes Baumwolltuch eingeschlagener Gegenstand zum Vorschein. Cohen wickelte ihn vorsichtig aus und betrachtete ihn, zum vielleicht hundertsten Male in den letzten beiden Wochen.

Es war ein Dolch. Eine sehr lange, sehr schlanke Waffe mit zweischneidig geschliffener Klinge und einem reich verzierten Griff. Sie sah sehr schön aus, sehr kostbar und sehr tödlich. Aber nur eines dieser Attribute traf wirklich zu.

Cohen nahm die Waffe in die rechte Hand, berührte mit dem Zeigefinger der anderen die Klinge – und schob sie ohne sichtliche Mühe zurück. Der scheinbar massive Stahl verschwand im Inneren des Griffes, ohne daß er wirklichen Widerstand spürte.

Die Waffe, mit der die alte Frau Robert Craven angeblich hatte ermorden wollen, war nicht mehr als ein Theaterdolch. So, wie die ganze angebliche Opferzeremonie nichts anderes als ein geschickt aufgeführtes Theaterstück gewesen war. Mit diesem Dolch konnte man niemanden erstechen; allerhöchstens erschlagen.

Cohen verstand nur seinen Sinn nicht. Und vielleicht war das der *wirkliche* Grund, daß er überhaupt hier war.

Er wickelte den Dolch wieder in sein Tuch, legte ihn in die Tasche zurück und wollte sich schon wieder umwenden, um einen neuen Versuch zu unternehmen, auf dem unbequemen Bett doch noch ein wenig Schlaf zu finden, als ein Geräusch am Fenster seine Aufmerksamkeit erregte.

Cohen blieb stehen und lauschte einen Moment. Das Geräusch wiederholte sich – ein Klicken, als hätte jemand einen Stein gegen die Scheibe geworfen. Zugleich hörte er, wie Craven im Nebenzimmer aufstand und zum Fenster ging.

Auch Cohen trat an die schmutzigen Scheiben heran und blinzelte hindurch. Das Rumoren im Nebenraum hielt an, dann hörte er, wie das Fenster geöffnet wurde. Zugleich glaubte er einen Schatten unten auf der Straße zu erkennen. Er streckte die Hand nach dem Fenstergriff aus, um es zu öffnen, aber dann zog er den Arm wieder zurück und blieb vollkommen reglos stehen und lauschte.

Es dauerte nicht lange, bis er hören konnte, wie Craven das Fenster wieder schloß. Einen Augenblick später verließ er sein Zimmer und schlich beinahe lautlos an Cohens Zimmertür vorbei zur Treppe.

Der Inspektor wartete ungefähr eine Minute, ehe er ihm folgte.

Der Schatten war verschwunden, als ich das Haus verließ, aber ich gewahrte eine Bewegung in einiger Entfernung. Ich folgte ihr, wobei ich mich instinktiv im Schatten der uralten Häuser hielt, die die einzige Straße der Stadt flankierten. Trotzdem hatte ich das immer intensiver werdende Gefühl, beobachtet zu werden, und das auf keine sehr angenehme Art. Ich blieb ein paarmal stehen und sah zurück, aber ich blieb weiter allein. Die einzige nicht eingebildete Bewegung stammte von dem Schatten vor mir, der immer dann stehenblieb, wenn auch ich es tat, so daß der Abstand zwischen uns stets gleich blieb. Nach einer Weile begriff ich, daß unser Ziel die heruntergekommene Kirche am Ende der Straße war.

Ein idealer Ort für einen Hinterhalt, flüsterte eine Stimme hinter meiner Stirn. Sie hatte vollkommen recht – aber ich war an ungefähr einem Dutzend Orten vorübergekommen, die ideal für einen Hinterhalt waren, und bis jetzt war nichts passiert. Außerdem überstieg meine Neugier mittlerweile längst meine Furcht.

Trotzdem blieb ich noch einmal stehen, ehe ich die halb zusammengebrochene Ruine betrat. Die Schatten von Brandersgate lagen wie eine Herde finsterer, bedrohlich nähergekrochener Tiere hinter mir. Es war fast unheimlich still.

Ich ging weiter. Schutt und Glassplitter knirschten unter meinen Sohlen, als ich die Kirche betrat. In der Luft hing ein ganz leiser Brandgeruch, obwohl das Feuer mehr als fünf Jahre vorüber war, und ich mußte mich bücken, um mir nicht den Schädel an dem Gewirr zusammengebrochener Balken zu stoßen, in das sich das Dach verwandelt hatte.

Nicht sehr weit entfernt stand ein Schatten. Ich konnte sein Gesicht nicht erkennen, aber ich spürte, daß er mich anstarrte.

»Gehen Sie nicht weiter«, sagte eine Frauenstimme. Sie klang erschrocken; ein hastiges Flüstern, in dem unüberhörbare Furcht vibrierte.

Gehorsam blieb ich stehen. Ich versuchte, das Gesicht meines Gegenübers in der Dunkelheit zu erkennen, aber es blieb ein tiefenloser Schatten.

»Wer sind Sie?« fragte ich. »Was wollen Sie von mir?«

»Ich muß mit Ihnen reden«, antwortete die Frau. »Ist es wahr, daß Sie und Ihr Freund aus London kommen und von der Polizei sind?«

»Cohen ist Polizist«, antwortete ich.

Obwohl sie nicht antwortete, spürte ich die betroffene Enttäuschung der Frau, und ich begriff, daß es ein reiner Zufall gewesen war, daß sie *mein* Fenster als Zielscheibe für ihre Steine ausgesucht hatte. Von ihrem Standpunkt aus hatte sie vermutlich sogar das falsche getroffen.

»Sie ... Sie stellen viele Fragen«, sagte sie zögernd. »Sie suchen jemanden.«

»Einen Mann namens Crowley«, bestätigte ich. »Kennen Sie ihn?«

»Nein«, antwortete sie. »Seit fünf Jahren ist kein Fremder mehr in die Stadt gekommen. Es gibt hier niemanden namens Crowley.«

Ich war ein wenig verwirrt. »Warum sind Sie dann zu mir gekommen?«

Die Antwort erfolgte nicht gleich; nicht einmal nach einem kurzen, sondern erst nach einem geraumen Zögern. Als sie sprach, tat sie es stockend; langsam und zögernd und mit unüberhörbarem Widerwillen – eben auf die Art eines Menschen, der Angst hat zu reden, aber noch mehr Angst, es nicht zu tun. »Vielleicht sollte ich mit Ihrem Freund reden. Vielleicht ... hätte ich auch gar nicht kommen sollen.«

»Sie sind aber nun einmal hier«, antwortete ich sanft. »Wie heißen Sie? Mein Name ist Robert.«

Wieder ein langes, lastendes Schweigen. Dann: »Alyssa. Mein Name ist Alyssa Baker.«

»Sie haben Angst zu reden«, sagte ich gerade heraus. »Wollen wir woanders hingehen?«

»Es gibt keinen sichereren Platz in Brandersgate«, antwortete Alyssa. Ich spürte ihre Nervosität. »Aber ich ... bin nicht sicher, ob Sie mir helfen können. Ich hätte nicht kommen sollen.«

»Es geht um die Kinder«, vermutete ich.

Wieder antwortete sie nicht sofort, aber dieses Mal konnte ich deutlich die Überraschung spüren, die in ihrem Schweigen lag.

»Woher ... wissen Sie das?« fragte sie schließlich.

»Nur eine Vermutung«, antwortete ich. Das war zugleich die Wahrheit wie eine Lüge. Es *war* nicht mehr als eine Vermutung; allerdings eine, die fast zur Gewißheit geworden war. So sicher, wie Cohen gespürt hatte, daß mit diesem Ort etwas nicht stimmte, spürte ich, daß mit seinen Kindern irgend etwas nicht in Ordnung war. Vielleicht fühlten wir beide das gleiche, jeder auf seine Art.

»Was ist mit Ihren Kindern?« fragte ich, als sie nicht antwortete, sondern mich nur weiter schweigend aus der Dunkelheit heraus anblickte. Ich konnte ihr Gesicht noch immer nicht erkennen, aber ich spürte, daß sie ihren Entschluß, zu uns zu kommen, bereits wieder zu bereuen begann.

»Ich glaube, ich kann Ihnen helfen, Alyssa«, sagte ich. Aufmunternd fügte ich hinzu: »Alyssa – das ist ein schöner Name. Woher stammt er?«

»Es ist keltisch«, antwortete Alyssa. Ich machte einen weiteren Schritt auf sie zu. Alyssa fuhr leicht zusammen, aber sie wich nicht weiter vor mir zurück, so daß ich es wagte, mich langsam weiter zu bewegen.

Ihr Gesicht war schmal und von schulterlangem, glattem Haar eingerahmt, das von der gleichen schwarzen Farbe war wie ihre Augen, die mich mit einer Mischung aus Furcht und einem ganz schwachen Schimmer von Hoffnung anblickten. Ihr Alter schätzte ich auf ungefähr dreißig Jahre. Sie war von schlankem, fast zierlichem Wuchs, mit einem Gesicht, das hübsch war und *schön* gewesen wäre, hätten Schmerz und Verbitterung nicht tiefe Spuren darin hinterlassen.

»Ein hübscher Name«, sagte ich noch einmal und lächelte ihr zu. »Er paßt zu seiner Besitzerin.«

Sie erwiderte mein Lächeln vorsichtig. Die Furcht in ihrem Blick erlosch nicht ganz, aber sie zog sich ein wenig zurück.

»Was geschieht mit Ihren Kindern, Alyssa?« fragte ich.

»Sie ... sie nehmen sie uns weg«, antwortete Alyssa.

»Sie?«

»Er«, verbesserte sie sich. »Hennessey.«

»Der Lehrer?«

»Lehrer?« Alyssa gab einen Laut von sich, der ebenso ein Lachen wie ein mühsam unterdrückter Schrei sein konnte. »Wer hat Ihnen erzählt, daß er *Lehrer* ist?« fragte sie.

»Einer der Jungen. Pasons.«

»Pasons?!« Ihr Erschrecken war nicht zu übersehen. »Sie haben mit Joshua gesprochen?«

»Heute nachmittag, ja. Er kam in Cordwailers Laden. Ein seltsamer Junge.«

»Joshua!« Ihre Stimme klang plötzlich fast haßerfüllt. »Er ist der Schlimmste von allen! Wenn er mit Ihnen geredet hat, dann weiß Hennessey jetzt schon, daß Sie hier sind.«

Ich spürte, wie ihre Gefühle sie zu überwältigen drohten, und machte eine rasche, beruhigende Bewegung. »Warum erzählen Sie mir nicht von Anfang an, was hier geschehen ist, Alyssa?« fragte ich. »Vielleicht kann ich Ihnen tatsächlich helfen. Ich habe eine gewisse ... Erfahrung in diesen Dingen.« Gleichzeitig berührte ich sie sanft an der Schulter. Alyssa versteifte sich unter meiner Berührung, und ich spürte, daß sie für einen winzigen Moment nahe daran war, in Panik zu geraten. Doch dann entspannte sie sich wieder, und die Furcht wich aus ihrem Gesicht.

Es war nicht nur meine Berührung, die sie beruhigte. Zugleich mit meiner Hand, die ihren Arm berührte, berührte mein Geist den ihren, und ohne daß sie selbst es auch nur bemerkte, besänftigte ich ihre Angst und erfüllte sie zugleich mit einem Vertrauen, das sie einem wildfremden Menschen wie mir gegenüber sonst niemals aufgebracht hätte. Ich tat das nicht gerne. Was Alyssa beruhigte, war weniger mein bewußter Wille als vielmehr ein Teil meines magischen Erbes, den ich selbst nie ganz verstanden hatte und der mich selbst stets mit einem Schaudern erfüllte. Einem fremden Menschen meinen Willen aufzuzwingen hatte mir nie gefallen. Selbst wenn ich es wie jetzt tat, um ihm zu helfen, hatte ich dabei immer ein bißchen das Gefühl, ihn zu vergewaltigen. Aber diesmal mußte es sein. Obwohl ich von Alyssa bisher im Grunde kaum etwas erfahren hatte, spürte ich doch, wie wichtig das war, was sie mir sagen wollte. Vielleicht wichtiger, als sie selbst ahnte.

»Beruhigen Sie sich«, sagte ich noch einmal. »Und dann erzählen Sie. Wer ist dieser Hennessey, und was tut er?«

»Er kam vor fünf Jahren in die Stadt«, begann Alyssa. »Damals sah es hier noch nicht so aus wie heute. Brandersgate war niemals eine große Stadt, oder reich, aber die Menschen hatten Arbeit und waren zufrieden.«

»Was hat er getan?« fragte ich.

»Nichts«, antwortete Alyssa. »Nichts, was man ihm beweisen könnte oder zur Last legen. Aber alles wurde schlimm, nachdem er hierhergekommen war. Es begann damit, daß die Kirche niederbrannte.«

»Hat Hennessey sie angezündet?«

Sie verneinte. »Es war ein Gewitter. Alle haben es gesehen, ich auch. Der Blitz schlug ein, direkt in das Kreuz auf der Kirchturmspitze. O nein, er hat sie nicht angezündet. Aber ich weiß, daß er es gewesen ist. Er ist der Teufel, oder zumindest mit ihm im Bunde. Es war seine Schuld, so wie alles andere auch.«

»Alles andere? Was noch?«

»Was noch? Sehen Sie sich doch um! Unsere Stadt ist ... tot. Die Häuser verfallen. Niemand arbeitet noch. Niemand geht weg, und niemand kommt. Früher sind wir oft in die benachbarten Ortschaften gegangen, um einzukaufen oder Freunde zu besuchen, aber heute verläßt niemand mehr Brandersgate. Und unsere Nachbarn meiden uns.«

»Aber wovon leben Sie, wenn niemand Arbeit hat?« fragte ich.

»Hennessey«, antwortete Alyssa. »Früher gab es eine Sägemühle, und viele von den Männern sind aufs Meer hinausgefahren, um zu fischen. Die Sägemühle wurde geschlossen, und die Schiffe haben den Hafen schon seit Jahren nicht mehr verlassen. Manchmal arbeiten ein paar der Männer für Hennessey, aber nicht viele, und nicht sehr oft.«

»Und wovon leben sie alle?« wiederholte ich meine Frage.

»Was zum Leben nötig ist, bekommen wir in Cordwailers Laden«, antwortete Alyssa. »Hennessey bürgt für uns. Wir können anschreiben, bis wir wieder selbst bezahlen können.«

Ich konnte die Bitterkeit in ihrer Stimme sehr gut verstehen. Nach allem, was sie mir erzählt hatte, schien sich dieser unheimliche Mr. Hennessey mehr oder weniger zum Herrn über ganz Brandersgate aufgeschwungen zu haben. Und Alyssa war nicht der Mensch, der es ertrug, von Almosen zu leben. Aber trotzdem antwortete ich: »Das klingt eher, als sollten Sie diesem Mr. Hennessey dankbar sein.«

»Er stielt uns unsere Kinder, Robert«, antwortete Alyssa. »Sie ... sie gehen jeden Tag zu seinem verdammten Turm hinaus, und jedesmal wenn sie zurückkommen, ist es ein bißchen schlimmer.«

»*Was* ist schlimmer?« fragte ich betont. Ich glaubte sogar zu wissen, was sie meinte. Schließlich hatte ich Joshua gesehen. Aber ich wollte es aus ihrem eigenen Mund hören; und mit ihren Worten.

»Er nimmt ihnen ihre Jugend«, antwortete Alyssa. »Mein Sohn ist fünf Jahre alt, aber er redet und benimmt sich wie ein Erwachsener. Er … er ist kein Kind mehr.« Ihre Stimme begann zu zittern, und ich sah, wie sich ihre Augen mit Tränen füllten. Ganz automatisch wollte ich meinen beruhigenden Einfluß verstärken, aber dann begriff ich im letzten Moment, daß sie ein Recht auf diesen Schmerz hatte, und tat es doch nicht.

»Und so wie Barney sind sie alle«, fuhr Alyssa fort. »Ich weiß nicht, was Hennessey mit ihnen tut, aber er stielt ihre Jugend. Niemand hat den Mut, sich gegen ihn zu stellen, aber ich … ich ertrage es nicht mehr. Manchmal habe ich das Gefühl, daß mein eigener Sohn zu meinem Feind geworden ist.« Ihre Stimme versagte, als sie endgültig von den Tränen übermannt wurde.

Der Anblick ließ auch in mir etwas erschauern. Wie verzweifelt mußte diese Frau sein, wenn sie sich an den erstbesten, wildfremden Menschen um Hilfe wandte, der in die Stadt kam?

Ich gab ihr hinlänglich Zeit, ihre Fassung zurückzuerlangen, dann fragte ich: »Können Sie mir den Weg zu diesem Leuchtturm zeigen, in dem Hennessey wohnt?«

»Ja«, antwortete sie. »Aber Sie können jetzt nicht dorthin. Die Flut beginnt in einer Stunde, und Sie wären bis morgen mittag auf der Insel gefangen.«

»Ich weiß«, antwortete ich. »Ich möchte ihn auch nur sehen, das ist alles.«

»Dazu müssen wir nicht bis zum Strand«, antwortete Alyssa. »Der Leuchtturm ist schon lange nicht mehr in Betrieb, aber manchmal sieht man ein ... Licht.«

Das unmerkliche Stocken in ihren Worten entging mir keineswegs. »Ein Licht? Was für ein Licht?«

»Ein ... seltsames Leuchten«, antwortete Alyssa. »Ich weiß nicht warum, aber es ist ... irgendwie unheimlich. Kommen Sie, ich zeige Ihnen den Weg. Aber seien Sie vorsichtig. Und sehr leise. Niemand darf wissen, daß ich mit Ihnen gesprochen habe.«

Wir verließen die Kirche durch ein mannsgroßes, unregelmäßig geformtes Loch in der Wand auf der Rückseite und folgten der Straße in nördlicher Richtung; allerdings nur noch wenige Dutzend Schritte weit, denn sie endete jäh vor einer Barriere aus Unterholz und Gestrüpp, die in der Dunkelheit wie eine massive Wand wirkte. Trotzdem meinte ich zu erkennen, daß die Straße früher einmal weiter geführt haben mußte; vielleicht bis zu der Sägemühle, von der Alyssa erzählt hatte.

Der Weg zur Küste war tatsächlich nicht weit. Alyssa wich im rechten Winkel von der Straße ab. Eine Zeitlang marschierten wir durch fast hüfthohes Gras und Gestrüpp, schließlich eine flache Böschung hinauf – und dann lag die Steilküste so jäh vor uns, daß Alyssa mich mit einer erschrockenen Bewegung am Arm ergriff und zurückriß, denn von selbst hätte ich den gut zwanzig Yard tiefen Abgrund, der plötzlich vor uns klaffte, vielleicht gar nicht bemerkt.

Ich bedankte mich mit einem Kopfnicken und beugte mich mit klopfendem Herzen vor. Der Anblick ließ mich schaudern. Alyssa hatte mich nicht nur vor einem üblen Sturz bewahrt, sondern mir mit ziemlicher Sicherheit das Leben gerettet. Unter uns erstreckte sich ein schmaler, mit nadelspitzen Felsen nur so gespickter Strand, der im bleichen Licht des Mondes fast weiß schimmerte.

»Wo ist der Turm?« fragte ich.

Alyssa deutete stumm nach Norden. Im ersten Moment erkannte ich nichts als Dunkelheit, aber nach einigen Sekunden identifizierte ich einen Umriß in noch tieferem Schwarz vor dem Hintergrund der Nacht, und nach einigen weiteren Sekunden erkannte ich die typische, sich sanft nach oben verjüngende Form eines Leuchtturmes, der offensichtlich ein ganzes Stück vor der Küste auf einer kleinen Felseninsel stand. Von irgendeinem Licht war nichts zu sehen.

Dafür sah ich etwas anderes: Als ich meinen Blick nach einer Weile wieder vom Umriß des Leuchtturmes löste, gewahrte ich eine Anzahl scheinbar winziger Gestalten, die sich auf dem Strand unter mir bewegten. Ich schätzte, daß es ungefähr anderthalb Dutzend sein mußten, und sie gingen hintereinander, fast wie bei einer Prozession.

»Wer ist das?« flüsterte ich.

Alyssa zuckte mit den Schultern. »Ich ... weiß es nicht«, antwortete sie zögernd. Ich spürte, daß sie log. Sie wußte, um wen es sich bei den Gestalten handelte, aber sie wollte es mir aus irgendeinem Grund nicht sagen.

»Wie komme ich dort hinunter?« fragte ich.

Alyssa erschrak. »Zum Strand? Aber ...«

»Hören Sie, Alyssa«, unterbrach ich sie, »soll ich Ihnen helfen oder nicht?« Sie nickte, und ich fuhr fort: »Also, dann erklären Sie mir den Weg. Und danach gehen Sie zurück in die Kirche. Wenn ich in ... sagen wir zwei Stunden nicht zurück bin, gehen Sie zu Inspektor Cohen und erzählen ihm alles.«

»Tun Sie das nicht, Robert«, sagte Alyssa. »Es ... könnte gefährlich werden.«

»Ich passe schon auf mich auf, keine Sorge. Ich habe eine gewisse Übung in solchen Dingen, wissen Sie?« Ich lächelte optimistisch, aber tief in mir ahnte ich, daß sie vermutlich recht hatte. Und diese Ahnung war nur zu berechtigt.

Seine Ahnung hatte ihn nicht getrogen – irgend etwas stimmte hier nicht. Nicht mit diesem Ort, nicht mit seinen Einwohnern – o ja, und so ganz nebenbei auch nicht mit dem Mann, der sich als Roderick Craven ausgab.

Während Cohen Craven und der dunkelhaarigen Frau zur Küste gefolgt war, war aus dem penetranten Flüstern seines kriminalistischen siebten Sinnes ein Gebrüll geworden, das man eigentlich in ganz Brandersgate hätte hören müssen. Die beiden hatten sich in allerbester Verschwörermanier in der alten Kirche getroffen und eine Weile miteinander geredet; genauer gesagt: *geflüstert*. Und obwohl Cohen nichts von ihrem Gespräch verstanden hatte, hatte ihm rein die *Art*, in der es stattfand, genug gesagt – die kleinen verstohlenen Blicke, die behutsamen Bewegungen, ihre Mühe, immer in den Schatten zu bleiben und nur ja kein Geräusch zu machen, das man hätte hören können – die beiden hatten etwas zu verbergen. Cohen fragte sich nur, was und vor wem. Vor ihm? Wenn nicht, warum zum Teufel war Craven dann nicht zu ihm gekommen?

Natürlich hätte er all diese Fragen auch laut stellen können, und ein paarmal war er auch nahe daran gewesen, sein Versteckspiel aufzugeben und die beiden einfach zur Rede zu stellen. Aber der gleiche Instinkt, der ihm bisher geraten hatte, vorsichtig zu sein, riet ihm nun, dies auch weiterhin zu bleiben. Manchmal erfuhr man einfach mehr, wenn man sich nicht zeigte.

So folgte er den beiden zur Küste – und sein Verdacht wurde beinahe zur Gewißheit, als sich Craven nach einem letzten kurzen Wortwechsel mit der Frau umwandte und die hölzerne Treppe zum eigentlichen Strand hinabstieg, während sie selbst noch einen Moment stehenblieb und sich dann wieder in Richtung Brandersgate auf den Weg machte. Ihre Gestalt verschwand schon nach Augenblicken in der Dunkelheit, aber Cohen war unschlüssig; wenigstens für einen Moment.

Er wollte weder sie noch Craven aus den Augen verlieren, aber er konnte sich schlecht zweiteilen. Auf der einen Seite brannte er darauf, herauszufinden, was um alles in der Welt Craven mitten in der Nacht dort unten am Strand zu suchen hatte. Aber Craven lief ihm nicht weg. Nach allem, was er gesehen hatte, gab es im weiten Umkreis nur diesen einen Weg zum Strand hinunter – und somit logischerweise auch wieder hinauf – während seine *Mitverschwörerin* wieder zum Dorf zurückeilte, um wer weiß was zu tun. Und Cohen interessierte sich brennend für dieses *wer weiß, was*. Craven würde mindestens zwanzig Minuten brauchen, um die baufällige Treppe hinab- und wieder heraufzuklettern – von dem, was immer er da unten am Strand auch anstellen mochte, ganz zu schweigen. Also hatte Cohen Zeit genug, sich um die Frau zu kümmern.

Er warf einen letzten Blick in die Tiefe, stellte schwindelnd fest, daß Craven die Treppe noch nicht einmal zur Hälfte überwunden hatte, und wandte sich dann um, um der Frau zu folgen.

Sie war bereits wieder in der Nacht verschwunden, und so schritt er schnell aus, um sie einzuholen. Trotzdem hatte sie den unkrautüberwucherten Anfang der alten Teerstraße schon wieder erreicht, ehe er ihre Gestalt als Schemen in der Dunkelheit vor sich wahrnahm. Er würde sich beeilen müssen, wollte er sie stellen, ehe sie das Dorf erreichte. Cohen hatte sie zwar ziemlich deutlich gesehen, war aber trotzdem nicht sicher, ob er sie am anderen Morgen wiedererkennen würde. Also beschleunigte er seine Schritte noch mehr.

Als er auf die Straße hinaustreten wollte, hörte er ein Geräusch.

Instinktiv blieb er stehen, glaubte eine Bewegung neben sich in den Büschen wahrzunehmen und prallte zurück. Das Geräusch wiederholte sich, lauter und vor allem *näher* diesmal – Schritte, das Brechen von Zweigen und das Rascheln von trockenem Laub, und Cohen machte einen weiteren Schritt in die Dunkelheit zurück und begriff im gleichen Augenblick, daß er nicht schnell genug war. Wer immer dort aus dem Wald trat, *mußte* ihn einfach sehen, denn seine Gestalt hob sich deutlich gegen den Nachthimmel ab.

Aber er sah ihn nicht. Cohen duckte sich und erstarrte zur Reglosigkeit, während keine zwei Schritte neben ihm eine Gestalt aus dem Buschwerk trat und stehenblieb, und um die Sache völlig verrückt zu machen, blickte sich der andere auch noch aufmerksam um und starrte für eine halbe Sekunde direkt in Cohens Richtung. Trotzdem schien er ihn einfach nicht wahrzunehmen. Vielleicht lag es daran, daß er reglos stand und nicht mehr als einen unter zahllosen anderen Schatten der Nacht bildete, wahrscheinlicher aber war, daß die Aufmerksamkeit des Mannes einer anderen Gestalt galt, die sich in diesem Augenblick vom Dorf her kommend näherte. Im ersten Moment dachte Cohen, es wäre die Frau, die zurückkam, erkannte seinen Irrtum aber schnell. Es war ein alter Mann, der sich mit kleinen, mühsamen Schritten und stark nach vorne gebeugt bewegte, als trüge er eine unsichtbare Last auf den Schultern, und der in einen weit fallenden Mantel gehüllt war, so daß man seinen Umriß auf den ersten Blick für den einer Frau halten konnte. Er hatte weißes Haar, das zwar bis auf die Schultern herabfiel, trotzdem aber so dünn geworden war, daß er auf den ersten Blick beinahe kahlköpfig wirkte, und das älteste Gesicht, das Cohen jemals erblickt hatte. Er schätzte den Mann auf weit jenseits der Neunzig. Auch er ging nur wenige Schritte an ihm vorüber, und auch er *mußte* ihn eigentlich sehen – und auch er registrierte ihn nicht.

Die beiden wechselten kein Wort miteinander, sondern verständigten sich nur mit einem vertrauten Kopfnicken, und der jüngere Mann – der, der gerade aus dem Wald gekommen war – drehte sich herum und ging den Weg zurück, wobei er die Zweige und Äste des ineinanderwuchernden Unterholzes für seinen Begleiter teilte. Trotzdem sah Cohen, welche Mühe es dem Alten bereitete, sich über die Wurzeln und Unkrautbüschel hinwegzuquälen.

Mit klopfendem Herzen stand er in der Dunkelheit da und lauschte, während das Brechen von Zweigen und das Geräusch der Schritte leiser wurde. Cohen wartete sicherlich zwei Minuten, dann erst wagte er es, sich aufzurichten und den beiden zu folgen.

Der Weg, den sie genommen hatten, war nicht schwer zu finden, denn was wie eine schier undurchdringliche Mauer aus Unterholz aussah, war nur eine schmale Barriere, hinter der sich die Teerstraße fortsetzte; zwar überall von Wurzeln und grünen Halmen gesprengt, aber doch noch gut begehbar.

Cohen blieb noch einmal stehen und sah sich um, soweit es im schwachen Licht im Inneren des Waldes möglich war, und was er erblickte, erhärtete seinen Verdacht – die Straße war an dieser Stelle gewaltsam beschädigt worden, und einige der Büsche und jungen Bäume schienen sogar eigens angepflanzt worden zu sein, um den Eindruck zu erwecken, daß der Weg hier endete. Jemand hatte sich große Mühe gemacht, die Fortsetzung der Straße (und vermutlich das, wohin sie führte) vor allzu neugierigen Blicken zu schützen.

Sehr vorsichtig ging Cohen weiter. Er bewegte sich langsam, denn er wollte die beiden nicht ganz aus Versehen einholen. Trotzdem wurden die Geräusche der Schritte allmählich wieder lauter, und nach nur wenigen Minuten sah Cohen zwei Schemen vor sich. Jetzt hörte er auch Stimmen. Die beiden redeten miteinander, allerdings so leise, daß er die Worte nicht verstehen konnte. Er blieb wieder stehen, zählte in Gedanken bis hundert und ging dann weiter.

Cohen schätzte, daß er auf diese Weise etwa eine Meile zurückgelegt hatte, bis sich der Wald vor den Männern, die er verfolgte, lichtete und er wieder die

Küste sehen konnte. Die Schatten mehrerer großer Gebäude hoben sich wie die Umrisse sonderbar kantiger Gebirge vor dem Nachthimmel ab.

Cohen blieb stehen. Die beiden Männer waren fünfzig oder sechzig Schritte vor ihm, aber er konnte sie jetzt ganz deutlich sehen und wollte sein Glück nicht auf die Probe stellen – wenn sie stehenblieben und sich aus irgendeinem Grund umdrehten, mußten sie ihn ebenso deutlich sehen, und Cohen hätte nicht sein Leben darauf gewettet, daß sie auch ein zweites Mal mit Blindheit geschlagen waren. So wartete er, bis sie sich dem größten der offensichtlich leerstehenden Gebäude näherten und schließlich mit seinem Schatten verschmolzen. Erst dann huschte er geduckt und sehr schnell weiter.

Während er sich den Gebäuden näherte, wurde ihm klar, daß er sich auf dem Gelände einer alten Fabrik befinden mußte, vielleicht eines Sägewerkes, denn weiter zum Waldrand hin entdeckte er große Stapel mit geschnittenen, wenn auch halb verrotteten Baumstämmen. Die schottische Nordküste erschien ihm als ein sonderbarer Ort für ein Sägewerk, aber noch sonderbarer war es, ein solches in der Nähe einer Ortschaft wie Brandersgate zu finden. Diese Fabrik war sehr groß gewesen. Die Anzahl ihrer Arbeiter mußte die der Einwohner Brandersgates – Frauen und Kinder mitgerechnet – bei weitem überstiegen haben. Auf der anderen Seite erschien ihm der Zustand der Fabrik nur zu passend; ein weiteres Symbol für den unheimlichen Verfall, der von dem kleinen Dorf Besitz ergriffen hatte.

Er verscheuchte den Gedanken und konzentrierte sich wieder ganz auf das, was er sah und vor allem hörte. Die beiden Männer hatten das Gebäude durch eine Tür betreten, die sie hinter sich nur angelehnt hatten, und als Cohen sich ihr näherte, hörte er ein dumpfes Raunen und Murmeln wie von zahlreichen Stimmen, die sich dort drinnen unterhielten – oder *sangen?* –, und sah einen blassen, rötlichen Lichtschein. Er blieb noch einmal stehen, blickte sich sichernd nach allen Seiten um und öffnete schließlich die Tür. Die rostigen Angeln quietschten erbärmlich, und Cohen verzog erschrocken das Gesicht. Er hätte schwören können, daß sie das vorhin nicht getan hatten, als die beiden anderen die Tür öffneten.

Drinnen erwartete ihn ein riesiger, vollkommen leerer und fast vollkommen dunkler Raum. Der Lichtschein, den er sah, drang durch die Ritzen einer großen hölzernen Tür auf der anderen Seite. Auf Zehenspitzen bewegte sich Inspektor Cohen dorthin, preßte für ein paar Augenblicke das Ohr gegen die Tür, um zu lauschen, und versuchte schließlich einen Blick durch die zum Teil fast fingerbreiten Spalten in dem verzogenen Holz zu werfen.

Auf der anderen Seite lag ein großer, vom flackernden Licht brennender Fackeln erhellter Raum, der fast zur Gänze von den Umrissen riesiger, rostzerfressener Maschinen erfüllt war und in dem sich mehr als ein Dutzend Gestalten aufhielten. Sie waren sehr klein und schlank, und obwohl Cohen ihre Gesichter nicht erkennen konnte, verrieten ihm doch allein ihre Proportionen, daß es sich um Kinder handelte, keines älter als sieben oder acht Jahre, schätzte er. Aber die Kinder waren nicht das einzige, was sich in dem alten Maschinensaal befand. Außer ihnen war noch etwas da, und dieser Anblick erfüllte Cohen mit einem solchen Entsetzen, daß er die Schritte hinter sich erst registrierte, als es zu spät war.

»Inspektor Cohen!« sagte eine Stimme hinter ihm. Sie klang dünn und schwach und alt, und trotzdem *erkannte* er sie sofort, obwohl er sie erst ein einziges Mal im Leben gehört hatte. Cohen fuhr herum und blickte in ein schmales, von zahllosen Jahrzehnten gezeichnetes Gesicht und Augen, die so kalt und hart wirkten, als wären sie aus Stahl gegossen. »Ich sagte Ihnen doch, daß wir uns wiedersehen würden, nicht wahr?«

Die Treppe war vermutlich tagsüber schon unheimlich; jetzt, im Dunkeln, wurde es zu einem halsbrecherischen Abenteuer, die ausgetretenen Stufen hinunterzugehen. Nach Alyssas Beschreibung hatte ich mit einem Pfad gerechnet, der sich an der Felswand hinabwand, aber der Weg zum Strand entpuppte sich als hölzerne Treppe, die sich in einem kaum besseren Zustand befand als der gesamte Rest der Ortschaft. Die hölzernen Stufen ächzten unter meinem Gewicht, und die Idee, mich auf dem dünnen Geländer abzustützen, gab ich nach dem ersten Versuch sehr schnell wieder auf. Obwohl die Nacht sehr kühl war und vom Meer her zusätzlich ein eisiger Wind wehte, war ich in Schweiß gebadet, als ich den Strand erreichte.

Aufmerksam sah ich mich um. Ich stand in einem Gewirr mehr als mannshoher, zum Teil bizarr geformter Felsen, zwischen denen hier und da flache Pfützen glänzten. Der Boden unter meinen Füßen fühlte sich weich und federnd wie Sumpf an. Wahrscheinlich stand ich auf dem Meeresgrund. Ich vermutete, daß der Strand bei der von Alyssa erwähnten Flut bis zur Höhe der Felsen unter Wasser stand, was bedeutete, daß mir ungefähr eine Stunde blieb, um zur Treppe zurückzukommen.

Ich war unentschlossen. Bei Dunkelheit und in diesem Gewirr von Felsen waren die Aussichten nicht schlecht, sich hoffnungslos zu verirren, und ich wußte aus leidiger Erfahrung, wie schnell und tückisch die Flut in diesen Gewässern hereinbrechen konnte. Vielleicht hätte ich sogar auf meine innere Stimme gehört und auf der Stelle kehrtgemacht, wäre in diesem Moment nicht ein fremdes, irgendwie unheimliches Geräusch an mein Ohr gedrungen: ein sonderbares, an- und abschwellendes Summen, das einem nicht identifizierbaren, aber trotzdem vorhandenen Rhythmus folgte.

Mit klopfendem Herzen sah ich mich um. Ich sah nichts außer Dunkelheit und feuchtem Stein, und ich war schon soweit, auf einen der Felsen klettern zu wollen, um einen besseren Überblick zu erlangen, als ich doch etwas sah – nämlich das Licht, von dem Alyssa gesprochen hatte.

Plötzlich verstand ich sehr gut, was sie gemeint hatte. Das Licht erstrahlte auf der Spitze des konischen Schattens, den der Leuchtturm darstellte, aber es war nicht das Licht eines Leuchtturmes. Ganz und gar nicht.

Es war ein unheimlicher, mattgrüner Glanz, der gar nicht wie Licht aus einer bestimmten Quelle aussah, sondern fast, als wäre der Turm von einer Wolke aus Myriaden winziger, grünleuchtender Käfer oder Staubkörner eingehüllt. Das Licht flackerte, ohne daß ich eine wirkliche Bewegung der Wolke feststellen konnte. Es war ein durch und durch unheimlicher Anblick, und ich stand eine geraume Weile einfach da und betrachtete den Turm, hin und her gerissen zwischen Faszination und einem allmählich größer werdenden Schrecken.

Als ich mich endlich wieder aus dem Bann des Anblickes befreite, war der Gesang näher gekommen – so nahe, daß ich erschrocken zusammenfuhr und instinktiv in den Schatten eines Felsens huschte; wie sich schon im nächsten Moment zeigen sollte, keinen Augenblick zu früh.

Zwischen den Felsen, nur ein kleines Stück abseits der Stelle, an der ich gerade noch gestanden hatte, erschien die erste einer ganzen Reihe von Gestalten, die in einer Art unheimlicher Prozession an mir vorüberzogen. Sie alle waren sehr klein – keine hätte mir auch nur bis zum Kinn gereicht, selbst wenn sie sich auf die Zehenspitzen gestellt hätte –, und ich konnte ihre Gesichter nicht erkennen, denn sie trugen dunkle Gewänder mit hohen, weit nach vorne gezogenen Kapuzen, aber ich wußte trotzdem sofort, wen ich vor mir hatte: die Kinder von Brandersgate, von denen Alyssa mir erzählt hatte. Ich zählte insgesamt neunzehn Gestalten, die langsam an mir vorüberzogen, wobei sie weiter diesen unheimlichen Gesang intonierten, der nicht aus Worten bestand, sondern nur aus düsteren Summ- und Kehllauten, von denen es schwer zu glauben war, daß sie aus den Kehlen von Kindern stammen sollten.

Ich wartete mit angehaltenem Atem, bis das letzte Mitglied der unheimlichen Prozession an meinem Versteck vorübergezogen war, und ich gab auch dann noch einige Sekunden zu, ehe ich ihnen äußerst vorsichtig folgte.

Die Prozession bewegte sich in nördlicher Richtung, soweit das Gewirr bloßgelegter Riffe dies zuließ, und somit direkt auf den unheimlichen Leuchtturm zu. Der Gesang wurde ganz allmählich lauter, ohne jedoch an Deutlichkeit zuzunehmen. Trotzdem vermeinte ich jetzt, Fetzen von Worten zu vernehmen, schauderndmachende Lautgebilde, die keiner mir bekannten menschlichen Sprache entstammten.

Der Zug bewegte sich langsam weiter, und ich folgte ihm in gehörigem Abstand, jederzeit bereit, stehenzubleiben und in eine Deckung zu huschen, sollte einer von ihnen etwa stehenbleiben oder sich gar herumdrehen. Aber meine Vorsicht erwies sich, dieses Mal zumindest, als überflüssig. So wenig, wie einer der knapp zwanzig Kinder vorhin meine Spuren bemerkt hatte, über die sie praktisch hinweggelaufen waren, bemerkten sie mich jetzt. Ich blieb auf der Hut, wagte es aber nach und nach, den Abstand ein wenig zu verringern.

Unser Ziel war der Leuchtturm. Als mir dies klar wurde, kamen mir erneut Zweifel – zwar sah ich nach wie vor nur hier und da einen flachen Tümpel zwischen den Felsen, aber es konnte jetzt nicht mehr allzu lange dauern, bis die Flut hereinbrach.

Aber natürlich ließ ich nicht von der Verfolgung ab.

Der Leuchtturm mit seinem unheimlichen grünen Licht kam allmählich näher, aber die kleine Gruppe hielt an, vielleicht fünfzig oder sechzig Schritte bevor sie den Fuß des steil aufragenden Felsens erreichte, auf dem sich der Leuchtturm erhob. Die Felsen wichen hier ein wenig auseinander und bildeten eine Art Lichtung in dem steinernen Wald, der den bloßgelegten Meeresboden bedeckte. Das gute anderthalb Dutzend in graue Kapuzenmäntel gehüllte Gestalten bildete einen weit auseinandergezogenen Kreis in der Mitte der Lichtung, in dessen Zentrum eine einzelne, hoch aufgerichtete Gestalt stand, die langsam die Arme hob, sich mit gemessenen Bewegungen zum Leuchtturm herumdrehte und dabei ihre Kapuze zurückschlug.

Es war Joshua.

Ich erkannte den schlanken Jungen trotz der Dunkelheit sofort. Das grüne Licht warf einen unheimlichen Schein auf sein Gesicht, ließ ihn um Jahre älter erscheinen, als er war, und tief in seinen Augen schien ein anderes, noch unheimlicheres Feuer aufzuglühen, das auf das grüne Lohen des Turmes antwortete.

Allmählich beschlich mich nun doch ein Gefühl echter Furcht. Ich hatte in meinem Leben schon eine Menge unheimlicher, ja grauenerregender Dinge gesehen – und doch erfüllte mich der Anblick dieser knapp zwanzig Kinder, die im Kreis um Joshua herumstanden und ihre Oberkörper im Takt ihres unheimlichen Singsangs wiegten, mit einem Schrecken, wie ich ihn selten zuvor empfunden hatte. Ich mußte an Alyssa denken und das, was sie mir erzählt hatte, und ich begriff, daß sie längst nicht die ganze Wahrheit wußte. Was immer mit den Kindern von Brandersgate geschah – man hatte ihnen nicht nur ihre Jugend genommen, sondern ihnen dafür etwas anderes, Unheimliches gegeben.

Joshua breitete die erhobenen Arme jetzt in einer langsamen Bewegung aus, und für einen Moment – einen winzigen Augenblick nur, so daß ich gar nicht sicher sein konnte, es wirklich zu sehen – schien zwischen seinen auseinandergleitenden Händen das gleiche unheimliche grüne Licht aufzuglühen, das auch die Spitze des Turmes umgab. Plötzlich stieß er einen Schrei aus; einen schrillen, unmenschlich spitzen Laut, der aber nicht nur ein Schrei war, sondern zugleich ein Wort, Silben einer Sprache, die nicht für Menschen gedacht war.

Absolute Ruhe kehrte ein. Der Gesang der Kinder verstummte abrupt, und selbst das Heulen des Windes, der sich an den Felszacken und der Küste hinter mir brach, hielt für einen Moment inne. Und dann, leise, unendlich weit entfernt, aber auch unglaublich *machtvoll*, antwortete etwas auf diesen Schrei.

Der Laut hallte vom Meer herüber. Es war ein Schrei, ein Brüllen wie von einem Leviathan, der nach Millionen Jahren das erste Mal aus seiner dunklen Welt am Meeresgrund emporgestiegen war und seinen Zorn und seinen Haß auf alles Leben hier oben herausschrie. Ich konnte sehen, wie Pasons Augen aufleuchteten und ein fast verzückter Ausdruck sich auf seinem Gesicht ausbreitete. Zugleich hoben auch die anderen vermummten Gestalten ihre Köpfe, und das blasse Sternenlicht reichte aus, mich einen Blick unter die eine oder andere Kapuze werfen zu lassen.

Wie ich vermutet hatte, blickte ich in die Gesichter von Kindern. Keines schien älter als sieben oder acht Jahre zu sein, und auf allen Zügen lag der gleiche, sonderbar alte und auf unheimliche Weise *wissende* Ausdruck, der mich auch in Joshuas Gesicht so irritiert hatte.

Etwas geschah. Ich konnte nicht sagen, was, aber ich fühlte es, obgleich es etwas war, das sich auf einer den normalen menschlichen Sinnen nicht zugänglichen Ebene des Seins abspielte. Joshua wiederholte seinen Schrei nicht, und auch das Brüllen vom Meer erscholl nicht noch einmal, und trotzdem glaubte ich zu fühlen, wie er die Bestie rief, und sie antwortete.

Ich mußte weg hier. Dieser eine Gedanke stand plötzlich ganz deutlich in meinem Bewußtsein. Joshua und die anderen schienen mich nicht bemerkt zu haben, aber ich wußte mit unerschütterlicher Sicherheit, daß das *Ding*, das da vom Meer herankam, meine Anwesenheit sofort spüren würde. Und trotzdem wich ich nur ein kleines Stückchen weiter in den Schatten der Riffe zurück und beobachtete Joshua und die anderen. Sie rührten sich nicht. Joshua stand da, die Hände reglos ausgebreitet und das Gesicht nach Norden gewandt. Er hatte die Augen jetzt geschlossen, und ich konnte sehen, wie seine Lippen weiter jene unheimlichen, nicht menschlichen Laute formten, ohne jedoch jetzt das geringste Geräusch zu hören.

Etwas Kaltes berührte meinen Fuß. Ich fuhr erschrocken zusammen, sah an mir herab und zuckte ein zweites Mal und deutlicher zusammen, als mir klar wurde, daß es Wasser war. Die wenigen flachen Tümpel, die ich auf dem Weg hierher bemerkt hatte, waren zu kleinen glitzernden Seen angeschwollen, die rasch und lautlos zusammenzuwachsen begannen, und auch zwischen den Füßen der Kinder auf der Felsenlichtung brach sich das Mondlicht jetzt auf schwarzem Wasser. Die Flut kam. Ich verstand nicht genug davon, um wirklich abschätzen zu können, wieviel Zeit mir noch blieb, aber ich ahnte, daß sie *schnell* kommen würde.

Und trotzdem blieb ich noch, wo ich war. Ich warf einen raschen Blick zurück in die Richtung, aus der ich gekommen war. Die Steilküste war nur als rauchiger Schatten in der Nacht zu erkennen; unmöglich zu sagen, ob sie hundert Schritte, eine halbe Meile oder zwei entfernt war. Aber ich konnte sie deutlich sehen, und ich wußte, daß wir zum größten Teil einfach geradeaus gegangen waren. Das Felsenlabyrinth war gewaltig, aber nicht unüberwindlich; nicht einmal ein wirkliches Hindernis. Wenn ich rannte, würde ich den Weg zurück sicher in zehn, allerhöchstens fünfzehn Minuten bewältigen können. Und schlimmstenfalls war ich ein ganz guter Schwimmer. Aber was hier vorging, war zu unheimlich und zu wichtig, als daß ich jetzt einfach davonlaufen konnte.

Also versuchte ich nur – sehr vorsichtig, um mich nicht durch das Platschen meiner Schritte doch noch zu verraten – auf einen etwas höher gelegenen Felsen zu kommen, und beobachtete Joshua und die anderen weiter.

Wenn sie etwas taten, so konnte ich nicht sehen, was. Das Wasser stieg langsam, aber auch unaufhaltsam höher, erreichte bald ihre Knöchel, dann ihre Waden und begann sich den Knien der Gestalten zu nähern, ohne daß sich eine von ihnen rührte, ja ohne daß eine von ihnen auch nur zu bemerken schien, was geschah.

Ein völlig verrückter Gedanke schoß mir durch den Kopf: War es möglich, daß Joshua diese Kinder hierher geführt hatte, um mit ihnen zu sterben? Die Idee war absurd, es gab überhaupt keinen Grund dafür, und doch ließ mich der Gedanke nicht los, und wie konnte er auch, denn ich sah mit eigenen Augen, wie das Wasser höher und höher stieg. Mir war klar, daß mir die Zeit davonlief. Schon jetzt konnte ich mir eigentlich nicht mehr im Ernst einreden, die Küste und erst recht die Treppe nach oben auch nur halbwegs ungefährdet zu erreichen.

Dann bemerkte ich etwas, das mich die Gefahr durch das unaufhörlich steigende Wasser für einen Moment schlichtweg vergessen ließ.

Zwischen den Felsen, aber auch zwischen den noch immer im Kreis stehenden Gestalten der Kinder bewegte sich etwas. Im allerersten Moment hielt ich es für eine Täuschung, einen Lichtreflex auf den Wellen, dann für dünne Stränge von Seetang, die die Strömung herantrug. Aber es war nichts von alledem. Die Bewegung wurde deutlicher und zahlreicher; ein unablässiges Zucken, Sichschlängeln und Winden, ein Peitschen und Suchen wie von Tausenden haardünner Schlangen, die sich unter der Wasseroberfläche bewegten. Manchmal schien etwas aufzutauchen, aber es war immer zu schnell und zu dünn, als daß ich es wirklich erkennen konnte. Und es wurde mehr und mehr. Das Wasser war weiter gestiegen und reichte Joshua und den anderen fast bis zu den Hüften, und überall zwischen den reglosen Gestalten trieben jetzt ganze Büschel dieser unheimlichen, seetangähnlichen Substanz.

Mittlerweile war auch mein Hochstand überflutet worden. Ich spürte die Kälte des Wassers an den Knöcheln, sah an mir herab – und vermochte diesmal einen erschrockenen Schrei nur im allerletzten Moment zu unterdrücken.

Auch überall um mich herum wimmelte es von schwarzer, zuckender Bewegung. Mit klopfendem Herzen und von dem fast sicheren Gefühl erfüllt, einen Fehler zu begehen, tauchte ich die Hand ins Wasser und zog sie langsam wieder heraus. Zwischen meinen Fingern hing eine Anzahl dünner, haarartiger schwarzer Fäden, die sich feucht und kalt und zugleich auf unheimliche Weise *lebendig* anfühlten. Sie bewegten sich. Ich registrierte ein ganz leichtes Zittern, und als ich die Hand weiter zu heben versuchte, spürte ich einen immer heftigeren Widerstand, und überall rings um mich herum begann das Wasser zu zittern. Offensichtlich waren es keine einzelnen Fäden, sondern Teile eines gewaltigen Gebildes. Hastig streifte ich das widerliche Zeug ab, fuhr auf meinem unsicheren Halt herum und verlor dabei beinahe das Gleichgewicht und registrierte voller Schrecken, daß die Flut immer schneller zu steigen begann. Das Wasser reichte Joshua und den anderen jetzt fast bis zur Brust. Sie würden ertrinken, dachte ich entsetzt. Und dann tat ich etwas, das ich bei klarer Überlegung vermutlich nicht getan hätte – aber ich war nicht mehr in der Lage, klar zu denken. Ich sah nur diese beinahe zwei Dutzend Kinder, die vor meinen Augen zu ertrinken drohten, und ich richtete mich vollends auf, riß die Arme in die Höhe und schrie, so laut ich konnte: *»Lauft weg! Das Wasser kommt!«*

Nichts geschah. In der noch immer anhaltenden, fast unheimlichen Stille mußten meine Worte meilenweit zu hören sein, aber nicht eines der Kinder reagierte. Einzig Joshua drehte sich nach einigen Sekunden ganz langsam herum, sah zu mir hinauf – und ein dünnes, böses Lächeln verzog seine Lippen.

Plötzlich begriff ich, daß die anderen meine Worte tatsächlich nicht gehört hatten, weil *er* es verhinderte.

»Joshua!« rief ich. »Tu das nicht! Du bringst sie um!«

Pasons antwortete nicht. Sein Lächeln wurde breiter, seine Lippen teilten sich und zeigten mir zwei Reihen kleiner, gleichmäßiger Zähne, die in der Dunkelheit der Nacht unnatürlich weiß zu leuchten schienen. Und für einen winzigen Moment kam mir sein Gesicht gar nicht mehr wie das eines Kindes vor, nicht einmal wirklich wie das eines Menschen. Was mich anblickte, war ein Raubtier, ein Ungeheuer, das seine Beute sicher wußte und mich seinen Triumph fühlen ließ.

Der Moment verging so schnell, wie er gekommen war. Aus dem Ungeheuer wurde wieder das Gesicht eines Kindes, ein siebenjähriger Junge, der die tödliche Gefahr, in die er sich und seine Freunde mit seinem morbiden Spiel gebracht hatte, nicht einmal begriff. Ich zögerte nicht länger. Es blieb nicht genug Zeit, es mit Vernunft zu versuchen. Wenn Joshua nicht auf meine Worte reagierte, so würde ich ihn zwingen müssen, sich und das Leben der anderen zu retten.

Mit einer entschlossenen Bewegung sprang ich in das eiskalte Wasser hinab und watete auf den Kreis reglos dastehender Gestalten zu.

Das heißt, ich wollte es.

Etwas hielt mich fest. Die Berührung war nur ganz sacht, im ersten Moment kaum spürbar, aber der Widerstand wuchs mit jedem Schritt, den ich tat. Unsichtbare Fesseln schienen sich um meine Beine zu legen und sie zu halten, und etwas Feuchtes, unangenehm Schleimiges schlang sich um meinen Leib. Ich sah nach unten und bemerkte, daß das Wasser vor mir von Millionen dünner, zuckender Fäden durchwoben war, die sich immer enger und enger um mich schlossen. Ich kam kaum noch von der

Stelle, und jeder Schritt kostete mich mehr Kraft als der vorhergehende. Und dann fühlte ich, wie mich etwas langsam, aber mit unbarmherziger Gewalt in die Tiefe zu zerren begann!

Mit einem Schrei warf ich mich zurück. Im allerersten Moment glaubte ich, meine Kraft würde nicht ausreichen, aber dann ließ der Widerstand mit einem so heftigen Ruck nach, daß ich das Gleichgewicht verlor und hintenüber ins Wasser klatschte. Die eisige Nässe schlug über mir zusammen und nahm mir den Atem. Haardünne Fäden berührten mein Gesicht, wanden sich um meinen Hals und meine Arme, und ich mußte mit aller Kraft um mich schlagen und treten, um mich auch nur weit genug wieder aufrichten zu können, daß ich atmen konnte. Wieder ließ der Druck im allerletzten Moment nach, gerade als ich glaubte, es nicht mehr aushalten zu können, und diesmal spürte ich, daß es kein Zufall war. Keuchend und verzweifelt um Luft ringend richtete ich mich auf, taumelte ein paar Schritte zurück und fuhr mir angeekelt mit beiden Händen durch Gesicht und Haar, um die schwarzen Fäden abzuwischen, die mich über und über bedeckten, und als ich wieder halbwegs klar sehen konnte, begegnete ich erneut Joshuas Blick.

Aus dem höhnischen Lächeln auf seinem Gesicht war ein Ausdruck bösen Triumphs geworden. Das Wasser reichte ihm und den anderen jetzt bis zur Brust und stieg höher, und ich sah, wie sich unter seiner Oberfläche eine ungeheuerliche Masse der zuckenden Nervenfäden heranschob. Einige von ihnen streckten sich jetzt wie dünne, tastende Finger aus dem Wasser heraus und begannen an den Körpern der Kinder emporzukriechen, Wurzeln gleich, die mit millionenfacher Schnelligkeit ein Hindernis überwucherten, und auch ich spürte schon wieder jene widerwärtige, *lebendige* Berührung an Armen und Leib. Trotzdem versuchte ich noch einmal, mich weiter vorzukämpfen.

Diesmal war die Warnung eindeutig. Ich wurde mit einem harten, brutalen Ruck nach vorne und bis auf den Meeresgrund hinuntergezerrt, und der Würgegriff hielt so lange an, bis ich glaubte, daß meine Lungen platzen müßten, und nahe daran war, das Bewußtsein zu verlieren. Halb besinnungslos richtete ich mich wieder auf, taumelte blindlings zurück und gegen einen Felsen. Der heftige Schmerz, mit dem mein Hinterkopf gegen den Stein stieß, riß mich in die Wirklichkeit zurück.

Gerade noch im richtigen Moment, denn ich sah, wie plötzlich aus allen Richtungen kleine, rasend schnelle Wellenpfeile auf mich zuschossen, fuhr instinktiv herum und begann mit einer Geschicklichkeit und Kraft, die mir nur die pure Todesangst verlieh, an dem Riff emporzuklettern. Tausende von Fäden griffen nach meinen Beinen, umschlangen meine Füße und wickelten sich wie Peitschenschnüre um meine Waden. Ich zerrte mit aller Kraft daran, spürte, daß sie zerrissen und sofort von neuen ersetzt wurden. Ich kam kaum noch von der Stelle; für jeden Zentimeter, den ich mich in die Höhe zog, wurde ich um einen halben zurückgezerrt, und meine Kräfte begannen bereits zu erlahmen. Das salzige Wasser, das den Felsen bedeckte, vermischte sich mit meinem eigenen Blut, als ich mir die Finger an dem harten Stein aufriß, aber ich ignorierte auch diesen neuerlichen Schmerz und zog mich weiter und weiter in die Höhe.

Und schließlich hörte es auf. Mit einem letzten verzweifelten Ruck kam ich frei, kletterte hastig weiter und zog mich auf den schmalen Grat der Klippe hinauf. Einige Sekunden lang blieb ich keuchend und vollkommen erschöpft liegen, ehe ich auch nur wieder die Kraft fand, den Kopf zu heben und nach unten zu sehen.

Was ich erblickte, brachte mich fast um den Verstand. Das Wasser war weiter gestiegen und hatte nunmehr Schultern und Gesichter der Kinder erreicht. Sie rührten sich immer noch nicht, sondern standen da wie Statuen einer längst vergessenen Kultur, die das Meer für wenige Stunden freigegeben hatte und nun wieder verschlang. Ich sah, wie das Wasser weiter und weiter stieg, ihre Gesichter und Münder erreichte und überflutete, und obwohl sie in diesem Moment, vor meinen Augen, sterben mußten, bewegte sich kein einziges von ihnen.

Vielleicht waren es die schlimmsten Momente meines Lebens. Vor meinen Augen ertranken neunzehn unschuldige Kinder, und es gab nichts, was ich dagegen tun konnte. Die Flut stieg unaufhörlich weiter, und es vergingen nur noch wenige Minuten, bis sie die Lichtung in dem steinernen Wald vollkommen bedeckte und von Joshua und den anderen keine Spur mehr zu sehen war.

Die Fackel war nicht erloschen, sondern brannte auf dem Boden weiter. In ihrem schwachen Schein erblickte Howard ein grob menschenähnliches Wesen mit heller, gräulicher Haut und langen zotteligen Haaren von der gleichen Farbe. Das alptraumhafte Gesicht der Kreatur erinnerte mit seiner vorgewölbten Stirn und der flachen Nase an eine Mischung aus einem Neandertaler und einem großen Menschenaffen. Die Augen schienen von innen her zu leuchten. Howard hatte instinktiv einen Arm gegen die Kehle des Wesens gepreßt, um es von sich fernzuhalten, doch der Kraft der Kreatur hatte er nichts entgegenzusetzen.

Sill stürzte vor und riß ihr Schwert aus der Scheide. Mit einem einzigen Hieb tötete sie den Angreifer.

Im gleichen Moment schien die Dunkelheit um sie herum lebendig zu werden. Gut ein Dutzend der affenartigen Geschöpfe stürzte sich auf sie. Sill schwang ihr Schwert und tötete oder verletzte zwei weitere Angreifer, dann ging sie ebenso wie Dr. Gray unter dem Ansturm zu Boden.

Howard wälzte den Leichnam der Kreatur von sich herunter und ergriff seinen Revolver, den er ebenfalls fallengelassen hatte. Er legte auf eines der Wesen an, das mit einer wuchtigen Keule in der Hand auf ihn zustürmte, und drückte ab. Die Kugel schleuderte die Kreatur zurück, hatte aber noch einen unerwarteten Nebeneffekt. Als der grelle Mündungsblitz aufleuchtete, stießen die grobschlächtigen Geschöpfe ein furchterfülltes Fauchen aus. Für einen Moment wichen sie zurück und rissen die Arme vors Gesicht.

Erst jetzt wurde sich Howard bewußt, daß Rowlf, der die zweite Fackel trug, als einziger von ihnen nicht angegriffen wurde. Mehrere der Kreaturen hatten den Hünen eingekreist, doch auch sie bedeckten ihre Augen halb mit den Armen und zögerten, ihm zu nahe zu kommen.

»Das Licht!« brüllte Howard. Er mußte schreien, um den Lärm der Maschinen zu übertönen. »Sie fürchten sich vor dem Licht!«

Er packte die Fackel und schwang sie wie ein Schwert. Ängstlich wichen die Kreaturen zurück. Einige von ihnen hielten Knüppel oder Peitschen in den Händen. Eine der ledernen Schnüre traf Howard schmerzhaft an der Schulter. Eine andere hatte sich um Rowlfs Arm gewickelt. Sill sprang hinzu und zerschnitt die Lederschnur mit dem Schwert.

Hinter der Maschinenreihe tauchten mit einemmal weitere Gestalten auf. Die meisten von ihnen gehörten zu den behaarten, grauhäutigen Ungeheuern, aber Howard entdeckte auch eine Handvoll Menschen. Sie schwangen Fackeln, mit denen sie sich gegen die Kreaturen zur Wehr setzten und sie zurücktrieben. Offensichtlich waren sie mitten in eine regelrechte Schlacht hineingeplatzt.

»Hierher!« schrie einer von ihnen in bestem Englisch. Es handelte sich um einen kräftigen, aber nicht besonders großen Mann mit dunklem Haar und einem Oberlippenbart, der allem Anschein nach der Anführer der kleinen Gruppe war.

Mit neu erwachender Zuversicht drangen Howard und seine Begleiter vor. Sie töteten mehrere der Angreifer, die sich ihnen mit ungebrochenem Kampfeifer entgegenstellten, doch sie mußten auch selbst eine Menge Blessuren einstecken. Vor allem die Peitschen erwiesen sich als heimtückische Waffen.

Dennoch gelang es ihnen, bis zu der anderen Gruppe von Menschen vorzudringen, doch Howard gab sich keinen falschen Illusionen hin. Es war ein aussichtsloser Kampf; die Übermacht der Angreifer war zu groß. Ihre einzige Chance lag in der Flucht.

»Dort lang!« rief der Mann mit dem Bart und deutete in die entgegengesetzte Richtung, aus der sie gekommen waren. Im Schutz der Fackeln zogen sie sich tiefer in die Halle zurück. Die Spitze einer Peitschenschnur traf Howard im Gesicht und zeichnete einen blutigen Striemen auf seine Wange. Er machte einen Sprung nach vorne und stieß die Fackel vor. Aufheulend wich die Kreatur zurück.

Die Höhle verjüngte sich zu einem Gang, der ebenso niedrig, jedoch wesentlich breiter als der Stollen war, durch den sie gekommen waren, so daß sie zu dritt nebeneinander gehen konnten.

»Wir müssen sie aufhalten, damit die anderen einen Vorsprung bekommen«, stieß der Mann mit dem Bart hervor, nachdem sie ein paar Schritte in den Gang vorgedrungen waren. Zusammen mit ihm blieben Howard und Rowlf zurück. Innerhalb des Ganges waren sie den Angreifern gegenüber deutlich im Vorteil, zumal es ihnen genügte, diese mit den Fackeln auf Distanz zu halten. Die grauhäutigen Ungeheuer wagten sich nicht näher als auf drei, vier Schritte heran, und die niedrige Decke verhinderte, daß sie ihre Peitschen einsetzen konnten.

Langsam gingen Howard und seine Begleiter rückwärts. Der Gang war nicht allzu lang, und schließlich wurde es auch hinter ihnen hell. Sie erreichten eine weitere Höhle. Ein großer Teil der hinteren Wand wurde von einem Stahltor eingenommen, das halb geöffnet war. Helles Tageslicht flutete herein. Die Ungeheuer stießen wütende, grollende Laute aus und schwenkten drohend ihre Fäuste und Keulen, doch sie blieben zurück, als das grelle Sonnenlicht in ihren Augen schmerzte. Als letzter verließ der Mann mit dem Bart die Höhle und drückte neben dem Ausgang auf eine kleine Platte in der Wand, woraufhin sich das Tor langsam schloß.

»Ich weiß nicht, woher Sie so plötzlich gekommen sind, aber Sie schickt der Himmel«, erklärte er. »Das war Rettung in letzter Sekunde.«

»So ähnlich ging es uns auch«, gab Howard zurück. »Allein hätten wir uns auch nicht mehr gegen die Übermacht halten können.«

»Was ... was waren das für Kreaturen?« keuchte Gray. Er hatte sich auf eine der großen Stufen vor dem Tor sinken lassen. Immer noch stand deutliches Entsetzen in seinem Gesicht geschrieben.

»Morlocks«, erwiderte der Fremde knapp. »Darf ich mich vorstellen? Mein Name ist Herbert George Wells. Nennen Sie mich ruhig George.«

Howard nannte seinen Namen und die seiner Begleiter. »Wo sind wir hier?« fragte er. »Und was sind diese ... *Morlocks*? Ich habe solche Wesen noch nie zuvor gesehen.«

George lächelte flüchtig. »Erlauben Sie, daß ich erst eine Gegenfrage stelle. Sie sehen nicht aus, als ob Sie von hier stammten. Woher kommen Sie?«

»Aus London«, antwortete Howard.

»Und wie sind Sie hergekommen?«

»Das ist ... eine komplizierte Geschichte«, erwiderte Howard ausweichend. »Es würde zu lange dauern, sie zu erzählen, und Sie würden mir vermutlich doch nicht glauben.«

Georges Lächeln vertiefte sich. »Wahrscheinlich doch. Aber lassen Sie mich die Frage anders stellen. Welches Jahr schreiben wir zur Zeit?«

»Achtzehnhundertzweiundneunzig«, entgegnete Howard verwirrt. Er fragte sich, worauf sein Gesprächspartner hinauswollte.

»Sie kommen aus dem London des Jahres achtzehnhundertzweiundneunzig?« George wirkte überrascht und erfreut zugleich. »Das ist fast das gleiche Jahr, aus dem ich ...« Er brach mit einem vieldeutigen Achselzucken ab.

»Zum Teufel, was soll das alles?« Eine vage Ahnung keimte in Howard auf, doch sie war zu verrückt, um sie ernsthaft ins Auge zu fassen. Und dennoch konnten die bohrenden Fragen nach der Zeit nur diesem Ziel dienen.

»Was wissen Sie über die Zeit?« erkundigte sich George.

Howard entschloß sich, etwas von seiner Zurückhaltung aufzugeben. »Mehr als viele andere«, gab er zögernd zu. »Wollen Sie andeuten, daß wir uns ... in einem anderen Jahr befinden?«

»So könnte man es ausdrücken.« George nickte ernst. »Wir befinden uns in der Zukunft. Aber vielleicht ist es besser, wenn Sie nicht zuviel wissen.«

»Sagen Sie es mir«, verlangte Howard. »Welches Jahr schreiben wir?«

»Nun, ich ...«

»Welches Jahr?« drängte Howard. »Bitte, ich muß es wissen.«

George musterte Howard einige Sekunden lang, dann straffte er sich. »Wir befinden uns noch immer an dem Ort, an dem einst London stand«, erklärte er. »Was Sie sehen, ist das, was im Jahr Achthundertzweitausendsiebenhunderteins noch davon übrig sein wird.«

Ich verbrachte fast die ganze Nacht auf dem Felsen, auf den ich mich gerettet hatte. So unnatürlich ruhig die Flut gestiegen war, um Joshua und die anderen zu verschlingen, so sehr begannen die Elemente zu toben, kaum daß sich das nasse Grab über ihnen geschlossen hatte. Der Wind hob mit einem einzigen wütenden Kreischen zu zehnfacher Wucht an, und ich mußte mich mit aller Kraft an meinem Halt festklammern, um nicht heruntergeschleudert zu werden und ebenfalls zu ertrinken.

Das Wasser stieg weiter und weiter, und es stieg jetzt nicht mehr langsam und beinahe lautlos, sondern rannte mit solcher Urgewalt gegen den Felsen, daß ich mehr als einmal fest davon überzeugt war, das Riff würde mich abschütteln wie ein bockendes Pferd seinen Reiter oder einfach unter mir zerbrechen. Die Wellen schlugen brüllend über mir zusammen, und das eiskalte Salzwasser saugte auch noch das letzte bißchen Wärme aus meinem Körper. Nach einer Weile begann jedes Gefühl aus meinen Gliedern zu weichen. Ich klammerte mich weiter an meinem Halt fest, aber nun kaum mehr aus eigener Kraft, sondern fast nur, weil meine Finger zu steif gefroren waren, um den Fels loszulassen.

Wie ich die Nacht überlebte, weiß ich nicht. Die Stunden kamen mir vor wie Tage, und zugleich schien die Zeit nur so dahinzurasen. Ich verbrachte die Nacht wie in Trance, einem üblen Fiebertraum gleich, aus dem ich einfach nicht erwachen konnte, sosehr ich es auch versuchte. Visionen plagten mich, Bilder voll namenloser Schrecken, in denen ich immer wieder die Gesichter der Kinder sah, ihre weit aufgerissenen, von tödlicher Verzückung erfüllten Augen, das Wasser, das unaufhaltsam höher und höher stieg und sie schließlich verschlang …

Ich fühlte mich schuldig. Es hatte absolut nichts gegeben, was ich hätte tun können, und doch wühlte und grub in mir das gräßliche Gefühl, schuld am

Tode all dieser Kinder zu sein, wie eine Ratte, die sich in meine Gedanken verbissen hatte und einfach nicht mehr loslassen wollte.

Erst als die Dämmerung hereinbrach, beruhigten sich die Elemente wieder. Der Wind flaute nicht ganz ab, aber es war jetzt kein tobender Sturm mehr, und auch die Wellen beruhigten sich ein wenig. Und schließlich wagte ich es, mich von meinem Halt ins eisige Wasser hinuntergleiten zu lassen und auf das Ufer zuzuschwimmen. Ich hätte warten können, bis sich das Wasser zurückzog und ich zur Küste zurücklaufen konnte, aber ich hatte Angst, in den Stunden, die bis dahin noch vergehen mußten, zu erfrieren oder einfach vor Entkräftung zu sterben.

Außerdem wäre mir der Gedanke unerträglich gewesen, die Leichen der Kinder zu sehen, die das zurückweichende Wasser freigeben mochte.

So riskierte ich es – oder auch nicht, denn ich befand mich mittlerweile zweifellos in einem Zustand, mir des Risikos, das ich damit einging, gar nicht mehr bewußt zu sein.

Die Entfernung zur Küste betrug nur knappe dreihundert Yards, aber ich brauchte jedes bißchen Kraft, das ich noch hatte, und ich schaffte es trotzdem nur, weil mir die Strömung half und ich ein schier unvorstellbares Maß an Glück auf meiner Seite hatte. Halb besinnungslos erreichte ich die Steilküste, nur ein kleines Stück von der hölzernen Treppe entfernt, die zu ihrem Grat emporführte, und tastete mich an dem salzverkrusteten Felsen entlang. Mit buchstäblich allerletzter Kraft zog ich mich auf die unterste Stufe hinauf, die aus dem Wasser ragte, und blieb erschöpft liegen.

Ich brauchte eine Stunde, um die knapp hundert

Stufen emporzusteigen. Die meiste Zeit kroch ich auf Händen und Knien, und einmal gab eines der morschen Gebilde unter meinem Gewicht nach, so daß ich fast wieder in die Tiefe gestürzt wäre, was meinen sicheren Tod bedeutet hätte. Aber irgendwie schaffte ich es.

Es war hell geworden, als ich mich auf die Küste hinaufzog. Die Sonne hatte noch keine Kraft, aber allein das Tageslicht schien mich zu wärmen, und das Gefühl, endlich wieder festen Boden unter den Füßen zu haben, war unbeschreiblich wohltuend. Ich blieb einige Minuten lang einfach reglos so liegen und genoß den simplen Gedanken, noch am Leben zu sein.

Das erste, was ich erblickte, als ich die Augen wieder öffnete, war der Turm.

Er befand sich näher an der Küste, als ich geglaubt hatte. Während der endlosen Stunden auf dem Felsen hatte ich das Gefühl gehabt, er wäre Meilen entfernt, aber das stimmte nicht. Tatsächlich betrug die Distanz zwischen ihm und dem Riff, auf dem ich die Nacht zugebracht hatte, allerhöchstens hundert Yards; mithin also kaum ein Drittel der Strecke, die ich gerade schwimmend zurückgelegt hatte.

Trotzdem bedauerte ich keine Sekunde lang, es getan zu haben.

Der Turm war ... unheimlich. In der Nacht hatte ich seinen Umriß für den eines ganz normalen Leuchtturmes gehalten, aber wie so vieles war auch das ein Irrtum gewesen. Das klotzige Gebilde, das da eine Viertelmeile vor der Küste aus dem Wasser ragte, war viel älter als jeder Leuchtturm, von dem ich je gehört hatte. Er war aus zyklopischen Felsquadern errichtet und mußte noch aus der Zeit der Kelten stammen, wenn nicht aus einer noch früheren Epoche. Seine Form war sonderbar, beinahe bizarr. Das Gefühl war nur schwer in Worte zu kleiden, aber es war regelrecht *unangenehm*, ihn anzusehen. Etwas mit seinen Linien und Winkeln schien nicht zu stimmen, etwas nicht Greifbares, das es aber unmöglich machte, ihn länger als ein paar Sekunden anzusehen, ohne ein körperliches Unbehagen zu empfinden. Ich wandte den Blick wieder ab, stand auf und begann langsam in Richtung auf Brandersgate loszugehen.

Ich bewegte mich nicht sehr schnell, und ich wäre wohl auch nicht schneller gegangen, wäre ich nicht so vollkommen erschöpft gewesen. Ich hatte Angst davor, in das Dorf zurückzukehren, denn ich brachte wahrscheinlich die schlimmste Nachricht, die seine Bewohner jemals erhalten hatten.

Nach einigen Minuten stieß ich wieder auf die Straße. Bei Tageslicht betrachtet machte sie einen noch erbärmlicheren Eindruck als in der Dunkelheit, und ich blieb unwillkürlich stehen, um sie mir genauer anzusehen. Die dünne Teerdecke war verwittert und an zahllosen Stellen geborsten; Unkraut und sogar die Schößlinge einiger junger Bäume hatten sich mit der geduldigen Unaufhaltsamkeit der Natur ihren Weg ans Sonnenlicht erzwungen. Hier und da war die Teerdecke nur noch so dünn wie Papier. Die Straße sah aus, als wäre sie ein halbes Jahrhundert alt; und seit der gleichen Zeit vergessen und dem Verfall preisgegeben.

Etwas an diesem Gedanken störte mich. Und es dauerte nur ein paar Augenblicke, bis ich auch wußte, was.

Geteerte Straßen waren in Großbritannien – und erst recht in dieser gottverlassenen Ecke Schottlands –

keineswegs selbstverständlich. Soviel ich wußte, wurden sie überhaupt erst seit knapp zwanzig Jahren angelegt. Eine Straße wie diese war eine Kostbarkeit, die man nicht einfach so aufgab und dem Verfall überließ. Und selbst wenn – zwanzig Jahre reichten einfach nicht aus, ein derart widerstandsfähiges Material in einen *solchen* Zustand zu versetzen! Der ganze Anblick war höchst seltsam. Und höchst beunruhigend.

Langsam ging ich weiter. Der Ort war nur noch ein paar Dutzend Schritte entfernt, aber ich wurde immer langsamer, und ich betete, daß es noch früh genug war, die Leute schlafend in ihren Betten liegen zu lassen, so daß niemand mich bemerkte und ich Cordwailers Laden unbehelligt erreichte, um mich erst einmal mit Cohen zu besprechen. Es würde schwer genug sein, *ihm* die schrecklichen Geschehnisse der vergangenen Nacht zu berichten.

Aber meine Gebete wurden nicht erhört. Als ich um die Ruine der Kirche bog, erblickte ich gleich ein Dutzend Männer und Frauen, die sich auf der Straße aufhielten – und unter ihnen auch Alyssa, deren Anblick mir einen scharfen Stich versetzte. Am anderen Ende der Stadt, unmittelbar vor Cordwailers ›Spezialitetenhandel‹, sah ich Cohen, der offensichtlich gerade im Bahnhofsgebäude gewesen war. Er erblickte mich wohl im gleichen Moment wie ich ihn, denn er wechselte abrupt die Richtung und kam im Sturmschritt auf mich zu.

Aber auch den anderen war ich aufgefallen – was hatte ich erwartet? Meine Kleider waren total durchnäßt und hingen in Fetzen, meine Hände und mein Gesicht waren blutig zerschunden, und wenn ich auch nur halb so elend aussah, wie ich mich fühlte, mußte ich einem Toten mehr ähneln als einem Lebenden. Verwirrte, aber auch erschrockene und mißtrauische Blicke trafen mich. Gespräche wurden abrupt unterbrochen, Bewegungen nicht zu Ende geführt.

Besonders Alyssa erbleichte jäh, als sie mich sah. Ihre Hände begannen zu zittern, und sie sah so schuldbewußt aus, wie es nur ging. Eine Sekunde lang starrte sie mich schlichtweg entsetzt an, dann fuhr sie herum, ging ein paar Schritte weit so schnell davon, daß sie ebensogut hätte rennen können, und blieb dann wieder stehen – wodurch sie natürlich nur noch mehr Aufmerksamkeit erregte. Sie hatte nicht besonders viel Talent zur Verschwörerin. Aber darauf kam es nun auch wirklich nicht mehr an.

Ich ging auf sie zu und gab ihr mit einer Geste zu verstehen, daß sie warten sollte. Alyssa zögerte. Ihr Blick huschte unstet wie der eines in die Enge getriebenen Tieres über die Straße, und für ein paar Sekunden drohte sie einfach in Panik zu geraten, beherrschte sich dann aber im letzten Moment doch. Nichts von alledem entging den neugierigen Blicken, die uns folgten, aber auch das spielte jetzt keine Rolle mehr. Nach dem, was ich diesen Menschen zu sagen hatte, spielte für sie wahrscheinlich überhaupt nichts mehr eine Rolle.

»Ich muß Sie sprechen, Alyssa«, sagte ich.

Ihr Blick flackerte. »Es … es tut mir leid, Robert«, sagte sie. »Ich wollte Ihren Freund benachrichtigen, glauben Sie mir, aber …«

»Das ist jetzt egal«, unterbrach ich sie. »Ich muß Ihnen etwas sagen, Alyssa. Kommen Sie.«

Ich ergriff sie mit sanfter Gewalt am Arm, sah mich eine Sekunde suchend um und zog sie schließlich in Ermangelung eines anderen Ortes wieder zu der verfallenen Kirche hinüber, in der wir am vergangenen Abend bereits miteinander gesprochen hatten. Wir konnten jetzt zwar noch immer praktisch von der gesamten Stadt gesehen werden, aber zumindest *hörte* uns niemand.

Alyssa wehrte sich nicht, sondern sah mich nur voller Verwirrung und Schrecken an, aber ich schwieg eine geraume Weile. Es fiel mir unendlich schwer, die passenden Worte zu finden. Ganz davon zu schweigen, daß es für das, was ich ihr mitteilen mußte, wohl keine *passenden* Worte gab – diese Frau hatte ihre Angst überwunden und sich mir, einem wildfremden Menschen, anvertraut, weil sie Angst um ihr Kind hatte, und ich hatte ihr versprochen, ihr zu helfen. Wie sollte ich ihr jetzt erklären, daß ich vor wenigen Stunden tatenlos dabei zugesehen hatte, wie ihr Sohn vor meinen Augen im Meer ertrank?

»Alyssa, es ist … etwas Furchtbares passiert«, sagte ich.

Alyssa sah mich fragend an, schwieg. In meiner Kehle saß plötzlich ein bitterer Kloß, den ich einfach nicht hinunterbekam, so heftig ich auch schluckte.

»Ich weiß nicht, wie ich es Ihnen sagen soll«, begann ich von neuem und anders, obwohl ich spürte, daß ich es damit wohl eher noch schlimmer machte. »Ich war unten am Strand, und ich habe Joshua und die anderen Kinder gesehen, und …«

»Craven!« unterbrach mich eine polternde Stimme. »Wo zum Teufel haben Sie die ganze Nacht gesteckt? Und wie sehen Sie überhaupt aus? Was ist passiert?«

Ich wandte mich mit einem zornigen Ruck um und starrte Cohen an. Zugleich verspürte ich eine absurde Erleichterung, daß er mich unterbrochen und mir damit noch einmal eine Gnadenfrist von einigen Sekunden gewährt hatte.

»Was ist los mit Ihnen?« fragte Cohen noch einmal. In die Überraschung auf seinem Gesicht mischte sich Schrecken, als er meinen erbärmlichen Zustand wohl zum ersten Mal wirklich registrierte.

»Jetzt nicht«, sagte ich und wandte mich wieder zu Alyssa um.

Sie sah mich noch immer mit jener Mischung aus banger Erwartung und Neugier an, und der Kloß in meinem Hals wurde dicker. Ich konnte kaum noch sprechen.

»Alyssa, es ist etwas ... passiert«, sagte ich. »Heute nacht, unten am Strand.«

»Passiert?« Sie fuhr sich nervös mit der Zungenspitze über die Lippen. »Was meinen Sie? Wovon reden Sie, Robert?«

»Ihr Sohn«, antwortete ich leise. »Es geht um Ihr Kind und die anderen.«

»Barney?!« Alyssas Gestalt versteifte sich. Für eine Sekunde flackerte wieder Panik in ihren Augen. »Was ist mit Barney?«

»Robert«, sagte Cohen hinter mir. Ich ignorierte ihn.

»Es ist ...« Wieder fehlten mir die richtigen Worte. Ich stammelte einige Augenblicke herum und begann dann von neuem: »Ich fürchte, ich habe eine sehr traurige Nachricht für Sie, Alyssa.«

»Robert!« sagte Cohen hinter mir.

Diesmal machte ich eine ärgerliche Geste in seine Richtung, sah ihn aber nicht an, sondern fuhr mit schleppender Stimme und in Alyssas Gesicht, nicht aber ihre Augen blickend, fort: »Joshua und die anderen waren unten am Strand. Und ich fürchte, ihr Sohn war auch dabei. Die Flut kam, und ...«

»Die Flut?« unterbrach mich Alyssa. Sie klang eher ungläubig als erschrocken. »Wie meinen Sie das?«

»Sie sind ertrunken, Alyssa«, sagte ich. Endlich war es heraus, aber ich fühlte mich kein bißchen erleichtert. Ich kam mir nicht nur vor wie der Überbringer schlechter Nachrichten. Plötzlich hatte ich wieder, genau wie in der Nacht auf dem Fels, das Gefühl, die Schuld an dem zu tragen, was passiert war. »Ich glaube nicht, daß einer von ihnen davongekommen ist«, sagte ich. Ich sprach jetzt schnell, fast hastig, stieß die Worte im Tonfall einer verzweifelten Entschuldigung hervor.

»Craven!« sagte Cohen.

»Es ging alles so furchtbar schnell«, fuhr ich fort. »Glauben Sie mir, ich hätte mein Leben riskiert, um auch nur eines von ihnen zu retten, aber ich konnte es nicht.«

»Ich verstehe nicht, wovon Sie reden«, sagte Alyssa verwirrt. In ihrem Gesicht war kein Schrecken, kein Entsetzen. Offensichtlich weigerte sie sich einfach, meine Worte zur Kenntnis zu nehmen; oder das, was sie *bedeuteten*. »Wovon reden Sie? Was soll das heißen: Die Flut kam? Wer ist ertrunken?«

»Glauben Sie mir, ich konnte nichts tun«, sagte ich. »Es tut mir unendlich leid, Alyssa. Ich ...«

»*Craven!*« sagte Cohen, und als ich wieder nicht reagierte, riß er mich grob an der Schulter herum.

Ich schlug seinen Arm beiseite und funkelte ihn an, aber ich kam nicht dazu, etwas zu sagen, denn er ergriff seinerseits meine Hand und hielt sie so fest, daß es weh tat. »Halten Sie endlich den Mund, Sie Narr!« sagte er. »Was haben Sie eigentlich vor? Ist das vielleicht Ihre Art von Humor?«

»Bitte, Cohen«, unterbrach ich ihn. »Mir steht jetzt nicht der Sinn nach ...«

»... schlechten Scherzen auf Kosten dieser armen Frau?« unterbrach er mich grob. »Bevor Sie sich weiter zum Narren machen, Craven, werfen Sie vielleicht einmal einen Blick auf die andere Straßenseite.«

Verwirrt gehorchte ich, sah in die angegebene Richtung – und stand geschlagene zehn Sekunden wie vom Donner gerührt da, unfähig, mich zu bewegen, einen klaren Gedanken zu fassen, ja auch nur zu atmen.

Auf der anderen Straßenseite waren einige Bewohner von Brandersgate zusammengekommen und blickten uns mit unverhohlener Neugier und fast ebenso unverhohlener Feindschaft an. Aber es waren nicht nur Erwachsene. Etwas abseits von diesen stand eine Gruppe von sieben oder acht Kindern. Keines von ihnen war älter als sieben oder acht Jahre, und sie alle starrten mich an, nicht uns, nicht Alyssa und Cohen und mich, sondern nur *mich*. Und zumindest eines der Gesichter kannte ich nur zu gut. Ich hatte es schon zweimal gesehen; einmal gestern nachmittag in Cordwailers Laden, das andere spät in der Nacht, auf dem unheimlichen Platz zwischen den Felsen.

Es war Pasons, der mit unbewegtem Gesicht, aber einem höhnischen Glitzern in den Augen zu mir herübersah.

»Sie sind alle ertrunken, Cohen!« sagte ich; zum vielleicht hundertsten Mal in der letzten Stunde. »Vor meinen Augen. Ich habe *gesehen,* wie die Flut sie verschlungen hat.«

Cohen maß mich mit einem Blick, den ich nicht zu deuten vermochte. Es war irgendwann am frühen Nachmittag. Trotz allem hatte mein Körper am Ende natürlich sein Recht gefordert, und ich hatte einige Stunden geschlafen, bis Cohen mich wieder weckte. Ich fühlte mich kein bißchen ausgeruht oder gar *frisch,* aber Cohen hatte behauptet, ich hätte im Schlaf geschrien und um mich geschlagen, so daß er es vorgezogen hatte, mich zu wecken, ehe ich *die ganze Stadt zusammenbrüllte.* Danach hatte uns Cordwailer ein einfaches, aber erstaunlich wohlschmeckendes Mahl (allerdings zu einem Wucherpreis) kredenzt. Seither hatte ich meine Geschichte mindestens ein Dutzend Male erzählt, aber ich vermochte noch immer nicht zu sagen, ob er mir glaubte oder nicht. Allerdings vermutete ich eher nicht. Schließlich liefen all die Kinder, die angeblich vor meinen Augen im Wasser versunken waren, quicklebendig in der Stadt herum. Selbst ihre Anzahl stimmte – Joshua mitgerechnet, zählte ich neunzehn kleine Gestalten, die sich am anderen Ende der einzigen Straße von Brandersgate zusammengefunden hatten.

Schon der bloße Anblick ließ mich wieder schaudern. Es war nicht nur die Erinnerung an die schrecklichen Szenen der vergangenen Nacht. Die knapp zwei Dutzend Kinder benahmen sich nicht, wie sich Kinder ihres Alters benehmen sollten. Sie liefen nicht durcheinander, zappelten herum, spielten, unterhielten sich, lachten oder stritten, sondern standen völlig ruhig da, zwar in keiner bestimmbaren Formation, trotzdem aber sehr diszipliniert aufgestellt. Sie schienen auf irgend etwas zu warten.

»Warum gehen sie nicht los?« wunderte sich Cohen. Wir hatten beschlossen, uns den geheimnisvollen Leuchtturm samt seinem noch geheimnisvolleren Besitzer aus der Nähe anzusehen, und es war mir nicht möglich gewesen, Cohen davon abzubringen, dies ganz offen zu tun. Cohens Vertrauen in die Autorität seines Scotland-Yard-Dienstausweises schien unerschütterlich. Er hatte meinen Vorschlag, uns nach Einbruch der Dunkelheit irgendwo ein Boot zu besorgen und zum Turm hinüber zu rudern, rundheraus abgelehnt und nur gemeint, daß ich es schließlich *auf meine Weise* versucht hätte; mit dem bekannten Ergebnis. Und nach der zugegeben haarsträubenden Geschichte, mit der ich am frühen Morgen vom Strand zurückgekehrt war, konnte ich ihm diese Ablehnung nicht einmal übelnehmen. Ich hatte es im Laufe des Tages schon hundertmal bedauert, ihm nicht gleich im ersten Moment die Wahrheit gesagt zu haben. Hätte er gewußt, mit welchen Geschöpfen wir es zu tun hatten, hätte er mir vielleicht mehr Glauben geschenkt. Aber jetzt war es zu spät. Auch wenn Cohen ahnen mochte, daß meine Geschichte von dem angeblichen Zwillingsbruder aus Amerika nicht den Atem wert war, den ich gebraucht hatte, um sie zu erzählen, hätte ein plötzliches Geständnis sein Mißtrauen nur noch mehr geschürt. Und auf eine Weise war ich sogar froh, am hellen Tag und in Cohens Begleitung zu diesem Turm zu gehen. Schon der Gedanke, noch einmal jenem unheimlichen Geschöpf zu begegnen, das in der Flut lebte, ließ etwas in mir erschauern. So waren wir übereingekommen, abzuwarten, bis Alyssas Sohn und die anderen sich zu ihrem täglichen Besuch im Leuchtturm zusammenfanden, und uns ihnen einfach anzuschließen.

Zusammengefunden hatten sie sich. Aber sie machten keine Anstalten, Brandersgate zu verlassen.

»Ich verstehe das nicht«, murmelte ich. »Ich habe es *gesehen*, Cohen.«

Cohen warf mir einen Blick zu, in dem sich Spott und allmählich aufkommender Ärger mengten. Aber seine Stimme war erstaunlich ruhig, als er antwortete. »Ich glaube Ihnen, daß Sie *irgend etwas* gesehen haben, Craven«, sagte er. »Wissen Sie, ich glaube auch, daß dieser Ort und seine Bewohner nicht ganz koscher sind.«

»Warum ...« begann ich, wurde aber sofort von ihm unterbrochen.

»Trotzdem muß man nicht gleich von Gespenstern und Geistern reden, wenn man irgend etwas nicht versteht. Wissen Sie, ich mache diesen verrückten Job schon seit fast dreißig Jahren, und eines habe ich gelernt: Es gibt für *alles* eine vernünftige Erklärung. Man muß nur lange genug danach suchen.«

»So wie für das Ungeheuer in der Kanalisation, das mich um ein Haar umgebracht hätte?« fragte ich spöttisch.

Cohen blieb ernst. »Ich habe nicht behauptet, daß es einfach ist«, sagte er. »Manchmal muß man wirklich *sehr lange* suchen. Und manchmal findet man vielleicht auch keine Erklärung. Das bedeutet aber nicht, daß es keine gibt.«

Ich gab es auf. Es gibt Dinge, über die zu diskutieren mit Menschen wie Cohen keinen Zweck hatte. Nicht, weil sie sie nicht verstehen wollten, sondern weil sie es einfach nicht *konnten*, denn was nicht logisch und mit dem, was man im allgemeinen den ›gesunden Menschenverstand‹ nennt, zu begründen ist, das paßte so wenig in ihr Weltbild, daß sie es einfach negierten. Vielleicht würde auch Cohen früher oder später begreifen, daß es eben *doch* Dinge gab, die sich außerhalb unserer logisch erklärbaren Welt abspielten. Aber ich fürchtete, daß es dann zu spät war. Trotzdem widersprach ich ihm jetzt nicht mehr, sondern blickte wie er schweigend zu den versammelten Kindern am anderen Ende der Straße hinüber.

Der Zeitpunkt, zu dem sie eigentlich losgehen mußten, um trockenen Fußes Hennesseys Leuchtturm zu erreichen, war schon seit gut zehn Minuten verstrichen. Cohen hatte mir erzählt, daß er am Morgen, während ich geschlafen hatte, nicht untätig gewesen war. Er hatte mit einigen Bewohnern Brandersgates gesprochen und war zwar auf die zu erwartende Ablehnung und das Mißtrauen Fremden gegenüber gestoßen, hatte aber doch das eine oder andere in Erfahrung gebracht. Niemand wußte etwas von Crowley oder hatte je von einem Mann dieses Namens gehört, aber auch ohne unseren geheimnisvollen Feind und Männer in roten Seidenumhängen war Brandersgate ein höchst unheimlicher Ort. Was Cohen in Erfahrung gebracht hatte, deckte sich mit dem, was ich von Alyssa wußte. Brandersgate war nicht einfach nur ein kleiner vergessener Ort an der Küste, an dem der Zahn der Zeit nagte. Diese Stadt starb, seit fünf Jahren und immer schneller. Es war kein Zufall, daß sich alles hier in einem so erbärmlichen Zustand befand. Nach der Schließung des Sägewerkes waren die meisten jüngeren Männer und

Frauen weggezogen. Geblieben waren nur die alten, und die, die Brandersgate aus dem einen oder anderen Grund nicht verlassen wollten oder konnten.

Mit dem Weggang der Jugend schien auch der Lebenswille aus dem Ort gewichen zu sein. Niemand gab sich noch Mühe, irgend etwas instand zu setzen. Niemand reparierte etwas oder schuf gar Neues. Alles hier war verfallen und alt. Es schien, als wirkten die zerstörerischen Kräfte der Zeit hier zehnmal schneller als normal. Auch die wenigen Menschen, denen wir begegnet waren, wirkten müde und auf eine Weise ausgezehrt, die ich nicht in Worte zu fassen vermochte. Ich hatte Alyssa wiedergesehen, vor wenigen Augenblicken, aber sie war meinem Blick ausgewichen und schnell in einem kleinen Haus mit blinden Scheiben und mit eingesunkenem Dach auf der anderen Seite der Straße verschwunden, und ich hatte dem Impuls widerstanden, ihr zu folgen.

Und diese Kinder dort hinten ... Es kostete mich fast Mühe, sie anzusehen, so unheimlich kamen sie mir vor. Von Cohen wußte ich, daß das älteste von ihnen seinen sechsten Geburtstag noch nicht gefeiert hatte, und trotzdem hätte ich jeden Eid darauf geschworen, es mit einer Versammlung von Sieben-, Acht-, oder Neunjährigen zu tun zu haben. Aber es war nicht ihre körperliche Reife, die mich schaudern ließ, obwohl sie erstaunlich war, betraf sie doch nicht eine einzelne Ausnahme, sondern sie alle. Vielmehr jedoch erschreckte mich der Ernst in ihren Gesichtern und ihre Art, sich zu bewegen und zu geben. Das waren keine Kinder. Das waren auch keine kleinen Erwachsenen, sondern etwas ... Unheimliches.

»Allmählich beginne ich mir albern vorzukommen«, sagte Cohen. Er räusperte sich und ließ seinen

Blick in die Runde streifen. Ein Stück hinter uns war eine Tür aufgegangen, und eine ältere Frau war ins Freie getreten. Im ersten Moment glaubte ich, daß sie zu den Kindern hinüberblickte, aber dann war mir klar, daß sie *uns* anstarrte. Auf eine Art, die mir nicht gefiel.

Und als wäre diese Beobachtung ein Auslöser gewesen, spürte ich plötzlich auch die anderen Blicke, die uns durch staubige Fensterscheiben und aus den Schatten von geöffneten Türen heraus trafen. Wir waren hier nicht willkommen. Es hatte nichts mit dem zu tun, was wir waren oder *weshalb* wir hierher gekommen waren. Diese Menschen hier fürchteten einfach alle Fremden.

Cohen griff in seine Weste und zog die Taschenuhr heraus. »Wenn McGillycaddy sich nicht geirrt hat«, sagte er, »bleiben uns gute zwei Stunden, um mit diesem Hennessey zu reden. Kommen Sie mit, oder ziehen Sie es vor, hierzubleiben und Gespenster zu jagen?«

Ohne meine Antwort abzuwarten, marschierte er los. Seine plötzliche Feindseligkeit verwirrte mich, aber vielleicht war sie nur Ausdruck seiner Nervosität.

Wir näherten uns dem Ende des Dorfes und somit Joshua und den anderen, und ich war nicht einmal sonderlich überrascht, als der dunkelhaarige Junge einen Schritt von dem eingefallenen Bürgersteig herunter machte und Cohen den Weg vertrat.

Cohen blieb stehen. »Ja?«

»Sie möchten zu Mr. Hennessey, vermute ich?« fragte Joshua, und ich mußte mir auf die Zunge beißen, um nicht etwas zu sagen, was mir später leid täte.

»Woher weißt du das?« fragte Cohen.

»Constable McGillycaddy hat erzählt, daß Sie sich nach ihm erkundigt haben, Sir«, antwortete Joshua. Sein Gesicht blieb völlig unbewegt. Ich spürte, wie auch die anderen uns anstarrten, und plötzlich wurde ich mir sehr unangenehm der Tatsache bewußt, daß die Kinder uns eingekreist hatten. Vielleicht wäre mir dieses Benehmen tatsächlich wie das von Kindern vorgekommen, hätte ich in ihren Gesichtern Neugier, meinetwegen auch Mißtrauen oder irgendein anderes Gefühl lesen können. Aber da war nichts. Sie starrten uns einfach nur an, und das war alles.

»Hat Mr. Hennessey irgend etwas getan, was nicht in Ordnung ist?« fuhr Joshua fort.

Cohen runzelte die Stirn. »Wie kommst du darauf?« fragte er.

»Nun, Sie sind von Scotland Yard, Sir«, antwortete Joshua. »Wenn Sie und Ihr Freund sich die Mühe gemacht haben, den weiten Weg von London hierher zu kommen, dann muß es schon sehr wichtig sein.«

Cohen blickte ihn durchdringend an. Ich konnte sehen, wie es hinter seiner Stirn arbeitete. »Gut überlegt«, sagte er. »Aber du brauchst keine Angst zu haben. Wir wollen Mr. Hennessey nur ein paar Fragen stellen, das ist alles. Wir suchen jemanden, weißt du, und es kann sein, daß Mr. Hennessey uns weiterhelfen kann.«

»Diesen Mr. Crowley, ich weiß«, sagte Pasons und nickte. »Aber auch Mr. Hennessey weiß nichts über ihn.«

»So?« gab Cohen zurück. »Und woher weißt *du*, was Mr. Hennessey weiß und was nicht?«

»Weil ich ihn gefragt habe«, antwortete Joshua.

»Nachdem Sie sich gestern bereits nach diesem Crowley erkundigten, bin ich noch einmal zu ihm gegangen und habe ihn gefragt. Ich dachte mir, ich könnte Ihnen auf diese Weise einen Weg abnehmen.«

»Du warst bei ihm?« fragte ich, bevor Cohen antworten konnte. Ich registrierte seinen warnenden Blick, ignorierte ihn aber, sondern trat einen Schritt auf Joshua zu. Der Junge verlagerte seine Aufmerksamkeit von Cohen auf mich, und etwas war in seinen Augen, das mich unwillkürlich im Schritt innehalten ließ. »Wie bist du dort hingekommen?« fragte ich scharf. »Geschwommen?«

»Das wäre viel zu gefährlich, Sir«, antwortete Joshua. »Die Strömung hier an der Küste ist unberechenbar. Wir haben ein Boot.«

»Ein Boot, so«, sagte ich. »Weißt du, mein Junge, ich glaube dir nicht. Ich glaube eher, du bist gestern nacht bei ihm gewesen. Zusammen mit deinen Freunden hier.« Ich machte eine weit ausholende Geste, ließ Joshua dabei jedoch keine Sekunde aus den Augen.

Auf seinem puppenhaften Gesicht zeigte sich nicht die mindeste Regung.

»Niemand geht nachts zum Strand hinunter, Sir«, antwortete er. »Die Flut kommt manchmal sehr schnell. Und man kann sich zwischen den Felsen verirren. Wenn man vom Wasser überrascht wird, ist man verloren.«

»Ich weiß«, antwortete ich. »Man kann ertrinken, wenn man …«

»Wir werden trotzdem mit Mr. Hennessey reden«, fiel mir Cohen scharf ins Wort. Er trat mit einem Schritt zwischen mich und Joshua, um den Blickkontakt zwischen uns zu unterbrechen, und fuhr mit leicht erhobener Stimme, deren warnender Klang viel mehr mir als Pasons galt, fort: »Wenn ihr nichts dagegen habt, dann begleiten wir euch. Ihr seid doch auf dem Weg zu ihm, oder?«

Joshua schüttelte den Kopf. »Heute nicht, Sir«, sagte er. »Wir können heute nicht zum Turm hinaus.«

»Wieso?« fragte ich und trat neben Cohen, um den unheimlichen Jungen wieder ansehen zu können.

»Das Wetter ist nicht gut«, antwortete Joshua. »Es wird Sturm geben. Mr. Hennessey kommt hierher. Aber ich bin sicher, er wird gerne mit Ihnen reden.«

»Sturm?« fragte ich. Ich warf einen bewußt übertrieben erstaunten Blick in den Himmel. Er war strahlend blau, fast schon zu schön für die fortgeschrittene Jahreszeit. Von Horizont zu Horizont zeigte sich nicht die kleinste Wolke.

Trotzdem nickte Joshua, um seine Behauptung zu unterstreichen. »Ein schlimmer Sturm sogar«, sagte er. »Das Wetter hier an der Küste ist manchmal unberechenbar. An Tagen wie heute ist es zu gefährlich, zum Leuchtturm hinauszugehen. Der Sturm kann ihm zwar nichts anhaben, aber wir wären dort draußen gefangen, bis das Wetter besser wird.«

»Und er unterrichtet euch hier, auf offener Straße?« fragte ich zweifelnd.

»Natürlich nicht, Sir.« Diesmal zeigte sich tatsächlich ein Ausdruck auf Joshuas Gesicht: ein rasches, verächtliches Lächeln. Aber er machte keine Anstalten, seine Worte weiter zu erklären, sondern maß mich nur sekundenlang mit einem kalten, abschätzenden Blick, ehe er rückwärts wieder auf den Bürgersteig zurücktrat. Im gleichen Moment löste sich auch der Kreis der übrigen Kinder auf.

Aber meine Geduld war erschöpft. Bevor Cohen (oder meine innere Stimme, die mich anflehte, wenigstens einen Rest von Vernunft zu wahren) es verhindern konnten, war ich bei Joshua, packte ihn grob am Aufschlag seines Jacketts und schüttelte ihn ein paarmal. »Jetzt reicht es!« sagte ich aufgebracht. »Vielleicht macht es dir ja Spaß, uns auf den Arm zu nehmen, mein Junge, aber du bist nicht so schlau, wie du denkst!«

Aber vielleicht war er es doch. Vielleicht war er sogar noch schlauer, als *ich* dachte – zumindest um etliches raffinierter, auch wenn mir das erst viel später klarwerden sollte. Der Junge reagierte auch diesmal wieder völlig anders, als ich erwartete. Statt vor Schrecken zu erstarren oder einfach loszuplärren – mit beidem hätte ich gerechnet –, packte er meine Hand mit erstaunlicher Kraft, griff mit beiden Händen zu und bog meinen Daumen so schnell und schmerzhaft nach hinten, daß ich überrascht aufschrie und einen halben Schritt zurückwich; aber gleichzeitig taumelte auch er zurück, prallte mit viel zu großer Wucht gegen die Wand des Hauses, vor dem wir standen, und fiel zu Boden. Zwei, drei der anderen Kinder schrien auf, und alle begannen wie auf ein gemeinsames Kommando hin vor Cohen und mir zurückzuweichen, während Joshua sich mühsam aufsetzte, mich aus großen Augen anstarrte und angstvoll die Arme über den Kopf schlug. Plötzlich und zum ersten Mal benahm er sich tatsächlich wie ein fünf- oder meinetwegen auch siebenjähriges Kind, denn er begann zu wimmern und krümmte sich, wie in Erwartung weiterer Schläge.

»Craven! Sind Sie verrückt geworden?« fragte Cohen und riß mich grob am Arm zurück. Die Bewegung war so heftig, daß ich fast das Gleichgewicht verloren hätte und nur mühsam meine Balance wiederfand, aber ich registrierte sie trotzdem kaum. Völlig verblüfft starrte ich Joshua an. Zwar hatte ich die Beherrschung verloren und ihn tatsächlich grob angefaßt, aber doch nicht so derb, daß er wie unter einem Schlag gegen die Wand fliegen und dekorativ zusammenbrechen konnte! Joshua krümmte sich. Aus seiner Nase lief Blut, und er wimmerte wie unter großen Schmerzen und noch größerer Angst.

Aber erst als Cohen mich noch ein Stück weiter von Joshua und den anderen Kindern wegzog, begann ich den Sinn all dessen wirklich zu begreifen.

Wir waren nicht mehr allein. Etliche Männer und Frauen waren aus ihren Häusern gekommen, und die meisten davon bewegten sich jetzt schnell auf uns zu. Auf den Gesichtern nicht weniger erkannte ich einen Ausdruck von unverhohlener Wut.

»Sind Sie verrückt geworden?« fragte Cohen noch einmal. Er schrie jetzt nicht mehr, sondern flüsterte fast. »Was zum Teufel ist los mit Ihnen?«

Ich hätte eine Menge gegeben, hätte ich die Antwort auf diese Frage gewußt. Es war normalerweise gar nicht meine Art, mich so leicht aus der Reserve locken zu lassen; schon gar nicht von einem Kind. Was war nur los mit mir?

»Was haben Sie getan?« fragte eine herrische Stimme hinter mir. Ich drehte mich herum und blickte in das Gesicht eines grauhaarigen, stämmigen Mannes von vielleicht fünfzig Jahren. Seine Züge waren so verwittert und müde wie die aller Bewohner von Brandersgate, aber in seinen Augen loderte blanke Wut. »Wieso haben Sie den Jungen geschlagen?«

»Das habe ich nicht«, antwortete ich automatisch und spürte zugleich selbst, wie lahm diese Erwiderung klang.

Der andere schien sie auch gar nicht zur Kenntnis zu nehmen. Er bedachte mich mit einem weiteren zornigen Blick, dann trat er an mir vorbei und ging neben Joshua in die Hocke.

»Ist alles in Ordnung mit dir?« fragte er.

Joshua nahm ganz langsam die Hände herunter. Der Blick, den er ins Gesicht des Grauhaarigen warf, war bühnenreif. Hätte ich es nicht besser gewußt, hätte ich meine rechte Hand darauf verwettet, daß die Angst und der Schrecken darin echt waren.

Mehr und mehr Menschen tauchten rings um uns auf. Mütter eilten zu ihren Kindern und zogen sie hastig von uns fort, andere gingen zu Pasons und seinem Begleiter hinüber, aber eine große Anzahl stand auch einfach nur da und blickte Cohen und mich voller Feindseligkeit an. Mir wurde plötzlich klar, daß Joshua mir weit mehr als einen bösen Streich gespielt hatte. Und wie sollten diese Menschen auch anders reagieren? Cohen und ich waren für sie Fremde, die hierher kamen und sonderbare Fragen stellten, und was sie gesehen hatten, war, wie ich scheinbar grundlos eines ihrer Kinder niederschlug.

Vielleicht hätte die Situation böse geendet, wäre nicht in diesem Moment am Ende der Straße eine weitere Gestalt erschienen. Es war Hennessey. Ich wußte es im gleichen Moment, in dem ich ihn erblickte, obwohl ich ihn noch nie zuvor im Leben gesehen hatte. Der Mann war überraschend jung – nach Alyssas Beschreibung hatte ich einen älteren Mann erwartet, eine gesetzte, grauhaarige Erscheinung, die mit missionarischem Eifer ihrem Werk nachging, aber Hennessey war keinen Tag älter als dreißig, und er sah nach allem anderen als dem verschrobenen Sonderling aus, den ich erwartete. Er war sehr groß, sehr breitschultrig und hatte eine durch und durch sportliche Statur, und er war in einen – wie ich sofort erkannte – zwar maßgeschneiderten, trotzdem aber eher legeren Sommeranzug gekleidet. Und er strahlte eine *Autorität* aus, die man fast anfassen konnte.

Mit schnellen Schritten kam er herbei. Die Menge teilte sich vor ihm. Hennessey maß Cohen und mich nur mit einem fast flüchtigen Blick, dann machte er im rechten Winkel kehrt und trat auf Joshua und die anderen zu. »Geht es dir gut?« fragte er. Kein Wort nach dem, was passiert war. Keine Frage nach uns, nach dem Grund für diese Aufregung.

Joshua antwortete nicht, sondern nickte nur schüchtern, nahm vollends die Arme herunter und hob die rechte Hand dann gleich wieder, wohl um sich das Blut aus dem Gesicht zu wischen. Hennessey hob ganz sacht die linke Augenbraue. Joshua erstarrte mitten in der Bewegung, griff dann in die Rocktasche und zog ein blütenweißes, pedantisch zusammengefaltetes Taschentuch heraus, mit dem er sich säuberte.

Hennessey maß ihn noch eine Sekunde lang mit einem Blick, der mir einen eisigen Schauer über den Rücken laufen ließ. Dann drehte er sich auf der Stelle herum, kam mit zwei schnellen Schritten auf uns zu und sah einen Moment lang Cohen, dann – für einen sehr viel längeren Moment – mich an.

»Sie müssen die beiden Herren aus London sein, von denen mir Joshua berichtete«, sagte er.

Cohen nickte. »Ja. Mein Name ist Wilbur Cohen, und das ist Robert Craven.« Er deutete auf mich. »Sie sind Mr. Hennessey, nehme ich an?«

»Ja«, antwortete Hennessey. »Bitte entschuldigen Sie den Zwischenfall. Es tut mir sehr leid, wenn mein Sohn Sie in irgendeiner Weise beleidigt oder provoziert hat.«

»Ihr Sohn?« fragte ich. »Aber sein Name ist …«

»Mein Pflegesohn«, sagte Hennessey. »Seine Eltern starben am Tag seiner Geburt, und er hat keine lebenden Verwandten, so daß ich mich seiner annahm.« Ein fast betrübter Ausdruck erschien – allerdings nur für eine Sekunde – auf seinem Gesicht. »Ich fürchte, daß man seiner Erziehung trotz aller Mühe anmerkt, daß ihm die Mutter fehlt. Er hat manchmal eine Art, die jemanden, der ihn nicht genau kennt, zur Weißglut reizen kann.«

»Aber so war es nicht«, antwortete ich verwirrt. »Der Junge hat …«

»Bitte, entschuldigen Sie noch einmal«, unterbrach mich Hennessey. »Es wird nicht noch einmal vorkommen, das verspreche ich Ihnen.« Er straffte sich, und als er weitersprach, hatte seine Stimme einen völlig anderen, nur mehr sachlichen Klang angenommen. »Ich nehme an, daß Sie mich zu sprechen wünschen?« fragte er. »Obwohl ich beinahe fürchte, daß ich Ihnen nicht helfen kann. Sie suchen jemanden?«

»Einen gewissen Crowley, der …«, begann Cohen.

Hennessey unterbrach ihn mit einer knappen, aber trotzdem sehr befehlsgewohnten Geste. Seine ganze Art war die eines Mannes, der es nicht gewohnt war, daß man ihm widersprach. »In Anbetracht der Umstände«, sagte er, »schlage ich vor, daß wir uns irgendwohin zurückziehen, wo wir in Ruhe reden können.« Wieder wartete er unsere Antwort nicht ab, sondern drehte sich zu Joshua und den anderen Kindern herum.

»Ich habe mit diesen Herren einiges zu bereden«, sagte er. »Aus diesem Grund lassen wir die Exerzitien für heute einmal ausfallen.«

Die Reaktion überraschte mich nicht im mindesten – aber sie jagte mir erneut einen eisigen Schauer über den Rücken. Kein Kind der Welt hätte auf die Ankündigung, daß die Schule für einen Tag ausfiel, mit Bestürzung und Trauer reagiert – aber diese hier taten es. Ein rothaariger Junge trat sogar einen Schritt vor und sagte: »Aber Sir, wir ...«

»Ihr habt gehört, was ich gesagt habe«, unterbrach ihn Hennessey. Seine Stimme war schneidend. »Geht nach Hause. Wir treffen uns morgen um die gewohnte Zeit.«

Ohne irgendeine Reaktion abzuwarten, wandte er sich wieder zu uns um. »Kommen Sie, meine Herren«, sagte er.

Cohen und ich tauschten einen verblüfften Blick, aber wir zögerten nicht lange, ihm zu folgen. Jede andere Gesellschaft erschien mir im Moment sicherer als die der aufgebrachten Menge auf der Straße, die ganz so aussah, als wartete sie nur auf einen Grund, Cohen und mich an Ort und Stelle zu lynchen.

Ich hatte mich selten zuvor so sehr getäuscht.

Ich hätte damit gerechnet, daß Hennessey mit uns zurück zu Cordwailers Laden gehen würde oder vielleicht auch in eines der leerstehenden Häuser, von denen es genug in Brandersgate gab. Aber er hatte eine viel einfachere Lösung: Offenbar völlig wahllos steuerte er das erstbeste Gebäude an, und er machte sich auch nicht die Mühe, anzuklopfen oder sich sonstwie bemerkbar zu machen, sondern öffnete die Tür und forderte uns mit einer Geste auf, einzutreten, ganz so, als wäre dies *sein* Haus. Nun, dachte ich, nach allem, was mir Alyssa erzählt hatte, war das in gewisser Hinsicht wahrscheinlich auch so.

An dem Tisch in der kleinen, einfach eingerichteten Stube saß ein Ehepaar mittleren Alters, das fast erschrocken aufsprang, als Hennessey, Cohen und ich eintraten. Beide wollten unverzüglich das Haus verlassen, aber Hennessey winkte die Frau mit einer befehlenden Geste zurück.

»Sandra, sei doch bitte so nett und biete unseren Gästen eine Erfrischung an.« Ein fragender Blick in Cohens und meine Richtung. »Wäre ein Tee angenehm? Oder ziehen Sie Kaffee vor?«

»Nichts, danke«, sagte Cohen, und auch ich schüttelte den Kopf, aber Hennessey ließ unsere Ablehnung nicht gelten.

»Sie beleidigen die Leute hier«, sagte er, ohne sich dabei sonderlich viel Mühe zu geben, freundlich zu klingen. »Es sind recht einfache Menschen, aber gerade deshalb ist ihnen die Gastfreundschaft heilig.«

Hennessey schien von einer anderen Stadt als Brandersgate zu sprechen, doch weder Cohen noch ich hatten jetzt die Muße, über *dieses* Thema zu reden. »Also gut, ich nehme einen Tee«, sagte Cohen, und ich schloß mich mit einem Kopfnicken an. Die Frau ging zum Herd und schob eine zerbeulte Kanne auf die Platte, unter der wohl noch ein Feuer brannte, und

Hennessey deutete auf den Tisch, an dem sie selbst und ihr Mann vor wenigen Augenblicken noch gesessen hatten.

»Bitte, nehmen Sie Platz, meine Herren«, sagte er. Wir gehorchten. Das Möbelstück ächzte hörbar unter meinem Gewicht, und auch Cohen ließ sich äußerst behutsam auf den Stuhl niedersinken.

»Nun, es geht also um diesen ... Wie sagten Sie, hieß er doch gleich?« begann Hennessey. »Crowley?«

»Crowley«, bestätigte Cohen. »Ja. Wir erhielten gewisse Informationen, nach denen er hier in Brandersgate zu finden sein sollte.«

»Dieses Telegramm, ich weiß.« Hennessey schüttelte bedauernd den Kopf. »Ich fürchte, Sie sind einer Täuschung aufgesessen, meine Herren. Möglicherweise hat sich auch jemand einen üblen Scherz mit Ihnen erlaubt. Es gibt hier niemanden dieses Namens.«

»Sie sind ziemlich gut informiert«, wandte ich ein.

»Das ist richtig. In Brandersgate geschieht nicht viel, von dem ich nichts erfahre«, antwortete Hennessey. Dann lachte er – ein äußerst unsympathisches, humorloses Lachen. »Allerdings ist das bei einem Ort dieser bescheidenen Größe auch nicht sonderlich schwer. Trotzdem: Ich kann Ihnen versichern, daß es hier niemanden dieses Namens gibt, oder gegeben hat, in den letzten fünf Jahren.«

»Das Telegramm wurde hier aufgegeben«, beharrte Cohen. »So etwas kann man nachprüfen. Und unterzeichnet wurde es mit dem Namen Ihres zuständigen Constablers. Wenn sich da jemand einen Scherz erlaubt hat, wie Sie annehmen, dann hat er sich verdammt viel Mühe gemacht.«

Hennessey verzog abfällig das Gesicht. »Mit Verlaub, Inspektor Cohen«, sagte er, »unser guter Constabler McGillycaddy weiß nicht einmal genau, was ein Telegramm ist, geschweige denn, wie man eines aufzugeben hat. Es tut mir leid, aber ich fürchte, Sie sind vergebens hergekommen.« Er sah auf seine Uhr. »Der Zug nach Glasgow kommt in einer guten Stunde durch. Ich kann ihn anhalten lassen, wenn Sie das wünschen. Sie wären spätestens morgen früh wieder in London.«

»So eilig haben wir es nicht«, antwortete ich rasch, ehe Cohen etwas erwidern konnte.

Hennessey setzte zu einer Antwort an, unterbrach sich dann aber, als Sandra an den Tisch trat, um Tassen, Zucker und das Milchkännchen aufzutragen. Der Anblick jagte mir einen sanften Schauer über den Rücken, der allerdings diesmal weniger mit Brandersgate und seinen sonderbaren Bewohnern zusammenhing, sondern mit der gräßlichen Angewohnheit der Briten, Tee mit *Milch* zu trinken. Es gab ein paar Dinge, an die ich mich wohl nie gewöhnen würde und überdies auch nicht wollte.

Dann sah ich noch einmal – und genauer – hin. Im allerersten Moment hatte ich geglaubt, das Geschirr, das vor uns stand, wäre schmutzig. Dann begriff ich, daß es so *alt* war, daß es nur schmutzig wirkte. Kaum eine Tasse war ohne Sprung oder häßliche, ausgebrochene Ecken, die blaue Farbe, mit der das Porzellan bemalt war, war verblichen, und an Cohens Tasse fehlte der Henkel. Er musterte sie einen Moment lang ebenso verwirrt wie ich und schien sichtlich darüber nachzudenken, wie er sie ergreifen sollte, ohne sich die Finger zu verbrühen.

»Selbstverständlich können Sie bleiben, so lange Sie wollen«, antwortete Hennessey, nachdem die

Frau den Tee eingeschenkt und mit fast ängstlichem Gesichtsausdruck gewartet hatte, bis er daran genippt und zustimmend genickt hatte. Erst dann goß sie auch uns ein. Ein weiterer Punkt auf Hennesseys rapide anwachsendem Minuskonto. Hennessey benahm sich, als wäre diese Stadt mit all ihren Menschen sein persönliches Eigentum. Er wurde mir mit jedem Moment unsympathischer. »Obwohl es in der Gegend kaum etwas Interessantes gibt, das das Bleiben lohnen würde«, fügte Hennessey nach einer winzigen Pause hinzu.

Cohen setzte zu einer Antwort an, aber ich kam ihm diesmal wieder zuvor. »So würde ich das nicht sagen«, sagte ich. »Zumindest Ihr Turm scheint mir doch sehr interessant zu sein.«

»Sie kennen ihn?«

»Ich habe ihn gesehen, ja«, antwortete ich. »Gestern abend von der ... Küste aus.«

Hennessey kommentierte das unmerkliche Zögern in meinen Worten mit einem gebührenden Stirnrunzeln. »Er ist wirklich interessant«, sagte er dann. »Wenn man sich für alte Gemäuer interessiert, heißt das. Ich würde ihn Ihnen gerne zeigen, aber leider ist das Wetter nicht gut genug. Wir werden Sturm bekommen, fürchte ich.«

»Sturm?« Cohen runzelte die Stirn. »Danach sieht es mir aber gar nicht aus.«

»Aber er kommt, verlassen Sie sich darauf«, sagte Hennessey mit einem gönnerhaften Lächeln. »Ich lebe jetzt lange genug hier, um die Zeichen zu erkennen. Allerdings ist es nicht leicht, das gebe ich zu. Für jemanden wie Sie vermutlich noch weniger.«

»Ja, etwas in dieser Art sagte Joshua auch«, knurrte ich.

»Er hat Ihnen von dem Sturm erzählt?« Hennesseys Gesicht verdüsterte sich. »Ich habe ihm gestern abend davon berichtet, müssen Sie wissen. Und natürlich hat er die Gelegenheit sofort ergriffen, um sich hervorzutun und vor Ihnen aufzuschneiden.« Er seufzte. »Ich muß strenger mit dem Jungen sein, fürchte ich.«

»Ich hatte eher das Gefühl, daß Sie ein wenig *zu streng* mit den Kindern sind«, antwortete ich, wobei ich Hennessey scharf im Auge behielt.

»So?« meinte er. Er widersprach mir nicht, sondern sah mich nur durchdringend an.

»Mr. Craven scheint wohl der Meinung zu sein, daß die Kinder von Brandersgate ... einen sehr ernsten Eindruck machen«, sagte Cohen und warf mir einen warnenden Blick zu.

»Das täuscht«, antwortete Hennessey. »Sie sind vorsichtig, weil Sie beide Fremde sind. Und wahrscheinlich auch ein bißchen mißtrauisch. Wenn Sie länger bleiben würden, dann würden Sie feststellen, daß es ganz normale Kinder sind.«

»Vielleicht bleiben wir ja länger«, sagte ich. Damit lenkte ich das Gespräch wieder auf das Thema zurück, von dem er es so geschickt abgebracht hatte. »Sie könnten mir Ihren Turm zeigen. Dieser Sturm wird nicht ewig dauern – *wenn* er kommt.«

»Es ist ein zugiges altes Gemäuer, mehr nicht.« Hennesseys Stimme klang jetzt ein wenig unwillig. »Niemand weiß genau, wie alt er ist und wer ihn eigentlich gebaut hat, oder weshalb – und das ist tatsächlich das einzig Interessante an dem alten Kasten. Ich fürchte, es wird nicht mehr allzu lange dauern, und er fällt einfach um.«

»Warum bleiben Sie dann dort?« fragte ich.

»Weil es sich dort immer noch besser lebt als hier«, antwortete Hennessey. »Außerdem liebe ich das Meer, Mr. Craven. Und auf diesem Turm bin ich ihm näher als an irgendeinem anderen Ort.«

»Sie unterrichten die Kinder dort?« fragte Cohen.

Hennessey nickte und trank wieder von seinem Tee. »Warum nicht? Es ist Platz genug, und es ist ein ruhiger Ort, an dem es keine störenden Ablenkungen gibt.«

»Sie sind Lehrer?« fragte ich.

»Nein«, antwortete Hennessey. Er hob abwehrend die Hand, als ich antworten wollte, und fuhr mit leicht erhobener Stimme fort: »Ich weiß, was Sie jetzt denken, Mr. Craven. Ich bin weder Akademiker, noch verstehe ich mich auf höhere Mathematik oder die Geheimnisse der Naturwissenschaften. Doch für das Wenige, was ich diesen Kindern beizubringen habe, reicht es aus.« Er lächelte. »Sie erlangen keine Hochschulreife bei mir, aber es gibt Wichtigeres als Lesen und Schreiben.«

»Gibt es keine andere Schule in der Nähe?«

»Die gab es nie. Früher hat der Pfarrer hier die Kinder unterrichtet, wie es in solch kleinen Gemeinden allgemein üblich ist. Aber nachdem die Kirche niederbrannte, ging er fort. Die nächste Schule liegt im Nachbarort, mehr als acht Meilen entfernt. Sie können unmöglich jeden Tag dorthin gehen. Und – wie gesagt: Es gibt Wichtigeres als Lesen, Schreiben und Algebra, obwohl ich mich bemühe, ihnen auch hier zumindest gewisse Grundlagen zu vermitteln. Aber der Schwerpunkt dessen, was ich sie lehre, ist ihre geistige Erziehung. Wenn man das Wort des Herrn berücksichtigt und danach lebt, ist alles andere zweitrangig, meinen Sie nicht auch?«

»Das Wort des Herrn«, wiederholte ich nachdenklich. »Von welchem *Herrn* reden Sie, Mr. Hennessey?«

Aus den Augenwinkeln sah ich, wie mich Cohen fast entsetzt anblickte, und auch Hennessey starrte mich schweigend an, wobei auch der letzte Rest von Freundlichkeit aus seinem Blick verschwand.

»Was soll das, Craven?« schnappte Cohen. Dann wandte er sich mit einem verzeihungheischenden Lächeln wieder an Hennessey. »Bitte entschuldigen Sie Roberts Benehmen. Er ... hatte eine ziemlich unruhige Nacht, fürchte ich.«

»Das verstehe ich«, sagte Hennessey. »Das Klima hier bei uns bekommt nicht jedem. Und dann noch der Sturm ...« Er zuckte mit den Schultern und sah mich fragend an. »Vielleicht sind Sie ja wetterfühlig, ohne daß Sie es bisher selbst gewußt haben.«

Ich setzte zu einer ärgerlichen Antwort an, doch ich kam nicht dazu, denn Cohen trat mir unter dem Tisch so heftig gegen das Schienbein, daß mir die Tränen in die Augen schossen. Ich widerstand dem Impuls, zurückzutreten; zum einen aus verständlichen Gründen, zum anderen aber, weil ich ernsthaft befürchtete, versehentlich das Tischbein treffen zu können, was nur mit dem völligen Zusammenbruch des altersschwachen Möbelstückes enden konnte.

»Sie engagieren sich sehr für diese Stadt und ihre Bewohner«, sagte Cohen.

»Soweit es in meinen Kräften steht«, bestätigte Hennessey. »Leider reichen sie nicht aus, um *wirklich* zu helfen.«

»Warum tun Sie das?« fragte ich.

Hennessey blinzelte. »Wie?«

»Ich nehme Ihnen den Heiligen nicht ab«, sagte ich geradeheraus. »Und den selbstlosen Samariter auch nicht. Warum also tun Sie all das? Sie kümmern sich um die Kinder, Sie helfen ihren Eltern, ja Sie bezahlen sogar ihre Rechnungen ... und ich frage mich, warum.«

Cohen spießte mich mit Blicken regelrecht auf, aber ich beachtete ihn gar nicht, sondern starrte weiter Hennessey an – und plötzlich senkte er den Blick, und ein halb nachdenklicher, halb betroffener Ausdruck machte sich auf seinen Zügen breit.

»Vielleicht, weil ich es ihnen schuldig bin, Mr. Craven«, sagte er. »Nennen Sie es mein schlechtes Gewissen, wenn Sie wollen, oder die Begleichung einer Schuld.«

»Das verstehe ich nicht«, sagte Cohen.

»Das können Sie auch nicht«, antwortete Hennessey. Er atmete hörbar ein und starrte mit leerem Blick einige Sekunden in seine Tasse, ehe er wieder von seinem Tee nippte und – diesmal sehr leise – fortfuhr:

»Sehen Sie, es gab früher ganz in der Nähe eine Sägemühle. Sie gehörte einem entfernten Onkel von mir und war praktisch der einzige Arbeitgeber für die Menschen in Brandersgate. Als dieser Onkel starb, erbte ich als einziger lebender Verwandter die Fabrik. Ich war sehr jung damals, und sehr naiv. Meine Anwälte und all meine Freunde rieten mir, das Werk zu verkaufen, und hätte ich es getan, dann würde es vielleicht heute noch arbeiten. Aber ich war viel zu borniert, um auf irgend jemanden zu hören. Ich übernahm die Leitung des Werkes selbst – nicht einmal von hier aus, sondern von Glasgow, wo ich damals lebte, ohne die Fabrik oder einen dieser Menschen hier auch nur zu Gesicht bekommen zu haben.« Er trank einen Schluck Tee, und seine Stimme wurde noch leiser. »Ich nehme an, Sie können sich denken, wie es ausging.«

»Sie machten Bankrott?« vermutete Cohen.

»In nicht einmal zwei Jahren«, bestätigte Hennessey. »Damals begriff ich gar nicht, was ich angerichtet hatte. Die Fabrik mußte schließen, aber mir blieb noch immer genug Geld für ein sorgenfreies Leben. Erst einige Jahre später kam ich durch einen Zufall hierher und sah, was ich getan hatte.«

»Es war ein schwerer Schlag für die Stadt«, sagte Cohen.

»Ein schwerer Schlag?« Hennessey schrie fast. »Es war ihr Untergang, Mr. Cohen! Fast alle Männer waren ohne Arbeit, und Not und Gewalttätigkeit waren an der Tagesordnung. Wer irgendwie konnte, war weggezogen, aber nicht alle konnten es. Und die, die blieben ...« Er führte den Satz nicht zu Ende, sondern schüttelte traurig den Kopf. »Nun, ich versuchte, die schlimmste Not zu lindern. Hätten es meine Möglichkeiten erlaubt, hätte ich das Sägewerk wieder eröffnet, doch auch meine Mittel sind begrenzt. Also tat ich das einzige, was ich tun konnte. Ich verkaufte das große Haus in Glasgow und kam hierher, um zu helfen, soweit es in meinen Kräften steht.«

Ich glaubte ihm kein Wort. Die Geschichte hätte aus einem jener Kitschromane stammen können, die man für ein paar Penny an jedem Zeitungskiosk erstehen konnte; und selbst dann wäre sie noch reichlich dünn gewesen. Der reiche Erbe, der ein Leben in Luxus und Sicherheit aufgibt, um sich für die aufzuopfern, die er unwissentlich ins Unglück gestürzt hatte – wem um alles in der Welt wollte er diese Räuberpistole verkaufen?

»Und was sagen die Behörden dazu?« erkundigte ich mich.

»Wozu, Mr. Craven?« Hennessey legte den Kopf auf die Seite und sah mich forschend an. Aber ich hatte den sicheren Eindruck, daß er sehr viel weniger über den Sinn meiner Frage nachdachte – der ihm wohl klar war –, als mehr darüber, ob er nun einen drohenden Unterton in meiner Stimme gehört hatte oder nicht.

»Zu dem, was hier geschieht«, sagte ich. »Wir leben nicht mehr im Mittelalter, Mr. Hennessey, und das hier ist England, keine von Gott und der Welt vergessene Stadt in Indien oder Afghanistan. Sind Sie sicher, daß alle Einwohner Brandersgates mit dem einverstanden sind, was Sie tun?«

»Bisher hatte ich den Eindruck«, erwiderte Hennessey. Seine Stimme war kalt.

Ich hätte ihm zumindest eine Person nennen können, bei der dieser Eindruck nicht stimmte; aber natürlich hütete ich mich, es zu tun.

»Was Robert meint, ist vermutlich, daß Sie Hilfe von offizieller Stelle hätten anfordern können«, sagte Cohen. »Man hätte einen Lehrer hierher schicken können. Vielleicht auch den Abgesandten irgendeiner karitativen Einrichtung.«

»Die Menschen hier brauchen Hilfe, Inspektor Cohen«, erwiderte Hennessey, »keine Almosen.«

»Das ist es nicht, was ich meine«, sagte ich. Ich spürte einen Zorn auf Hennessey, den ich mir selbst nicht ganz erklären konnte. Aber so wie vorhin bei Pasons war ich auch jetzt Hennessey gegenüber unfähig, meine Gefühle zu beherrschen. »Was ich meine, ist, daß Sie sich aufführen wie ein mittelalterlicher Landgraf, der all das hier als sein Eigentum betrachtet, einschließlich der Menschen dieser Stadt.«

Hennesseys Blick wurde noch kälter. Seine Augen schienen plötzlich gar nicht mehr die eines Menschen zu sein, sondern erinnerten mich mehr an die einer Echse oder eines Fisches. Wenn dieser Mann überhaupt einmal in der Lage gewesen war, *Gefühle* zu empfinden, so mußte das sehr, sehr lange her sein. »Es tut mir leid, wenn Sie diesen Eindruck gewonnen haben, Mr. Craven«, sagte er. »Um so mehr, da ich beim besten Willen nicht verstehe, wieso. Immerhin kennen wir uns gerade erst seit zehn Minuten.«

Für meinen Geschmack waren das genau zehn Minuten zuviel. »Was ich bisher gesehen habe, reicht mir«, sagte ich.

»So?« fragte Hennessey mit einem kalten, lauernden Lächeln. »Was haben Sie denn gesehen, Mr. Craven?« Und für einen ganz kurzen Moment war ich nahe daran, ihm zu erzählen, was ich in der vergangenen Nacht erlebt hatte. Vielleicht war es einzig Cohens entsetzter Blick, der mich dann doch davon abhielt, es zu tun.

»Ich habe die Kinder gesehen, Mr. Hennessey«, sagte ich. »Was Sie mit Ihrem eigenen Pflegekind machen, geht mich nichts an; zumindest bin ich wahrscheinlich nicht in der Lage, irgend etwas dagegen zu tun. Aber es geht nicht nur um Joshua. Ich werde herausfinden, was Sie dort draußen in Ihrem Turm anstellen, das verspreche ich Ihnen. Ich weiß nicht, was Sie ihnen beibringen, aber es ist ganz bestimmt nicht das, was Kinder dieses Alters lernen sollten.«

»Was sollten sie denn lernen?« erkundigte sich Hennessey. »Wie man möglichst großen Erfolg hat?

Wie man möglichst schnell möglichst viel Geld verdienen kann? Wie man am besten Karriere macht, ohne Rücksicht auf sich selbst oder andere Menschen zu nehmen? Wenn Sie das meinen, haben Sie recht. Solche Dinge lernen sie bei mir nicht.«

»Hören Sie auf, den Narren zu spielen!« sagte ich aufgebracht. »Sie wissen ganz genau, was ich meine.«

»Ich fürchte, das weiß ich nicht«, antwortete Hennessey ruhig. Er stand auf. »Aber um diese leidige Angelegenheit zum Abschluß zu bringen: Ich versichere Ihnen noch einmal, daß es hier keinen Crowley gibt, noch jemals gegeben hat. Sie sehen also, wir können Ihnen beim besten Willen nicht helfen.« Er machte eine Geste zur Tür. »Ich werde Cordwailer Anweisung geben, Ihr Gepäck zu packen und zum Bahnhof zu bringen. Einer der Männer wird zum nächsten Signalmast gehen und den Zug anhalten, so daß Sie einsteigen können.«

»Wir bleiben hier«, antwortete ich.

Hennessey blickte eine Sekunde lang stirnrunzelnd auf mich herab, aber dann zuckte er nur mit den Schultern. »Ganz wie Sie meinen«, sagte er. »Es ist Ihre Zeit, die Sie verschwenden.«

»Nennen Sie mir einen einzigen vernünftigen Grund, Craven«, sagte Cohen, »nur einen, aus dem ich nicht in diesen Zug steigen und Sie einfach hier zurücklassen sollte.« Seine Stimme zitterte, und es war eine der wenigen Gelegenheiten, seit ich ihn kennengelernt hatte, daß ich ihn am Rande seiner Selbstbeherrschung erlebte.

»Bitte!« sagte ich. »Dann fahren Sie doch!«

Ich kam mir selbst fast närrisch bei diesen Worten vor; und vor allem bei dem hysterisch-aggressiven Ton, in dem ich sie aussprach. Aber ich konnte nicht anders. Diese ganze Geschichte begann mir aus dem Ruder zu laufen, und, um bei dem Vergleich zu bleiben, ich hatte plötzlich das Gefühl, daß sie sich in nicht allzu ferner Zukunft querstellen und vielleicht kentern würde.

In Cohens Augen wetterleuchtete die Vorahnung eines kommenden Gewitters. Aber er beherrschte sich noch einmal und antwortete mit ruhiger, wenn auch hörbar im Zaum gehaltener Stimme: »Ich verstehe Sie einfach nicht, Craven. Dieser Mann ist vielleicht verrückt, auf jeden Fall naiv und kindisch. Aber er hat rein gar nichts getan, um Ihren Auftritt von gerade zu rechtfertigen.«

»Ich nehme ihm den selbstlosen Samariter nicht ab!« erwiderte ich angriffslustig. »Irgend etwas geht dort draußen in diesem Turm vor, Cohen. Ich habe Ihnen erzählt, was ich erlebt habe, und es war keine Einbildung, ganz egal, was Sie jetzt auch denken. Schauen Sie sich doch an, was er aus den Kindern gemacht hat.«

»Was hat er denn aus ihnen gemacht?« erkundigte sich Cohen.

»Das haben Sie doch gesehen!« Ich schrie jetzt fast. »Haben Sie Joshuas kleinen Auftritt schon vergessen?«

Cohen schüttelte betont langsam den Kopf. »Nein. Und ich verstehe immer noch nicht, warum Sie ihn geschlagen haben.«

»Das habe ich nicht!« Jetzt brüllte ich ihn *wirklich* an. Ich stockte für eine Sekunde, sowohl im Wort als auch im Schritt, riß mich mühsam zusammen und fuhr nur etwas leiser fort: »Er hat es so hingestellt, daß es so aussehen mußte, Cohen. In einem Punkt haben Sie recht – ich habe mich wirklich wie ein Idiot benommen. Ich bin genau in seine Falle getappt.«

Cohen sagte nichts dazu, aber sein Blick sprach Bände. Offensichtlich begann er allmählich wirklich an meinem Geisteszustand zu zweifeln. Ich konnte es ihm nicht einmal verübeln.

»Meinetwegen steigen Sie in diesen Zug und fahren nach London zurück, Cohen. Setzen Sie sich in Ihr gemütliches Büro und schreiben Leute auf, die ihre Kutsche vor einen Hydranten gestellt haben. Vielleicht ist das auch besser so.« Das war jetzt nur noch kindischer Trotz, und Cohen zog es vor, gar nichts darauf zu sagen. Aber sein Schweigen reizte mich nur um so mehr. Ich *wollte* mich streiten, und daß er sich nicht provozieren ließ, fachte meinen Ärger nur zu noch höherer Glut an. »Etwas stimmt nicht mit dieser Stadt«, fuhr ich gereizt fort. »Mit ihr nicht, und schon gar nicht mit ihrem sogenannten *Wohltäter*.« Ich gab mir Mühe, dem Wort einen möglichst höhnischen Klang zu verleihen, aber es hörte sich selbst in meinen eigenen Ohren einfach nur dumm an.

Mittlerweile hatten wir Cordwailers Etablissement erreicht, und ich schluckte alles, was mir noch auf der Zunge lag, herunter und trat hinter Cohen in den schattigen, muffig riechenden Raum.

Cordwailer stand hinter seiner zerschrammten Theke und musterte uns mit der gleichen unterdrückten Feindseligkeit, die vom ersten Moment an in seinem Blick gewesen war, die mir aber erst jetzt richtig auffiel. Während Cohen wortlos zur Treppe und nach oben ging, setzte ich mich an den Tisch unter dem Fenster und bestellte ein Bier. Fast zu meiner Überraschung bekam ich es. Aber es war warm, und das Glas hatte einen Sprung, so daß sich auf dem Tisch allmählich eine gelblich schimmernde Lache bildete.

In dumpfes Brüten versunken, saß ich da und wartete, daß Cohen zurückkam. Ich war darauf gefaßt, ihn mit gepackter Tasche erscheinen zu sehen, und auf eine weitere Auseinandersetzung vorbereitet. Aber zugleich verspürte ich eine so tiefe Verwirrung wie selten zuvor im Leben. Es war nicht das erste Mal, daß ich es mit jenen unheimlichen Mächten zu tun bekam, deren Wirken ich in der vergangenen Nacht am Strand beobachtet hatte. Daß wir – unbeschadet der Tatsache, daß von Crowley nichts zu entdecken gewesen war – auf der richtigen Spur waren, daran zweifelte ich keine Sekunde. Die unheimliche Fadenkreatur im Wasser mußte ein gigantisches *Shoggotenwesen* sein, ein Geschöpf ähnlich dem Baumdämon, dem ich vor Jahren einmal fast zum Opfer gefallen wäre. Aber da gab es ein paar Dinge, die ich einfach nicht verstand. Das Geschöpf hätte mich mit Leichtigkeit töten können. Tatsächlich hatten meine Gegner, wenn ich es recht bedachte, in den letzten Wochen ein halbes Dutzend Gelegenheiten gehabt, meiner habhaft zu werden oder mich gleich auf der Stelle umzubringen; wenn nicht Schlimmeres.

Aber was mich noch viel mehr verunsicherte, war meine eigene Reaktion. Seit wir in Brandersgate angekommen waren, hatte ich einen Fehler nach dem anderen gemacht, und jeder war ein bißchen schlimmer gewesen als der vorhergehende. Es schien, als wäre ich gar nicht mehr ganz Herr meiner eigenen Entscheidungen, sondern als sorge etwas dafür, daß ich immer genau das Falsche tat.

Der Gedanke führte in einen Kreis, aus dem es kein Entrinnen gab. Wenn es ein fremder Einfluß war, dem ich erlag, dann war vielleicht mein Entschluß, wider besseres Wissen hierzubleiben, ein neuer Fehler. Aber ebensogut konnte es auch genau anders herum sein: nämlich, daß ich genau dies denken und doch abreisen sollte, und *damit* tat, was meine Feinde von mir erwarteten.

Das Unwetter, von dem Hennessey gesprochen hatte, zog tatsächlich herauf. Im Verlauf der nächsten beiden Stunden begann das strahlende Azur des Himmels allmählich zu einem schmutzigen Grau zu verblassen, und es wurde merklich kälter. Zwar zeigten sich am Himmel noch immer keine Wolken, doch von Norden her begann ein böiger Wind über die Küste zu wehen, der einen intensiven Salzwassergeruch mit sich brachte; und noch etwas: ein unangenehmes, moderiges Aroma wie von Fäulnis und Krankheit, das selbst hier drinnen deutlich zu verspüren war.

Cohen war fast eine Stunde in seinem Zimmer geblieben und unverändert schlechter Laune, als er schließlich wieder herunterkam und sich zu mir setzte, nachdem er bei Cordwailer ein Bier bestellt hatte. Ich trank mittlerweile mein drittes Glas, ohne allerdings außer einem unangenehmen Nachgeschmack auch nur die allergeringste Wirkung zu verspüren. Das lakritzenschwarze Zeug, das die Briten aus unerfindlichen Gründen *Bier* nennen, war mir schon immer zuwider gewesen, aber diese Brühe hier schoß den Vogel ab. Der einzige Grund, aus dem ich es überhaupt trank, war, daß es in Cordwailers ›Hotel‹ nichts anderes zu trinken gab; außer dem lauwarmen Wasser mit Milch und Zucker, von dem er behauptete, es wäre Tee.

Wilbur Cohens Meinung über das örtliche *Ale* schien sich ausnahmsweise einmal mit meiner zu decken. Er nippte nur kurz daran, verzog das Gesicht und würgte den Schluck dann mit sichtbarer Überwindung herunter, während er Cordwailer einen vernichtenden Blick zuwarf – den dieser allerdings gar nicht zur Kenntnis nahm.

»Pfui Teufel«, sagte er. »Das Zeug schmeckt, als hätte er hineingep…«

»Vielleicht hat er«, sagte ich, als Cohen nicht weitersprach.

Cohen durchbohrte mich mit Blicken, verzog das Gesicht noch mehr und schob das Glas mit spitzen Fingern ein Stück weit von sich fort. Nachdenklich betrachtete er es eine Weile, dann sagte er: »Es schmeckt … alt. Merken Sie das nicht?«

»Ich verstehe nichts von Bier«, antwortete ich.

»Das Zeug schmeckt, als hätte er irgendwo ein zwanzig Jahre altes Faß aufgetrieben«, beharrte er. »Aber irgendwie paßt es zu dieser Stadt.«

Ich sah erstaunt auf. Seit Cohen heruntergekommen war, hatten wir sehr wenig und dann auch nur über Belanglosigkeiten gesprochen, aber es war natürlich nur eine Frage der Zeit gewesen, wann einer von uns wieder mit dem eigentlichen Thema anfangen würde. Wie es aussah, hatte ich wohl die besseren Nerven.

»Sie wollen doch nicht etwa zugeben, daß mit dieser Stadt etwas nicht stimmt, Inspektor?« fragte ich spöttisch.

»Das habe ich nie bestritten«, antwortete Cohen. Er schüttelte den Kopf, als er meinen ungläubigen Blick bemerkte. »Wissen Sie, was Ihr Problem ist, Robert? Sie hören nicht zu. Ich bin weder blind noch dumm. Daß mit dieser Stadt etwas nicht stimmt, habe ich schon nach zehn Minuten gemerkt.«

»Und wieso streiten wir uns dann ununterbrochen, statt gemeinsam herauszufinden, was es ist?«

»Das frage ich Sie«, knurrte Cohen. Er griff nach seinem Glas, setzte es an und dann mit einer Grimasse wieder ab, ohne getrunken zu haben. »Wir wären vielleicht schon ein Stück weiter, wenn Sie mir helfen würden, statt Gespenster zu jagen.«

»Mit einem dieser Gespenster haben wir vor einer Weile gesprochen«, murmelte ich. Ich sah Cohen dabei nicht an, sondern blickte aus dem Fenster und hoffte, daß er begriff, daß ich darauf gar keine Antwort haben *wollte*. Ich hatte weiß Gott keine Lust, den Streit von vorhin fortzusetzen. Allerdings sah ich nicht sehr lange hinaus; schon aus dem Grund, daß es auf der anderen Seite des Fensters praktisch nichts mehr zu sehen gab. Das Unwetter warf seine Schatten voraus, und das im buchstäblichen Sinne des Wortes. Draußen erlosch der Tag um Stunden zu früh.

»Sie packen die Sache falsch an, Craven«, sagte Cohen.

»Und wie sollte ich sie *anpacken*, Ihrer Meinung nach?« erkundigte ich mich.

Cohen überhörte auch weiter geflissentlich meinen höhnischen Ton. »Jedenfalls nicht so«, sagte er. »Sie haben nicht viel gegen Hennessey in der Hand; im Grunde so gut wie gar nichts. Wenn Sie wirklich glauben, daß er etwas mit diesen Kindern tut, was ihnen schadet, sollten Sie zur zuständigen Schulbehörde gehen und mit einem ihrer Inspektoren wiederkommen. Und zwar überraschend und ohne ihn durch sinnlose Szenen wie vorhin zu warnen.«

Seine Worte ärgerten mich schon wieder, obwohl – oder vielleicht gerade *weil* – er vollkommen recht hatte. Natürlich nur von seinem Standpunkt aus. Den Mächten, mit denen wir es hier zu tun hatten, war nicht mit *behördlicher* Hilfe beizukommen.

Wieder versanken wir für eine Weile in ein unangenehmes Schweigen, währenddessen wir beide mit unseren eigenen Überlegungen beschäftigt waren. Draußen begann es zu regnen; ein feines, heftiges Nieseln, das mit einem Geräusch wie raschelnde Seide gegen die Fenster prallte und die Welt dahinter mit einem grauen Schleier überzog.

»Ich fahre morgen zurück«, sagte Cohen plötzlich. »Und Sie sollten mich begleiten. Ich werde Ihnen bei der Sache mit Hennessey helfen, aber nur, wenn Sie vernünftig sind.«

»Woher dieser plötzliche Stimmungsumschwung?« fragte ich, wobei ich absichtlich offenließ, ob ich nun mit ihm gehen würde oder nicht. Vielleicht, weil ich es selbst noch nicht genau wußte.

»Ich mag Leute nicht, die mich belügen«, antwortete Cohen.

Ich runzelte die Stirn. »Wie?«

»Hennessey hat mindestens in einem Punkt nicht die Wahrheit gesagt. Nur eine Lappalie, aber ich frage mich, warum.«

»Und das wäre?«

»Sie sind nicht der einzige, der sich gestern nacht ein wenig umgesehen hat, Robert«, sagte Cohen.

»Ich war draußen bei der alten Fabrik, von der er behauptet, daß sie ihm gehört. Und ich habe dort etwas gesehen, das mich stutzig gemacht hat.«

Er kam nicht dazu, mir zu erzählen, was genau er entdeckt hatte, denn in diesem Moment flog die Tür auf, und zusammen mit einem Schwall eisigen Regens kam ein vielleicht vierzigjähriger Mann herein. Er hatte dunkles Haar und trug die mir schon fast vertraute schäbige Kleidung, und er war nicht nur bis auf die Haut durchnäßt, sondern sah auch sehr zornig aus. In seinen Augen blitzte es kampflustig, als er Cohen und mich gewahrte. Er warf die Tür so heftig hinter sich zu, daß das ganze Haus erbebte, senkte den Kopf und stürmte auf mich zu.

Cohen sah mich gleichermaßen alarmiert wie fragend an, aber ich konnte nur mit den Achseln zucken. Ich hatte den Burschen noch nie zuvor gesehen.

Zwei Schritte vor unserem Tisch blieb er stehen, starrte zuerst Cohen und dann mich herausfordernd an und ballte die Hände zu Fäusten. Ich rührte mich nicht, war aber auf der Hut. Ich wußte noch immer nicht, was der Bursche von uns wollte, aber er stank geradezu nach Ärger.

»Sind Sie dieser Craven?« fragte er; eine Frage, die so überflüssig war wie nur irgend etwas.

»Der bin ich«, antwortete ich ruhig. »Und mit wem habe ich das Vergnügen?«

Mein Gegenüber beantwortete mir diese Frage nicht – womit ich auch nicht wirklich gerechnet hatte, aber Cordwailer war so freundlich, dies zumindest teilweise für ihn zu übernehmen.

»Mach keinen Ärger, Tom«, sagte er von der Theke aus. »Die beiden Herren sind meine Gäste.«

»Halt dich da raus«, knurrte Tom, ohne sich auch nur zu ihm herumzudrehen. Wieder an mich gewandt und mit zornbebender Stimme fuhr er fort: »Hören Sie mir zu, Mr. Craven, denn ich werde Sie nicht noch einmal warnen! Sie werden meine Frau in Ruhe lassen, verstehen Sie? Hören Sie auf, sich in meine Familienangelegenheiten zu mischen!«

Cohen blickte mich stirnrunzelnd an, und auch Cordwailer wurde hellhörig. Einzig ich hatte Mühe, überhaupt zu begreifen, was Tom meinte. »Ihre Frau?« fragte ich. »Ich fürchte, ich verstehe nicht ganz, was ...«

»Alyssa«, fiel mir Tom ins Wort. »Sie haben mit Alyssa gesprochen. Ihr dummes Zeug in den Kopf gesetzt. Hören Sie auf damit, oder es passiert was!«

Tom kam einen Schritt näher, was nicht besonders klug war, falls er wirklich vorhatte, mich anzugreifen. Trotzdem blieb ich auf der Hut. »Bitte beruhigen Sie sich, Tom«, sagte ich. Ich machte eine einladende Geste auf einen freien Stuhl am Nachbartisch. »Warum setzen Sie sich nicht und trinken ein Bier? Wir können in Ruhe über alles reden. Ich bin sicher, daß es sich nur um ein Mißverständnis han...«

»Ich will nicht mit Ihnen reden, Craven!« unterbrach er mich aufgebracht. »Und ich will auch nicht, daß Sie noch einmal mit meiner Frau reden, oder irgendeinem hier. Verschwinden Sie aus der Stadt! Sie haben hier nichts zu suchen. Solche wie Sie brauchen wir hier nicht!«

»Solche wie mich?« fragte ich. »Was meinen Sie damit?«

Ich hatte gespürt, daß er sich immer mehr in Rage gebracht hatte, und so überraschte mich sein Angriff keineswegs; allenfalls die Brutalität, mit der er erfolgte. Trotzdem bereitete es mir keine Mühe, ihn abzuwehren.

Ich blockte das Knie, das er plötzlich hochriß, um es mir ins Gesicht zu stoßen, mit der flachen Hand ab, packte mit der anderen ein Handgelenk und verdrehte es, kurz und sehr hart. Tom schrie auf, taumelte einen halben Schritt zurück und verlor vollends das Gleichgewicht, als ich seinen Arm plötzlich wieder losließ. Krachend stürzte er auf einen Tisch, der unter seinem Gewicht natürlich prompt zusammenbrach.

Cohen war halb von seinem Stuhl aufgesprungen; seine Hand war unter die Jacke geglitten, wo er wahrscheinlich eine Waffe trug. Aber er führte keine der beiden Bewegungen zu Ende, als er sah, wie leicht ich Toms Angriff abgewehrt hatte. Auch Cordwailer sah mich verblüfft an. Ich war nicht einmal aufgestanden.

Es dauerte eine ganze Weile, bis Tom sich aus den Trümmern des zusammengebrochenen Tisches wieder erhoben hatte. Der Zorn auf seinem Gesicht war einem Ausdruck vollkommener Verblüffung gewichen; und vielleicht sogar einer Spur von Furcht.

»Seien Sie vernünftig, Tom«, sagte ich. »Ich will mich nicht mit Ihnen streiten. Lassen Sie uns vernünftig miteinander reden.«

Die Worte bewirkten das Gegenteil dessen, was ich beabsichtigte. Die Wut kehrte doppelt schlimm auf Toms Gesicht zurück, und ich sah, daß auch noch der letzte Rest von Vernunft in seinem Blick erlosch. Blitzschnell bückte er sich, raffte ein Tischbein auf und stürzte sich auf mich.

Ich sprang auf, ließ mich zur Seite fallen und stieß gleichzeitig das Bein vor. Toms Hieb ging ins Leere, und eine Sekunde später stolperte er erwartungsgemäß über mein Bein. Er stürzte zum zweiten Mal, zerschmetterte diesmal nur einen Stuhl, ließ aber zumindest seine Waffe fallen.

Trotzdem kam er im gleichen Moment wie ich wieder auf die Füße, und sein Zorn war noch mehr gestiegen. Sein Gesicht loderte vor Haß.

»Tom!« sagte ich. »Seien Sie doch vernünftig! Ich will Sie nicht verletzen, aber ...«

Nun, in diesem Punkt waren wir ebenfalls unterschiedlicher Meinung: *Er* wollte *mich* durchaus verletzen, und ich war für eine Sekunde abgelenkt und gab ihm leichtsinnigerweise die Gelegenheit dazu. Ein harter Faustschlag traf meinen Mund und ließ mich rückwärts taumeln, gleich darauf explodierte seine andere Faust in meinem Leib und nahm mir den Atem.

Mir blieb keine andere Wahl, als aus dem Spiel Ernst zu machen. Tom war weder ein geübter Kämpfer, noch war er besonders gut in Form, aber er wog gute dreißig Pfund mehr als ich, und er tobte vor Zorn; ich konnte es nicht riskieren, lange mit ihm herumzuspielen. Als er zu einem dritten Schlag ansetzte, packte ich seinen Arm, verdrehte ihn und stieß ihm gleichzeitig die versteiften Finger zwischen die Rippen. Tom fiel auf die Knie, krümmte sich und rang für endlose Sekunden vergeblich nach Luft, ehe er wieder einen keuchenden Atemzug machte.

»Haben Sie jetzt genug?« fragte ich. »Wenn nicht, können wir gerne weitermachen.«

Er versuchte stöhnend auf die Knie zu kommen, schaffte es aber erst beim dritten Anlauf. Sein Gesicht war kreidebleich.

Und trotzdem gab er noch nicht auf. Plötzlich und mit gesenktem Kopf und ausgebreiteten Armen stürmte er auf mich zu, wahrscheinlich, um mich einfach mit seinem überlegenen Gewicht niederzurennen, und diesmal mußte ich meine ganze Geschicklichkeit aufwenden, um ihm noch einmal zu entschlüpfen. Wie ein Torero vor einem angreifenden Stier drehte ich mich zur Seite, packte ihn, als er an mir vorüberstürmte, und umschlang seinen Hals mit dem Arm. Die andere Hand krallte ich in sein Haar und riß seinen Kopf zurück. Es mußte sehr weh tun; außerdem bekam er kaum noch Luft. Trotzdem gab er nicht auf, sondern zappelte und wand sich in meinem Griff, daß ich alle Mühe hatte, ihn überhaupt zu halten. Ich versetzte ihm einen Tritt in die Kniekehle, der ihn auf die Knie herabfallen ließ, hielt ihn aber weiter eisern fest.

»Verdammt, Tom, hören Sie auf!« sagte ich. »Wenn Sie nicht aufgeben, zwingen Sie mich, Sie ernsthaft zu verletzen, und das will ich nicht!«

»Lassen Sie ihn los!« befahl eine scharfe Stimme hinter mir.

Natürlich tat ich das nicht, aber ich wandte den Kopf – und blickte verblüfft in Constabler McGillycaddys Gesicht, der kaum zwei Schritte hinter mir stand. Der befehlende Ton in seiner Stimme überraschte mich, denn ich hatte ihn McGillycaddy gar nicht zugetraut.

Er sich selbst wohl auch nicht, denn er hielt meinem Blick nur eine knappe Sekunde lang stand, ehe er Zuflucht in einem nervösen Lächeln suchte und in völlig verändertem Tonfall hinzufügte: »Bitte, Mr. Craven.«

Ich stand noch einen Augenblick lang regungslos

da, dann ließ ich Tom tatsächlich los, machte rasch zwei Schritte zurück und hob die Fäuste. Wenn Tom noch einmal versuchen würde, meine vermeintliche Schwäche auszunutzen, würde er zwei Stunden später und mit ziemlich üblen Kopfschmerzen in seinem Bett wieder aufwachen.

Aber offenbar hatte er seine Lektion gelernt. Stöhnend richtete er sich auf und massierte seinen schmerzenden Hals. In seinem Blick mischten sich Zorn und Furcht, aber die Furcht überwog jetzt eindeutig. Einen Moment lang starrte er Cohen und mich noch haßerfüllt an, dann fuhr er herum und stürmte aus dem Haus.

McGillycaddy blickte ihm kopfschüttelnd nach, für eine geraume Weile. Erst dann drehte er sich wieder zu mir herum. »Bitte verzeihen Sie den Zwischenfall, Mr. Craven«, sagte er. »Tom ist im Grunde ein guter Kerl, aber leider auch ein furchtbarer Hitzkopf. Sobald er sich ein bißchen beruhigt hat, wird ihm die ganze Geschichte entsetzlich leid tun, da bin ich sicher.«

»Es ist ja nichts passiert«, sagte ich. »Aber wieso sind Sie so plötzlich aufgetaucht? Und woher wußten Sie überhaupt, was hier los war?«

»Ich war bei Tom zu Hause«, antwortete McGillycaddy. »Alyssa hat mir erzählt, daß sie einen furchtbaren Streit hatten. Und da ich Tom kenne – wie gesagt, er ist ein ziemlicher Heißsporn –, dachte ich mir, daß er hierherkommt. Ich war ein wenig in Sorge um Sie, aber wie ich gesehen habe, sind Sie ja ganz gut in der Lage, auf sich selbst achtzugeben.«

»Alyssa und er hatten Streit?« fragte ich erschrocken. »Hat er sie …?«

»Geschlagen?« McGillycaddy schüttelte den

Kopf. »Nein. Keine Sorge, Mr. Craven. Tom würde Alyssa niemals etwas zuleide tun. Er liebt seine Frau und seinen Sohn über alles.«

»Das habe ich gemerkt«, maulte ich. »Und offensichtlich ist er rasend eifersüchtig.«

»Ich hatte nicht das Gefühl, daß das eine *Eifersuchtsszene* war«, sagte Cohen.

Oh, manchmal liebte ich Wilbur Cohen regelrecht.

»Gleichwie«, sagte McGillycaddy, »er wird sich schon wieder beruhigen.« Er wandte sich an Cordwailer, der mit finsterem Gesichtsausdruck dabei war, die Trümmer seiner Einrichtung zusammenzusuchen und zu sichten. »Sei so lieb und bring mir ein Bier, Ted.«

»Ich komme selbstverständlich für den Schaden auf«, fügte ich hinzu. Cordwailer würdigte mich nicht einmal eines Blickes, sondern rauschte hoch erhobenen Hauptes davon, während McGillycaddy sich einen Stuhl heranzog und sich setzte. Nach einem Augenblick nahmen auch Cohen und ich wieder Platz.

»Sie bleiben noch über Nacht?« erkundigte sich McGillycaddy, nachdem wir für eine Weile nichts gesagt, sondern uns nur gegenseitig erwartungsvoll angeblickt hatten. Ich nickte.

»Dann werde ich mich darum kümmern, daß Ihr Gepäck morgen früh pünktlich zum Bahnhof gebracht wird«, sagte McGillycaddy.

»Ist das ein Hinauswurf?« fragte ich. »Ich meine: Wer sagt Ihnen, daß wir morgen schon abreisen wollen?«

McGillycaddy sah für einen Moment ziemlich hilflos aus. »Natürlich nicht«, sagte er. »Ich meine nur ... es ... es gibt hier nichts mehr für Sie zu tun. Ich konnte mir nicht denken, daß Sie länger bleiben, jetzt, wo Sie wissen, daß es diesen Crowley hier nicht gibt.«

»Vielleicht gefällt es uns hier ja«, sagte ich.

McGillycaddy schwieg ein paar Sekunden, während derer er mich durchdringend anstarrte. Dann seufzte er hörbar, und etwas in seinem Blick änderte sich. »Also gut, Mr. Craven«, sagte er. »Ich will ganz offen zu Ihnen sein. Es ... wäre besser, wenn Mr. Cohen und Sie Brandersgate verlassen würden, nach dem, was vorhin passiert ist.«

»Was ist denn passiert?« fragte Cohen lauernd. Das war das Kreuz mit ihm: Man wußte nie, ob er einem nun beistehen oder im nächsten Moment in den Rücken fallen würde. Im Moment hatte er sich wohl gerade entschlossen, ausnahmsweise einmal auf meiner Seite zu stehen.

»Die Geschichte mit Joshua«, antwortete McGillycaddy. »Ich weiß, der Junge kann manchmal ein richtiger kleiner Teufel sein, aber Sie hätten ihn nicht schlagen sollen.«

»Das habe ich nicht«, sagte ich

»Und dann Hennessey«, fuhr McGillycaddy unbeeindruckt fort. »Sandra hat alles gehört, was Sie miteinander besprochen haben. Das war nicht sehr klug, Mr. Craven. Die Leute hier ... verehren Mr. Hennessey.«

»Sie meinen, sie *fürchten* sich vor ihm«, verbesserte ich ihn.

McGillycaddy widersprach mir nicht, sondern fuhr in fast beschwörendem Ton fort: »Sie sind fremd hier, Mr. Craven. Sie können nicht wissen, wie wir hier leben und denken. Die Leute werden nicht zulassen, daß Sie sich in ihre Angelegenheiten mischen.«

»So wie Tom?« fragte ich.

»Tom ist ein Hitzkopf«, sagte McGillycaddy. »Aber er ist nicht der einzige, der so denkt.«

»Wie?« fragte Cohen.

»Daß Sie sich nicht in Dinge mischen sollen, die Sie nichts angehen«, sagte McGillycaddy geradeheraus. »Die Leute hier werden das nicht dulden. Und sie werden nicht dulden, daß Sie Mr. Hennessey belästigen.«

»Mr. Hennessey ... *belästigen*?« Ich riß ungläubig die Augen auf.

»Sie stellen Fragen, Mr. Craven.« McGillycaddy nickte mit großem Ernst. »Die Leute hier mögen es nicht, wenn man Fragen stellt.«

»Sie meinen, wenn man gewisse Dinge *in Frage* stellt«, verbesserte ihn Cohen. »Nicht wahr?«

Falls McGillycaddy diese rhetorische Feinheit überhaupt begriff (aber plötzlich zweifelte ich kaum mehr daran; Constabler McGillycaddy war ebensowenig der tumbe Trottel vom Lande, als den Hennessey ihn dargestellt hatte, wie irgendwer in dieser Stadt *wirklich* das war, was er auf den ersten Blick zu sein schien), so zeigte er es mit keiner Miene. »Lassen Sie die Dinge so, wie sie sind, Inspektor«, sagte er. »Vielleicht gefallen sie Ihnen nicht. Vielleicht kommt Ihnen das eine oder andere hier bei uns sonderbar vor, aber es ist gut so, wie es ist, glauben Sie mir. Sie täten besser daran, sich nicht einzumischen.«

»Und wir täten vermutlich noch besser daran, Ihre gastliche Stadt auf der Stelle zu verlassen, nicht wahr?« fragte ich geradeheraus. Cohen runzelte mißbilligend die Stirn, aber McGillycaddy blieb auch jetzt völlig ruhig. Er sah mich nur an. Draußen nahm der Regen immer weiter zu, und der Sturm heulte jetzt immer lauter um das Haus, wie um seinen Worten noch mehr Nachdruck zu verleihen.

»Wollen Sie uns drohen, Constabler?« fragte Cohen.

»Warnen«, verbesserte ihn McGillycaddy. »Nicht drohen, Inspektor. Das ist ein Unterschied. Ich gebe zu, es wäre vermutlich das beste, wenn Mr. Craven und Sie Brandersgate sofort verlassen würden. Aber in Anbetracht der Umstände und vor allem des Wetters wird wohl nichts dagegen einzuwenden sein, wenn Sie diese eine Nacht noch hier verbringen.«

»Das ist ausgesprochen großmütig von Ihnen, Constabler«, sagte ich spöttisch. »Ich weiß nicht, ob wir diese Großzügigkeit wirklich annehmen können.«

Ein sonderbarer Ausdruck von Trauer erschien in McGillycaddys Blick. Er stand auf, obwohl Cordwailer genau in diesem Moment das bestellte Bier brachte, und verließ ohne ein weiteres Wort das Haus.

»Und Sie behaupten, mit dieser Maschine wirklich durch die Zeit reisen zu können?« Howard klang ziemlich ungläubig; und er gab sich keine sonderliche Mühe, seine wahren Gefühle zu verhehlen. Allerdings schien ihm sein Gegenüber die Reaktion auch nicht im mindesten übelzunehmen; wahrscheinlich hatte er sie sogar erwartet.

George lächelte. »Wäre ich sonst hier? Es mag sein, daß ein Sprung durch die Zeit auch auf die Art geschehen kann, wie Sie es geschildert haben, aber ich halte nicht viel von dem, was Sie als Magie bezeichnen. Ich bin ein Mann der Wissenschaft und gehe allen Problemen physikalisch auf den Grund. Ich bin sicher, auch für dieses seltsame *Tor*, wie Sie es nennen, gibt es eine plausible, naturwissenschaftliche Erklärung.«

Howard schwieg. Sie waren um fast eine Million Jahre in der Zukunft gestrandet, und die bloße Vorstellung, mit dem einzigen Menschen, der behauptete, sie wieder in ihre Gegenwart zurückbringen zu können über das Phänomen der Zeit zu streiten, erschien ihm absurd. Howard wußte in der Tat mehr darüber als die allermeisten anderen Menschen, für die Zeit nichts anderes war als ein Fluß, auf dem sie sich treiben ließen. Er konnte sich diese Strömungen sogar zunutze machen und sie in bescheidenem Rahmen verändern, aber diese Kräfte zu beherrschen und anwenden zu können, war etwas ganz anderes, als sie zu *verstehen*. Darüber hinaus sprengte die unvorstellbare Zahl von über achthundert Jahrtausenden diesen Rahmen ganz gewaltig. Was waren dagegen schon die unbedeutenden Manipulationen, die er vornehmen konnte? Ein Sprung über wenige Jahre hinweg brachte ihn bereits an den Rand eines völligen Zusammenbruchs. Es war ausgeschlossen, daß er aus eigener Kraft jemals den Weg zurück in die Gegenwart fand, schon gar nicht, wenn er dabei auch noch Sill, Rowlf und Gray mitnehmen mußte.

Seit Stunden bereits sprach er mit George. Anfangs hatte er sich schlichtweg geweigert, dem Zeitreisenden zu glauben, bis ihm bewußt wurde, wie töricht es war, die Augen vor einer noch so unerfreulichen Realität zu verschließen, die so wenig glaubwürdig wie jede andere war, immerhin aber durch eine Aussage untermauert wurde, der er kein einziges Argument entgegenzusetzen hatte.

Tief in seinem Inneren hatte er ohnehin vom ersten Moment an gewußt, daß George die Wahrheit sagte. Für die Tatsache, daß er die Zeitverschiebung zwar registriert hatte, ihr Ausmaß aber nicht abschätzen konnte, gab es zwei mögliche Gründe: Entweder war sie extrem gering ausgefallen oder aber so groß, daß sein Verstand unfähig gewesen war, sie aufzunehmen und zu verarbeiten.

Inzwischen hatte Howard Gelegenheit gehabt, sich die neue Umgebung etwas genauer anzusehen. Bei dem Eingang zu den Höhlen der Morlocks handelte es sich um eine Art Bunkeranlage, die allem Anschein nach uralt war, doch die Wohnstätten der Eloi, wie George die Menschen in seiner Begleitung genannt und zu denen er sie geführt hatte, widerstanden jedem Vergleich mit der gewohnten Architektur des ausgehenden neunzehnten Jahrhunderts. Es handelte sich um palastähnliche Bauten aus gebrochenem weißen Marmor, doch waren sie jeder üblichen Ästhetik zuwider auf eine Art miteinander verbunden oder sogar ineinander verschachtelt, daß sie völlig neue Formen bildeten.

Was Howard jedoch mehr noch als die fremdartige Architektur überzeugte, daß George die Wahrheit sagte, war die Flora, mit der er es hier zu tun hatte. Die Siedlung der Eloi lag inmitten eines dschungelartigen Waldes, doch nicht eine einzige der Pflanzen kam Howard bekannt vor. Er war zwar kein Botaniker, doch Gray hatte sich zeit seines Lebens hobbymäßig mit Botanik befaßt und ihm bestätigt, daß es Pflanzen wie diese in der Gegenwart nicht gab, daß sie zumindest noch nicht entdeckt worden waren, was bei der botanischen Vielfalt schlichtweg undenkbar war. Seither streifte Gray in Begleitung mehrerer Eloi nahe der Siedlung durch den Wald. Howard vermutete, daß es die Art des Anwalts war, mit dem Erlebten fertig zu werden, indem er ihre Situation verdrängte und seinem Forschungseifer freien Lauf ließ.

»Und Sie wollen wirklich sofort wieder zurück?« riß ihn George aus seinen Gedanken. »Warum bleiben Sie nicht wenigstens ein paar Tage? Welcher Mensch bekommt schon eine Gelegenheit, das Paradies zu besuchen?«

»Paradies?« Howard runzelte die Stirn. »Sie betrachten dies hier ernsthaft als Paradies?«

»Sonst hätte ich nicht mein altes Leben aufgegeben und beschlossen, hier zu leben.« Er drückte Weena, die blonde Eloi, die neben ihm stand, an sich und hauchte ihr einen Kuß auf die Stirn.

»Und was ist mit den Morlocks?« erinnerte Howard.

George zuckte mit den Schultern. »Kein Paradies wäre vollständig ohne Schlange«, erwiderte er. »Davon abgesehen sind wir erst dabei, es zu errichten, und dabei könnten Sie uns wertvolle Hilfe leisten. Wir befinden uns im Krieg mit den Morlocks, seit ich die Eloi endlich dazu bewegen konnte, sich gegen sie zu wehren, statt sich wehrlos abschlachten zu lassen. Aber im Gegensatz zu diesen Ungeheuern sind sie keine Kämpfer. Sie haben es vorhin selbst erlebt. Wir wollten die Maschinen abschalten, durch die die Morlocks mit Atemluft versorgt werden, doch wir gerieten in einen Hinterhalt. Wären Sie nicht zur richtigen Zeit aufgetaucht, wären wir bereits tot. Mit Ihrer Hilfe aber können wir die Morlocks endgültig ausschalten.«

Howard schüttelte entschieden den Kopf. »Wir

werden Ihnen ganz bestimmt nicht helfen, ein ganzes Volk auszulöschen«, erklärte er. »Sie wissen so gut wie ich, daß die Morlocks ebenso wie die Eloi von den Menschen abstammen. Es sind intelligente Wesen, die ebenfalls ein Recht zu leben haben.«

»So, glauben Sie?« George schnaubte aufgebracht, und für einen Moment blitzte Zorn in seinen Augen auf, der jedoch gleich darauf wieder verflog. »Anfangs habe ich ebenso gedacht«, fuhr er mit sanfterer Stimme fort. »Wir haben alles versucht, eine friedliche Lösung zu finden, aber es ist unmöglich. Die Morlocks sind nur von Haß beseelt. Sie haben diese Ungeheuer doch selbst erlebt. Das sind keine intelligenten Wesen mehr! Wenn sie es jemals waren, so sind sie längst auf die Stufe primitiver, kannibalischer Tiere herabgesunken. Bevor ich kam, waren die Eloi für sie nichts weiter als ... als *Nahrung*. Sie haben sie regelrecht gezüchtet und dann geschlachtet. Jede andere Nahrung verweigern sie. Wir töten sie schon dadurch, daß wir uns von ihnen nicht weiterhin auffressen lassen. Aber sie greifen immer wieder im Schutz der Dunkelheit an und holen sich Opfer. Wollen wir überleben, bleibt uns gar keine andere Wahl, als sie zu töten. Erst dann werden wir endlich Frieden finden.«

»Was er sagt, stimmt«, ergriff Weena zum ersten Mal das Wort. Sie hatte eine sonderbare, weiche Stimme, die Howard fast sofort in ihren Bann zog. »Ohne seine Hilfe hätten wir uns nie gegen die Morlocks aufgelehnt. Wir lebten wie in einem Traum. Es war für uns etwas ganz Natürliches, eines Tages durch das Tempeltor in die unterirdischen Höhlen zu gehen. Keiner von uns wußte, was mit denen geschah, die gingen. All meine Brüder und

Schwestern ... sie waren nur Schlachtvieh.« Sie senkte den Kopf, um ihre Tränen zu verbergen.

Was Weena und George gesagt hatten, erschreckte Howard, allerdings weniger die Grausamkeit der Morlocks als vielmehr Georges Reaktion darauf. Die Zivilisation dieser Zeit wies eine völlig andere Kultur auf, die sich nicht mit den gewohnten moralischen Maßstäben messen ließ. Die Morlocks mochten schrecklich sein, ihr Tun barbarisch, doch Weena hatte gerade eingeräumt, wie glücklich die Eloi zuvor in ihrem kurzen, von Unwissenheit geprägten Leben gewesen waren.

George hatte diesen Zustand beendet, hatte die bisherige Ordnung zerstört. Die Eloi waren ein friedliches Volk ohne jede Aggressivität gewesen. George hatte diese mitgebracht und gab sie an sie weiter, indem er versuchte, aus den Eloi ein Volk von Kämpfern zu machen. Sie würden diese Aggressivität nicht wieder ablegen, nachdem die Morlocks besiegt waren; ihre Nachkommen würden eine völlig andere Generation sein, aufgewachsen in Kriegszeiten und geprägt von Gefahren und dem Gedanken an Kampf. Wenn diese Zeit wirklich ein – wenn auch nur kurzzeitiges und höchst unvollkommenes – Paradies gewesen war, so war George selbst die Schlange und hatte es zerstört. Möglicherweise würde es ihm gelingen, die Morlocks zu vernichten, aber ebensogut möglich, sogar zu befürchten war, daß sich die Eloi als indirekte Folge davon in dieser Welt ohne weitere natürliche Feinde ausbreiten und zersplittern und vielleicht schon bald untereinander bekriegen würden.

Howard maßte sich kein Urteil darüber an. Was ihm Sorgen bereitete, war der Umstand, daß George nicht aus dieser Zeit stammte, sie aber dennoch veränderte. Die Zeit war ein höchst sensibles Gebilde, das sich nicht leicht betrügen ließ. Manipulationen in der Zukunft wogen weniger schwer als solche in die Vergangenheit, da sich die Zukunft in einem beständig sich verändernden Fluß befand. Im Grunde gab es so etwas wie *die* Zukunft gar nicht, nur eine unendliche Vielzahl möglicher zukünftiger Entwicklungen, die von der Gegenwart abzweigten. Dennoch hatte George das Gefüge der Zeit aufgerissen. Vielleicht war seine Manipulation sogar der Grund dafür, daß das *Tor* sie gerade hierher versetzt hatte.

»Überlegen Sie es sich noch einmal«, drängte George. »Selbst wenn Sie uns nicht im Kampf gegen die Morlocks helfen wollen, würde ich mich freuen, wenn Sie ein paar Tage unsere Gäste blieben. Ich bekomme nicht oft Besuch, mit dem ich über die gute alte Zeit plaudern kann, wissen Sie?« Er grinste über seinen Scherz.

»Ich muß zurück«, beharrte Howard. »Ein Freund von mir befindet sich in ziemlichen Schwierigkeiten.«

»Kein Problem.« George breitete jovial die Arme aus. »Sie werden keine einzige Stunde verlieren. Ich kann Sie an jeden beliebigen Zeitpunkt zurückbringen. Wenn Sie wollen, können Sie sogar eher wieder in London sein, als Sie hergekommen sind.«

Die Verlockung war groß. Ein paar Tage Entspannung waren genau das, was Howard nach den Jahren im Gefängnis und den nachfolgenden Ereignissen dringend benötigte, um seine Kräfte zu sammeln. Bislang war keine Gelegenheit dazu gewesen, doch hier stand ihm – im wahrsten Sinne des

Wortes – alle Zeit der Welt zur Verfügung, ohne daß er auch nur eine Stunde verlieren würde. Auch von den Morlocks drohte keine große Gefahr, zumindest nicht bei Tage.

Dennoch schüttelte Howard nach kurzem Zögern den Kopf. Er wußte, daß er ohnehin keine Ruhe finden würde, solange die Sorge um Robert in ihm nagte, aber es gab noch andere Gründe. Wenn sie blieben, würden sie unweigerlich in die Kämpfe mit den Morlocks hineingezogen werden, die sich im Schutz der Dunkelheit aus ihren Höhlen wagten, und darüber hinaus fürchtete Howard, daß jede Stunde, die sie länger als nötig hierblieben, das Gefüge der Zeit nur noch stärker erschüttern würde, so stark, daß es schließlich trotz Georges Maschine keine Möglichkeit zur Rückkehr mehr geben würde.

»Es geht nicht, auch wenn es mir leid tut«, behauptete er. »Ich würde gerne mehr von dieser Welt sehen und darüber erfahren, aber vielleicht ist es besser, nicht allzuviel über die Zukunft zu wissen. Im Gegensatz zu Ihnen haben wir wirklich nicht vor, hierzubleiben, und wenn wir zuviel wissen, könnte das alle Zeitlinien so sehr durcheinanderwirbeln, daß die Folgen bis hierher zu spüren wären.«

George wirkte enttäuscht – aber er versuchte nicht noch einmal, Howard umzustimmen.

Cohen und ich hatten noch eine halbe Stunde zusammengesessen und über dies und das geredet; Belanglosigkeiten zumeist, denn aus einem Grund, der uns beiden nicht ganz klar war, scheuten wir doch davor zurück, unsere Befürchtungen und jeweiligen Erkenntnisse in Worte zu fassen. Davon abgesehen verließ Cordwailer kein einziges Mal den Raum, sondern beschäftigte sich intensiv damit, hinter seiner Theke herumzuwuseln und so zu tun, als sei er beschäftigt. Wobei das einzige, womit er *wirklich* beschäftigt war, das Lauschen war. Schließlich hatten wir uns beide wieder auf unsere Zimmer zurückgezogen.

Es war noch nicht sehr spät. Meine Uhr behauptete hartnäckig, daß es noch nicht einmal fünf geschlagen hätte, während mich der Blick aus dem Fenster davon zu überzeugen versuchte, daß es irgendwo nach Mitternacht sein mußte. Der Sturm hatte mittlerweile die Dimension eines kleinen Orkans angenommen, und ich begann ernsthaft darüber nachzudenken, ob das baufällige Gebäude dem Wüten der Elemente tatsächlich noch lange standhalten würde. Ich hatte mein Bett an eine Stelle geschoben, wo es nicht durch das Dach regnete, die bereits feuchte Matratze herumgedreht und mich darauf ausgestreckt; nicht um zu schlafen, wohl aber, um in Ruhe meine Gedanken zu ordnen und zu versuchen, einen Sinn in das Durcheinander von Geschehnissen und Vermutungen zu bringen, das hinter meiner Stirn herrschte. Und dabei mußte ich wohl doch eingeschlafen sein, denn das nächste, was ich hörte, war ein um das Zehnfache angeschwollenes Sturmheulen – und ein fernes, dünnes Glockengeläut.

Ich öffnete verblüfft die Augen, starrte einen Moment lang die stockfleckige, schräge Decke über meinem Gesicht an und versuchte vergeblich, diesem Laut die Bedeutung zuzuordnen, die er für irgend etwas in mir zu haben schien, denn er erfüllte mich mit einer großen Beunruhigung, ja fast Furcht. Erst nach einigen Sekunden begriff ich, warum das so war:

Ich konnte keine Glocken hören, weil Brandersgate keine Kirche mit einem Glockenturm hatte!

Verwirrt und beunruhigt zugleich stand ich auf und trat ans Fenster. Der Anblick hatte sich nicht geändert, war allenfalls noch ein bißchen schlimmer geworden. Was ich von Brandersgate überhaupt noch sehen konnte, erinnerte mich an die Umrisse einer in einem schmutzigen Ozean versunkenen Ruinenstadt. Dann hörte ich erneut das Läuten der Glocke. Und diesmal so deutlich, daß kein Zweifel möglich war.

Verblüfft trat ich einen Schritt vom Fenster zurück und sah mich instinktiv sichernd im Zimmer um. Natürlich war ich allein, und beinahe ebenso natürlich schienen die Schatten abermals um eine Spur tiefer und massiger geworden zu sein.

Die Glocke schlug zum vierten Mal an, und irgend etwas drängend Verlockendes war an diesem Laut, etwas, das ich zu deutlich spürte, als daß ich es mir nur einbildete. Ich mußte herausfinden, was dort draußen vor sich ging. Rasch ging ich zum Bett zurück, klappte meinen Koffer auf und suchte das ordentlich zusammengefaltete Regencape heraus, das Mary mir vorsorglich eingepackt hatte. Ich warf es über, verließ das Zimmer und zögerte vor der Tür zu Cohens Unterkunft eine Sekunde.

Meine Vernunft riet mir, ihn zu wecken und von meiner Beobachtung zu unterrichten, aber alle meine Instinkte sprachen dagegen. Außerdem war ich mittlerweile sozusagen darauf abonniert, das Unvernünftige zu tun, und so ging ich weiter und schlich die Treppe hinunter. Das Heulen des Sturmes verschluckte das Knarren der uralten Stufen, und ich erreichte unbehelligt das Erdgeschoß und verließ einen Augenblick später das Haus.

Der Wind schlug mir mit solcher Macht ins Gesicht, daß ich einen halben Schritt zurücktaumelte und schützend die Hände hob. Es war unglaublich kalt. Die Temperaturen mußten weit unter den Gefrierpunkt gefallen sein, und der Sturm peitschte die Regenschleier fast waagerecht über das Land. Mit eingezogenem Kopf und unentwegt blinzelnd, weil mir die Regentropfen wie winzige Nadeln ins Gesicht und in die Augen stachen, wandte ich mich nach Norden und erkämpfte mir mühsam und schräg gegen den Sturm gelehnt meinen Weg zum Ende der Stadt. Ich sah keinen Menschen. In keinem einzigen Haus brannte Licht, und doch fühlte ich, daß ich nicht allein war. Etwas war hier. Eine Präsenz, die nicht menschlich, mir aber trotzdem auf furchtbare Weise vertraut war.

Die GROSSEN ALTEN. Ich spürte ihre Nähe, die ihre oder die ihrer Helfer, das vermochte ich nicht genau zu sagen, aber irgend etwas Nichtmenschliches war hier.

Ich konnte immer noch nicht sehr viel besser sehen als vorhin. Selbst die Häuser auf der gegenüberliegenden Straßenseite schienen wenig mehr als Schemen, die sich im Wüten des Sturmes allmählich aufzulösen begannen. Das Wasser stand fast knöchelhoch auf der Straße, und das Heulen und Wimmern, das ich hörte, erinnerte mich viel weniger an das des Sturmes als vielmehr an das Wehklagen gepeinigter Seelen, die für alle Ewigkeiten in den tiefsten Schlünden der Hölle gefangen waren.

Ich vernahm das Läuten der Glocke noch fünf- oder sechsmal, während ich mich der verfallenen Kirche näherte, und endlich, als ich sie fast erreicht hatte, gewahrte ich einen Schatten.

Rasch wich ich ein Stück zur Seite und in den Schutz einer Hausecke zurück, hob die Hand über die Augen und spähte gebannt in das Toben des Regens und der Schatten vor mir.

Es dauerte lange, bis sich die Bewegung wiederholte. Ich wollte schon aufgeben und mich mit dem Gedanken abfinden, mich getäuscht zu haben, aber dann sah ich es erneut: ein rasches, kantiges Huschen wie von einer Gestalt, die mit abrupten Bewegungen und immer wieder haltmachend in die gleiche Richtung lief wie ich. Ich konnte sie nicht erkennen, aber sie war sehr klein.

Mit klopfendem Herzen wartete ich. Die Gestalt tauchte nicht wieder auf, aber nur einen Augenblick später erschien dort, wo ich selbst gerade entlanggegangen war, der Umriß eines zweiten Kindes. Ich preßte mich dichter gegen die Hauswand und hielt aus einem albernen Impuls heraus sogar den Atem an, obgleich das Toben des Sturmes mittlerweile eine Lautstärke erreicht hatte, daß ich selbst eine Kanone hätte abschießen können, ohne dadurch aufzufallen. Der Junge – ich erkannte in ihm jetzt eines der Kinder wieder, die zusammen mit Joshua am Nachmittag auf Hennessey gewartet hatten – bewegte sich unbeschadet des Sturmes und der eisigen Kälte ruhig wie ein Spaziergänger dahin. Er blinzelte nicht einmal, obwohl die Regentropfen schmerzhaft in sein Gesicht stechen mußten.

Mit langsamen Schritten näherte er sich der Kirchenruine, trat über die unkrautüberwucherte Umfriedung und verschwand in dem Durcheinander von Trümmern und Schatten dahinter.

Er blieb nicht der einzige. Nach und nach bewegte sich ein gutes Dutzend Jungen und Mädchen an meinem Versteck vorbei, einige so dicht, daß sie mich eigentlich hätten sehen müssen, trotz des Sturmes und der Dunkelheit. Doch wenn, dann nahmen sie keinerlei Notiz von mir. Auf ihren Gesichtern lag ein leerer, erschreckender Ausdruck, und ihre Bewegungen erschienen mir irgendwie starr, fast puppenhaft.

Ich wartete gute zwei oder drei Minuten, nachdem das letzte Kind an meinem Versteck vorübergegangen war, ehe ich es wagte, ihm zu folgen. Das Risiko, dabei einem Nachzügler aufzufallen, mußte ich in Kauf nehmen, wollte ich den Anschluß nicht verlieren.

Ich betrat die alte Kirche auf dem gleichen Wege wie am vergangenen Abend, als ich mich hier mit Alyssa getroffen hatte, und stellte fest, daß ihr Inneres leer war. Die Glocke ertönte nicht noch einmal, ein weiterer Beweis, daß tatsächlich alle, die sie gerufen hatte, nunmehr zusammengekommen waren. Offensichtlich hatten sie die Kirche nur als Versammlungsort benutzt und waren weitergegangen, aber ich verschwendete noch einige Sekunden darauf, zum Glockenturm zu gehen und in den schwarzen Schacht hinaufzuspähen. Ich war nicht ganz sicher, meinte aber, das Schimmern von nassem Metall in der Dunkelheit über mir zu gewahren. Offensichtlich hing die Glocke noch an ihrem Platz. Aber wer hatte sie angeschlagen?

Ich verschob die Antwort auf diese Frage auf später, verließ die Kirche und ging, meinem Instinkt folgend, in nördlicher Richtung weiter. Ich hatte eine ziemlich sichere Ahnung, *wo* das Ziel der Kinder von Brandersgate lag.

Ich behielt recht. Ich erreichte das Ende der Teerstraße, und als ich den sanften Hang zur Steilküste hinaufsah, erblickte ich die Umrisse von annähernd zwei Dutzend kleinen, schlanken Gestalten, die im Gänsemarsch und beinahe im Gleichschritt die Düne überwanden. Sie bewegten sich auf die Treppe zu, die an der Steilküste herabführte. Aber warum? Es konnte sich unmöglich um eine Wiederholung der furchtbaren Prozession vom vergangenen Abend handeln, denn der Strand am unteren Ende der Treppe stand ja jetzt noch unter Wasser. Mit einem Male bedauerte ich es sehr, nicht auf die Stimme meiner Vernunft gehört und Cohen geweckt zu haben, damit er mich begleitete und mit eigenen Augen sah, was hier vorging. Aber es war zu spät, verpaßten Gelegenheiten nachzujammern. In gehörigem Abstand und jederzeit darauf gefaßt, mich blitzschnell irgendwo in Deckung zu werfen, folgte ich den Kindern.

Sie erreichten die Treppe, ganz wie ich erwartet hatte, aber sie machten keine Anstalten, sie hinunterzusteigen, sondern bauten sich im Halbkreis darum auf.

Zeit verging. Nichts geschah. Ich verharrte reglos in der Dunkelheit, lauschte und starrte gebannt zu den knapp zwei Dutzend kindlichen Gestalten über der Steilküste hinüber, an denen der Wind immer heftiger zerrte und rüttelte, als versuche er mit unsichtbaren Fäusten, sie in die Tiefe zu reißen. Dann ...

Wie in der vergangenen Nacht *spürte* ich es viel mehr, als ich es hörte oder mit irgendeinem anderen der normalen menschlichen Sinne wahrnahm. Irgend etwas draußen auf dem Meer regte sich. Joshua – ich hatte ihn nicht gesehen, war aber sicher, daß er sich unter den Kindern befand – hatte diesmal keinen Ruf ausgestoßen, und doch war es das gleiche Gefühl wie am vergangenen Abend, sogar stärker diesmal. Etwas kam.

Mein Herz begann so laut zu pochen, daß ich für einen Moment gegen den albernen Gedanken ankämpfen mußte, daß sie es dort drüben hören könnten. Ich starrte so angestrengt zur Küste hinüber, daß meine Augen zu schmerzen begannen.

Aber es vergingen noch einmal Minuten, bevor sich die Gestalten der Kinder wieder bewegten. Der Halbkreis, den sie vor der hölzernen Treppe bildeten, wurde größer, und ich sah den Kopf und die Schultern eines Mannes über der Küste erscheinen. Obgleich der Sturm dort draußen mit solcher Kraft tobte, daß es mir fast unmöglich erschien, daß sich irgendein Mensch auf der schmalen Treppe hätte halten können, kam er ganz ruhig und hoch aufgerichtet die Stufen hinauf, machte einen Schritt auf die Küste hoch und stand schließlich genau im Schnittpunkt des Halbkreises, den Joshua und die anderen bildeten.

In diesem Moment riß die Wolkendecke auf. Ein schimmernder Streifen aus Mondlicht fiel auf die Gestalt, so genau und gezielt wie ein Scheinwerferstrahl, der Umrisse aus der Nacht riß und von einem flachen Schatten zu einem Körper werden ließ, und um ein Haar hätte ich aufgeschrien!

Es war Hennessey. Und zugleich auch nicht. Seine Gestalt war auf unmöglich in Worte zu fassende Weise verzerrt, wirkte irgendwie *gestaucht*, als hätte sein Körper für einen Moment jeglichen Halt verloren und begonnen, in sich zusammenzusinken, um sich dann wieder zu festigen. Seine Schultern waren nach vorne gesunken und gekrümmt, Arme und Beine erschienen mir zu kurz, und sein Schädel war breiter geworden und dabei auf die Schultern herabgesunken, wobei er den dazwischenliegenden Hals verschlungen hatte. Und sein Gesicht war nicht mehr das eines Menschen.

Aus der grünhäutigen, von zahllosen Warzen und Geschwüren übersäten Visage glotzten zwei kinderfaustgroße, starre Froschaugen heraus. Das Geschöpf hatte keine Nase, sondern nur zwei dünne senkrechte Schlitze, die sich ununterbrochen öffneten und wieder schlossen, wie die Kiemen eines Fisches, der auf das Trockene geraten war, und hinter dem lippenlosen Maul, das von einem Ohr zum anderen gereicht hätte (hätte die Kreatur Ohren gehabt), schimmerten zwei rasiermesserscharfe Knochenplatten, die die Stelle von Zähnen einnahmen. Die alptraumhafte Kreatur war völlig haarlos, und zwischen den viel zu großen Fingern an den viel zu großen Händen spannten sich dünne, halb durchsichtige Schwimmhäute.

Vor mir stand kein Mensch, sondern ein TIEFES WESEN, eine der amphibischen Dienerkreaturen der GROSSEN ALTEN; und vielleicht die schlimmste von allen. Während die *Shoggoten* trotz aller Schrecklichkeit doch nicht viel mehr als gehirnlose Bestien waren, kaum zu mehr in der Lage, als sich zu bewegen und zu fressen, wohnte diesen Kreaturen eine verschlagene, böse Intelligenz inne, die der von Menschen gleichkam, wenn nicht gar höher war.

Das Hennessey-Ding öffnete den Mund und gab einen quäkenden, trotz des Heulens des Sturmes deutlich zu vernehmenden Laut von sich, und aus der Reihe der Kinder löste sich ein Junge und trat auf ihn zu. Das schrille Froschquaken wiederholte sich. Das TIEFE WESEN streckte eine schwimmhäutige

Pfote nach dem Jungen aus, berührte seine Schulter, und ich sah, wie sich die kleine Gestalt versteifte. Zugleich lief eine Woge unruhiger, fast erschrockener Bewegung durch die anderen. Irgend etwas Furchtbares geschah dort drüben. Ich konnte nicht erkennen, was, und vermutlich war es auch nichts, was man *sehen* konnte, aber ich fühlte, daß ich Zeuge eines gräßlichen, gotteslästerlichen Aktes wurde, der einfach nicht sein durfte.

Trotzdem widerstand ich dem Impuls, aufzuspringen und hinüberzulaufen. Die Kinder standen wie erstarrt da und hätten sich vermutlich auch nicht gerührt, wenn ich mein Versteck aufgegeben hätte, doch ich wußte nur zu gut, wie unvorstellbar stark die TIEFEN WESEN waren. Allein und waffenlos hätte ich nicht die Spur einer Chance gegen die groteske Kreatur gehabt.

Rückwärtsgehend wich ich fünfzehn, zwanzig Schritte weit in die Dunkelheit zurück, ehe ich es wagte, mich aufzurichten und herumzufahren. Ich hatte jetzt meinen Beweis. Ganz egal, was Cohen davon hielt, ich würde ihn spätestens morgen früh, wenn der Sturm nachließ, nötigenfalls mit Gewalt zwingen, mich zum Leuchtturm zu begleiten und Hennessey die Maske vom Gesicht zu reißen; und das im wahrsten Sinne des Wortes.

Ich hatte noch keine drei Schritte gemacht, als eine Gestalt vor mir aus der Dunkelheit auftauchte. Diesmal reagierte ich nicht schnell genug. Ich versuchte anzuhalten und meine Richtung zu wechseln, war aber nicht schnell genug – im vollen Lauf prallte ich gegen den Jungen, taumelte mit wild rudernden Armen noch einige Schritte an ihm vorbei und fiel schließlich ungeschickt auf ein Knie herab.

Sofort sprang ich wieder hoch und herum, aber auch der Junge hatte sich bereits wieder erhoben. Trotz der Dunkelheit erkannte ich ihn sofort.

Es war Joshua. Und wie ich ihn, so erkannte auch er mich. Nur eine halbe Sekunde lang starrte er mich aus schreckgeweiteten Augen an, dann hob er den Arm, deutete anklagend auf mich und stieß einen schrillen, weithin hörbaren Schrei aus. *»Craven! Das ist Craven!«*

Wäre ich sofort weitergelaufen, hätte ich vielleicht sogar eine gute Chance gehabt, denn ich hatte einen gewissen Vorsprung, und trotz aller Kraft und Geschicklichkeit waren die TIEFEN WESEN Wasserbewohner, die an Land weder besonders schnell noch besonders behende waren. Aber ich stand einfach da und starrte den Jungen an, und etwas Unheimliches geschah. Irgend etwas in seinem Blick ... bannte mich. Es war kein hypnotischer Zwang, wie ihn Crowley und zuweilen auch ich auszuüben imstande waren, sondern etwas völlig anderes, das nichts mit Magie zu tun hatte. So absurd es mir selbst vorkam, in den Augen dieses Kindes war etwas ... *Vertrautes.* Ich sah nichts als Schrecken und Zorn und Haß darin, aber darunter, tief vergraben unter all diesen negativen Gefühlen, glaubte ich noch etwas zu erblicken, etwas, das mir auf unheimliche Weise bekannt vorkam. Ich wußte sehr wohl, wie unmöglich das war. Dieser Junge war fünf Jahre alt, und ich hatte in den vergangenen fünf Jahren in Viktors Haus im Koma gelegen und konnte ihn überhaupt nicht kennen. Aber das Gefühl war da, und so sehr ich dagegen anzukämpfen versuchte, es wurde eher stärker als schwächer.

Schatten tauchten hinter Joshua in der Dunkelheit

auf, die Gestalten von zwei, drei, vier Jungen, die rasch herankamen und auf mich zustürmten, und ich erwachte endlich – und zu spät – aus meiner Erstarrung und fuhr herum, um davonzulaufen.

Ich kam nur zwei Schritte weit. Eine nicht einmal einen Meter große Gestalt warf sich mit erstaunlicher Kraft gegen meine Beine und klammerte sich daran fest. Ich fiel nicht, aber aus meinem Rennen wurde ein ungeschicktes, torkelndes Stolpern, und eine Sekunde später sprang mich ein zweiter Junge an und klammerte sich wie ein Äffchen an meinen linken Arm. Ich versuchte ihn abzuschütteln und schaffte es auch, doch er war noch nicht einmal zu Boden gestürzt, als mich gleich zwei weitere Kinder ansprangen.

Diesmal brachte mich der Anprall aus dem Gleichgewicht. Ich fiel, hörte einen keuchenden Schmerzensschrei, als ich einen der Jungen unter mir begrub, wälzte mich hastig herum und rappelte mich wieder auf, kam aber nur auf die Knie, denn plötzlich waren überall rings um mich herum kleine, schlanke Gestalten, die verbissen mit ihren winzigen Fäusten auf mich einschlugen, an meinem Haar zerrten, mir das Gesicht zerkratzten und mich in den Leib traten.

Ich riß den linken Arm in die Höhe und versuchte mein Gesicht zu schützen, während ich mit der anderen Hand um mich schlug; nicht sehr fest, denn es waren trotz allem *Kinder*, und ich konnte und wollte sie nicht verletzen, aber doch heftig genug, daß ich für einen Moment zu Atem kam.

Ich sprang auf, machte eine blitzschnelle Drehung zur Seite, so daß die Gestalt, die mit weit ausgebreiteten Armen nach meinen Beinen gesprungen war, der Länge nach im Matsch neben mir landete, versetzte einem zweiten Knaben eine Ohrfeige, die ihn ebenfalls zu Boden schleuderte, und fegte einem dritten der kleinen Angreifer die Beine unter dem Leib weg. Er fiel mit dem Gesicht in den Morast und blieb spuckend und keuchend nach Luft ringend liegen.

Ein furchtbarer Schlag traf meine linke Schulter. Mit einem Schmerzensschrei fiel ich auf die Knie herab, sah eine schattenhafte Bewegung über mir und reagierte ganz instinktiv, indem ich mich zur Seite kippen ließ und über die unverletzte Schulter abrollte. Der Faustschlag des TIEFEN WESENS, der mein Gesicht hatte treffen sollen, ging ins Leere, und ich kam, den Schwung meiner eigenen Bewegung ausnutzend, wieder auf die Füße.

Wenigstens für eine Sekunde. Dann traf mich ein Hieb vor die Brust, der mich meterweit zurücktaumeln und mit ausgebreiteten Armen in den Matsch fallen ließ.

Ich bekam keine Luft mehr, meine Rippen fühlten sich an, als wären sie von einem Vorschlaghammer getroffen worden, und ich war sicher, daß zumindest eine davon gebrochen war. Jeder Atemzug wurde von einem stechenden Schmerz begleitet, und in meinen Armen war nicht mehr genug Kraft, mich in die Höhe zu stemmen. Ich rollte mich zur Seite, sah einen riesigen, mißgestalteten Schatten auf mich zufliegen und vollführte eine zweite Drehung. Das TIEFE WESEN stürzte dicht neben mir zu Boden. Seine ineinandergefalteten Fäuste, die mein Gesicht zu Brei hatten zermalmen sollen, ließen nur einen Geysir von braunem Morast hochspritzen.

Ich richtete mich in eine halb sitzende Position

auf, wartete, bis das Ungeheuer ebenfalls versuchte, sich zu erheben, und rammte ihm dann mit aller Kraft den Ellbogen ins Gesicht.

Einem Menschen hätte dieser Schlag auf der Stelle das Bewußtsein geraubt. Der grüngeschuppte Koloß schien ihn nicht einmal richtig zu spüren. Er wankte zwar ein wenig zurück, aber sein Knurren klang nur zornig, nicht schmerzerfüllt, und seine riesigen Hände grabschten schon wieder nach mir. Ich duckte mich im letzten Moment, robbte blindlings einige Yards weit durch den Schlamm und kam mehr durch Glück als Können oder Kraft noch einmal auf die Füße.

Ich war eingekreist. Hinter und neben mir waren Joshua und die anderen Kinder, die mich jetzt nicht direkt angriffen, mich aber zweifellos lange genug aufhalten würden, sollte ich versuchen, noch einmal davonzulaufen.

Ich hatte keine andere Wahl. Ich wußte, wie lächerlich meine Chancen waren, aber ich mußte mich dem Ungetüm zum Kampf stellen.

Schritt für Schritt wich ich vor der riesigen Froschkreatur zurück. Das Geschöpf folgte mir im gleichen Tempo. Unter seinen Schritten spritzte der Morast auf, und es bewegte sich weit nach vorne gebeugt, mit gesenkten Schultern und pendelnden Armen, so daß seine Pfoten fast über den Boden schleiften. Seine starren Augen musterten mich voller Tücke und Bosheit, aber auch sehr aufmerksam, und ich sah, daß aus einem seiner Nasenschlitze ein dünner Blutstrom rann. Mein Hieb hatte ihn also doch verletzt. Das Wesen war nicht unverwundbar.

Ich wagte es, einen raschen Blick über die Schulter zurückzuwerfen, und sah, daß wir uns wieder der

Steilküste näherten. Vielleicht war dies der Grund, aus dem es mich nicht sofort angriff: Es hatte einfach vor, mich bis zur Küste zu treiben und dann in die Tiefe zu stoßen.

Ich blieb stehen, wich ein Stück nach links aus und täuschte einen Fußtritt gegen sein Bein an. Das TIEFE WESEN reagierte genau so, wie ich gehofft hatte. Es drehte sich in die entgegengesetzte Richtung, und ich verlieh meiner eigenen Bewegung noch mehr Schwung, so daß mein Fuß nicht sein Knie, sondern sein schuppiges Gesicht traf.

Es war, als hätte ich in einen Sack voller fauligem Morast getreten. Ich spürte kaum Widerstand. Das Gesicht der Kreatur beulte sich nach innen, und ich hörte einen zornigen, blubbernden Schrei und verlor abermals die Balance, als das Geschöpf mit unerwarteter Schnelligkeit zugriff und mein Fußgelenk packte. Hilflos stürzte ich nach hinten.

Ein gräßlicher Schmerz zuckte durch meine Hüfte. Ich schrie auf, warf mich herum und versuchte mich loszureißen, aber die Hennessey-Kreatur hielt mich mit unmenschlicher Kraft gepackt. Ein Laut wie ein fischiges Lachen erklang, als das Geschöpf mit einem grotesken Humpeln weiterging, wobei es mich einfach hinter sich her zerrte – direkt auf die Küste zu, die jetzt nur noch zwei oder drei Yards von uns entfernt war.

Verzweifelt krallte ich die Hände in den Boden, aber unter meinen Fingern war nur Morast; ich fand nichts, woran ich mich hätte festhalten können. Unbarmherzig wurde ich weitergeschleift, bis der grünhäutige Koloß den Rand der Steilküste erreicht hatte und stehenblieb – und mich ohne sichtliche Anstrengung am Bein in die Höhe riß!

Ich schrie gellend vor Schmerz und Angst, schlug in blinder Panik um mich und trat mit dem freien Fuß zu. Ich traf ihn sogar mindestens einmal, aber wieder schien er es gar nicht zu spüren. Unter mir war plötzlich nichts mehr. Die Küste war verschwunden, und ich blickte auf ein zwanzig Meter tiefer liegendes Chaos aus kochendem Wasser, spritzender weißer Gischt und tödlich spitzen Felsen hinab. Das Ungeheuer schwenkte mich an seinem weit ausgestreckten Arm in die Leere, und ich fühlte, wie es seinen Griff zu lockern begann ...

Ich stürzte.

Ungefähr zehn Zoll tief, dann wurde ich gepackt und mit einem einzigen harten Ruck zurückgerissen. Mit betäubender Wucht schlug ich auf den Felsen der Steilküste auf, krallte mich instinktiv mit Händen und Füßen in den Boden und empfand im ersten Moment nicht einmal Erleichterung, noch am Leben zu sein, sondern nur eine bodenlose Verwirrung.

Im zweiten auch, denn als ich aufsah, blickte ich nicht mehr ins Gesicht des Hennessey-Ungeheuers, sondern in das eines dunkelhaarigen Jungen, der neben mir stand und mit einem sonderbaren Blick auf mich herabsah.

Joshua. In seinen Augen stand eine Verwirrung geschrieben, die kaum geringer als meine eigene war. Er stand weit nach vorne gebeugt über mir, den rechten Arm in einer abwehrenden Geste gegen das TIEFE WESEN ausgestreckt, und ich konnte sehen, wie sich die Gedanken hinter seiner Stirn jagten.

Das TIEFE WESEN stieß ein unwilliges Knurren aus und wollte abermals nach mir greifen. Joshua machte eine zornige Geste, und die Kreatur erstarrte.

»Nicht!« sagte er. »Wir dürfen ihn nicht töten. Der Meister hat es verboten.«

Das TIEFE WESEN knurrte enttäuscht. Seine gewaltigen Hände zuckten, und in seinen übergroßen Fischaugen loderte blanke Mordlust. Doch so unglaublich es mir selbst vorkam – es gehorchte Pasons' Befehl. Widerwillig zog es sich ein Stück zurück, und auch Joshua richtete sich auf und bedeutete mir mit einer Geste, ebenfalls aufzustehen.

Ich gehorchte. Rasch trat ich einen Schritt von der Steilküste zurück und blieb wieder stehen, als das TIEFE WESEN ein warnendes Knurren hören ließ. Alles drehte sich um mich herum. Mein Herz jagte, als würde es aus meiner Brust herausspringen, und ich hatte kaum die Kraft, mich auf den Beinen zu halten. Plötzlich begann ich am ganzen Leib zu zittern. Erst jetzt, als die unmittelbare Gefahr vorüber war, schlug der Schrecken zu.

»Nick!« wandte sich Joshua an einen der anderen Jungen. »Geh und hole den Meister. Erzähle ihm, was hier passiert ist. Sag ihm, daß wir Craven gefangen haben.«

Der Junge entfernte sich gehorsam in die Dunkelheit, und Joshua wandte sich wieder an mich. In seinen Augen stand noch immer die gleiche Verwirrung und Unsicherheit geschrieben wie bisher, zugleich aber auch eine Härte und Entschlossenheit, die mich jeden Gedanken an weiteren Widerstand aufgeben ließ.

»Das war sehr dumm von Ihnen, Mr. Craven«, sagte Joshua. »Sie hätten darauf hören sollen, was man Ihnen gesagt hat, und in den Zug steigen. Jetzt ist es zu spät.«

Ich antwortete nicht – schon, weil mir die Situation einfach grotesk vorkam. Ich stand da, am ganzen Leib zitternd, hinter mir ein Ungeheuer wie aus einem Alptraum, und mußte mir die Drohung eines *fünfjährigen* Jungen anhören! Das war nicht nur grotesk, das war ... völlig widersinnig.

»Sei vernünftig, Junge«, sagte ich beschwörend. »Du weißt nicht, mit welchen Mächten ihr euch da eingelassen habt.«

Natürlich war es sinnlos. Ich wußte es, und im Grunde sprach ich die Worte nur aus, um überhaupt etwas zu sagen und vielleicht noch einige Sekunden zu gewinnen. Ich mußte hier weg. Wer immer dieser geheimnisvolle Meister war, von dem Joshua sprach (und ich hatte das ungute Gefühl, es zu wissen), ich durfte nicht mehr hier sein, wenn er kam, oder meine Feinde würden zu Ende bringen, was sie vor zwei Wochen in London begonnen hatten.

»Sie irren sich, Mr. Craven«, sagte Joshua. »Ich weiß sehr wohl, welchem Herrn ich diene. Aber *Sie* scheinen es nicht zu wissen.«

Ich machte einen weiteren halben Schritt zur Seite. Das drohende Knurren hinter meinem Rücken, auf das ich wartete, blieb aus, und ich wagte es, einen raschen Blick über die Schulter zurückzuwerfen.

Das TIEFE WESEN stand unmittelbar hinter mir, die Hände zum Zupacken bereit erhoben, aber zumindest im Moment blickte es nicht mich an. Seine Aufmerksam war auf einen Punkt irgendwo draußen auf dem Meer gerichtet.

»Es tut mir wirklich leid, Joshua«, sagte ich. »Aber du läßt mir keine Wahl.«

Pasons sah mich erstaunt an – und dann weiteten sich seine Augen erschrocken, als er begriff, was ich meinte.

Aber sein Begreifen kam zu spät. Ich sprang blitzschnell auf ihn zu, packte ihn, riß ihn in die Höhe und drehte mich gleichzeitig herum. Er war überraschend schwer, aber die Angst gab mir zusätzliche Kräfte, so daß ich ihn ohne spürbare Anstrengung hoch über den Kopf hob.

»Keine Bewegung!« schrie ich.

Das TIEFE WESEN hatte bereits Anstalten gemacht, sich auf mich zu stürzen, aber nun erstarrte es mitten im Schritt. Joshua begann wie von Sinnen zu strampeln und schrie gellend, so daß ich heftig hin und her wankte und die Beine spreizen mußte, um nicht das Gleichgewicht zu verlieren.

»Rühr dich nicht!« rief ich. »Nur eine Bewegung, und ich werfe ihn in die Tiefe.«

Natürlich würde ich das nicht wirklich tun. Ganz egal, was Joshua gesagt oder gedacht hatte, er war doch ein Kind, und ich hätte nicht sein Leben geopfert, um meines zu retten. Aber das wußte er nicht. Und sein grünhäutiger Freund offensichtlich auch nicht, denn er bewegte sich tatsächlich nicht weiter, sondern starrte mich nur aus tückisch funkelnden Augen an. Sein Blick huschte von mir zur Küste und wieder zurück. Vielleicht schätzte er seine Aussichten ab, mich mit einem überraschenden Sprung zu erreichen, bevor ich meine Drohung wahrmachen konnte. Und wahrscheinlich standen sie nicht einmal schlecht, denn dieses Geschöpf war mindestens zehnmal so stark wie ein normaler Mensch.

Aber ich ließ ihm nicht genug Zeit, zu einem Entschluß zu kommen. Mit einer übertrieben deutlichen Bewegung spannte ich die Muskeln und setzte dazu an, den Jungen im hohen Bogen über die Küste und ins Nichts hinauszuschleudern. Joshua kreischte vor

Entsetzen – und ich drehte mich im letzten Moment zur Seite und schleuderte ihn in die entgegengesetzte Richtung. Er flog in hohem Bogen davon, sicherlich zwei oder drei Meter weit, aber der aufgeweichte Morast, in den der Regen den Boden verwandelt hatte, nahm dem Sturz die meiste Wucht. Und noch bevor er wirklich zu Boden gefallen war, hatte ich meine Drehung beendet und trat mit aller Gewalt zu.

Ich legte jedes bißchen Kraft, das ich noch hatte, in diesen einen Angriff. Das TIEFE WESEN war für einen Sekundenbruchteil verwirrt; unschlüssig, ob es mich packen oder zu Joshua hinüberstürmen sollte, und so kurz dieses Zögern war, es entschied den Ausgang des Kampfes. Mein Fuß traf seine breite, vorgewölbte Brust mit solcher Wucht, daß ich schon wieder vor Schmerz aufstöhnte, aber diesmal wankte selbst dieser Gigant, machte einen halben Schritt zurück, um sein Gleichgewicht zu finden – und in derselben Sekunde rammte ich ihm mit aller Kraft die Schulter in den Leib.

Der doppelte Ansturm war selbst für das TIEFE WESEN zuviel. Es wankte, kippte nach hinten, begann wild mit den Armen zu rudern, um seine Balance zurückzugewinnen – und stürzte dann mit einem gurgelnden Schrei hintenüber in die Tiefe!

Ich verschwendete keine Sekunde damit, zuzusehen, wie es ins Meer hinabstürzte und auf den Klippen zerschmetterte, sondern fuhr auf der Stelle herum und rannte wie von Furien gehetzt los.

ENDE DES DRITTEN BUCHES

Viertes Buch

DER OPFERTURM

Obwohl ich es bisher nicht für möglich gehalten hatte, nahm der Sturm noch an Heftigkeit zu, während ich mich auf dem Rückweg nach Brandersgate befand. Der Himmel schien sämtliche Schleusen geöffnet zu haben, und aus dem Regen wurde ein Wolkenbruch, wie ich ihn selten zuvor erlebt hatte. Die Sturmböen erreichten eine Gewalt, daß ich mich kaum noch auf den Füßen zu halten vermochte, und mindestens ein halbes Dutzend Mal – wenn nicht öfter – verlor ich tatsächlich die Balance und stürzte, wobei es mir jedesmal ein bißchen schwerer fiel, mich aus dem klebrigen Morast wieder emporzuarbeiten und weiterzulaufen.

Ich war vollkommen erschöpft, als ich die verfallene Kirche am Rande des Ortes vor mir auftauchen sah, so sehr am Ende meiner Kräfte, daß ich trotz allem nicht weiterlief, sondern in die leerstehende Ruine hineintaumelte und einer Bewußtlosigkeit nahe zu Boden sank.

Minutenlang blieb ich mit geschlossenen Augen liegen, rang keuchend nach Atem und wartete darauf, daß meine Kräfte zurückkehrten. Durch das eingefallene Dach strömte der Regen nahezu ungehindert herein, aber die Ruine bot zumindest einen gewissen Schutz vor dem Wind. Trotzdem fror ich erbärmlich, aber ich fühlte mich auf der anderen Seite auch ein wenig besser. Vielleicht lag es nur an meiner Umgebung. Zwar war diese Kirche alt und seit einem halben Jahrzehnt nichts anderes als eine Ruine, und wenn nicht ich, wer dann sollte wissen, wie wenig geweihter Boden oder die Symbole christlichen Glaubens die finsteren Dämonen von den Sternen abzuschrecken vermochten. Aber Kirchen waren zu allen Zeiten und in allen Kulturen stets ein

Ort der Sicherheit und des Schutzes gewesen, und ich spürte etwas von der Zuversicht, den der Glaube Menschen auch in den ausweglosesten Situationen zu vermitteln vermag, während ich dalag und wartete, daß sich mein rasender Pulsschlag endlich wieder beruhigte. Schließlich war ich soweit wieder zu Atem gekommen, daß ich aufstehen und das letzte Stück des Weges zu Cordwailers Laden in Angriff nehmen konnte.

Ich war etwa ein Dutzend Schritte weit gekommen, als in einem Haus auf der anderen Straßenseite eine Tür aufging. Eingerahmt vom gelben Licht einer Petroleumlampe erschien der Umriß einer Frau in der Öffnung. Und obwohl ich sie nur als Schatten erkennen konnte, wußte ich sofort, daß es Alyssa war. Offensichtlich hatte sie mich gesehen, denn sie blickte nicht nur genau in meine Richtung, sondern hob plötzlich auch die Hand und winkte mir zu. Ich zögerte, allerdings nur eine Sekunde. Cohen zu alarmieren war wichtig, aber Alyssa zu warnen erschien mir mindestens ebenso dringend. Sie war vielleicht der einzige Mensch in dieser ganzen Stadt, der dem Einfluß Hennesseys und seines *Meisters* noch nicht ganz erlegen war. So überquerte ich die Straße und lief gebückt und das Gesicht aus dem Wind gedreht auf sie zu.

Alyssas Gesicht war weiß wie die sprichwörtliche Wand, und die Furcht verwandelte ihre Augen in dunkle Tümpel. Das Haar klebte ihr in nassen Strähnen am Schädel, und auch ihr einfaches Baumwollkleid war völlig durchweicht. Unmöglich, daß dies von dem Augenblick stammte, den sie in der Tür gestanden und auf mich gewartet hatte. Sie mußte draußen gewesen sein.

»Robert!« sagte sie erschrocken. »Was tun Sie um diese ...« Sie sog hörbar die Luft ein. »Großer Gott, wie sehen Sie denn aus? Was ist passiert?«

Ich ignorierte ihre Fragen und die erschrockenen Blicke, trat uneingeladen an ihr vorbei ins Haus und zog sie einfach mit mir. Alyssa war viel zu verblüfft, um irgend etwas anderes zu tun, als alles willenlos mit sich geschehen zu lassen.

»Hören Sie mir zu, Alyssa«, sagte ich hastig. »Es ist keine Zeit für Erklärungen. Hören Sie mir einfach zu und tun Sie, was ich sage. Sie müssen Brandersgate verlassen, sofort! Packen Sie die notwendigsten Sachen zusammen und kommen Sie zu Cordwailers Geschäft. Cohen und ich bringen Sie aus der Stadt.«

»Aber das ... das geht nicht«, sagte Alyssa verstört. »Ich kann nicht so einfach weglau...«

»Sie können, und Sie müssen«, unterbrach ich sie.

»Aber Barney ist ...«

»Darum geht es ja gerade!« unterbrach ich sie erneut. »Ich weiß jetzt, was mit Ihren Kindern passiert – ungefähr wenigstens. Ich glaube, ich kann Ihnen helfen, aber Sie sind in Gefahr, solange Sie sich in Brandersgate aufhalten!«

Alyssa starrte mich vollkommen verständnislos an. »Ich ... ich kann nicht weg«, stammelte sie. »Barney ist nicht hier. Ich habe ihn gesucht, aber ...«

»Verdammt, ich *weiß*, daß Ihr Sohn nicht hier ist!« fiel ich ihr ins Wort. »Darum geht es ja gerade! Er und die anderen sind unten am Strand, aber sie werden nicht ewig dort bleiben. Und wenn sie hier auftauchen, dann sollten *wir* nicht mehr da sein! Kommen Sie zu Cordwailer! Ich wecke Cohen, und dann verschwinden wir zusammen. Ich erkläre Ihnen alles unterwegs.«

Ich war ziemlich sicher, daß sie nicht die Hälfte von dem verstand, was ich ihr zu sagen versuchte. Aber sie nickte. Ich sah sie noch einmal für ein paar Sekunden durchdringend an, schärfte ihr abermals ein, nur das Allernotwendigste für diese Nacht zusammenzusuchen und mit niemandem zu reden, dann stürmte ich wieder in die Nacht hinaus und rannte zu Cordwailers Geschäft.

Die Tür war abgeschlossen. Ich rüttelte eine Sekunde lang vergeblich an der Klinke, ehe ich begriff, daß jemand nach mir heruntergekommen war und den Riegel vorgelegt hatte. Da Klopfen bei dem noch immer tobenden Sturm keinen Sinn hatte, sprengte ich die Tür kurzerhand mit der Schulter auf. Das morsche Holz zerbarst, kaum daß ich es berührte, und ich stolperte in den dunklen Raum hinein. Ich prallte gegen einen Tisch (er zerbrach polternd), stolperte weiter und tastete mich halb blind zur Treppe vor. Als ich sie fast erreicht hatte, öffnete sich hinter mir eine Tür. Gelbes Petroleumlicht fiel in den Raum, und ich blickte in das verblüffte Gesicht eines ziemlich verschlafenen Cordwailer, der verdutzt zuerst mich und dann die aufgebrochene Tür musterte, durch die Regen und Sturm hereinheulten. »Was?« murmelte er.

Ich rannte weiter, polterte die Treppe hinauf und stürmte in Cohens Zimmer, ohne auch nur anzuklopfen. Cohen lag auf seinem Bett und schlief. Er hatte die Lampe brennen lassen, so daß der Raum voller Schatten und trüb-gelber Helligkeit war. Ich war mit einem einzigen Schritt bei ihm, rüttelte ihn derb an der Schulter und zog ihn einfach in die Höhe, als er nicht sofort reagierte, sondern mich nur verständnislos aus seinen schlaftrüben Augen anblickte.

»Cohen, verdammt! Wachen Sie auf! Wir müssen weg!«

Ich schüttelte ihn erneut. Cohen murmelte etwas Unverständliches und versuchte ungeschickt, meine Hand abzustreifen, aber ich ließ nicht locker, sondern schüttelte ihn weiter, bis er schließlich mit einer zornigen Bewegung meinen Arm beiseite schlug, aber auch gehorsam die Beine vom Bett schwang.

»Sind Sie verrückt geworden?« fauchte er. »Was soll denn das?«

»Ziehen Sie sich an, Cohen!« sagte ich. »Schnell! Wir müssen weg hier. Und zwar *sofort*!«

Cohen blinzelte verwirrt, aber vielleicht machte ihm der fast hysterische Ton in meiner Stimme klar, wie ernst ich es meinte, denn er verschwendete keine Zeit mehr mit weiteren Fragen, sondern begann sich rasch und mit schnellen, präzisen Bewegungen anzuziehen. Ich sah ihm voller Ungeduld dabei zu. Cohen verschwendete keine Zeit; trotzdem hatte ich das Gefühl, er bewege sich wie ein Pantomime. Er war kaum fertig, da ergriff ich ihn auch schon ungeduldig am Arm und zerrte ihn aus dem Zimmer.

Cordwailer kam uns mit zorngerötetem Gesicht entgegen, als wir ins Erdgeschoß hinunterpolterten. »Craven!« rief er aufgebracht. »Was haben Sie mit meiner Tür gemacht?«

»Ich komme für den Schaden auf«, sagte ich unwillig, »aber jetzt lassen Sie uns vorbei, oder es entsteht noch wesentlich mehr Schaden!«

Cordwailer blinzelte verwirrt, aber etwas in meinem Gesicht schien ihn zu warnen, denn er trat hastig zur Seite und ließ Cohen und mich vorbei.

»Wo zum Teufel wollen Sie überhaupt hin?« fragte

Cohen. »Der nächste Zug kommt erst in sieben oder acht Stunden, und ...«

»Das ist jetzt egal«, unterbrach ich ihn, ohne auch nur langsamer zu werden. »Schlimmstenfalls folgen wir den Schienen bis zum nächsten Ort.« Genau das würde ich natürlich nicht tun; zum einen, weil der Gedanke ein bißchen zu naheliegend war, zum anderen, weil Cordwailer sich noch immer in unmittelbarer Nähe befand und jedes Wort hörte. Das sollte er auch.

Kurz bevor wir die Tür erreichten, betrat Alyssa das Haus. Sie hatte ein Regencape übergestreift, triefte aber trotzdem vor Nässe, und ich hörte, wie Cohen überrascht die Luft einsog, als er sie erkannte. Alyssa hatte sich tatsächlich beeilt und nur das Allernotwendigste eingepackt; nämlich gar nichts.

Ich wandte mich noch einmal an Cordwailer. »Gibt es hier im Ort einen Wagen?«

Cordwailer schüttelte den Kopf; nach einem Zögern, das gerade lange genug währte, um mich erkennen zu lassen, daß er log. Aber auch Alyssa widersprach ihm nicht, und uns blieb kaum die Zeit, ganz Brandersgate nach einem fahrbaren Untersatz zu durchsuchen; ganz davon abgesehen, daß ich in den vergangenen beiden Tagen tatsächlich kein einziges Pferd oder auch nur die Spur eines solchen zu Gesicht bekommen hatte. So wandte ich mich mit einem Achselzucken an Cohen und sagte gerade laut genug, daß Cordwailer es hören mußte, aber nicht sicher sein konnte, ob er es auch *sollte*: »Also doch die Schienen.«

Ich versuchte zum zweiten Mal, das Haus zu verlassen, und prallte abermals mitten im Schritt zurück, als mir eine weitere Gestalt den Weg vertrat.

Es war Tom, Alyssas Mann. Er sagte kein Wort, sondern starrte mich nur an, aber er stand auf eine Art da, die mir klarmachte, daß er mich nicht vorbeilassen würde.

»Tom!« sagte ich hastig. »Wenn Sie Ihre Frau und Ihren Sohn lieben, dann tun Sie jetzt nichts Unüberlegtes, sondern begleiten Sie uns. Ich erkläre Ihnen alles unterwegs.«

Er schien meine Worte gar nicht zu hören. Eine Sekunde lang starrte er mich noch haßerfüllt an, dann ballte er langsam die Hände zu Fäusten, machte einen Schritt auf mich zu, löste dann aber seinen Blick von meinem Gesicht und sah zu seiner Frau hinüber. »Ich habe dich gewarnt«, sagte er. »Ich habe dir gesagt, du sollst dich nicht mit diesem ... diesem *Fremden* einlassen. Warum hast du nicht auf mich gehört?«

»Tom, seien Sie vernünftig!« sagte ich beschwörend. »Es ist nicht so, wie es aussieht. Ich stehe auf Ihrer Seite!«

Er fuhr mit einer abgehackten Bewegung herum und hob die Fäuste, beherrschte sich aber im letzten Augenblick wieder. Sein Gesicht flammte vor Zorn. »Sie hätten besser auf das gehört, was Ihnen Constabler McGillycaddy geraten hat!« sagte er. »Jetzt ist es zu spät. Ich habe Sie gewarnt, Craven, aber jetzt bezahlen Sie!«

Ich hatte ihm vor wenigen Stunden erst bewiesen, daß er mir körperlich nicht einmal annähernd gewachsen war, aber er schien die Lektion nicht begriffen zu haben. In seiner Hand erschien wie hingezaubert ein Messer.

Er stach warnungslos zu, aber ich hatte den Angriff vorausgeahnt, so daß es mir keine Mühe bereitete, ihm auszuweichen und seinen Hieb ins Leere gehen zu lassen. Als er an mir vorbeistolperte, versetzte ich ihm einen Schlag zwischen die Schulterblätter, der ihm noch etwas mehr Schwung verlieh, so daß er mit einem überraschten Keuchen nach vorne stürzte und auch noch Cordwailers letzten Tisch zertrümmerte. Und ich hatte keine Zeit, die Sache unnötig in die Länge zu ziehen. Er war noch nicht einmal wieder halb auf den Füßen, als ich auch schon bei ihm war, sein Handgelenk packte und so hart verdrehte, daß er mit einem Schmerzensschrei seine Waffe fallenließ. Eine Sekunde später traf ihn meine Faust an der Schläfe. Tom verdrehte die Augen und stürzte ein zweites Mal und bewußtlos zu Boden.

»Craven! Achtung!«

Ich hörte Cohens Schrei, aber ich hatte die Bewegung einen Sekundenbruchteil zuvor aus den Augenwinkeln wahrgenommen und reagierte bereits. Blitzschnell warf ich mich zur Seite, so daß der Mann, der sich mit weit ausgebreiteten Armen auf mich hatte stürzen wollen, ins Leere griff und über Toms bewußtlos daliegenden Körper stolperte.

Es war nicht der einzige Angreifer. Der Raum war plötzlich voller Männer; drei, vier, vielleicht fünf Gestalten, die Cohen und mich alle zugleich angriffen. Offensichtlich hatte Tom seine Lektion doch gelernt, denn er war nicht allein gekommen.

Ich erwehrte mich eines zweiten Mannes, der mich zornig, aber ohne großes Geschick attackierte, aber der Raum war einfach zu klein, um mir die notwendige Bewegungsfreiheit zu gewähren, die man braucht, um sich gegen mehrere Gegner zugleich zu verteidigen. Ein harter Schlag traf meine Schulter, und eine Faust bohrte sich in meinen Magen. Der explodierende Schmerz raubte mir den Atem und ließ bunte Sterne vor meinen Augen erscheinen.

Mit hilflos vor das Gesicht gehobenen Händen taumelte ich zurück, wurde noch zwei-, dreimal getroffen, konnte aber schließlich selbst einige Hiebe anbringen, die meinen Gegnern wohl doch gehörigen Respekt einzuflößen schienen, denn ihr ungestümer Angriff verlor zusehends an Schwung.

Trotzdem sah es nicht besonders gut aus. Aus den Augenwinkeln sah ich, daß Cohen am Boden lag und von zwei Männern gehalten wurde, obwohl er sich nach Kräften wehrte. Und mir selbst standen immer noch vier Kerle gegenüber, Tom nicht einmal mitgerechnet, der sich in diesem Moment schon wieder torkelnd in die Höhe stemmte.

In Ermangelung einer besseren Waffe bückte ich mich nach einem Bein des zusammengebrochenen Tisches, wobei ich in Kauf nahm, daß mir einer meiner Gegner dabei hart in die Seite trat, bekam es zu fassen und revanchierte mich mit einem Schlag auf seine Zehen, der ihn vor Schmerz aufheulen und auf einem Bein herumhüpfen ließ. Dann richtete ich mich hastig wieder auf, vollführte einen weitausholenden, kräftigen Hieb mit meinem Knüppel, der zwar niemanden traf, die Kerle aber hastig zurückweichen ließ, und war mit einem Sprung bei Cohen.

Ich drosch einem der Kerle, die ihn am Boden hielten, meinen Knüppel über den Schädel, so daß er wie ein nasser Sack zur Seite kippte und liegenblieb; des zweiten entledigte sich Cohen selbst, indem er ihm einen so harten Schlag auf den Mund versetzte, daß der Bursche Blut und Zähne spuckte und sich eine Sekunde später wimmernd am Boden wand.

Ich hörte, wie die anderen bereits wieder herankamen. Hastig versuchte ich Cohen in die Höhe zu zerren, aber er stellte sich so ungeschickt an, daß er um ein Haar *mich* zu Boden gerissen hätte. Im letzten Moment ließ ich seine Hand los, fand mit einem hastigen Schritt mein Gleichgewicht wieder und bekam im selben Moment einen Faustschlag in meine ohnehin schmerzenden Rippen, der mich mit einem gequälten Keuchen zurück und gegen die Wand stolpern ließ. Ganz instinktiv drosch ich mit meinem Knüppel um mich, spürte, wie ich irgend etwas traf und die Angreifer noch einmal vor mir zurückwichen. Aber wie lange noch? Mittlerweile stand ich insgesamt sechs Gegnern gegenüber, denn auch Cordwailer war hinter seiner Theke hervorgekommen, und er hielt ein Messer in der Hand, das fast länger als er selbst war. Bisher hatte ich die Kerle wohl durch meine unerwartet heftige Gegenwehr verblüfft, aber wenn sie aufhörten, sich wie wütende Stiere zu benehmen, und anfingen zu *denken,* dann konnte es nur Augenblicke dauern, bis sie mich überwältigt hatten.

Erstaunlicherweise geschah das genaue Gegenteil. Die Männer wichen plötzlich vor mir zurück – und eine Sekunde später begriff ich, warum das so war. Unter der eingeschlagenen Tür von Cordwailers Laden war eine weitere Gestalt erschienen. Aber es war nicht etwa ein weiterer Einwohner von Brandersgate, der gekommen war, um sich der Lynchparty anzuschließen – es war Pasons.

Der Junge war völlig durchnäßt und über und über mit Schlamm bespritzt. Sein Atem ging so schnell, daß er kaum reden konnte, und er wankte vor Erschöpfung. Offensichtlich war er das ganze

Stück von der Küste bis hierher gerannt, so schnell er nur konnte.

»Hennessey!« stieß er atemlos hervor. Er sank gegen den Türrahmen, setzte ein paarmal vergeblich dazu an, weiterzusprechen, und hob schließlich den Arm, um anklagend auf mich zu deuten. »Er hat Hennessey umgebracht!«

Eine Sekunde lang breitete sich ein fast entsetztes Schweigen aus – dann aber geschah genau das, was ich befürchtet hatte: Cordwailer, Tom und die vier anderen stürzten sich wie ein Mann auf mich, wobei sie Cohen, der gerade dabei war, sich aus eigener Kraft in die Höhe zu stemmen, einfach über den Haufen rannten.

Mit meinem Stuhlbein wie mit einem Dreschflegel um mich schlagend, wich ich Schritt für Schritt durch den Raum zurück, bis ich mit dem Rücken an der Wand stand. Ich traf einen der Kerle an der Schläfe, und diesmal stürzte er zu Boden, um liegenzubleiben, aber dann waren die anderen über mir.

Tom stach mit seinem Messer zu. Die Klinge verfehlte mich um wenige Millimeter, durchbohrte aber den Stoff meines Jacketts direkt neben meinem Handgelenk und nagelte meinen Arm somit regelrecht an der Wand fest. Ein anderer Bursche versuchte nach meinem Knüppel zu greifen. Ich gab ihm das Gewünschte, allerdings ein wenig schneller, als er erwartet zu haben schien – das Stuhlbein landete mit einem dumpfen Klatschen in seinem Gesicht und löschte sein triumphierendes Grinsen für eine ganze Weile aus.

Damit hörte meine Glückssträhne aber dann auch endgültig auf. Fünf, sechs harte Schläge trafen mich gleichzeitig an Kopf und Brust, so daß ich kraftlos zusammensank und gestürzt wäre, hätte Toms Messer meine Jacke nicht an die Wand geheftet gehabt, und ich sah wie durch einen Schleier von Blut und einer heraufdämmernden Ohnmacht, wie sich Cordwailer breitbeinig vor mir aufbaute und sein gewaltiges Messer mit beiden Händen hoch über den Kopf schwang, um der Sache endgültig ein Ende zu bereiten.

Ein schlanker Schatten in einem vor Nässe glänzenden Cape sprang ihn an. Cordwailer verlor das Gleichgewicht, machte einen tolpatschigen Schritt, um sich zu fangen, stolperte endgültig, als Alyssa sich mit aller Kraft an ihn klammerte, und stürzte in einer grotesken, halb gedrehten Pirouette zu Boden – und in die Klinge seines eigenen Messers hinein! Die Waffe durchschnitt seinen Hals, kam wie eine stählerne, rotgefärbte Zunge aus seinem Nacken wieder heraus und bohrte sich tief in Alyssas Brust, die über ihm zusammenbrach!

Für eine Sekunde schien die Zeit stillzustehen. Alle im Raum erstarrten. Die Männer hörten auf, auf mich einzuschlagen, und aller Aufmerksamkeit konzentrierte sich auf Cordwailer und Alyssa, die sich im Tode wie in einer schrecklichen Umarmung umklammert hielten.

Ganz langsam drehte sich Tom herum, ließ sich neben sie auf die Knie sinken und nahm seine Frau in die Arme. Seine Augen füllten sich mit Tränen, während er fast zärtlich über ihr Gesicht strich und die Hand dann zu der absurd kleinen Wunde in ihrer Brust senkte, die nicht einmal sehr heftig blutete, aber auf der Stelle tödlich gewesen war. Als er die Finger wieder hob, klebte glänzendes Rot an ihnen.

Plötzlich hob er mit einem Ruck den Kopf und

starrte mich an. »*Du!*« sagte er haßerfüllt. »Das ist *deine Schuld*!«

Ich spürte, wie sich unter dem lähmenden Schock, der von allen – auch Cohen – Besitz ergriffen hatte, eine mörderische, rasende Wut zusammenballte, und ich reagierte eine Sekunde schneller als Tom und die anderen. Blitzschnell hob ich die Hand, riß das Messer herunter, das meinen anderen Arm noch immer an die Wand nagelte, und führte einen weit ausholenden Hieb mit der Klinge, der niemanden traf und niemanden treffen sollte, mir aber die Bewegungsfreiheit verschaffte, die ich brauchte. Alyssas und Cordwailers Tod waren nichts als ein schrecklicher Unfall, aber keiner dieser Männer würde mir Gelegenheit geben, das zu erklären, das wußte ich. Waren sie vielleicht mit der Absicht hierhergekommen, Cohen und mir einen gehörigen Denkzettel zu verpassen, so ging es jetzt um Leben und Tod.

»*Cohen!*« schrie ich. »*Laufen Sie!*«

Gleichzeitig fuhr ich herum, stieß einen Mann, der mich packen wollte, zu Boden und war mit zwei gewaltigen Schritten an der nach oben führenden Treppe. Den Weg zur Tür würde ich nicht schaffen, denn zwischen ihr und mir standen Tom, zwei der anderen und letztlich auch noch Pasons, der das schreckliche Geschehen ebenso fassungslos und schockiert verfolgt hatte wie alle. So hetzte ich, immer zwei Stufen auf einmal nehmend, die schmale Treppe ins obere Geschoß hinauf. Ich hatte sie noch nicht halb überwunden, als ich unter mir das stampfende Dröhnen hastiger Schritte hörte, und ich widerstand der Versuchung, einen Blick zurückzuwerfen und damit vielleicht den entscheidenden Sekundenbruchteil zu verlieren, sondern rannte noch schneller weiter, erreichte mein Zimmer und warf die Tür hinter mir ins Schloß. Obwohl es wahrscheinlich nichts nutzte, rückte ich mit der Kraft der Verzweiflung eine Kommode unter den Griff, und nur einen Moment später erbebte das morsche Holz unter dem Anprall eines schweren Körpers.

Das Wunder, auf das ich kaum zu hoffen gewagt hatte, geschah. Der Schlag spaltete die Tür zwar von oben nach unten, aber meine provisorische Barrikade hielt. Ich hörte einen zornigen Schrei und eine Sekunde später den dumpfen Aufprall eines Körpers draußen auf dem Flur, und in diesem Moment hatte ich bereits das Fenster erreicht und riß es auf.

Eine eisige Kralle aus Regen und Sturm schlug mir ins Gesicht. Ich achtete nicht darauf, sondern griff mit beiden Händen nach dem Fensterrahmen, zog mich hindurch – und sprang.

Noch bevor ich auf der Straße aufprallte, hörte ich, wie die Tür hinter mir mit einem schmetternden Krach vollends zerbarst. Eine zornige Stimme begann zu schreien.

Mein Sprung war richtig berechnet gewesen, aber ich verlor auf dem nassen Boden trotzdem den Halt, überschlug mich zweimal und blieb eine Sekunde benommen liegen, ehe ich mich wieder hochrappelte. Als ich den Blick hob, sah ich in Toms haßverzerrtes Gesicht, das aus dem Fenster über mir herabstarrte. Er machte Anstalten, mir auf die gleiche Weise zu folgen, aber er zögerte, und ich wußte, daß er nicht springen würde. Ein Sprung von drei Yards Höhe ist ein entsetzliches Risiko für jemanden, der solcherlei Dinge nicht gewohnt ist, und Tom war es nicht.

Aber vielleicht brauchte er mir ja auch gar nicht zu folgen, denn seine gellenden Schreie waren trotz des Sturmes weithin zu hören. In einem Haus auf der gegenüberliegenden Straßenseite wurde eine Tür aufgerissen, hinter zwei oder drei anderen Fenstern erschien Licht.

»Er hat Alyssa umgebracht!« schrie Tom. *»Haltet ihn fest! Er hat Alyssa getötet!«*

Ich wußte, daß mir nur noch Sekunden blieben, und ich tat das einzige, das mir übrigblieb – ich fuhr auf der Stelle herum und rannte, so schnell ich konnte.

Es war der Sturm, der mir letzten Endes wohl das Leben rettete, denn ich hätte mir kaum im Ernst einreden können, nahezu der gesamten Einwohnerschaft von Brandersgate davonlaufen zu können, hätten sie tatsächlich alle gemeinsam und ernsthaft Jagd auf mich gemacht.

Aber das Wüten des Unwetters hielt nicht nur weiter an, sondern nahm im Gegenteil im Verlauf der nächsten halben Stunde noch derartig zu, daß das gute Dutzend Männer, das sich tatsächlich mit Sturmlaternen, Gewehren und Knüppeln ausgerüstet auf die Suche nach mir machte, bald wieder aufgab und zu Cordwailers Geschäft zurückging, in dem sich bald so viele Menschen versammelten, daß der Platz nicht mehr ausreichte und sie sich trotz des Unwetters draußen auf der Straße drängten. In sämtlichen Häusern des Dorfes brannte jetzt Licht, und wahrscheinlich schlief in dieser Nacht niemand in Brandersgate. Ein paarmal gewahrte ich McGillycaddy, der aufgeregt hin und her eilte, mit Dutzenden von

Leuten zugleich zu sprechen versuchte und hektisch gestikulierend Befehle gab – auf die allerdings niemand in irgendeiner Weise zu reagieren schien.

Ich beobachtete dies alles aus einem Versteck heraus, in das ich mich geschlichen hatte, nachdem ich sicher war, meinen Verfolgern entkommen zu sein. Ich hatte mich nach Süden gewandt und war tatsächlich für eine kurze Weile den Bahnschienen gefolgt, danach aber fast sofort in die Stadt zurückgekehrt; aus zwei Gründen. Der eine war die simple Tatsache, daß das sicherste Versteck zumeist der Ort ist, an dem einen niemand vermutet – und daß ich nach den Geschehnissen der Nacht ausgerechnet im Bahnhof von Brandersgate stecken würde, damit rechnete hier bestimmt niemand. Ich war in den knapp halbmeterhohen Zwischenraum zwischen dem hölzernen Bahnsteig und dem Erdboden gekrochen. Ein Versteck, das zwar naß und alles andere als bequem war, sich aber wahrscheinlich selbst dann noch als sicher erweisen würde, wenn ich gezwungen wäre, bis zum Morgengrauen hierzubleiben.

Der zweite Grund war sehr viel wichtiger. Er hieß Wilbur Cohen. Ich hatte den Inspektor bisher nicht wieder zu Gesicht bekommen und machte mir allmählich nicht nur große Sorgen um ihn, sondern auch schwere Vorwürfe, ihn so schmählich im Stich gelassen zu haben. Natürlich hätte ich rein gar nichts für ihn tun können – wäre ich auch nur einen Augenblick länger geblieben, so hätte ich nicht nur sein Leben nicht gerettet, sondern zweifellos auch das meine verloren –, aber das war nur die eine Seite dessen, was ich empfand. Außer meinem Verstand, der mir unermüdlich zu erklären versuchte, daß ich rein gar nichts für ihn hätte tun können, war da noch mein *Gefühl*, und das beharrte darauf, daß ich ihn im Stich gelassen hatte. Vielleicht lebte er ja schon nicht mehr. So aufgebracht und halb wahnsinnig vor Schmerz, wie Tom gewesen war, hätte es mich nicht einmal gewundert, hätte er seinen Zorn an Cohen ausgelassen und ihn auf der Stelle umgebracht.

Ich verbrachte fast die gesamte Nacht in dem immer weiter aufweichenden Schlamm unter dem Bahnsteig. Es waren die längsten Stunden meines Lebens. Die Kälte begann bald, jedes Gefühl aus meinem Körper zu saugen, und ein paarmal schrak ich hoch, geplagt von Fieber und Schüttelfrost und dem unangenehmen Gefühl aufzuwachen, ohne überhaupt eingeschlafen zu sein.

Erst gegen Morgen ließ das Unwetter ein wenig nach. Aus dem Tosen der herabstürzenden Wassermassen wurde jetzt ein leichtes Nieseln, und der Himmel begann seine bleigraue Farbe zu verlieren. Der Sturm flaute ab, aber der Wind erlosch nicht ganz, und es wurde noch kälter.

Als es hell wurde, zogen sich die meisten Einwohner von Brandersgate wieder in ihre Häuser zurück, und die Lichter, die die ganze Nacht gebrannt hatten, erloschen jetzt eines nach dem anderen. Und schließlich verließen auch Tom, McGillycaddy und die anderen Männer, die an dem Überfall auf uns beteiligt gewesen waren, das Haus. Bei ihnen befanden sich Pasons, einige der anderen Kinder – nicht alle – und Cohen.

Sein Anblick erfüllte mich mit einer tiefen Erleichterung. Zumindest *lebte* er noch; und er schien nicht einmal ernsthaft verletzt zu sein, ja, die Männer hatten sogar darauf verzichtet, ihn zu fesseln. Warum auch? Er wurde von einem Dutzend finster dreinblickender Gestalten flankiert, so daß jeder Fluchtversuch von vornherein sinnlos war.

Ich konnte ihn und die anderen aus meinem Versteck heraus zwar deutlich sehen, im Augenblick aber rein gar nichts für ihn tun. Selbst wenn ich mich in einer besseren körperlichen Verfassung befunden hätte, als ich es nach der Nacht unter dem hölzernen Baldachin nun einmal war, wäre die Übermacht doch einfach zu groß gewesen. So blieb mir nichts anderes übrig, als reglos dazuliegen und Cohen und den anderen nachzublicken, bis sie am Ende der Straße verschwunden waren. Ich vermutete, daß man ihn in McGillycaddys Haus bringen würde, denn etwas wie ein Gefängnis gab es bestimmt in ganz Brandersgate nicht.

Angestrengt dachte ich über mein weiteres Vorgehen nach. Vielleicht war es doch ein Fehler gewesen, hierher zurückzukommen und auf eine Gelegenheit zu hoffen, Cohen zu befreien. Zwar glaubte ich nun nicht mehr, daß die aufgebrachte Menge den Inspektor lynchen würde – so etwas geschah sofort oder gar nicht –, aber ich ahnte doch zumindest, daß es mir nicht möglich sein würde, ihn ganz allein dort herauszuholen. Also beschloß ich, nunmehr doch ins Nachbardorf zu eilen und dort Hilfe zu holen; eine Idee, die mir mit jeder Minute, die ich weiter in der eisigen Kälte lag, verlockender erschien. Zudem war dieses Vorhaben nun weitaus weniger riskant als am vergangenen Abend, denn während da praktisch das halbe Dorf nach mir gesucht hatte, wähnte mich nun vermutlich niemand mehr in der Umgebung von Brandersgate, so daß ich annahm, die acht Meilen bis zum Nachbarort relativ unbehelligt zurücklegen zu können.

Es verging noch fast eine halbe Stunde, ehe ich es wagte, mein Versteck zu verlassen. Die durchwachte Nacht forderte ihren Tribut von der Einwohnerschaft des Ortes. Zu der Zeit, zu der wohl die meisten sonst wieder aufstanden, erloschen nach und nach auch die letzten Lichter, und eine sonderbar unangenehme Art von Ruhe begann sich über dem Dorf auszubreiten.

Schließlich kam ich zu dem Schluß, daß es zu keinem Zeitpunkt weniger riskant sein würde als jetzt, mein Versteck zu verlassen, und kroch unter dem Bahnsteig hervor. Ich befand mich auf der dem Ort abgewandten Seite des Gebäudes, so daß ich kaum gesehen werden konnte, und das war auch gut so, denn in den ersten Minuten war ich kaum in der Lage, mich zu bewegen. Meine Glieder waren steif vor Kälte und vom langen Liegen und quittierten jeden Versuch, sie zu bewegen, mit heftigen Schmerzen, und meine Arme und Beine schienen mit Blei gefüllt zu sein. Es dauerte lange, bis ich auch nur in der Lage war, auf die Schienen hinauszutreten und mich nach Westen zu wenden. Die Geleise verschwanden nach knapp hundert Yards zwischen den Bäumen eines bereits kahl werdenden Waldes, und auf dem ersten Stück des Weges schützte mich noch der Bahnhof vor jeder Entdeckung. Aber es gab ein gefährliches Stück von vielleicht dreißig oder vierzig Yards, auf dem ich völlig ungeschützt sein würde; ein einziger, zufälliger Blick aus einem Fenster oder einer Tür würde reichen, mich zu entdecken, und dann war ich verloren, denn ich hatte nicht mehr die Kraft, um wegzulaufen, geschweige denn, mich eines Angriffes zu erwehren. So sammelte ich all meine Kraft, schickte ein Stoßgebet zum Himmel, daß ich noch ein letztes Mal Glück haben möge – und rannte los.

Im allerersten Moment fiel es mir leichter, als ich zu hoffen gewagt hatte. Aber es gelang mir nicht, den Rhythmus meiner Schritte genau dem Abstand der hölzernen Schwellen anzupassen, und jeder Schritt, den ich zurücklegte, schien mich ein winziges bißchen mehr Kraft zu kosten als der vorhergehende. Es war wohl nur die pure Todesangst, die mir die Energie verlieh, das freie Stück irgendwie zu überwinden; und auf den letzten Metern taumelte ich nur noch.

Aber ich hatte das Glück, um das ich gebetet hatte. Niemand entdeckte mich. Kein Schrei gellte auf, keine Schritte näherten sich mir, keine Hand legte sich von hinten auf meine Schulter, um mich zurückzureißen – nichts von all den Schrecknissen, mit denen mich meine außer Rand und Band geratene Phantasie peinigte, während ich das freie Stück des Schienenstranges überwand. Unbehelligt erreichte ich den Wald, torkelte noch einige Schritte weit zwischen die Bäume und sank dann keuchend und mit hämmerndem Herzen auf die Knie.

Für die nächsten Minuten war ich völlig hilflos. Ich hockte da, am ganzen Leibe zitternd vor Kälte und Erschöpfung, und in meinem Magen breitete sich allmählich eine immer schlimmer werdende Übelkeit aus. Doch trotz allem fühlte ich mich ein wenig besser, als der Schwächeanfall endlich nachließ. Die Erschöpfung, die ich spürte, war normal und nach einer Nacht wie der, die ich hinter mir hatte, zu erwarten, aber ich hatte jetzt wenigstens die Kontrolle über meinen Körper zurückerlangt, und das Gefühl war in meine Arme und Beine zurückgekehrt, wenn ich auch auf das eine oder andere davon liebend gerne verzichtet hätte.

Die bloße Vorstellung, in diesem Zustand die acht Meilen bis zum nächsten Ort zurücklegen zu müssen, jagte mir zwar schon wieder einen eisigen Schauer über den Rücken, doch wenn mich meine Erinnerung nicht täuschte, dann schnitt die Bahnlinie in nicht einmal allzu großer Entfernung von Brandersgate eine Straße; vielleicht würde ich einen Wagen anhalten können, der mich mitnahm.

Ich stand auf, warf einen letzten sichernden Blick durch die Bäume hindurch nach Brandersgate zurück – dort drüben rührte sich nichts. Die Stadt lag wie ausgestorben da – und machte mich dann auf den Weg. Ich folgte den Schienen, ging jedoch neben dem eisernen Strang entlang, denn das Gehen auf dem Waldboden war weit angenehmer als auf dem Schotter zwischen den Schwellen, und diesmal war es genau umgekehrt: Mit jedem Schritt kehrte ein bißchen von meiner Kraft zurück. Und das Wissen, der unmittelbaren Gefahr entronnen zu sein, half mir zusätzlich.

Möglicherweise, versuchte ich mich zu beruhigen, war ja alles gar nicht so schlimm. Und vielleicht war es Cohen ja gelungen, McGillycaddy zu erklären, was *wirklich* vorgefallen war, nachdem sich die erste Aufregung gelegt hatte. Schließlich war er kein Dummkopf, und dazu kam, daß er nicht irgendwer war, sondern immerhin ein Inspektor von Scotland Yard, den man nicht einfach so am nächsten Baum aufhängen konnte. Ich versuchte mir das Bild in Erinnerung zu rufen, wie er den Laden verlassen hatte, und je länger ich darüber nachdachte, desto weniger kam es mir vor wie das eines Mannes, der als *Gefangener* behandelt wurde.

Aber das mochte nur ein verzweifelter Trost sein, zu dem mein schlechtes Gewissen Zuflucht suchte. So oder so – ich konnte es nicht riskieren, allein nach Brandersgate zurückzugehen. Letztendlich war da noch immer Pasons' geheimnisvoller *Meister*, den ich zwar bisher noch nicht einmal zu Gesicht bekommen hatte, trotzdem aber keine Sekunde lang unterschätzen durfte, denn zweifellos war er die graue Eminenz, die hinter allem stand und ihre Fäden zog.

Ich war etwa eine halbe Meile weit gewandert, als mir zum ersten Mal auffiel, wie still es war. Es war noch sehr früh. Hier im Wald herrschte graues Zwielicht, denn die Dämmerung war noch nicht ganz vorüber, und es war Herbst. Trotzdem war es beinahe *zu* still. Kein einziger Vogel sang. Nichts bewegte sich. Ich hörte nicht das mindeste Geräusch außer den Lauten meiner eigenen Schritte und dem leisen Rascheln des Windes in den Baumwipfeln.

Schließlich blieb ich stehen und sah mich mit wachsender Beunruhigung um.

Nichts. Nirgends rührte sich etwas. Der Waldboden war mit braunen und gelben Herbstblättern bedeckt, und zum ersten Mal fiel mir auf, daß diese Farben – Braun und Rot und Gelb in allen möglichen Schattierungen – auch zugleich die einzigen Farben waren, die ich sah. Kein Grün. Nirgendwo ein Fleckchen Moos, ein Büschel Gras oder eine Wildblume, kein grünes Unterholz, kein Blatt, das von den Ästen gerissen war. Dieser Wald erinnerte mich auf erschreckende Weise an den Ort, den er umgab. Auch er wirkte alt, auf eine *unnatürliche* Weise und viel zu schnell gealtert. Und plötzlich – wohl ausgelöst durch diesen Gedanken – fiel mir noch etwas auf: nämlich, daß ich in ganz Brandersgate kein einziges Tier gesehen hatte. Keinen Hund, keine Katze, nichts. Und auch dieser Wald schien von allem Leben verlassen zu sein.

Ich ging weiter und beschleunigte meine Schritte. Plötzlich hatte ich es sehr eilig, diesen unheimlichen Forst zu verlassen.

Aber es sollte mir nicht gelingen.

Ich war weitere etwa zwei- oder dreihundert Schritte gegangen, als ich vor mir zwischen den Bäumen etwas gewahrte Im ersten Moment vermochte ich nicht zu sagen, was es war, denn der Erscheinung mangelte es auf unheimliche Weise an Substanz. Ich sah im Grunde nur einen Schatten, etwas wie ein schwarzgraues Nichts, das zwischen den Bäumen hing und sich manchmal sacht zu bewegen schien, und ging unwillkürlich langsamer.

Schließlich blieb ich ganz stehen und blickte mit einer Mischung aus Staunen und allmählich aufkeimender Furcht – die durch ein ebenso allmählich aufkeimendes Begreifen ausgelöst wurde – auf das filigrane Gewebe, das sich zwischen den Bäumen vor mir spannte.

Ich wußte, was es war, noch ehe mein Verstand dieses Wissen verarbeiten und in Worte umsetzen konnte. Auf den ersten Blick hätte man das dünne schwarze Gewebe für das Netz einer größenwahnsinnig gewordenen Spinne halten können, die in einem Anfall von Arbeitswut versucht hatte, den ganzen Wald einzuweben. Aber die Fäden waren zu dick, sie hatten die falsche Farbe, und sie folgten nicht der radförmigen Ästhetik eines normalen Spinnennetzes, sondern waren nach den Regeln einer fremden, krankmachenden Symmetrie verknüpft.

Es war ein Netz, und es diente dem gleichen

Zweck, dem das Netz einer Spinne dient, aber es war nicht das eines solchen Tieres, sondern ein Gebilde der gleichen schrecklichen Art, wie ich ihr schon in den Abwasserkanälen von London begegnet war, nur ungleich größer. *Dieses* Netz hier schien tatsächlich den ganzen Wald einzuschließen. Wie ein schwarzer, undurchdringlicher Vorhang spannte es sich von Baum zu Baum, berührte unten den Boden und setzte sich nach oben so weit fort, wie mein Blick reichte – und es erstreckte sich auch undurchdringlich über die Schneise, die die Bahnlinie in den Wald schlug. Und ich wußte, daß ich es diesmal nicht einfach zerreißen und hindurchgehen konnte, wie ich es in London getan hatte.

Trotzdem trat ich, von einer morbiden Neugier gepackt, noch einen Schritt näher und besah mir das fürchterliche Gewebe genauer. Es ähnelte tatsächlich dem, das ich aus London kannte, aber es war nicht nur größer, sondern auch ungleich kunstfertiger geflochten. Und sehr viel dichter. Zwischen den einzelnen Fäden blieb kaum genug Platz, um eine Hand hindurchzustrecken, und hätte ich es nicht bereits geahnt, so hätte mir sein Anblick *bewiesen*, wie tödlich es war. Hier und da gewahrte ich kleine unförmige Verdickungen in dem Gewebe, die sich bei näherem Hinsehen als die Körper kleiner Tiere erwiesen, die das Unglück gehabt hatten, das tödliche Netz zu berühren. Ich sah Vögel, Insekten, aber einmal auch ein pelziges Bündel von der Größe eines Hasen, das fast zur Gänze von dem schwarzen Gespinst eingewoben war und sich zum Teil bereits in glitzernde, übelriechende Feuchtigkeit aufgelöst hatte.

Doch dies alles war nicht einmal das schlimmste.

Den größten Schock bereitete mir der Anblick des Waldes jenseits des Netzes. Es war ein ganz normaler Wald. Auch dort drüben lag buntes Laub auf dem Boden, das der Herbst von den Ästen gestreift hatte, aber dazwischen gewahrte ich Moos, Unkraut und Pilze, die südlichen Flanken der Baumstämme hatten ein grünes Polster, und ihre Kronen waren dicht und grün und färbten das Sonnenlicht. Das Netz bildete nicht nur eine undurchdringliche Barriere, die nichts aus diesem Wald hinaus- oder hereinließ, sondern auch die Grenze eines Bereiches, in dem das Leben bereits erloschen war.

Schaudernd wandte ich mich ab, trat wieder ein paar Schritte zurück und ließ meinen Blick suchend über den Waldboden streifen. Ich entdeckte einen gut armlangen Stock, hob ihn auf und schleuderte ihn mit aller Kraft in das Netz.

Das Ergebnis hätte mich nicht überraschen dürfen, denn es war genau das, womit ich gerechnet hatte – und trotzdem stöhnte ich vor Enttäuschung auf. Der Ast prallte gegen das Gewebe und hätte die lächerlich dünnen Fäden eigentlich zerreißen müssen, aber er tat es nicht. Er stürzte auch nicht zu Boden, sondern blieb wie festgeklebt in Kopfhöhe hängen, und nach einigen Augenblicken begann er sich zu verändern. Das Braungrau der abgestorbenen Baumrinde wurde dunkler. Es färbte sich nicht etwa schwarz, sondern schien vielmehr jede Farbe zu verlieren. Zugleich veränderte sich auch der Ast selbst. Was mit ihm geschah, war unmöglich in Worte zu fassen – er schien von dem schwarzen Netz regelrecht aufgesogen zu werden, wurde dünner, begann sich zu biegen und zu zucken – und war nach einigen Augenblicken einfach verschwunden.

Das fürchterliche Gewebe hatte ihn einfach assimiliert, ihn zu einem Teil seiner eigenen Substanz gemacht, und war damit erneut um ein winziges bißchen gewachsen.

Ich blieb noch eine ganze Weile reglos so stehen und starrte die Stelle an, an der der Stock gehangen hatte, dann wandte ich mich ab und marschierte eine ganze Zeit an dem Netz entlang. Nach einer knappen Viertelstunde erreichte ich das Ende des Waldes. Die Bäume hörten wie abgeschnitten auf und gingen in eine leblose, graubraune Öde über, die früher wohl einmal ein Feld oder eine gras- oder heidebewachsene Ebene gewesen sein mochte. Zu meiner Rechten erstreckte sich noch ein Rest davon. Zwischen Felsen und Geröll entdeckte ich blaßgrünes Unkraut, hier und da ein dunkelviolettes Büschel von Heidekraut oder einen verkrüppelten Busch, aber zu meiner Linken war nichts als Leere und Leblosigkeit. Es gab hier kein Netz, aber als ich mich vorsichtig der imaginären Trennlinie zwischen Leben und Leblosigkeit näherte, entdeckte ich ein feines schwarzes Gespinst, das den Boden überzog. Der Streifen war gute drei Meter breit und somit gerade breit genug, daß man ihn nicht überspringen konnte, und ich wagte es so wenig, ihn zu berühren, wie ich es zuvor gewagt hatte, das Netz anzufassen. In respektvollem Abstand folgte ich der kaum sichtbaren Todeslinie für weitere zehn oder fünfzehn Minuten, ehe ich mir schließlich eingestand, was ich im Grunde schon längst wußte: Es gab keinen Weg aus dieser Falle. Wenn ich die Linie, die die tödliche Grenze beschrieb, in Gedanken fortsetzte, so bildete sie einen gewaltigen Halbkreis vor der Küste, in dessen Zentrum Brandersgate lag.

Was ich bisher nur geahnt hatte, war nun zur Gewißheit geworden: Das winzige Dorf an der schottischen Küste war nichts anderes als eine gewaltige Falle.

George schien sich damit abgefunden zu haben, daß er Howard nicht zum Bleiben überreden konnte, als Sill den Raum betrat und sie mit einem vorwurfsvollen Blick bedachte. »Wir sollten allmählich aufbrechen«, drängte sie. »Die Sonne steht bereits ziemlich tief. Ich habe wenig Lust, im Dunkeln da draußen herumzulaufen.«

»Wenn ihr schon nicht länger bleiben wollt, dann wartet wenigstens bis morgen«, unternahm George einen letzten Versuch. »Es wäre wesentlich sicherer.«

Howard warf einen Blick aus dem Fenster. »Es ist noch früh genug«, meinte er. »Es dürfte noch gut eine Stunde hell bleiben, und Sie sagten, daß wir nicht mehr als höchstens eine Viertelstunde brauchen würden, um Ihre Zeitmaschine zu erreichen.«

»Schon.« George schüttelte resignierend den Kopf, als er einsah, daß er sie nicht umstimmen konnte. »Also gut, gehen wir.«

»Na endlich«, brummte Rowlf, als sie ins Freie traten. Er und Dr. Gray warteten bereits aufbruchbereit. »Nix gegen die Zukunft, aba solang sich die Moorhops nich aus ihren Höhlen raustraun tun, isses ziemlich langweilich hier. Nur Fröhlichkeit und gute Laune ... Bäh.«

George warf ihm einen mißbilligenden Blick zu, den Rowlf jedoch ignorierte und nur um so breiter grinste.

Sie verabschiedeten sich von den Eloi und machten sich auf den Weg. George hatte ihnen von den immer wieder stattfindenden Angriffen der Morlocks erzählt. Einige Male war es den grauhäutigen Ungeheuern trotz aller Sicherheitsvorkehrungen gelungen, bis tief in die Siedlung der Eloi vorzudringen, und da sie dabei von einem blindwütigen Vernichtungswillen getrieben alles zerstört hatten, was sie fanden, wäre ihnen die Zeitmaschine zweimal fast zum Opfer gefallen. Aus diesem Grund hatte er sie an einem sicheren Ort außerhalb der Siedlung versteckt.

Nach einem Fußmarsch von knapp einer Viertelstunde, während der sie immer wieder besorgte Blicke zum Himmel warfen, erreichten sie das Ende des Waldes. Ein breiter Sandstrand lag vor ihnen, dahinter erstreckte sich die endlose Fläche des Ozeans. Wellen plätscherten sanft an den Strand. Es herrschte Ebbe; die Wellenlinien im nassen, festgepreßten Sand zeigten, daß sich das Wasser immer noch weiter zurückzog. Weit draußen im Meer glaubte Howard einen dunklen Umriß zu sehen, der immer wieder aus den Wellen auftauchte, doch war dieser zu weit entfernt, um Genaueres zu erkennen.

George ging auf eine Felsgruppe am Waldrand zu. Erst als sie unmittelbar davorstanden, entdeckte Howard den von Unkraut und herabhängenden Ranken weitgehend überwucherten Eingang einer Höhle. Behutsam schob George das Unkraut zur Seite. Die Höhle war winzig, gerade groß genug für die Maschine, die darin stand.

Zum ersten Mal erblickte Howard die Zeitmaschine. Er wußte nicht, was er erwartet hatte, doch im ersten Moment war er von der Schlichtheit des Geräts fast enttäuscht. Es erinnerte vage an einen

Schlitten und bestand im wesentlichen aus einem eisernen Gestell mit Kufen und einem roten Ledersitz, einem großen Schwungrad am hinteren Ende und einem Armaturenbrett mit mehreren Hebeln und Anzeigetafeln. Und vor allem war es *klein*.

George hatte ihnen bereits erklärt, daß er die Maschine nur für sich konstruiert hätte, nicht für weitere Passagiere, daß es jedoch möglich sein müßte, zwei Begleiter auf der Reise durch die Zeit mitzunehmen – was also in jedem Fall *zwei* Durchgänge erforderte, wenn nicht mehr. Das Risiko, sie alle zugleich zu transportieren, wollte er nicht eingehen. Jetzt jedoch kamen Howard Zweifel, daß es überhaupt möglich sein würde, auch nur einen Begleiter mitzunehmen. Der Sitz jedenfalls bot nur einer Person Platz.

»Ich sagte ja, daß es etwas schwierig werden würde«, erklärte George in entschuldigendem Tonfall, als er die skeptischen Blicke bemerkte. »Aber es ist möglich, wenn Sie sich auf die Trittbretter beiderseits des Sitzes stellen und gut festhalten.«

»Wird ziemlich ungemütlich, ein paar hunderttausend Jahre so zu stehen«, spottete Rowlf.

George schien die Ironie in seinen Worten nicht zu bemerken. Er hantierte an der Maschine herum, prüfte die Anzeigen und die Stellung der Hebel. »Nach unserem eigenen Empfinden wird die Reise nicht einmal eine Stunde dauern«, erwiderte er ernst. »Sie werden kaum etwas davon merken, wie die Jahrtausende verstreichen. Bitte helfen Sie mir, die Maschine aus der Höhle zu schieben. Das Schwungrad kann sich hier drinnen nicht richtig drehen.«

Gemeinsam bewegten sie das erstaunlich schwere

Gerät ins Freie, wo George auf den Sitz kletterte. Sill und Dr. Gray würden die erste Reise mit ihm antreten. Die Araberin hatte zwar heftig dagegen protestiert, Howard allein in einer ungewissen Zukunft zurückzulassen – noch dazu in einer Situation, die vielleicht nicht ganz so ungefährlich war, wie es ihnen jetzt vorkommen mochte, denn sie hatten keine Garantie, daß die Morlocks nicht doch zurückkamen, um zu Ende zu bringen, was sie begonnen hatten –, aber Howard hatte darauf bestanden, daß Sill den alten Rechtsanwalt begleitete. Letztendlich *mußten* zwei von ihnen zurückbleiben, ob ihnen dies nun gefiel oder nicht. Und wenn er vor die Wahl gestellt wurde, sich zwischen Sill el Mot und Rowlf zu entscheiden, dann war diese Entscheidung klar. Rowlf und er waren viel mehr als nur Herr und Diener.

Gottlob war Sill letzten Endes diplomatisch genug gewesen, dies einzusehen und Howard die Peinlichkeit zu ersparen, es laut aussprechen zu müssen. Dazu kam, daß sie sich wohl auch für Dr. Gray verantwortlich fühlte. Auch sie waren – trotz des enormen Altersunterschiedes – mehr als nur *Freunde.*

Die beiden stiegen auf die Trittbretter und hielten sich an den Rohren des Gestells fest. »Denken Sie daran, daß Sie auf gar keinen Fall loslassen dürfen«, schärfte George ihnen ein. »Die Reise selbst ist völlig gefahrlos, aber ich weiß nicht, was passiert, wenn Sie unterwegs Ihren Halt aufgeben. Möglicherweise bleiben Sie für immer zwischen den Zeiten verschollen.«

»Nein, danke«, sagte Sill. »Keine Sorge, ich halte mich schon fest.«

Über Grays Gesicht huschte ein Schatten von

Furcht, und er klammerte sich noch fester an das Gestell, sagte jedoch nichts.

»Bei der Rückkehr werde ich die Maschine so einstellen, daß ich nur wenige Minuten nach dem Aufbruch wieder hier bin«, fuhr George an Howard und Rowlf gewandt fort. »Sie brauchen sich also nicht lange zu gedulden. Seien Sie unbesorgt.« Er blinzelte. »Ich hoffe, ich komme nicht zurück, ehe ich aufgebrochen bin.«

Er lachte, betätigte einen Schalter und zog an einigen der Hebel. Mit leisem Brummen erwachte ein Motor zum Leben. Das große Schwungrad begann sich schneller und schneller zu drehen, so schnell, daß es schließlich nur noch ein flirrendes Schemen darstellte. Ein Ruck ging durch das Gestell, und es begann leicht zu zittern. Für einen Moment wurde es unscharf, wie ein Spiegelbild auf trübem Wasser, das der Wind kräuselte, und dann, von einem Augenblick zum anderen, war die gesamte Maschine mitsamt ihren Passagieren verschwunden; so plötzlich, als hätte sie nie existiert. Howard spürte, wie das Gefüge der Zeit für einen kurzen Moment zerriß und sich gleich darauf wieder schloß.

George hatte mit Sill el Mot und Dr. Gray seine Reise zurück in die Vergangenheit angetreten.

Logisch betrachtet gab es nur zwei Möglichkeiten: Ich konnte zur Eisenbahntrasse zurückkehren und versuchen, auf einen durchfahrenden Zug aufzuspringen. Das schwarze Netz versperrte zwar auch die Geleise, doch konnte ich mir bei aller dämonischer Kraft und Fremdartigkeit des Geschöpfes nicht vorstellen, daß es die achtzig oder auch hundert Tonnen Stahl einer herandonnernden Dampflokomotive aufzuhalten vermochte. Dagegen sprach, daß sich diese schnaubenden, rauchspeienden Ungetüme manchmal mit Geschwindigkeiten von bis zu fünfzig oder gar sechzig Meilen in der Stunde bewegten, ein Tempo, das jeden Versuch, aufzuspringen, zu einem unvorstellbaren Risiko werden ließ. Die Alternative gefiel mir beinahe noch weniger – nämlich nach Brandersgate zurückzukehren und Cohen auf eigene Faust befreien zu wollen. Selbst wenn es mir gelänge, hätten wir damit ja kaum mehr erreicht, als nunmehr beide in diesem undurchdringlichen Kreis aus *Shoggoten*-Gewebe gefangen zu sein. Trotzdem wandte ich mich nach einer Weile um und ging wieder in den Wald zurück, wo ich wenigstens vor einer zufälligen Entdeckung sicher war.

Langsam näherte ich mich wieder der Ortschaft, wobei ich auch jetzt dicht an der Bahnlinie entlangging. Von Zeit zu Zeit blieb ich stehen, legte ein Ohr auf die Schienen und lauschte, aber das entfernte, sachte Vibrieren, auf das ich wartete, blieb aus. Möglicherweise war der Zug, der zweimal am Tag aus entgegengesetzten Richtungen aus Brandersgate kam, der einzige, der diese Strecke überhaupt befuhr. Wenn ja, dann würden noch vier oder fünf Stunden vergehen, bevor er kam.

Während ich mich weiter dem Ort näherte, zerbrach ich mir fast verzweifelt den Kopf über eine Lösung. Mein Problem war so einfach wie scheinbar ausweglos: Ich konnte nicht weg, und ich konnte auch nicht hierbleiben, denn wenn schon nicht die Menschen in Brandersgate, so würde doch mit Sicherheit Joshuas geheimnisvoller Meister (von dem ich mittlerweile fast sicher war, daß es sich um niemand anderen als Crowley handelte) von der Existenz dieser tödlichen Barriere, die mir ein Entkommen unmöglich machte, wissen. Und früher oder später würden seine Anhänger beginnen, Jagd auf mich zu machen. Wieder wurde mir mit erschreckender Deutlichkeit klar, in welch einer verzweifelten Lage ich mich befand. Unter normalen Umständen hätte ich jetzt getan, was meine Gegner am allerwenigsten von mir erwarteten – nämlich selbst zum Angriff überzugehen. Aber die Umstände waren nicht normal. Meine Feinde hatten schon zur Genüge bewiesen, daß sie jeden meiner Schritte vorausahnten. Wenn ich also tat, wovon ich annahm, daß sie es als letztes erwarten konnten, dann tat ich vielleicht genau *das*, was sie erwarteten. Es war zum Verrücktwerden.

Ich war gerade dabei, mir einen gehörigen Knoten ins Gehirn zu winden, als ich ein Geräusch hörte. Im ersten Moment konnte ich es nicht klar identifizieren, so daß ich stehenblieb und einige Sekunden lauschte. Es war ein helles, rhythmisches Klappern – Hufschlag!

Rasch wandte ich mich um, ließ alle Vorsicht fahren und lief in die Richtung, aus der das Geräusch erklang. Nach nur etwa einem knappen Dutzend Schritten lichtete sich der Wald, und ich trat auf das schmale, überall von Unkraut und Wurzeln angefressene Teerband einer Straße heraus, gerade noch zurecht, um den hinteren Teil eines uralten Wagens zu sehen, der um die nächste Biegung verschwand. Also hatte Cordwailer doch gelogen. Es gab zumindest einen Wagen in Brandersgate, und irgend jemand hatte sich seiner bemächtigt und versuchte, die Stadt damit zu verlassen. Vielleicht war das die Chance, auf die ich gewartet hatte.

Ich lief hinter dem Wagen her, so schnell ich konnte. Als ich die Biegung erreichte, sah ich, daß es sich um einen einspännigen, offenen Leiterwagen handelte, auf dessen Bock eine zusammengesunkene Gestalt in einer schäbigen schwarzen Jacke hockte. Ich widerstand der Versuchung, zu rufen, und beschleunigte meine Schritte noch mehr. Der Wagen rollte rasch dahin, aber nicht so schnell, daß ich ihn nicht einholen konnte.

Auf seiner Ladefläche lag ein dunkler Gegenstand, den ich nicht genau zu erkennen vermochte, aber ich glaubte, dann und wann eine Bewegung wahrzunehmen. Dann sah ich etwas, das mich vor Schrecken eine Sekunde im Schritt innehalten ließ: Wie über den Bahnschienen spannte sich auch über dieser schmalen Straße ein dünnes filigranes schwarzes Netz, das sich sacht im Wind bewegte und auf den ersten Blick kaum zu erkennen war. Der Wagen befand sich vielleicht noch zwanzig Yards von ihm entfernt, und sein Lenker machte keine Anstalten, seine Geschwindigkeit zu verringern. Wenn er das Netz überhaupt gesehen hatte, so hielt er es wahrscheinlich für ein ganz normales Spinnennetz oder irgendein pflanzliches Gewebe.

Oder er wußte, daß ihm keine Gefahr drohte.

Gleichwie – ich hatte nun keine andere Wahl mehr: Ich rannte weiter, wobei ich aus Leibeskräften zu schreien begann.

Das Fuhrwerk wurde nicht langsamer, aber sein Lenker drehte sich auf dem harten Sitz herum, so daß ich sein Gesicht erkennen konnte.

Ich weiß nicht genau, wer erschrockener war – Tom oder ich. Seine Augen weiteten sich ungläubig, und dem Schrecken folgte ein Ausdruck jäh aufflammenden Hasses. Aber er hielt immer noch nicht an, sondern ließ im Gegenteil die Zügel knallen, damit der altersschwache Klepper vor seiner Kutsche schneller lief.

»*Tom!* schrie ich. »*Halten Sie an! Um Gottes willen, halten Sie an!*«

Ich rannte, so rasch ich konnte, holte das Fuhrwerk ein und schloß zu ihm auf. Tom versuchte, mit seiner Peitsche nach mir zu schlagen. Ich zog den Kopf ein und nahm ein, zwei harte Hiebe über die Schultern in Kauf, bekam die Lehne des Kutschbockes zu fassen und versuchte mich hinaufzuziehen. Tom trat nach mir. Ich konnte ausweichen und versetzte ihm einen Nasenstüber, der ihn mit einem erstickten Keuchen nach hinten kippen ließ.

Ohne weiter auf ihn zu achten, ergriff ich die Zügel und zerrte mit aller Gewalt daran. Das Pferd scheute, drohte für eine Sekunde auszubrechen und stieg mit den Vorderläufen in die Luft. Das ganze Fuhrwerk wankte, als wollte es umstürzen oder auseinanderbrechen, aber es kam zum Stehen – keine fünf Yards von dem schwarzen Netz über der Straße entfernt.

Mir blieb nicht viel Zeit, mich meiner Erleichterung hinzugeben, denn Tom – der heftig aus der Nase blutete – hatte seinen Schmerz überwunden und stürzte sich nunmehr mit verbissener Wut auf mich. Da wir nebeneinander auf dem Kutschbock saßen, entspann sich ein fast grotesker Kampf. Wir schlugen, stießen, schubsten und droschen wild aufeinander ein, ohne daß irgendeiner dieser Schläge sonderliche Wucht gehabt hätte.

Schließlich wurde mir die Sache zu dumm. Ich packte mit einer Hand seinen Arm und verdrehte ihn schmerzhaft auf den Rücken, die andere krallte ich in sein Haar und schlug sein Gesicht zwei-, dreimal hintereinander hart auf das Holz des Kutschbockes herab – vielleicht nicht besonders fair, aber wirkungsvoll. Toms Gegenwehr erlosch; allerdings nur so weit, daß er nicht mehr versuchte, sich auf mich zu stürzen. Trotzdem kämpfte er noch immer mit überraschender Kraft gegen meinen Griff an.

»Verdammt, Tom«, sagte ich atemlos. »Hören Sie endlich auf, Sie Narr!«

Tom sah stöhnend auf. Seine Nase blutete immer heftiger, und aus seiner Stirn begannen zwei blau und grün verfärbte Beulen heranzuwachsen, was ihm ein absurdes, gehörntes Aussehen verlieh. Seine Augen loderten vor Haß. »Bringen Sie mich doch um, Craven!« sagte er gepreßt.

»Sie verdammter Trottel, ich habe Ihnen gerade das Leben gerettet«, erwiderte ich wütend.

Tom blinzelte. Für einen Moment mischte sich Verwirrung in den Zorn in seinem Blick, aber wirklich nur für einen Moment, dann bäumte er sich abermals in meinem Griff auf und schrie erneut: »Machen Sie schon! Bringen Sie mich um! Das wollen Sie doch, oder?«

Ich ließ ihn los. Er reagierte so verblüfft, wie ich erwartet hatte, und starrte mich eine Sekunde lang noch fassungslos an, dann fuhr er hoch und hob die Fäuste, um erneut auf mich einzuschlagen. Aber damit hatte ich gerechnet. Ich versetzte ihm einen Hieb in den Leib, der ihm für mindestens eine Minute die Luft nahm, und während er sich verzweifelt um Atem ringend auf dem Kutschbock krümmte, sprang ich vom Wagen, eilte zum Waldrand und hob einen trockenen Ast vom Boden auf.

Tom richtete sich stöhnend auf dem Kutschbock auf. Er wankte. Seine Augen flammten noch immer vor Zorn, aber mein letzter Hieb schien seinen Kampfeswillen endgültig gebrochen zu haben.

»Sehen Sie zu!« sagte ich scharf. »Schauen Sie ganz genau hin, und danach können wir uns weiter prügeln, wenn Sie das wollen.« Und damit warf ich den Stock in hohem Bogen und so kräftig ich konnte gegen das Netz.

Was ich vorhin schon einmal beobachtet hatte, wiederholte sich. Der Stock blieb an den dünnen Fäden kleben, verlor seine Farbe und Festigkeit – und war nach wenigen Augenblicken verschwunden.

Tom erstarrte für einen Augenblick. Ich konnte sehen, wie seine Augen groß vor Staunen wurden, und er erbleichte – und dann tat er etwas völlig Verrücktes. Mit einem gellenden Schrei griff er nach den Zügeln, ließ sie knallen und jagte das Pferd direkt auf die tödliche Barriere zu! Ich schrie auf und rannte los, aber ich hatte nicht einmal zwei Schritte getan, als das Fuhrwerk auch schon in das Netz hineinraste.

Was ich erwartet hatte, geschah; aber es war ungleich schrecklicher, als ich mir auch nur in meinen schlimmsten Phantasien hätte ausmalen können. Ganz wie in London, als einer der Burschen, die mir in der Kanalisation aufgelauert hatten, versuchte, jenes schreckliche Netz zu durchbrechen, weitete sich auch hier das furchtbare Gewebe unter dem Anprall des Pferdekörpers. Das Tier raste hinein und beinahe hindurch, vermochte aber trotz seiner gewaltigen Kraft die so harmlos erscheinenden Fäden nicht zu zerreißen. Das Gewebe weitete sich immer weiter, wie ein Fischernetz aus dünnen Gummibändern, bis es fast die Form einer Reuse angenommen hatte – und sich dann mit einem hörbaren Schnappen um das arme Tier schloß!

Ein panisches, entsetztes Wiehern erscholl. Das Pferd bäumte sich auf und schlug in schierer Todesangst mit den Vorderhufen um sich, und diesmal stürzte das Fuhrwerk tatsächlich um. Tom wurde im hohen Bogen vom Bock geschleudert, die Last, die sein Wagen getragen hatte, flog in der entgegengesetzten Richtung davon. Der Wagen selbst zerbarst. Eines der großen Räder brach ab und rollte noch ein Stück weiter, der Rest landete, sich überschlagend, ebenfalls in den Maschen des Netzes und klebte sofort daran fest.

Ich war mit zwei, drei schnellen Schritten bei Tom, der eben versuchte, sich benommen in die Höhe zu stemmen, ergriff ihn wortlos unter den Achseln und zerrte ihn einige Yards weit zurück, so daß er sich nicht mehr in der unmittelbaren Nähe des Netzes befand. Er versuchte nicht, sich gegen meine Berührung zu wehren. Vielleicht nahm er sie gar nicht zur Kenntnis, denn er starrte aus schreckgeweiteten Augen auf das entsetzliche Schauspiel, das sich uns bot.

Das Pferd tobte noch immer wie von Sinnen, aber seine Bewegungen wurden bereits schwächer, und sein schrilles Wiehern war jetzt ein Laut unsäglicher Qual. Wo die Fäden seine Haut berührten, fraßen sie sich hinein wie Säure. Zischende, übelriechende Dampfwolken stiegen auf, und ich konnte sehen, wie sich Haut und Muskulatur verflüssigten und selbst das Blut, das aus den schrecklichen Wunden quoll, binnen Sekunden schwarz wurde. Eine grausame Laune des Schicksals wollte es, daß in dem Tier noch immer eine Spur von Leben war, so daß es weiter tobte und schrie und mit allen vier Läufen um sich schlug, während sein Körper bereits zu einem Teil des gewaltigen Netzes wurde, das ganz Brandersgate umgab.

Es dauerte nicht einmal lange; vielleicht eine Minute, kaum mehr, bis die Bewegungen des bedauernswerten Tieres endlich nachließen. Sein Körper war kaum mehr als der eines Pferdes zu erkennen. Das braunscheckige Fell hatte sich schwarz gefärbt, Läufe, Schweif und Schädel begannen ihre Form zu verlieren und sanken zusammen wie weiches Wachs in der Hochsommersonne. Das gleiche geschah mit dem Wagen. Jedes Teil, das nicht aus Metall, sondern Holz oder ehemals organischen Materialien bestand, wurde von der grauenhaften Kreatur aufgesogen. Nach einer erschreckend kurzen Weile erblickten wir da, wo zuvor Pferd und Wagen gewesen waren, nur mehr zwei formlose schwarze Klumpen, die sacht zu pulsieren schienen, wie im Takt eines ungeheuerlichen, schleimigen Herzens.

Tom begann plötzlich in meinen Armen zu zittern. Seine Lippen formten sinnlose, stammelnde Laute, und in seinen Augen erschien ein Flackern, das ich nur zu gut kannte.

Was er gesehen hatte, war einfach zuviel. Er stand kurz davor, schlichtweg den Verstand zu verlieren. Und er wäre nicht der erste, dessen Geist zerbrochen war angesichts der Schrecknisse, die das Wirken der GROSSEN ALTEN und ihrer Dienerkreaturen manchmal begleiteten.

Alarmiert zog ich ihn in die Höhe, packte ihn grob bei den Schultern und drehte ihn herum, so daß sich sein Blick von dem schwarzen Teufelsgespinst löste. Er starrte mich an, aber ich war fast sicher, daß er mich in diesem Moment gar nicht sah. Plötzlich schrie er gellend auf, versetzte mir einen Stoß vor die Brust, der so hart und überraschend war, daß ich ihn losließ und einige Schritte zurücktaumelte, und fuhr herum. Aber er stürzte nicht in wilder Panik davon, wie ich fast befürchtete, sondern war mit drei, vier gewaltigen Schritten bei einem der beiden dunklen Bündel, die von der Ladefläche seines Wagens gefallen waren und stürzte daneben auf die Knie. Ich setzte ihm nach, streckte die Arme aus, um ihn zurückzureißen – und führte die Bewegung dann nicht zu Ende, als ich sah, woraus seine Last bestanden hatte.

Die beiden in braungraues Tuch eingeschlagenen Körper waren die Körper Cordwailers und Alyssas. Tom riß mit einem Schrei das Tuch vom Gesicht seiner Frau herunter und zog ihren leblosen Körper an sich. Alyssas Kopf pendelte hilflos hin und her, und ich sah, daß auf ihrem Gesicht noch immer der gleiche, leicht verwirrte Ausdruck lag, der sich im Augenblick ihres Todes in ihm eingegraben hatte. Wahrscheinlich hatte sie nicht einmal begriffen, was mit ihr geschah.

Der Anblick versetzte auch mir einen tiefen, schmerzhaften Stich. Es war nicht nur, weil die dunkelhaarige Frau vielleicht die einzige aus der ganzen Bande von Verrückten war, zu der ich so etwas wie Vertrauen gefaßt hatte. Aber sie war ein weiteres unschuldiges Opfer in einer langen, viel zu langen Kette unschuldiger Opfer, die ich gesehen hatte, seit ich das Erbe meines Vaters angetreten hatte. Und ich fragte mich, wie viele Menschen noch sterben mußten, bevor es gelang, die Ungeheuer in die finsteren Abgründe der Zeit und des Vergessens zurückzutreiben, aus denen sie nach zweihundert Millionen Jahren wieder auferstanden waren, um ihre Herrschaft über die Erde anzutreten.

Tom preßte den Körper seiner toten Frau an sich, streichelte immer wieder ihr Gesicht und begann sich hin und her zu wiegen, und es war ein Bild, das mich fast zu Tränen rührte. Dieser Mann hatte vor wenigen Stunden erst versucht, mich umzubringen, aber ich empfand keinerlei Groll mehr. Alles, was ich spürte, war ein tiefes, beinahe weh tuendes Mitleid.

Langsam ließ ich mich neben ihm auf die Knie herabsinken, sah ihn an und wartete wortlos, bis er seinen Schmerz weit genug überwunden hatte, um mich überhaupt zur Kenntnis zu nehmen. Etwas war in seinen Augen, das mich warnte. Aber es war jetzt kein Zorn mehr, nicht die Warnung vor einem neuerlichen bevorstehenden Angriff. Es war etwas Schlimmeres. Plötzlich wußte ich, daß ich nicht nur ein, sondern zwei Opfer des Wirkens meiner Feinde vor mir sah.

»Es tut mir so leid, Tom«, sagte ich leise.

Er hörte auf, mit den Fingerspitzen über die Züge seiner toten Frau zu streichen, wiegte sich aber weiter wie im Takt einer unhörbaren Melodie hin und her. »Sie ... sie ist verletzt, Craven«, sagte er. »Ich muß sie zum Arzt bringen. Ich habe es ihr versprochen. Ich habe ihr und Barney versprochen, daß sie wieder gesund wird.«

Im allerersten Moment spürte ich nichts als Verwirrung, dann einen neuerlichen, tiefen Schrecken. »Das geht nicht, Tom«, sagte ich sanft.

»Aber ich muß es tun«, antwortete Tom, in einem

Ton wie ein verstörtes Kind, das nicht ganz begreift, worüber es wirklich spricht. »Sie müssen mir helfen, Craven. Es gibt keinen Arzt in Brandersgate. Ich muß sie nach Northwillow bringen. Der … der Wagen.« Er sah sich suchend um. »Wo ist der Wagen?«

Meine Gedanken jagten sich. Tom hatte zweifellos den Verstand verloren, und wahrscheinlich nicht erst jetzt, sondern schon irgendwann im Laufe der Nacht. Doch ich wußte, wie sinnlos es war, ihm die Wahrheit sagen zu wollen.

»Der Wagen ist nicht da, Tom«, sagte ich. »Wir können sie nicht wegbringen.«

»Aber sie muß zum Arzt«, beharrte Tom. Seine Augen füllten sich mit Tränen. »Sehen Sie denn nicht, daß sie krank ist?«

»Doch«, antwortete ich sanft. »Und wir werden sie auch zu einem Arzt bringen, das verspreche ich Ihnen. Dem besten, den es gibt. Sie wird wieder gesund.«

Ich kam mir selbst niederträchtig bei diesen Worten vor, aber wahrscheinlich war es so, daß Tom sie ohnehin nicht zur Kenntnis genommen hätte, hätte ich irgend etwas anderes gesagt. Vorsichtig streckte ich die Hände aus und versuchte, Alyssa aus seiner Umarmung zu lösen, aber er klammerte sich nur noch fester um sie und stieß mich mit der Schulter von sich.

»Lassen Sie mich!« sagte er. »Ich muß sie wegbringen.«

»Aber ich will Ihnen doch nur helfen. Wir können Brandersgate jetzt nicht verlassen. Der Wagen ist nicht hier. Wir werden sie … später wegbringen. Jetzt haben wir Wichtigeres zu tun.«

Tom sah mich aus großen Augen an, aber diesmal

wehrte er sich nicht, als ich seinen Griff behutsam löste und damit begann, Alyssas reglosen Körper von der Straße weg und ein Stück in den Wald hineinzuziehen. Ich bettete sie sorgfältig so auf den mit abgestorbenem Laub und Blattwerk bedeckten Boden, daß sie von der Straße aus nicht sofort zu sehen war, dann ging ich zurück und verfuhr ebenso mit Cordwailers Leichnam. Tom versuchte nicht, mich daran zu hindern, rührte sich aber auch nicht, sondern sah mir reglos aus großen und vom Wahnsinn erfüllten Augen zu. Erst als ich mit meinem schrecklichen Werk zu Ende gekommen und zur Straße zurückgegangen war, sagte er: »Wir müssen sie wegbringen. Wir können sie doch nicht einfach hierlassen. Sie ist krank und braucht Hilfe.«

»Ihr geschieht nichts«, sagte ich. »Wir können sie nicht tragen, Tom. Der Weg ist zu weit. Und sie ist krank, das haben Sie selbst gesagt. Lassen Sie sie schlafen, bis wir Hilfe geholt haben und zurückkommen.«

Tom stand auf. Seine Bewegungen waren starr, wie von einem inneren Zwang erfüllt, der seinen eigentlichen Willen niederkämpfte. Während ich mich suchend auf der Straße umsah, um mich davon zu überzeugen, daß keine Spur von unserem Hiersein zurückgeblieben war, starrte er reglos in den Wald hinein. Und plötzlich sagte er ganz leise: »Sie ist tot, nicht wahr?«

Ich wandte mich zu ihm um, sah ihn an, und ein eisiges Schaudern lief über meinen Rücken. Tom lächelte. Ein schreckliches, angstmachendes Lächeln, das noch schlimmer war als die Worte zuvor, und ich begriff, daß sein Wahnsinn von einer ganz besonders gefährlichen Art war. Er wußte, was wirklich geschehen war, und gleichzeitig wußte er es auch nicht. Offenbar vermochte er nicht mehr zwischen Wunsch und Wirklichkeit zu unterscheiden. Ich hätte mir keinen schlechteren Verbündeten ausdenken können als ihn. Aber zugleich war er auch der einzige, den ich hatte.

»Wir müssen zurück nach Brandersgate«, sagte ich. »Wir müssen Hilfe holen.«

Es dauerte Sekunden, bis Tom überhaupt reagierte. Er nickte und starrte an mir vorbei ins Leere. »Hilfe, ja«, sagte er. »Wir müssen den Wagen finden. Wo ist er? Wir brauchen den Wagen, um zum Arzt zu fahren.«

Mir war klar, welches Risiko ich damit einging, aber mir blieb keine Wahl. »Sie haben ihn weggenommen«, sagte ich.

Tom sah auf. »Sie?«

»Die anderen«, sagte ich. »McGillycaddy und Joshua und die anderen. Ich weiß nicht, wo sie ihn hingebracht haben.«

»Weggenommen?« murmelte Tom. »Aber wieso weggenommen? Ich brauche den Wagen. Ich muß Alyssa zum Arzt bringen. Das habe ich Barney und ihr versprochen.«

»Wir holen ihn zurück«, sagte ich. »Ich helfe Ihnen dabei, Tom. Aber Sie müssen mir auch helfen. Ich weiß nicht, wohin sie den Wagen gebracht haben. Doch ich weiß, daß sie ihn uns nicht freiwillig zurückgeben wollen.«

»Dann werden wir ihn trotzdem nehmen«, sagte Tom. »Wir brauchen ihn.«

»Aber das schaffen wir nicht alleine«, fuhr ich vorsichtig fort. »Aber keine Sorge – Cohen wird uns dabei helfen. Er ist Polizist, das wissen Sie doch, oder? Er ist von Scotland Yard. Niemand wird einem Beamten von Scotland Yard widersprechen, wenn er den Wagen haben will.«

»Ja«, sagte Tom. Seine Stimme klang monoton, wie die eines Schläfers. »Wenn er uns hilft, dann ..., dann geben sie uns den Wagen vielleicht, und ich kann ...«

»Aber ich weiß nicht, wo sie ihn hingebracht haben«, unterbrach ich ihn. »Wir müssen ihn befreien, doch wir müssen sehr vorsichtig dabei sein. Wenn sie uns sehen, bevor wir Cohen befreit haben, werden wir den Wagen nicht bekommen.« Ich behielt ihn bei diesen Worten aufmerksam im Auge, achtete auf das kleinste Anzeichen von Mißtrauen oder einem neuen Tobsuchtsanfall in seinem Blick, aber er nickte nur. »Wissen Sie, wo er sein könnte?«

Tom nickte immer noch, und die Bewegung hörte auch nicht auf, als er mir antwortete. »In der alten Fabrik«, sagte er. »Sie haben ihn zum Sägewerk gebracht, wo sie sich nachts immer versammeln.« Plötzlich hellte sich sein Gesicht auf. »Vielleicht ist der Wagen auch dort?«

»Vielleicht«, sagte ich. »Wenn Sie mir den Weg zeigen, dann gehen wir hin und sehen nach. Aber wir müssen sehr vorsichtig sein, haben Sie das verstanden? Wenn sie uns entdecken, dann werden sie wissen, daß wir den Wagen stehlen wollen, und uns auch gefangennehmen.«

»Ich kenne den Weg«, antwortete Tom, der immer noch nickte. Seine Züge verdüsterten sich. »Sie werden uns den Wagen geben müssen. Kommen Sie, Craven. Ich bringe Sie hin.«

Wir brauchten länger als eine Stunde, um das aufgegebene Sägewerk auf der anderen Seite des Ortes zu erreichen, und meine Hoffnung, daß sich Toms Wahnsinn wieder legen würde, schmolz in dieser Zeit endgültig dahin. Er erwies sich als ausgezeichneter Führer, und er sprach auch sehr wenig in all dieser Zeit, aber was er sagte, das ließ mich immer mehr und mehr daran zweifeln, ob ich in der Wahl meines Verbündeten wirklich gut beraten gewesen war. Tom würde zu einer Gefahr werden, das war mir jetzt klar, spätestens in dem Moment, in dem wir Cohen befreit hatten und er begreifen mußte, daß es keinen Wagen mehr gab, mit dem er seine vermeintlich kranke Frau zum Arzt im Nachbardorf bringen konnte. Darüber hinaus gab es eine zweite Gefahr, die ich nicht unterschätzen durfte – daß nämlich auch seine Freunde und Nachbarn aus Brandersgate begriffen hatten, daß der Schmerz Toms Verstand verwirrt haben mußte, und ihn möglicherweise suchten.

Aber wir trafen auf keine lebende Seele, bis Tom plötzlich am Waldrand stehenblieb, eine Hand hob und mit der anderen auf eine Ansammlung halb verfallener, großer Gebäude auf einer halbkreisförmigen Lichtung vor uns deutete. Er sagte nichts, hob sogar im Gegenteil den Finger zu einer mahnenden Geste über die Lippen und wich einen halben Schritt in den Wald zurück, als drüben bei den Gebäuden eine Bewegung sichtbar wurde. Ich hatte ihm mehr als einmal eingeschärft, wie wichtig es war, daß wir Cohen völlig unbemerkt befreiten, denn dies sei die einzige Möglichkeit für uns, an den Wagen zu kommen.

Vorsichtig trat ich neben ihn und spähte durch

eine Lücke im Buschwerk dorthin, wo ich die Bewegung gesehen hatte. Da drüben rührte sich jetzt nichts mehr, aber die alte Fabrikanlage war auch so unheimlich genug. Ich erinnerte mich gut an Hennesseys Behauptung, daß sie bis vor fünf oder sechs Jahren noch gearbeitet hätte. Aber was ich sah, ließ mich heftig am Wahrheitsgehalt dieser Worte zweifeln. Die beiden großen und das gute Dutzend kleinerer Gebäude, die sich in einem asymmetrischen Halbkreis vor uns gruppierten, waren nichts weiter als verfallene Ruinen, an denen die Zeit seit einem halben Jahrhundert genagt zu haben schien. Kein einziges Fenster hatte noch Glas. Die Dächer waren eingesunken und wiesen Löcher auf, in die man bequem ein normales Wohnhaus hätte hineinstellen können, und hier und da waren selbst die Mauern eingebrochen und zu staubverkrusteten Schutthalden geworden. Nicht weit von uns entfernt erhoben sich eine Anzahl aufgeschichteter Holzstapel, doch die meisten davon waren so von Unkraut und Moos bedeckt, daß einzig ihre zu regelmäßige Form verriet, daß es sich um keine Erhebungen natürlichen Ursprungs handeln konnte. Über allem lag ein schwer greifbarer Hauch von Moder, Verfall und süßlicher Verwesung.

»Dort drüben?« fragte ich zweifelnd.

Tom nickte heftig. Er flüsterte. »Sie treffen sich immer im Hauptgebäude«, sagte er. »Wo früher die Maschinen standen. Wahrscheinlich haben sie auch den Wagen dort versteckt.«

Ich sagte nichts dazu, sondern sah mich noch einmal sichernd nach allen Richtungen um, wollte einen Schritt auf die Lichtung hinaus tun und prallte im letzten Augenblick wieder zurück, denn ich gewahrte abermals eine Bewegung. Diesmal war es keine Einbildung, und nachdem ich mich hastig wieder in den Schutz des Unterholzes zurückgezogen hatte und aufmerksamer zu den Gebäuden hinübersah, erkannte ich eine, dann zwei, drei und schließlich ein halbes Dutzend kleiner Gestalten, die aus einer schräg in den Angeln hängenden Metalltür heraustraten und sich dem Waldrand näherten. Als sie ihn fast erreicht hatten, trat ein Mann aus dem Gebüsch. Etwas stimmte mit ihm nicht. Er war zu weit entfernt, um Einzelheiten zu erkennen, aber er ... bewegte sich nicht richtig. Und irgend etwas an seiner Gestalt war *falsch*.

Aber erst als er die Kinder erreicht hatte und sie sich umwandten, um zusammen mit ihm zurück zum Sägewerk zu gehen, sah ich, was es war. Die Gestalt war nicht die eines Menschen. Sie hatte Arme, Beine und einen Kopf, aber damit hörte die Ähnlichkeit auch schon wieder auf. Die Schultern waren zu breit und zu massig, die Beine zu stämmig und die Arme zu lang und zu muskulös, und der Kopf wuchs ansatzlos und buckelig aus den Schultern heraus. Die Gestalt ähnelte eher einer grotesken, aufrecht gehenden menschengroßen Kröte.

Und im Grunde war sie das auch. Ich begriff beinahe sofort, *was* ich vor mir hatte, aber es dauerte noch einmal eine ganze Weile, ehe mir klar wurde, *wer* es war. Dies gestand ich mir erst ein, als ich das mühsame, schleppende Humpeln des TIEFEN WESENS registrierte, die von Schmerz kündende Art, in der es den rechten Arm hielt, und die deformierte Linie seiner rechten Schulter und der rechten Kopfseite.

Es war Hennessey. Er hatte den Sturz auf die Klippen überlebt. Er war verletzt, schwer verletzt sogar, und hätte es meiner Art entsprochen, so hätte ich bei dem Gedanken vermutlich eine grimmige Befriedigung verspürt, daß er für den Rest seines Lebens verkrüppelt bleiben würde. So aber erfüllte mich der Anblick nur mit neuerlichem Schrecken. Ein Sturz aus mehr als zwanzig Yard Höhe auf die messerscharfen Klippen – was um alles in der Welt mußte man tun, um ein solches Geschöpf zu *töten*?

»Wer ist das?« flüsterte Tom neben mir.

Ich erinnerte mich erst jetzt wieder seiner Anwesenheit, fuhr erschrocken zusammen und machte eine hastige Bewegung, still zu sein. Meine Erfahrung mit den TIEFEN WESEN war nur sehr begrenzt und stammte zum allergrößten Teil aus zweiter oder dritter Hand. Zwar waren Hennessey und die Kinder gute dreißig oder vierzig Schritte von uns entfernt, aber ich traute diesen Geschöpfen mittlerweile alles zu; auch, Ohren wie ein Luchs zu haben.

Ich gab Tom mit hastigen Gesten zu verstehen, still zu sein, bis die unheimliche Prozession wieder im Haus verschwunden war, erst dann antwortete ich. »Das ist Hennessey, Tom.«

Er starrte mich nur an. Für einen kurzen Moment erlosch der Wahnsinn in seinen Augen, und sein Blick war wieder ganz klar. Ich sah Schrecken darin, aber auch Verwunderung, und ein allmählich aufkeimendes Mißtrauen, das diesmal nicht mir galt. Er schwieg.

»Das ist eines der Wesen, die Ihnen Ihre Kinder stehlen, Tom«, sagte ich. »Alyssa hat mir davon erzählt.«

»Unsere Kinder?« Tom machte eine verwirrte Handbewegung. »Ich verstehe nicht …«

»Das müssen Sie auch nicht«, sagte ich, »jedenfalls nicht jetzt. Aber das dort drüben ist unser wahrer Feind, Tom. Dieses Geschöpf und seine Brüder sind schuld an dem, was hier geschehen ist.«

»Sie meinen, Hennessey hat den Wagen gestohlen?« fragte Tom.

Ich hätte beinahe aufgestöhnt. Was ich für ein Aufflackern seiner Vernunft gehalten hatte, war das Gegenteil. »Vielleicht«, sagte ich. »Auf jeden Fall wird er ihn uns nicht geben, wenn er uns sieht.« Ich deutete auf das Hauptgebäude. »Wie kommen wir dort hinein, ohne gesehen zu werden?«

»Das ist kein Problem«, sagte Tom. »Folgen Sie mir.«

Wir umgingen die Lichtung im Schutze des Waldrandes, bis wir nahezu wieder an der Küste waren. Aus einem Grund, den ich wahrscheinlich nie begreifen würde, war das Sägewerk direkt auf der Klippe errichtet worden, so daß sich die letzten Gebäude wie die Wehrmauern einer bizarren Trutzburg über den Kreidefelsen erhoben. Tom winkte mir mit der Hand, neben ihn zu treten, dann deutete er mit der anderen nach unten, und ich sah einen schmalen, von einem rostigen eisernen Geländer flankierten Weg, der offensichtlich direkt in den Felsen hineingeschlagen worden war. Tom sagte kein Wort, ließ sich aber plötzlich auf Hände und Knie herabsinken, drehte sich herum – und begann, geschickt an der Steilwand hinabzuklettern, um den fünf oder sechs Meter tieferliegenden Saumpfad zu erreichen. Widerwillig folgte ich ihm.

Die Wand fiel zwar lotrecht in die Tiefe ab, war aber von Wind und Erosion so zerfressen, daß es nicht sehr schwierig war, an ihr hinunterzuklettern.

Trotzdem zitterten meine Hände und Knie vor Anstrengung, als ich endlich auf dem kaum handtuchbreiten Felsband angelangt war. Tom ließ mir jedoch keine Atempause, sondern wandte sich nach rechts, und ich sah erst jetzt, daß in einer Entfernung von vielleicht vierzig oder fünfzig Yards eine aus dem Fels gehauene Treppe nach oben und zu einer schmalen hölzernen Tür in einem der Gebäude führte. Auf der anderen Seite setzte sich der Pfad fort, so weit man sehen konnte.

Ich verschwendete keine Sekunde damit, mir den Kopf über seinen ursprünglichen Zweck zu zerbrechen, sondern beeilte mich, Tom zu folgen, der bereits einen gehörigen Vorsprung hatte und ihn auch weiter ausbaute, denn er bewegte sich auf dem schmalen Felsband so sicher wie auf einer breiten asphaltierten Straße, während ich mich, den Rücken eng gegen den feuchten Stein gepreßt, mühsam Schritt für Schritt vorantasten mußte. Der Wind war hier wieder heftiger zu spüren und schien wie mit unsichtbaren Fäusten an meinen Kleidern und meinen Haaren zu zerren, um mich in die Tiefe zu reißen, und obwohl ich es fast angstvoll vermied, nach unten zu sehen, war mir doch jede Sekunde bewußt, daß unter mir nichts als ein zwanzig Meter tiefer Abgrund und ein ganzer Wald von steinernen Speerspitzen nur darauf warteten, daß ich einen Fehltritt tat.

Trotz der Kälte war ich in Schweiß gebadet, als wir endlich die Tür am oberen Ende der Treppe erreichten. Sie war verschlossen, aber nun kam uns der marode Zustand des Bauwerks zugute – Tom mußte nur einmal – und nicht einmal besonders kräftig – mit der Hand gegen die Tür drücken, und der Riegel, der vermutlich nur noch aus Rost bestanden hatte, zerbrach und fiel drinnen klappernd zu Boden. Hintereinander traten wir durch die Tür. Tom schloß sie sorgfältig wieder hinter sich. Er gebot mir mit einer Geste, still und in seiner Nähe zu bleiben, und schlich geduckt vor mir entlang.

Ich begann schon bald zu bedauern, daß wir keine Lampe oder wenigstens eine Fackel besaßen, während ich Tom durch die mit Schutt und Trümmern übersäten Gänge folgte. Ich war so gut wie blind. Irgendwie drang immer ein bißchen Licht herein, so daß wir uns nie vollständig durchs Dunkel bewegen mußten, aber mein Führer war zumeist nur eine schemenhafte Gestalt vor mir, obwohl ich mich niemals mehr als zwei Schritte hinter ihm befand. Es machte mich über die Maßen nervös, nicht sehen zu können, wohin wir gingen, zumal ich meine Zweifel an der Zuverlässigkeit meines Scouts hatte.

Außerdem *spürte* ich, daß in der grauen Dämmerung ringsum etwas war. Vermutlich war es nur die gleiche Art von Gefühl, die ich die ganze Zeit über gehabt hatte, seit wir in Brandersgate angekommen waren: die Nähe meines alten Feindes, die ich spürte. Aber zu all dem kam nun noch eine höchst subtile Gefahr; nämlich die, daß sowohl Tom als auch ich ununterbrochen über irgend etwas stolperten oder stießen oder im Dunkeln vor irgendein Hindernis prallten, das polternd umfiel. Wenn es das war, was Tom unter *anschleichen* verstand, dann wollte ich lieber nicht in seiner Nähe sein, wenn er jede Vorsicht fallenließ. Ich hatte schon jetzt das Gefühl, daß wir uns wie die sprichwörtlichen Elefanten im Porzellanladen benahmen. Hennessey und die anderen mußten schon taub sein, wenn sie uns nicht hören sollten.

Aber offensichtlich waren sie es, denn obwohl wir gut zehn Minuten durch ein wahres Labyrinth von Gängen, leerstehenden Räumen und über Treppen stolperten und dabei einen Lärm vollführten, der ein ganzes Bataillon betrunkener Highlander samt dazugehöriger Dudelsackkapelle vor Neid hätte erblassen lassen, blieben wir unbehelligt.

Schließlich blieb Tom stehen (ich prallte prompt gegen ihn und wäre um ein Haar gestürzt) und deutete auf eine Tür, die sich irgendwo in den Schatten vor uns abzeichnete. Ich nickte zum Zeichen, daß ich verstanden hatte, wartete ein paar Sekunden lang vergeblich darauf, daß er weiterging, und bewegte mich schließlich an ihm vorbei.

Die Tür war verschlossen, aber wie alles hier von der Zeit und dem Verfall zernagt, so daß es genug Lücken und Spalten gab, durch die ich hindurchsehen konnte. Auf der anderen Seite lag eine überraschend große, überraschend helle Halle, deren Boden mit dem üblichen Schutt und Unrat bedeckt war, in der sich aber – ganz wie Tom gesagt hatte – eine Anzahl uralter, zyklopischer Maschinen erhoben. Ihr Sinn wurde mir nicht klar, obwohl ich sie eine ganze Weile intensiv betrachtete. Jedenfalls kamen sie mir nicht wie Apparaturen vor, die man in einem Sägewerk erwartete. Aber von Hennessey, den Kindern oder gar Cohen war keine Spur zu sehen.

Schließlich drehte ich mich wieder zu Tom herum und warf ihm einen fragenden Blick zu. »Sie sind auf der anderen Seite«, flüsterte er.

»Woher wollen Sie das wissen?« gab ich ebenso leise zurück.

»Sie sind immer dort«, behauptete er kopfschüttelnd. »Sie treffen sich oft hier. Immer nachts. Barney hat es mir gesagt. Wahrscheinlich«, fügte er nach einer Sekunde und mit veränderter Stimme hinzu, die mir abrupt wieder in Erinnerung rief, *mit wem* ich es zu tun hatte, »haben sie die ganze Zeit alles vorbereitet, um den Wagen zu verstecken.«

»Wahrscheinlich«, sagte ich und drehte mich wieder zur Tür um. Ich ließ einige weitere Sekunden verstreichen, indem ich erneut und aufmerksam durch die Ritzen spähte, dann gestand ich mir ein, daß wir ohne ein gewisses Risiko einzugehen wohl nicht weiterkamen. Ich versuchte die Tür zu öffnen. Es ging nicht. Sie war verschlossen. Aber ich schrak auch davor zurück, sie mit Gewalt zu öffnen, wie Tom es vorhin getan hatte, denn in der Halle auf der anderen Seite war es vollkommen still; jeder Laut mußte überdeutlich und sehr weit zu hören sein.

»Haben Sie ein Messer?« fragte ich.

Tom nickte, griff in die Tasche seiner abgewetzten schwarzen Jacke und zog ein gewaltiges Klappmesser hervor. Das metallische Klicken, mit dem er die Klinge herausschnappen ließ, dröhnte in meinen Ohren wie ein Kanonenschuß. Ich nahm das Messer entgegen, ließ mich vor der Tür in die Hocke sinken und versuchte, die Klinge durch eine der schmalen Spalten im Holz zu schieben, um den Riegel auf der anderen Seite zu erreichen. Es gelang mir erstaunlich rasch. Beinahe lautlos schob ich ihn hoch, und die Tür schwang gehorsam auf – fast schneller, als ich es wollte, so daß ich hastig zugriff und sie festhielt, ehe sie etwa ganz aufschwingen und drinnen mit einem verräterischen Laut gegen die Wand prallen konnte.

Ich gab Tom sein Messer zurück, trat als erster und geduckt durch die Tür und sah mich um. Auch jetzt, als ich die Halle zur Gänze überblicken konnte, entdeckte ich nicht eine Spur von menschlichem oder sonstigem Leben, aber die riesigen Maschinenungetüme kamen mir mit einemmal noch viel riesiger und noch viel unheimlicher vor. Eine Sekunde lang überlegte ich ernsthaft, ob ich es hier vielleicht mit Erzeugnissen der GROSSEN ALTEN zu tun hätte, verwarf den Gedanken dann aber sofort wieder. *Maschinen* gehörten nicht zu den Dingen, derer sich die Ungeheuer aus der Vergangenheit bedienten. Zum ersten Mal – obgleich der Moment dafür denkbar ungeeignet schien – stellte ich mir die Frage, ob sich ihre Kultur auf einem Niveau befand, das noch keine Technologie kannte, oder ob sie das Zeitalter der Maschinen und Apparaturen bereits hinter sich gelassen und in eine andere, schrecklichere Epoche getreten war. Aber ich verscheuchte den Gedanken sehr schnell wieder.

Ich winkte Tom mit einer Geste heran, und er trat in die Halle und wortlos an mir vorbei, um wieder die Führung zu übernehmen. Mir war nicht sehr wohl dabei, aber ich sagte mir, daß er sich hier sehr viel besser auskennen mußte als ich. Außerdem hatte ich mein Leben, ob es mir gefiel oder nicht, bereits in seine Hände gelegt.

Wir bewegten uns dicht an der Wand der Halle entlang, und als wir ihr südliches Ende bereits erreicht hatten, hörte ich ganz leise Stimmen. Tom offensichtlich auch, denn er blieb stehen und machte eine warnende Handbewegung; einen Augenblick später trat er mit einigen Schritten dicht an eine der Maschinen heran und gestikulierte mir zu, dasselbe zu tun. Ich gehorchte, und wir bewegten uns nahezu zentimeterweise weiter, bis wir die Ecke des gewaltigen rostroten Metallblockes erreicht hatten und herumspähen konnten.

Ich sah Schatten, einige Gestalten, die *irgend etwas* taten, und hörte Gemurmel. Aber ich konnte weder erkennen, wer sie waren, noch was sie taten oder sprachen. Wir mußten näher heran. Ich gab Tom dies mit Gesten zu verstehen, und er nickte abermals und huschte nahezu lautlos an mir vorbei. Von einem immer stärker werdenden unguten Gefühl erfüllt, folgte ich ihm.

Wir bewegten uns durch ein regelrechtes Labyrinth von schmalen Zwischenräumen, Gängen und rostigen Pfaden, die zwischen den roten Maschinengiganten hindurchführten. Endlich blieb Tom wieder stehen und deutete vor sich. Ich trat an seine Seite, ließ mich in die Hocke sinken und spähte durch einen schmalen Spalt in der metallenen Wand vor mir, auf den er deutete.

Fast wünschte ich mir, es nicht getan zu haben.

Wir mußten uns ein Stück in die Höhe bewegt haben, ohne daß es mir selbst aufgefallen war, denn ich blickte auf die furchtbare Szene herab, die sich auf dieser Seite der Halle abspielte. Hennessey – das groteske, verkrüppelte *Ding*, in das sich Hennessey verwandelt hatte – stand mit dem Rücken zu mir und erhobenen Armen da, und aus seinem Froschmaul sprudelte ein Schwall gutturaler, feucht klingender Laute hervor, die ich im ersten Moment gar nicht als Worte einschätzte.

Aber sie mußten es wohl sein, denn die knapp zwei Dutzend Kinder – ohne daß ich sie hätte zählen müssen, wußte ich, daß es neunzehn waren –, die sich im Halbkreis vor ihm aufgestellt hatten, wiederholten diese furchtbaren Geräusche, soweit es ihre menschlichen Stimmbänder und Kehlen zuließen, und auch sie hatten die Arme in einer beschwörenden Geste erhoben, waren aber zugleich auf die Knie herabgesunken, wie Jünger eines amphibischen Gottes, die ihren Herrn anbeteten.

Viel schlimmer war jedoch der Anblick des schwarzen, spinnennetzähnlichen Gewebes, das den Boden bedeckte, so weit ich sehen konnte. Das Gewebe schien viel mehr *aus* als *über* den Boden gekrochen zu sein, und es war nicht still, sondern auf furchtbare Weise *lebendig*. Die einzelnen Fäden bewegten sich nicht wirklich, und doch schien etwas wie ein zuckendes, kriechendes Wogen und Gleiten dazusein, das man mit Blicken nicht wirklich erfassen konnte. Fast, als höre es jedesmal sofort wieder auf, wenn man versuchte, es genauer zu betrachten.

Die Kinder hockten inmitten dieser grauenhaften Masse, und ich sah, wie sich dünne, tastende Fühler aus dem Netz heraus und zu ihnen emporreckten. Einige krochen in ihre Münder und verschwanden darin, andere hatten sich einen Weg unter ihre Kleider gebahnt, wieder andere schienen sich direkt durch ihre Haut gebohrt zu haben.

»Was tun sie da?« fragte Tom neben mir. Seine Stimme war so laut, daß ich erschrocken zusammenfuhr und hastig Zeige- und Mittelfinger über die Lippen legte. »Das, wovor ich Sie gewarnt habe«, sagte ich. »Das ist es, was Hennessey wirklich mit ihnen tut, Tom.«

Tom nickte. Ein sehr ernster, sehr nachdenklicher Ausdruck erschien auf seinem Gesicht. »Ich verstehe«, sagte er. »Sie beraten, wie sie den Wagen am besten verstecken können.«

»Wir finden ihn, keine Sorge«, sagte ich. »Aber

dafür müssen wir Cohen finden. Wo können sie ihn untergebracht haben?«

Tom überlegte nur einen Moment, dann deutete er nach links. »Ins alte Büro«, sagte er. »Es ist der einzige Raum, den man abschließen kann.«

Beinahe widerwillig löste ich meinen Blick von der furchtbaren Szene unter mir und stand wieder auf. »Führen Sie mich hin«, sagte ich. »Aber leise. Seien Sie um Gottes willen vorsichtig.«

»Oder wir werden den Wagen nie bekommen, ich weiß«, sagte Tom. Er ballte zornig die Hand zur Faust. »Hennessey wird mir dafür bezahlen«, sagte er. »Sobald ich Alyssa zum Arzt gebracht habe, komme ich zurück, und er wird mir erklären müssen, was er mit dem Wagen gemacht hat.«

Allmählich begann sich nun wohl selbst die innere Logik seines Wahnsinns zu verwirren, aber ich war in diesem Moment beinahe froh darüber. Hätte Tom auch nur in Ansätzen begriffen, was da wirklich nur wenige Yards von uns entfernt geschah, so wäre er wohl kaum noch so ruhig geblieben. Vielleicht hätte ihn ein wirkliches Begreifen sogar getötet; auch das hatte ich schon erlebt. So schützte ihn selbst, und damit auch mich, sein Wahnsinn zumindest in diesem Moment.

Wir entfernten uns wieder ein gehöriges Stück von der Lücke zwischen den Maschinen, dann gingen wir in die ungefähre Richtung zurück, aus der wir gekommen waren, und nach etlichen Dutzend Schritten gewahrte ich eine rostige, trotzdem aber massiv aussehende metallene Tür in der Wand vor uns. Tom eilte auf sie zu, streckte die Hand nach der Klinke aus, bevor ich ihn noch davon abhalten konnte, und drückte sie herunter.

Die Tür war nicht verschlossen, aber die rostigen Angeln quietschten erbärmlich, als Tom sie aufriß und einfach hindurchstürmte. Und auch ich vergaß all meine Vorsicht und rannte los – wenn Hennessey und die anderen *diesen* Lärm nicht gehört hatten, dann würden sie auch alles andere nicht hören. Vielleicht waren sie einfach zu sehr in ihr bizarres Ritual versunken.

Ich bemerkte im letzten Moment, daß Tom unmittelbar hinter der Tür stehengeblieben war, und machte einen hastigen Schritt beiseite, um nicht schon wieder gegen ihn zu prallen. Gleichzeitig sah ich mich rasch in dem kleinen, nur unzureichend beleuchteten Raum um. Die vermoderten Reste der Einrichtung bestätigten Toms Behauptung, daß es sich früher um ein Büro gehandelt haben mußte. Jetzt enthielt es nur noch Trümmer, Staub, verschimmeltes Papier und einen altersschwachen Tisch nebst einem einzelnen Stuhl, die offensichtlich nachträglich herbeigeschafft worden waren. Auf dem Tisch brannte eine trübe Petroleumlampe, und auf dem Stuhl dahinter saß Cohen und blickte Tom und mir mit einer Mischung aus Überraschung und Erleichterung entgegen.

Er wollte etwas sagen, aber ich gebot ihm hastig, still zu sein, warf einen sichernden Blick durch die Tür und zog sie dann ins Schloß, ehe ich mich wieder zu Cohen umwandte.

Der Inspektor war aufgestanden und neben Tom getreten. Fragend sah er erst ihn, dann mich an. Ich setzte zu einer Erklärung an, aber Tom kam mir zuvor.

»Wissen Sie, wo sie den Wagen versteckt haben?« fragte er.

Cohen schenkte ihm nur einen völlig unverständlichen Blick, und ich versuchte ihm meinerseits mit Blicken und verstohlenen Gesten klarzumachen, daß Tom nicht mehr ganz zurechnungsfähig sei. Offensichtlich verstand er mich sogar, denn nach einer Sekunde schüttelte er den Kopf und zauberte ein bedauerndes Lächeln auf sein Gesicht.

»Leider nicht, Tom«, sagte er. »Aber wir finden es heraus, keine Sorge.« Er wandte sich an mich. »Robert – ich hatte die Hoffnung schon aufgegeben, Sie wiederzusehen. Wo waren Sie?«

Jetzt war nicht der Moment für Erklärungen, aber ich versuchte trotzdem, ihm mit wenigen knappen Sätzen zu berichten, wie ich entkommen war und was ich danach im Wald und später zusammen mit Tom erlebt hatte. Cohen hörte mir schweigend zu. Auf seinem Gesicht zeigte sich nicht einmal dann Verwirrung oder die übliche Skepsis, als ich von dem Netz und dem erzählte, was es Toms Pferd und der Kutsche angetan hatte. Vermutlich hatte er auf dem Weg hierher genug gesehen, um endgültig zu begreifen, daß wir es hier mit allem anderen als gewöhnlichen Kriminellen zu tun hatten.

»Wir müssen weg hier, Cohen«, schloß ich meine hastige Erzählung. Ich machte eine Geste auf die Tür hinter mir. »Ich weiß nicht, was sie da tun oder wie lange es dauert. Aber was immer es ist, sobald sie damit fertig sind, werden sie herkommen, und bis dahin sollten wir nicht mehr hier sein.«

Cohen sah mich nur ernst an. »Und wohin wollen Sie gehen?« fragte er.

»Wie meinen Sie das?«

»Sie haben es selbst gesagt, Robert – dieses ... *Etwas* schließt die ganze Stadt ein. Und wenn es stimmt, daß eine bloße Berührung ausreicht, um davon umgebracht zu werden, sehe ich in einer Flucht nicht allzuviel Sinn.«

»Irgendwie kommen wir schon raus«, sagte ich. »Sie können diese Stadt nicht ewig von der Außenwelt abschließen. Wenn es keinen anderen Weg gibt, müssen wir versuchen, den Zug anzuhalten. Dieses Ding wird kaum in der Lage sein, einen kompletten Eisenbahnzug zu stoppen.«

»Da wäre ich nicht so sicher«, sagte Cohen.

»Craven hat recht«, mischte sich Tom ein, jetzt wieder in hastigem, fast gehetztem Ton. »Wir müssen weg hier. Wir müssen zu McGillycaddy gehen. Wenn Sie ihm Ihren Dienstausweis zeigen, wird er es nicht wagen, uns den Wagen länger vorzuenthalten. Ich brauche ihn.«

Cohen lächelte. Zwei, drei Sekunden lang sah er Tom auf sehr sonderbare Weise an, dann senkte er die rechte Hand in die Jackentasche. »Ich fürchte, das kann ich nicht tun, Tom«, sagte er lächelnd. Mit dem gleichen Lächeln und ohne die mindeste Spur von Hast zog er eine Pistole aus der Jackentasche, setzte den Lauf an Toms Schläfe und drückte ab.

Zumindest auf eine der zahllosen ungeklärten Fragen, die ich mir in den letzten beiden Tagen gestellt hatte, bekam ich nun eine Antwort: nämlich auf die, wohin der steinerne Pfad führen mochte, durch den Tom und ich die alte Fabrik betreten hatten. Cohen hatte mich mit vorgehaltener Waffe aus dem Büro getrieben, noch ehe ich auch nur Zeit fand, den Schock über seinen Mord an Tom zu begreifen, geschweige denn zu überwinden.

Mir war klargeworden, daß Tom und ich in eine vermutlich sorgsam vorbereitete Falle gelaufen waren, denn auf der anderen Seite der Tür hatte uns ein TIEFES WESEN erwartet, das ich im allerersten Moment für Hennessey hielt, bis mir auffiel, daß diese Kreatur weder verkrüppelt noch in irgendeiner Weise verletzt war. Und diesem einen Scheusal hatte sich schon nach Augenblicken ein zweites, gleichartiges hinzugesellt, so daß Cohen seine Waffe wieder wegstecken konnte, denn die Anwesenheit der beiden amphibischen Ungeheuer machte jeden Gedanken an eine Flucht von vornherein sinnlos.

Nachdem ich meinen ersten Schrecken halbwegs überwunden hatte, begann ich ihn mit ungläubigen Fragen zu überhäufen, aber er beantwortete keine davon, sondern lächelte mich nur auf beinahe unheimliche Weise an und gab seinen beiden krötenhäutigen Helfershelfern einen Wink, dessen Bedeutung nicht schwer zu erraten war. Ich wurde gepackt und grob durch die Halle gestoßen, und schon nach den ersten Schritten wurde mir klar, daß wir offenbar den gleichen Weg zurückgingen, den Tom und ich gekommen waren.

Ich behielt recht. Wir verließen das stillgelegte Werk durch die schmale Tür über der Steilküste, und Cohen und die beiden Monster führten mich den an der Wand entlangstrebenden Weg entlang. Wir passierten die Stelle, an der Tom und ich heruntergeklettert waren, und der Weg setzte sich noch eine gute halbe Meile weit fort, ehe wir eine steil in die Tiefe führende Treppe erreichten, deren Stufen mit mehr Kraft als Geschicklichkeit und offenbar erst nachträglich in den Stein hineingemeißelt worden waren. Es gab weder ein Geländer noch sonst irgend etwas, woran man sich hätte halten können, und schon der pure Gedanke, freihändig dort hinunterzusteigen, ließ mich schwindeln. Aber meine beiden monströsen Begleiter ließen mir keine Wahl – ausgenommen der, von ihnen einfach hinunter*geworfen* zu werden.

Das Meer hatte sich wieder zurückgezogen. Wir standen auf feuchtem Sand, der vor wenigen Stunden noch der Meeresgrund gewesen war und es in wenigen Stunden wieder sein würde, und ich war nicht sehr überrascht, als Cohen nach Norden wies, wo sich Hennesseys Leuchtturm als schwarzer Schatten gegen den Himmel abzeichnete.

Ich bekam einen derben Stoß in die Seite, der mich zum Weitergehen animieren sollte, blieb aber nach einem hastigen Schritt, der mir mein Gleichgewicht wieder zurückbrachte, noch einmal stehen und versuchte erneut, an Cohens Vernunft zu appellieren. Ich war mittlerweile sicher, daß er nicht mehr Herr seiner Sinne war.

»Cohen!« sagte ich fast verzweifelt. »Wachen Sie auf. Was geschieht mit Ihnen?«

Ich sah aus den Augenwinkeln, wie eines der TIEFEN WESEN seine Pfote nach mir ausstreckte, aber Cohen hielt es mit einer fast beiläufigen Bewegung zurück. Er sah mich an, und wieder erschien dieses unheimliche, angstmachende Lächeln auf seinen Zügen, die mir plötzlich fremd und fast dämonisch vorkamen. Nichts darin hatte sich verändert, aber das Gesicht eines Menschen besteht nicht nur aus dem, was man *sieht*.

»Sie werden alles erfahren, Robert«, sagte er. »Machen Sie sich keine Sorgen. Sie sind nicht in Gefahr – solange Sie vernünftig sind und tun, was ich Ihnen sage, heißt das.«

»Und wenn nicht?« fragte ich. »Bringen Sie mich dann um, so wie Tom?«

Cohen schüttelte den Kopf. »Er war doch schon tot«, sagte er. »Sein Herz schlug vielleicht noch, aber hier oben ...«, er tippte sich gegen die Stirn, »... war er schon gestorben.«

»O ja«, erwiderte ich mit bösem Spott. »Und *Sie* entscheiden, wer leben darf und wer nicht.«

»Warum nicht?« antwortete Cohen mit einem Achselzucken. »Irgend jemand muß es tun.« Er machte eine ungeduldige Handbewegung. »Aber nun gehen Sie weiter, Robert. Wir haben nicht mehr sehr viel Zeit, ehe die Flut wieder einsetzt. Und wir wollen doch nicht naß werden, oder? Am Ende werden Sie uns noch krank.«

Ich ignorierte sein höhnisches Grinsen, fuhr auf dem Absatz herum und ging weiter. Mich zu widersetzen wäre ohnehin sinnlos gewesen, und ich wollte den beiden TIEFEN WESEN keinen Vorwand geben, mich erneut zu packen. Allein von diesen Geschöpfen *berührt* zu werden war ein unbeschreiblich widerwärtiges Gefühl. Ihre Haut war nicht glatt und kalt wie die von Fischen, sondern fühlte sich an, als griffe man nach einem halbverfaulten Schwamm. Übrigens rochen sie auch ungefähr so.

Wir brauchten eine geraume Weile, um den steil aufstrebenden Felsenhügel zu erreichen, auf dem sich der Turm erhob. Aus der Nähe betrachtet bot er einen noch unheimlicheren Anblick als von weitem. Seine Wände, die vollkommen senkrecht vierzig, vielleicht auch fünfzig oder sechzig Yards weit in die Höhe strebten, bestanden aus uralten zyklopischen Felsquadern, die ohne Mörtel oder sonstige Hilfsmittel aufeinander geschichtet waren, dies aber so kunstvoll, daß man in die Spalten dazwischen nicht einmal die Klinge eines Messers hätte schieben können. Nicht ein Stein hatte die gleiche Form wie der andere. Ohne daß man diesen Eindruck an irgend etwas hätte festmachen können, wirkte das kolossale Gebäude irgendwie ... ja, beinahe *krank*. Die Steine sahen deformiert, beinahe verkrüppelt aus, als wären sie von einer unfaßlichen Gewalt in eine Form gezwungen worden, die nicht ihre eigentliche war und in der sie nicht bleiben konnten, es aber mußten. Die steile Treppe, die vom Fuß des Berges hinauf zu dem des Turmes führte, mußte von einem Wahnsinnigen entworfen worden sein, denn keine Stufe hatte die gleiche Form, Größe, Breite oder Tiefe wie die andere, und in noch stärkerem Maße traf dies auf die Tür zu, zu der sie führte. Er wirkte völlig deformiert, auf eine Weise, die mit Worten nicht zu beschreiben war. Seine Winkel stimmten nicht. Auf eine völlig verrückte Art schienen sie mehr als dreihundertsechzig Grad zu haben, und es war mir unmöglich zu sagen, ob die Tür nun höher als breit oder breiter als hoch war, vielleicht beides zugleich.

Am schrecklichsten aber war die Farbe des Turmes. Von weitem hatte er schwarz ausgesehen, und das war er auch, aber es war ein Schwarz von einer Tiefe, wie ich es nie zuvor im Leben zu Gesicht bekommen hatte und auch nur ein einziges Mal wieder zu Gesicht bekommen sollte. Der Stein – *wenn* es Stein war, aus dem dieses monströse Bauwerk bestand – schien jedes bißchen Licht aufzusaugen und zu etwas anderem, Düsterem zu machen, das nicht aus dieser Welt, vielleicht nicht einmal aus diesem Universum stammte.

Und plötzlich wußte ich, was ich vor mir sah.

Zum allerersten Mal in meinem Leben stand ich einem Gebäude der GROSSEN ALTEN gegenüber: keinem Bauwerk, das von ihren Dienern oder von Menschen nach ihren Anweisungen errichtet worden war, sondern ihrem ureigensten Heim, einem Teil ihrer fremden, unverständlichen Welt, das sie mit auf unseren Planeten gebracht hatten. Die Kälte, die ich zu spüren glaubte, war nicht wirklich Kälte, sondern der Hauch des Fremden, den dieses schwarze Material ausatmete und der etwas in meiner Seele zum Erstarren brachte.

Ich dachte daran, daß mir Alyssa und auch Pasons erzählt hatten, daß Hennessey die Kinder von Brandersgate an diesem Ort unterrichtete, und der bloße Gedanke bereitete mir Übelkeit. Ein Ort wie dieser mußte jeden Menschen verderben, der sich länger als wenige Augenblicke hier aufhielt. Und Joshua und die anderen Kinder hatten *Jahre* hier zugebracht!

»Gehen Sie weiter, Robert«, sagte Cohen, als ich vor der Tür stehenblieb. »Ich will Sie nicht drängen, aber unsere Zeit ist knapp bemessen.«

»Zeit?« fragte ich. »Wozu? Wenn Sie mich umbringen wollen, können Sie das genausogut hier und jetzt tun.«

Cohen schüttelte den Kopf und lächelte verzeihend. »Robert, Robert«, sagte er. »Sie verstehen immer noch nicht. Ich bin nicht Ihr Feind. Ganz im Gegenteil – mir ist sogar daran gelegen, daß Ihnen kein Haar gekrümmt wird.«

»Wollen Sie sich eine Perücke daraus machen?« fragte ich. Mein Sarkasmus traf ihn nicht, und die Worte kamen auch mir selbst ziemlich lahm vor. Aber ich war nicht in der Verfassung, geschliffene

Rededuelle zu führen. Die bloße Nähe dieses monströsen Turmes lähmte mich. Ich wollte ihn nicht betreten. Um nichts auf der Welt.

Cohen seufzte. »Sie werden alles erfahren, Robert«, sagte er. »Es dauert nicht einmal mehr lange. Aber nun tun Sie mir und sich selbst den Gefallen, und seien Sie vernünftig.« Er machte eine Handbewegung, die sowohl eine Aufforderung an mich war, weiterzugehen, als auch eine an seine beiden Diener, mich in gebührendem Maße dazu zu ermuntern. So überwand ich meinen Widerwillen und ging zögernd weiter.

Das Innere des Gebäudes erwies sich als noch bizarrer als sein Äußeres. Jeder Versuch, es mit Worten zu beschreiben, wäre völlig sinnlos. Die Gänge, Hallen und Treppenschluchten, über die ich geführt wurde, waren Stein gewordener Wahnsinn, ein Alptraum aus erstarrtem Schwarz, dessen bloße Betrachtung mir körperliche Übelkeit bereitete. Ich vermochte nicht einmal zu sagen, wie lange es dauerte, bis wir unser Ziel erreichten – eine kleine, fensterlose Kammer, deren Form ich nicht einmal genau bestimmen konnte, denn sie schien sich ständig zu verändern. Wandte ich den Blick auch nur für einen Moment ab, dann schien dort, wo gerade noch ein rechter Winkel gewesen war, plötzlich eine Krümmung zu sein, da, wo ich gerade noch ebenen Boden wahrgenommen hatte, eine steile Senke, eine fünf Yards entfernte Wand plötzlich unmittelbar vor mir. Natürlich war nichts von alledem wahr. Die Dimensionen meiner Umgebung waren nur so fremd, daß meine menschlichen Sinne sie nicht mehr zu verarbeiten vermochten. Die beiden TIEFEN WESEN waren draußen vor dem Eingang zurückgeblieben, aber Cohen hatte mich in mein Gefängnis – denn um nichts anderes konnte es sich bei der Kammer handeln – begleitet. Für einen Moment bewunderte ich fast seinen Mut.

Er war zwar ebenso groß und sicherlich dreißig oder vierzig Pfund schwerer als ich, aber er mußte wissen, wie sehr ich ihm trotzdem überlegen war; vor allem in dem Zustand, in dem ich mich befand. Ich hatte nicht mehr sehr viel zu verlieren.

Als hätte er meine Gedanken gelesen, sagte er plötzlich: »Tun Sie jetzt nichts, was Sie später bedauern würden, Robert. Die Dinge sind nicht immer so, wie sie auf den ersten Blick aussehen.«

Ich blickte mich demonstrativ in der Kammer um. »Was Sie nicht sagen«, bemerkte ich.

Cohen lächelte flüchtig. »Zumindest Ihren Humor haben Sie nicht verloren«, sagte er. »Das ist gut.«

»Wieso?« fragte ich. »Sind Sie der Meinung, ich würde ihn noch brauchen?«

Cohen schien die Unergiebigkeit des Gespräches einzusehen, denn er antwortete nicht darauf, sondern drehte sich wieder halb zur Tür. »Ich werde Sie für eine Weile alleinlassen«, sagte er. »Es liegt bei Ihnen, wie bequem oder unangenehm Ihr Aufenthalt hier wird. Wie Sie sehen, gibt es keine Tür. Aber versuchen Sie nicht, diesen Raum zu verlassen.«

Damit ging er. Verblüfft beobachtete ich, wie sich auch die beiden TIEFEN WESEN umwandten und hinter ihm den Gang entlangschlurften. Tatsächlich schien es nichts zu geben, was mich daran hinderte, mein Gefängnis zu verlassen.

Trotzdem beherzigte ich seinen Rat. Ich wußte, daß ich draußen verloren gewesen wäre. Ich hätte den Weg zurück niemals gefunden, sondern mich in den labyrinthischen Stollen und Gängen dieses Wahnsinnsgebäudes unrettbar verirrt.

So kauerte ich mich gegen die Wand, schloß die Augen und versank in düsteres Brüten. Ich hätte allen Grund gehabt, mir selbst eine gehörige Portion Selbstmitleid zu gönnen, denn in dieser Geschichte war tatsächlich von Anfang an alles so schiefgelaufen, wie es nur ging. Und dazu kam, daß ich immer weniger verstand, was hier überhaupt vorging. Selbst wenn ich unterstellte, daß Cohen irgendwie unter dem Einfluß Hennesseys und der anderen TIEFEN WESEN oder ihres Meisters stand, so machte diese Entführung trotzdem keinen Sinn. Es hätte ein Dutzend Möglichkeiten gegeben, mich leichter und mit viel weniger Risiko zu kidnappen – und mindestens fünf Dutzend Möglichkeiten, mich auf einfachere Weise umzubringen. Es war weiß Gott nicht das erste Mal, daß ich mich in einer verzweifelten und scheinbar ausweglosen Situation befand, aber noch nie hatte ich so wenig begriffen, was überhaupt geschah.

Ich mußte wohl tiefer in meine düsteren Gedanken versunken gewesen sein, als mir selbst klar war, denn plötzlich schrak ich auf und begriff, daß jemand bei mir war. Vielleicht hatte er den Raum auch auf einem Weg betreten, den ich nicht wahrzunehmen vermochte.

Meinem ersten Erschrecken folgte ein zweites, tieferes, als ich sah, um wen es sich bei meinem Besucher handelte.

Es war niemand anders als die groteske Kreatur, die in Hennesseys Rolle geschlüpft war. Und sie bot einen noch schrecklicheren Anblick als zuvor, denn sie hatte versucht, wieder ihr menschliches Aussehen anzunehmen. Das Ergebnis war eine grauenhafte Mischung aus einem verheerten, verstümmelten Menschengesicht und dem Antlitz einer riesigen Kröte. Hennesseys linke, unverletzte Körperhälfte war tatsächlich die eines vielleicht dreißigjährigen Mannes, aber der Rest schien zusammen mit seiner Unversehrtheit auch seine Fähigkeit der Verwandlung eingebüßt zu haben. Vor mir stand ein Geschöpf, das halb Kröte und halb Mensch war.

Erst auf den zweiten Blick registrierte ich, daß er nicht allein gekommen war. Joshua Pasons stand neben ihm, und der Blick ins Gesicht des fünfjährigen Jungen erschütterte mich fast noch mehr als der in die groteske Visage des Ungeheuers.

»Geht es Ihnen gut?« fragte er nach einer Weile.

»O ja, danke«, erwiderte ich bitter. »Die Gastfreundschaft deiner Freunde läßt nichts zu wünschen übrig.«

Ein Schatten huschte über Joshuas Gesicht, etwas wie ein mimisches Achselzucken, das man vielleicht von einem Erwachsenen erwartete, auf keinen Fall aber von einem Kind. Aber er sagte nichts. Dafür ergriff sein unheimlicher Begleiter das Wort.

»Ich bin gekommen, um ein letztes Mal an Ihre Vernunft zu appellieren, Mr. Craven«, sagte er. Auch seine Stimme war nur noch zum Teil die eines Menschen. Die Worte waren verständlich und klar moduliert, und trotzdem hörte es sich an, als versuche ein Fisch zu sprechen. Und beinahe noch absurder als ihr Klang war ihr Inhalt. Hätte ich mich nicht zu elend dazu gefühlt, hätte ich laut aufgelacht. So reichte meine Energie gerade für einen ungläubigen Blick in sein deformiertes Halbgesicht. »Wie bitte?«

Hennessey versuchte den Kopf zu schütteln, aber

da die amphibische Seite seines Körpers keinen Hals hatte, wurde ein groteskes Bewegen der Schultern daraus. »Er ist wie sie alle, Joshua«, sagte er an seinen Begleiter gewandt, mich dabei aber fest im Blick seiner beiden unterschiedlichen Augen haltend. »Er versteht nichts. Er glaubt, die Welt gehöre allein ihm und seinesgleichen und alles müsse so funktionieren, wie er und sie es sich vorstellen.«

»Was soll das?« fragte ich – obgleich ich die Antwort auf meine eigene Frage zu wissen glaubte.

Hennessey fuhr, wieder an mich gewandt, fort: »Sie hätten auf mich hören sollen, Robert. Dann wäre Ihnen und uns vieles erspart geblieben. Sie glauben, daß wir diesen Menschen hier Schlechtes wollen.«

»Wie kommen Sie auf diese Idee?« fragte ich sarkastisch. »Natürlich nicht. Zweifellos sind Sie und die anderen aus dem Meer gekrochen, um ihnen das Paradies zu bringen. Oder wenigstens das, was Sie dafür halten.«

»Es hat keinen Sinn«, sagte Hennessey. Er drehte sich zu Joshua herum und wies mit seiner rechten, menschlichen Hand auf mich herab. »Er ist so wie alle anderen.«

»Aber Sie sollten es besser wissen, Mr. Craven«, sagte Joshua. Er klang traurig. »Die meisten Menschen wissen nicht, wie die Welt wirklich aufgebaut ist. Sie schon. Sie gehören zu den wenigen Auserwählten, denen ein Blick hinter den Schleier des Schicksals gegönnt wurde. Aber Sie machen nichts aus diesem Wissen.«

Ich sah ihn so eindringlich an, wie ich konnte. »Das sind doch nicht deine Worte, Junge«, sagte ich. »Begreifst du denn nicht, was hier geschieht?«

»Doch«, antwortete Joshua mit einem Lächeln,

das mir einen eisigen Schauer über den Rücken laufen ließ. »Aber ich glaube, Sie wissen es nicht. Dabei müßten Sie es.«

»Ich will es gar nicht wissen«, erwiderte ich. »Was hier passiert, ist ...« Ich suchte einen Moment vergeblich nach Worten. »... einfach nicht richtig«, fuhr ich schließlich fort.

»Ihrer Meinung nach vielleicht«, antwortete Joshua, und ich begriff, wie sinnlos jedes weitere Wort wäre. Dieses Kind war ebensowenig Herr seiner eigenen Entscheidungen, wie es Cohen gewesen war. »Es tut mir leid, Mr. Craven, bitte glauben Sie mir das. Ich habe den Meister gebeten, noch einmal mit Ihnen reden zu dürfen, weil ich hoffte, Sie zur Vernunft bringen zu können. Aber ich sehe jetzt ein, daß er recht hatte. Sie sind wie alle anderen. Sie *wollen* nicht verstehen.«

»Aber was denn nur, um Himmels willen?!« fuhr ich auf. »Daß sie euch ... mißbrauchen? Daß sie euch zwingen, Dinge zu tun, die kein Mensch tun sollte? Daß sie euch zwingen, Geschöpfen zu Diensten zu sein, die nichts anderes als die Herrschaft über die ganze Welt anstreben?«

»Und wenn es so wäre?« gab Joshua ruhig zurück. »Woher nehmen Sie die Überheblichkeit anzunehmen, daß es unbedingt der *Mensch* sein muß, der diese Welt beherrscht? Wer sagt Ihnen, daß nicht wir es sind, die gegen die Gesetze der Natur und der Schöpfung verstoßen? Vielleicht ist das Universum voller Welten, die von Wesen beherrscht werden, die wie *sie* sind und nicht wie wir. Vielleicht sind wir es, die *ihnen* ihre Welt gestohlen haben, und nicht sie die *unsere*.«

»Ja«, knurrte ich böse, »und vielleicht ist die Welt in Wirklichkeit eine Scheibe und die Sonne nichts als eine große Glühlampe, die jemand an den Himmel genagelt hat, wie? Du glaubst all diesen Unsinn wirklich?«

»Es hat keinen Sinn«, sagte Hennessey. Er machte eine auffordernde Handbewegung. »Komm, Joshua. Der Meister erwartet uns.«

Niemals zuvor waren Howard fünf Minuten so lang vorgekommen wie die nach dem Verschwinden der Zeitmaschine. Doch sie wurden von den folgenden Minuten noch weit übertroffen. Zähflüssig tropften die Sekunden dahin. Immer wieder wanderte Howards Blick zum Himmel. Die Sonne war bereits hinter dem Horizont verschwunden, und das Orange des Sonnenuntergangs wechselte immer mehr zu einem düsteren Rot, um nach und nach dem Grau der Dämmerung zu weichen.

Immer noch war George nicht zurückgekehrt. Er hatte von wenigen Minuten gesprochen, und inzwischen war fast eine Viertelstunde verstrichen, die Howard wie eine Ewigkeit vorkam.

Auch die letzten roten Farbstreifen verschwanden vom Horizont. Die Nacht senkte sich vollends über das Land. Der Mond war nur eine schmale Sichel und verbarg sich außerdem hinter den Wolken, so daß er kaum Licht spendete.

Je dunkler es wurde, desto bedrohlicher kam Howard der zuvor so friedlich und mit seiner fremdartigen Blütenpracht anheimelnd erscheinende Wald vor, eine düstere Wand aus Unterholz und Schatten, erfüllt von eine Vielzahl an Lauten, die er zuvor kaum wahrgenommen hatte.

Auch Rowlf wurde merklich unruhiger. Er hatte

irgendwann nach einer halben Stunde damit angefangen, wie ein gefangener Tiger in einem unsichtbaren Käfig im Kreis herumzulaufen, und bisher nicht damit aufgehört, und er blickte sich immer wieder lauernd um. »Irgendwas muß schiefgegangen sein«, sprach er schließlich das aus, was auch Howard durch den Kopf ging, was er jedoch beharrlich zu verdrängen versuchte.

Und doch gab es nur diese Erklärung. Wenn George *wirklich* in der Lage war, mit seiner Maschine jeden beliebigen Punkt in der Zeit anzusteuern, wie er behauptete, dann war es völlig gleichgültig, wie *lange* seine Reise in die Vergangenheit dauerte, wie lange er sich dort aufhielt und wie lange er für den Rückweg benötigte. Selbst um sicherzugehen, daß er sich nicht selber begegnete, brauchte er als Ziel seiner Rückkehr nur ein oder zwei Minuten nach seinem Aufbruch einzugeben. Er hätte längst wieder da sein müssen, wenn alles glatt gegangen wäre.

Einmal ausgesprochen, schien die Befürchtung an Substanz zu gewinnen, bis sie sich fast zur Gewißheit verdichtete. Dennoch weigerte sich Howard weiterhin, die daraus folgenden Konsequenzen zu akzeptieren. Die Logik sagte ihm, daß George gar nicht zurückkehren würde, denn außer einem wenig glaubhaften Irrtum gab es keinen Grund, warum er zeitlich so lange nach seinem Aufbruch noch erscheinen sollte, aber wider alle Vernunft gab er die Hoffnung trotzdem nicht auf. Sollte George aus irgendeinem Grund nicht zurückkehren, um sie abzuholen, säßen sie für immer in dieser Zeit fest. Die Vorstellung war zu schrecklich, als daß er sich damit abfinden konnte. Die Welt der Zukunft war aufregend, bizarr, vielleicht interessant – aber hier *leben*? Niemals.

Er blickte aufs Meer hinaus. Das zurückflutende Wasser hatte noch mehr von dem schwarzen Etwas freigelegt, das er zuvor schon gesehen hatte, doch inzwischen war es zu dunkel geworden, um noch Einzelheiten zu erkennen. Es konnte sich um einen Felsen handeln, aber auch um ein vor langer Zeit versunkenes Gebäude. Mehr würde ohnehin nicht mehr davon sichtbar werden, denn mittlerweile hatte die Ebbe ihren Tiefststand erreicht, und das Wasser begann bereits wieder anzusteigen.

»Vielleich sollten wa zun Eloi zurückgehn«, schlug Rowlf vor. »Da simma wenigstens einigermaßn sicha.«

Nach kurzem Zögern schüttelte Howard den Kopf. »Dafür ist es bereits zu spät. Ich vermute, daß die Morlocks längst aus ihren Höhlen herausgekommen sind, und dann würden wir ihnen direkt in die Arme laufen. Im Dunkeln haben wir allein keine Chance gegen sie.« Er zögerte noch einmal einige Sekunden. »Weiter hier herumzustehen dürfte aber genauso gefährlich sein«, fügte er dann hinzu und deutete auf die Höhle. »Verstecken wir uns lieber. Sollte George doch noch kommen, sehen wir ihn sofort, werden aber selbst nicht so leicht entdeckt.«

Rowlf erhob keine Einwände, sondern schien im Gegenteil sichtlich froh über Howards Vorschlag zu sein – ein Umstand, der Howard mehr beunruhigte, als er sich selbst gegenüber eingestehen wollte. Wenn es etwas gab, was Rowlf wirklich *fürchtete,* dann mußte es etwas wirklich Schlimmes sein. Wenn er es recht bedachte, hatte er eigentlich noch nie erlebt, daß der rothaarige Riese tatsächlich *Angst* gehabt hätte ...

Aber er sprach nichts von seinen Befürchtungen

aus, sondern nickte nur noch einmal. Sie zogen sich in die Deckung der Höhle zurück. Von innen zerrte Howard möglichst viele herabhängende Ranken und Unkraut vor den Eingang, so daß die Pflanzen wieder einen grünen Vorhang bildeten, der sie vor einer Entdeckung schützte. So fühlten sie sich zwar etwas sicherer, doch das nervenaufreibende Warten ging unbarmherzig weiter.

Als gut eine Stunde seit Georges Aufbruch verstrichen war, wurden sie unvermittelt aus ihrer Ruhe geschreckt. Das Brechen eines Astes war zu hören, kurz darauf das Rascheln von Laub und gedämpfte Stimmen, die an das Grunzen von Tieren erinnerten. Howard zog sich ebenso wie Rowlf noch ein Stück tiefer in die Höhle zurück, bis sie an die rückwärtige Wand stießen. Gestalten erschienen auf dem Strand vor den Felsen. Ihre gedrungenen, nur schattenhaft gegen den helleren Hintergrund des Meeres erkennbaren Körper sowie ihre plumpe Art, sich zu bewegen, zeigten deutlich, daß es sich um Morlocks handelte. Einige von ihnen kamen dem Eingang bedrohlich nahe. Howard wagte kaum zu atmen. Er fühlte, wie seine Hände und seine Stirn feucht von Schweiß wurden. Für einige Sekunden hatte er den Eindruck, von einem der Ungeheuer durch den Pflanzenvorhang direkt angestarrt zu werden, so daß er beinahe sicher war, daß es ihn entdeckt hätte, doch schließlich drehte sich der Morlock um und zog weiter, und bald darauf war der nächtliche Strand wieder so leer wie zuvor.

Howard atmete auf, obwohl er nur zu gut wußte, daß zwar die unmittelbare Gefahr vorbei war, ihre Situation sich hingegen kein bißchen verändert hatte.

Rowlf und er saßen an die rückwärtige Wand der Höhle gelehnt, ohne ein Wort miteinander zu sprechen. Die Gefahr, sich zu verraten, falls die Morlocks noch immer in der Nähe waren, war zu groß – doch das war nicht der einzige Grund für Howards Schweigsamkeit. Es war die Ausweglosigkeit ihrer Situation. *Worte* konnten daran nichts mehr ändern. Es gab nichts zu bereden, was ihre Lage verbessern könnte, und keinem von ihnen war nach einer belanglosen Unterhaltung zumute. Beide hingen sie schweigend ihren Gedanken nach.

Eine weitere Stunde verstrich in quälender Langsamkeit. Howards ohnehin nur erzwungener Optimismus hatte sich inzwischen nahezu völlig verflüchtigt; er war nahe daran, seine Hoffnung gänzlich zu verlieren, als er auf dem Strand vor dem Höhleneingang plötzlich erneut eine Bewegung bemerkte.

Diesmal handelte es sich nicht um Morlocks. Es war etwas wesentlich Größeres; ein Ding, keine Gestalt. Es war von einem Moment auf den anderen da. Seine Umrisse flimmerten, und für einen Augenblick schien es durchscheinend zu werden, als wolle es sich wieder auflösen, dann materialisierte es vollends.

»Dasis Schorsch!« stieß Rowlf hervor. Er sprang auf und rannte auf die Zeitmaschine zu. Howard sprang ebenfalls hoch, folgte ihm jedoch etwas langsamer, als fürchtete er, alles könnte sich als eine Illusion herausstellen, die zerplatzte, sobald er sie erreichte.

Es war keine Illusion – aber ein Blick in Georges Gesicht zeigte ihm, daß tatsächlich etwas *schiefgegangen* war, wie Rowlf es ausgedrückt hatte. In den

Augen des Zeitreisenden flackerte Panik; Schweiß bedeckte seine Stirn. Er hatte sich in seinem Sitz zurückgelehnt und atmete keuchend.

»Gott sei Dank«, stammelte er. »Ich ...« Er brach ab und blickte sich mit neu erwachender Furcht um. »Es ist bereits dunkel. Wie lange war ich fort?«

»Fast zwei Stunden«, erklärte Howard. »Ich habe schon kaum noch geglaubt, daß Sie zurückkämen. Was ist passiert, daß Sie so spät kommen? Ist mit Sill und Dr. Gray alles in Ordnung?«

George nickte. »Keine Sorge«, antwortete er. »Ich habe die beiden wohlbehalten im London des Jahres Achtzehnhundertdreiundneunzig abgesetzt.«

»Zweiundneunzig«, verbesserte ihn Howard automatisch.

Aber George schüttelte den Kopf. »Ich fürchte nein«, sagte er. »Es gab ... Schwierigkeiten.«

»Soll das heißen, die beiden sind«, begann Howard, wurde aber sofort wieder von George unterbrochen, dessen Stimme plötzlich zugleich schärfer wie auch entschuldigend klang:

»Um ungefähr ein Jahr später in ihre Zeit zurückgekehrt, als sie abgereist sind. Das ist ärgerlich, aber nicht weiter schlimm. Zum Teufel, ich bin froh, daß sie *überhaupt* dort angekommen sind!«

Howard sah aus den Augenwinkeln, wie Rowlf zu einer zornigen Antwort ansetzte, und machte eine hastige, beruhigende Geste in seine Richtung. »Was ist passiert?« fragte er. »Erzählen Sie.«

George zuckte unsicher die Achseln. »Ich weiß es selbst nicht genau«, sagte er. »Es fing damit an, daß ich ein Jahr später in London materialisierte als beabsichtigt. Es ist möglich, daß ich einfach einen Fehler gemacht habe, aber ...« Er zuckte hilflos mit den

Schultern. »Im nachhinein glaube ich das nicht mehr. Irgend etwas stimmt nicht – mit meiner Maschine oder mit der Zeit selbst. Ich wollte wie verabredet wenige Minuten nach meinem Aufbruch wieder hier materialisieren, aber aus irgendeinem Grund ging es nicht. Die Hebel verstellten sich von allein immer wieder. Ich hing im Zeitstrom fest und wurde um gut zwei Stunden weiter in die Zukunft transportiert. Erst hier konnte ich in den normalen Raum zurückfallen.«

»Zwei Stunden«, murmelte Howard nachdenklich. »Wie lange dauerte Ihre Reise zusammen mit Sill und Dr. Gray?«

»Nicht ganz eine Stunde«, berichtete George. »Soviel wußte ich bereits von früheren Zeitreisen.«

»Und dann noch einmal die gleiche Zeit für die Rückkehr«, fuhr Howard fort. Er zog nachdenklich die Unterlippe zwischen die Zähne. »Es ist nur eine Theorie, aber ... die Übereinstimmung ist verblüffend, finden Sie nicht? Anscheinend beeinflußt unsere Anwesenheit hier die Zeitlinien bereits so stark, daß die Möglichkeiten der Manipulation eingeschränkt werden. Statt unmittelbar nach Ihrem Aufbruch konnten Sie erst nach einer Zeit zurückkehren, die der realen Dauer Ihrer Reise entsprach. Erinnern Sie sich an den Scherz, den Sie vor Ihrer Abreise machten? Daß Sie sich beeilen müßten, um nicht anzukommen, bevor Sie abgereist sind?«

George nickte, und Howard fuhr fort: »Möglicherweise gibt es eine Kraft, die genau so etwas verhindert. Wie gesagt, es ist nur eine Theorie – aber die einzige Erklärung, die mir einfällt.«

George kam nicht mehr zum Antworten. Ein leises Rascheln ertönte, und Rowlf stieß einen warnenden Ruf aus. Howard sah aus den Augenwinkeln einen Schatten herankommen und warf sich instinktiv zur Seite. Der Morlock, der von den Felsen aus auf ihn herabgesprungen war, verfehlte ihn und stürzte mehrere Yards von ihm entfernt in den Sand.

Weitere Morlocks tauchten am Waldrand und hinter den Felsen auf und kamen brüllend nähergerannt.

»Hierher!« brüllte George. *»Auf die Maschine!«*

Er zog an einem Hebel. Das große Schwungrad begann sich schneller zu drehen. Mit einem Satz sprang Howard auf das Trittbrett und packte das Gestänge.

Rowlf hatte einen Knüppel ergriffen und führte einen wuchtigen Hieb nach dem ersten der heranstürmenden Morlocks. Die Keule fügte dem affenartigen Ungeheuer eine tiefe Wunde an der Schläfe zu. Mit einem schmerzerfüllten Schrei taumelte es zurück und behinderte zwei seiner Begleiter. Rowlf sprang auf der anderen Seite der Maschine auf das Trittbrett, doch einer der Morlocks war fast direkt hinter ihm. Rowlf klammerte sich mit einer Hand fest, mit der anderen stieß er seinen Knüppel vor. Der Morlock konnte seinen Lauf nicht mehr abbremsen. Er rannte direkt in das zersplitterte Ende des Astes hinein und wurde regelrecht aufgespießt. Von seinem eigenen Schwung noch weiter vorwärtsgetragen stürzte er auf die Armaturen der Zeitmaschine. Unter seinem Gewicht wurden die Hebel nach unten gedrückt. George schrie auf, als der schwere Körper des Ungeheuers auf ihm landete, seine Arme nach unten drückte und ihn in den Sitz preßte.

Das Schwungrad drehte sich nun rasend schnell.

Die Morlocks schienen in der Bewegung zu erstarren, wurden unscharf und durchscheinend wie Schemen, dann waren sie verschwunden. Auch der Strand und das Meer verschwammen vor Howards Augen, als wären sie hinter einem von Sekunde zu Sekunde dichter werdenden Schleier verborgen. Alles, was sich außerhalb der Zeitmaschine befand, löste sich in einem Kaleidoskop wild durcheinanderwirbelnder Formen und Farben auf.

»Helfen Sie mir!« kreischte George. Er bemühte sich, den Leichnam des Morlocks von sich herunterzuwälzen, doch seine Kräfte reichten dazu nicht aus.

Howard hörte ihn kaum. Was um ihn herum geschah, schlug ihn völlig in Bann. Anders als Rowlf und George sah er nicht nur, was seine Augen ihm zeigten, sondern mit seinen besonderen Sinnen erkannte er auch das Muster, das sich hinter den nur scheinbar wild durcheinanderwirbelnden Farben und Formen verbarg. Deutlich spürte er, wie ein weiteres Mal das Gefüge der Zeit durchbrochen wurde, nur nahm er es diesmal nicht als Außenstehender wahr, sondern war direkt davon betroffen. Unvorstellbare Energien tobten um ihn herum, doch er erkannte auch, daß sie nicht von der Maschine selbst verursacht wurden. Sie bediente sich ihrer nur, zapfte sie an und lenkte sie in die entsprechenden Bahnen. Es war ein ähnlicher Vorgang, wie er ihn auch mit seinem Willen bewirken konnte, aber im Gegensatz zu dem seelenlosen Apparat wäre sein Geist niemals in der Lage gewesen, den Ansturm dieser ungeheuren Gewalten zu ertragen.

Gleich darauf begriff er den Fehler, der in diesem Gedanken lag.

In Ermangelung eines besseren Ausdrucks hatte

er die Zeit bereits mehrfach als einen Strom bezeichnet. Hier jedoch hatten sie es nicht mit diesem gemächlich dahinfließenden Strom zu tun, sondern mit einem reißenden Sturzbach, auf dem sie davonschossen. Es war keine kontrollierte Bewegung, wie er sie zu bewirken vermochte, statt dessen wurden die Maschine und ihre Passagiere einfach mitgerissen. George hatte lediglich eine Möglichkeit gefunden, eine winzige Lücke in das Gefüge zu reißen und in die dahinfließenden Energien einzutauchen, um sie später durch eine weitere Lücke wieder zu verlassen. Zwischenzeitlich jedoch war seine Maschine den sie umgebenden Gewalten so hilflos ausgeliefert wie ein winziges Floß einem reißenden Strom.

Und genau das war unmöglich. Es widersprach allem, was Howard bislang über die Zeit in Erfahrung gebracht hatte. Die Zeit *war* gewöhnlich ein Strom, der mit der gemächlichen Langsamkeit, die jeder Mensch bewußt registrierte, dahinfloß. Mit den entsprechenden Fähigkeiten war es einigen wenigen Menschen möglich, sich mit unterschiedlicher Geschwindigkeit darauf zu bewegen, doch der Strom selbst veränderte seine Geschwindigkeit nicht.

Bei diesem reißenden Sturzbach konnte es sich höchstens um einen Nebenausläufer handeln, eher sogar noch um einen von unvorstellbaren Mächten künstlich erschaffenen Kanal, der zwei Punkte miteinander verband; möglicherweise sogar der gleiche Zeitkanal, in den sie beim Betreten der Standuhr in den Ruinen von Andara-House geraten waren.

»Verdammt, helfen Sie mir doch!« riß ihn Georges zeternde Stimme aus seinen Überlegungen. Gemeinsam mit Rowlf versuchte er noch immer, den toten

Körper des Morlocks von sich herunterzuwuchten. Howard hielt sich weiterhin mit einer Hand an dem Gestänge fest, mit der anderen griff er ebenfalls nach dem Morlock. Mit vereinten Kräften gelang es ihnen schließlich, den Toten hochzustemmen und aus der Maschine fallen zu lassen. Binnen Sekundenbruchteilen wurde er von dem sie umgebenden Mahlstrom verschluckt.

Keuchend betrachtete George die Armaturen. Die Räder mit den aufgedruckten Zahlen bewegten sich rasend schnell. »Wir ... wir reisen vorwärts«, stieß George entsetzt hervor. Vergeblich zerrte er an einem Hebel, der durch das Gewicht des Morlocks völlig verbogen war. »Er läßt sich nicht bewegen!«

»Und was bedeutet das?«

»Wir reisen immer weiter in die Zukunft«, erklärte George. Er deutete auf eine der rasend schnell rotierenden Anzeigen. »Jede Umdrehung markiert ein Jahrtausend.«

Kalter Schrecken ergriff Howard. »Sie meinen ..., wir werden bis ans Ende der Zeit reisen? Das würde unseren Tod bedeuten!«

George schüttelte den Kopf. »Ich war bereits zweimal dort«, berichtete er. »Es gibt eine Art natürlicher Grenze, die ich nicht überwinden kann. Das allerdings habe ich erst bei meiner zweiten Reise in die Zukunft festgestellt. Ich wollte ganz bewußt so dicht wie möglich an das Ende der Zeit herankommen, aber es ist mir nicht gelungen. Irgendwann erreichte ich einen Punkt, ab dem ich von allein abgebremst und schließlich zum Halten gebracht wurde. Diese Grenze liegt zwar Millionen Jahre von Ihrer Gegenwart entfernt, aber man kann auch dort noch leben. Es kann nicht das Ende der Zeit gewesen sein, da ich mich dort noch mehrere Stunden aufhielt. Trotzdem sollten wir es nach Möglichkeit erst gar nicht dazu kommen lassen. Vielleicht können wir den Hebel gemeinsam bewegen.«

Howard griff ebenso wie Rowlf zu. Gemeinsam bemühten sie sich, den Hebel in seine ursprüngliche Position zurückzubiegen, doch ohne Erfolg. Das Metall verformte sich nur immer mehr.

»Hören Sie auf«, bat George nach einigen Sekunden. »Wir werden ihn höchstens abbrechen, und ob ich ihn dann noch reparieren kann, ist nicht sicher. Lassen wir uns einfach treiben, bis unsere Reise von allein aufhört. Es kann nicht lange dauern. Höchstens ein paar Millionen Jahre.«

Nach einiger Zeit verblaßten die Farben um sie herum, die ohnehin nur eine Illusion waren, wie Howard wußte, verursacht durch die Veränderung der Landschaft und den Wechsel von Tag und Nacht um sie herum. Bei der ungeheuren Geschwindigkeit, mit der sie sich bewegten, waren diese für das Auge einzeln nicht mehr wahrnehmbar. Mit jeder Sekunde überwanden sie Jahrtausende, was den unvorstellbar raschen Wechsel von Helligkeit und Dunkelheit während dieser Sekunde bedeutete. Nun jedoch wurden die Farben und Formen immer mehr von einem düsteren Rot dominiert, und nach und nach konnte Howard den flimmernden rötlichen Lichtkreis, der den Weg der Sonne beschrieb, sogar deutlicher sehen.

»Wir werden langsamer«, stellte er erleichtert fest.

»Das habe ich beim ersten Mal auch gedacht«, entgegnete George. »Aber es ist eine Täuschung. Die Drehung der Erde verlangsamt sich lediglich immer mehr, und die Sonne verliert ihre Kraft. Die Tage und

Nächte werden länger, bis sie schließlich Jahre oder sogar Jahrhunderte dauern.« Er lächelte schwach. »Ich war noch nicht lange genug hier, um dies genau festzustellen. Aber es bedeutet, daß wir uns wirklich allmählich dem Ende unserer Reise nähern.«

Es dauerte jedoch noch einmal zwanzig Minuten ihrer subjektiven Zeitrechnung, bis Howard die Sonne mühsam als einzelnen, wandernden Glutball erkennen konnte, nicht mehr als etwas, das so schnell dahinraste, daß es wie ein Ring aussah. Binnen eines Sekundenbruchteils tauchte sie im Osten auf und war gleich darauf wieder hinter dem westlichen Horizont versunken, um gleich darauf wieder im Osten zu erscheinen, schneller, als er den Kopf zu wenden imstande war.

Zu seinem Leidwesen konnte er nicht mehr erkennen, welcher realen Zeit diese Sekunde entsprach, da die Anzeigen am Armaturenbrett längst schon vor der ungeheuren Ziffernfolge kapituliert hatten. Einige der Skalen bewegten sich zwar noch, doch die Hauptanzeige war schon vor längerer Zeit bei der siebenfachen Neun stehengeblieben, was bedeutete, daß sie sich bereits um mehr als zehn Millionen Jahre in der Zukunft befanden. Howards Verstand weigerte sich schlichtweg, diese ungeheure Zahl in irgendeiner Form zu begreifen, sie blieb für ihn ein bloßes Abstraktum.

Immerhin wurden sie nun tatsächlich eindeutig langsamer. Er erkannte es daran, daß er bereits schemenhaft seine Umgebung erkennen konnte. Um sie herum befand sich immer noch ein Strand, jenseits dessen sich etwas ungeheuer schnell Wogendes bewegte: das Meer, das selbst in dieser fernen Zukunft noch den Gezeiten gehorchte, wenngleich diese sich ebenso wie die Drehung der Erde ungeheuer verlangsamt hatten. Auf der anderen Seite des Strandes, wo sich einst der Wald befunden hatte, erstreckte sich jetzt nur noch eine wüstenartige Einöde, Fels und Sanddünen, die im Widerschein der Sonne eine rötliche Färbung angenommen hatten.

Ihre Fahrt verlangsamte sich weiter, wie an den Bewegungen des Meeres deutlich zu erkennen war. Den Gezeiten gehorchend, wich es weiter und weiter zurück, und endlich kam die Zeitmaschine mit einem Ruck zum Halten, der Howard ebenso wie Rowlf von dem Gestell herunterschleuderte. Er prallte auf Sand, der mit einer salzigen, fast steinharten Kruste überzogen war.

Mühsam rappelte er sich auf. Das lange Stehen auf dem Trittbrett der Zeitmaschine, auf dem er sich die ganze Zeit festgehalten hatte, hatte seine Muskeln verkrampft, so daß jede Bewegung von stechenden Schmerzen begleitet wurde. Vorsichtig ließ er die Arme kreisen und machte einige andere Lockerungsübungen, während er seine Umgebung genauer in Augenschein nahm.

Die Welt war trostlos und öde, so weit sein Blick reichte. Es gab keine Pflanzen, keine Spur von Leben. Die Sonne war auf das Mehrfache ihrer Größe angeschwollen; wie ein aufgeblähter roter Ball hing sie am Himmel und übergoß das Land mit ihrem blutigen Zwielicht, ohne nennenswerte Wärme zu spenden.

Howard ließ seinen Blick auf das Meer hinausgleiten. Es herrschte Ebbe, das Wasser war weit vom Strand zurückgewichen.

Er erinnerte sich an das schwarze Etwas, das er kurz vor Beginn der Reise bereits aus den Fluten hatte ragen sehen. Nun war deutlich zu sehen, daß er sich nicht getäuscht hatte. Entweder waren die Gezeiten in dieser fernen Zukunft wesentlich stärker, oder der Wasserspiegel war im Verlauf der Jahrmillionen gesunken. Was er gesehen hatte, war die Spitze einer gewaltigen Pyramide mit steil nach oben strebenden Wänden gewesen, die sich im Zentrum einer Stadt erhob, die vom Meer freigegeben worden war. Die Stadt war verwüstet, aber selbst die Trümmer ließen noch ihre einstige Größe und Pracht erahnen – und es war eine Stadt, die Howard *kannte.*

Der Anblick erfüllte ihn mit einem eisigen, abgrundtiefen Entsetzen. Seine Hände begannen zu zittern.

»R'lyeh«, stammelte er kaum hörbar. *»Das ist ... R'lyeh!«*

Meine Gefangenschaft in der Zelle dauerte nicht mehr sehr lange. Joshua und sein monströser Begleiter verließen mich ohne ein weiteres Wort, doch schon nach wenigen Augenblicken hörte ich platschende Schritte, und ein anderes TIEFES WESEN erschien unter der Tür und winkte mir auf eine eindeutige Weise zu. Ich war fast froh, ihm folgen zu können. Das untätige Warten in der sinnverdrehenden Umgebung dieses Raumes zerrte mehr an meinen Nerven, als ich zuzugeben bereit war.

Wieder führte der Weg durch ein unmögliches Labyrinth von Gängen und Treppen, aber ich glaubte doch zumindest zu bemerken, daß wir uns nach oben bewegten, auch wenn mir mein Gleichgewichtssinn mehr als einmal klarzumachen versuchte, daß die Treppe, die ich nach oben zu gehen meinte, in Wahrheit in die entgegengesetzte Richtung führte. Schließlich kamen wir in einen großen, sehr hohen Raum von nicht zu bestimmender Form, und ich sah zum ersten Mal wieder Tageslicht, das durch mehrere bizarr geformte Fenster hereinfiel. Selbst dieses Licht kam mir fremd und falsch vor, als wäre es zu etwas anderem, Unheimlichem mutiert.

Hennessey, Joshua und die übrigen achtzehn Kinder aus Brandersgate erwarteten uns. Ich suchte vergeblich nach einer weiteren Gestalt. Offensichtlich war der geheimnisvolle *Meister* der Kinder von Brandersgate noch nicht hier. Mein monströser Begleiter gebot mir mit einer Geste, stehenzubleiben, und ich gehorchte.

Schaudernd sah ich mich um. Das tiefe Schwarz der Wände und des Bodens hatten es mich im ersten Moment nicht einmal bemerken lassen, doch jetzt sah ich, daß der Stein überall von einem dünnen, engmaschigen schwarzen Netz bedeckt war, in dem es ununterbrochen zitterte und wogte. Dabei hätte ich nicht einmal überrascht sein dürfen. Ich hatte ja schon in meiner ersten Nacht, noch ehe ich das Netz im Wald und später in der Sägemühle sah, bemerkt, daß die Kreatur auch im Wasser existierte. Vermutlich war das hier ihr Zentrum. Und erst jetzt bemerkte ich, daß auch hier das gleiche gräßliche Geschehen im Gange war, das ich schon in der Fabrik beobachtet hatte: Einige der Kinder – nicht alle, aber doch die meisten – waren auf furchtbare Weise mit dem lebenden Gewebe verbunden.

War es vielleicht das, was auch mir bevorstand? Das Netz war zweifellos ein einziges riesiges Geschöpf. Vielleicht würde auch ich bald Teil dieser gewaltigen, finsteren Kreatur sein, nur noch scheinbar ein lebendes Individuum, in Wahrheit aber nicht viel mehr als eine Puppe, die an nicht einmal unsichtbaren Fäden hing.

Meine düsteren Überlegungen wurden unterbrochen, als ich Schritte hinter mir hörte. Ich drehte mich herum und sah zwei weitere TIEFE WESEN, die einen schlanken, gebeugt gehenden grauhaarigen Mann zwischen sich führten. Seine Augen waren verbunden und die Hände mit dünnen Stricken aneinandergefesselt. Eine weitere Fessel verband seine Fußgelenke miteinander, so daß er nur kleine, mühsame Schritte tun konnte. Ich hatte den Mann nie zuvor im Leben gesehen, aber ich wunderte mich doch ein wenig über die Art, auf die er gefesselt war. Er mußte mindestens neunzig sein, wenn nicht älter, und schien auch ohne Fesseln nur mehr mit Mühe in der Lage zu sein, sich fortzubewegen. Eine Gefahr stellte dieser Greis ganz gewiß nicht dar.

Die beiden TIEFEN WESEN führten ihren Gefangenen an meine Seite, brachten ihn mit einem derben Ruck zum Stehen, dann riß ihm eines von ihnen die Augenbinde herunter; so grob, daß der Alte vor Schmerz stöhnte und um ein Haar gestürzt wäre.

Automatisch griff ich zu und fing ihn auf, und die Krötengeschöpfe versuchten nicht, mich daran zu hindern.

Der Alte murmelte ein automatisches Danke, hob den Kopf – und seine Augen weiteten sich ungläubig, als er in mein Gesicht sah.

Und auch ich fuhr überrascht zusammen. Ich hatte sein Gesicht noch nie gesehen – aber diese Augen schon. Es waren Augen, die ich niemals mehr im Leben wirklich vergessen sollte, obgleich ich sie nur ein einziges Mal und auch da nur hinter einer metallenen Maske hervorblickend zu Gesicht bekommen hatte.

»Crowley!« murmelte ich ungläubig.

Der Alte löste sich aus meinem Griff, stolperte einen ungeschickten Schritt zurück und sagte in ebenso ungläubigem, erschrockenem Ton wie ich: »Robert!«

Es war Crowley. Ein Zweifel war gar nicht möglich. Es waren seine Augen, und es war seine Stimme. Jetzt verstand ich überhaupt nichts mehr.

»Robert!« stammelte er. »Sie … sie haben Sie gefangen! Großer Gott, jetzt ist alles verloren. Ich … ich dachte, Sie wären entkommen. Warum sind Sie zurückgekommen?«

»Woher wissen Sie das?« murmelte ich. »Was geht hier vor, Crowley?«

»Crowley?« wiederholte Crowley verwirrt. »Aber ich …«

»Wie ich sehe, haben Sie sich bereits bekanntgemacht«, sagte eine Stimme hinter mir. Ich drehte mich herum und blickte in Cohens Gesicht. Er war im wahrsten Sinne des Wortes wie aus dem Nichts hinter mir aufgetaucht und beobachtete Crowley und mich abwechselnd aus amüsiert glitzernden Augen. »Schade, daß uns nicht mehr Zeit bleibt«, sagte er. »Ich glaube, es hätte mich amüsiert, Ihnen noch eine Weile zuzuhören.«

Ich starrte ihn sekundenlang voller unverhohlenem Haß an, wandte mich wieder zu Crowley um – und riß erstaunt die Augen auf.

Nie zuvor hatte ich auf dem Gesicht eines Menschen einen derart fassungslosen Ausdruck erblickt wie jetzt auf dem Crowleys. Seine Miene mit dem

Wort ›Entsetzen‹ zu beschreiben, kam der Wahrheit nicht einmal nahe. Seine Augen quollen vor Unglauben fast aus den Höhlen, und sein ohnehin bleiches Gesicht hatte jede Spur von Farbe verloren und sah aus wie das eines Toten. »Aber das ... das ist doch ...«, stammelte er. »Das kann doch nicht sein!«

»Oh, bitte, erschrecken Sie nicht zu sehr«, sagte Cohen hämisch. »In Ihrem Alter kann so etwas üble Folgen haben, wissen Sie?« Er lachte, gab der hinter Crowley stehenden Kreatur einen Wink, woraufhin diese den Alten fest mit beiden Händen an den Schultern ergriff und ihn hielt, und fuhr im gleichen hämischen Ton fort: »Keine Sorge, mein lieber Freund. Sie werden sich gleich besser fühlen. Sie werden sehen, nur noch wenige Augenblicke, und alles ist wieder beim alten.«

Crowley wollte etwas sagen, aber das TIEFE WESEN drückte kurz und hart zu, und seine Worte wurden zu einem schmerzerfüllten Stöhnen, mit dem er sich unter den gewaltigen Pranken des Amphibiengeschöpfes wand.

Und dann geschah etwas, das mich endgültig dazu brachte, gar nicht mehr verstehen zu *wollen*, was hier vorging: Auf einen Wink Cohens hin brachte eines der TIEFEN WESEN einen Strick herbei. Cohen streckte die Hände aus und legte die Gelenke aneinander, und das Geschöpf fesselte ihn schnell und mit einem bei seinen plump anmutenden Händen erstaunlichen Geschick. Ebenso verfuhr es mit seinen Füßen. Nach wenigen Augenblicken stand Cohen auf die gleiche Weise wie Crowley gefesselt da.

»Was zum Teufel bedeutet das?« murmelte ich. Es war keine Frage der Art, auf die ich eine Antwort erwartete, und ich bekam sie auch nicht. Dafür geschah etwas anderes. Die bisher nur angedeutete Bewegung der Netzkreatur verstärkte sich. Voller Schrecken bemerkte ich, daß aus allen Richtungen dünne, zuckende Fäden auf uns zu krochen, wie eine Armee schwarzer, augenloser Würmer, die sich unbarmherzig um uns zusammenschloß. Einer der Fäden berührte mein Bein, verharrte einen Moment reglos und zog sich dann hastig wieder zurück, doch der Großteil der anderen bewegte sich auf Cohen und Crowley zu. Rasch und lautlos krochen sie an den Beinen der beiden Männer empor, suchten sich mit beharrlichem Wühlen einen Weg durch ihre Kleidung, und ich konnte sehen, wie die Gesichter beider Männer einen Moment vor Schmerz zuckten und dann jeder Ausdruck von ihnen verschwand. Ein schnelles, pulsierendes Zucken lief durch die Masse der Fäden, und ich konnte regelrecht spüren, wie irgend etwas aus Crowleys Körper heraus und in den Cohens und umgekehrt aus dem des Inspektors heraus und in den des alten Mannes floß. Nach wenigen Sekunden nur zogen sich die Fäden wieder zurück.

Das TIEFE WESEN, das Cohen gefesselt hatte, trat nun an den alten Mann heran, zerriß dessen Handfesseln ohne sichtliche Anstrengung und löste auf die gleiche Weise auch die Stricke, die seine Füße aneinanderbanden. Crowley wankte. Ein tiefes, schmerzerfülltes Seufzen kam über seine Lippen, und plötzlich taumelte er vor Schwäche und wäre gestürzt, hätte das Amphibiengeschöpf ihn nicht aufgefangen. Seine Berührung war unendlich viel behutsamer als bisher.

Auch Cohen wankte. Verwirrt schüttelte er den

Kopf, blinzelte ein paarmal und sah sich dann auf eine Art um, als wäre er gerade aus einem tiefen, von Alpträumen und Fiebervisionen geplagten Schlaf erwacht. Dann erschien derselbe fassungslos-ungläubige Ausdruck in seinen Augen, den ich zuvor in denen Crowleys beobachtet hatte. »Was ...?« murmelte er und brach wieder ab. Er sah mich an. »Robert, um Gottes willen, was ... was geht hier vor?«

Ich wußte die Antwort so wenig wie er, obgleich ich plötzlich zu ahnen begann, was sich da gerade vor meinen Augen abgespielt hatte. Aber diese Erklärung war einfach zu schrecklich, als daß ich sie akzeptieren konnte. Wenigstens nicht sofort.

Und es war auch noch nicht vorbei. Crowley löste sich mit einer schwächlichen Bewegung aus dem Griff des TIEFEN WESENS, machte einen Schritt und hob die Hand, und erneut lief dieses zuckende Wogen durch die Fadenmasse. Wieder bewegte sich eine Anzahl dünner, schwarzer Stränge auf ihn zu und kroch unter seine Kleidung, und zugleich wurden auch diejenigen der Kinder, die sich bisher noch frei hatten bewegen können, von dem schwarzen Gespinst erfaßt.

Diesmal dauerte es sehr viel länger. Crowley stand reglos da, und auch Joshua und die anderen Kinder schienen zu Statuen erstarrt zu sein, doch ich konnte regelrecht fühlen, wie etwas von ihnen genommen und dem alten Mann gegeben wurde, eine schreckliche Transfusion von ... *Lebenskraft,* die das Gewebe aus ihren jungen Körpern heraussaugte, um den des alten Mannes damit zu füttern.

Als es vorbei war, schien Crowley um mindestens zehn Jahre jünger geworden zu sein. Sein Gesicht war noch immer voller Falten und Runzeln, seine

Haut alt und von grauen und braunen Flecken übersät, aber seine Haltung verriet eine neu gewonnene Kraft und Stärke, und in seinen Augen glomm ein unheimliches Feuer.

Und endlich begriff ich es.

Crowley war nichts anderes als eine furchtbare Art von Vampir, ein Wesen, das in der Lage war, Menschen ihre Lebenskraft zu stehlen, sie zu trinken wie eine Vampirfledermaus das Blut ihrer Opfer, und dem Tod und dem Alter auf diese Weise zu trotzen.

Dies also war es, was ich die ganze Zeit über gespürt hatte. Der Grund, aus dem dieses Dorf so unheimlich schnell verfallen und gealtert war, der Grund, aus dem aus den Kindern lange vor der Zeit kleine Erwachsene geworden waren und aus den Erwachsenen Greise.

Crowley stahl ihnen ihre Zeit.

Ich war auf die gleiche Weise wie Cohen gefesselt worden. Man hatte uns in einen kleinen Raum auf der gleichen Ebene des Turmes gebracht und alleingelassen. Es dauerte lange, bis Cohen seine Beherrschung weit genug wiederfand, daß ich mit ihm reden konnte. Ich erzählte ihm, was mir nach Alyssas Tod und meiner überhasteten Flucht widerfahren war, aber er blickte mich nur völlig verständnislos an. Trotzdem unterbrach er mich nicht, sondern ließ mich in Ruhe zu Ende berichten, und er schwieg auch dann noch eine ganze Weile, während er mit leerem Blick an mir vorbeistarrte.

Schließlich begann auch er zu erzählen, mit müder, schleppender Stimme und immer wieder mit langen, von einem unguten Schweigen erfüllten Pausen, und ich erfuhr, daß der Mann, den ich für Cohen gehalten hatte, schon lange nicht mehr er gewesen war. Er hatte Cordwailers Haus kurz nach mir verlassen, in der Nacht, in der ich mich das erste Mal mit Alyssa traf. Er war uns unbemerkt gefolgt, hatte dann aber kehrtgemacht, während ich zum Strand hinunterkletterte, und war auf dem Weg zurück am Waldrand auf Crowley und einen seiner Helfer gestoßen. Er war ihnen bis zum Sägewerk gefolgt und hatte dort dasselbe entdeckt wie ich – nämlich das schwarze Netz, das die Kinder gefangen hatte.

Und er war in die gleiche Falle getappt wie ich. An diesem Punkt seiner Erzählung unterbrach ich ihn und hakte nach, denn was er sagte, erschien mir eigentlich nicht möglich, hatte ich doch zur gleichen Zeit Hennessey und die Kinder von Brandersgate beobachtet, wie sie ins Meer hinausmarschierten. Aber Cohen beharrte auf seiner Version. Offensichtlich war das Geheimnis um die Kreatur aus dem Meer und Crowley noch weitaus größer, als ich bis jetzt ahnte.

Damit war sein Bericht auch schon beinahe zu Ende, denn er erinnerte sich nur, endlose Stunden an Händen und Füßen gefesselt und mit verbundenen Augen auf hartem Stein gelegen zu haben; und daran, daß er sich während dieser Zeit so alt und hilflos vorgekommen war wie niemals zuvor. Schließlich hatte man ihn gepackt und in die Halle geführt, in der er sich mir gegenübersah – und nur wenige Augenblicke später sich selbst.

»Das war Crowley«, sagte ich. »Sein Geist hatte Besitz von Ihrem Körper ergriffen, Cohen. Und der Ihre von seinem.«

Cohen blickte mich wortlos an. Ich konnte in seinen Augen lesen, daß er sich einfach weigerte, das Gehörte als wahr zu akzeptieren – obwohl er selbst sehr gut wußte, daß es so war.

»Mein Gott, Craven«, murmelte er erschüttert. »Es war … es war grauenhaft. Wenn es das ist, was uns erwartet, dann will ich niemals alt werden.«

»Vermutlich ist Crowley viel älter, als er aussieht«, sagte ich. »Ich nehme an, daß er Jahrhunderte alt ist.«

»Und er stiehlt seit Jahrhunderten den Menschen ihre Lebenszeit?« flüsterte Cohen erschüttert.

Ich antwortete nicht darauf. Vielleicht tat er es, vielleicht auch nicht. Vielleicht waren wir hier auf den Ursprung aller Vampirgeschichten gestoßen, vielleicht war die Wahrheit auch noch viel phantastischer, als wir beide in diesem Moment auch nur ahnten.

»Ich verstehe immer weniger, warum er mich damals in London töten wollte«, sagte ich nach einer Weile. »Es ergibt überhaupt keinen Sinn.«

Cohen maß mich mit einem sonderbaren Blick. »Das wollte er nicht«, sagte er.

Ich fragte ihn nach dem Sinn dieser Behauptung, aber er zuckte nur mit den Schultern und machte auch nach abermaliger Nachfrage keinen Versuch, seine Worte zu erklären.

Unser Gespräch begann sich bald ebenso im Kreise zu drehen wie meine eigenen Gedanken zuvor; und aus den gleichen Gründen. Zwar hatten wir Antworten auf eine Reihe von Fragen gefunden, dazu aber auch leider weitaus mehr *neue* Fragen, darunter etliche, bei denen ich fast froh war, die Antworten nicht zu kennen.

Zudem erwies es sich als immer schwieriger, mit

Cohen zu reden. Er kam zwar nun nicht mehr umhin, den einen oder anderen Umstand einzuräumen, bei dessen Erwähnung er sich noch vor zwei Tagen lieber die rechte Hand hätte abhacken lassen, ehe er ihn auch nur als *möglich* eingeräumt hätte – aber das hinderte ihn nicht daran, weiterhin beharrlich die Existenz alles Übernatürlichen abzuleugnen. Und so absurd mir dieses unlogische Benehmen (vor allem bei einem Mann wie ihm) auch im ersten Moment vorkam, so glaubte ich es doch zugleich auch zu verstehen.

Wilbur Cohen war bisher ein Mensch gewesen, der – wie man so schön sagt – mit beiden Beinen fest auf dem Boden der Tatsachen stand. Wir hatten über dieses Thema schon des öfteren gesprochen, und ich hatte mir stets eingeredet, daß ich Cohen nur einen eindeutigen Beweis würde liefern müssen, um ihn zu bekehren. Aber jetzt begriff ich, daß das nicht stimmte. Vielleicht waren Menschen wie er gar nicht in der Lage, von ihrem festgefahrenen Weltbild abzuweichen, denn einzuräumen, daß es jenseits der Welt des Sicht- und Erklärbaren noch eine andere gab, hätte ihnen den Boden unter den Füßen weggezogen. So war ich nicht einmal sonderlich überrascht, als er nach einer Weile mit einer Erklärung herausplatzte, die es ihm zumindest ermöglichte, das Geschehene zu akzeptieren, wenn schon nicht seine Bedeutung.

»Ich glaube, es ist ganz allein Crowley«, sagte er plötzlich.

»Crowley ist ganz allein *was*?« fragte ich.

»Die Ungeheuer. Diese ... diese *Fäden*. Was mit den Kindern passiert. Hennessey und überhaupt alles hier. Ich ... ich meine: Nichts von alledem muß wirklich passiert sein, verstehen Sie? Möglicherweise bilden wir uns das alles nur ein.«

»Das sieht nicht nach einer Einbildung aus.« Demonstrativ hob ich meine aneinandergebundenen Hände und zerrte einen Moment lang an meinen Fesseln. »Und es fühlt sich auch nicht so an.«

»Natürlich sind die Fesseln echt«, antwortete Cohen gereizt. »Ich habe nicht behauptet, daß er nicht gefährlich wäre. Und daß er mehr als genug Helfer hat, das hat er uns ja bereits in London bewiesen. Dieser Mann ist gefährlich. Überaus gefährlich sogar. Aber muß man deshalb gleich Geister und außerirdische Dämonen beschwören?«

»Haben Sie eine andere Erklärung?« fragte ich. Etwas sagte mir, daß ich mir meinen Atem genausogut auch sparen konnte.

Cohen nickte, heftig und ein paarmal rasch hintereinander. »Die habe ich in der Tat«, sagte er in beinahe triumphalem Ton. »Und sie ist so simpel, daß ich mich fast ein bißchen wundere, daß Sie nicht schon von selbst darauf gekommen sind, Robert. Zumal *Sie* mich im Grunde erst darauf gebracht haben.«

»Ich?«

»Erinnern Sie sich an London«, sagte Cohen aufgeregt. Er begann sich mehr und mehr für seine eigene Idee zu begeistern. »Sie glaubten, sich in einem unterirdischen Marmorpalast zu befinden und sogar einen leibhaftigen Engel zu sehen, nicht wahr? Dabei war es ein stinkendes Schmutzwassersiel, und der Engel war in Wahrheit ein zahnloses altes Weib. Und ich selbst habe diesem Crowley nur eine halbe Sekunde in die Augen geblickt und war völlig gelähmt. Er hätte mir befehlen können, mich mit meiner eigenen Pistole zu erschießen, und ich hätte nicht gezögert, es zu tun.«

»Ich verstehe«, sagte ich nachdenklich. »Sie glauben, Crowley hätte uns hypnotisiert (ich benutzte diesen Ausdruck absichtlich, obwohl ich wußte, daß er nicht ganz zutreffend war), und wir bilden uns das alles nur ein.«

Cohen nickte begeistert, und ich dachte tatsächlich einige Sekunden lang über seine Worte nach. Sie waren nicht *völlig* von der Hand zu weisen – immerhin hatte ich bereits am eigenen Leib gespürt, über welche unvorstellbare suggestive Macht dieser Mann verfügte. Aber es sprach einfach zu viel dagegen.

»Wenn es so wäre, warum hätte er mich dann erst entkommen lassen sollen?« fragte ich. »Und Cordwailers und Alyssas Tod … welchen Sinn hätten sie gehabt? Nein.« Ich schüttelte entschieden den Kopf. »Ich fürchte, so einfach ist es nicht, Cohen.«

»Ach«, sagte er in eindeutig beleidigtem Tonfall. »Und was geht dann hier vor, wenn ich fragen darf?«

Ich hätte meinen linken Arm darum gegeben, es zu wissen. Und wie ich schon bald erfahren sollte, hätte ich damit wahrscheinlich ein gutes Geschäft gemacht …

Wie alle meine menschlichen Sinne, so verwirrte unsere unheimliche Umgebung auch mein Zeitgefühl; stärker und auf unangenehmere Weise, als ich es bis zu diesem Moment überhaupt für möglich gehalten hätte. Ich hatte das Gefühl, seit endlosen Stunden dazusitzen und mit Cohen zu debattieren, zugleich aber war ich hundertprozentig sicher, daß seit den furchtbaren Geschehnissen in der Halle erst wenige Augenblicke vergangen seien – und je mehr Zeit verging, desto größer schien die Diskrepanz zwischen diesen beiden Empfindungen zu werden: Aus den vermeintlichen Stunden wurden Ewigkeiten, und als plötzlich wieder die mißgestaltete Figur eines TIEFEN WESENS unter der Tür erschien, um uns abzuholen, da war ich sicher, daß man uns gerade erst hergebracht hatte; als gäbe es tatsächlich *zwei* Zeiten, die sich die verstrichene Spanne teilten, wobei die eine einen immer größeren Anteil für sich beanspruchte.

Das Geschöpf – es war nur eines, aber zusammengeschnürt wie Weihnachtspakete, wie wir nun einmal waren, war an eine Flucht gar nicht zu denken – gebot uns mit einer herrischen Geste, ihm zu folgen, und Cohen und ich gehorchten schweigend. Insgeheim bewunderte ich Cohen fast. Auf seinem Gesicht zeigte sich nicht die Spur von Furcht oder gar Entsetzen. Er war sehr ernst, aber seine Verbissenheit war von der Art, die rasche Entschlüsse gebiert. Vielleicht, überlegte ich, hatte es manchmal auch seine Vorteile, die Augen vor der Wirklichkeit verschließen zu können. Für Cohen waren Crowley und die TIEFEN WESEN nichts anderes als – vielleicht nicht gerade *gewöhnliche* – Kriminelle, die im Moment vielleicht die eindeutig besseren Karten hatten, nichtsdestotrotz aber doch Wesen aus Fleisch und Blut waren, die Fehler machten und die man besiegen konnte. Ich hoffte inständig, daß er zumindest mit dem letzten Teil dieser Theorie recht behalten würde.

Unser dämonischer Führer geleitete uns in die Halle zurück, in der wir vorhin (vor Stunden? Minuten? Tagen?) auf Crowley und die Kinder getroffen waren. Weder von diesen noch von dem unheimlichen Netz war jetzt noch eine Spur zu sehen, doch diese Halle war auch nicht unser endgültiges Ziel. Erst als wir sie schon zu mehr als der Hälfte durchquert hatten, fiel mir auf, daß es wieder dunkel geworden war. Die Fenster waren zwar noch da (es hätte mich kein bißchen gewundert, wären sie es nicht gewesen. Auf eine unheimliche, nicht greifbare Weise schien dieses ganze bizarre Gebäude zu *leben*), aber der Himmel davor hatte sich dunkel gefärbt. Wir hatten den ganzen Tag – und vielleicht nicht nur einen – in dem winzigen Verlies verbracht.

Unser Ziel war eine Tür auf der gegenüberliegenden Seite der großen Halle, die auf einen schmalen, hoch über dem Meer liegenden Balkon hinausführte. Eine nur als Schatten erkennbare Gestalt stand vor der Brüstung und sah auf das Meer hinab, und obwohl ihr unser Erscheinen nicht verborgen geblieben sein konnte, rührte sie sich nicht. Eine geschlagene Minute verging, bis der Mann den Kopf wandte und ich im blassen Sternenlicht Crowleys faltige Züge erkannte. Er war wieder älter geworden; nicht ganz so alt wie im ersten Moment, als ich ihn zu Gesicht bekommen hatte, aber doch sichtbar älter. Die gestohlene Lebenskraft schien nicht sehr lange vorzuhalten.

»Robert«, begrüßte er mich in fast freundlichem Ton. Cohen maß er mit einem flüchtigen Blick. »Ich hoffe, es geht Ihnen gut.«

»Blendend«, erwiderte ich. »Ihr Gästezimmer läßt keine Wünsche offen. Nur der Service könnte verbessert werden.«

Crowley tat mir den Gefallen, ein flüchtiges

Lächeln auf sein Gesicht zu zwingen, dann drehte er sich wieder halb zur Brüstung um und machte eine einladende Geste, neben ihn zu treten. Cohen und ich gehorchten. Ich widerstand der Versuchung, mich herumzudrehen, doch ich spürte, daß das TIEFE WESEN uns folgte, obgleich ich nicht einmal seine Schritte hörte. Trotzdem spielte ich eine Sekunde lang ernsthaft mit dem Gedanken, den Moment auszunutzen und Crowley einfach in die Tiefe zu stoßen. Schwer war es sicherlich nicht – eine entschlossene Bewegung, und das Leben dieses dämonischen Vampirwesens würde vierzig oder fünfzig Meter tiefer auf den Klippen sein wohlverdientes Ende finden. Wahrscheinlich würde dieser Angriff auch mich das Leben kosten, aber darauf hätte ich vermutlich nicht einmal Rücksicht genommen, hätte ich sicher sein können, Erfolg zu haben. Doch ich hatte ja schon bei Hennessey erlebt, wie zäh und nahezu unverwundbar diese Geschöpfe waren. Und ich war ganz und gar nicht mehr sicher, daß Crowley wirklich ein Mensch war.

Nach Crowleys einleitender Bewegung hatte ich erwartet, unter mir irgend etwas Besonderes zu sehen, doch alles, was ich erblickte, war eine endlose schwarze Fläche, auf der sich sichelförmige Lichtreflexe spiegelten. Ein starker Salzwassergeruch stieg in meine Nase, und der eisige Wind, den ich bisher stets als unangenehm empfunden hatte, kam mir mit einem Male wie eine Labsal vor, hatte ich doch zum ersten Mal seit Stunden wieder das Gefühl, frei atmen zu können.

»Sehen Sie es, Robert?« fragte Crowley nach einer Weile.

Ich schüttelte den Kopf. »Was?«

Crowley sah mich kurz an und senkte seinen Blick dann wieder auf das Meer hinab. Im Profil konnte ich erkennen, wie ein sonderbar wehmütiges Lächeln von seinem Gesicht Besitz ergriff. »Die Weite«, sagte er. »Diese unendliche Größe und Stille. Spüren Sie es nicht? Wie majestätisch es ist?«

Der Moment erschien mir für philosophische Betrachtungen über die Majestätik des Meeres denkbar ungeeignet. Trotzdem nickte ich nach einigen Sekunden zögernd.

»Man kommt sich winzig vor angesichts dieser Größe, nicht wahr?« fragte Crowley. »Es ist ein bißchen wie die Ruhe dort oben zwischen den Sternen, wissen Sie? So ungefähr muß es in *ihrem* Reich aussehen. Gewaltig, still und mächtig. Was ist ein Mensch gegen diese Größe?«

Ich sagte immer noch nichts, aber seine Worte ließen eine ganze Batterie von Alarmglocken hinter meiner Stirn ertönen. Es war das erste Mal, daß ich einen Menschen so offen über die Wesen sprechen hörte, denen er diente.

Crowley drehte sich an der Brüstung herum, verschränkte die Arme vor der Brust und sah eine Sekunde lang Cohen und dann sehr viel länger und mit einem nicht einmal unfreundlichen Blick mich an. »Ich wollte, daß Sie dies hier sehen«, sagte er. »Vielleicht verstehen Sie jetzt ein bißchen besser, wie winzig und bedeutungslos die Menschen sind.«

»Ist es das, wovon Sie träumen?« fragte Cohen scharf. »Der Tod ist auch sehr mächtig und ruhig, Mr. Crowley.«

Crowley schien nicht einmal verärgert zu sein. Er schüttelte nur den Kopf, auf eine Art, als wolle er damit klarmachen, daß er es für sinnlos hielt, Cohen überhaupt zu antworten, und fuhr an mich gewandt fort: »Es tut mir leid, daß es so enden muß, Robert. Das ist die Wahrheit. Bitte glauben Sie mir. Manchmal müssen Dinge eben getan werden, auch wenn sie mir nicht gefallen. Hätten Sie sich in London nicht widersetzt, wäre alles viel einfacher gewesen.«

Ein paar Sekunden starrte ich ihn einfach nur an und zweifelte an seinem Verstand. Stand Crowley ernsthaft da, grinste mich an und versuchte mein Verständnis für die Kleinigkeit zu gewinnen, daß er mich umbringen würde? »Ich sehe den Unterschied«, sagte ich sarkastisch. »Ich wäre zwei Wochen eher gestorben.«

»Aber auf eine andere Weise«, sagte Crowley. »Der Tod ist nichts, Robert. Irgendwann ereilt er uns alle. Was zählt, ist das Sterben. Sie waren bereit, Ihr Leben einer großen und wichtigen Sache zu opfern. Jetzt glauben Sie, von Ihren Feinden vernichtet zu werden.«

»Was natürlich nur ein Irrtum ist«, sagte ich spöttisch.

Crowley seufzte. »Es hat wohl keinen Sinn«, sagte er. »Es ist schade, daß Sie nicht einsehen wollen, wie zwecklos alle Ihre Bemühungen und Anstrengungen sind. Die Dinge werden so kommen, wie sie vorherbestimmt wurden. Nichts, was Menschen oder irgendwelche anderen Lebewesen tun, kann etwas daran ändern.«

»Wenn es so ist, dann springen Sie doch einfach vom Balkon«, maulte Cohen. »Es wird ja sowieso nichts ändern – und Sie würden uns beiden wirklich eine große Freude damit machen.«

Zu meiner Überraschung lachte Crowley. Aber nur für einen Augenblick, dann wurde er wieder sehr ernst. Er nahm die Arme herunter, trat ein Stück von der Balkonbrüstung zurück und wandte sich mit einem stummen Blick an das TIEFE WESEN, das nur einen halben Schritt hinter Cohen stand. Das Geschöpf drehte sich auf der Stelle herum und verschwand im Inneren des Gebäudes, und Crowley, Cohen und ich blieben allein auf dem Balkon zurück.

Cohen tauschte einen überraschten Blick mit mir. Eine bessere Chance, Crowley zu überwältigen, würden wir nicht mehr bekommen. Aber das mußte Crowley ebenso bewußt sein wie uns – und vielleicht war der einzige Grund, aus dem wir darauf verzichteten, über ihn herzufallen, genau der, daß uns dies klar war. Crowley fühlte sich zu sicher, als daß es nur ein Bluff sein konnte.

Vermutlich hätte es ohnehin nichts genutzt, denn das Amphibiengeschöpf kehrte schon nach wenigen Augenblicken zurück. In seiner Begleitung befanden sich Joshua und die Hennessey-Kreatur. Ich bemerkte voller Schrecken, daß die Menschenähnlichkeit des TIEFEN WESENS wieder größer geworden war. Die meisten seiner Wunden waren bereits verheilt, und auch die zerbrochenen Knochen schienen wieder in ihrer ursprünglichen Form zusammenzuwachsen. Noch wenige Stunden, vielleicht einen Tag, und es würde wieder einen Hennessey geben, der sich als Wohltäter der Menschen von Brandersgate ausgab und ihnen in Wirklichkeit ihr Leben stahl, ohne daß sie es auch nur merkten.

Ich begegnete Joshuas Blick und schauderte, denn in den Augen des Knaben war eine Kälte, die mich vielleicht noch mehr erschreckte als alles, was Crowley getan und gesagt hatte. Und noch etwas. Zum zweiten Mal und noch intensiver hatte ich das

Gefühl, etwas Bekanntes im Blick dieses Jungen zu entdecken, etwas, das eine bisher verborgene Saite meiner Seele zum Klingen brachte, ohne daß ich sagen konnte, warum.

Für einen ganz kurzen Moment schien es Joshua ebenso zu gehen, denn er stockte im Schritt, und aus der Verachtung in seinen Augen wurde ein Ausdruck tiefer Verwirrung. Dann drehte er mit einem Ruck den Kopf, trat ganz dicht an Crowleys Seite und blickte demonstrativ auf das Meer hinab.

Der Wind frischte auf. Die Böen rissen die Wolkendecke über unseren Köpfen weiter auseinander, und mir fiel erst jetzt auf, daß der Mond zu einer perfekt gerundeten Scheibe am Himmel geworden war. Es wurde merklich heller, nachdem die Wolken mehr und mehr verschwanden, und ich konnte jetzt die Wasseroberfläche unter uns erkennen. Die Flut zog sich bereits wieder zurück. Aus dem schwarzen Wasser tauchten die Spitzen der Felsenriffe auf, und plötzlich glaubte ich eine vertraute Konstellation zu entdecken.

Da niemand Anstalten machte, mich daran zu hindern, trat ich dichter an die Balkonbrüstung heran und strengte meine Augen an, um mehr Einzelheiten auszumachen. Tatsächlich konnte ich fast unmittelbar auf die Lichtung im Felsenwald unter mir herabblicken, auf der ich vor zwei Nächten das vermeintliche Ertrinken Joshuas und der anderen Kinder beobachtet hatte.

Mein Herz begann zu klopfen, und meine Finger zitterten plötzlich so stark, daß ich hastig die Balkonbrüstung umklammerte, damit Crowley und die anderen es nicht sahen. Irgend etwas Unheimliches ging hier vor. Das Mondlicht war hell, aber nicht so hell, daß ich wirklich Einzelheiten erkennen konnte – ich sah nur, daß dort, wo sich das Wasser jetzt immer schneller zurückzog, irgend etwas aus den Wogen auftauchte ... ein Kreis dunkler Erhebungen, sonderbar gleichartig geformt und zu regelmäßig angeordnet, um zufällig zu sein.

Im Grunde wußte ich längst, was es war, aber mein Verstand weigerte sich noch für einige Augenblicke, es zu akzeptieren. Was dort unten wieder aus dem Meer auftauchte, waren die Gestalten, die ich vor zwei Tagen in den Fluten hatte versinken sehen.

Ungläubig fuhr ich herum und starrte Joshua an, dann wandte ich mich wieder dem unmöglichen Geschehen unter mir zu. Das Meer zog sich so rasch zurück, wie es gestiegen war, und die in dunkle Mäntel gehüllten Gestalten der Kinder *bewegten* sich. Sie lebten. Es war völlig unmöglich, es konnte einfach nicht sein, aber meine Augen zeigten mir das Gegenteil dessen, was mein Verstand mir verzweifelt klarzumachen versuchte. Die Gestalten, die das allmählich zurückweichende Wasser freigab, waren lebendig. Eine nach der anderen erhoben sie sich und fanden sich wieder zu der Prozession zusammen, die ich vor zwei Tagen ins Meer hatte hinausgehen sehen.

Aber sie machten nicht etwa kehrt, um zum Land zurückzukehren, sondern näherten sich langsam weiter dem Turm, bis sie schließlich im toten Winkel unter dem Balkon verschwanden und nicht mehr zu sehen waren.

Auf einen entsprechenden Befehl Crowleys hin wandten wir uns um und gingen in den Turm zurück. Die große Halle war nicht mehr leer. Etliche TIEFE WESEN hatten sich wie zu bizarrem Leben erwachte steinerne Götzenbilder längs der Wände aufgereiht, und auch die Kinder von Brandersgate und das Netz waren wieder da. Die dünnen Fäden krochen und wogten um die kleinen Gestalten herum, berührten sie aber nicht. Noch nicht. Die Stimmung einer schrecklichen Erwartung lag in der Luft.

Niemand sprach ein Wort. Selbst das Heulen des Windes war draußen zurückgeblieben, und eine unheimliche Stille hatte sich über die Szene gelegt. Auch Cohen und ich wagten es nicht, dieses Schweigen zu brechen.

Minuten vergingen, dann tauchten die ersten einer ganzen Prozession kleiner, in bodenlange braune Kapuzenmäntel gehüllter Gestalten unter der gegenüberliegenden Tür auf. Es waren die vermeintlichen Kinder von Brandersgate, die ich unten im Meer gesehen hatte. Verwirrt sah ich zu Joshua und den anderen Jungen und Mädchen hinüber, dann wieder zu den verhüllten Gestalten. Ich versuchte vergeblich, das Dunkel unter ihren Kapuzen mit Blicken zu durchdringen. Vor zwei Tagen war ich sicher gewesen, einige Gesichter wiederzuerkennen. Aber das konnte nicht sein; Joshua und die anderen standen vor mir. Doch wenn sie es nicht waren, die sich unter den dunklen Mänteln verbargen, wer dann?

Die Bewegungen der Netzkreatur wurden heftiger. Wie ich es schon einmal beobachtet hatte, glitten die dünnen schwarzen Fäden auf die Gestalten der Kinder zu und krochen an ihnen und ihrer Kleidung empor. Beiläufig registrierte ich, daß Joshua als einziger von der Berührung des schrecklichen Wesens verschont blieb. Er stand zwar inmitten der anderen Kinder, doch nicht einer der Fäden berührte ihn. Trotzdem war er so reglos und erstarrt wie alle, und auf seinem Gesicht lag der gleiche, fast tranceähnliche Ausdruck.

Doch nicht nur die knapp zwei Dutzend Jungen und Mädchen wurden von dem Netz eingesponnen. Langsam, mit fast zeremoniellen, gemessenen Schritten näherten sich die verhüllten Gestalten denen der Kinder. Und in mir stieg eine schreckliche Ahnung auf, was nun geschehen mochte.

Ich behielt recht. Die Zahl der Neuangekommenen entsprach genau der der Kinder von Brandersgate, und jeweils eine verhüllte Gestalt trat auf einen Jungen oder ein Mädchen zu und blieb zwei Schritte vor ihm stehen. Kaum war es geschehen, da zuckte und wogte das Netz, und Dutzende dünner Fäden krochen unter die erdbraunen Mäntel, woraufhin auch diese Gestalten zur Reglosigkeit erstarrten.

»Mein Gott!« flüsterte Cohen. Seine Stimme klang fast hysterisch. »Robert! Sehen Sie doch!«

Mein Blick folgte der Richtung, in die sein ausgestreckter Arm wies – und auch ich fuhr entsetzt zusammen, obwohl mich der Anblick nicht einmal völlig unvorbereitet traf.

Eine der unheimlichen Gestalten war uns nahe genug gekommen, daß wir trotz des schwachen Lichtes das Gesicht unter der Kapuze erkennen konnten.

Es war kein menschliches Gesicht. Aus einer grünhäutigen, geschuppten Fläche starrten zwei riesige Fischaugen hervor, das Gesicht hatte keine Nase, und der Mund war wie eine klaffende Wunde, die den Schädel fast zur Gänze spaltete. Die Gestalt, die vor dem fünf- oder sechsjährigen Jungen stand, auf den Cohen deutete, war ein TIEFES WESEN.

»Großer Gott, Robert«, keuchte Cohen. »Was … was geschieht hier?«

Ich hätte es ihm sagen können. Doch ich schwieg, denn das Entsetzen, das mein Begreifen begleitete, war einfach zu groß. Was aus dem Meer gekommen war, das waren Junge. Die Brut der TIEFEN WESEN, die aus den Abgründen des Ozeans emporgestiegen war, um sich Hennessey und den anderen ausgewachsenen Geschöpfen anzuschließen.

Das Gesicht unter der Kapuze zuckte. Für einen winzigen Moment schien es seine Form zu verlieren, wogte und brodelte wie eine Maske aus Wachs, die in eine Schüssel mit kochendem Wasser geworfen worden war, und für einen noch kleineren Moment sah es beinahe menschlich aus.

Und nicht nur das. Für eine Zeitspanne, die zu kurz war, um sie benennen zu können, war das Gesicht unter der Kapuze das des Jungen, dem das Geschöpf gegenüberstand. Die Ähnlichkeit erlosch fast sofort wieder, und nach Augenblicken nur hörte auch das schreckliche Zittern und Wogen auf, und es war wieder die bösartige Karikatur eines Froschgesichtes, in das ich blickte.

»Robert, was ist das?« stammelte Cohen. Er schien dem Zusammenbruch nahe. »Was geht hier vor?«

»Sie übernehmen sie«, murmelte ich. »Verstehen Sie denn nicht? Sie stehlen ihnen ihr Leben, und ihre Persönlichkeit.« Ich drehte mich herum und sah Hennessey an. »Dasselbe ist mit Ihnen geschehen, nicht wahr?« fragte ich. »Es hat einmal einen Hennessey gegeben. Einen Mann, zu dem die Geschichte gepaßt hat, die Sie mir gestern erzählt haben.«

Hennessey starrte mich nur haßerfüllt aus seinem zweigeteilten Gesicht an, aber Crowley sagte ganz ruhig:

»Das ist wahr. Wenn die Verwandlung abgeschlossen ist, werden unsere Kinder anstelle dieser in die Häuser ihrer Eltern zurückkehren. Niemand wird es bemerken.« Er lächelte. »Wir sind schon sehr viele, Robert. Viel mehr, als Sie ahnen.«

»Sie verdammtes Monstrum«, murmelte ich. »Und die Kinder? Was geschieht mit ihnen? Werden Sie sie umbringen?«

»Ihnen wird nichts geschehen«, antwortete Crowley. »Sie sind wie alle Menschen, Robert. Für sie bedeutet Leben nichts als ihre körperliche Existenz. Aber Leben ist mehr. Ein Individuum besteht nicht nur aus Muskeln und Fleisch und Blut. Was zählt, ist die Seele, sind Erinnerungen und Gefühle, Gedanken und Berührungen. Sie werden weiterleben. In *ihren* Körpern.« Er deutete auf die TIEFEN WESEN. »Es spielt keine Rolle, welche äußere Form ein lebendes Wesen hat. Ihre Körper werden vielleicht vergehen, doch das, was sie wirklich ausmacht, wird weiterleben.«

Ich sagte nichts dazu, denn ich wußte genau, wie sinnlos es war, mit diesem Wahnsinnigen zu reden. Außerdem bewegte sich nun das Netzgewebe wieder. Die Fäden zogen sich rasch von ihren Opfern zurück, und im gleichen Augenblick drehten sich die TIEFEN WESEN wieder herum und verließen schweigend und sehr schnell die Halle.

Ich stand da wie gelähmt. In meinem Kopf schien plötzlich eine massive Mauer zu sein, die es mir unmöglich machte, einen klaren Gedanken zu fassen. Natürlich wußte ich, was hier geschehen war, und viel schlimmer noch: geschehen *würde*, aber gerade dieses Wissen war es, was mich vollkommen lähmte. Und es war auch Cohen, nicht ich, der seinen Schrecken als erster überwand und wieder das Wort ergriff.

»Großer Gott, Junge, begreifst du denn nicht, was hier vorgeht?«

Die Worte galten Joshua, der in diesem Moment ebenfalls wieder in die Wirklichkeit zurückzufinden schien und benommen den Kopf schüttelte. Er sah Cohen nur an und schien gar nicht zu begreifen, wovon dieser überhaupt sprach.

»Begreifst du denn nicht, was sie euch antun?« Cohen schrie fast, doch der Ausdruck von Verwirrung und Unverständnis auf Joshuas Gesicht wurde eher noch größer.

»Lassen Sie es sein, Cohen«, sagte ich. Ich erschrak fast selbst, als ich hörte, wie müde und resigniert meine Stimme klang. »Die Kinder wissen überhaupt nicht, was passiert ist.« *Und selbst wenn sie es wüßten,* fügte ich in Gedanken hinzu, *würde es nichts ändern.* Crowleys Einfluß war schon viel zu stark. Wenn es noch irgend etwas gab, das diese Kinder retten konnte, dann allerhöchstens ein Wunder.

Für den Moment sah es allerdings eher so aus, als wäre *ich* es, der ein Wunder bräuchte, denn es war noch keineswegs vorbei. Auf einen Wink Crowleys hin verließen zwar alle Kinder außer Joshua den Saal, er selbst und der Junge, Hennessey und zwei weitere TIEFE WESEN blieben jedoch zurück. Und auch die Netzkreatur kroch nicht wieder zurück in ihr finsteres Versteck unter dem Meer, sondern blieb, wo sie war. Sie bewegte sich noch immer leicht, und ich vermeinte ein bestimmtes Muster in dieser Bewegung zu erkennen, konnte es aber nicht greifen.

Ich registrierte, daß etwas an dieser Bewegung anders war als bisher, doch auch dieses Begreifen schien sich auf einer tieferen Ebene meines Bewußtseins abzuspielen, denn es führte kein Erkennen im

Geleit, sondern nur eine immer stärker werdende Beunruhigung. Erst als ich sowohl Crowleys als auch Joshuas Blicke auf mir ruhen fühlte und das Erschrecken in Cohens Gesicht sah, wurde mir klar, daß dieser neuerliche Schub von Furcht keine Einbildung war, sondern einen höchst greifbaren Anlaß hatte.

Und in diesem Moment erkannte ich auch das Muster, das der Bewegung des Netzes innewohnte. Das unheimliche Fadengewebe bedeckte plötzlich nicht mehr die gesamte Halle, sondern zog sich rasch und lautlos um Crowley und mich herum zusammen, ohne einen von uns beiden bereits zu berühren. Aber ich wußte, daß es dies tun würde. Bald. In ganz kurzer Zeit. Crowley starrte mich an und lächelte böse, und ich spürte, daß er auf irgend etwas wartete.

»Es ist soweit, Robert«, sagte er. »Noch wenige Augenblicke, und Ihr Schicksal wird sich erfüllen. Und mit ihm vielleicht das der ganzen Welt.«

»Oh, mehr nicht?« fragte ich in dem vergeblichen Versuch, spöttisch zu klingen. »Haben Sie es nicht eine Nummer kleiner, Crowley?«

Crowley lachte kurz, wandte dann rasch den Blick zum Fenster, und als ich in die gleiche Richtung sah, erkannte ich, daß der Mond als runde, mattsilberne Scheibe direkt in der Öffnung erschienen war. Sein Licht fiel in einem bleichen, aber auf eigentlich unmögliche Weise scharf gebündelten Strahl herein, glitt wie der suchende Lichtfinger einer Lampe über den Boden und berührte das Netz.

Im gleichen Moment leuchteten die Fäden schwarz auf. Es klingt absurd, aber dieser Begriff ist vielleicht das einzige, was der unmöglich zu beschreibenden Veränderung des lebenden Spinnennetzes zumindest nahekommt. Sein Schwarz erreichte eine Intensität, die es wie eine Helligkeit verschlingende Aura auflodern ließ, und noch ehe ich auch nur meinen Schrecken über diese jähe Veränderung richtig begreifen konnte, schnellten Dutzende der winzigen Fäden auf mich zu, schlangen sich wie haarfeine Peitschenschnüre um meine Füße und meine Waden und durchstießen den Stoff der Hose.

Es war ein Gefühl, als drängen Tausende winziger Nadeln gleichzeitig durch meine Haut. Der Schmerz war nicht einmal sehr heftig, aber von einer Art, die ihn fast unerträglich werden ließ. Ich wankte wie unter einem Hieb, hörte, wie Cohen entsetzt aufschrie, und sah wie durch einen grauen Vorhang aus Schwäche hindurch, wie die Fäden auch auf Crowleys vom Alter gebeugten Körper zuschossen und ihn umschlangen.

Und dann ...

Eine stählerne Kralle schien in meine Seele zu greifen und alles Menschliche zu zermalmen. Ich spürte, wie etwas nach dem Leben selbst in mir griff und es aus meinem Körper herauszureißen versuchte, und wie sich gleichzeitig etwas anderes, Fremdes, unsagbar Böses näherte, um seinen Platz einzunehmen. Mit aller Gewalt versuchte ich mich dagegen zu wehren, aber es war, als versuchte ich mit bloßen Händen eine Springflut aufzuhalten. Mein Widerstand wurde einfach hinweggefegt.

Wie von weit, unendlich weit her hörte ich Cohen abermals aufschreien, sah, wie er dem TIEFEN WESEN, das hinter ihm stand, einen so überraschenden Stoß versetzte, daß es einen Schritt zurücktaumelte, sah, wie er sich auf Crowley stürzte, wie zugleich seine Hand unter die Jacke glitt und mit etwas Schmalem, metallisch Schimmerndem wieder zum Vorschein kam.

Doch ich registrierte all dies nur wie Bilder aus einem Traum, der zu weit entfernt und zu irreal war, um Einfluß auf mein Leben zu nehmen. Der grauenhafte Sog des fremden Geistes in mir wurde stärker, immer stärker und stärker und stärker ...

... und brach ab.

Die Erleichterung war so groß und kam so plötzlich, daß ich abermals taumelte, nach vorne fiel und den Sturz im letzten Moment mit den Händen abfing, wobei ich bis über die Handgelenke hinauf in die widerwärtige, zuckende Fadenmasse versank, die mich wie ein lebender Teppich umgab. Eine Million rotglühender Nadeln bohrte sich in meine Finger, und der Schmerz trieb mir die Tränen in die Augen.

Jemand – *etwas!* – schrie. Ich hörte Crowley einen keuchenden, erstickten Laut ausstoßen, der plötzlich abbrach, dann brüllte Cohen irgend etwas, und der hektische Tanz der Schatten rechts und links von mir, der im Moment meines Sturzes begonnen hatte, hörte übergangslos wieder auf.

Stöhnend hob ich den Kopf und sah zu Crowley empor, und was ich erblickte, das ließ mich für einen Moment sogar meinen Schmerz und die rasende Furcht vergessen.

Cohen hatte sich auf Crowley gestürzt und ihn zu Boden gerissen. Die beiden TIEFEN WESEN, die herbeigeeilt waren, um ihrem Herrn zu helfen, standen kaum einen Meter von ihm entfernt, aber sie waren mitten in der Bewegung erstarrt, und ich erblickte selbst auf ihren fremdartigen Fischgesichtern einen Ausdruck von Unschlüssigkeit und Furcht. Ein einziger rascher Schritt hätte gereicht, Cohen zu packen und niederzuringen, aber sie wagten es nicht, denn in Cohens Hand lag plötzlich ein Dolch, dessen Klinge er so fest gegen Crowleys Kehle drückte, daß ein einziger Blutstropfen aus seiner Haut quoll. Crowley selbst war vor Entsetzen und Überraschung erstarrt. Er schien nicht einmal wirklichen Schrecken zu empfinden, sondern sah einfach fassungslos aus.

»Pfeifen Sie sie zurück!« verlangte Cohen. »Sie sollen verschwinden, auf der Stelle, oder ich schneide Ihnen die Kehle durch!«

Crowley bewegte sich schwach, hörte aber sofort wieder damit auf, als das Messer seine Haut tiefer ritzte. »Das ... wagen Sie nicht«, sagte er gepreßt.

Cohen bewegte fast unmerklich die Hand. Aus dem einen Blutstropfen wurde ein dünnes Rinnsal, und der Schrecken, den ich bis jetzt auf Crowleys Gesicht vermißt hatte, ergriff nun mit doppelter Wucht davon Besitz. »Wollen Sie Ihr Leben darauf wetten?« fragte Cohen. »Tun Sie es lieber nicht. Ich habe nichts zu verlieren.«

Crowley zögerte noch eine Sekunde, aber dann machte er eine vorsichtige Bewegung mit der Hand und sagte: »Geht zurück! Tut, was er verlangt!«

Die beiden grüngeschuppten Kolosse bewegten sich zwei Schritte zurück und blieben wieder stehen.

»Sie sollen verschwinden!« verlangte Cohen. »Alle. Schicken Sie sie hinaus.«

Crowley machte eine Handbewegung, und tatsächlich drehten sich die beiden Geschöpfe – wenn auch mit sichtlichem Widerwillen – herum und verschwanden. Nur Hennessey und Joshua blieben zurück. Auf Hennesseys zerstörtem Gesicht irgendeinen Ausdruck zu erkennen war unmöglich, doch auf den Zügen des Jungen erschien ein solcher Zorn und Haß, daß es mir kalt den Rücken herablief.

»Damit kommen Sie nie durch, Sie Narr!« sagte Crowley. »Glauben Sie wirklich, Sie kämen lebend hier heraus? Sie müssen verrückt sein!«

»Vielleicht bin ich das«, antwortete Cohen ruhig. »Gehen Sie besser davon aus, daß es so ist.« Er machte einen Schritt zurück, wobei er Crowley, der halb gegen ihn gefallen war, einfach mit sich zerrte. »Sie werden Robert und mich gehenlassen.«

»Ich denke nicht daran«, antwortete Crowley. Er hatte seinen Schrecken überwunden, und in seiner Stimme war bereits wieder der gewohnte, überhebliche Ton. »Bringen Sie mich doch um, Sie Narr! Sie werden mich keine zwei Sekunden überleben!«

»Wahrscheinlich nicht«, sagte Cohen. »Aber ich schätze, Sie töten uns sowieso, nicht wahr? Also haben wir nicht viel zu verlieren.«

Er bewegte sich rückwärtsgehend auf die Tür zum Balkon zu und machte eine ungeduldige Kopfbewegung in meine Richtung, ihm zu folgen. Behutsam versuchte ich aufzustehen und mich aus dem Fädengewebe zu befreien, und zu meiner eigenen Überraschung gelang es mir sogar. Meine Hände waren blutig, als ich sie aus dem lebenden Teppich zog. Aus Zehntausenden mikroskopisch feiner Stiche drangen winzige Tröpfchen, und auch an meinen Waden lief es warm und klebrig herab. Ich spürte nicht den mindesten Schmerz. Die Fäden machten auch keinen Versuch, mich zu halten, sondern zogen sich im Gegenteil beinahe hastig von mir zurück, so daß ich unbehelligt an Cohens Seite treten konnte.

Wir verließen die Halle und traten wieder auf den schmalen Balkon hinaus. Cohen zerrte Crowley rücksichtslos mit sich, obwohl der alte Mann vor Schmerz stöhnte, und aus den Augenwinkeln sah ich, wie Hennessey und auch Joshua uns folgten; aber sehr vorsichtig und mit kleinen, fast zögernden Schritten.

»Und was jetzt?« fragte Crowley, als wir auf den Balkon hinausgetreten waren und Cohen mit dem Rücken an der steinernen Brüstung stand.

Cohen warf einen Blick hinter sich in die Tiefe, drehte dann den Kopf und sah mich an – und ich hätte um ein Haar aufgestöhnt, als ich begriff, was dieser Blick bedeutete.

»Seien Sie vernünftig, Cohen«, sagte Crowley. »Ich gebe Ihnen mein Wort, daß Ihnen nichts geschieht, wenn Sie mich jetzt loslassen. Sie sind uns völlig egal. Es spielt keine Rolle, ob Sie leben oder sterben.«

Cohen lachte hart. »Natürlich nicht«, sagte er spöttisch. »Sie wollen mir im Ernst erzählen, daß Sie mich laufenlassen, wie? Damit ich in zwei Tagen wieder hier bin und den ganzen Laden auffliegen lassen kann.«

»Niemand würde Ihnen glauben«, antwortete Crowley, und das war wahrscheinlich sogar die Wahrheit. »Seien Sie vernünftig! Geben Sie auf!«

Cohen machte sich nicht einmal die Mühe, darauf zu antworten. Er sah noch einmal über die Balkonbrüstung, dann wandte er sich wieder an mich und fragte: »Sind Sie bereit, Robert?«

Bereit? Ich war niemals im Leben *weniger* bereit gewesen, etwas zu tun. Trotzdem nickte ich.

Cohen stand noch eine Sekunde reglos da. Dann

ließ er die Hand mit dem Messer plötzlich sinken, versetzte Crowley in der gleichen Bewegung einen Stoß, der ihn meterweit nach vorne und in Hennesseys Arme taumeln ließ – und sprang mit einem kraftvollen Satz und ohne noch einen Sekundenbruchteil zu zögern über die Balkonbrüstung in die Tiefe.

Und noch während Hennessey und Joshua hinter mir ungläubig aufschrien, tat ich dasselbe.

R'lyeh ...

Die Stadt der GROSSEN ALTEN ...

Die Stadt auf dem Grund des Meeres ...

Die Stadt, in der Cthulhu, der oktopoide Herr des Schreckens, vor Äonen von Jahren nach dem Krieg gegen die ÄLTEREN GÖTTER in seinem Haus ertrank und auf den Moment seiner Rückkehr wartete, um die Erde zusammen mit seinen Brüdern erneut in Besitz zu nehmen ...

R'lyeh ...

All diese Gedanken und unzählige mehr schossen Howard durch den Kopf, während er auf die Silhouette der Stadt starrte. Es *war* R'lyeh, daran gab es keinen Zweifel. Die Stadt lag weitgehend in Trümmern, doch die gewaltige schwarze Pyramide in ihrem Zentrum, scheinbar das einzige Gebäude, das – zumindest aus der Entfernung betrachtet – der Zerstörung entgangen war, reichte aus, jeden Zweifel zu beseitigen. Sie bot einen Anblick, den er bis an sein Lebensende nicht mehr vergessen würde.

Cthulhus Haus ...

Ein einziges Mal in seinem Leben war Howard in R'lyeh gewesen, und er hatte nicht erwartet – und gehofft –, es jemals wiederzusehen. Damals hatte er sich in Begleitung Roderick Andaras befunden, und sie hatten den zu diesem Zeitpunkt kaum dreijährigen Robert Craven aus der Stadt gerettet, in die er von den Helfern der GROSSEN ALTEN verschleppt worden war. Aber damals waren sie nur kurz dort gewesen und der schwarzen Pyramide nicht einmal nahe gekommen. Dennoch ließ die bloße Erinnerung Howard schaudern.

Damals war er durch ein magisches Tor nach R'lyeh gelangt, ohne das Geheimnis der Lage dieses unheiligen Ortes zu entschlüsseln. Nun lag das Geheimnis zum Greifen nahe vor ihm, und die Bedeutung dieser Entdeckung ließ ihn schwindeln.

R'lyeh war in alten Überlieferungen stets als die Stadt auf dem Grund des Meeres bezeichnet worden. Nun erst erkannte er, daß diese Bezeichnung doppeldeutig war. Er befand sich noch immer am gleichen Ort, an dem vor Jahrmillionen einst London gestanden hatte. Mittlerweile hatten sich die Küsten verschoben. R'lyeh befand sich nicht nur unter Wasser, sondern auch im Strom der Zeit, deshalb war es niemals jemandem gelungen, die Stadt zu finden.

Howard spürte eine Berührung am Arm und wandte den Kopf. »Wasn los?« Rowlf stand neben ihm und musterte ihn besorgt. »Alles in Ordnung?«

Howard nickte fahrig und bemühte sich, das Zittern seiner Hände unter Kontrolle zu bringen. »Die Stadt«, stieß er hervor. »Es ist R'lyeh!«

Auch Rowlf zuckte bei der Erwähnung des Namens zusammen. Sein Gesicht wurde eine Spur blasser, doch gleich darauf huschte ein ungläubiger Ausdruck über seine Züge. »Bist du ... sicher?« krächzte er.

Howard nickte. »Es gibt keinen Zweifel.«

»Aba sie is zerstört. Alles in Klump gehaun!«

Genau diese Tatsache verwirrte auch Howard. Als er R'lyeh zuletzt gesehen hatte, war die Stadt ein düsterer, gigantischer Moloch gewesen. Eine gestaltgewordene Verneinung jeglichen Lebens, geprägt von der sinnverwirrenden Architektur der GROSSEN ALTEN, die der euklidischen Geometrie Hohn sprach und jeden Menschen, der sich zu intensiv damit beschäftigte, in den Wahnsinn trieb. Trotz allem war die Stadt beeindruckend gewesen und hatte eine ungeheure bösartige Macht ausgestrahlt. Die GROSSEN ALTEN hatten für die Ewigkeit gebaut, und die bloße Vorstellung, R'lyeh könnte durch *irgend etwas* zerstört werden, war Howard damals absurd vorgekommen.

Genau das aber war nun geschehen, und obwohl ihm bei dem Gedanken schauderte, mußte er versuchen herauszufinden, was passiert war. Diese Information konnte sich als unermeßlich wichtig erweisen.

»Sie sagten, Sie wären schon hier gewesen«, wandte er sich an George. »Waren Sie auch in der Stadt?«

George blickte von seiner Maschine auf. Er hatte einen herumliegenden Stein aufgesammelt und schlug damit auf den verbogenen Hebel ein, um ihn wieder in die richtige Position zu bringen. »Nein«, erwiderte er. »Um ehrlich zu sein, die beiden Male, die ich bislang hier war, habe ich sie nicht einmal gesehen. Es herrschte jeweils Flut. Die Ruinen müssen unter Wasser verborgen gewesen sein.« Aber er klang nicht sehr überzeugt.

Howard stutzte. »Ich denke, es gibt eine Grenze, die Sie mit Ihrer Maschine nie überwinden konnten«, erinnerte er. »Demnach müßten Sie jedesmal zur gleichen Zeit hiergewesen sein, auch diesmal. Wenn dieser Zeitpunkt feststeht, müßten Sie sich eigentlich selbst begegnen.«

Irritiert runzelte George die Stirn. Dieser Gedanke schien ihm noch nicht gekommen zu sein. »Die Zeit würde das nicht zulassen«, sagte er nachdenklich. »Ich habe bereits versucht, einen Zeitpunkt gezielt anzusteuern, in dem ich doppelt existiert hätte, doch es ging nicht. Die Reise ging automatisch weiter in die Vergangenheit oder die Zukunft, bis zu einem Moment, in dem keine solche Gefahr mehr bestand. Das gleiche gilt auch für feste Materie. Ich kann nirgendwo materialisieren, wo bereits ...«

»Un wennse nu garnich sich selbst begegnen wolln«, unterbrach Rowlf den Redefluß, »sondern meinetwegn Ihren Opa kaltmachn? Dann würdnse selber ja garnich geborn. Wie könnense dann zurückfahrn und ...«

George schüttelte den Kopf. »Sie zitieren da eines der Hauptargumente gegen die Möglichkeit zur Zeitreise«, erklärte er. »Ein sogenanntes Paradoxon. Aber ich fand heraus, daß dieser Fall unmöglich ist. Ich habe tatsächlich versucht, meinen Großvater zu treffen – natürlich nicht, um ihn umzubringen«, fügte er rasch hinzu. »Aber es ging nicht. Die Maschine kam erst zu einem Zeitpunkt zum Stillstand, als ich keinen Einfluß mehr auf meine direkte Ahnenreihe hatte. In der Gegenrichtung gibt es eine solche Beschränkung nicht, da ich meine jetzige Existenz nicht gefährde, wenn ich in die Zukunft reise.«

»Das mag ja alles sehr interessant sein, bringt uns jetzt aber nicht weiter«, warf Howard ein. »Ich frage mich, ob es hier irgendeine Art von Leben gibt.«

»Es mag sein, daß im Wasser Lebewesen existieren, aber zumindest an Land habe ich keines entdeckt«, schränkte George ein. »Sie können also unbesorgt sein. Wollen Sie auf etwas Bestimmtes hinaus?«

»Das würde bedeuten, daß uns zumindest von dieser Seite keine Gefahr droht«, sagte Howard. »Es geht mir um die Stadt. Ich muß unbedingt hin und sie mir genauer ansehen.«

»Warum?« fragte George verständnislos. »Das sind nur ein paar Ruinen, wie ich sie in allen Zeitepochen gefunden habe. Die toten Hinterlassenschaften eines Volkes, das Millionen Jahre nach Ihrer Zeit gelebt hat und längst nicht mehr existiert.«

»Oder Millionen Jahre vor meiner Zeit«, murmelte Howard. Er überlegte, ob er George mehr über die Hintergründe erzählen sollte, doch es hätte zu lange gedauert und wäre zu kompliziert gewesen, ihm Einzelheiten über die GROSSEN ALTEN zu berichten. Darüber hinaus hätte der Zeitreisende ihm vermutlich ohnehin nicht geglaubt. »Es ist wichtig für mich«, beharrte er deshalb nur. »Sehr wichtig.«

George schaute noch einmal zu den Ruinen hinüber. »Ich weiß nicht, welchem Rhythmus die Gezeiten hier unterworfen sind«, sagte er. »Die Ebbe kann Tage andauern, möglicherweise Wochen. Auf jeden Fall besteht die Gefahr, daß wir von der Flut überrascht werden und ertrinken.«

»Das Risiko müssen wir eingehen«, sagte Howard. »Es ist wichtig, George; viel wichtiger, als Sie sich auch nur vorstellen können. Aber ich nehme es Ihnen nicht übel, wenn Sie lieber hierbleiben und warten. Ich werde auf jeden Fall gehen. Ich kann es Ihnen jetzt nicht erklären, aber es hängt viel davon ab. Vielleicht das Überleben der Menschheit in meiner Zeit, möglicherweise sogar noch Jahrhunderttausende später das der Eloi. Ich weiß, Sie werden mir nicht glauben, aber diese Stadt hat vor ihrer Zerstörung eine Gefahr dargestellt, gegen die Ihre Morlocks ein unbedeutendes Nichts sind.«

»Das Überleben der Menschheit ...« Ein Schatten huschte über Georges Gesicht, und die Art, in der er Howards Worte wiederholte, ließ diesen aufhorchen. »Wenn das Ihre Antriebsfeder ist, sollten Sie mir zunächst zuhören. Vielleicht sollte ich Ihnen das nicht erzählen, aber Sie haben bereits soviel erlebt, daß Sie vermutlich auch diese Wahrheit verkraften können.«

Er sprach nicht weiter, aber Howard spürte, was in ihm vorging, und er drängte ihn nicht, sondern wartete geduldig, bis George Wells sich wieder einigermaßen gefangen hatte und von sich aus fortfuhr: »Die Menschheit, wie wir sie kennen, hat von Ihrer Gegenwart aus nur noch eine Zukunft von wenigen Jahrzehnten, Howard.«

Lovecraft blickte ihn verständnislos an. »Wovon sprechen Sie?«

»Ich habe es selbst erlebt«, berichtete George. »Den genauen Zeitpunkt werde ich Ihnen nicht nennen, aber auf einer meiner Reisen machte ich halt im zwanzigsten Jahrhundert. Ich wurde Zeuge eines entsetzlichen Krieges, der den größten Teil der Menschheit auslöschte.« Er schloß die Augen bei der Erinnerung an die schrecklichen Bilder. »Bitte ersparen Sie mir die Einzelheiten. Auf jeden Fall war das einer der Gründe, weshalb ich mich entschloß, bei den Eloi zu bleiben«, fuhr er nach einer kurzen Pause fort. »Ich hätte es nicht ertragen, in einer Zivilisation zu leben, deren Ende ich gesehen habe und das so kurz bevorstand. Deshalb bin ich auch niemals in die nähere Zukunft meiner Zeit bei den Eloi gereist. Natürlich wüßte ich nur zu gerne, ob es uns gelingt, die Morlocks zu besiegen, aber falls sich herausstellen würde, daß es nicht so wäre, würde ich auch diese zweite Heimat verlieren.« Er blickte Howard an. »Wollen Sie immer noch Ihr Leben um einer Menschheit willen riskieren, die bereits zum Untergang verurteilt ist?«

Howard rang sich ein schwaches Lächeln ab und schüttelte den Kopf. »Warum machen Sie sich selbst etwas vor, George?« fragte er. »Sie verstehen genug vom Prinzip der Zeit, um ebensogut wie ich zu wissen, daß nichts von dem, was Sie gesehen haben, zwangsläufig eintreten *muß*. Was Sie erlebt haben, ist nur *eine mögliche Zukunft*. Die Zukunft ist niemals konstant. Von jedem Punkt der Zeit aus gibt es eine Unmenge verschiedener Alternativen, wie die Entwicklung weitergehen könnte. Der Zeitfluß, auf dem Sie vor und zurück reisen, stellt nur eine von unendlich vielen Möglichkeiten dar, für die in der Gegenwart die Weichen gestellt werden. In einer anderen möglichen Entwicklung wird es dagegen keinen Krieg geben, und möglicherweise werden auch niemals Eloi leben. Letztlich liegt es in der Hand jedes einzelnen, im Rahmen seiner Möglichkeiten den Verlauf zu bestimmen. Es gibt keine Vorherbestimmung.«

George sah ihn nicht an, sondern wandte sich wieder dem verbogenen Hebel zu und schlug mehrmals kräftig mit dem Stein dagegen. Sein Gesicht war zu einer Maske des Schmerzes geworden, und erst jetzt begriff Howard, daß sein Gegenüber sehr wohl selbst wußte, was er ihm gerade gesagt hatte, dieses Wissen aber verdrängt hatte. George war ein Mann, der in zwei Welten, genauer gesagt zwei Zeiten zugleich beheimatet war. Er hatte sich für die Zeit der Eloi entschieden, dennoch empfand er immer noch Sehnsucht nach dem London des ausgehenden neunzehnten Jahrhunderts, dem er entstammte. Um sich selbst die Trennung zu erleichtern, hatte er nach Gründen gesucht und sich Argumente wie den bevorstehenden Krieg zurechtgelegt, warum er dort nicht mehr leben könnte. Es fiel leichter, einem zum Untergang verurteilten Volk den Rücken zu kehren als einem, dessen Blütezeit womöglich erst bevorstand. Ihm ging es nicht um den Krieg, dessen Zeuge er geworden, dessen tatsächlicher Ausbruch jedoch äußerst fraglich war, sondern um einen Vorwand.

Ohne Absicht hatte Howard die Wunde neu aufgerissen, und er wußte, daß jedes weitere Wort zu diesem Thema alles nur verschlimmern würde. Deshalb trat er neben George und legte ihm die Hand auf die Schulter. »Kommen Sie mit uns?«

George senkte den Blick und schwieg eine Weile. »Nein«, sagte er schließlich. »Aber ich werde hier auf Sie warten, keine Sorge.«

Der Sturz in die Tiefe dauerte zwei, allenfalls drei Sekunden, doch zu sagen, daß sich diese drei Sekunden zu Ewigkeiten dehnten, hätte das, was ich in diesen Augenblicken empfand, nur unzureichend beschrieben. Drei Sekunden des höchsten Glücksgefühles mögen unendlich kurz sein, ein Moment, der so schnell vorbei ist, wie er kommt, und im Grunde nur aus den Erinnerungen daran besteht. Drei

Sekunden Todesangst mögen sich zu Ewigkeiten dehnen, doch auch sie sind *endlich*.

Diese drei Sekunden waren anders. Selbst heute noch erfüllt mich diese Erinnerung mit einem solchen Entsetzen und Grauen, daß ich an mich halten muß, um nicht am ganzen Leib zu zittern. Seit jenem Augenblick, in dem ich mich hinter Cohen mit einer kraftvollen Bewegung über die Brüstung schwang, weiß ich, daß die Zeit kein absoluter Wert ist und die Schnelligkeit der menschlichen Gedanken und Empfindungen keine Grenze hat.

Mein rechter Fuß verfing sich an der steinernen Brüstung, und ich begann nach vorne zu kippen und einen grotesken Salto in der Luft zu schlagen, während die Hälfte der ersten Sekunde verstrich. Himmel und Erde drehten sich vor meinen Augen, der schwarze Turm schien eine spöttische Verbeugung zu machen, und zugleich war es, als hielte eine unsichtbare Macht die Zeit an. Ich hatte plötzlich das Gefühl, nicht mehr wie ein Stein zu fallen, sondern langsam, fast sacht in die Tiefe zu gleiten, trotzdem aber unaufhaltsam und mit unvorstellbarer Wucht.

Ich sah Cohen neben und unter mir stürzen und dabei mit den Armen wedeln, als versuche er zu fliegen, und zugleich erblickte ich noch etwas, das den Schrecken und das Entsetzen, das ich angesichts Crowleys Tun empfunden hatte, geradezu lächerlich erscheinen ließ: den mit spitzen Felsdornen gespickten Meeresboden nämlich, dort, wo vor kurzem noch die See gewesen war. Wie es aussah, war mein Entschluß, Cohen bei seiner waghalsigen Flucht auf dem gleichen Wege blind zu folgen, möglicherweise sehr heldenhaft, ganz bestimmt aber sehr dumm gewesen.

Ich begann mich ein zweites Mal in der Luft zu überschlagen und schloß dabei sonderbarerweise sogar zu Cohen auf, so daß wir in der zweiten Sekunde beinahe nebeneinander her fielen, und ich fing einen Blick aus seinen vor Entsetzen geweiteten Augen auf. Wahrscheinlich hatte er gar nicht *überlegt*, was er tat, sondern war einfach seinen Instinkten gefolgt, die ihm rieten, das Risiko eines vierzig Meter tiefen Sprunges ins Wasser dem sicheren Tod oben im Turm vorzuziehen, ohne dabei zu berücksichtigen, daß wir uns in Küstennähe befanden, wo Ebbe und Fluten sich abwechselten.

Innerlich schloß ich mit dem Leben ab. Unsere Chancen, einen Sprung aus vierzig Metern Höhe ins Wasser zu überleben, hatten vielleicht bei eins zu zehn oder auch zwanzig gelegen, die, den Sturz auf die Felsen zu überstehen, lagen eindeutig bei *Null*. Das war die zweite Sekunde.

In der dritten Sekunde tat ich etwas völlig Sinnloses, das im nachhinein aber doch verständlich ist: Wider alle Logik spannte ich jeden Muskel in meinem Körper und versuchte sogar, meinen Sturz zu beeinflussen, um in einer Position aufzukommen, die ihm die allergrößte Wucht nehmen würde.

Unter uns lagen noch etwa zwölf Yards, als ich die Bewegung sah. Es war nur ein Huschen, nicht einmal das lautlose Gleiten von Schatten, sondern etwas wie ein winziger Ruck, der durch die Wirklichkeit ging. Und plötzlich entstand zwischen den Felsspeeren, die sich unseren herabstürzenden Körpern bereits gierig entgegenreckten, ein schwarzes, glitzerndes, feinmaschiges Netz, so schnell, als wäre unter uns eine Million unsichtbarer Spinnen emsig damit beschäftigt, es zu weben.

Und dann stürzten Cohen und ich nebeneinander und mit furchtbarer Wucht in etwas, das sich wie eine straffgespannte Gummidecke anfühlte.

Die Wucht unseres Falles war so groß, daß das Netz unter uns nachgab, und plötzlich befand ich mich am Grunde eines rasend schnell tiefer werdenden Trichters, ganz ähnlich der grausigen Reusenform, die Toms Pferd verschlungen hatte, und ich konnte regelrecht *fühlen*, wie der steinige Grund näher kam.

Im buchstäblich allerletzten Moment hörte es auf. Der Trichter wurde nicht tiefer, und dann federte das unheimliche Gewebe mit einem so harten Ruck zurück, daß ich abermals ein Stück in die Höhe geworfen wurde und einen weiteren, diesmal aber nicht ganz vollendeten Salto schlug, ehe ich zurückstürzte.

Obgleich nur einen Bruchteil so heftig wie der erste Aufprall, schien mir dieser Sturz doch für einige Momente das Bewußtsein geraubt zu haben, denn das nächste, woran ich mich erinnere, ist, daß ich lang ausgestreckt und mit ausgebreiteten Armen auf dem Rücken lag, feuchten Sand und spitze Steine unter mir fühlte und den Nachthimmel über mir sah, der sich mit unheimlicher Schnelligkeit zu bewölken begann.

Benommen richtete ich mich in eine halb sitzende Position auf, gewährte mir selbst eine Sekunde, in der ich mir ganz ernst die Frage stellte, ob ich noch am Leben war – und sie mit ja beantwortete – und eine zweite, in der ich den Entschluß faßte, zumindest in diesem Moment nicht darüber nachzudenken, *warum* das so war. Statt dessen richtete ich mich weiter auf und blickte mich zugleich nach Cohen um.

Der Inspektor saß nur ein kleines Stück von mir entfernt mit an den Leib gezogenen Beinen da, und auf seinem Gesicht lag ein Ausdruck solcher Fassungslosigkeit, daß ich beinahe laut aufgelacht hätte.

Aber nur beinahe.

»Was ... was war das, Craven?« krächzte er.

Ich antwortete nicht gleich, sondern sah mich weiter um. Rings um uns herum strebten zwanzig Fuß große, scharfkantige Lavapfeiler in die Höhe. Hier und da schimmerte eine Pfütze auf dem Sand, und nur einen Steinwurf entfernt erhob sich der kolossale Schatten des Turmes. Von dem unheimlichen Netz war keine Spur mehr zu sehen.

»Was war das?« keuchte Cohen noch einmal. »Bei allen Heiligen, Craven, was ist passiert?!«

»Das weiß ich so wenig wie Sie«, antwortete ich und stand auf. »Aber wenn wir wieder in London sind, erinnern Sie mich daran, daß ich *Sie* daran erinnere, zu einem Augenarzt zu gehen.«

Es war offensichtlich, daß Cohen nicht einmal begriff, wovon ich sprach – und wie sollte er auch? Der Moment für (selbst lahme) Scherze war denkbar ungünstig.

Mit zwei Schritten war ich bei ihm und half ihm auf die Füße. Cohen ließ sich von mir helfen, aber er sah sich auf eine Weise um, die mich warnte. Sein Blick war wild, unstet, und er zitterte am ganzen Körper. Nur noch eine Winzigkeit, und er würde endgültig die Beherrschung verlieren.

Und wahrscheinlich wäre auch genau das geschehen, wäre nicht in diesem Augenblick vierzig Meter über uns, an der Flanke des schwarzen Turmes, ein zorniger Schrei erschollen. Automatisch hob ich den Kopf und erblickte eine Gestalt, die sich weit über die steinerne Balkonbrüstung beugte und dabei mit beiden Händen zu uns hinabgestikulierte.

»Packt Sie!« schrie Crowley. Seine Stimme war schrill und kippte beinahe über, aber der hysterische Ton darin war kein Zorn, es war eindeutig Angst. »Bringt sie zurück!« schrie er. »Die Beschwörung muß zu Ende gebracht werden, oder etwas Furchtbares wird geschehen!«

Die Worte riefen mir jäh ins Gedächtnis zurück, daß wir uns immer noch in Gefahr befanden. Trotzdem blieb ich noch einen Moment reglos und mit in den Nacken gelegtem Kopf stehen und sah zu Crowley hinauf, und obwohl er viel zu weit dafür entfernt war, spürte ich, daß er mich anstarrte, und seine Blicke wurden von einer solchen Woge von Haß und Zorn und diesem sonderbar unerklärlichen Gefühl von Furcht begleitet, daß ich erschauerte.

»Schnell!« sagte ich zu Cohen. »Wir müssen weg. Sie werden gleich hier sein!«

Ich warf einen Blick über die Schulter zurück, während wir zwischen den Felsen auf die Steilküste zu stolperten. Es war höchste Zeit, vielleicht sogar schon zu spät; die Ebbe hatte ihren Tiefstpunkt überschritten, und das Meer kehrte allmählich zurück. Waren wir auf den ersten Metern noch durch morastigen Sand gestolpert, so platschte unter unseren Füßen schon bald wieder eine dünne, aber doch sichtbare Wasserschicht. Ich hatte ja schon einmal erlebt, wie unheimlich schnell die Flut hier anstieg, und deshalb verdoppelte ich meine Anstrengungen noch, obwohl ich ahnte, daß es wenig nutzen würde. Ich hatte dieses Wettrennen schon einmal verloren.

Plötzlich blieb Cohen abrupt stehen. Ich drehte mich im Laufen halb zu ihm um, kam ins Stolpern und fing mich an der Flanke eines Riffelsens ab. »Worauf warten Sie?« fragte ich. »Sie haben Crowley gehört. Sie werden gleich hier sein!«

»Das ist mir egal!« antwortete Cohen. In seiner Stimme war etwas, das mich warnte, und als ich zu ihm zurückging und sein Gesicht im schwächer werdenden Licht der Nacht ein wenig deutlicher erkennen konnte, erblickte ich das optische Gegenstück dazu auf seinen Zügen. »Ich rühre mich nicht mehr von der Stelle, bevor Sie mir nicht erklärt haben, was hier vorgeht, Craven!« sagte er.

»Dazu ist jetzt wirklich nicht ...«, begann ich, aber Cohen unterbrach mich mit einer so herrischen, entschlossenen Handbewegung, daß ich den Satz nicht zu Ende sprach.

»Das ist mir gleich!«, sagte er. »Sie werden mir erklären, was hier vorgeht! Was war das für ein ... *Ding*?«

»Das weiß ich so wenig wie Sie«, antwortete ich, nicht ganz wahrheitsgemäß, aber doch auf die einzige im Moment angemessen erscheinende Art. Ich las in seinen Augen, daß ihn diese Antwort nicht zufriedenstellte, und fügte mit dem vergeblichen Versuch eines Lächelns hinzu: »Es sieht so aus, als hätte ich Freunde, von denen ich bisher nichts wußte.«

»*Freunde?!*« krächzte Cohen. »Wenn das Ihr ... *Freund* war, dann möchte ich nicht Ihre Feinde kennenlernen, Craven.«

»Aber das werden Sie, wenn wir noch länger hier herumstehen«, sagte ich ernst. »Bitte, Cohen! Ich werde Ihnen alles erklären, wirklich *alles*. Aber nicht jetzt. Wir müssen die Küste erreichen, ehe das Wasser zu weit steigt.«

Cohen starrte mich an. Er schwieg, aber er rührte sich auch nicht. Doch ich konnte sehen, wie es hinter seiner Stirn arbeitete. Und ich konnte sein Mißtrauen und seine Verwirrung durchaus nachempfinden, denn auch ich selbst spürte kaum etwas anderes. Es war nicht das erste Mal, daß ich Zeuge des Wirkens der Magie der GROSSEN ALTEN und ihrer Apologeten wurde, aber das erste Mal, daß ich *so etwas* erlebt hatte. Ganz egal, wie ich es drehte und wand – ausgerechnet ein *Shoggote,* die treueste Dienerkreatur der GROSSEN ALTEN überhaupt, hatte mir gerade das Leben gerettet. Und wenn ich es recht bedachte, nicht zum ersten Mal.

»Sie werden mir eine Menge Fragen beantworten müssen, Robert«, sagte Cohen schließlich. »Das ist doch Ihr richtiger Name, nicht wahr? Sie sind Robert. Nicht Ihr Zwillingsbruder aus Amerika.«

»Den hat es nie gegeben«, gestand ich. »Aber das wissen Sie ja schon längst, nicht wahr?«

Cohen antwortete mit einem Achselzucken, das alles oder auch nichts bedeuten konnte, aber zumindest ging er weiter.

Wir rannten jetzt nicht mehr, sondern liefen in einem scharfen Tempo, das wir mit etwas Glück und der Aufbietung aller Kräfte vielleicht sogar bis zur Küste würden durchhalten können. Wenn das Wasser nicht schneller war. Wenn Crowleys Häscher uns nicht vorher einholten. Wenn der Netzkreatur nicht plötzlich einfiel, daß sie vielleicht gerade eine große Dummheit begangen hatte, und sie zurückkam, um gewisse Dinge richtigzustellen, die Cohens und meine Lebenserwartung betrafen. Wenn, wenn, wenn ...

Cohen blieb plötzlich abermals stehen. Ich warf

ihm einen zornigen Blick zu und wollte ihn zur Eile ermahnen, aber er hob erschrocken die Hand und deutete mit dem anderen Arm nach rechts.

Ich sah in die gleiche Richtung. Ich konnte nichts entdecken, aber nach einer Sekunde *hörte* ich etwas: ein Platschen und Schlürfen, das sich an den Riffen brach, so daß die genaue Richtung, aus der es erscholl, nicht festzustellen war. Es waren eindeutig Schritte, aber nicht die Schritte eines Menschen. Das Geräusch war auf eine schwer zu definierende Weise unheimlich, und meine ohnehin außer Rand und Band geratene Phantasie zögerte nicht, mir die dazu passenden Bilder vorzugaukeln: Bilder von großen, mit Schwimmhäuten zwischen den krallenbewehrten Zehen versehenen Füßen, auf denen sich zwei Meter große Froschkreaturen bewegten. Crowleys Häscher waren uns auf den Fersen.

»Weiter!« sagte ich erschrocken. »Aber seien Sie leise!«

Cohen starrte mich an, als zweifle er an meinem Verstand, und wenn er es tat, dann hatte er damit so unrecht nicht. Das Wasser reichte uns mittlerweile bis zu den Knien, und es war einfach nicht möglich, sich *leise* zu bewegen. Wenn das TIEFE WESEN, das da hinter uns herankam, über ein Hörvermögen verfügte, das auch nur annähernd dem eines Menschen entsprach, dann *mußte* es uns einfach hören.

Und natürlich hörte es uns auch.

Das Geräusch platschender Schritte kam rasch näher, und es änderte seine Richtung und bewegte sich nun direkt auf uns zu. Cohen und ich sahen uns immer öfter im Laufen um, aber wir konnten den unheimlichen Verfolger nicht entdecken. Es wurde auch immer dunkler. Der Himmel hatte sich mittlerweile fast völlig mit Wolken bedeckt, auch der Wind war wieder aufgekommen. Die Böen brachen sich mit einem unheimlichen Wimmern und Heulen an den Felsgraten über unseren Köpfen, und ganz plötzlich kam mir das Geräusch kaum mehr wie das des Windes vor, sondern wie das wütende Heulen einer Meute unsichtbarer Schattenwölfe, die sich auf unsere Spur gesetzt hatten, und wie um dieses Gefühl noch zu verstärken, spaltete in diesem Moment ein gleißender, bläulich-weiß flackernder Blitz den Himmel im Norden, und nur einen Augenblick später ließ ein ungeheuerlicher Donnerschlag das Meer erbeben.

Cohen rief mir irgend etwas zu, aber die Worte wurden ihm vom Heulen des Windes von den Lippen gerissen, und plötzlich gewahrte ich einen Schatten, der riesig und rasend schnell hinter ihm zwischen den Riffen hervorstürmte. Ich schrie ihm eine Warnung zu, aber er hörte mich so wenig wie ich ihn zuvor.

Das TIEFE WESEN stürmte heran, ein geschuppter Gigant mit einem Haifischgebiß und glühenden Augen, der sich so schnell und mühelos durch das Wasser bewegte, wie es nur ein Wesen vermochte, dessen ureigenstes Element das Meer ist.

Im allerletzten Moment schien Cohen die Gefahr zu spüren, denn er wandte im Laufen den Kopf, schrak sichtbar zusammen und versuchte sich herumzuwerfen.

Zu spät! Die gewaltigen Pranken des TIEFEN WESENS griffen nach ihm, schlossen sich um seinen Leib …

… und etwas völlig Unerwartetes geschah.

Hinter dem TIEFEN WESEN erschien plötzlich

ein zweiter, faseriger Schatten, etwas Riesiges, Dunkles, nicht wirklich ein Körper, sondern ein sich windender Wust peitschender Fäden, die plötzlich und zu Hunderten auf die Froschkreatur zu peitschten, ihren Leib und ihre Glieder umschlangen – und sie mit einem harten Ruck von Cohen fortzerrten.

Cohen schrie überrascht auf, taumelte haltlos zurück und stürzte ins Wasser, aber ich war nicht einmal fähig, ihm zu Hilfe zu kommen, sondern starrte fassungslos auf das unglaubliche Bild, das sich mir bot.

Die Netzkreatur hatte das TIEFE WESEN gepackt und zerriß es im wahrsten Sinne des Wortes in der Luft. Es ging unglaublich schnell und mit einer so gnadenlosen, maschinenhaft anmutenden Präzision, daß ich den furchtbaren Schmerz der Amphibienkreatur für einen Moment selbst zu spüren glaubte. Der *Shoggote* tötete sein Opfer nicht einfach, er vernichtete es. Als Cohen sich prustend aus dem Wasser erhob, explodierte dort, wo gerade noch der *Shoggote* und sein Opfer gewesen waren, ein schwarzer Vulkan aus Blut und Fleisch, aus zerrissenen Knochen und grünen Schuppen. Rings um ihn und mich herum schlugen winzige Fontänen aus dem Wasser, und ich hob schützend die Hände über das Gesicht, als der blutige Regen auf mich herabprasselte. Schließlich drehte ich mich zur Seite und entfernte mich ein paar Schritte, und als ich wieder stehenblieb und mich umwandte, war das Netzgeschöpf verschwunden. Auf dem Wasser trieben die blutigen Überreste des TIEFEN WESENS, doch von ihm selbst und seinem Mörder war keine Spur mehr geblieben.

Cohen starrte mich nur an, als ich zu ihm zurückkehrte. Er sagte kein Wort, und doch war es gerade sein Schweigen, das mich mehr traf als alles, was er hätte sagen können.

Wir legten den größten Teil des restlichen Weges bis zur Küste schweigend zurück. Wir mußten sehr schnell gehen, und die letzten hundert oder hundertfünfzig Yards waren wir zum Schwimmen gezwungen, denn die Flut stieg immer schneller, und auch der Sturm nahm immer mehr an Kraft zu, so daß Cohen und ich mehr als einmal Gefahr liefen, gegen einen Felsen geschmettert und verletzt oder auf der Stelle getötet zu werden. Ich spürte die ganze Zeit seine Blicke auf mir. Ich wußte, was in ihm vorging. Und es machte mich fast wahnsinnig, nichts dazu sagen zu können.

Aber das konnte ich nicht, weil ich einfach nicht mehr *verstand*, was all dies bedeutete. Es gab keine Ausrede mehr, keine auch nur an den Haaren herbeigezogene Erklärung: Der *Shoggote half* uns. Das gleiche ungeheuerliche Wesen, das bisher Crowleys Befehlen gehorcht hatte, stand nun auf unserer Seite.

Mehr durch Glück als Absicht (wobei ich nicht mehr wirklich daran zweifelte, daß gewisse unsichtbare Kräfte diesem Glück gehörig auf die Sprünge geholfen hatten) erreichten wir die Steilküste unmittelbar dort, wo sich die schäumenden Wellen am Fuße der Treppe brachen. Und durch eine weitere Laune des Schicksals (!) ließ der wütende Ansturm der Flut gegen den Fels für einen Moment nach; gerade lange genug, daß Cohen und ich das hölzerne Bauwerk erreichen und uns mit letzter Kraft ein Stück weit hinaufziehen konnten.

Erschöpft blieben wir einen Moment nebeneinander liegen, doch uns blieb nicht viel Zeit, Kräfte zu sammeln. Das Wüten der Wellen hob wieder an, heftiger noch als zuvor, und jetzt, als wir aus dem Wasser heraus waren, spürten wir erst, welche Kraft der Sturm mittlerweile gewonnen hatte. Im Norden zuckte Blitz auf Blitz aus dem Himmel, und das Grollen der Donnerschläge verschmolz allmählich zu einem einzigen, nicht enden wollenden Rumpeln und Dröhnen, als begänne das gesamte Himmelsgewölbe einzustürzen.

Vielleicht geschah genau das ja auch, dachte ich. Ich mußte plötzlich wieder an Crowleys Schrei denken, die Angst in seiner Stimme, und seine Worte: *Die Beschwörung muß beendet werden, oder etwas Furchtbares wird geschehen!*

Welche Gewalten hatte dieser Wahnsinnige heraufbeschworen? Welche Folgen würde sein blasphemisches Tun haben, das er nun nicht mehr zu Ende bringen konnte?

Plötzlich durchfuhr mich ein neuer, eisiger Schrecken. Vielleicht war das scheinbar sinnlose Benehmen des *Shoggoten* doch nicht so sinnlos gewesen. Vielleicht war auch Crowley letzten Endes nur ein ahnungsloses Werkzeug, zu nichts anderem gedacht, als das Ende der Welt einzuleiten, und vielleicht war das, was nun geschah, genau das, was die GROSSEN ALTEN in Wirklichkeit geplant hatten.

Der Gedanke war zu kompliziert, um ihn bis zum Ende zu verfolgen, und mir blieb auch gar nicht die Zeit dazu. Das Wasser stieg immer schneller. Wir waren einige Stufen weit in die Höhe gekrochen, aber nun leckten die Wogen bereits wieder an unseren Füßen, so daß wir uns hastig erhoben und die Treppe weiter hinaufliefen; hintereinander und eng mit dem Rücken gegen den Fels gepreßt, um von den tobenden Sturmböen nicht wieder in die Tiefe gerissen zu werden.

Der gefährlichste Moment kam, als wir auf die Küste hinauftraten, denn plötzlich war keine Felswand mehr da, an die wir uns hätten klammern können, und der Sturm fiel wie mit unsichtbaren Fäusten über uns her.

Doch dann ließ er für eine halbe Sekunde nach, so abrupt, daß ich vor lauter Überraschung taumelte und fast die Balance verloren hätte. Im nächsten Augenblick fauchte eine neuerliche, doppelt heftige Sturmböe über die Küste und verwandelte meinen hastigen Schritt, mit dem ich mein Gleichgewicht hatte wiederfinden wollen, in einen langgestreckten Sturz, der mich flach in den Morast schleuderte.

Ich blieb eine Sekunde lang liegen, dann hob ich benommen den Kopf, spuckte hustend den Schlamm aus, in dessen Genuß ich unfreiwillig gekommen war, und fuhr mir mit der linken Hand über das Gesicht, um wenigstens den ärgsten Morast fortzuwischen. Dann erstarrte ich mitten in der Bewegung und blickte entsetzt auf meine Finger herab.

Der braunschwarze Morast war voller Fäden.

Sie waren nicht länger als mein kleiner Finger und dünn wie Haare. Man hätte sie für Wurzeln halten können, hätten sie sich nicht bewegt, oder Würmer, hätte ihre Berührung nicht wie Säure auf der Haut gebrannt.

Mit einem Satz sprang ich auf, hielt den Arm so weit wie möglich vom Körper fort und vollführte hektische, wedelnde Bewegungen mit der Hand, um die gräßlichen Anhängsel abzuschütteln. Es gelang mir nicht völlig. Die meisten stürzten zu Boden und landeten mit einem widerlichen weichen Klatschen im Schlamm, aber einige hatten sich wie winzige Lassos um meine Finger geringelt und fraßen sich unbarmherzig durch meine Haut, als zögen sich Schlingen aus dünnem glühenden Draht um meine Finger zusammen.

Cohen kam herbeigestolpert, sah mich eine Sekunde lang verwirrt und erschrocken an, dann, als er die Fäden erkannte, reagierte er mit erstaunlicher Kaltblütigkeit. Rasch nahm er meine Hand und hielt sie fest, griff mit der anderen unter seine Jacke und zog den schmalen Dolch hervor, mit dem er zuvor Crowley bedroht hatte. Mit einer Ruhe, die mich angesichts des unheimlichen Geschehens mehr als alles andere in Erstaunen versetzte, schob er die Klinge unter die dünnen Fäden, die meine Finger unbarmherzig aneinanderfesselten, und schnitt sie mit zwei, drei entschlossenen Rucken durch. Das zerrissene Gewebe fiel zu Boden, bewegte sich aber dort weiter; jedes einzelne Teil schien von eigenem Leben erfüllt zu sein, wie Regenwürmer, die man geteilt hat und die trotzdem weiterleben.

Cohen zog mich am Arm ein Stück weit von der Küste fort, während ich meine vor Schmerz pochende, blutende Hand gegen den Körper preßte. Die Windböen hatten jetzt eine solche Gewalt, daß es uns kaum noch möglich war, uns auf den Beinen zu halten; ganz zu schweigen davon, etwa miteinander zu reden.

Ich ließ mich beinahe willenlos von Cohen mitzerren. Ich wäre in diesem Moment auch gar nicht in der Lage gewesen, irgendeine vernünftige Entscheidung zu treffen. Der pochende Schmerz in meiner rechten Hand wurde nicht besser, sondern im

Gegenteil mit jeder Sekunde schlimmer, und in meinem Kopf begann sich alles zu drehen. Was geschehen wäre, wäre ich auch nur ein Stück weit mehr nach rechts in den Schlamm gestürzt und hätte statt mit der Hand mit dem Gesicht das *Shoggotennest* unter dem Morast berührt, wagte ich mir gar nicht erst vorzustellen.

Erst nach einer geraumen Weile fand ich halbwegs in die Wirklichkeit zurück. Cohen zerrte mich immer noch wie ein Kind am Arm hinter sich her, und ich stolperte mehr, als daß ich ging. Der Orkan hielt mit unverminderter Wucht an, und über den Himmel stürmten schwarze Wolken wie fliegende Gebirge. Ich hob im Laufen den Kopf und sah, daß der Mond, der nur manchmal durch eine Lücke in dem brodelnden schwarzen Chaos über unseren Köpfen sichtbar wurde, zu einer perfekten Scheibe gerundet war. Und – war es tatsächlich nur Einbildung? – er schien mir *größer* als normal, als wäre er ein Stück weit näher an die Erde herangekommen. Wieder schoß mir durch den Kopf, daß es Vollmond war, und jetzt war ich sicher, daß dies kein Zufall mehr sein konnte. Crowley hatte den Moment für seine Beschwörung mit Bedacht und großer Sorgfalt gewählt, und vermutlich war dies der einzige Grund, aus dem er und seine Helfer uns nicht schon in der vorhergehenden Nacht überwältigt hatten.

Ich habe nie viel um Astrologie gegeben, doch der Einfluß des Vollmondes auf den Menschen und sein Verhalten ist unbestritten, und zum allerersten Mal kam mir der Verdacht, daß vielleicht auch dies Teil des allumfassenden Planes der GROSSEN ALTEN zur Eroberung unserer Welt sein mochte, daß die Erde vielleicht nicht die einzige Welt dieses Sternensystemes war, auf der die schreckliche Dämonenrasse Fuß gefaßt hatte. Ja, daß sie vielleicht vom Erdtrabanten aus, unerreichbar für uns und unangreifbar für alles, was wir gegen sie unternehmen mochten, ihre finsteren Pläne spann.

Cohen ließ mir keine Zeit, den Gedanken weiter zu verfolgen, sondern stieß mich grob vor sich her, und erst als ich durch ein dorniges Gebüsch stolperte, merkte ich, daß wir vom direkten Weg nach Brandersgate abgewichen waren. Wir befanden uns wieder in dem Waldstück, hinter dem die alte Fabrik verborgen lag.

Hastig schüttelte ich den Kopf und versuchte ihm verständlich zu machen, daß dies der falsche Weg sei, aber er ignorierte mich und zerrte mich im Gegenteil mit nur noch größerer Eile weiter.

Ich gab es auf, mich gegen ihn wehren zu wollen. Hier im Wald waren wir vermutlich nicht vor unseren Verfolgern, zumindest aber vor dem Sturm ein wenig in Sicherheit. Sein Heulen und Wüten war auch hier drinnen überlaut, aber die kahlen Bäume brachen doch die Gewalt der Böen ein wenig, und ihre blattlosen Kronen nahmen auch dem peitschenden Regen die ärgste Wucht.

Schließlich ließ Cohen meine Hand los und blieb stehen. Ich sank erschöpft gegen einen Baum und verbrachte die nächste halbe Minute damit, meine pfeifenden Lungen mit Sauerstoff zu füllen und darauf zu warten, daß das Zittern meiner Knie ein wenig nachließ. Meine rechte Hand pochte noch immer. Ich betrachtete sie in dem schwachen Licht, das seinen Weg durch die Baumwipfel gefunden hatte, und was ich sah, ließ mich abermals schaudern. Ich hatte ein Dutzend dünner, aber höllisch schmerzender Schnitte abbekommen, als hätte ich in die Drahtschlinge eines Wilderers gegriffen, und das gleich mehrmals hintereinander. Die Wunden bluteten nicht mehr, aber zumindest eine davon schien bis auf den Knochen zu reichen. Hätte Cohen das Messer nicht dabei gehabt ...

Ich zog es vor, diesen Gedanken nicht weiter zu verfolgen, ballte die Hand zur Faust und steckte sie in die Jackentasche. Cohen folgte meiner Bewegung mit ausdruckslosem Gesicht.

»Ich glaube, Sie sollten jetzt das eine oder andere erklären, Mr. Craven«, sagte er.

Seine Worte – und vor allem der Umstand, daß er mich plötzlich wieder Mr. Craven und nicht mehr Robert nannte – machten mir zweierlei schlagartig klar: Zum einen, daß der Sturm in den letzten Augenblicken nachgelassen hatte, ohne daß ich es gemerkt hatte, denn ich verstand ihn nun wieder, zum anderen, daß unsere Beziehung offensichtlich wieder auf dem gleichen Punkt angekommen war, an dem sie begonnen hatte; vielleicht nicht einmal das. Aber das konnte ich ihm nicht verübeln.

Leider hatte ich auch keine Antworten auf seine Fragen. »Ich verstehe es so wenig wie Sie, Cohen«, sagte ich. »Nichts von alledem ergibt irgendeinen Sinn, aber ...«

»Oh, vielleicht doch«, unterbrach mich Cohen. »Zumindest ist mir jetzt klar, wer uns dieses Telegramm geschickt hat.«

»So?« erwiderte ich. »Mir nicht.«

»Ich bin ziemlich sicher, daß es Crowley selbst gewesen ist«, antwortete Cohen.

»Warum sollte er das tun?«

»Nun, er wollte Sie haben, oder nicht?« Cohen zog

eine Grimasse und schüttelte andeutungsweise den Kopf. »Nachdem er Ihrer in London nicht habhaft werden konnte, hat er uns einfach eine Einladung geschickt, direkt hierher zu kommen. Und ich Trottel bin wie ein Anfänger darauf hereingefallen.«

»Aber warum?« fragte ich.

Cohen sah mich durchdringend an. »Das frage ich Sie«, entgegnete er. »Und vor allem frage ich Sie noch etwas – und ich rate Ihnen, eine ziemlich gute Antwort darauf zu geben, Mr. Craven.« Er griff abermals in seine Jacke, zog den Dolch hervor – und trat mit einem raschen Schritt auf mich zu, um die Spitze der Klinge genau auf meine Kehle zu setzen.

Erschrocken versuchte ich zurückzuweichen, prallte aber nur hart gegen den Baum, an den ich mich gelehnt hatte. Der Druck der Messerklinge verstärkte sich ein wenig, und ich legte entsetzt den Kopf in den Nacken. »Sind Sie … verrückt geworden?« krächzte ich.

Cohen schüttelte den Kopf. »Ich war noch nie so vernünftig wie jetzt, Mr. Craven«, sagte er. »Sie werden mir jetzt sagen, was hier gespielt wird, oder ich hole nach, was Crowley versäumt hat.«

»Ich weiß es nicht!« sagte ich fast verzweifelt. »Cohen, seien Sie vernünftig! Sie können nicht …«

Aber er konnte. Und er tat.

Ich sah das Aufblitzen in seinen Augen und begriff, daß er zustechen würde, und ich versuchte, den Kopf wegzudrehen und zugleich die Arme hochzureißen, um die Waffe zur Seite zu schlagen, aber ich ahnte, daß keine der beiden Bewegungen schnell genug sein würde.

Und ich hatte recht.

Sie brauchten gut zwei Stunden, um auch nur die ersten Ausläufer der Stadt zu erreichen. Das Gehen auf dem harten, unebenen Boden erwies sich als wesentlich anstrengender als erwartet. Auch hier hatte sich kristallisiertes Salz mit dem Sand zu einer Kruste verbunden, die bei jedem Schritt unter ihren Schuhen knirschte.

Aus der Nähe betrachtet erwiesen sich die Zerstörungen in R'lyeh als noch gewaltiger, als es von weitem den Anschein gehabt hatte. Von vielen Häusern standen nur noch einzelne Mauerteile, andere waren völlig zu gewaltigen Schutthaufen zusammengebrochen. Abgesehen von der räumlichen Größe wies nichts mehr auf die einstige finstere Pracht der Stadt hin.

Sie gelangten auf eine langgezogene, mit Trümmerstücken übersäte Straße. Trotz der Verwüstungen waren immer noch Spuren der unmenschlichen Architektur der Erbauer R'lyehs zu erkennen. Es handelte sich um Details, die Howard vertraut waren, auch wenn sein Verstand sich weigerte, sie richtig wahrzunehmen. Mal glaubte er eine auf unmögliche Art gekrümmte Gerade zu sehen, anderenorts einen Winkel, der mehr als dreihundertsechzig Grad beschrieb, Spiralen, die sich geradewegs in die Unendlichkeit zu schrauben schienen, Ecken, Kanten und Rundungen, die es schlichtweg nicht geben *konnte*. Er vermied es, allzu genau hinzusehen, weil er nur zu gut wußte, daß diese jeglicher menschlichen Vorstellungskraft Hohn sprechende Symmetrie jeden Betrachter über kurz oder lang in den Wahnsinn treiben würde.

Howard blieb immer wieder vor einigen der Häuser stehen und betrachtete sie genauer, um zu ergründen, wodurch sie zerstört worden waren. Es schien allein ein Werk des Wassers zu sein, als die Stadt vor langer Zeit irgendwann im Meer versunken war. Weder waren Spuren von Feuer zu entdecken noch sonst irgendwelche Hinweise auf die Ursachen der Verwüstung.

Der Zustand der Gebäude besserte sich etwas, je mehr sie sich dem Zentrum der Stadt und damit der schwarzen Pyramide näherten, aber damit wuchs auch das Gefühl von Bedrohlichkeit, was nicht nur an der nichtmenschlichen Architektur lag. Einst war R'lyeh von finsterem, blasphemischem Leben schier übergequollen. *Shoggoten* und unzählige andere Dienerrassen der GROSSEN ALTEN hatten die Straßen und Gebäude bevölkert, manche so fremdartig, daß ihr bloßer Anblick einem Menschen den Verstand geraubt hätte. Die Kreaturen waren verschwunden, vermutlich seit einer halben Ewigkeit tot, sofern man bei etwas, das nie wirklich gelebt hatte, überhaupt von Tod sprechen konnte.

Dennoch schien etwas von ihrer unheiligen Präsenz in jedem Stein, in jedem Fußbreit Boden zurückgeblieben zu sein; eine finstere Hinterlassenschaft, die selbst jetzt noch spürbar war.

Howard wußte, daß sie zu der schwarzen Pyramide mußten, auch wenn sich alles in ihm dagegen sträubte. Wenn es irgendwo Antworten auf die Fragen gab, die ihn beschäftigten, dann dort, im Zentrum des Bösen. Dem Haus, in dem Cthulhu einst ertrank und Jahrmillionen auf seine Auferstehung wartete.

Neugier und Furcht, was sie dort finden würden, beherrschten Howard gleichermaßen. Vor allem beschäftigte ihn die Frage, was mit dem obersten der

GROSSEN ALTEN geschehen war. Ruhte er noch immer in seinem Grab, vergessen von der Zeit, von vergangener Macht träumend und davon, eines Tages doch noch einen Rückweg in die Welt der Lebenden zu finden, um seine einstige Schreckensherrschaft über die Erde neu zu beginnen?

Howard schrak aus seinen Gedanken auf, als er glaubte, in den Trümmern eines Hauses, das sie gerade passierten, eine Bewegung wahrgenommen zu haben. Als er jedoch genauer hinsah, entdeckte er nur einen der entsetzlich sinnverdrehenden Winkel und wandte den Blick rasch wieder ab.

»Unheimlich«, murmelte Rowlf. »Dassis ... richtich unheimlich.«

Howard schauderte beim Klang seiner Stimme. Sie kam ihm fremd und düster vor, etwas, das nicht hierher gehörte und dessen Anwesenheit nicht ungesühnt bleiben konnte. Für einige Sekunden mußte er gegen die bizarre Vorstellung ankämpfen, daß allein der Klang ihrer Stimmen ausreichte, um die schrecklichen Wesen, die diese Stadt einst bewohnt hatten, zu neuem Leben zu erwecken. Trotzdem antwortete er:

»Ja. Aber weißt du, was noch viel unheimlicher ist?«

Rowlf schüttelte den Kopf, und Howard fuhr mit einer weit ausholenden Bewegung in die Runde fort: »Diese Stadt ist zerstört, Rowlf. Irgend etwas ... hat sie vernichtet. Schon vor langer Zeit. Vielleicht ...«

Er dachte an den Schatten, den er von der Stadt der Eloi aus im Meer gesehen hatte. »... schon vor der Zeit der Eloi und Morlocks. Aber was auf der Welt ist in der Lage, *solche* Zerstörungen anzurichten?«

»Vielleich isse einfach verfalln?« nuschelte Rowlf. »Ich mein, vielleich sinse einfach weggegang un ham das alles liegnlassn.«

Auch Howard hatte *diese* Erklärung bereits erwogen – und wieder verworfen. Der Gedanke war verlockend – und eindeutig *zu* einfach. Irgend etwas sagte ihm, daß die Erklärung viel schrecklicher sein würde.

Ohne ein weiteres Wort schritt er schneller aus, direkt auf die schwarze Pyramide im Herzen der Alptraumstadt zu.

Alles, was ich fühlte, war ein leichter Schlag gegen den Hals. Er tat nicht einmal wirklich weh. Trotzdem wußte ich, daß die Wunde tödlich sein mußte. Der Dolch war scharf wie ein Skalpell, und vermutlich war das der Grund, aus dem ich nicht einmal Schmerz spürte, als der Stahl in meine Kehle eindrang. Ich empfand auch keinen wirklichen Schrecken – dazu war ich viel zu schockiert und zu überrascht.

Ich hatte einen Fehler gemacht. Ich hätte Cohen nicht vertrauen dürfen. Entweder war der Mann, den ich in Hennesseys Höllenturm wiedergesehen hatte, nicht der wirkliche Cohen, oder aber das Geschehen hatte seinen Geist völlig verwirrt.

Aber warum auch immer, blieb sich im Grunde gleich – ich war einmal zu vertrauensselig gewesen, und dieses eine Mal würde ich mit dem Leben bezahlen.

Cohen trat mit einem zornig klingenden Knurren zurück und schwenkte triumphierend seine Waffe, während ich entsetzt die Hände vor den Hals schlug und auf den warmen, pulsierenden Strom wartete, mit dem das Leben aus mir herausschießen mußte.

Er kam nicht.

Unter meinen Fingern war kein klaffender Schnitt, sondern glatte, unversehrte Haut. Auch der entsetzliche Schmerz, auf den ich wartete, blieb aus.

Und für die nächsten zehn Sekunden stand ich einfach nur da, starrte das Messer in Cohens Händen an, auf dessen Klinge nicht ein einziger Blutstropfen zu sehen war, und verstand die Welt nicht mehr.

»Was ...?« murmelte ich verständnislos und nahm endlich die Hände herunter.

Cohen grinste breit, aber das Lächeln blieb auf sein Gesicht beschränkt. Seine Augen blieben so ernst wie zuvor. Mit einer raschen Bewegung drehte er den Dolch herum, setzte die Spitze auf seine Brust, genau über dem Herzen, und stach zu.

Er blieb ebenso unversehrt wie ich. Die Messerklinge glitt lautlos in den verzierten Griff zurück, wobei sie sich mindestens zweimal zusammenschieben mußte, denn sie war sehr viel länger als das Griffstück, und kam mit einem hörbaren Schnappen wieder heraus, als Cohen die Waffe zurückzog. Der Dolch war nichts anderes als eine Attrappe, ein Theaterdolch, wie ihn Schauspieler verwendeten, wenn sie bei der Darstellung eines Mordes in ihren Stücken nicht jedesmal auf einen neuen Komparsen zurückgreifen wollten.

»Was ... ist das?« murmelte ich verstört. Ich kam mir mittlerweile reichlich blöd vor, und Cohen gab sich nicht die mindeste Mühe, mir dieses Gefühl zu nehmen.

»Das«, sagte er betont, »ist der Dolch, mit dem Crowley Sie in London ermorden wollte, Craven.«

Er reichte mir die Waffe. Verwirrt nahm ich sie entgegen, drehte sie in den Händen und drückte die Klinge ein paarmal mit der Spitze des Zeigefingers in den Griff zurück und ließ sie wieder herausschnappen. Nur wenn man ganz genau hinsah, sah man die winzigen Linien, die sich über das scheinbar makellose Metall zogen. Tatsächlich bestand die Klinge aus drei Teilen, die ineinanderglitten, ehe sie allesamt im Griff verschwanden. Es war ein Stück von wahrhaft meisterlicher Handwerkskunst – aber irgendwie war ich im Moment nicht in der Stimmung, sie gebührend zu bewundern.

»Crowley hatte niemals vor, Sie umzubringen, Craven«, fuhr Cohen fort. »Weder in London noch jetzt. Wissen Sie was? Ich glaube sogar, daß er uns absichtlich hat entkommen lassen.« Er machte eine Kopfbewegung auf das Messer in meinen Händen. »Es war sein eigener Dolch, mit dem ich ihn bedroht habe.«

»Vielleicht hat er sie nicht erkannt«, murmelte ich.

Cohen zuckte die Achseln und antwortete nicht darauf. Immerhin war es möglich, daß Crowley einfach zu erschrocken gewesen war, um zu sehen, mit welcher Waffe Cohen ihn bedrohte. Aber im Grunde glaubten wir beide nicht daran.

»Aber warum um alles in der Welt sollte er das tun?« fragte ich.

»Vielleicht erzählen Sie mir zuerst einmal, was er überhaupt von Ihnen will und wer er ist«, sagte Cohen anstelle einer Antwort.

»Das weiß ...«, begann ich, wurde aber sofort wieder von Cohen unterbrochen. »Sie wissen es nicht, ich weiß«, sagte er in einem Ton, der deutlich machte, wie wenig er mir glaubte. »Sie sind nichts als das arme unschuldige Opfer einer schrecklichen Verwechslung, nehme ich an.«

Ich funkelte ihn böse an. »Sparen Sie sich Ihren Sarkasmus«, sagte ich. »Ich habe wirklich keine Ahnung, wer dieser Crowley ist. Ich glaube, ich weiß, *was* er ist, aber das ist auch schon alles.«

»Das wäre schon einmal ein Anfang«, sagte Cohen.

»Glauben Sie, jetzt ist der richtige Zeitpunkt, um darüber zu reden?«

Cohen zuckte mit den Achseln. »Wenn nicht jetzt, wann sonst? Er ist kein Mensch, nicht wahr?«

Im Grunde kannte ich die Antwort auf seine Frage ganz genau. Aber ich wollte es mir nicht eingestehen. Nach allem, was ich erlebt und gesehen hatte, lag die Vermutung, daß auch Crowley ein TIEFES WESEN war, das – vielleicht schon vor Jahrhunderten – die Gestalt eines Menschen angenommen hatte, auf der Hand. Aber ich wollte es einfach nicht zugeben, denn wenn diese Vermutung zutraf, dann bedeutete das, daß es vielleicht niemanden mehr gab, dem ich wirklich vertrauen konnte, waren meine Feinde doch in der Lage, in jedes beliebige Aussehen zu schlüpfen, jede beliebige Identität anzunehmen.

»Vielleicht«, sagte ich so. »Vermutlich hat er schon so oft seinen Körper gewechselt, daß er selbst nicht mehr weiß, wer er wirklich ist.«

Cohen seufzte. »Sie sollten Politiker werden, Craven«, sagte er. »Sie verstehen es wirklich, viele Worte zu machen, ohne etwas zu sagen.«

Ich lächelte schwach über seinen Scherz, antwortete aber nicht darauf. Statt dessen sah ich mich demonstrativ in der Runde um, ohne mehr als Schatten und kahle, im unheimlichen Licht dieser stürmischen Vollmondnacht wie aus Zement gegossen aussehende Baumstämme zu erblicken. »Wir können nicht hierbleiben«, sagte ich.

»Falls Sie vorhaben, nach Brandersgate zurückzugehen, vergessen Sie es«, sagte Cohen. »Es sind noch« – er zog seine Taschenuhr hervor und klappte den Deckel auf – »fast sechs Stunden.«

»Sechs Stunden bis wann?«

»Bis der Zug nach Glasgow durch Brandersgate kommt«, antwortete Cohen und steckte die Uhr wieder ein. »Wir müssen versuchen, ihn irgendwie anzuhalten.«

»Und Sie denken, sie werden tatenlos dabei zusehen?«

Cohen schnaubte. »Nach allem, was bisher geschehen ist, würde ich mich nicht wundern, wenn sie uns einen roten Teppich ausrollen«, sagte er. Ich wollte widersprechen, aber Cohen fuhr etwas lauter und heftiger fort: »Begreifen Sie immer noch nicht, daß Crowley will, daß wir entkommen? Oder zumindest Sie?«

Das hatte ich längst begriffen. Ich verstand nur immer noch nicht, warum. Außerdem hatte ich den entsetzten Ton in seiner Stimme, als er uns vom Balkon des Turmes aus nachschrie, nicht vergessen.

»Vielleicht sollten wir …«, begann ich.

Ein gleißender, blauweißer Blitz spaltete den Himmel. Cohen und ich schrien im gleichen Moment geblendet auf und schlossen die Augen, aber das Licht war so intensiv, daß es mühelos durch meine geschlossenen Lider drang und ich den Wald und Cohens Gestalt wie auf dem Negativ einer fotografischen Platte sah; geisterhaft und unheimlich und mit solcher Intensität, daß die flackernden Nachbilder auf meiner Netzhaut mein Sehvermögen noch minutenlang danach trübten.

Ein unvorstellbarer Donnerschlag ließ den Boden unter unseren Füßen erbeben, und zugleich ertönte ein unheimliches Zischen und Summen, wie ich es noch nie zuvor im Leben gehört hatte. Der Himmel schien von einem Ende zum anderen auseinanderzureißen, und erneut peinigte ein unvorstellbar intensives, grauenhaftes Licht meine Augen. Blaues Elmsfeuer zeichnete die Konturen der Baumwipfel über unseren Köpfen nach, und für eine Sekunde verspürte ich ein schreckliches Kribbeln am ganzen Körper, als das kalte blaue Feuer auch über meine eigenen Glieder huschte. Dann verblaßte das Licht, und meinen geblendeten Augen erschien die nachfolgende Dunkelheit absolut.

Eine Sekunde darauf rollte ein zweiter, kaum weniger lauter Donnerschlag vom Meer heran. Aber dieser Ton war anders; ein dunkles, rollendes Bersten und Krachen, der Laut eines ... zusammenbrechenden Gebäudes!

Cohen und ich mußten wohl im gleichen Moment zu diesem Schluß gekommen sein, denn noch während ich – immer noch halb blind – stolpernd den Weg zur Küste zurück einschlug, hörte ich, wie auch er hinter mir losstürmte.

Der Orkan empfing uns mit ungebrochener Wut, als wir den Wald verließen, und wir mußten uns gegen die eisigen Böen stemmen, als wir den Weg zur Küste zurückliefen.

Das Meer war nicht mehr dunkel. Irgendwo jenseits der Steilküste loderte ein gigantisches Feuer, dessen Glut die Unterseiten der Sturmwolken in ein blutfarbenes Licht tauchte, in dem es immer wieder blau und weiß und gelb aufblitzte. Das Dröhnen und Krachen hielt an und schien sich sogar noch zu verstärken, und auch vom Himmel zuckten immer noch Blitze, in immer schnellerer Folge jetzt. Aber es waren keine normalen Blitze. Diesem Gewitter wohnte nicht die Ziellosigkeit eines normalen Unwetters inne; sein Zorn war gebündelt und entlud sich konzentriert auf eine einzige Stelle im Meer, nur eine halbe Meile von der Küste entfernt.

Ich hatte geahnt, was wir zu sehen bekommen würden, und trotzdem war der Anblick so unheimlich, daß ich erschrocken stehenblieb und die Augen aufriß, als wir den Felsgrat erreichten.

Hennesseys Turm brannte wie eine Fackel. Blitz auf Blitz schlug in den gewaltigen steinernen Pfeiler ein, und wo die dünnen blauen Energielinien den Fels berührten, da glühte er auf und begann wie flüssige Lava in die Tiefe zu rinnen. Diese Blitze mußten um vieles stärker sein als normale Blitze, und ich konnte körperlich fühlen, wie sich über unseren Köpfen eine unbezähmbare Gewalt zusammenballte, um Ströme purer Vernichtung auf den schwarzen Turm herabzuschleudern.

Was wir beobachteten, war nicht das Toben entfesselter Naturgewalten, sondern das Aufeinanderprallen von Licht und Dunkel, zweier Kräfte, die so alt wie die Schöpfung waren, und unversöhnliche Feinde seit Anbeginn. Der Turm schien sich unter den Einschlägen der Blitze zu winden wie ein lebendes Wesen, und wenn ich überhaupt noch Zweifel daran gehabt hätte, daß in seiner Schwärze etwas wohnte, so wären sie nun zerstreut worden, denn ich konnte das Aufbäumen der finsteren Energien sehen, die sich unter den Blitzen wanden und zuckten und vergeblich zu entkommen versuchten.

Am Fuß des Turmes begann das Meer zu kochen. Ich sah, wie nun auch dort Blitze einschlugen, wie die grellen, tausendfach verästelten blauen Linien das Wasser trafen und verdampften, so daß sich graue Schwaden wie Nebel aus dem Meer erhoben, die die Umrisse des sterbenden Turmes bedeckten wie ein graues, zitterndes Leichentuch.

Dann ...

Es dauerte nicht einmal eine Sekunde, doch der Anblick brannte sich unauslöschlich in mein Gedächtnis ein. Ein letzter, ungeheuerlicher Donnerschlag erklang, und zugleich peitschten Dutzende von gleißenden Blitzen im selben Sekundenbruchteil auf das Meer herab; und diesmal erloschen sie nicht, als sie die Wasseroberfläche berührten, sondern setzten sich darunter fort, verästelten sich weiter und weiter, bis der gesamte Ozean vor der Küste von einem blauweiß glühenden, engmaschigen Netz aus Licht durchwoben zu sein schien.

Dann war es vorbei. Von einer Sekunde auf die andere erloschen die Blitze, und im gleichen Augenblick hörte der Sturm auf. Er flaute nicht etwa ab, sondern hörte einfach auf, wie abgeschaltet, und nur einen Herzschlag später begannen sich die Wolken über unseren Köpfen mit nahezu unvorstellbarer Schnelligkeit aufzulösen. Alles in allem verging nicht einmal eine Minute, bis der Himmel über uns klar und beinahe wolkenlos war; eine samtblaue Kuppel, auf der die silberne Scheibe des Mondes glänzte, eingefaßt von einer Million winziger glitzernder Lichtpünktchen.

Der schwarze Turm war verschwunden. Wo er

gestanden hatte, erhob sich nur eine flache Insel aus dem Meer, von der grauer Dampf aufstieg. Hier und da glühte der Fels noch, aber die höhersteigende Flut erstickte das Feuer rasch. Nach einer weiteren Minute erlosch der letzte Lichtfunke unter den monoton heranrollenden Wogen.

Auch das Toben der Flut beruhigte sich zusehends. Tief unter unseren Füßen brach sich noch einmal weiße Gischt an den Klippen, aber es war jetzt nur noch die ganz normale Kraft des Meeres, nicht mehr der vernichtende Strom, der Hennesseys Turm verschlungen hatte. Und ich spürte, daß nicht nur das bizarre Bauwerk verschwunden war. Auch die unheimliche Kreatur im Wasser war nicht mehr da; vernichtet durch die Energie der Blitze oder geflohen in die finsteren Abgründe des Wahnsinns, aus denen sie emporgestiegen war. Crowley hatte mit seinem Tun Gewalten heraufbeschworen, deren er letztendlich selbst nicht mehr Herr geworden war.

Aber der Gedanke an seine Vernichtung erfüllte mich nur eine Sekunde lang mit Befriedigung. Danach und viel intensiver verspürte ich eine eisige Kälte, die aus meinem Inneren emporkroch und mich frösteln ließ. Wenn schon ein einzelner Diener der GROSSEN ALTEN – wenn auch zweifellos ein sehr mächtiger Diener – dazu in der Lage war, solche Gewalten heraufzubeschwören, wozu mochten die finsteren Gottheiten selbst dann erst fähig sein?

Schweigend wandte ich mich um und begann mich von der Küste zu entfernen, und nach einer Weile folgte mir Cohen.

Es dauerte eine halbe Stunde, bis wir den Bahnhof von Brandersgate erreichten. Cohen und ich hatten vorgehabt, den Ort in einem respektvollen Bogen zu umgehen und uns der alten Station von der entgegengesetzten Richtung her zu nähern, doch wir hatten bald gespürt, daß vor uns irgend etwas nicht in Ordnung war. Im hellen Licht der mittlerweile klaren Vollmondnacht konnten wir die zwei Dutzend eingeschossigen Gebäude gut genug erkennen, um zu sehen, daß ... irgend etwas anders war, allerdings nicht gut genug, um zu erkennen, worin diese Veränderung bestand. So waren wir – ohne daß es einer besonderen Übereinkunft bedurfte – von unserem ursprünglichen Plan abgewichen und hatten uns, unendlich vorsichtig und jeden Moment auf einen Hinterhalt oder einen Überfall gefaßt, dem ersten Gebäude jenseits des Bahnhofes genähert: Cordwailers Laden.

Oder dem, was einmal Cordwailers Laden gewesen war. Das Gebäude war zerstört. Aber es war keine gewaltsame Zerstörung. Mein allererster Gedanke, daß das unheimliche Gewitter auch Brandersgate verheert hatte, war falsch. Das Gebäude wies keine Spuren gewaltsamer Beschädigungen auf. Sämtliche Scheiben waren zerbrochen oder gleich ganz verschwunden, mehr als die Hälfte des Daches war eingesunken, so daß die nackten Sparren sich, einem dürren Skelett gleich, gegen den Himmel erhoben, und die Tür, die ich selbst am vorausgehenden Abend eingeschlagen hatte, hing nun wieder in ihren Angeln, aber schräg und verzogen und vom Alter eines Drittels ihrer Bohlen beraubt.

Der Anblick, den das Innere des Hauses bot, war fast noch bizarrer. Cohen hatte eine Kerze gefunden, nachdem er eine Weile polternd in der fast vollkommenen Dunkelheit jenseits der Theke herumgesucht hatte, und in ihrem flackernden, unsicheren Licht erblickten wir einen Raum, den seit Jahren kein Mensch mehr betreten hatte; wenn nicht seit Jahrzehnten. Auf dem Boden lag eine knöcheltiefe Schicht aus flockigem Staub, und abgesehen von der Theke und dem Regal dahinter (es war vollkommen leer!) gab es kein einziges Möbelstück. In der Luft hing der unverwechselbare Geruch eines dem Verfall anheimgegebenen Hauses. Ein Teil der Decke war eingebrochen, und durch das fast mannsgroße Loch konnte ich in das darüberliegende Stockwerk sehen – durch einen Zufall genau in das Zimmer, in dem ich selbst zwei Nächte verbracht hatte. Doch soweit ich es von hier unten aus erkennen konnte, war auch dieser Raum vollkommen leer. Weder von seiner Einrichtung noch von den wenigen Dingen, die ich selbst mitgebracht hatte, war auch nur eine Spur zu entdecken.

»Aber das ist doch ... vollkommen unmöglich«, murmelte ich fassungslos.

Cohen antwortete nicht darauf, sondern sah mich hinter der Theke hervor nur aus großen Augen an und beugte sich dann herab, und ich bewegte mich zögernd auf die Treppe am anderen Ende des Raumes zu, um nach oben zu gehen. Als die dritte Stufe der morschen Holztreppe unter meinem Gewicht einbrach, gab ich das Vorhaben auf und ging wieder zu Cohen zurück.

Der Inspektor hatte eine schwarze, staubverkrustete Kladde gefunden, in der er im Schein der Kerze herumblätterte. Jedesmal, wenn er eine Seite umschlug, wirbelte eine graue Staubwolke empor, und die Schrift auf den Seiten war so verblaßt, daß er Mühe hatte, sie zu lesen.

Der verblüffte, zugleich auch erschrockene Ausdruck auf seinen Zügen entging mir keineswegs.

»Was haben Sie da?« fragte ich.

Cohen blätterte eine weitere Seite um und überflog die Zeilen aus eng zusammengekniffenen Augen, ehe er kopfschüttelnd und ohne zu mir aufzublicken murmelte: »Das ist Cordwailers Kassenbuch.«

Ich verspürte ein absurdes Gefühl von Erstaunen, daß Cordwailer überhaupt so etwas wie eine Buchführung gehabt hatte. »Und?« fragte ich.

»Also, ich verstehe nicht viel von solchen Dingen«, murmelte Cohen und sah mich nun doch an. »Aber wenn das hier stimmt, dann ist in diesem Geschäft vor mehr als fünf Jahren das letzte Mal irgend etwas verkauft worden.«

»Aber das kann nicht ...«, begann ich, brach ab und setzte dann mit dem völlig mißglückten Versuch eines Lachens noch einmal an: »Sie müssen sich täuschen. Wir haben doch beide erst gestern mit ihm geredet.«

»Dann sehen Sie sich doch hier um«, murmelte Cohen.

Ich wußte, was er meinte. Die leeren Regale, die unversehrte Staubschicht auf dem Boden, in der meine eigenen und Cohens Spuren die einzigen waren, und der desolate Zustand des ganzen Hauses sprachen ihre eigene Sprache.

Trotzdem war ich noch nicht bereit, das Offensichtliche zuzugeben. Und Cohen offensichtlich auch nicht. Beinahe hastig verließen wir das Gebäude und steuerten das nächstbeste Haus auf der anderen Straßenseite an.

Der Anblick war der gleiche. Das Gebäude stand nicht nur leer, es war seit einem halben Jahrzehnt aufgegeben und verfiel. In den Fenstern befanden sich noch einige wenige Scheiben, die aber so mit Schmutz verkrustet waren, daß sie nicht mehr das mindeste Licht durchließen, und auch hier bedeckte grauer Staub wie ein makelloses Leichentuch jeden Quadratzentimeter. Das Gebäude war nicht leergeräumt wie der Laden, aber einige der einfachen Möbel zerbrachen, als ich sie berührte, und sämtliche Schränke und Truhen waren leer.

Und so ging es weiter. Wir durchsuchten nicht ganz Brandersgate, wohl aber knapp ein Dutzend willkürlich ausgewählter Gebäude, und was wir fanden, war überall dasselbe. Meine Erinnerungen (und meine Vernunft) sagten mir, daß es unmöglich sei, aber es war eindeutig: Dieser Ort war verlassen. Brandersgate war eine Geisterstadt, in der seit Jahren keine Menschen mehr lebten.

Schließlich hatten wir das Ende der einzigen Straße erreicht, und als wir aus dem letzten Gebäude, das wir in unsere Suche einbezogen hatten, heraustraten, blieb Cohen plötzlich stehen und hob warnend die Hand. Auch ich erstarrte mitten in der Bewegung und blickte gebannt in die Dunkelheit. Eine Sekunde später glaubte ich etwas zu hören: ein mühsames Schleifen und Rascheln, etwas wie ein Kriechen, als schleppe sich im Schutze der Dunkelheit ein großer, mißgestalteter Körper heran.

Und aus dem Schatten der Kirche auf der anderen Straßenseite löste sich eine kleine Gestalt.

»Joshua!« flüsterte Cohen erstaunt.

Auch ich hatte den Jungen erkannt und wollte auf ihn zugehen, aber dann blieb ich so plötzlich wieder stehen, als wäre ich vor eine unsichtbare Wand gelaufen.

Es war Joshua, daran bestand gar kein Zweifel. Aber er war nicht allein.

Hinter ihm krochen ... Dinge aus der Nacht. Im ersten Moment konnte ich nicht wirklich erkennen, was es war. Die Schwärze schien sich einfach zu Klumpen zusammengeballt zu haben, die pulsierend herankrochen. Im allerersten Moment meinte ich, die Nacht hätte eine weitere Armee schrecklich mißgestalteter *Shoggotenmonster* ausgespien, doch so verständlich dieser Gedanke auch sein mochte, er war falsch. Was da herankroch, war etwas viel Schlimmeres.

Cohen mußte es wohl im gleichen Moment erkannt haben wie ich, denn auch er stieß einen krächzenden, in ein Würgen übergehenden Schrei aus und prallte entsetzt zurück.

Vielleicht waren diese Gestalten früher einmal menschlich gewesen, doch nun waren sie grauenhaft verkrüppelt. Ihre Körper waren zu buckeligen, von rotem, pulsierendem Narbengewebe übersäten Monstrositäten geworden, ihre Glieder waren verkrümmt, verstümmelt, von Flammen verheert und zum Teil mit der zu Schlacke erstarrten Haut der Leiber verschmolzen. Keines der Geschöpfe vermochte sich noch auf nur annähernd normale Weise zu bewegen. Manche krochen auf allen vieren dahin, andere schleppten sich, nur die Arme oder eine einzelne verkrüppelte Hand benutzend, wie riesige mißgestaltete Quallen heran, wieder andere wurden von ihren zerstörten Gliedern zu einem grotesken Humpeln und Hüpfen gezwungen oder hinterließen feuchte, glänzende Spuren auf dem Boden. Am schlimmsten aber waren die Gesichter. Aus Masken aus schwärendem Narbengewebe starrten mich riesige kalte Fischaugen an, Münder, die nunmehr vollends zu klaffenden Narben geworden waren, waren zu stummen, vorwurfsvollen Schreien geöffnet, ohne daß ich auch nur den mindesten Laut hörte.

Ohne daß ich die Gestalten zählen mußte, wußte ich, daß es achtzehn waren. Was da in Joshuas Begleitung herankam, war die Brut der TIEFEN WESEN; die Geschöpfe, die die Stelle der Kinder von Brandersgate hatten einnehmen wollen. Das Höllenfeuer, das den Turm und den *Netzshoggoten* im Wasser vernichtet hatte, hatte sie nicht getötet. Aber es hatte sie zu dem werden lassen, was sie wirklich waren: Monstrositäten, die nicht einmal mehr äußerlich Ähnlichkeit mit Menschen hatten.

Schaudernd wich ich einen Schritt vor der herankriechenden Front der verkrüppelten Monster zurück, obgleich von diesen kaum noch eine Gefahr ausging. Der Anblick erfüllte mich beinahe – aber wirklich nur beinahe – mit Mitleid, vor allem aber mit einer solchen Abscheu, daß ich instinktiv einen weiteren Schritt zurückwich, bis ich mit dem Rücken gegen den Türrahmen stieß. Schon die kleine Erschütterung reichte aus, drinnen im Haus irgend etwas umfallen und krachend zerbrechen zu lassen. Schließlich löste ich meinen Blick von den feuerverheerten Gesichtern und sah Joshua an. Der Junge stand einfach da und starrte zu uns herüber.

»Joshua!« sagte ich. »Geh da weg! Komm her zu uns!«

Joshua regte sich nicht. Er stand da, die Arme halb erhoben und die Hände in einer Geste hilflosen Zornes zu kleinen Fäusten geballt, und auf seinem

Gesicht erschien allmählich ein Ausdruck solchen Schmerzens und solcher Wut, daß mir erneut ein eisiger Schauer über den Rücken kroch.

»Das ist alles Ihre Schuld«, flüsterte er. Seine Stimme zitterte. »Das … das haben Sie getan!«

Im ersten Moment verstand ich nicht einmal, was er meinte. Die Worte erschienen mir einfach absurd. Spätestens jetzt mußte er doch merken, mußte er sehen, womit er es wirklich zu tun hatte.

»Joshua, wach auf!« rief ich. »Sieh dich um, sieh dir an, was sie wirklich sind!«

Der Blick des Jungen blieb unverwandt auf mein Gesicht gerichtet, und plötzlich begann er am ganzen Leib zu zittern. »Das ist alles Ihre Schuld!« sagte er. »Sie … Sie haben alles zerstört! Diese Wesen wollten uns helfen. Sie sind gekommen, damit alles wieder so wird, wie es war, aber Sie haben alles zunichte gemacht!«

Die Worte erfüllten mich mit einer solchen Fassungslosigkeit, daß ich nicht antworten konnte. Ich machte eine hilflose Bewegung auf den Jungen zu, wagte es aber dann doch nicht, weiterzugehen, denn einige der kriechenden Monstrositäten waren mittlerweile gefährlich nahe gekommen, und ich wagte es nicht, mich ihnen so weit zu nähern, daß sie mich hätten berühren können. Es lag nicht nur an dem Widerwillen, mit dem mich ihr Anblick erfüllte, sondern vielmehr daran, daß ich spürte, daß von diesen grotesken Kreaturen noch immer eine unvorstellbare Gefahr ausging.

»Bitte, Joshua!« sagte ich beschwörend. »Sieh sie dir an. Das sind die Geschöpfe, denen ihr gedient habt. Was immer sie euch erzählt haben, ist nicht wahr. Sie sind unsere Feinde. Sie sind …«

»Sie lügen!« unterbrach mich Joshua. Plötzlich schrie er. Tränen des Zorns liefen über sein Gesicht, und er ballte die Fäuste so heftig, daß sich die Fingernägel in seine Handflächen gruben und Blut hervorquoll, ohne daß er es auch nur spürte. »Was der Meister über Sie erzählt hat, ist wahr! Sie sind schlecht! Sie sind es, vor dem ich mich in acht nehmen muß! Aber Sie werden dafür bezahlen. Sie und Ihre Freunde werden dafür büßen, das schwöre ich!«

Und noch bevor ich ein weiteres Mal das Wort ergreifen oder irgend etwas tun konnte, fuhr er auf der Stelle herum und stürzte davon. Nach einer Sekunde hatte ihn die Dunkelheit verschlungen, und nach einer weiteren Sekunde verklangen seine Schritte in der Nacht.

Ich machte Anstalten, ihm nachzulaufen, blieb aber dann abrupt wieder stehen, als eines der grotesken Geschöpfe mit einem drohenden Quietschen den Arm hob und eine verstümmelte, blutende Hand in meine Richtung streckte. Sie berührte mich nicht, doch schon ihre bloße Nähe erfüllte mich mit einem Gefühl, als hätte ein eisiger Hauch meine Seele gestreift. Entsetzt prallte ich zurück und riß Cohen mit mir, der so überrascht war, daß er zwei Sekunden brauchte, um überhaupt zu reagieren und meine Hand abzustreifen.

»Wir können den Jungen nicht einfach hierlassen«, protestierte er.

»Wir hätten keine Chance, ihn zu finden«, antwortete ich. »Der Junge kennt sich hier aus, vergessen Sie das nichts. Ihm passiert nichts, keine Sorge.«

Schritt für Schritt wichen wir weiter vor dem kriechenden Chaos zurück, bis die Dunkelheit die unheimlichen Geschöpfe wieder verschlungen hatte. Erst dann wagten wir es, uns herumzudrehen und zum Bahnhof zurückzulaufen.

Aus einem mir selbst nicht ganz einsichtigen Grund war ich vollkommen sicher, daß die Ungeheuer uns nicht verfolgen oder irgendwo auflauern würden, doch meine überreizten Nerven erfüllten trotzdem jeden Schatten mit kriechender Bewegung, machten aus jedem harmlosen Geräusch das Schaben und Schleifen schwammig aufgedunsenen Fleisches.

Doch das war nur der Schrecken, den meine eigene Einbildung heraufbeschwor. Unbehelligt erreichten wir den alten Bahnhof von Brandersgate, und auch der Rest der Nacht verging, ohne daß sich von Joshua oder der Brut der TIEFEN WESEN auch nur noch die kleinste Spur zeigte.

Der Zug kam auf die Minute pünktlich durch Brandersgate. Wir hatten nicht erwartet, daß er anhalten würde – wieso auch? –, so daß ich schon eine Stunde zuvor mit Cohens Hilfe auf den baufälligen Signalmast fünfzig Yards vor dem Bahnsteig hinaufgeklettert war und das rote Haltesignal gegen den Widerstand von Rost und betonhart verkrustetem Schmutz heruntergeklappt und von den ärgsten Verunreinigungen befreit hatte.

Und tatsächlich reagierte der Lokführer darauf. Die riesige Dampflokomotive wurde langsamer, stieß einen schrillen, in der Stille des Vormittages sicherlich meilenweit zu hörenden Pfiff aus und kam schließlich zischend und in einer gewaltigen Dampfwolke unmittelbar vor dem Bahnsteig zum Stehen. Der Lokführer blickte verdattert aus seinem Führerhaus zu uns herab, und nur einen Augenblick später wurde die Tür des ersten von nur drei Wagen aufgestoßen, und ein reichlich verdutzter Schaffner sprang auf den Bahnsteig herab und betrachtete uns mit einem Gesichtsausdruck, in dem sich Zorn mit Verwunderung mischte.

Es kostete mich all meine Überredungskunst (und einen nicht unbeträchtlichen Teil des Bargeldes, das ich bei mir führte), seine Verärgerung über unsere eigenmächtige Betätigung des Haltesignals zu besänftigen, und eine zweite, lebensgefährliche Kletterpartie auf den Signalmast hinauf, um den Schaden wiedergutzumachen. Als ich zurückkehrte, hatte Cohen (wozu er, wie ich allerdings erst später erfuhr, schamlos den gesamten Rest meiner Barschaft eingesetzt hatte) den heiligen Zorn des Zugführers in eine leise Verärgerung verwandelt und sogar zwei Fahrkarten nach London für uns ergattert.

»Sie müssen wirklich verrückt sein«, sagte der Schaffner, während er Cohen und mich zum Erste-Klasse-Wagen – dem letzten – geleitete und die Tür für uns aufriß. »Hier hat seit fünf Jahren kein Zug mehr angehalten. Der Bahnhof sollte längst abgerissen werden.« Er maß mich mit einem langen, strafenden Blick. »Wissen Sie überhaupt, was passieren kann, wenn man eigenhändig an einem Signal herumfummelt?«

Ich glaubte es sehr gut zu wissen, zog es aber vor, den Unbedarften zu spielen und zuckte nur mit einem verlegenen Lächeln die Achseln. Dem Mann hinlänglich die Gelegenheit zu geben, uns zu belehren, war vermutlich der beste Weg, um ihn zu beruhigen.

»So etwas kann zu einer Katastrophe führen«, fuhr er in strafendem Tonfall fort. »Und es wäre nicht einmal nötig gewesen. Unser nächster Haltepunkt ist keine fünf Meilen entfernt. Wieso sind Sie nicht einfach dorthin gegangen? So ganz nebenbei – es wäre auch sehr viel billiger gewesen. Von Rechts wegen müßte ich Sie anzeigen, ist Ihnen das klar?«

»Es tut mir wirklich leid, Sir«, sagte ich in demütigem Ton. »Ich ... habe mir nichts dabei gedacht.«

»Nichts dabei gedacht!« Der Schaffner verdrehte die Augen, schüttelte den Kopf und machte dann eine resignierende Geste. »Ja, so ungefähr habe ich mir das gedacht. Steigen Sie schon ein, ehe wir unseren Fahrplan ganz über den Haufen werfen.«

Cohen und ich beeilten uns, der Aufforderung Folge zu leisten. Als ich hinter Cohen die zwei Stufen in den Wagen hinaufstieg, glaubte ich weiter vorne am Zug eine Bewegung wahrzunehmen. Ich blieb stehen und sah aufmerksamer in diese Richtung. Aber ich mußte mich getäuscht haben. Der Bahnhof lag verlassen und öde da.

Der Zug fuhr weiter, kaum daß der Schaffner die Tür hinter uns ins Schloß gezogen hatte. Wir folgten ihm zu einem leerstehenden Abteil am hinteren Ende des Wagens, Cohen bedankte sich noch einmal für seine Freundlichkeit, und auch ich versäumte es nicht, ihn noch einmal um Verzeihung zu bitten, dann ließen wir uns erschöpft auf die roten Samtpolster der Sitze sinken.

Zum ersten Mal seit zwei Tagen atmete ich wirklich erleichtert auf. Trotz allem hatte ich erst jetzt das Gefühl, der Gefahr tatsächlich entronnen zu sein. Der Zug gewann allmählich an Fahrt und entfernte sich immer schneller von Brandersgate, und es vergingen nur wenige Augenblicke, bis wir auch den unheimlichen, kahlgefressenen Wald hinter uns gelassen hatten und mit immer noch wachsender Geschwindigkeit durch die monotone Landschaft der schottischen Highlands rollten.

Tief in mir spürte ich, daß das Gefühl der Erleichterung vielleicht verfrüht war. Die Gefahr, der wir uns gegenübergesehen hatten, war keine von der Art, vor der man einfach davonlaufen konnte. Aber zumindest befanden wir uns wieder in einer Umgebung, die uns vertraut und gewohnt war. Das Abteil mit seinen roten Samtpolstern und der kostbaren Wandtäfelung war ein Teil der Welt, in der wir wohnten, und nach unserem Ausflug in das finstere Universum der GROSSEN ALTEN und ihrer Diener erschien mir der Anblick jeder noch so banalen Kleinigkeit wie eine Labsal.

Cohen erging es ebenso, das sah ich ihm deutlich an, obwohl er kein Wort sprach. Auf seinem Gesicht lag noch immer der gleiche verbissene Ausdruck, den ich die ganze Nacht über darauf beobachtet hatte, aber seine Haltung war nicht mehr ganz so verspannt.

Nach einigen Minuten hielt der Zug noch einmal an, ganz wie der Schaffner gesagt hatte, aber die Station war klein; niemand stieg ein oder aus, und wir fuhren fast sofort weiter, wohl auch, um die verlorene Zeit bei dem nicht eingeplanten Aufenthalt in Brandersgate wieder einzuholen.

Eine halbe Stunde nachdem wir den Bahnhof verlassen hatten, erschien der Schaffner und brachte uns eine einfache, aber reichliche Mahlzeit. Nach den Entbehrungen der letzten beiden Tage kamen mir die dünne Suppe und die nicht allzu frischen

Käse- und Schinkensandwiches wie das Köstlichste vor, das ich jemals gegessen hatte, und sowohl Cohen als auch ich griffen nach Kräften zu und vertilgten alles, was uns der Mann gebracht hatte, bis auf den letzten Krümel.

Das monotone Rattern der Räder auf den Geleisen, die reichliche Mahlzeit und vor allem das Gefühl der Sicherheit taten ihre Wirkung: Ich wurde müde. Dazu kam, daß ich in der vorangegangenen Nacht überhaupt nicht und in der davor nur sehr wenig geschlafen hatte, so daß es mir immer schwerer fiel, die Augen offen zu halten. Trotzdem kämpfte ich mit aller Kraft gegen den Schlaf an, denn ich spürte, daß es kein erquickender Schlaf sein würde. Das Gefühl, in Sicherheit zu sein, war nicht überzeugend genug. Tief in mir ahnte ich, daß es nur etwas war, was ich mir selbst einredete, und daß ich diesen Selbstbetrug nicht mit hinüber in den Schlaf nehmen konnte, so daß mich Alpträume und Furcht erwarteten.

Cohen schien in dieser Hinsicht weniger Hemmungen zu haben – er faltete die Arme vor der Brust, ließ den Kopf auf die Seite sinken und begann schon nach ein paar Sekunden so lautstark zu schnarchen, daß ich fast so etwas wie Neid empfand. Außerdem war mein Verhalten nicht besonders klug. Vor uns lag eine acht- oder neunstündige Bahnfahrt, aber spätestens nach unserer Rückkehr nach London würde es mit Cohens Schweigsamkeit vorbei sein, das wußte ich. Ich kannte ihn zu lange und zu gut, um mich auch nur eine Sekunde der Illusion hinzugeben, daß er das Erlebte einfach mit einem Achselzucken abtun und zur Tagesordnung übergehen würde.

Einige Augenblicke später mußte ich wohl doch eingeschlafen sein, denn das nächste, woran ich mich erinnerte, war, mit einem Gefühl heftiger Übelkeit hochzufahren und um ein Haar vom Sitz zu fallen. Im letzten Moment fing ich mich wieder. Durch meine hastige Bewegung geweckt, öffnete Cohen träge ein Auge, blinzelte mich verschlafen ein paar Sekunden lang an und schnarchte dann weiter.

Ich ließ mich auf meinen Sitz zurücksinken, aber mein Magen hörte nicht auf zu revoltieren. Die Übelkeit wurde immer schlimmer, und nun gesellte sich auch noch ein heftiges Schwindelgefühl hinzu. Offensichtlich präsentierte mir mein Körper jetzt die Quittung für das, was ich in den letzten Tagen von ihm verlangt hatte. Vielleicht war auch eines der Sandwiches schlecht gewesen, oder ich hatte in meiner Gier einfach zu hastig gegessen. Gleichwie – aus der rumorenden Übelkeit in meinem Magen wurde langsam, aber unbarmherzig ein spürbarer Brechreiz.

Ich stand auf, preßte die Kiefer aufeinander und trat mit vorsichtigen kleinen Schritten aus dem Abteil heraus. Der Zug bewegte sich ratternd und mit monotoner Gleichförmigkeit dahin, aber ich fühlte mich so schwach und wackelig auf den Beinen, daß ich mich an der Wand festhalten mußte, als ich mir meinen Weg zur Toilette am vorderen Ende des Wagens bahnte. Zu meiner Erleichterung war die Kabine nicht besetzt. Ich wankte hinein, verschloß die Tür hastig hinter mir und ließ mich stöhnend auf das schmale Toilettenbecken sinken. Und das ist die letzte Erinnerung, die ich an die gesamte Rückfahrt nach London habe.

Für einen Moment wurde mir schwarz vor Augen,

und als sich die wogenden Schleier wieder lichteten, befand ich mich nicht mehr in der Zugtoilette, sondern saß zusammengesunken auf der harten hölzernen Bank des Dritte-Klasse-Wagens. Mein Kopf war gegen die Fensterscheibe gesunken, und als ich mich aufrichtete, spürte ich eine pochende Druckstelle, die mir verriet, daß ich eine geraume Weile so dagesessen haben mußte.

Verwirrt sah ich mich um.

Ich war nicht allein. Auf der gegenüberliegenden Bank saß eine dunkelhaarige Frau in einem einfachen Kleid, die mich auf eine Weise musterte, die mich fast erschreckte und die mir klarmachte, welch bemitleidenswerten Anblick ich bieten mußte. Wenn ich auch nur halb so schlimm aussah, wie ich mich fühlte, dann mußte es sehr schlimm sein. Mein ganzer Körper tat weh. Meine Glieder schienen Zentner zu wiegen, und ich mußte tatsächlich Stunden in dieser unbequemen Haltung dagehockt haben, denn jede noch so kleine Bewegung sandte feurige Schmerzwellen durch meinen Körper. Übelkeit und Schwindel waren verschwunden, aber sie hatten einem Gefühl solch allumfassender Schwäche Platz gemacht, daß ich mich fast danach zurücksehnte. In meinem Mund war ein widerwärtiger Geschmack, und ich fühlte einen dünnen, brennenden Schmerz am Hals.

Am schlimmsten aber war, daß ich mir nicht erklären konnte, wie ich hierhergekommen war. Offensichtlich war meine Übelkeit doch schlimmer gewesen, als ich selbst gespürt hatte. Ich mußte, nachdem ich die Toilette (wann eigentlich?) verlassen hatte, völlig die Orientierung verloren haben und hierher in den Dritte-Klasse-Wagen gegangen sein, statt zurück in das Abteil, in dem ich Cohen zurückgelassen hatte.

Dann fiel mein Blick aus dem Fenster, und vor lauter Verblüffung vergaß ich für einen Moment selbst meinen Schrecken.

Der Zug hatte angehalten. Aber nicht in irgendeinem kleinen Bahnhof auf halbem Wege zwischen Brandersgate und Glasgow. Der mit Menschen gefüllte Bahnsteig vor dem Fenster gehörte ganz eindeutig zur Central Station von London. So unglaublich es mir selbst erschien – ich hatte den ganzen Weg von Schottland hierher verschlafen!

Erschrocken sprang ich auf, hatte aber nicht mit der immer noch anhaltenden Schwäche meines Körpers gerechnet. Ein heftiges Schwindelgefühl überfiel mich. Ich wankte, streckte instinktiv die Hand aus und hielt mich an der hölzernen Sitzlehne fest. Die Frau auf der gegenüberliegenden Bank fuhr erschrocken zusammen. Ich schenkte ihr ein um Verzeihung bittendes Lächeln, aber sie reagierte nicht so, wie ich erhofft hatte, sondern fuhr im Gegenteil abermals zusammen und machte ein fast angewidertes Gesicht.

Rasch sah ich weg, warf einen letzten, völlig verwirrten Blick auf den Bahnsteig hinaus und machte mich dann auf den Weg zur Tür. Der Zug hatte, wenn ich mich recht erinnerte, nur wenige Minuten Aufenthalt in London, ehe er weiterfuhr. Und ich verspürte keine besondere Lust, bis zum nächsten Bahnhof mitzufahren und mich dann wieder auf den Rückweg nach London zu machen; zumal, wie mir jetzt wieder einfiel, ich nicht einmal das Geld für die entsprechende Fahrkarte hatte.

So schnell es mir in meinem immer noch anhaltenden Schwächezustand möglich war, eilte ich zur Tür und stieg aus. Ich empfand eine leise Verärgerung Cohen gegenüber, der es in all der Zeit offensichtlich nicht einmal für nötig befunden hatte, nachzusehen, wo ich blieb. Aber dieses Gefühl verschwand sofort, als ich mich der Aufgabe gegenübersah, die beiden Stufen zum Bahnsteig hinunterzusteigen. So lächerlich es klingen mag – es überstieg fast meine Kraft. Schon die Tür schien eine Tonne gewogen zu haben; ich hatte mich mit der Schulter dagegenstemmen müssen, um sie überhaupt aufzudrücken, und ich mußte mich mit beiden Händen festklammern, um auch nur den ersten der beiden vor mir liegenden Schritte zu tun. Alles drehte sich um mich, und selbst das Atmen fiel mir jetzt schwer. Was war nur mit mir los?

Ein junger Mann, der nur wenige Schritte abseits gestanden hatte, kam auf mich zu, bedachte mich mit einem fast mitleidigen Blick und streckte hilfsbereit die Hand aus, um mir zu helfen, als wäre ich ein achtzigjähriger Greis, kein Mann von gerade einmal achtundzwanzig Jahren. Ich schenkte ihm einen zornigen Blick, ignorierte seine ausgestreckte Hand und bezahlte für diesen Hochmut damit, daß ich um ein Haar auf der Nase gelandet wäre, als ich den zweiten Schritt auf den Bahnsteig hinab machte. Der junge Mann starrte mich nur kalt an, dann zuckte er mit den Schultern und ging seiner Wege, und auch ich drehte mich um und hielt in dem Gewühl auf dem Bahnsteig nach Cohen Ausschau.

Ich entdeckte ihn in zwanzig oder dreißig Schritten Entfernung. Er hatte sich ein Stück von der Bahnsteigkante entfernt und steuerte einen Zeitungskiosk an, wohl, um sich die Times zu kaufen und sich über die Ereignisse der letzten Tage, die wir von der Außenwelt praktisch abgeschnitten gewesen waren, zu informieren. Er war nicht allein. Neben ihm schritt ein hochgewachsener, dunkelhaariger Mann in einem maßgeschneiderten, aber völlig verdreckten und heruntergekommenen Anzug einher, mit dem sich Cohen im Gehen angelegentlich unterhielt. Der Fremde kam mir vage bekannt vor, aber ich achtete nicht weiter darauf, sondern versuchte meinerseits, schneller auszuschreiten und Cohen einzuholen, ehe ich ihn in der Menschenmenge hier im Bahnhof aus den Augen verlor. Es gelang mir nicht. Ich wollte laufen, aber mein Körper verweigerte mir einfach den Dienst. Alles, wozu ich in der Lage war, waren kleine, mühsame Schritte, und selbst diese kosteten mich all meine Kraft, so daß ich nach wenigen Yards bereits hörbar zu keuchen begann. Mein Herz klopfte heftig und hart in meiner Brust, und auch die Stelle an meinem Hals tat wieder mehr weh. Automatisch hob ich die Hand an meine Kehle und fühlte einen winzigen, erst halbverkrusteten Schnitt unter den Fingerspitzen. Seltsam – ich konnte mich nicht erinnern, mich dort verletzt zu haben.

Trotzdem versuchte ich, schneller zu laufen. Hast und Schwäche ließen mich wohl unaufmerksam werden, denn ich rempelte eine junge Frau an, die ärgerlich herumfuhr und dazu ansetzte, etwas zu sagen. Aber kaum war ihr Blick in mein Gesicht gefallen, da erstarrte sie regelrecht. Ihre Augen weiteten sich. Ich sah, wie alle Farbe aus ihrem Gesicht wich und ihre Lippen zu zittern begannen. Ich mußte wirklich einen schlimmen Anblick bieten.

Ich murmelte eine Entschuldigung und ging weiter, aber ich sah aus den Augenwinkeln, wie sie sich herumdrehte und mir mit Blicken folgte. Unter normalen Umständen wäre ich jetzt vielleicht stehengeblieben und hätte mich in angemessener Form entschuldigt, aber die Umstände waren nicht normal. Ich war krank, das spürte ich. Irgend etwas war mit mir geschehen, in Brandersgate oder auf dem Weg von dort, und ich mußte Cohen erreichen, ehe er verschwand.

Wären sein Begleiter und er einfach weitergegangen, hätte ich keine Chance gehabt. Gottlob aber blieb Cohen tatsächlich vor dem Kiosk stehen und bedeutete dem Verkäufer, ihm eine Times auszuhändigen, so daß es mir gelang, trotz des Schneckentempos, zu dem ich gezwungen war, den Abstand zwischen uns wieder zu verkleinern. Als ich noch fünf Schritte von ihm entfernt war, rief ich seinen Namen.

Ich erschrak selbst, als ich meine Stimme hörte. Sie klang nicht wie meine Stimme. Sie klang alt, dünn, gebrechlich; ein heiseres Fisteln, das überhaupt keine Ähnlichkeit mit meiner eigenen Stimme hatte. Cohen schien den Ruf nicht zu hören, denn er zahlte und ging weiter.

Der Mann neben ihm schien bessere Ohren zu haben. Er wandte sich mir zu, und ich sah zum ersten Mal in sein Gesicht.

Und erlebte den größten Schock meines Lebens.

Ich blickte in ein schmales, fast asketisch geschnittenes Gesicht, das von einem schwarzen, messerscharf ausrasierten Bart beherrscht wurde. Eisgraue Augen blickten mich mit einer Kälte an, die mich schaudern ließ, und im Haar meines Gegenübers erkannte ich eine helle, blitzförmig gezackte Strähne. Er blickte mich eine Sekunde lang mit einem höhnischen Grinsen an, bevor er sich abwandte und zu Cohen aufschloß.

Und ich stand wie betäubt da, unfähig, den beiden weiter zu folgen.

Ich kannte dieses Gesicht wie kein anderes.

Es waren *mein* Gesicht, *mein* Haar, *meine* Augen, und der Mann bewegte sich wie ich, trug sogar die gleiche Kleidung, die ich bei meiner Abfahrt aus Brandersgate am Leibe gehabt hatte. Es war kein Doppelgänger. Dieser Mann *war ich.*

Neben Wilbur Cohen ging ich selbst.

ENDE DES VIERTEN BUCHES

Fünftes Buch

STADT AM ENDE DER ZEIT

Mir war sehr kalt, als ich die Straße verließ. Das schlechte Wetter hatte uns von den schottischen Highlands treu bis zurück nach London begleitet; es regnete auch hier, heftiger und ausdauernder, als ich es jemals zu dieser Jahreszeit erlebt hatte. Die Sonne würde erst in einer guten Stunde untergehen, doch das Licht war trotzdem schon schwächer geworden, und das Grau der unzeitgemäßen Dämmerung ließ meine Umgebung noch trister erscheinen, als sie es wohl selbst im hellen Sonnenlicht sein mußte.

Auf dem Boden der schmalen Gasse, in der ich Zuflucht vor dem Wind – und noch viel mehr vor neugierigen Blicken – gesucht hatte, schimmerten ölige Pfützen und auf den Backsteinmauern rechts und links ein feuchter Film, mit dem die Nässe selbst die dem Regen nicht zugänglichen Winkel der Stadt eroberte. Am Ende der Gasse stapelten sich Unrat und Müll fast zu Mannshöhe auf, und auf dem Dach des Hauses zur Linken hatten sich Tauben eingenistet, entweder schon vor langer Zeit oder in gewaltiger Zahl, denn die Wand hatte einen schmutziggrauen Panzer aus erstarrtem Taubenkot bekommen, und nicht einmal der Regen hatte den scharfen Ammoniakgestank ganz aus der Luft waschen können. Als ich mich langsam weiter in die Gasse hineinbewegte, knirschte zerbrochenes Glas unter meinen Füßen, und der Laut ließ einige der geflügelten Dachbewohner erschrocken in die Luft steigen.

Ich befand mich in einem Teil der Stadt, den man nicht nur in jedem Fremdenverkehrsprospekt vergeblich gesucht hätte, sondern dessen bloße Existenz die Londoner Stadtverwaltung wohl am liebsten verleugnet hätte – obwohl vermutlich jede größere Stadt ihr ganz persönliches East End hatte. Die Häuser hier waren nicht nur kleiner und schäbiger als die, die London den Ruf einer Weltstadt eingetragen hatten, das Leben selbst schien hier gedruckter und gewissermaßen langsamer abzulaufen, als läge etwas wie ein unsichtbarer Hauch über den Straßen, der nicht nur das Licht, sondern auch alle Bewegungen und Geräusche dämpfte.

Es war eine Gegend einfacher, zumeist wohl auch armer Leute; ein Viertel ganz ähnlich dem, in dem ich selbst einen nicht unbeträchtlichen Teil meiner Jugend verbracht hatte, ehe ich von meiner wahren Identität und meinem Erbe erfuhr, und eigentlich hätte mich diese Umgebung nicht erschrecken dürfen.

Trotzdem fühlte ich mich alles andere als wohl oder gar *zu Hause*. Vielleicht war es zu lange her, daß ich in einer Umgebung wie dieser gelebt hatte – Straßen, die den verstohlenen Blicken gehörten, den Dirnen und Zuhältern und den Geschäften am Rande der Legalität, und die nach Einbruch der Dunkelheit selbst von ihren Bewohnern gemieden wurden, wo immer dies möglich war. Der Mensch vergißt schnell, und wenn es etwas gibt, woran man sich ebenso rasch gewöhnt, wie man seinen wirklichen Wert vergißt, sobald man es einmal hat, so sind es Sicherheit und Luxus.

Wahrscheinlich aber hatte mein Unbehagen einen sehr viel einfacheren Grund: Ich fühlte mich *körperlich* unwohl – um es vorsichtig auszudrücken.

Die Kälte und vor allem die Feuchtigkeit setzten mir arg zu, und mein Rücken schmerzte bei jedem Schritt so sehr, daß ich manchmal ein Stöhnen nicht unterdrücken konnte. Dazu kam ein pochender Schmerz, der in meinem Hinterkopf begonnen und sich im Verlaufe der letzten Stunde in meinem ganzen Schädel ausgebreitet hatte. Kurz – ich fühlte mich wie ein hundertjähriger Greis.

Was vielleicht daran lag, daß ich genau das war ...

Was die genaue Anzahl der Jahre betraf, war ich nicht sicher – als ich Crowley das erste Mal gesehen hatte, war er mir wie ein Mann von neunzig Jahren vorgekommen – mindestens –, während ich bei unserem zweiten Zusammentreffen eher das Gefühl gehabt hatte, einem rüstigen Siebzigjährigen gegenüberzustehen. Um die Verwirrung komplett zu machen, hatte ich aus gewissen Andeutungen sowie eigenen Beobachtungen und Überlegungen den Schluß gezogen, daß sein *wirkliches* Alter noch sehr viel höher lag. Im Moment zumindest hatte ich das Gefühl, mich mit Riesenschritten meinem zweihundertfünfzigsten Geburtstag zu nähern. Und unglückseligerweise hatte ich zwar Crowleys Körper und die Last jedes einzelnen Jahres, das auf seinen Schultern lag, geerbt, nicht jedoch seine Fähigkeit, ihn auf magischem Wege zu verjüngen und der Zeit und dem Tod so immer wieder ein Schnippchen zu schlagen.

Der Gedanke erfüllte mich mit einem so tiefen, aufgrund seiner Hilflosigkeit schmerzenden Zorn, daß ich unbewußt die Hände zu Fäusten ballte – ein Fehler, wie ich in der gleichen Sekunde begriff, denn ein plötzlicher scharfer Schmerz zuckte durch meine Finger. Aufstöhnend blieb ich stehen und hob die Hände vor das Gesicht. Meine Finger waren zu dünnen Vogelknochen geworden, die Haut, die sich über Arthritis-verknorpelte Gelenke spannte, grau und rissig und mit dunklen Altersflecken gesprenkelt. Zum wiederholten Male, seit ich den Bahnhof verlassen hatte, rief ich mir ins Gedächtnis zurück, daß ich vorsichtig sein mußte. Selbst eine so banale Geste konnte sich auf äußerst schmerzhafte Weise rächen.

Ich hatte das Ende der Gasse erreicht und trat, ganz wie ich es erwartet hatte, auf einen hohen, von Mauern umschlossenen Innenhof hinaus. Sofort fielen Regen und Wind wieder über mich her wie zwei Raubtiere, die geduldig darauf gewartet hatten, daß ihre Beute wieder aus ihrem Versteck hervorkam, und sie hatten noch einen Freund mitgebracht: Ein fühlbarer Schwall von Kälte schlug über mir zusammen und gesellte sich zu der, die aus meinem Inneren emporgestiegen war. Ich zog den Kopf zwischen die Schultern und verbarg die Hände unter den Achseln, um wenigstens in den Genuß meiner eigenen Körperwärme zu kommen, aber es half nichts.

Aus brennenden Augen sah ich mich um. Mein Sehvermögen hatte stark nachgelassen – der Hof maß allerhöchstens zwanzig Schritte im Geviert, aber ich konnte die gegenüberliegende Wand trotzdem nur verschwommen erkennen. Immerhin sah ich jedoch, daß mindestens zwei der vier Häuser, die die Wände des Hofes bildeten, leerstanden. Das eine war eine brandgeschwärzte Ruine, die Fenster des anderen waren sämtlich eingeschlagen, und unter einigen lagen die Trümmer der ehemaligen Einrichtung, die man aus irgendeinem Grund hinausgeworfen und einfach liegengelassen hatte.

Da es keinen zweiten Ausgang zu geben schien, wollte ich mich schon wieder umwenden und zurück zur Straße gehen, als ich bemerkte, daß ich nicht allein auf dem Hof war.

Im Windschatten einer der Wände mit ihren zusammengekauerten Körpern die Konturen des Halbmondes trockengebliebener Erde nachzeichnend, hockte ungefähr ein halbes Dutzend Gestalten. Es waren Männer und eine Frau unterschiedlichen Alters und Aussehens, die sich trotzdem auf eine unangenehme Weise allesamt glichen; alle waren schmutzig, alle waren in Lumpen oder zumindest sehr heruntergekommene Kleider gehüllt, und alle sahen ausgezehrt, krank und auf eine unbestimmte Art verbittert und zornig aus.

Es waren Stadtstreicher, Penner, Tippelbrüder, Berber – wie immer man sie nennen wollte; die ärmsten der Armen, Menschen, die irgendwie durch die Maschen unserer modernen Wohlstandsgesellschaft gefallen (vielleicht auch ganz absichtlich geschlüpft) waren und nicht einmal mehr ein Dach über dem Kopf besaßen. Sie alle starrten mich an, neugierig, aufmerksam, der eine oder andere wohl auch voller Furcht oder Gier; hinter den vor der Zeit ergrauten Gesichtern mochte sich die Frage formulieren, ob ich eine Gefahr darstellte oder möglicherweise auch eine lohnende Beute. Aber die Antwort auf beide Fragen lautete wohl eindeutig nein, denn die Blicke der sieben oder acht Augenpaare blieben zwar weiter auf mich gerichtet, doch diese spezielle Art des Interesses erlosch so schnell, wie es gekommen war.

Trotzdem blieb ich sekundenlang mit klopfendem Herzen stehen. Ich wußte zwar, daß diese Menschen in den meisten Fällen harmlos waren, im Grunde höchstens bemitleidenswert, aber eingedenk meiner letzten Erfahrungen mit ihnen gemahnte ich mich selbst zu einer gewissen Vorsicht.

Und ich wäre sogar wieder gegangen (obwohl es im Grunde nichts gab, wohin ich gehen konnte, wie die Dinge lagen), doch in diesem Augenblick hob ein grauhaariger Alter von vielleicht fünfzig Jahren mithin ungefähr halb so alt wie ich! – den Arm und winkte mich heran.

»Willst du da rumstehen und dir eine Lungenentzündung holen?« fragte er.

Als ich nicht antwortete, senkte er den Arm und schlug mit der flachen Hand auf den Boden neben sich, ganz in der Art, in der man einem Kind oder auch einem Hund befahl, Platz zu nehmen. »Nun komm schon her«, fuhr er fort. »Hier ist es zwar auch nicht wärmer, aber wenigstens trocken.«

Widerstrebend gehorchte ich. Die Blicke der anderen folgten mir weiter mit einer Mischung aus Vorsicht und gelangweiltem Interesse, das im Moment nur kein lohnenderes Objekt fand, während ich mit kleinen, mühsamen Schritten zu ihm ging und mich ächzend auf den Boden sinken ließ. Die Mühe, die mir schon diese kleine Bewegung bereitete, erschreckte mich zutiefst. Zum Teufel, ich war nicht einmal mehr sicher, ob ich mich aus eigener Kraft wieder erheben konnte!

»Mein Name ist Landon«, sagte der Grauhaarige. »Und wer bist du?«

»Robert«, antwortete ich einsilbig.

»Robert.« Landon wiegte den Kopf, als wiederhole er den Namen ein paarmal in Gedanken, wie um sich an seinen Klang zu gewöhnen oder ihn zu beurteilen. »Bob also«, sagte er. »Bist du neu hier?«

Eigentlich nur, um nicht unhöflich zu sein, antwortete ich: »In London? Nein. Aber ich war … eine Weile fort.«

»Und jetzt willst du nicht zurück in dein altes Revier, wie?«

»Mein Revier?« Ich runzelte verwirrt die Stirn. »Ich fürchte, ich verstehe nicht ganz ...«

Landon sah mich einen Moment lang durchdringend an, und ich konnte genau sehen, daß er überlegte, ob ich ihm nun etwas vormachte oder ob meine Unwissenheit echt war. Dann seufzte er. »Ich verstehe. Du bist noch nicht lange dabei.«

»Dabei?«

»Auf der Walze«, erklärte Landon mit einer entsprechenden Geste. »Vogelfrei. Auf der Rolle. *Nicht seßhaft.*«

Die beiden letzten Worte sagte er mit komisch verstellter Stimme, als hätten sie für ihn und die anderen eine besondere, mir nicht verständliche Bedeutung.

Ich nickte. »Nein«, sagte ich. »Erst seit ... seit kurzer Zeit.«

Landons Worte erfüllten mich nicht nur mit Verwirrung, sie erschreckten mich auch, und das weit mehr, als ich mir eingestehen wollte. Mir war klar, daß ich nach der vergangenen Nacht, die ich im Schutze einer ausgebrannten Ruine verbracht hatte, keinen besonders guten Eindruck mehr machen konnte; zumal die Kleider, die ich zusammen mit dem Körper von Crowley geerbt hatte, sowieso nicht viel mehr als bessere Lumpen waren. Und trotzdem hatten mich diese Leute sofort und ohne zu zögern als einen der Ihren erkannt.

»Was ist passiert, Bob?« fuhr Landon redselig fort »Hast du Konkurs gemacht? Alles verspielt? Betrogen worden? Oder war es eine Frau?«

»Wie kommen Sie darauf, daß ich ...«

Landon unterbrach mich, indem er die Hand hob. »Hör mit dem *Sie*-Gesülze auf, Bob«, sagte er gutmütig. »Und ich komme darauf, weil man es dir ansieht, so einfach ist das.«

»So?« sagte ich überrascht.

»Unsereins hat eine Nase für so was«, sagte Landon. »Weißt du, Geld stinkt vielleicht nicht, aber nur, solange man es hat. Geld, das man nicht mehr hat, hinterläßt einen deutlichen Gestank. Du kannst ihn überdecken, indem du immer wieder neues darüber häufst, aber wenn du eines Tages nichts mehr zum Nachlegen hast, dann stinkst du ganz erbärmlich.«

Er lachte bitter, und es war dieses Lachen, das mir klarmachte: Er sprach aus Erfahrung. »Vielleicht ist es auch nur der Gestank all der Ratten, die dich plötzlich nicht mehr kennen, wenn es mit dir abwärts geht.«

»Eine ... interessante Theorie«, sagte ich zögernd.

»Du willst nicht darüber reden.« Landon nickte verständnisvoll. »Das ist in Ordnung.«

»Er soll verschwinden«, sagte der Mann neben Landon. Er war irgendwo zwischen dreißig und vierhundert Jahre alt; ein großer, knochiger Kerl mit einem gemeinen Gesicht und einem häßlichen Ausschlag, der sich wie ein rotes Band um seinen gesamten Hals zog. »Am Ende hat er Dreck am Stecken und hetzt uns die Polypen auf den Hals. Wir können hier keinen Ärger gebrauchen.«

Vorgestern, als ich noch ungefähr siebzig Jahre jünger gewesen war, hätte ich ihm für diese Worte allein die Nase noch ein wenig breiter geschlagen, als sie sowieso schon war. Jetzt sah ich ihn nur eine Sekunde lang traurig an und machte dann Anstalten, mich zu erheben. Aber Landon legte mir die Hand auf den Arm und drückte mich mit sanfter Gewalt zurück.

»Halt's Maul, Hank«, sagte er, ohne den Knochigen auch nur anzusehen. Wieder an mich gewandt, fuhr er fort: »Hör gar nicht auf ihn. Hank redet den ganzen Tag nur Blödsinn.« Trotzdem wurden Stimme und Blick eine Spur ernster, als er fortfuhr: »Sind sie hinter dir her? Ich meine ... es würde nichts ändern. Hier interessiert sich keiner dafür, was du getan hast, außer, du hast vielleicht ein Kind umgebracht oder eine Nonne. Wir wollen nur keinen Ärger, das ist alles.«

»Den bekommt ihr auch nicht, keine Angst. Ich glaube, ich gehe jetzt besser.«

»Den Teufel wirst du tun«, sagte Landon bestimmt. Er griff neben sich und nahm einen schmierigen Leinenbeutel auf, aus dem er eine kaum weniger schmierige Flasche hervorzog. Mit den braunen Stummeln seiner Zähne zog er den Korken heraus, nahm einen kräftigen Schluck (ich wurde den Verdacht nicht los, daß er dabei fast ebensoviel in die Flasche hineinsabberte, wie er trank) und reichte sie dann an mich weiter. »Trink. Ist gut gegen die Kälte.«

Ich wollte ihn nicht beleidigen, also griff ich zögernd nach der Flasche und schnüffelte daran. Der Geruch, der mir in die Nase stieg, erinnerte mich an eine Mischung aus Lampenpetroleum und Pferdepisse, aber nachdem ich vorsichtig einen Schluck heruntergewürgt hatte, begriff ich, daß die Flasche beinahe hundertprozentig reinen Alkohol enthalten mußte. Das scharfe Brennen, das meinen Hals herablief, ließ mir die Tränen in die Augen steigen, aber ich unterdrückte tapfer ein Husten; eine Tat, die in den Augen meines Gegenübers ein anerkennendes Funkeln wachrief.

»Du bist in Ordnung, Bob«, sagte er. »Kannst heute nacht hierbleiben, wenn du willst.« Er nahm mir die Flasche wieder aus den Händen, trank selbst einen gewaltigen Schluck, ohne auch nur eine Miene zu verziehen, und verkorkte sie wieder, ehe er der Reihe nach auf die anderen deutete. »Hank kennst du ja schon. Das da ist Natty, neben ihr Ben und Steven, und die beiden anderen da hinten sind der blinde Floyd und sein Bruder Buddy.«

Ich folgte jeder seiner Gesten mit einem entsprechenden Blick, und ich zwang mich sogar zu einem sechsfach angedeuteten Lächeln, und obwohl ich kaum eine Reaktion erzielte, verspürte ich trotzdem ein Gefühl sonderbarer Wärme. Es war nicht allein auf die Wirkung des Alkohols zurückzuführen, der mittlerweile meinen Magen erreicht hatte und sein Möglichstes tat, Löcher hineinzubrennen. Vielmehr war es ein Gefühl, das ich im ersten Moment nicht einmal richtig begriff, trotzdem aber keine Sekunde bezweifelte. Es war die Selbstverständlichkeit, mit der mich diese Menschen als einen der Ihren akzeptiert hatten, nicht einmal wegen meines Aussehens oder dem, was ich gesagt (genauer gesagt *nicht* gesagt) hatte, sondern wohl, weil sie instinktiv spürten, daß ich ganz wie sie nichts hatte, wohin ich gehen konnte, niemanden, der mir helfen würde, und keine Aussicht auf irgendeine Zukunft, in der es mehr gab als das Glück einer Nacht, die man nicht im Freien verbringen mußte, oder eines Tages, an dem der Hunger nicht unerträglich war.

Plötzlich überkam mich ein Gefühl der Scham. Noch vor zwei Tagen hatte ich Menschen wie diese bestenfalls ignoriert, meistens jedoch verachtet, und – im Grunde wider besseres Wissen, denn ihre

Welt war mir nicht *so* fremd – mich auf den allgemein verbreiteten Standpunkt zurückgezogen, daß sie selbst die Schuld an ihrem Schicksal trugen, denn letztendlich lebten wir nicht mehr im Mittelalter, und jeder, der wirklich wollte, konnte auch ein Dach über dem Kopf und eine Arbeit und ein für das Nötigste ausreichendes Auskommen haben.

Das verwirrendste aber war die Selbstverständlichkeit, mit der ich plötzlich dazugehörte. Vor drei Minuten hatten sie mich noch nicht gekannt, und nun, mit der einfachen Zeremonie, einen Schluck aus Landons Flasche zu trinken und sein Angebot, die Nacht über zu bleiben, anzunehmen, gehörte ich dazu.

Das feuchte Flattern zahlreicher Flügel riß mich aus meinen Gedanken. Ich sah auf und bemerkte, daß eine große Anzahl von Tauben – sicherlich fünfzig, wenn nicht mehr Tiere – vom Dach aufgestiegen war und sich in den bleigrauen Himmel schwang. Ich folgte ihnen mit Blicken, bis sie zu winzigen Punkten zusammengeschrumpft und schließlich verschwunden waren.

Der Wind drehte sich und trieb den eisigen Regen für einen Moment nun auch in den Bereich hinein, der bisher verschont geblieben war. Hastig standen wir alle auf und zogen uns dichter an die Wand zurück. Ich fragte mich, warum Landon und die anderen nicht einfach in eines der leerstehenden Häuser gingen, denn dort drinnen war es vielleicht nicht wärmer als hier, aber sie würden wenigstens Schutz vor dem Regen und dem kalten Wind haben. Aber ich stellte diese Frage nicht laut. Jede Kritik wäre mir im Moment falsch und fast wie ein Verrat vorgekommen.

»Hast du Geld?« fragte Landon plötzlich.

Ganz automatisch senkte ich die Hand in die Tasche, aber ich führte die Bewegung nicht einmal ganz zu Ende. Es war nur ein Reflex gewesen. Bis gestern noch hatte ich mir über diese Frage niemals Gedanken machen müssen, aber jetzt wurde mir klar, daß auch diese selbstverständliche Geste zu den Dingen gehörte, die es in meinem neuen Leben nicht mehr gab. Ich schüttelte stumm den Kopf, doch meine Gefühle mußten sich so deutlich auf meinem Gesicht widerspiegeln, daß Landon mitleidsvoll lächelte und eine Bewegung der gleichen Bedeutung machte.

»Schon gut«, sagte er. »Es gibt einen Bäcker unten an der Ecke, der uns für ein paar Penny manchmal ein Brot verkauft, das er nicht losgeworden ist. Aber wenn du nichts hast, macht das auch nichts.« Er stand auf. »Bleib hier bei Hank und den anderen. Ich gehe nachsehen, ob ich irgend etwas zum Abendessen für uns organisieren kann.«

Er wandte sich um und verließ den Hof auf dem gleichen Wege, auf dem ich ihn betreten hatte, und während ich ihm dabei zusah, verrieten mir seine Bewegungen, daß ich meine Schätzung sein Alter betreffend um sicherlich zehn Jahre nach unten korrigieren mußte. Ich sah ihm nach, bis er hinter dem Stapel von Kisten und Mülltonnen verschwunden war, und als ich den Kopf wieder senkte, streifte mein Blick die Kante des Daches, von dem die Tauben aufgeflogen waren. Eines der Tiere war zurückgeblieben. Es saß da, hatte die grauen Schwingen zum Schutz vor der Kälte eng an den Körper geknickt und starrte mich an.

»Mistwetter!« Inspektor Wilbur Cohen warf die Tür hinter sich ins Schloß, stapfte ein paarmal mit den Füßen auf und schälte sich dann grimassenschneidend aus dem Regenmantel, der seine Dienste offensichtlich nicht besonders gut getan hatte, denn Cohen triefte vor Nässe. Sein Gesicht hatte sich gerötet, und das Haar klebte so eng am Schädel, daß man sehen konnte, wie dünn es bereits geworden war. Mit einer ärgerlichen Grimasse hängte er den Mantel an den Haken, hob dann plötzlich den Kopf und sog übertrieben schnüffelnd die Luft ein. »Rieche ich da frischen Tee?«

»Er ist schon seit einer Stunde fertig. Sie sagten, Sie kämen um sechs.«

Cohen zuckte mit den Schultern. »Der Geist war willig, aber die Arbeit zu viel«, sagte er, das Sprichwort reichlich frei auslegend. »Vielleicht wissen Sie ja, wie das ist. Man ist ein paar Tage nicht da, und wenn man zurückkommt, dann bricht der Schreibtisch unter der Arbeit zusammen, die sich mittlerweile dort angesammelt hat.«

Der Mann, dem die Worte galten, lächelte pflichtschuldig, enthielt sich aber jeder Antwort. Er war allerhöchstens halb so alt wie Cohen, einen guten Kopf größer, aber sehr viel schlanker, und in dem abgetragenen Hausmantel und den an den Zehen schon zerschlissenen Pantinen (beides hatte er, wie auch alle anderen Kleidungsstücke, die er am Leib trug, von Cohen geliehen) machte er einen fast lächerlichen Eindruck. Ein einziger Blick in sein Gesicht machte diesen Eindruck jedoch sofort zunichte. Es war schmal, und der pedantisch ausrasierte Bart verlieh ihm wohl unter normalen Umständen einen fast aristokratischen Zug. Im Moment sah es jedoch einfach nur krank aus. Cohen sprach nichts von all dem aus, was ihm beim Anblick dieses Gesichtes durch den Kopf schoß, sondern zwang sich zu einem Lächeln und ging dann an Robert Craven vorbei in den Salon, in dem ein prasselndes Kaminfeuer Wärme verbreitete und zusammen mit dem Klatschen des Regens gegen die Fensterscheiben und dem gedämpften Heulen des Windes draußen eine Atmosphäre anheimelnder Behaglichkeit schuf. Auf dem kleinen Tischchen vor dem Kamin standen eine Kanne Tee, zwei Tassen und ein Teller mit dreieckig geschnittenen Sandwiches. Cohen maß das Arrangement mit einem prüfenden Blick, ging jedoch daran vorbei und streckte die Hände über die Flammen im Kamin aus.

»Das tut gut«, sagte er, während er die Finger über dem Feuer aneinanderrieb und sichtlich die Wärme genoß. »Sie glauben ja gar nicht, wie kalt es geworden ist. Man könnte meinen, Weihnachten steht vor der Tür. Ich würde mich nicht wundern, wenn es morgen zu schneien begänne.«

Er trat vom Kamin zurück, schien einen kleinen Moment unschlüssig und nahm dann Platz. Nach einem nochmaligen Zögern griff er nach einem der Sandwiches und biß hinein. Er kaute sehr langsam, aber alles andere als genüßlich. »Schmeckt es nicht?« fragte sein Gast, der sich ebenfalls gesetzt hatte. »Ich habe nicht viel Erfahrung in solchen Dingen, muß ich gestehen. Normalerweise erledigt das das Personal.«

»Ich weiß.« Cohen seufzte. »Ich glaube, das ist das einzige, worum ich Leute wie Sie wirklich beneide, Robert«, sagte er. »Sie glauben ja gar nicht, wie lästig es manchmal ist, ganz allein zu leben und niemanden zu haben, der sich um einen sorgt. Eine Köchin oder ein Hausmädchen wären wunderbar.«

»Warum stellen Sie keine ein?« fragte Robert Craven. »So schlecht ist der Verdienst eines Oberinspektors bei Scotland Yard doch wohl sicher nicht, daß Sie es sich nicht leisten könnten, oder?«

»Sie würden sich wundern, wenn Sie wüßten, wie knauserig die Queen ihren Beamten gegenüber ist«, antwortete Cohen mit einem gequälten Lächeln. »Außerdem – was sollte sie den ganzen Tag über tun?« Er sah sich demonstrativ um. Der Salon war klein, trotzdem aber das größte Zimmer der nur aus drei Räumen bestehenden Wohnung. »Ich bin sowieso selten hier. Meist komme ich nur zum Schlafen nach Hause, und manchmal nicht einmal das.«

»Immerhin würde Sie abends eine warme Mahlzeit erwarten und keine trockenen Sandwiches, die ein lästiger Logierbesuch zusammengestümpert hat.«

»Sie sind nicht lästig«, sagte Cohen. Er tat Craven nicht den Gefallen, ihm auch in Hinsicht auf die Qualität der Mahlzeit zu widersprechen, und er biß auch kein zweites Mal ab, sondern legte das Brot im Gegenteil nach einigen Sekunden aus der Hand und schenkte sich statt dessen eine Tasse Tee ein. Seine Finger zitterten leicht.

»Ich glaube, es liegt weniger an Ihren Kochkünsten als an mir. Nach einem Tag wie heute würde mir wahrscheinlich nicht einmal eine Mahlzeit schmecken, die der Chefkoch der Queen zubereitet hätte.«

»Hatten Sie Ärger?« fragte Craven.

Cohen nippte an seinem Tee, verzog das Gesicht und stellte die Tasse hastig wieder zurück. »Was wollen Sie zuerst hören?« fragte er. »Die *schlechten* Nachrichten oder die *ganz* schlechten Nachrichten?«

Craven setzte zu einem Lächeln an, doch dann schien er zu begreifen, daß Cohens Worte nicht als Scherz gemeint gewesen waren. »Was haben Sie über Brandersgate herausgefunden?«

»Nicht viel«, antwortete Cohen und trank tapfer einen weiteren Schluck Tee. »Das sind die schlechten Nachrichten, von denen ich sprach: Es gibt keinen Ort namens Brandersgate.«

»Wie?«

»Nicht mehr«, bestätigte Cohen mit einem Kopfnicken. »Die letzten Einwohner haben ihn vor gut fünf Jahren verlassen. Seither lebt niemand mehr dort. Fragen Sie mich nicht, wie das möglich ist – aber wir scheinen mit den Bewohnern einer Geisterstadt gesprochen zu haben.«

»Dafür, daß es Gespenster waren, kamen sie mir reichlich lebendig vor«, sagte Craven.

»Im großen und ganzen entsprach Hennesseys Geschichte sogar der Wahrheit«, fuhr Cohen nach einer Weile fort. »Bis auf einen Unterschied: Nach der Schließung der Fabrik ging Brandersgate sang- und klanglos vor die Hunde. Die meisten Bewohner gingen weg. Nur eine Handvoll ist geblieben, und vor ungefähr fünf Jahren sind auch sie schließlich weggegangen. Nachdem ... etwas geschehen ist. Eine Katastrophe.«

»Lassen Sie mich raten«, sagte Craven. »Es gab einen schrecklichen Unfall. Während eines Unwetters ertranken einige Kinder.«

»Achtzehn«, bestätigte Cohen. Er sah Craven durchdringend an. »Die Nachricht ging damals durch alle Zeitungen. Ich wundere mich im nachhinein selbst, daß ich mich nicht daran erinnert habe. Aber das scheint Sie nicht sonderlich zu überraschen.«

»Das tut es auch nicht«, gestand Craven. »Das Ganze war ein bißchen zu realistisch, um nur Einbildung gewesen zu sein.«

»Sie verstehen nicht«, sagte Cohen. »Das alles ist doch *vor fünf Jahren* passiert.«

»Und ich und Sie wissen, *wie* es passiert ist, Inspektor«, sagte Craven. »Wir waren dabei.«

Er beugte sich vor, angelte eines der Sandwiches vom Teller und begann mit großem Appetit zu essen. »Ich habe Ihnen doch gesagt, daß wir es mit Mächten zu tun haben, die über ganz erstaunliche Fähigkeiten verfügen. Ich weiß ja, daß Sie das Wort Zauberei nicht mögen, aber Sie sollten sich allmählich daran gewöhnen, Inspektor.«

Cohen verzog das Gesicht, als hätte er plötzlich auf einen Stein gebissen. »Sie wissen, daß ich davon ...«

»... nichts halte«, unterbrach ihn Craven. »Sie sind das Paradebeispiel für einen ungläubigen Thomas, Inspektor. Was Sie nicht verstehen, das leugnen Sie einfach ab, nicht wahr?«

Für einen Moment sah es aus, als würde Cohen auffahren. Dann verwandelte sich der Ausdruck von Zorn in seinem Blick in Unsicherheit.

»Aber gut«, fuhr Craven fort. »Lassen wir es für den Moment dabei, daß wir etwas erlebt haben, was wir nicht verstehen und auch nicht völlig erklären können. Was haben Sie weiter herausgefunden?«

Cohens Gesichtsausdruck verdüsterte sich noch mehr. »Das sind die *ganz schlechten* Nachrichten«, sagte er. »Es ist mir gelungen, die Namen der Kinder herauszufinden, die damals ums Leben kamen. Ein Joshua Pasons war nicht dabei.«

»Dann wären es ja auch neunzehn gewesen«, sagte Craven, aber Cohen fuhr unbeeindruckt fort:

»Hennessey – er kam übrigens damals auch ums Leben – hat niemals einen Adoptivsohn gehabt. Wenn ich es nicht besser wüßte, würde ich behaupten, daß dieser Joshua nie existiert hat. Zumindest konnte ich in der Kürze der Zeit keinerlei Beweise für seine Existenz ausfindig machen.«

»Was ist an dieser Neuigkeit so schlecht?« erkundigte sich Craven und biß ein zweites Mal und mit sichtlich großem Appetit in sein Sandwich.

»Zum einen der Umstand, daß ich mit einem Jungen gesprochen habe, der scheinbar niemals existiert hat«, sagte Cohen. »Ich schätze es nicht, mit Gespenstern zu reden, wissen Sie? Aber darüber hinaus war dieser Junge möglicherweise unsere einzige Spur, Ihren geheimnisvollen Freund Crowley zu finden.«

»Crowley ist nun wirklich nicht mein *Freund*, Inspektor.«

»Hm«, machte Cohen, auf eine Weise, die klarmachte, für wie überflüssig er diese Antwort hielt. »Also gut, Robert – ich unterstelle jetzt einfach einmal, daß ich in Wahrheit *nicht* in einer Gummizelle sitze und Fliegen esse, sondern dies alles wirklich erlebt habe. Nicht, daß ich es glaube, aber nur einmal angenommen, Sie und ich waren tatsächlich in Brandersgate und haben etwas erlebt, was sich in Wirklichkeit vor fünf Jahren abgespielt hat, dann beantworten Sie mir eines: Was sollte das alles?«

»Ich verstehe nicht ganz …«

»Sie verstehen mich ganz gut«, unterbrach ihn Cohen, in nicht einmal unfreundlichem, aber doch sehr scharfem Ton. »Crowley hat zweimal *scheinbar* versucht, Sie umzubringen, und jedesmal war dieser Junge dabei. Warum hat er dieses ganze Theater arrangiert, wenn er Sie am Schluß dann doch wieder laufen läßt?«

Der Mann, der auf der anderen Seite des Tisches saß und wie Robert Craven aussah, hätte ihm diese Frage beantworten können.

Aber natürlich tat er es nicht.

Das Gefühl, einen nicht wieder gutzumachenden Fehler zu begehen, wurde stärker mit jedem Schritt, den Howard und Rowlf tiefer in die Schwarze Stadt eindrangen. Sie hatten mit George vereinbart, nach zwei Stunden zurück zu sein, doch diese Frist war bereits verstrichen gewesen, ehe sie auch nur die ersten Ausläufer der Stadt erreichten, und mehr als eine weitere Stunde verstrich, bis die schwarze Pyramide im Herzen dieses gestaltgewordenen Alptraumes auch nur sichtbar näher zu kommen begann. Und jeder Schritt fiel ihnen ein winziges bißchen schwerer als der vorige.

Rowlf hatte es nicht ausgesprochen – genaugenommen hatte er so gut wie gar nichts gesagt, seit sie in die Stadt eingedrungen waren, aber Howard spürte, daß es dem rothaarigen Riesen nicht anders erging als ihm. Seine Bewegungen waren noch immer ruhig, aber es war eine erzwungene, ungute Ruhe jetzt, und so sehr er sich auch in der Gewalt hatte, vermochte er doch die kleinen nervösen Blicke, die er immer öfter in die Runde warf, nicht ganz zu unterdrücken. Offensichtlich fühlte er dasselbe wie Howard: nämlich, daß sie sich an einem Ort befanden, an dem sie nicht sein sollten, und sich einem Ort in diesem Ort näherten, an dem sie nicht sein *durften*.

Dies war keine Stadt der Menschen. Sie war nicht von Menschen und nicht für Menschen gebaut worden, und Menschen konnten und durften hier nicht sein. Zwar war die Stadt nach wie vor verlassen, nichts als ein ungeheuerliches schwarzes Trümmerfeld, das von einem Ende der Welt zum anderen zu reichen schien und zu keinem anderen Zweck als dem erschaffen worden war, dem Wort *Vernichtung* Gestalt zu verleihen. Und zugleich spürte er, daß etwas hier war; etwas Gestaltloses, Finsteres und ungeheuer Böses. Es war keine körperliche Bedrohung, nichts Materielles. Es war nicht einmal die Magie der GROSSEN ALTEN, die er fühlte. Es war einfach der Umstand, daß dies *ihre* Stadt war, daß sie äonenlang an diesem Ort geweilt hatten. Dieser Teil der Schöpfung war entweiht, zu einem Ort geworden, an dem nie wieder Leben herrschen konnte.

Howard vertrieb den Gedanken und versuchte sich statt dessen wieder mehr auf seine Umgebung zu konzentrieren. Wenigstens versuchte er es, doch es gelang ihm nicht völlig. Der Gedanke beherrschte jetzt nicht mehr ganz sein Bewußtsein, blieb aber wie ein schmerzender Stachel in seinem Fleisch zurück.

So gigantisch die Stadt war und so bizarr jedes Gebäude, jeder Stein, jeder Fußbreit Boden, über den sie schritten, so monoton war sie auch, denn alles, was er erblickte, war Zerstörung, ohne daß er hätte sagen können, *was* hier zerstört worden war. Und es war ihm unmöglich zu sagen, ob er die Spuren gewaltsamer Verheerung erblickte oder nur das, was die Zeit diesem Ort angetan hatte. Immerhin befanden sie sich unendlich weit in der Zukunft; mindestens zehn Millionen Jahre. Angesichts der zu einem gewaltigen roten Glutball aufgedunsenen Sonne am

Himmel und der leblosen Öde, die die Umgebung R'lyehs umgab, schien es sich jedoch eher um ein Vielfaches dieser Zeit zu handeln.

Ewigkeiten schienen zu vergehen, bis sie die schwarze Pyramide im Herzen der Stadt endlich erreichten. Howard sah jetzt, daß sie längst nicht das größte Gebäude R'lyehs gewesen war. Aus irgendeinem unerfindlichen Grund hatte sie aber als einziges der allgegenwärtigen Zerstörung getrotzt; ein schwarzer Monolith, der mehr als hundert Meter weit in die Höhe ragte und dessen Spitze die Bäuche der tiefhängenden Wolken aufzuschlitzen schien. Ihre Flanken waren vollkommen glatt, es gab keine sichtbaren Öffnungen, Fenster oder Eingänge, und obwohl sie die schlimmste aller Ausgeburten der GROSSEN ALTEN beherbergte, ließ sie die Schlichtheit ihrer Linien doch beinahe vertraut erscheinen.

Howard ließ sich von diesem Eindruck keine Sekunde täuschen. Er war bereits einmal hier, jedoch noch nie dort drinnen gewesen – aber er wußte, was sie enthielt, und der bloße Gedanke, dieses Gebäude zu betreten, machte es ihm schon fast unmöglich, weiterzugehen.

Dies war Cthulhus Haus. Der Palast, in dem der achtarmige Herrscher der Dämonenrasse seit Jahrmillionen lag, ertrunken, aber nicht tot, gestorben, aber nicht vergangen, der Ort, an dem Cthulhu seine finsteren Träume träumte und in dem er auf das Erwachen wartete.

Aus dem gleichen Grund, aus dem es Howard nicht möglich war, auch nur eines der bizarren Gebäude in ihrer Umgebung wirklich zu beschreiben, konnte er auch nicht sagen, wie weit sie sich noch von der schwarzen Pyramide entfernt befanden, obwohl sie scheinbar direkt vor ihnen aufragte. Sie hatten nur eine Möglichkeit, es herauszufinden: einfach weiterzugehen, bis sie die Außenmauern des gigantischen Bauwerks berührten.

Plötzlich jedoch blieb Rowlf stehen und wandte erschrocken den Kopf nach rechts. Auch Howard verharrte mitten im Schritt und sah in die gleiche Richtung, erblickte jedoch nichts anderes als schwarzes Chaos und allgegenwärtige Verheerung.

»Was ist?« fragte er erschrocken.

Rowlf antwortete nicht gleich. Er stand in angespannter, leicht vorgebeugter Haltung da, wie ein sprungbereites Raubtier; oder ein fluchtbereites.

»Nix«, murmelte er schließlich. Nervös fuhr er sich mit der Hand über das Kinn. »Ich hab' gedacht, ich hätt was ... gesehn.« Seine Augen wurden schmal. Howard konnte sehen, wie der Blick immer unsteter über die unguten Konturen der Trümmerwälle vor ihnen huschte. Aber dann schüttelte er noch einmal den Kopf. »Nix«, sagte er noch einmal und zuckte mit den Schultern. »Muß mich getäuscht haben.«

Aber er hatte sich nicht getäuscht. Howard wußte es, und Rowlf wußte, daß er es wußte. Der dreihundert Pfund schwere Zweimeterkoloß machte sich, solange Howard ihn kannte, und das war praktisch sein Leben lang, einen Spaß daraus, den Narren zu spielen, den unbeholfenen Tölpel, der schwerfällig durch das Leben stolperte, aber das war er keineswegs. Wenn er glaubte, etwas gesehen zu haben, dann *hatte* er etwas gesehen.

Die Vorstellung, daß in dieser schwarzen Trümmeröde noch irgend etwas lebte, ließ Howard schaudern. Er versuchte sich mit dem Gedanken zu beruhigen, daß es ein Tier gewesen war. Aber dieser Versuch scheiterte kläglich. Die Welt, auf der sie gestrandet waren, war eine Welt ohne Leben. Ein Planet, der alt geworden war und auf dem nichts mehr existierte außer vielleicht einigen Pflanzen und niederen Wesen, die sich in das Meer zurückgezogen hatten, aus dem das Leben vor ungezählten Jahrmillionen gekommen war.

»Vielleicht wär's besser, wenn wir zurückgehn«, sagte Rowlf. Erneut fuhr er sich nervös durch das Gesicht. »Ich mein', Schorsch wartet sich bestimmt schon die Hacken krumm. Er wird sich Sorgen machen.«

Howard überlegte. Sie waren seit mehr als drei Stunden unterwegs, und es wäre geradezu lächerlich, so kurz vor dem Ziel kehrtzumachen; ganz davon abgesehen, daß er selbst keine Mühe gescheut hatte, George klarzumachen, wie unvorstellbar wichtig das war, was sie in den Ruinen dieser Stadt finden mochten. Und es war so: Vielleicht waren sie, seit diese bizarre Stadt entstanden war, die ersten Menschen, die sich unbehelligt darin bewegen konnten. Und er wußte einfach, daß die Antworten auf alle Fragen, die Lösungen aller Rätsel in jener schwarzen Pyramide verborgen waren, daß dort vielleicht der Schlüssel lag, die Gefahr ein für allemal zu bannen.

Aber das war nur die eine Seite, die, die der Logik und dem klaren Überlegen entsprach.

Es gab eine andere. Diese andere hieß Furcht, und hatte er sie bisher noch mühsam im Zaum halten können, so fiel es ihm jetzt immer schwerer. Ganz gleich, was sie dort vorne finden mochten, ganz gleich, welche Gefahren sie heraufbeschworen, wenn sie ihren Weg nicht fortsetzten – er wußte, daß er es nicht konnte.

Die schwarze Pyramide war nicht einfach nur ein gewaltiges Gebäude, nicht einfach nur ein riesiges Mausoleum, in dem der Leib eines toten Gottes aufgebahrt war. Sie war das Zentrum der Furcht, der Quell allen Übels, alles Schlechten, das es jemals im Universum gegeben hatte. Ganz plötzlich, und nur für einen Moment, für diesen jedoch mit unerbittlicher Klarheit, begriff Howard einen winzigen Teil der wahren Natur der GROSSEN ALTEN. Sie waren mehr als nur Ungeheuer. Mehr als nur bizarre, dämonische Wesen einer anderen Welt, die eine Laune des Schicksals vor Jahrmillionen auf die Erde verschlagen hatte. Sie waren das Böse an sich. So, wie es schöpferische Gewalten gab, die Kräfte des Guten und des Lichts, so gab es auch die Zerstörung, das Chaos und die Finsternis, und Cthulhu, Azathoth und all die anderen schrecklichen Wesenheiten, die aus den Bereichen jenseits der roten Sonne Beteigeuze zur Erde gekommen waren, waren Kreaturen dieser Welt, Geschöpfe, die nicht zerstörten, um zu leben, sondern lebten, um zu zerstören.

Sie konnten nicht weitergehen. Plötzlich wußte Howard mit unerschütterlicher Gewißheit, daß der Tod auf sie wartete, der Tod oder Schlimmeres. Cthulhu und seine schrecklichen Diener mochten vergangen sein, aber ihre bloße Anwesenheit über so lange Zeit hatte die Pyramide zu einem Ort gemacht, an dem Menschen nicht existieren konnten.

Fast erschien es Howard wie eine grausame Ironie des Schicksals, sie so weit kommen zu lassen, nur um ihnen den letzten Schritt zu verwehren, und fast wäre er bereit gewesen, ihn trotz allem zu tun, seinen eigenen Tod und den Rowlfs in Kauf zu nehmen, um das finstere Geheimnis zu lüften. Doch dann begriff er, wie sinnlos dieses Opfer gewesen wäre. Er hätte keine Sekunde gezögert, es zu bringen, hätte es irgend etwas genutzt. Aber sie waren allein. Sie konnten nicht einfach zurücklaufen und hoffen, irgend jemandem ihr Wissen mitteilen zu können, ehe sie starben oder Schlimmeres geschah.

»Also gut«, sagte er schweren Herzens. »Gehen wir zu …«

Diesmal war er es, der die Bewegung sah und mitten im Wort abbrach. Es war nur eine Sekunde, ein dunkles Huschen vor dem noch schwärzeren Hintergrund der Trümmer, aber zu deutlich, um nur Einbildung zu sein. Auch Rowlf war herumgefahren und starrte konzentriert in die gleiche Richtung, und nach einer Sekunde tat er etwas, was Howard vor Entsetzen schier das Blut in den Adern gerinnen ließ: Mit einem zornigen Knurren rannte er los, wobei er den Knüppel hervorzerrte, den er aus der Welt der Eloi mitgebracht und wie ein Schwert unter den Gürtel geschoben hatte. Howard starrte ihm eine Sekunde ebenso fassungslos wie entsetzt nach, dann folgte er ihm; nicht einmal so sehr, um ihm eventuell zu helfen, sondern vielmehr, weil es ihm unerträglich gewesen wäre, allein zurückzubleiben.

Sie näherten sich der Ruine eines ehemals gewaltigen Gebäudes, dessen Wände auf unmögliche Weise verzerrt und verbogen waren, so daß Howard nicht einmal zu erraten imstande war, wie es einmal ausgesehen haben mochte. Rowlf rannte mit weit ausgreifenden Schritten eine schräge Rampe hinauf, und als Howard ihm etwas langsamer folgte, schlug sein Gleichgewichtssinn Purzelbäume, denn obwohl er sah, daß sie steil nach oben rannten, hatte er das intensive Gefühl, sich abwärts zu bewegen.

Sie sahen die Bewegung noch zweimal, ohne jedoch sagen zu können, was es war. Etwas Dunkles, Massiges, von dem Howard fast (aber eben nur fast) sicher war, daß es einen Körper, zwei Arme und zwei Beine hatte, huschte vor ihnen geduckt zwischen den Trümmern einher, immer ein winziges bißchen schneller, als sie ihm zu folgen vermochten, aber niemals so schnell, daß es ganz außer Sicht geriet. Howard duckte sich hinter Rowlf durch die niedrige Öffnung, die ins Innere des Gebäudes führte, und fand sich urplötzlich in einem gewaltigen, von grauem Zwielicht erfüllten Raum von unbestimmbarer Form wieder. Von dem Schatten, den sie verfolgt hatten, war keine Spur zu sehen, und zudem wurde das Licht schon nach wenigen Schritten so schwach, daß sie befürchten mußten, im Dunkeln gegen ein Hindernis zu prallen und sich zu verletzen.

»Verdammt!« maulte Rowlf und ballte zornig die Fäuste. »Wo is der Kerl hin?«

»Wenn es ein Kerl war«, fügte Howard halblaut hinzu. Er sah sich aufmerksam um. Seine Augen gewöhnten sich erstaunlich schnell an das blasse Licht, und er konnte jetzt mehr Einzelheiten erkennen. Ein eisiges Frösteln lief über seinen Rücken, als er sah, daß die Rampe, durch die sie das Gebäude betreten hatten, nach nur wenigen Yards vor einem tiefen Abgrund endete. Wären sie weitergelaufen, so wären sie zweifellos abgestürzt und zu Tode gekommen.

Soweit er erkennen konnte, war der Raum vollkommen leer. Ein Teil des kuppelförmigen Daches war eingebrochen, und durch die gezackte Öffnung fiel das düstere rote Licht der Sonne herein, ohne den Boden jedoch zu erreichen. Irgend etwas zwischen ihm und der Öffnung im Dach schien die Helligkeit aufzusaugen, dem Licht jede Wärme und Freundlichkeit zu nehmen und es in etwas Düsteres, Unangenehmes zu verwandeln. Trotzdem reichte der blasse Schein aus, ihn nach und nach immer mehr Einzelheiten erkennen zu lassen.

Der Boden der gigantischen Halle war über und über mit Trümmern bedeckt, und auch an den Wänden gähnten Dutzende großer, offensichtlich gewaltsam hineingebrochener Öffnungen. Das unbekannte Material, aus dem die Halle errichtet war, war zum Teil geborsten, zum Teil einfach unter der Last der Jahrmillionen mürbe geworden, manches sah aber auch aus wie unter unvorstellbaren Hitzegraden geschmolzen und wiedererstarrt. Auf dem Boden lag Staub, den der Wind geduldig über ungezählte Jahre hinweg hereingeweht hatte, so daß Howard nicht einmal sagen konnte, wie tief die Halle wirklich war. Die Schicht mochte wenige Zoll, ebensogut aber auch mehrere Yards dick sein. Ringsum in den Wänden befanden sich unterschiedlich große, unterschiedlich tiefe und unterschiedlich geformte Nischen, die irgendwann einmal irgend etwas aufgenommen hatten, jetzt aber allesamt leer waren. Howard ließ seinen Blick aufmerksam in die Runde schweifen, ohne mehr als schwarzen Stein und Staub zu sehen, wandte sich wieder an Rowlf und drehte dann noch einmal mit einem Ruck den Kopf und sah erstaunt zu einer der Nischen auf der linken Seite hinüber.

Verblüfft und beunruhigt zugleich runzelte er die

Stirn. Die Nische war etwa mannsgroß und einen guten Yard tief, und sie enthielt etwas, das wie eine mißgestaltete, nicht sonderlich kunstvoll angefertigte Dämonenstatue aussah; trotz aller Fremdartigkeit eher lächerlich als bedrohlich. Aber das war es nicht, was ihm einen eisigen Schauer der Furcht über den Rücken laufen ließ.

Es war der Umstand, daß er vollkommen sicher war, daß die Figur vor einer Minute noch nicht dort gestanden hatte.

Mit dem Einbruch der Dunkelheit hatte der Regen noch zugenommen, so daß wir uns schließlich doch in den Schutz des leerstehenden Hauses zurückgezogen hatten. Ich war nicht einmal überrascht gewesen, festzustellen, daß sich Landon und die anderen in der Ruine offenbar häuslich eingerichtet hatten – in einem großen Raum im Erdgeschoß fand sich eine Reihe einfacher, aus schmuddeligen Lumpen und Fetzen bestehender Lager, und es gab sogar ein paar herumgedrehte Kisten, die als Tischersatz dienten. Irgendwoher hatte Hank ein paar Kerzenstummel gezaubert, in deren flackerndem Schein wir unser ›Abendessen‹ einnahmen, das aus einigen harten Brötchen, ein paar Scheiben kaum weniger hartem Brot und einem Schluck von Landons Magenvernichter bestand. Wir aßen schweigend und trotz der Einfachheit unseres Mahles mit fast zeremoniellem Ernst und der Geduld von Menschen, die nichts außer Zeit besaßen – die allerdings im Übermaß.

Nach dem Essen begann ich müde zu werden, und auch einige der anderen zogen sich in ihre ›Betten‹ zurück, obwohl es nicht einmal sieben Uhr sein konnte. Es war viel zu früh dunkel geworden, und draußen heulte der Wind um das Haus, als hätte mich der Höllensturm von Brandersgate aus hierher verfolgt. Landon hatte auf eines der Lumpenlager gedeutet und mir erklärt, daß ich es fürs erste ruhig benutzen konnte. Ich hatte die Einladung jedoch nur zum Teil angenommen. Statt mich hinzulegen, hatte ich mich mit angezogenen Beinen auf das Lumpenbündel gehockt und das Kinn auf die Knie gestützt; eine Haltung, die unbequem war und es auch sein sollte. Hätte ich mich ausgestreckt, so wäre ich zweifellos auf der Stelle eingeschlafen, denn ich war schrecklich müde. Aber das wollte ich nicht, denn ich hatte zugleich Angst davor zu schlafen, wußte ich doch, daß dieser Schlaf mir keine Erholung bringen, sondern mich nur wieder in eine Welt voller Alpdrücke und grauenerregender Visionen entführen würde, aus der ich schreiend und in Schweiß gebadet und erschöpfter als zuvor erwachen mußte.

So saß ich einfach da, starrte ins Leere und versuchte mich irgendwie wachzuhalten, was mir immer schwerer fiel, denn die anderen schliefen nach und nach ein, so daß ihr gleichmäßiges Schnarchen bald alles war, was die vom Heulen des Sturmes noch unterstrichene Stille durchbrach.

Die Wahrheit war wohl, daß ich mich noch immer nicht mit meiner Lage abgefunden hatte und *deshalb* keinen Schlaf fand – und wie konnte ich auch? Noch vor zwei Tagen war ich ein junger, gesunder Kerl von noch nicht einmal dreißig Jahren gewesen, und jetzt befand ich mich im Körper eines Mannes, der nicht nur wahrscheinlich mein schlimmster Feind war, sondern noch dazu ein biologisches Alter von gut und gerne hundert Jahren aufzuweisen hatte und mit jeder Minute, die verstrich, unbarmherzig weiter alterte.

Ich hatte von Anfang an geglaubt, daß Crowley mich töten wollte, aber das hatte er nie vorgehabt. Zwar war mir der Sinn seines ersten *Mordanschlages* in den Katakomben unter Andara-House nach wie vor rätselhaft, aber sein zweites Attentat auf mich ergab durchaus Sinn: Es war nicht mein Tod, den Crowley wollte, sondern mein *Leben*. Er hatte mir meine Zukunft gestohlen, so wie er auch den Kindern von Brandersgate ihre Lebenszeit stahl, denn er hatte mir meinen Körper genommen und damit die dreißig oder auch vierzig Jahre, die die Natur eigentlich noch für mich vorgesehen gehabt hatte. Was mir blieb, das waren wahrscheinlich nur noch wenige Wochen, und vermutlich nicht einmal mehr das. Ich hatte es bisher auf meinen Schrecken und die Entbehrungen der beiden letzten Tage geschoben, aber ich spürte deutlich, daß meine Kräfte rapide nachließen. Vielleicht verfiel dieser Körper rasch, jetzt, nachdem Crowleys unfaßbare Magie ihn nicht mehr beschützte. Das war ein weiterer Grund, aus dem ich es nicht wagte, die Augen zu schließen und einzuschlafen: Ich hatte Angst davor, nicht wieder aufzuwachen.

Dann bemerkte ich einen Fehler in meinen Überlegungen. Wenn Crowley tatsächlich über die Jahrhunderte von einem Körper zum nächsten wechselte, warum um alles in der Welt hatte er in dieser uralten und fast verbrauchten Hülle gesteckt? Er hätte doch längst ein neues Opfer finden können.

Aber das war ein Rätsel, das ich wohl oder übel in die bis zum Rand gefüllte Schublade unbeantworteter Fragen legen mußte, ohne jede Hoffnung, je eine Antwort darauf zu erhalten.

Ein flatterndes Geräusch vom Fenster her drang in meine Gedanken und ließ mich aufsehen. Ich glaubte eine Bewegung zu erkennen, aber meine hundert Jahre alten Augen vermochten sie nicht mehr genau zu bestimmen; ich sah nur einen zuckenden Schatten. Vielleicht hatte der Sturm eine alte Zeitung gegen das Fenster geweht, deren aufgeweichte Blätter sich jetzt im Wind wanden.

Trotzdem – irgend etwas an dieser Bewegung ... beunruhigte mich. So sehr, daß ich schließlich sogar aufstand und mühsam zum Fenster schlurfte, um nachzusehen.

Es war keine alte Zeitung. Es war eine Taube, ein graues, vollkommen durchnäßtes Tier, das sich mit den Krallen im morschen Holz des glaslosen Rahmens festhielt und mit den Flügeln schlug, um vom Sturm nicht hereingeweht zu werden. Es starrte mich an, und für einen Moment glaubte ich in seinen Augen weit mehr als den trüben Intellekt eines Tieres zu erblicken. Plötzlich mußte ich wieder an die Taube denken, die vorhin oben auf dem Dach gesessen und mich angestarrt hatte, und ebenso plötzlich war ich sicher, daß es sich um dasselbe Tier handelte.

Als ich mich dem Fenster weiter näherte, flog sie auf, hing einen Moment lang mit wild schlagenden Flügeln fast reglos in der Luft und kämpfte sich dann, mühsam gegen den Sturm anrennend, in die Höhe. Obwohl sie alle Kraft aufwandte, die in ihrem Körper war, kam sie kaum von der Stelle. Wäre ich nur eine Winzigkeit schneller gewesen oder hätte ich es wirklich *gewollt*, so wäre es mir wahrscheinlich ein leichtes gewesen, sie mit der Hand zu berühren oder gar einzufangen. Aber ich stand einfach nur da und sah ihr nach, bis der Sturm sie verschlungen hatte.

Als ich mich wieder umwandte, begegnete ich Landons Blick. Er hatte sich halb auf seinem Lager aufgerichtet und sah mich auf eine so sonderbare Weise an, daß mir ein kalter Schauer über den Rücken rann.

»Es war nur eine Taube«, sagte ich.

»Sie nisten oben auf dem Dach«, sagte er mit einer entsprechenden Geste. »Drecksviecher, die alles vollscheißen und die Ratten anlocken. Aber harmlos. Manchmal gelingt es uns sogar, eine zu fangen. Sie schmecken ausgezeichnet.« Er lächelte flüchtig, dann schien ihm plötzlich eine Idee zu kommen. »Versuchen wir es?«

»Was?« fragte ich.

Landon machte eine flatternde Handbewegung zur Decke empor. »Uns ein zweites Abendessen zu organisieren«, sagte er. »Bei dem Sturm sind sie bestimmt alle oben. Kann mir nicht vorstellen, daß sie große Lust haben, spazierenzufliegen.«

Der Gedanke erschien mir im ersten Moment höchst verlockend. Allein die Vorstellung, ein Stück gebratenes Fleisch – selbst wenn es nur ein Taubenschenkel war – zwischen die Zähne zu bekommen, ließ mir schon das Wasser im Munde zusammenlaufen. Aber zugleich erschreckte er mich auch zutiefst. Ich konnte nicht genau sagen, warum, aber irgend etwas stimmte nicht mit dieser Taube. Sie hatte sich nicht wie ein normales Tier benommen. Beinahe hastig schüttelte ich den Kopf.

»Lieber nicht. Bei dem Wetter ist es bestimmt gefährlich, zum Dach hochzuklettern. Außerdem bin ich müde.«

»Wahrscheinlich wäre es auch zu anstrengend für

dich«, sagte Landon. »Es gibt nur eine Leiter nach oben. Ist nicht ungefährlich, sie hinaufzusteigen.«

Doch meine Erleichterung hielt nur eine Sekunde an. Landon hatte zwar die Idee fallenlassen, *mich* auf die Taubenjagd mitzunehmen, den Gedanken an einen zusätzlichen Abendschmaus jedoch nicht. Er stand auf, schlurfte zu Hank hinüber und rüttelte ihn unsanft an der Schulter. Hank hob mit einem unwilligen Grunzen den Kopf und wollte seine Hand beiseite schieben, doch Landon schüttelte ihn nur noch heftiger.

»Steh auf, Schlafmütze«, sagte er. »Wir gehen aufs Dach, ein paar Tauben fangen.«

»Hä?« machte Hank verschlafen. Verständnislos blinzelte er zu Landon hoch.

»Bob hat mich auf die Idee gebracht«, sagte Landon. »Bei dem Sauwetter trauen sie sich garantiert nicht raus. Wir können bestimmt ein paar schnappen.«

Für einen Moment sah es so aus, als würde Hank sich einfach wieder hinlegen und weiterschlafen. Aber Landon gab nicht auf. Er rüttelte Hank vollends wach, weckte auch noch Ben, und nur wenige Augenblicke später verließ die improvisierte Jagdparty den Raum.

Ich sah ihnen mit gemischten Gefühlen nach. Meine Beunruhigung hatte nicht nachgelassen, sondern war eher noch stärker geworden – aber mein Magen knurrte dermaßen, daß ich mich ihnen am liebsten angeschlossen hätte, um auch ja in den Genuß meines Anteiles zu kommen. Es war schon erstaunlich, wie schnell die Tünche der Zivilisation von dem ewig hungrigen Raubtier abfiel, wenn der Magen nur laut genug knurrte.

Müde schlurfte ich zu meinem Lager zurück und ließ mich in der gleichen bewußt unbequemen Haltung wie vorhin darauf nieder. Doch diesmal vermochte ich dem Schlaf nicht lange Paroli zu bieten. Schon nach wenigen Augenblicken versank ich in einen unruhigen Schlummer, in dem mich genau die Alpträume und Schreckensvisionen erwarteten, die ich befürchtet hatte, aus dem ich aber gottlob schon nach kurzer Zeit wieder erwachte; zitternd, zugleich von einem fiebrigen Hitzegefühl wie von Kälte geschüttelt und mit schmerzendem Kopf und Nacken.

Mein Herz pochte. Fast erschrocken sah ich mich um und stellte fest, daß Landon und die anderen noch nicht zurück waren, die Bewohner der übrigen Lumpenlager jedoch noch tief und fest schliefen.

Um nicht wieder einzuschlafen, setzte ich mich ein wenig aufrechter hin und ließ die Geschehnisse der vergangenen anderthalb Tage noch einmal vor meinem inneren Auge Revue passieren. Nicht, daß sie dazu angetan gewesen wären, meine Mutlosigkeit irgendwie zu durchbrechen oder mir gar Anlaß zum Optimismus zu geben.

Nachdem ich meinen Schock, in dem Mann neben Wilbur Cohen niemand anderen als mich selbst zu erkennen, endlich überwunden hatte, war ich weitergelaufen, so schnell ich konnte. Die Crux war nur – ich *konnte* nicht besonders schnell laufen. Cohen hatte seine Zeitung bezahlt und eingesteckt, bevor ich ihm auch nur auf zehn Schritte nahegekommen war, und mein Doppelgänger und er waren weitergegangen; nicht sehr schnell, aber trotzdem schneller als ich. Und vermutlich wäre es sogar sinnlos gewesen, ihn einzuholen. Nicht nur, daß mich Cohen nicht erkannt hätte – der Mann neben ihm, der meinen Platz eingenommen hatte, würde kaum dabeistehen und in aller Ruhe nicken, während ich ihn bezichtigte, meinen Körper gestohlen zu haben. Zumal er meine bescheidenen magischen Kräfte, die mir nach meinem fünfjährigen Schlaf geblieben waren, mit übernommen hatte.

Wahrscheinlich hatte mir mein Instinkt, der mir riet, eine gewisse Vorsicht walten zu lassen, zur gleichen Zeit auch das Leben gerettet. Auf dem Weg nach draußen war ich an einer jener großen gläsernen Vitrinen vorübergekommen, in denen die Fahrpläne sowie die verschiedensten Bekanntmachungen, Verlautbarungen oder auch Reklameschriften der Öffentlichkeit zugänglich gemacht werden. Mein Blick hatte das spiegelnde Glas für eine Sekunde gestreift – und ich war wie vom Donner gerührt stehengeblieben, denn ich hatte erst in diesem Moment wirklich begriffen, daß ich nicht in *irgendeinem* fremden Körper gefangen war, sondern in dem Crowleys, eines uralten Mannes, der ohne die Hilfe seiner finsteren Vampir-Magie nichts als ein gebrechlicher Greis war. Ich hätte es wissen müssen, und tief in mir drinnen hatte ich es auch gewußt, und trotzdem war es ein solcher Schock für mich, daß ich minutenlang einfach dastand und das verzerrte Spiegelbild in der Glasscheibe anstarrte, ohne zu irgendeinem klaren Gedanken fähig zu sein, geschweige denn, wirklich zu *begreifen,* daß das zerfurchte Greisengesicht von nun an mein eigenes sein sollte.

Als ich wieder in die Wirklichkeit zurückfand, sah ich mich einer Frau mittleren Alters gegenüber, die mich voller ehrlich empfundenen Mitleids ansah und mich besorgt fragte, ob sie mir helfen könne. Ich hatte ihr nicht einmal geantwortet, sondern sie ein paar Sekunden lang entgeistert angestarrt, ehe ich halb verrückt vor Angst und Entsetzen davongestürmt war.

Draußen auf dem Bahnhofsvorplatz sah ich sogar Cohen und (!) Craven noch einmal wieder, allerdings gerade noch lange genug, um sie in eine Droschke steigen und mit unbekanntem Ziel abfahren zu sehen. Was danach kam …

Obgleich im Grunde nichts geschehen war, kamen mir die Stunden danach selbst jetzt noch wie ein Alptraum vor. Stundenlang war ich durch die Stadt geirrt, bis es dunkel geworden war und Schwäche und Erschöpfung mich Zuflucht in einem leerstehenden Abbruchhaus suchen ließen. Erst am nächsten Morgen hatte ich wieder halbwegs zu mir gefunden und beschlossen, den Kampf aufzunehmen.

Leider war es bei dem bloßen Entschluß geblieben. Ich hatte mich in einem Teil der Stadt wiedergefunden, den ich nicht kannte, in dem mich niemand kannte, und der vor allem sehr weit von jenen Teilen Londons entfernt war, in denen all meine Freunde residierten und sich mein bisheriges Leben abgespielt hatte.

Womit die Probleme auch schon begannen: London ist eine ungeheuer *große* Stadt; vor allem für einen Mann, der weder gut zu Fuß ist, noch das Geld hat, sich einen Wagen zu nehmen. In den Taschen von Crowleys Jacke hatten sich nur ein paar Pennies befunden, die nicht einmal gereicht hatten, meinen knurrenden Magen am vergangenen Abend zu beruhigen. Ich hatte Stunden gebraucht, um den Weg zu

Viktor Frankensteins Villa zu bewältigen – und hatte ein völlig verlassenes Haus vorgefunden. Von einem Nachbarn, der mißtrauisch herbeigekommen war, als er die heruntergekommene Gestalt um das Grundstück schleichen sah, hatte ich erfahren, daß sich der Hausherr nach einem geheimnisvollen ›Unfall‹ (über dessen Hergang ich eine Menge mehr wußte als der gute Mann, mich jedoch hütete, auch nur ein Sterbenswörtchen davon verlauten zu lassen) zur Rekonvaleszenz aufs Land zurückgezogen und dabei wohl sein gesamtes Personal mitgenommen hatte.

Mein nächster und zugleich auch letzter Weg dieses Tages – denn ich hatte Stunden gebraucht, um ihn zu Fuß zu bewältigen – hatte mich zum Haus meines alten Freundes Dr. Gray geführt. Aber das Pech war mir treu geblieben: Ein reichlich kurz angebundener Diener, dem man überdeutlich ansah, daß er es normalerweise nicht gewohnt war, mit Subjekten wie mir zu verkehren, beschied mir, daß Gray sich zur Zeit nicht in der Stadt aufhielte und wohl auch in absehbarer Zeit nicht zurückkehren würde.

Die Wahrheit war so einfach wie brutal: Ich war nicht nur all meines Hab und Gutes – bis hin zu meinem eigenen Körper – beraubt, ich war auch vollkommen allein. Meine einzige Hoffnung war gewesen, Kontakt mit einem meiner alten Freunde aufzunehmen und sie irgendwie davon zu überzeugen, daß ich tatsächlich *ich* war und nicht der, nach dem ich aussah. Was allein schwer genug gewesen wäre. Aber wie es aussah, *gab* es in ganz London niemanden mehr, dem ich mich hätte anvertrauen können. Howard befand sich, wie ich von Cohen wußte, noch immer auf der Flucht vor der Polizei und den

Behörden und hatte sich – falls er sich überhaupt noch in der Stadt aufhielt – in ein sicheres Versteck zurückgezogen. Über Rowlfs und Sills Schicksal in den vergangenen fünf Jahren konnte ich nur Vermutungen anstellen, und was Gray anging ... wahrscheinlich war er an demselben Ort, an dem sich auch Howard aufhielt, und somit für mich ebenso unerreichbar. Ich war allein.

Mit diesem Gedanken schlief ich schließlich doch wieder ein ...

... und fand mich übergangslos in den Klauen genau des Alptraumes wieder, den ich erwartet und dessentwillen ich mit aller Gewalt versucht hatte, wachzubleiben. Es war ein sehr sonderbarer Traum; vielleicht nicht einmal ein Alptraum im eigentlichen Sinne des Wortes, aber mit Sicherheit einer der unheimlichsten Träume, die ich jemals gehabt hatte.

Es begann mit den Farben – so weit es in der bizarren Welt, die mir meine Traum-Augen zeigten, überhaupt Farben gab, hieß das. Alles war grau, schwarz, grau, dunkel und wieder grau, in allen nur vorstellbaren Schattierungen, und die wenigen Farbtupfer, die es überhaupt gab, erschienen mir grell und falsch, störende Faktoren in einem Universum des Zwielichts, in dem nicht nur die Farben nicht stimmten. Auch und vor allem der *Blickwinkel* war falsch – ich hatte das Gefühl, von einem erhöhten Standpunkt aus zugleich in zwei verschiedene Richtungen zu blicken, ohne daß mein Gehirn irgendwelche Schwierigkeiten hatte, diese beiden unterschiedlichen Eindrücke zu einem einzigen Bild zu verarbeiten. Zugleich stürmte eine wahre Flut von Gefühlen, Empfindungen und fremdartigen Eindrücken auf mich ein, die mich in einen wahren Strudel von Emotionen und aufgepeitschten Instinkten hinabzureißen versuchten.

Aber all diese Empfindungen waren sonderbar zweigeteilt. Ich wußte genau, daß all dies nicht wirklich, sondern nur Teil eines Traumes war, in dem ich nicht mehr in meinem eigenen Körper weilte, sondern – wie mir ganz plötzlich bewußt wurde – in dem der Taube gefangen war, die ich vorhin beobachtet hatte. Ich wußte auch mit zweifelsfreier Sicherheit, daß es *dieses* Tier war, nicht irgendein anderes. Doch so klar diese Erkenntnis auch sein mochte, so sehr war ich auch zugleich mit dem Geist des Tieres verschmolzen. Es ist mir unmöglich, mit Worten aus der Empfindungswelt der Menschen zu beschreiben, was ich spürte: eine tierische, animalische Gier, nicht nur nach Nahrung, sondern nach dem Leben selbst, das ungleich einfacher als das eines Menschen war, in seiner zielgerichteten Einfachheit aber auch ungleich intensiver. Meine übrigen Sinneseindrücke waren so fremd und bizarr, daß sie mich im ersten Augenblick schier überwältigten; und sie waren zugleich einfacher wie eindringlicher, als ich es je zuvor verspürt hatte. Aber da war auch noch etwas – etwas, das ganz und gar nicht tierisch war, sondern …

Ich kann es nicht beschreiben. Eine fremde Präsenz, schrecklich und düster und zugleich auch auf eine furchtbare Weise *vertraut*. Da war noch ein drittes Bewußtsein, das neben dem meinen seine Fühler nach dem Geist des Tieres ausgestreckt hatte, und anders als ich beschränkte es sich nicht auf die Rolle des passiven Beobachters, sondern *tat* etwas. Ich konnte nicht sagen, was, doch schon die bloße Ahnung seines Daseins erfüllte mich mit einem solchen Entsetzen, daß ich für einen Moment mit aller Kraft versuchte, mich aus dem Bewußtsein der Taube zurückzuziehen.

Es gelang mir nicht. Anders als in einem gewöhnlichen Traum reichte in diesem die simple Tatsache, sich vor Augen zu führen, daß es nur ein Traum war, nicht aus, um daraus zu erwachen.

Eine Bewegung am rechten Rand meines sonderbar zweigeteilten Gesichtsfeldes erregte meine Aufmerksamkeit. Ganz instinktiv versuchte ich den Kopf zu drehen, und beinahe zu meiner eigenen Überraschung gelang es mir – wenn auch mit einem völlig unerwarteten Ergebnis.

Die Taube wandte mit einem Ruck den Kopf, und ein wahrer Strudel optischer Sinneseindrücke überflutete mich derart, daß ich im allerersten Moment nichts als Chaos wahrnahm. Erst danach rief ich mir in Erinnerung, daß die Bewegungen von Vögeln wenig mit denen von Menschen gemein hatten. Ich wartete, bis sich das Chaos von Bildern und scheinbar losgelösten Impressionen vor meinen Augen wieder halbwegs beruhigte, und versuchte dann, wenigstens ansatzweise zu erkennen, was die Aufmerksamkeit meines unfreiwilligen Wirtskörpers erregt hatte.

Die Taube hielt sich in einem uralten Dachboden auf, in dem es außer Staub und Schmutz, Trümmern und Anzeichen eines unaufhaltsam voranschreitenden Verfalls noch mindestens zwei Dutzend gleichartiger Tiere gab und dessen Zugang aus einer rechteckigen Öffnung im Boden bestand, aus der die beiden oberen Sprossen einer hölzernen Leiter ragten. Die baufällige Konstruktion hatte zu zittern begonnen; ganz sacht nur, für die überscharfen Sinne des Tieres jedoch unübersehbar. Zugleich vernahm ich Geräusche; ein unheimliches, düsteres Rumoren und Grollen, durch den Filter der tierischen Sinne derart verzerrt und verfremdet, daß es mir beinahe angst machte.

Mein Wirt war nicht das einzige Tier, das aufmerksam geworden war. Auch die Köpfe der anderen Tiere bewegten sich mit jenen kleinen, vogeltypischen Rucken herum, die mich vom Standpunkt des inneren Beobachters heraus so verwirrt hatten. Die Leiter zitterte immer heftiger, dann erschienen Hände, Kopf und Schultern eines grobschlächtigen, riesenhaft gebauten Mannes über der obersten Sprosse. Die Gestalt stieg rasch höher, trat mit einer ungemein kraftvollen, zugleich aber auch plump wirkenden Bewegung vollends auf den Dachboden hinauf und einen Schritt zur Seite, um Platz für eine zweite zu machen, die hinter ihr die Leiter emporgestiegen kam. Dieser zweiten folgte eine weitere, bis ich mich drei breitschultrigen Giganten gegenübersah, die wie zum Leben erwachte Kirchtürme in der Mitte des Dachbodens standen, so groß, daß sie sich nicht einmal vollends aufrichten konnten, sondern zu einer gebückten, halb nach vorn geneigten Haltung gezwungen waren, obgleich das Dach hoch und gewaltig wie das einer Kathedrale über mir emporragte.

Der Anblick erfüllte mich mit einer Mischung von Faszination und Grauen. Die drei Giganten waren Menschen, ganz eindeutig; ich erkannte sie sogar – es waren Landon, Hank und Ben, die ich vor wenigen Minuten noch aus meinen menschlichen Augen hatte unser Lager verlassen sehen. Aber nun erblickte ich sie aus denen des Tieres, und sie sahen nicht einfach nur *größer* aus. Nie hatte ich Menschen so plump und gewalttätig erblickt: Gestalten, die nicht einfach nur zu den Dimensionen von Giganten herangewachsen waren, sondern zugleich auch an Bedrohlichkeit gewonnen hatten; auf eine Art, die ich nicht in Worte zu fassen vermochte. Ich sah die drei durch den Filter eines Bewußtseins, für das Wesen wie sie vom ersten Tag an *Feinde* gewesen waren, Geschöpfe, die sich zwar lächerlich langsam und plump bewegten, trotzdem aber nichts anderes als *Gefahr* bedeuteten.

Den anderen Tieren erging es wohl ebenso. Eine unruhige, flatternde Bewegung lief durch die Reihen der graugefiederten Körper, die auf Dachbalken, auf staubigen Kisten und Trümmerstücken saßen, und auch ich verspürte plötzlich den kaum noch zu unterdrückenden Impuls, die Flügel zu spreizen und davonzufliegen, so schnell ich konnte.

Aber da war auch noch etwas. Erneut fühlte ich die Anwesenheit eines weiteren Bewußtseins, das bisher tief unter den Gedanken der Taube verborgen geschlummert hatte. Es war mir immer noch nicht möglich, seine Gedanken oder Ziele zu erraten, doch ich fühlte, daß irgend etwas geschah.

Die drei Giganten begannen sich jetzt wieder zu bewegen, zugleich hörte ich Laute, die ich erst nach Sekunden als das erkannte, was sie wohl waren: den Klang menschlicher Stimmen. Aber wie das Aussehen der drei Männer hatte sich auch der Klang ihrer Stimmen auf schreckliche Weise verändert – ich verstand keine Worte, sondern hörte nur ein dunkles, ungemein *tiefes* Grollen und Rumoren, Töne, die zu einem guten Teil unterhalb der Grenze dessen lagen, was ich überhaupt hören konnte, so daß ich sie vielmehr spürte. Zugleich strebten sie auseinander, Landon und Hank näherten sich einer Gruppe Tauben, die nicht weit von mir entfernt auf einer Kiste hockten, Ben entfernte sich für einen Moment in die entgegengesetzte Richtung und kehrte dann in großem Bogen zurück, wohl, um die Tiere einzukreisen und ihnen jede Fluchtmöglichkeit zu nehmen.

Natürlich waren sie zu langsam. Ihre Bewegungen waren lächerlich plump, dazu so sehr voraussehbar, daß es keinem der Tiere schwergefallen wäre, ihnen auszuweichen.

Aber sie taten es nicht.

Etwas Unheimliches geschah. Obwohl ich es nicht wirklich verstand, spürte ich doch, daß es irgendwie mit dem fremden Bewußtsein in mir zu tun hatte. Es war, als griffe der Geist der Taube – oder das, was von ihr Besitz ergriffen hatte – hinaus nach dem Denken der anderen Tiere und befahl ihnen, Dinge zu tun, die gegen ihre Natur waren. Die Tiere erhoben sich in einer einzigen synchronen Bewegung und schwangen sich in die Höhe, um den plump nach ihnen grabschenden Riesenhänden auszuweichen – und stießen plötzlich auf die Männer herab!

Wäre ich ein Mensch gewesen, hätte ich einen überraschten Schrei ausgestoßen. So aber saß ich einfach nur da und sah fassungslos zu, wie meine gefiederten grauen Brüder auf zwei der drei Männer herabstießen und nach ihren Gesichtern hackten.

Die Überraschung der beiden war unübersehbar. Sie taumelten zurück, wobei sie schützend die Hände über die Gesichter rissen und ungeschickt nach den kleinen Angreifern schlugen. Schnäbel und Krallen trafen ihre Haut und rissen sie auf. Was von meinem Standpunkt aus furchtbare Wunden waren, aus denen sich Ströme von Blut ergossen, das waren in Wirklichkeit jedoch nur Kratzer, die die Männer kaum spürten. Was sie zurückweichen ließ, war nur die völlige Überraschung über diesen Angriff, der nicht nur warnungslos gekommen war, sondern auch vollkommen gegen die Natur der an sich harmlosen Tiere ging.

Und sie erholten sich sehr schnell davon. Plötzlich zuckte eine riesige Hand vor, packte den Flügel einer Taube und schloß sich so fest darum, daß ich hören konnte, wie die empfindlichen Hohlknochen brachen. Das Tier stieß ein schmerzerfülltes Pfeifen aus und flatterte wild mit der anderen Schwinge, konnte sich aber nicht losreißen, und eine Sekunde später machte der Mann eine weit ausholende Bewegung und schmetterte es mit furchtbarer Wucht gegen einen Balken, so daß es leblos zu Boden sank.

Ich fühlte, wie sich Furcht wie etwas Greifbares im Raum ausbreitete. Auch die übrigen Tiere erhoben sich jetzt, so daß sich der Dachboden für einen Moment in ein Chaos aus flatternden grauen Schwingen und hektischer Bewegung zu verwandeln schien, aber dann war da plötzlich wieder dieser fremde, unwiderstehliche Wille, der den der Tau ben einfach überrannte und sie zwang, Dinge zu tun, die sie normalerweise niemals getan hätten.

Plötzlich sahen sich die Männer von zwei Dutzend wütender Tiere attackiert, und die Angriffe waren auch nicht mehr ziellos wie das erste Mal, sondern von einer gefährlichen Präzision. Die Krallen und nadelspitzen Schnäbel schlugen nicht mehr wild zu, sondern hackten gezielt nach ihren Augen oder gruben sich in das empfindliche Fleisch über ihren Fingernägeln.

Die Männer begannen zu schreien. Hank stolperte zurück und fiel auf ein Knie herab, den Kopf angstvoll zwischen die schützend hochgerissenen Arme gesenkt, und sofort stürzten sich vier oder fünf Tauben zugleich auf seinen schutzlos dargebotenen Nacken und begannen ihn mit messerscharfen Krallen zu zerfleischen. Landon sprang mit einem Satz hinzu und verscheuchte die Tiere mit einer zornigen Bewegung, half Hank auf die Füße und steuerte rückwärts gehend auf die Leiter zu, und auch Ben begann sich zurückzuziehen, noch immer verfolgt von den sie unaufhörlich weiter attackierenden Tauben.

Plötzlich begann sich auch der Körper meines gefiederten Wirtes zu bewegen. Seine Gliedmaßen auf eine Art und Weise koordinierend, die mich schon beim reinen Zusehen schwindeln ließ, machte er zwei, drei trippelnde Schritte und schwang sich dann in die Höhe. Aber er schloß sich nicht den übrigen Tauben an, die immer wütender auf die Männer herabstießen und sie Schritt für Schritt wieder zur Treppe zurückjagten, sondern wandte sich in die entgegengesetzte Richtung auf eines der Löcher im Dach zu, hinter denen der Sturm noch immer mit ungebrochener Wut tobte.

Ich fühlte die Furcht des Tieres, das die Gefahr spürte, die von den entfesselten Elementen draußen ausging. Der Sturm mußte es einfach packen und gegen eine Wand oder den Boden schleudern. Aber der fremde Wille in seinem Bewußtsein war stärker als sein Überlebensdrang. Schnell und ohne das mindeste Zögern flog die Taube auf die Öffnung im Dach zu und hinaus.

Und in diesem Moment erwachte ich.

Ich fuhr mit einem Schrei hoch. Im ersten Moment hatte ich Mühe, mich zurechtzufinden. Ich blickte an mir herab, fest davon überzeugt, ein graues Federkleid und dünne Vogelbeine zu erblicken, blinzelte sekundenlang verwirrt in die Runde und begriff erst, als ich den überraschten und verunsicherten Blicken der anderen begegnete, daß es vorbei war.

Es war nur ein Alptraum gewesen, nichts als ein verrückter Nachtmahr, ausgelöst durch das sonderbare Verhalten der Taube am Fenster und Landons verrücktes Vorhaben, die mich beide in den Schlaf begleitet hatten. Und trotzdem ... es war so unvorstellbar *realistisch* gewesen, daß es mir für Momente schwerfiel, mein Erlebnis wirklich nur als einen *Traum* abzutun.

»Was ist los?« erkundigte sich Natty.

Ich sah sie eine Sekunde lang verständnislos an, dann schüttelte ich schwach den Kopf und versuchte zu lächeln. »Nichts«, sagte ich. »Nur ein Traum.«

Aus der Sorge in ihren von roten Äderchen durchzogenen Augen wurde Ärger. »Dann träum leiser«, sagte sie. »Wir anderen wollen schlafen.«

Mit einer ärgerlichen Bewegung drehte sie sich wieder herum und zog den zerschlissenen Mantel, den sie als Decke benutzte, über sich zusammen, und auch ich ließ mich wieder zurücksinken. Ich war noch immer müde, aber ich spürte, daß ich jetzt keinen Schlaf mehr finden würde. Mein Herz jagte, ich zitterte am ganzen Leib. Meine Hände taten weh, als hätte ich stundenlang Steine aufgeschichtet. Automatisch hob ich sie vor die Augen – und hätte um ein Haar erneut aufgeschrien.

Ich hatte nicht erwartet, die Hände eines knapp Dreißigjährigen zu erblicken, der ich vor zwei Tagen noch gewesen war. Doch was ich jetzt sah, waren dürre, zu Krallen verkrümmte Skeletthände, die von trockener grauer Haut überzogen waren. Es waren nicht die Hände eines Greises, sondern die eines lebenden Toten.

Entsetzt richtete ich mich auf, tastete mit spitzen Fingern über mein Gesicht und fühlte faltige, rissige Haut, so trocken wie Pergament. Meine Bewegung ließ wieder einige der anderen aufsehen, aber ich ignorierte ihre ärgerlichen Blicke und sah mich wild nach irgend etwas um, in dem ich mich selbst betrachten konnte. Nach einigen Momenten gewahrte ich eine verdreckte Spiegelscherbe, die neben Landons Sachen auf dem Boden lag. Ich beugte mich hinüber, nahm sie auf und wischte sie mit dem Ärmel meiner Jacke sauber, so gut es ging.

Einen Moment später wünschte ich mir fast, es nicht getan zu haben. Das matte Glas zeigte mir Crowleys Gesicht – aber es war nicht mehr das Gesicht eines Neunzigjährigen. Während ich geschlafen hatte, hatte es sich verändert. Aus einem hohlwangigen, faltenzerfurchten Antlitz, das eher an einen Totenschädel als an das Gesicht eines lebenden Menschen erinnerte, starrten mich trüb gewordene Augen an, die so tief in ihre Höhlen zurückgesunken waren, daß sie wie schwarze Löcher wirkten, in denen kaum noch Leben war.

Zitternd und mit wild schlagendem Herzen saß ich da und versuchte ebenso verzweifelt wie vergeblich, die Augen vor der Wahrheit zu verschließen. Aber es gelang mir nicht, denn sie war so simpel wie grausam: Meine schlimmsten Befürchtungen waren Wahrheit geworden.

Ich alterte. Crowleys Körper, von finsterer Magie

vor dem natürlichen Zugriff der Zeit bisher geschützt, begann die gestohlene Zeit mit Riesenschritten wieder einzuholen.

Ich hatte vielleicht eine Stunde geschlafen, wahrscheinlich weniger, aber ich war in dieser kurzen Zeit um mindestens zwanzig Jahre älter geworden.

Unendlich behutsam näherte sich Howard der Nische. Er hatte mehr als fünf Minuten gebraucht, um einen Weg hinunter auf den Hallenboden zu finden, wo sein Weiterkommen noch erschwert worden war. Denn was wie eine Schicht aus flockig zusammengebackenem Staub ausgesehen hatte, erwies sich als klebriger Morast, in den er bei jedem Schritt bis weit über die Knöchel einsank und sich nur mit Mühe befreien konnte.

Die Hitze und das rote Licht der Sonne suggerierten eine Wüstenatmosphäre, die es nicht gab. Auch wenn die Tide in dieser unheimlichen Welt der Zukunft Wochen oder vielleicht sogar Monate dauern mochte, wie George vermutet hatte, so befanden sie sich dennoch in einem Gebäude, das manchmal auf dem Grund des Meeres lag. Die Zeit der Trockenheit hatte ausgereicht, die oberste Schicht des Morastes erstarren zu lassen, doch sie war weder dick noch tragfähig genug, um nicht unter dem Gewicht seines Körpers einzubrechen. So bewegte sich Howard wie auf dünnem Eis dahin, das unter seinen Schritten unentwegt nachgab, zu einem ebenso kräftezehrenden wie grotesk anmutenden Balanceakt zwischen einem zu schnellen Schritt, der ihn vollends einbrechen und möglicherweise versinken lassen mochte, und einem zu langsamen Weitergehen, das das gleiche Ergebnis haben konnte, gezwungen. Trotzdem verschwendete er nur einen geringen Teil seiner Aufmerksamkeit *darauf*. Ungleich wichtiger erschien es ihm, die Nische mit der Dämonenstatue im Auge zu behalten.

Er konnte sie jetzt deutlicher erkennen. Das Geschöpf, das sie darstellte, war weder Mensch noch Dämon, sondern eine bizarre Mischung aus beidem, und es war offensichtlich von der Hand eines Künstlers gefertigt, der sehr viel mehr guten Willen als Können besessen hatte. Die Gestalt wirkte nicht erschreckend, sondern in ihrem vergeblichen Versuch, es zu sein, schon beinahe rührend.

Aber es war auch nie ihr Aussehen gewesen, das Howard bis ins Mark erschüttert hatte. Es war die Tatsache, daß sie buchstäblich aus dem Nichts erschienen war. Howard war sicher, sich nicht getäuscht zu haben. Als er das erste Mal hingesehen hatte, war diese Nische so leer wie alle übrigen gewesen.

Er näherte sich der Wand, in der sich die Nische befand, so vorsichtig, als fürchte er, daß sie jeden Moment zum Leben erwachen und mit spitzen Zähnen nach ihm schnappen würde. Rowlf folgte ihm in einigen Schritten Abstand; Howard hatte ihm zwar befohlen, zurückzubleiben, aber natürlich hatte Rowlf diesen Befehl ignoriert – wie meistens, wenn Howard sich in eine Situation begab, die gefährlich werden konnte. Im stillen war er ihm für diese Mißachtung seiner Wünsche sogar dankbar, auch wenn er das niemals laut zugegeben hätte. Er hatte plötzlich Angst, allein zu sein. Zum ersten Mal im Leben hatte er Angst vor der Dunkelheit, die hier drinnen herrschte, und es war eine Furcht, gegen die alle logische Überlegung und jedes rationale Denken hilflos waren. Er spürte den Odem der einstigen Bewohner dieser Stadt mit jeder Sekunde deutlicher.

R'lyeh war nicht einfach nur eine Ruinenstadt. Etwas vom Geist ihrer einstigen Beherrscher war zurückgeblieben, wie ein übler Geruch, der sich an jeden Stein, jedes Stück Metall, jeden Fußbreit Boden, ja selbst an die Schatten in den Winkeln und Nischen geheftet hatte und nie ganz weichen würde. Erneut hatte Howard das überdeutliche Gefühl, sich an einem Ort zu befinden, an dem er nicht sein sollte. Und erneut und lauter als zuvor meldete sich ein schwacher Rest seiner Vernunft und schrie ihm zu, wegzulaufen, diesen Ort zu verlassen, solange er es noch konnte. Aber er ignorierte die lautlose Stimme hinter seiner Stirn auch jetzt. Etwas sagte ihm, daß er schon zu weit gegangen war. Wenn es in dieser Stadt noch irgend etwas gab, was sie mit ihrem Eindringen aufwecken konnten, dann hatten sie es bereits getan.

Kaum einen Schritt vor der Nische in der Wand blieb er stehen. Wie fast alles, was die GROSSEN ALTEN erschaffen hatten, war auch diese Statue nicht wirklich zu erkennen; Howards Blick schien davon abzuprallen wie ein Lichtstrahl von der Oberfläche eines Spiegels, so daß er sich mit immer größerer Anstrengung zwingen mußte, die Gestalt aus schwarzem Stein anzusehen. Immerhin erkannte er jetzt, daß sein erster Eindruck nicht richtig gewesen war: Die Figur stellte keinen Dämon, sondern eindeutig einen Menschen dar. Die Proportionen, die ihm beim ersten Hinsehen so falsch vorgekommen waren, waren die eines Kindes, eines nackten schlanken Knaben von zwölf, vielleicht dreizehn Jahren. Sein Gesicht war schmal und fein geschnitten, und obgleich es Howard immer noch nicht gelang, es *wirklich* anzusehen, glaubte er doch etwas Vertrautes darin zu entdecken.

Der Eindruck beunruhigte ihn mehr, als er zugeben wollte. Trotz allen Unwohlseins, mit dem der Anblick ihn erfüllte, zwang er sich, noch einmal und genauer hinzusehen. Bei aller Fremdartigkeit – die zum größten Teil von der bizarren, schier unmöglich anmutenden Haltung der Knabenstatue herrührte – spürte er etwas auf furchtbare Weise Bekanntes in dem steinernen Gesicht.

»*Robert!*«

Howard fuhr herum. Rowlf war einen halben Schritt hinter ihm stehengeblieben und starrte aus weit aufgerissenen Augen auf die Statue. Sein Gesicht hatte auch noch das letzte bißchen Farbe verloren. Seine Hände, die in einer deutenden Geste halb erhoben waren, zitterten.

»Was hast du gesagt?« fragte Howard. Die Frage war unnötig. Er hatte Rowlf sehr gut verstanden, und er hatte im gleichen Moment begriffen, was er meinte. Aber es war, als versuche etwas in ihm mit verzweifelter Kraft, auf diese Weise wenigstens noch eine einzige, letzte Sekunde zu gewinnen, ehe er sich der schrecklichen Wahrheit stellen mußte.

»Robert!« wiederholte Rowlf. Er deutete mit dem ausgestreckten Zeigefinger auf das steinerne Kindergesicht. »Mein Gott, Howard, das is Robert!«

Langsam, wie gegen eine furchtbare lähmende Kraft ankämpfend, drehte sich Howard wieder herum und sah die schwarze Statue vor sich an. Sein Herz klopfte; langsam, aber so schwer, als wolle es jeden Moment aus seiner Brust herausspringen. Er spürte, wie sich jedes einzelne Haar auf seinem Kopf sträubte, und ein Schauer eisiger Kälte lief über seinen Rücken.

Er hatte es gewußt. Er hatte das Gesicht der Statue schon im allerersten Moment erkannt, aber er hatte es einfach nicht wahrhaben wollen. Nun aber gab es keinen Weg mehr, die Augen davor zu verschließen. Es war genau so, wie Rowlf gesagt hatte:

Die steinerne Kinderstatue in der Nische vor ihm trug Robert Cravens Gesicht.

Es verging noch fast eine halbe Stunde, ehe Landon und die anderen zurückkamen. Ich hatte keinen Schlaf mehr gefunden – ich hatte es nicht *gewagt*, wieder einzuschlafen, aus Furcht, die Augen zu öffnen und mich um weitere Jahre oder Jahrzehnte gealtert zu finden, aber ich war in einen Dämmerzustand irgendwo auf der schmalen Grenze zwischen Wachsein und Schlaf gesunken, aus dem ich erst durch das Geräusch polternder Schritte und zorniger Stimmen wieder aufschrak.

Schon die kleine Bewegung, mit der ich mich aufsetzte, war beinahe zuviel für mich. Alles begann sich um mich herum zu drehen, mir wurde übel, und für eine schreckliche Sekunde war ich einer Ohnmacht nahe. Die anderen bemerkten nichts davon, denn auch sie waren durch die Rückkehr der improvisierten Jagdparty geweckt worden – und der Anblick Landons und der beiden anderen machte klar, daß der Jagdausflug auf das Dach hinaus nicht unbedingt planmäßig verlaufen war.

Alle drei Männer bluteten aus zahllosen winzigen Wunden an Händen, Gesichtern und Nacken, alle drei zitterten vor Erschöpfung und Angst, und sie alle waren so mit Taubendreck und Federn übersät, daß es mir im ersten Moment beinahe schwerfiel, sie auseinanderzuhalten. Insbesondere Hank hatte es wirklich schlimm erwischt: Sein Gesicht und sein Nacken waren über und über mit Blut bedeckt, und er schien kaum mehr die Kraft zu haben, sich auf den Beinen zu halten, denn Landon und Ben stützten ihn, als sie hereinkamen.

Mit Ausnahme Nattys, die nur erschrocken die Augen aufriß und die drei Jammergestalten anstarrte, und des blinden Floyd sprangen alle auf und eilten ihnen entgegen, und für einen Moment hallte der Raum wider von erschrockenen Stimmen, Rufen und Fragen, während sich Landon und die beiden anderen zu ihren Lagern schleppten. Ich selbst bekam von der ganzen Aufregung nur sehr wenig mit, denn ich kämpfte noch immer gegen eine Ohnmacht an – und das wenige an klarem Denkvermögen, das mir noch zur Verfügung stand, war voll und ganz damit beschäftigt, den entsetzlichen Gedanken zu akzeptieren, daß das, was ich in meinem Traum gesehen hatte, offensichtlich wirklich geschehen war. Es war kein Traum gewesen. Nicht im entferntesten.

Nur langsam klärten sich meine Sinne wieder. Die Aufregung rings um mich herum legte sich nicht, aber aus dem ersten Schrecken beim Anblick der drei Männer wurden mehr und mehr Neugier und Staunen, als den übrigen klarwurde, daß ihre Verletzungen nicht lebensgefährlich waren. Zwar krümmte sich Hank auf seinem Lager und blutete noch immer, nichtsdestoweniger aber waren seine Wunden kaum mehr als Kratzer.

Schließlich hatte ich mich wieder so weit unter

Kontrolle, daß ich mich ein zweites Mal (und entsprechend vorsichtiger) aufsetzen und Landon und den anderen zuwenden konnte. Ich ersparte mir die Frage, was passiert war – zum einen kannte ich die Antwort, zum anderen war sie in den letzten fünf Minuten ungefähr fünfzigmal gestellt und fast ebensooft von Landon und den anderen beantwortet worden, wenngleich die Geschehnisse auch mit jedem Male, da sie von einem der drei berichtet wurden, dramatischer und gefährlicher zu werden schienen, bis es zum Schluß einem Wunder glich, daß einer von ihnen überhaupt mit dem Leben davongekommen war.

Die allgemeine Aufregung hatte – zumindest für mich – sogar einen Vorteil: Niemand nahm von meinem veränderten Aussehen Notiz oder stellte gar eine Frage, deren Beantwortung mich wohl in eine gewisse Verlegenheit gebracht hätte.

Natürlich war an Schlaf in dieser Nacht nicht mehr zu denken. Keiner von uns besaß eine Uhr, aber ich schätzte, daß es gegen drei gewesen sein mußte, als Landon und die anderen von ihrer mißglückten Expedition zurückkehrten. Als sie es endlich müde wurden, immer wieder die gleichen Fragen zu beantworten, begann es draußen zu dämmern. Der Sturm hatte die ganze Nacht über nicht nachgelassen, und obwohl sein Heulen mit Einbruch der Dämmerung ein wenig an Kraft verlor, spürten wir doch alle, daß es nur eine Atempause war, in der er zu neuem, vielleicht noch schlimmerem Wüten ausholte. Es war empfindlich kalt geworden, doch obwohl es im Raum einen ansehnlichen Vorrat an Feuerholz gab, machte niemand Anstalten, ein Feuer zu entzünden. Die Männer verkrochen sich nur tiefer unter ihren zerschlissenen Decken und Mänteln; einige rauchten, andere unterhielten sich, jetzt gedämpft und mit müder werdenden Stimmen, und auch ich fühlte, daß die zum größten Teil durchwachte Nacht ihren Tribut zu fordern begann. In meinen Gliedern war eine bleierne Schwere, und es kostete mich immer größere Anstrengung, die Augen offenzuhalten. Da ich Angst hatte, einzuschlafen, setzte ich mich wieder auf, zog die Knie an den Körper und wickelte mich fröstelnd in die mottenzerfressene Decke, die mir Landon am vergangenen Abend gegeben hatte. Es nutzte allerdings nicht viel. Ganz im Gegenteil begann ich immer heftiger zu zittern.

Trotz des Regens, der sich seit Wochen über fast ganz England ergoß, war es für die Jahreszeit nicht sehr kalt, aber der uralte Körper, in dem ich gefangen war, hatte den Temperaturen nicht mehr viel entgegenzusetzen. Die Müdigkeit, die ich spürte, war auch nicht nur die einer Nacht ohne Schlaf. Was ich auch und vielleicht viel mehr fühlte, das war das Gewicht der Jahrhunderte, die auf den Schultern dieses Leibes lasteten und deren Anklopfen nun nicht mehr von der Kraft einer uralten Magie zurückgewiesen wurde.

»Warum schläfst du nicht?« murmelte eine Stimme neben mir.

Müde wandte ich den Kopf und blickte in Landons Gesicht. Er hatte sich auf seinem Lager zusammengerollt und wohl auch schon einige Momente geschlafen, wie seine trüben Augen und der teigige Glanz seiner Haut verrieten. Vielleicht hatte ich ihn mit meiner Bewegung geweckt. Aber er sah nicht verärgert aus, sondern nur besorgt – und irgendwie nachdenklich.

»Ich bin nicht müde«, log ich. Landon zog vielsagend die Augenbrauen zusammen, und ich beeilte mich, mit einem verunglückten Lächeln hinzuzufügen: »In meinem Alter braucht man nicht mehr sehr viel Schlaf, weißt du?«

Ich hoffte, daß er sich mit dieser Erklärung zufriedengeben würde, aber er setzte sich im Gegenteil auf seinem Lager weiter auf, zog mit einem sichtbaren Schaudern die Decke enger um die Schultern und musterte mich mit schräg gehaltenem Kopf.

»Was ist los mit dir, Bob?« fragte er. »Du siehst nicht gut aus.«

Ich rückte ein kleines Stück von ihm fort, nicht so weit, daß es auffiel, aber doch weit genug, daß ich hoffen konnte, er würde mein Gesicht im blassen Licht des heraufdämmernden Morgens nicht genau erkennen, und zuckte mit den Schultern. »Nichts«, sagte ich. »Nichts Besonderes jedenfalls. Die Nächte sind schlimm. Und lang, wenn man nicht schlafen kann.«

Landon nickte ein paarmal, sah sich suchend um und förderte dann seine Flasche unter der Decke zutage. Zu meiner Erleichterung verzichtete er darauf, mir einen Schluck ihres magenzerfressenden Inhaltes anzubieten, sondern bediente sich nur selbst und verkorkte sie anschließend sorgsam wieder. »Ich kenne das«, sagte er. »Ich liege oft selbst wach und kann nicht schlafen. Man braucht wohl nicht viel Ruhe, wenn man nichts zu tun hat.« Er blickte mich einen Moment lang forschend an. »Wie alt bist du, Bob?«

Erneut zuckte ich mit den Schultern. »Dreihundert«, antwortete ich. »Vielleicht auch ein bißchen mehr.«

Landon wirkte eine Sekunde lang irritiert, ja beinahe erschrocken, dann lachte er; wohlweislich sehr leise und auch nur für eine Sekunde, um die anderen nicht zu wecken. »Na ja, das spielt wohl auch keine Rolle«, sagte er. »Auf jeden Fall solltest du nicht hier sein, Bob. Du gehörst nicht hierher.«

Ich muß wohl erschrockener ausgesehen haben, als mir selbst klar war, denn er hob rasch und besänftigend die Hand. »So meine ich das nicht«, sagte er hastig. »Du kannst bleiben, solange du willst. Aber ich bin nicht sicher, daß du dieses Leben durchhältst. Der Hunger, die Kälte ...« Er zuckte mit den Schultern. »Im Winter ist es manchmal schlimm. Vor ein paar Jahren sind drei von uns erfroren, ohne daß die anderen es gemerkt haben. Gibt es keinen Ort, an den du gehen könntest? Wenigstens ein warmes Plätzchen und eine einfache Mahlzeit, dann und wann?«

»Kaum«, antwortete ich einsilbig. Ich wünschte mir, er würde aufhören. Ich war nahe daran, ihm alles zu erzählen – mit dem einzigen Ergebnis natürlich, daß er mich bestenfalls für vollkommen schwachsinnig halten würde. Und schlimmstenfalls davonjagen würde.

»Wir könnten dir helfen«, sagte er plötzlich.

Überrascht sah ich auf. »Ihr? Wie?«

Landon lächelte fast verlegen. »Na ja, nicht so, wie du vielleicht denkst«, sagte er. »Wir haben nichts, was wir dir geben könnten. Aber vielleicht können wir irgend etwas tun. Ich meine, wenn du uns erzählst, was passiert ist ...« Er zuckte vielsagend mit den Schultern. »Wenn dir jemand etwas getan hat, gibt es immerhin die eine oder andere Möglichkeit, es ihm heimzuzahlen. Oder ein bißchen von dem zurückzubekommen, was dir zusteht.«

Gegen meinen Willen mußte ich lächeln. »Und noch ein kleineres bißchen davon mit euch zu teilen, nicht wahr?« fragte ich.

Landon grinste. »Warum nicht?«

Sein Angebot, so naiv es war, rührte mich fast zu Tränen, denn ich spürte, daß er es nicht aus Eigennutz – oder wenn, so nur zu einem ganz geringen Teil – gemacht hatte. Der eigentliche Grund war, daß ich ihm einfach leid tat. Zugleich schürte sein Mitleid den bohrenden Schmerz in meiner Seele noch, denn es machte mir abermals klar, *was* ich war – nämlich nichts als ein uralter, bemitleidenswerter Greis, der schon mit mehr als einem Bein im Grab stand.

Und für einen Moment wünschte ich mir, es wäre vorbei. Plötzlich erschien mir der Tod, dem ich so oft ins Auge geblickt und dem ich so oft ein Schnippchen geschlagen hatte, beinahe erstrebenswert. Für einige Augenblicke hatte er nichts Bedrohliches mehr, war er nichts, was man fürchten mußte, sondern erschien mir im Gegenteil als eine Erlösung. Und für eine geraume Weile hockte ich einfach da und sah Landon an, bis mir sein immer fragender werdender Gesichtsausdruck klarmachte, daß er nicht verstand, was sein Vorschlag wirklich in mir ausgelöst hatte. Und noch immer auf eine Antwort wartete.

»Du hast recht«, sagte ich. »Jemand *hat* mir etwas gestohlen. Aber es ist nichts, was ihr mir zurückbringen könntet.«

Landon wollte etwas einwenden, aber dann runzelte er statt dessen nur erneut die Stirn, wandte plötzlich den Blick zum Fenster und sah sekundenlang aufmerksam in den Regen hinaus. Er bewegte sich nicht, aber seine Haltung war plötzlich angespannt.

»Was hast du?« fragte ich.

Landon deutete ein Kopfschütteln an, ohne den Blick vom Fenster zu nehmen. »Nichts«, sagte er. »Ich dachte, ich hätte etwas gesehen, aber ...«

In diesem Moment gewahrte auch ich eine Bewegung draußen. Der Regen strömte noch immer mit monotoner Gleichmäßigkeit vom Himmel, aber es war eine Bewegung, die nicht in sein Muster paßte; sie war zu schnell, zu ruckartig.

Landon tauschte einen raschen, besorgten Blick mit mir, schälte sich mit umständlichen Bewegungen aus seiner Decke und stand auf.

»Da ist doch irgendwas«, murmelte er. Dann, lauter: »Hank, Steve – kommt mit. Da draußen schleicht einer rum.«

Die beiden Angesprochenen erhoben sich wortlos und mit erstaunlicher Schnelligkeit von ihren Lagern, und auch ich wollte aufstehen, aber Landon machte eine abwehrende Geste.

»Bleib lieber hier, Alter«, sagte er. »Es könnte Ärger geben.«

Ohne ein weiteres Wort wandte er sich um und ging mit schnellen Schritten und gefolgt von den beiden anderen aus dem Raum.

Ich sah ihnen nach, bis sie verschwunden waren, dann machte ich abermals Anstalten, aufzustehen. Aber wieder wurde ich zurückgehalten. Diesmal war es Natty, die mit einer raschen Bewegung nach meinem Arm griff und mich festhielt. Ich hatte bisher nicht einmal bemerkt, daß sie wach geworden war, und versuchte mich ganz instinktiv loszureißen, doch meine Kraft reichte nicht. Natty schien meine Gegenwehr nicht einmal zu spüren.

»Tu lieber, was Landon sagt«, sagte sie. »Wenn das

die sind, von denen ich glaube, daß sie es sind, könnte es gefährlich werden.«

Ich sah sie fragend an, und sie fuhr mit einer Geste auf das Fenster fort: »Diese verdammten Bälger waren schon dreimal hier.«

»Wovon sprichst du?« erkundigte ich mich.

»Kinder!« sagte Natty, so verächtlich, daß ich erneut und noch verwirrter die Stirn runzelte. »Aber keine, wie du sie vielleicht kennst. Sie machen sich einen Spaß daraus, uns zu jagen. Vorigen Monat haben sie Hank aufgelauert und ihn so übel verprügelt, daß ich dachte, er würde sterben.«

Sie ließ meinen Arm los. Ihr Griff war so fest gewesen, daß ihre Finger schmerzende Druckstellen auf meiner Haut hinterließen. Während ich unbewußt mit der anderen Hand darüber rieb, wanderte mein Blick zwischen ihrem Gesicht und dem Fenster hin und her. Wieder glaubte ich eine schnelle, huschende Bewegung wahrzunehmen, und zugleich signalisierten meine Sinne eine deutliche Gefahr. Ich spürte einfach, daß dort draußen etwas war – und es waren nicht die Mitglieder einer Kinderbande, wie Natty und wohl auch die anderen vermuteten.

Mühsam richtete ich mich auf und schlurfte auf den Ausgang zu. Natty blickte mich strafend und kopfschüttelnd an, versuchte aber nicht noch einmal, mich zurückzuhalten. Dafür erhoben sich zwei weitere Männer von ihren Lagern, folgten mir und gingen rasch an mir vorbei, noch bevor ich selbst den Raum verlassen konnte.

Als ich auf den Hof hinaustrat, spürte ich als erstes, wie warm es trotz allem drinnen im Haus gewesen war. Der Regen klatschte mir wie eine Ohrfeige ins Gesicht, und im ersten Moment war ich fast blind. Ich wankte, streckte instinktiv die Hand aus, um mich an dem vermoderten Türrahmen festzuhalten, und drehte das Gesicht aus dem Sturm.

Landon, Hank und Steve standen mitten im strömenden Regen wenige Meter vor mir, die beiden anderen hatten rechts und links der Tür Aufstellung genommen. Ich sah, daß sich einer von ihnen mit einem Knüppel bewaffnet hatte; der zweite hielt ein Klappmesser mit einer rostigen, aber ehrfurchtgebietend langen Klinge in der Hand. Offensichtlich waren diese Männer nicht bereit, sich so ohne weiteres aus ihrem Revier vertreiben zu lassen.

Blinzelnd hob ich die Hand über die Augen und versuchte, in den vom Himmel stürzenden Wassermassen mehr als graue Bewegung zu erkennen. Der Regen war viel heftiger, als ich angenommen hatte. Die gegenüberliegende Wand des Hofes war kaum noch auszumachen, und der Himmel hing wie eine Decke aus geschmolzenem Blei über uns. Dann und wann wetterleuchtete es im Osten, und manchmal glaubte ich, durch das unablässige Rauschen des niederstürzenden Regens ein dumpfes Donnergrollen zu vernehmen.

Landon wandte den Kopf und runzelte mißbilligend die Stirn, als er sah, daß ich das Haus verlassen hatte. »Geh lieber zurück, Bob«, sagte er. »Du kannst hier sowieso nichts tun.«

Wahrscheinlich hatte er recht. Dessenungeachtet trat ich im Gegenteil vollends aus dem Haus und mit zwei mühsamen Schritten an seine Seite. Landon seufzte, schüttelte heftig den Kopf, sagte aber nichts mehr, sondern konzentrierte sich wieder auf die gegenüberliegende Hofseite. Der Eingang, durch den ich selbst gestern gekommen war, war nur als verschwommener Schatten hinter den Regenschleiern zu erkennen. Der Hof hatte sich in einen See verwandelt, dessen Wasser fast knöcheltief war.

»Da ist einer!« sagte Hank. Er deutete mit dem ausgestreckten Arm auf den Eingang, in dem ich allerdings auch jetzt noch rein gar nichts erkennen konnte. Landon und Steve aber nickten. Offensichtlich besaßen alle drei weitaus schärfere Augen als ich. Landon machte eine rasche, befehlende Geste, die mir endgültig klarmachte, daß er wohl so etwas wie der Anführer der kleinen Gruppe war, und Steve und Hank begannen geduckt vorzugehen. Ich wollte ihnen folgen, aber Landon hielt mich zurück. Auch er blieb, wo er war.

Plötzlich sog er scharf die Luft ein. »Wußt' ich's doch«, sagte er zornig. »Diese verdammten Bälger!« Tatsächlich erkannte ich jetzt eine verschwommene Gestalt hinter den Regenschleiern. Ich konnte keine Einzelheiten ausmachen, aber sie war sehr klein, allerhöchstens einen Meter, und ihre Proportionen waren nicht die eines Erwachsenen. Sie bewegte sich schnell und offensichtlich ohne Furcht – oder ohne sie bemerkt zu haben – direkt auf Hank und Steve zu.

»Los!« brüllte Landon. »Schnappt euch das Balg!« Etwas stimmte nicht. Ich spürte es so deutlich, als stünde jemand hinter mir und flüstere mir die Worte ins Ohr. Da war eine Gefahr, unsichtbar, lautlos, aber so präsent, daß ich beinahe körperlich zu fühlen glaubte, wie sie sich rings um uns zusammenballte.

Hank und sein Kamerad benahmen sich nicht einmal ungeschickt. Sie bewegten sich aus verschiedenen Richtungen auf die Gestalt im Torbogen zu, so daß der Junge unweigerlich dem einen in die Arme laufen mußte, wenn er versuchte, dem anderen auszuweichen. Aber sie erreichten ihn nicht. Plötzlich schoß etwas Kleines, Graues auf Hank herab, traf ihn mit furchtbarer Wucht an der Schläfe und riß ihn zu Boden. Hank stürzte, begann zu schreien und schlug die Hände vor das Gesicht, und im gleichen Augenblick wurde auch Steve von einer angreifenden Taube getroffen und hintenüber geschleudert.

Eine Sekunde später brach auf dem Hof die Hölle los. Plötzlich waren überall Tauben. Dutzende, wenn nicht Hunderte der kleinen grauen Tiere stürzten in selbstmörderischen Angriffen auf die Männer herab, schlugen mit Krallen und Schnäbeln nach ihren Gesichtern oder prallten wie kleine gefiederte Geschosse gegen sie, mit solcher Wucht, daß sie sich selbst Flügel und Knochen dabei brechen mußten, die Männer aber wie unter Faustschlägen zu Boden gingen. Alles passierte unglaublich schnell. Das war keine Panikreaktion der Tiere wie in der Nacht oben auf dem Dachboden, kein spontaner Angriff, sondern ein sorgsam geplanter Hinterhalt, in den Landon und die anderen geraten waren.

Der einzige, den die Tiere nicht angriffen, war ich.

Zuerst begriff ich es nicht einmal. Ich stand einfach da und starrte fassungslos auf den Orkan aus grauen Federn und Schwingen, der rings um mich herum tobte, und für einige Sekunden war ich vollkommen davon überzeugt, daß mein Ende gekommen wäre. Hank versuchte auf die Füße zu kommen, wurde aber immer wieder von neuen Tauben getroffen und zurückgeschleudert, und auch Steve erging es kaum besser. Er taumelte zwar in die Höhe, doch es gelang ihm nicht, sich ganz aufzurichten. Auf seinen Schultern, seinem gekrümmten Rücken, ja selbst auf seinem Kopf hockten Tauben und pickten und schlugen mit ihren harten Schnäbeln auf ihn ein. Er machte einen ungeschickten Schritt, fiel erneut und begann, schreiend vor Schmerz und Angst, auf Händen und Knien weiterzukriechen.

Auch Landon war gestürzt. Er hatte schützend die Arme vor das Gesicht geschlagen, versuchte sich blind wieder in die Höhe zu stemmen und schaffte es nicht, denn in diesem Moment stieß eine Taube im Sturzflug auf ihn herab und traf ihn mit der Wucht eines Faustschlages an der Schläfe. Der Aufprall brach dem Tier das Genick, so daß es leblos zu Boden sank, doch auch Landon stürzte benommen zur Seite. Seine Hände glitten herab, und sein Gesicht war schutzlos den Angriffen der spitzen Schnäbel und Krallen ausgesetzt.

Ohne auch nur einen Gedanken an die Gefahr zu verschwenden, in der ich mich selbst befand, stürzte ich vor, fiel neben ihm auf die Knie und verscheuchte das halbe Dutzend Tauben, das sich gerade daranmachte, seine Augen zu attackieren. Eines der Tiere biß mich in die Hand. Der Schmerz war schlimm; viel schlimmer, als ich geglaubt hatte. Ich schrie auf und versuchte die Taube abzuschütteln, doch ihre Krallen hatten sich tief in meine Haut gegraben und ließen einfach nicht los. Sie schlug wild mit den Flügeln, verkrallte sich immer fester in mein Fleisch und hackte wütend auf meine Hand ein. Schließlich riß ich den Arm zur Seite und dann blitzschnell nach unten, so daß das Tier auf dem Boden zerschmettert wurde.

Es war nicht einmal eine Atempause. Mehr als ein Dutzend weiterer Tauben tauchten, kleinen grauen Dämonen gleich, aus den tobenden Regenschleiern auf, stürzten auf Landon und mich herab – und zogen sich dann im letzten Moment wieder zurück!

Vollkommen fassungslos blickte ich zu ihnen hoch. Wie ein Schwarm Raubvögel kreisten die Tauben über uns in der Luft, wobei sie alle Kraft aufwenden mußten, um sich gegen den heulenden Sturm überhaupt halten zu können. Immer wieder stieß eines von ihnen in unsere Richtung herab, ohne mir jedoch wirklich nahe zu kommen. Aber die Warnung, die in diesem Herabstoßen lag, war deutlich.

Immer mehr und mehr Tauben erschienen über uns. Viele von ihnen waren verletzt, ich sah gebrochene Beine, blutige Krallen und zerborstene Schnäbel, geknickte Flügel, die eigentlich gar nicht mehr fähig sein durften, den Körper in der Luft zu halten, und es doch taten, und der Anblick ließ mich innerlich aufstöhnen. Ich hatte längst begriffen, daß sich diese Tiere nicht aus eigenem Antrieb so vollkommen gegen ihre Art verhielten, sondern einem anderen, stärkeren Geist gehorchten; dem gleichen fremden Bewußtsein, das ich in der Nacht unter den Gedanken der Taube gespürt hatte. Aber erst jetzt wurde mir die Perversion dieses Angriffes wirklich klar – es waren ja nicht einfach irgendwelche Tiere, die uns attackierten, sondern Tauben; ausgerechnet jene Vögel, die für die Menschen seit eh und je das Sinnbild des Friedens gewesen waren. Und ich glaubte nicht, daß es sich dabei um einen Zufall handelte. Nichts von allem, was meine Gegner taten, war jemals *Zufall* gewesen.

Die Zahl der Tauben wuchs mehr und mehr, als sich Hank, Steve und die beiden anderen Männer zu uns gesellten. Nicht unbedingt freiwillig, wie ich voller Schrecken erkannte – die Tauben trieben sie regelrecht vor sich her, wie ein Rudel Wölfe, das seine Opfer an einem bestimmten Punkt zusammentreibt, um sie alle gemeinsam schlagen zu können. Am Schluß befanden wir uns im Auge eines brodelnden grauen Taifuns, der aus Hunderten gefiederter Körper bestand. Wenn sie sich auf uns stürzten, mußte es in Sekunden vorbei sein. Schon die bloße Masse der ungezählten Tiere mußte ausreichen, uns einfach zu zerdrücken.

Doch der entscheidende Angriff, auf den ich wartete, blieb aus. Die Tauben zogen sich immer dichter um uns zusammen, ohne jedoch eine gewisse Distanz jemals zu unterschreiten – und schließlich teilte sich der rasende lebendige Strudel wieder, um eine schlanke Kindergestalt mit dunklem Haar hindurchzulassen.

Ich war nicht im mindesten überrascht, Joshua Pasons zu erkennen. Im Grunde hätte ich es schon viel früher begreifen müssen – schließlich hatte er mir *gesagt*, daß wir uns wiedersehen würden, und obwohl er ein Kind war, hatte ich nie den Eindruck gehabt, daß er zu den Menschen gehörte, die leere Drohungen ausstießen. *Was* mich überraschte und zutiefst entsetzte, das waren die Umstände, die sein Erscheinen begleiteten – denn ich spürte mit absoluter Gewißheit, daß niemand anderes als er all diese Tiere über uns in der Luft beherrschte.

Seltsamerweise hatte ich überhaupt keine Angst. Mir war klar, daß Pasons gekommen war, um mich zu töten. Ich hatte seinen Meister besiegt, hatte seinen dämonischen Ziehvater getötet und all seine Brüder vernichtet, und jetzt war er gekommen, um seine Rache zu vollziehen, ganz wie er es mir bei unserem letzten Zusammentreffen in Brandersgate prophezeit hatte. Trotz allem hatte ich dieser Drohung nicht viel Bedeutung zugemessen, und wie auch? Schließlich war er ein Kind von fünf, allerhöchstens sechs Jahren, und von seiner magischen Begabung, die nun offenkundig zutage trat, hatte ich bisher nichts ahnen können.

Aber ich hatte keine Angst mehr vor dem Tod, sondern sehnte ihn beinahe herbei.

Joshua Pasons kam langsam auf mich zu. Sein Gesicht war bleich und sah übernächtigt und fast ein bißchen krank aus. Sein Blick flackerte, und seine Haltung war so verkrampft, als bereite ihm jeder Schritt unendliche Mühe. Seine Hände zitterten, obwohl er sie zu Fäusten geballt hatte. Zwei Schritte vor mir blieb er stehen, sah sekundenlang mit ausdruckslosem Gesicht auf mich herab und flüsterte dann: »Meister! Den Göttern sei Dank, daß ich Euch gefunden habe!«

Es war wie ein Beben in der Wirklichkeit. Howard konnte das, was er sah, hörte und empfand, nicht mit anderen Worten beschreiben, und selbst diese taten es nur sehr unzureichend. Die Realität verbog sich wie ein Band aus Stahl, auf das ein immer unerträglicher werdender Druck ausgeübt wurde, driftete ein Stück weit in die Richtung ab, in der der Irrsinn und das Chaos wohnen, und schnappte dann mit einem beinahe hörbaren Laut wieder zurück; ein Werkstück, das für einen Moment aus seiner Form gehebelt worden war und nun wieder seinen ursprünglichen Platz einnahm, aber nicht mehr ganz paßte.

Howard taumelte und wäre um ein Haar gestürzt, so heftig war das Schwindelgefühl, das ihn ergriffen hatte. Alles drehte sich um ihn. Die Halle, der zusammengebackene Morast auf dem Boden, die zerborstene Decke und die bizarr geformten Nischen in den Wänden führten einen irren Tanz rings um ihn auf, und das Schwindelgefühl steigerte sich zu einer Intensität, die er niemals zuvor im Leben verspürt hatte; für einen gräßlichen Moment hatte er das Gefühl, durch die Maschen der Wirklichkeit zu stürzen, hinab in einen Abgrund aus Schwärze, der sich unter ihm auftat und das ganze Universum zu verschlingen drohte. Es dauerte lange, bis der Boden unter seinen Füßen zu wanken und die Welt in seinem Kopf sich zu drehen aufhörte. Stöhnend richtete er sich wieder zu seiner vollen Größe auf und sah Rowlf an. Auch der rothaarige Riese hatte sich gegen die Wand sinken lassen. Er zitterte am ganzen Leib, und sein Gesicht war so bleich wie die sprichwörtliche Wand. »Was warn das?« stammelte er. »Verdammich, Howard, was is passiert?«

Howard antwortete nicht, sondern sah sich mit einer Mischung aus Furcht und Fassungslosigkeit in der Halle um, wobei das Staunen mehr und mehr überwog.

»Was war das?« wiederholte Rowlf. »'n Erdbeben?«

Howard antwortete noch immer nicht. Aber das war auch nicht notwendig – sie wußten beide, daß das, was sie gefühlt hatten, alles andere als ein *Erdbeben* gewesen war. Es war die Struktur des Universums selbst, die erzitterte, und die einzelnen Teile hatten sich für einen Moment von ihrem Platz gelöst und waren dann wieder zurückgefallen; aber nicht alle, und nicht alle an denselben Platz, an dem sie zuvor gewesen waren. Es gab Unterschiede – nichts

Großes, keine dramatischen Veränderungen, sondern nur Details, die in ihrer Summe aber unübersehbar waren: Hier hatte sich eine Lücke in dem schwarzen Kuppeldach geschlossen, da war ein Gegenstand, ein Kunstwerk, Arkophakt, Ausstellungsstück in einer der Nischen erschienen, dort eine Treppenstufe plötzlich frei von Staub. Die Welt war *anders* geworden.

»Verschwinden wir hier«, sagte Howard. »Schnell.«

Rowlf erhob – natürlich – keine Einwände, sondern war ganz im Gegenteil sichtbar erleichtert, das unheimliche Gebäude verlassen zu können, und so traten sie nach wenigen Augenblicken hintereinander wieder auf die trümmerübersäte Straße hinaus.

Die Veränderungen waren auch hier sichtbar, wenn auch nicht so deutlich wie im Inneren des Gebäudes. Howard erblickte eine Wand, die vorher noch nicht dagewesen war, eine schräge Rampe, die doppelt so weit wie zuvor in die Höhe führte, ein Gebäude, halb zerfallen, aber doch in deutlich besserem Zustand, als er es in Erinnerung hatte. Es war, als ... als wäre die Zeit zurückgelaufen.

Howard hob mit einem Ruck den Kopf in den Nacken und blinzelte zur Sonne empor. Sie hatte sich nicht verändert, sondern loderte nach wie vor als blutig roter Ball an einem Himmel, der wie aus Kupfer gehämmert aussah. Sie hatte sich nicht einmal bewegt – obwohl das nicht unbedingt irgend etwas zu besagen haben mußte. Millionen und Abermillionen Jahre in der Zukunft mochte sich selbst die Erddrehung so verlangsamt haben, das ein *Tag* nach ihrem subjektiven Empfinden Wochen, gar Monate dauern mochte – es war nicht die *Zeit*, die sich verändert hatte. Es war die *Realität*.

Und die Veränderung ging weiter. Howard und Rowlf hatten sich erst wenige Schritte von dem Gebäude, in dem sie die Statue gefunden hatten, entfernt, als ein Gefühl heftiger Übelkeit ein neues Erbeben im Gefüge der Ewigkeit ankündigte. Gewarnt, was geschehen würde, blieb Howard mitten im Schritt stehen und streckte die Hand nach einem Mauerrest aus, um sich daran festzuhalten, und obgleich das Schwindelgefühl diesmal noch heftiger war, *sah* er die Veränderung.

Den Bruchteil einer Sekunde nur, dennoch aber sehr deutlich, schienen die Schatten aus ihren Verstecken hinter Mauern und aus Winkeln heraus aufzutauchen, und für einen noch kürzeren Moment wähnte er sich im Zentrum eines lautlosen Orkanes, der aus reiner Bewegung und sonst gar nichts bestand. Das Licht der Sonne flackerte, und dann war es, als erwache die Stadt selbst zu bizarrem Leben. Die Häuser zitterten und wankten, streckten, verbogen und reckten sich wie große, kantige schwarze Tiere, die aus einem unendlich langen, unendlich tiefen Schlaf erwachten und nur langsam die Kontrolle über ihre Körper und Gliedmaßen zurückerlangten. Vor Howards ungläubig aufgerissenen Augen schlossen sich Lücken in Kuppeldächern, wurden zerborstene Turmstümpfe wieder zu schwarzen, bis in die Wolken hinaufreichenden Nadeln, krochen Staub und Schmutz der Jahrtausende zurück und gaben lichtschluckenden schwarzen Stein frei, und für einen Moment waren Schatten da, die nicht statisch und scharf, sondern fließend weich geformt und in unheimlicher zuckender Bewegung waren.

Das Schwindelgefühl kam zurück. Wieder

flackerte das Licht, und für eine Sekunde oder weniger zerplatzte das Trugbild der Schattenstadt, und Howard und Rowlf fanden sich jäh wieder im Herzen jener unüberschaubaren Trümmerwüste, durch die sie gekommen waren.

Aber Howard war nicht mehr sicher, was Realität und was Trugbild war; in der nächsten Sekunde setzte das Schwindelgefühl zu einer neuen Attacke auf seine Gedanken an, und als sich sein Blick wieder klärte, waren die Schatten wieder da; nicht massiger, aber zahlreicher als zuvor. Und endlich begriff Howard, was geschah.

Die Stadt der Dämonen erwachte zu neuem Leben. Vor ihren Augen entstand R'lyeh neu. Schatten und Dunkelheit nahmen Gestalt an, begannen wie kleine emsige Handwerker die Wunden zu schließen, die Jahrmillionen des Verfalls in den schwarzen Stein der Alptraumstadt geschlagen hatten. Noch war es nur ein Trugbild, das sie sahen, die *Möglichkeit* dieser Stadt, wie sie gewesen wäre, wäre sie nicht zerstört worden.

Doch die Veränderung hielt an. Die Dunkelheit, die die Wunden im schwarzen Fleisch der Stadt schloß, gewann mit jeder Sekunde mehr an Substanz. Und der schreckliche Wandel war nicht nur auf die leblosen Teile der Stadt beschränkt. Einige der Schatten bewegten sich. Es war Howard nicht möglich, irgendeine Form zu erkennen. Da waren rauchige dunkle *Etwasse,* die mit unheimlichen Bewegungen zwischen den Phantomgebäuden einherglitten, große peitschende Gebilde wie Wolken aus Nebel, in denen es unentwegt zuckte und brodelte, als versuche dort eine Form sich zu bilden, die immer wieder auseinandergetrieben wurde, sich mit jedem Versuch dem wirklichen Sein aber um ein winziges Stückchen weiter näherte.

Eines dieser Gebilde glitt direkt auf Howard und Rowlf zu. Der Hüne merkte die Gefahr rechtzeitig und wich mit einem erschrockenen Ausruf zur Seite, doch Howard war zu sehr von der morbiden Faszination dessen gefangen, was er sah, um noch früh genug zu reagieren. Die Schattengestalt erreichte ihn, berührte ihn – und glitt geradewegs durch ihn hindurch.

Körperlich fühlte er rein gar nichts – weder Hitze noch Kälte, nicht die allermindeste Berührung. Aber etwas in seiner Seele schrie auf und krümmte sich wie ein Wurm, der dem Feuer eines Vulkans zu nahe gekommen war, als ihn das Schattenwesen streifte. Dann war es vorbei, und Howard blieb mit klopfendem Herzen und am ganzen Leibe zitternd stehen. Als sich ihm ein zweites der unheimlichen Gespenster näherte, wich er mit einer fast panischen Bewegung zur Seite.

Zum viertenmal spürte er die Annäherung von Übelkeit und Schwindel, und diesmal war es ungleich schlimmer als zuvor. Die Stadt verschwamm vor seinen Augen, die Übelkeit wurde so heftig, daß er sich nicht mehr auf den Beinen halten konnte, sondern kraftlos auf die Knie herabfiel, und er hörte Rowlf neben sich wimmern wie ein verängstigtes Kind.

Plötzlich waren Geräusche da, die es eine Sekunde zuvor noch nicht gegeben hatte; ein dumpfes, arhythmisches Pochen und Klopfen, ganz ähnlich dem Laut, der aus dem Herzen der Morlock-Stadt heraufgedrungen war, nur unendlich viel kraftvoller und düsterer; auf eine schwer in Worte zu fassende Weise *böser.* Zitternd vor Angst öffnete er die Augen, und für einen Moment, der vielleicht nur eine Sekunde währte, ihm aber wie ein Ausschnitt der Ewigkeit vorkam, sah er seine schlimmsten Befürchtungen noch übertroffen.

R'lyeh war wieder auferstanden. Rings um Rowlf und ihn erhoben sich die blasphemischen Türme und Bauwerke der Dämonenstadt in all ihrer schrecklich schönen Pracht, war die Stadt zu alter Größe und Gewalt wiedererstanden. R'lyeh *existierte.* Nichts war zerstört, nichts verfallen, und die Stadt erschien ihm hundertmal schrecklicher und grauenerregender, als er sie sich nur vorzustellen imstande gewesen war.

Noch entsetzlicher aber als der Anblick der Gebäude, der alleine dazu angetan war, dem Auge des Beobachters Schmerzen zuzufügen und seinen Geist zu verwirren, waren die Wesen, die sich zwischen ihnen bewegten. Schwarze, titanische Spottgeburten, entsetzliche Monstren, die sich jedem Versuch, sie mit Worten zu beschreiben, entzogen. Keines glich dem anderen. Da waren Geschöpfe, die kaum größer schienen als ein Hund, aber auch Ungeheuer wie wandelnde Berge, Bestien mit zwei, fünf oder auch zehn Köpfen, mit Dutzenden von peitschenden langen Tentakeln oder auch gänzlich ohne Gliedmaßen, Monstrositäten, die es nicht einmal in den finstersten Abgründen der Hölle geben durfte.

Und diesmal waren es keine Schatten. Keine Gespenster, die nicht wirklich existierten, sondern reale, *lebende* Wesen – und sie nahmen Howard und Rowlf so deutlich wahr, wie diese umgekehrt sie!

Eine Welle von Panik überflutete Howards Gedanken, als sich zwei der schwarzen Spottgeburten umwandten und mit raschen Bewegungen auf Rowlf und ihn zukamen. Er wollte fliehen, aber es gab nichts, wohin er sich wenden konnte. Auch die Straße hinter ihnen war voller Ungeheuer, rechts und links erhoben sich titanische Mauern, und selbst die Luft war voller flatternder, wogender Bewegung. Die beiden Kreaturen näherten sich rasend schnell. Ein halbes Dutzend schwarzer, zitternder Tentakel streckte sich nach Rowlf und ihm aus. Howard schrie auf, riß entsetzt die Arme vor das Gesicht – und erstarrte mitten in der Bewegung.

Die beiden Bestien waren verschwunden. Und nicht nur sie. Mit ihnen hatten sich auch alle anderen Ungeheuer aufgelöst wie ein Spuk, und auch das wiedererstandene R'lyeh war nicht mehr da. Die Straße, auf der sie standen, führte wieder durch eine schier endlose Trümmerlandschaft. Die Illusion war so schnell verschwunden, wie sie gekommen war.

In der ersten Sekunde zweifelte Howard schlichtweg an seinem Verstand. Tief in sich spürte er, daß es nicht so war, aber für einige wenige Augenblicke klammerte er sich noch an die Erklärung, daß er sich alles nur eingebildet hatte, Opfer einer Illusion, eines bösen Streiches seiner eigenen Nerven und seiner überreizten Phantasie geworden sein mochte. Doch dann drehte er sich zu Rowlf herum und blickte in dessen schreckensbleiches Gesicht, und er las in dessen Augen die gleiche wahnsinnigmachende Furcht, die auch er verspürte. Es war keine Illusion gewesen.

»Mein Gott, Howard – was ... was war das?« stammelte Rowlf. Seine Stimme war nicht mehr als ein heiseres Krächzen. Er hatte Mühe, überhaupt zu sprechen, und in seinem Blick lag ein fast verzweifeltes Flehen, von Howard eine Antwort auf diese Frage zu hören, irgendeine Erklärung, und sei sie noch so absurd und an den Haaren herbeigezogen.

»Ich weiß es nicht«, entgegnete Howard. »Vielleicht nur ... ein Trugbild.« Er bewegte sich nervös auf der Stelle. »Wir sollten hier verschwinden«, fuhr er fort, »und zwar so schnell wie möglich. Wer weiß, was noch passiert, wenn wir zu lange bleiben. Außerdem wartet George bestimmt schon ungeduldig auf unsere Rückkehr.«

Sie rannten nicht direkt, denn dazu war die Strecke, die vor ihnen lag, eindeutig zu weit, aber sie bewegten sich doch so schnell, wie es gerade noch ging. Rowlf und er sprachen nicht mehr, denn sie beide brauchten ihren Atem, um in der heißen, salzigen Luft so schnell wie möglich voranzukommen, aber Howards Blick huschte immer nervöser und ängstlicher über die zerborstenen Trümmer rechts und links der Straße. Jeden Moment rechnete er damit, eine Gestalt dazwischen aufwachsen zu sehen, ein neues Erbeben in der Zeit zu spüren, nach dem R'lyeh vielleicht endgültig wiederauferstehen würde.

Sie wußten beide, wie armselig die Erklärung war, die er auf Rowlfs Frage abgegeben hatte. Es gab keine Illusion, der zwei Menschen zugleich und auf dieselbe Art erlagen. Was sie gesehen hatten, war wirklich gewesen. Plötzlich mußte er wieder an das denken, was er selbst vor wenigen Stunden erst George gesagt hatte: Dies war nur eine von unendlich vielen möglichen Zukünften. Die Zeit war ein Strom, der sich ununterbrochen verzweigte. Vielleicht gab es etwas wie einen Knotenpunkt, einen Moment, der von den Menschen Gegenwart genannt wurde und jenseits dessen die Dinge unveränderbar blieben, doch alles, was davor lag, waren nur *Möglichkeiten*. Die Welt *konnte* zu der der Morlocks und Eloi werden, und R'lyeh *konnte* zu einer leblosen Ruinenstadt verfallen, die am Ende der Zeit dahindämmerte. Doch so, wie diese verheerte Stadt nur eine *Möglichkeit* war, konnte sich die Zukunft ebensogut in eine vollkommen andere Richtung bewegen. Die Erklärung war so simpel wie entsetzlich: Irgendwann vor einer Zeit, die Howard nicht einmal zu schätzen imstande war, die aber Millionen und Abermillionen Jahre zurückliegen mußte, war R'lyeh zerstört worden. In *dieser* Zukunft, die ganz zweifellos die wahrscheinlichste aller Möglichkeiten darstellte. Aber wahrscheinlich bedeutete im komplizierten Geflecht der noch nicht festgeschriebenen Zeit nicht *unbedingt*. R'lyeh mußte nicht zerstört werden. Was Rowlf und er wie in einer Vision gesehen hatten, war die Stadt der Dämonen gewesen, die nicht vernichtet worden war. Und es gab für dieses unheimliche Beben in der Zeit nur eine einzige logische Erklärung: Dies mochte die wahrscheinlichste aller möglichen Zukünfte sein, die Entwicklung, auf die die Welt zusteuerte, wie sie im Moment war. Aber was noch nicht geschehen war, konnte geändert werden.

Und irgend jemand – oder etwas – war dabei, genau dies zu tun.

Das Unwetter hatte ein wenig nachgelassen. Es regnete noch immer, aber die Dämmerung wich allmählich dem ersten wirklichen Tageslicht, und der Sturm hatte sich völlig gelegt. Der Regen fiel jetzt senkrecht vom Himmel, allerdings noch immer mit der Gewalt eines kleinen Wasserfalles. Mit dem Abflauen des Sturmes waren die Temperaturen empfindlich gefallen. Es war bitter kalt.

Kälte und Feuchtigkeit waren jedoch nicht der einzige Grund für das Zittern meiner Hände. Der Anblick, der sich mir nach meiner Rückkehr ins Innere des Abbruchhauses bot, hätte aus einer Schauergeschichte stammen können: Landon und die anderen hatten sich in den hintersten Winkel des Raumes zurückgezogen. Nettie kümmerte sich um Hank und Steve, die es wohl am schlimmsten erwischt hatte. Hank stöhnte ununterbrochen, sein Gesicht und sein Hals waren blutüberströmt, und der blinde Steve war nun zumindest auf einem Auge *wirklich* blind, denn die Tauben hatten es ihm ausgehackt. Die übrigen – auch Landon, und diese Erkenntnis tat von allen am meisten weh – kauerten sich angstvoll auf dem Boden zusammen und starrten mich an, und was ich in ihren Augen las, das war eine Mischung aus Überraschung und Entsetzen, die mich innerlich aufstöhnen ließ, denn ich spürte nur zu deutlich, daß diese Furcht zu einem gut Teil *mir* galt. Alle hatten gehört, wie Joshua mich *Meister* genannt hatte. Schließlich wurde er nicht müde, es zu tun.

Ich selbst hatte bisher kaum etwas gesagt, sondern mich aufs Zuhören verlegt und Joshua das Reden überlassen; schon, weil es nicht besonders viel gab, was ich hätte sagen können, ohne mich selbst um Kopf und Kragen zu reden. Eines zumindest war klar: Joshua Pasons hatte ganz offensichtlich keine Ahnung von dem, was Crowley getan hatte. Er hielt mich nach wie vor für den Mann, in dessen Körper ich gefangen war, nicht für den, der ich *wirklich* war. Ich verstand diesen Irrtum nicht ganz, aber zweifellos hatte er mir das Leben gerettet. Es fragte sich nur, wie lange ich die Täuschung aufrechterhalten konnte – und was Pasons tat, wenn er die Wahrheit begriff.

Er war keineswegs allein gekommen. Zusammen mit ihm waren Dutzende, wenn nicht Hunderte von Tauben hereingeflogen, die jetzt auf den Fenstersimsen und Türen, auf Kistenbrettern oder auch einfach auf dem Boden saßen und jede Bewegung Landons und der anderen mißtrauisch verfolgten. Immer, wenn sich einer der Männer regte, reagierten die Tiere mit einer unruhigen, drohenden Bewegung. Es fiel mir noch immer schwer, diese friedlichen kleinen Kreaturen mit irgendeinem Begriff von Gefahr in Verbindung zu bringen.

»Ich hätte Euch noch viel früher gefunden, wenn Ihr Euch nicht bei diesen … *Kreaturen* verkrochen hättet, Meister«, schloß Joshua seinen Bericht, in dem er mir lang und ausführlich von seinem Weg nach London und seiner Suche nach mir erzählt hatte; eine Geschichte, die wohl ein Abenteuer für sich war, der ich aber aus verständlichen Gründen nicht einmal annähernd die Aufmerksamkeit hatte schenken können, die ihr gebührte. Immerhin hatte ich mitbekommen, daß Joshua die beiden letzten Tage damit verbracht hatte, nach mir zu suchen; nicht nur mit Hilfe der Tauben, die er auf einem selbst mir nicht ganz verständlichen Wege zu seinen Dienern gemacht hatte, sondern auch auf ein Dutzend weiterer und allesamt unheimlicher Arten.

»Das mit den Tauben war … eine gute Idee«, sagte ich zögernd. Selbst diese wenigen Worte erschienen mir gefährlich. Selten zuvor im Leben war mir so schmerzhaft klar gewesen, wie wenig das Aussehen eines Menschen im Grunde zu besagen hatte. Ich *war* nicht der Mann, für den Joshua mich hielt, und er *mußte* es einfach merken.

Zumindest im Augenblick jedoch war sein Mißtrauen noch nicht geweckt. Ganz im Gegenteil sah er mich auf eine eher schuldbewußt wirkende Art an, und als er antwortete, da tat er es im Tonfall einer Entschuldigung. »Ich hätte viel früher darauf kommen müssen, ich weiß«, sagte er leise und mit gesenktem Blick. »Aber ich war so verwirrt. Und es war viel schwerer, als ich dachte. Viel schwerer, als Ihr mir gesagt habt.«

»Du hast es sehr gut gemacht«, antwortete ich.

»Diese Stadt ist so groß«, fuhr Joshua fort. Er hob den Blick und sah mich an, und wieder hatte ich für einen Moment das absurde Gefühl, etwas beinahe Vertrautes in seinen Augen zu erkennen. »Es sind so viele Menschen hier, und ich war so durcheinander. So zornig. Und ich hatte Angst.«

»Angst?«

Joshua nickte. Er biß sich auf die Unterlippe, und seine Finger zupften mit kleinen nervösen Bewegungen am Saum seiner Jacke. Und für einen winzigen Moment war er tatsächlich nur ein Kind, das mit seinen eigenen Gefühlen rang und nur noch mühsam die Tränen zurückhielt.

»Ich dachte, Craven hätte Euch ... getötet«, sagte er.

»Beinahe hätte er das auch«, murmelte ich. Ich war mir des Risikos bewußt, das jedes weitere Wort bedeutete, aber mir war auch klar, daß ich nicht einfach weiter schweigen und auf Dauer nichts anderes als den Zuhörer spielen konnte. Joshua war nicht dumm.

»Er hat sie alle getötet«, fuhr er fort, und nun war das Beben in seiner Stimme eindeutig Zorn, kaum noch Angst. »Der Turm ist vernichtet. Mr. Hennessey und alle anderen sind ertrunken. Keiner ist mehr übrig. Ich dachte, er hätte Euch auch ...« Seine Stimme versagte. Er senkte mit einem Ruck den Blick, wohl, damit ich das Schimmern in seinen Augen nicht sah, denn er war trotz allem noch Kind genug, sich seiner Tränen zu schämen, und ich nutzte die winzige Pause, um die Hand nach ihm auszustrecken und ihm, aus einem mir selbst nicht ganz verständlichen Impuls heraus, mit den Fingern durch das Haar zu fahren, wie man es eben bei einem Kind seines Alters tut, dem man Trost zusprechen möchte.

Jedenfalls wollte ich es. Doch ich kam nicht dazu, denn Joshua griff seinerseits nach meiner Hand, hielt sie fest, und ich konnte sehen, wie sich seine Augen erschrocken weiteten, als er die papiertrockene, graue Haut sah, die sich über den arthritischen Knöcheln meiner Rechten spannte.

»Meister!« hauchte er entsetzt. »Was ist mit Euch geschehen?«

»Nichts«, sagte ich hastig. Ich versuchte die Hand zurückzuziehen, aber Joshua hielt meine Finger mit überraschender Kraft fest, und seine Berührung reichte, mir neue Schmerzen zu bereiten.

»War *er* das?« fragte er. »Hat Robert Craven Euch das angetan?«

»Das spielt jetzt keine Rolle mehr«, sagte ich.

»Er war es!« sagte Joshua. »Das ist *sein* Werk, nicht wahr?« Er ließ meine Finger los und ballte die eigenen winzigen Hände zu Fäusten. »Es hat ihm nicht gereicht, alles zu zerstören, was Ihr erschaffen habt. Es hat ihm nicht gereicht, alle anderen zu vernichten. Er mußte Euch auch noch *das* antun. Dafür werde ich ihn vernichten! Er wird dafür bezahlen, das schwöre ich!«

»Es ist gut, Joshua«, sagte ich, so sanft es mir möglich war. »Ich verstehe deinen Zorn. Ich weiß, was in dir vorgeht, aber du kannst nichts mehr für mich tun. Er würde auch dich vernichten, glaub mir. Dieser Mann ist stärker, als ich glaubte. Es war mein Fehler, ihn unterschätzt zu haben, und ich muß dafür bezahlen. Ich will nicht, daß dir auch noch etwas geschieht.«

Es kam mir selbst ein wenig absurd vor, in dieser Weise über *mich* zu reden, aber die Worte waren nur zur Hälfte unwahr; zur anderen enthielten sie eine Wahrheit, die mir für einen Moment so grausam ironisch erschien, daß ich am liebsten aufgeschrien hätte. Alles, was ich sagte, entsprach tatsächlich meinen wahren Gefühlen: Ich *hatte* meinen Gegner unterschätzt, und ich *hatte* dafür bezahlt, einen Preis, der noch viel höher war, als Joshua annehmen mochte.

Und ich wollte tatsächlich nicht, daß ihm etwas zustieß. Der Mann, der meinen Körper gestohlen hatte, würde Joshua sicherlich nicht töten, sondern vermutlich ganz im Gegenteil froh sein, den letzten überlebenden seiner Schüler wiederzusehen. Aber er würde ihm etwas Schlimmeres antun als mir. Trotz allem war dieser Knabe, der aussah wie ein Achtjähriger, sich benahm wie ein Erwachsener und doch in Wahrheit gerade fünf Jahre zählte, nicht schlecht, das spürte ich.

Hennessey und mit ihm Crowley und die Ungeheuer aus den Tiefen des Meeres hatten ihn vermutlich vom ersten Tage an unter ihrem bösen Einfluß gehalten, und er hatte gar keine andere Wahl gehabt, als so zu werden, wie er war. Doch der Schmerz in seinen Augen, das Mitleid, das er dem Mann gegenüber empfand, für den er mich hielt, all diese Gefühle, zu denen Crowley und die TIEFEN WESEN gar nicht fähig waren, waren echt. Und er war jung genug, sich von dem verderblichen Einfluß der finsteren Mächte zu erholen und – vielleicht – eines Tages doch so etwas wie ein ganz normales Leben führen zu können.

Es war seltsam, fast absurd – ich sollte diesen Jungen hassen, mich zumindest vor ihm fürchten, doch statt dessen empfand ich in diesem Augenblick nichts als Mitleid mit ihm, und eine tiefe, ehrlich empfundene Zuneigung, die ich selbst mir am allerwenigsten erklären konnte.

»Das ist nicht wahr!« protestierte Joshua, nun ganz im fast hysterischen Tonfall eines trotzigen Kindes. »Vielleicht bin ich selbst nicht stark genug, aber gemeinsam können wir ihn besiegen.«

»Nein, Joshua«, sagte ich noch einmal. »Du allein bist nicht stark genug, und ich kann dir nicht mehr helfen. Sieh mich an. Ich werde sterben, in wenigen Tagen, vielleicht schon heute.«

»Nein!« protestierte Joshua. Seine Augen füllten sich mit Tränen, die er jetzt gar nicht mehr zurückzuhalten versuchte. »Sagt so etwas nicht!«

»Aber es ist die Wahrheit«, fuhr ich fort. »Er hat mich geschlagen, Joshua. Er hat mir alles genommen. Ich kann dir nicht mehr helfen. Ich bin nichts als ein alter, schwacher Mann, der kaum noch in der

Lage ist, sich auf den Beinen zu halten. Ich weiß nicht einmal, wo er ist.«

»Aber wir können ihn finden!« widersprach Joshua. Er machte eine Bewegung auf die Tauben, die so hektisch war, daß einige der Tiere erschrocken hochflatterten. »Meine kleinen Freunde hier können ihn aufspüren, so wie sie Euch gefunden haben. Es ist ganz leicht. Ihr selbst habt mir gezeigt, wie es geht – erinnert Ihr Euch denn nicht?«

Hinter meiner Stirn begann eine Alarmglocke zu schrillen, und ich überlegte mir meine nächsten Worte sehr sorgsam. »Ich habe dir vieles gezeigt, mein Junge«, sagte ich. »Vieles davon war richtig, manches vielleicht auch falsch. Was ich dir nicht gesagt habe, ist wohl, daß es selbst für mich Gegner gibt, die ich nicht besiegen kann. Und du auch nicht. Ich werde dir jetzt einen letzten Befehl geben, und ich wünsche, daß du ihm gehorchst, ganz gleich, was geschieht, und ganz gleich, wie lange ich noch bei dir bin. Du wirst Robert Craven nicht suchen. Ich will, daß du diese Stadt und dieses Land verläßt und weggehst, weit weg, so weit wie nur irgend möglich. Geh nie wieder in seine Nähe. Und du darfst die Kräfte, die ich dir zeigte, nie wieder nutzen, denn ihr Wirken könnte ihn und seine Helfer auf dich aufmerksam machen.«

Pasons starrte mich aus großen Augen an und schwieg, und auch ich sprach nicht weiter. Trotz allem hatten mich seine Worte mit einem Gefühl verzweifelter Hoffnung erfüllt. Ich wußte, daß er recht hatte: Wenn diese Tiere *mich* gefunden hatten, dann konnten sie auch meinen Körper finden, und möglicherweise hätte ich sogar die Kraft aufgebracht, Joshua noch einmal zu folgen und Crowley gegenüberzutreten. Aber was hätte es genutzt? Ganz anders als ich befand sich Crowley im Vollbesitz seiner (und meiner) Kräfte, sowohl körperlicher als auch geistiger Art. Und selbst wenn das nicht so gewesen wäre, so hätten wenige Worte ausgereicht, den Irrtum aufzuklären und Joshua erkennen zu lassen, wer ich wirklich war.

»Das meint Ihr nicht ernst«, sagte Joshua in beinahe flehendem Ton. »Das glaube ich nicht! Das sagt Ihr nur, weil Ihr Angst um mich habt. Aber das braucht Ihr nicht. Ich bin stark! Ich weiß nicht, was er Euch angetan hat, aber ich bin ihm entkommen, und ich weiß alles, was Ihr mich gelehrt habt. Wenn Ihr mir helft, können wir ihn besiegen und …«

»Ich kann mir nicht einmal mehr selbst helfen!« fuhr ich ihn an. »Willst du es nicht begreifen? Ich habe dir einen Befehl gegeben, und du wirst dich daran halten, verstanden?!«

Joshua Pasons widersprach nicht mehr. Aber er tat etwas anderes. Für lange Zeit, vielleicht zehn Sekunden, vielleicht länger, stand er einfach reglos neben mir und sah mich an, auf eine Art und Weise, daß beinahe *ich* es gewesen wäre, der den Blick senkte und das stumme Duell verlor, und plötzlich hob er die Hand und machte eine rasche, befehlende Geste.

Wieder verstrichen Sekunden, in denen nichts geschah. Dann …

Das Geschehen war so bizarr und unheimlich, daß ich wie gelähmt dahockte und alles über mich ergehen ließ, obgleich es mich mit einem abgrundtiefen Entsetzen erfüllte. Erst eine, dann eine zweite und dritte und schließlich bis auf wenige Ausnahmen sämtliche Tauben erwachten aus ihrer Ruhe und kamen mit kleinen, trippelnden Schritten auf Joshua und mich zu. Es mußten weit über hundert der grauen Tiere sein, die uns schließlich umgaben wie ein lebender Teppich, und durch die glaslosen Fenster und die Tür strömten immer noch mehr und mehr Tiere herbei, bis es schließlich keinen Fußbreit Boden mehr zu geben schien, der nicht von gefiederten Körpern bedeckt war.

Für einige wenige Augenblicke saßen sie völlig reglos da, und plötzlich begann eines der Joshua am nächsten stehenden Tiere zu zittern, stieß einen sonderbar klagenden Laut aus und fiel leblos auf die Seite. Wie ein Dominostein, der von einem anderen angestoßen war und seinerseits einen dritten mit sich riß, fiel auch das neben ihm hockende Tier um, das nächste und nächste und so weiter, und es dauerte nicht einmal mehr eine Minute, bis der Raum über und über mit kleinen grauen Tierleichen bedeckt war.

Joshua begann zu zittern. Er hatte die Augen geschlossen, doch ich sah, wie sie sich hinter den Lidern hektisch bewegten, wie bei einem Menschen, der von einem schlimmen Alptraum gepeinigt wird. Seine Lippen bebten. Langsam, zitternd, als hätte er Schüttelfrost, hob er die Hände und streckte beide Arme in meine Richtung aus. Nur im allerletzten Moment vermochte ich den Impuls zu unterdrücken, mit einer erschrockenen Bewegung vor ihm zurückweichen zu wollen.

Seine Finger waren eiskalt. Und zugleich war es, als hätte mich Feuer berührt. Ein Strom pulsierender reiner Lebenskraft ergoß sich in meinen Körper, und ich labte mich daran, wie sich ein Ertrinkender auf einen Schluck Wasser stürzen mochte.

Sekunden vergingen, in denen ich nichts anderes

tat, als dazusitzen und das Leben zu genießen, das in meinen Körper zurückfloß und das schon fast ausgetrocknete Reservoir wieder aufzufüllen begann. Doch um bei dem Vergleich zu bleiben – es war kein klares Wasser, sondern brackig und trüb, und es strömte einen fauligen Geruch aus, den ich immer stärker zu fühlen begann, je mehr die Schwäche und das furchtbare Gefühl der Hilflosigkeit in mir nachließen.

Als der Strom gestohlener Lebenskraft endlich schwächer wurde und dann ganz versiegte, war ich beinahe froh. Ich kam mir nicht mehr vor wie ein Ertrinkender, der im allerletzten Moment eine Quelle gefunden hatte, sondern wie ein Vampir, der das Blut seiner Opfer aussaugte und für sein Leben mit dem anderer bezahlte.

Joshua wankte. Seine Hände sanken kraftlos herab, er taumelte, und plötzlich war ich es, der rasch die Arme ausstreckte und ihn auffing, damit er nicht stürzte. Als er die Augen öffnete, waren sie trüb und ihr Blick verschleiert, wie der eines Menschen, der gerade aus einem langen, schweren Fieber erwacht war.

Erschüttert sah ich mich um. Der Boden war mit Hunderten toter Tauben bedeckt, den Leichnamen der Tiere, deren Leben ich nun in mir selbst spürte, und wieder drängte sich mir der Vergleich mit einem Vampir auf, der vielleicht nicht nur im übertragenen Sinne richtig war. Ich fühlte mich schmutzig, viel weniger gerettet als *besudelt*, und für eine Sekunde wünschte ich mir fast, es rückgängig machen zu können. Es waren nur Tiere gewesen, deren Leben ich genommen hatte, keine Menschen, aber plötzlich begriff ich, wie winzig dieser Unterschied in Wahrheit war.

Langsam hob ich die Hände vor die Augen. Sie waren noch immer schmal und grau, noch immer die Hände eines alten, kranken Mannes – und doch nicht mehr die, die sie noch vor einer Minute gewesen waren. Ich hatte nicht nur die Zeit zurückgewonnen, die ich im Schlaf verloren hatte, sondern mußte – wenn sich auch mein übriger Körper so weit erholt hatte wie meine Hände, und es gab keinen Grund, daran zu zweifeln – noch einmal um gute zehn Jahre jünger geworden sein. Die Erkenntnis erfüllte mich nicht mit Erleichterung, sondern einfach nur mit Entsetzen.

Das beinahe körperliche Gefühl, angestarrt zu werden, ließ mich den Blick wenden. Ich sah zu Landon und den anderen hinüber, und was ich in ihren Gesichtern las, das war vielleicht das schlimmste von allem bisher. Aus dem Schrecken auf ihren Zügen war Grauen geworden. Rasch wandte ich den Blick und sah wieder Pasons an, nur um nicht länger dem furchtbaren Starren der Menschen am anderen Ende des Raumes ausgesetzt zu sein.

Joshua hatte seine Schwäche überwunden. Er zitterte noch immer leicht, und er war blaß, doch er konnte wieder aus eigener Kraft stehen.

»Was hast du getan?« flüsterte ich.

Joshua lächelte schüchtern. »Ich weiß, daß es ... nicht viel ist«, sagte er. »Es sind nur Tiere. Es wird nicht lange halten, und ihre Kraft ist nicht gut.« Ein um Verzeihung heischender Ausdruck erschien auf seinem Gesicht. Dann hob er die Hand und deutete auf Landon und die anderen, ohne jedoch in ihre Richtung zu sehen.

»Ihr habt mir nie gezeigt, wie man es mit Menschen macht«, sagte er. »Aber vielleicht seid Ihr jetzt stark genug, es selbst zu tun.«

Ein Schlag ins Gesicht hätte mich nicht härter treffen können. Trotz allem hatte ich ein Gefühl wie Dankbarkeit empfunden, doch daraus wurde jäh Entsetzen, dann fast so etwas wie Ekel. Aber es galt nur eine einzige, allererste Sekunde dem fünfjährigen Jungen vor mir, der mich im Plauderton fragte, ob ich nun vielleicht in der Lage sei, auch das Leben eines Menschen auszusaugen, um mir selbst einige weitere Stunden oder bestenfalls Tage zu erschleichen, dann begriff ich, wer der wahre Schuldige war. Ich dachte an Hennessey und Crowley und die anderen, und eine kalte, mörderische Wut überkam mich. Was um alles in der Welt hatten sie diesem Kind angetan, daß es über Menschenleben sprach wie über Spielzeuge, mit denen man nach Belieben verfahren konnte?

»Das wird nicht nötig sein«, sagte ich fast hastig. »Ich fühle mich schon viel besser.« Dann fiel mir eine Erklärung ein, die weit überzeugender war. »Außerdem könnte es sein, daß wir sie noch brauchen. Craven hat eine Menge Freunde, und sie sind nicht minder gefährlich als er. Wir werden froh um jeden Mann sein, der auf unserer Seite steht.«

Joshua wirkte nicht überzeugt. Zweifelnd blickte er auf das halbe Dutzend angstvoll zusammengekauerter Menschen herab. »Sie haben gesehen, was ich getan habe«, sagte er.

Ich bemühte mich, so überheblich wie nur möglich zu lachen. »Und?« fragte ich. »Wer würde ihnen schon glauben? Und selbst wenn – wenn wir Craven erst einmal gefunden und unschädlich gemacht haben, spielt es keine Rolle mehr.«

Joshuas Gesicht hellte sich auf. »Dann suchen wir ihn?«

Statt einer direkten Antwort stand ich auf und wandte mich um. Ich war beinahe selbst überrascht, wie leicht mir die Bewegung fiel. Ich war noch immer im Körper eines mindestens siebzigjährigen Mannes gefangen, aber ich fühlte mich ausgeruht und frisch wie seit langem nicht mehr. Mit einer Kopfbewegung deutete ich auf eine Taube, die auf dem Fenstersims saß; eines von allerhöchstens einem Dutzend Tieren, die das lautlose Gemetzel überstanden hatten. »Laß sie nach Robert Craven suchen«, verlangte ich.

Sie hatten etwas vergessen. Howard wußte nicht, was, doch das Gefühl, etwas ungemein Wichtiges übersehen zu haben, wurde mit jedem Schritt stärker und quälender. Die schwarze Pyramide im Zentrum R'lyehs lag nun eine gute halbe Stunde hinter ihnen, doch wie auf dem Weg hinein in die Stadt schien das Labyrinth aus Trümmern und verwüsteten Ruinen kein Ende zu nehmen. Der Strand, auf dem sie George und die Zeitmaschine zurückgelassen hatten, hob sich als dunkelgelber Strich vor dem roten Horizont ab, und so schnell sie auch liefen – sie waren in ein Tempo verfallen, das fast schon einem Rennen gleichkam, war er doch bisher nicht sichtbar näher gekommen.

Und das Erbeben der Wirklichkeit hielt an. Zweimal während der letzten halben Stunde war R'lyeh zu schattenhafter Existenz rings um sie herum entstanden und wieder vergangen, doch auch in den Zeiten dazwischen sahen sie immer wieder Bewegung, wo keine sein durfte, die immer wahrscheinlicher werdende Möglichkeit von Leben, das vor

Jahrmillionen vergangen war, und Howards Beklemmung wuchs mit jedem Schritt. Aus seiner Theorie war beinahe Gewißheit geworden. Wie er George gegenüber gemutmaßt hatte, war diese Welt der Zukunft nur eine Möglichkeit, nur eine von unzähligen Alternativen, wenn auch wohl die wahrscheinlichste. Aber jemand veränderte diese Wahrscheinlichkeiten. Irgendwann in der Vergangenheit – vielleicht vor einem Jahr, vielleicht vor einer Million, vielleicht vor hundert Millionen Jahren, geschah in diesem Moment etwas, das die zukünftige Entwicklung dieses Planeten änderte, wurden die Weichen des Schicksals neu gestellt, so daß R'lyeh nicht unterging, sondern bis zum Ende der Zeiten über die Erde und ihre Bewohner herrschte.

Howard zweifelte nicht daran, daß diese Theorie der Wirklichkeit zumindest nahe kam – aber sie war nicht alles. Da war etwas, etwas ungemein Wichtiges, was sie beide übersehen hatten.

Und als er endlich begriff, was es war, war es beinahe zu spät. Rowlf stockte plötzlich mitten im Schritt, streckte den Arm aus und riß auch ihn so heftig zurück, daß Howard einen überraschten Schrei ausstieß und um ein Haar gestürzt wäre, und es dauerte noch einmal eine Sekunde, bis auch Howard die Bewegung vor ihnen gewahrte.

Diesmal war es kein Schatten. Kein Schemen aus dem Universum des Möglichen, das sich vergebens bemühte, in das des Wirklichen überzuwechseln. Die Gestalt vor ihnen war real. Für einen Moment, der zu kurz war, um sie wirklich zu erkennen, gewahrte er etwas wie einen massigen, gedrungenen Körper, pendelnde Gliedmaßen und das Glitzern von rotem Sonnenlicht auf schuppiger Haut. Die

Gestalt verschwand so rasch, wie sie aufgetaucht war, aber sie hatten sie beide gesehen, und gerade einen Sekundenbruchteil zu lange, um sich noch mit Erfolg einreden zu können, daß es nur ein Trugbild gewesen war.

Und plötzlich wußte er, was es war, das er vergessen hatte: Sie hatten diese Bewegung schon einmal gesehen. Es war der Schatten, dem sie überhaupt erst gefolgt waren, als sie in die Kuppelhalle gerieten. Diese Stadt war nicht ausgestorben, wie sie bisher geglaubt hatten.

Howard blieb nicht einmal Zeit genug, den Schrecken, den dieser Gedanke mit sich brachte, richtig zu empfinden, als die Gestalt erneut zwischen den Trümmern vor ihnen auftauchte. Sie bewegte sich schnell und auf eine fast grotesk wirkende, unbeholfene Art, aber sie machte jetzt keine Anstalten mehr, sich zu verbergen, sondern trat mit einem Schritt auf die Straße hinaus und blieb hoch aufgerichtet im rötlichen Licht der Sonne stehen, fast, als wolle sie ihnen Gelegenheit geben, sie in aller Ruhe zu studieren.

Howard unterdrückte nur mit Mühe ein erschrockenes Keuchen. Vor ihnen stand ein gut zwei Meter hoher, schuppiger Koloß, der an eine groteske Mischung aus einem Menschen und einer aufrecht gehenden Kröte erinnerte und so breitschultrig und muskulös war, daß selbst Rowlf neben ihm schmächtig aussehen mußte. Der gedrungene Schädel war haarlos und wuchs ohne sichtbaren Hals direkt aus den Schultern hervor, und das Gesicht war ein Alptraum aus Schuppen, Gebiß und starrenden Fischaugen, die Rowlf und ihn mit kalter Berechnung musterten. Und es war ganz und gar nicht das erste Mal, daß Howard ein solches Geschöpf zu Gesicht bekam.

Vor ihnen stand ein TIEFES WESEN.

»Oh, Scheiße!« sagte Rowlf nachdrücklich. Howard selbst hätte es vielleicht etwas anders formuliert, aber im Grunde drückte Rowlf aus, was auch er selbst empfand. Mit Ausnahme eines GROSSEN ALTEN selbst hätten sie kaum einem schlimmeren Feind begegnen können. Die Shoggotenwesen, die das Gros der Heerscharen der GROSSEN ALTEN bildeten, mochten vielleicht tödlicher und unverwundbarer sein als diese Amphibiengeschöpfe, aber die TIEFEN WESEN machten diesen scheinbaren Nachteil mehr als wett, denn anders als die hirn- und vernunftlosen Protoplasma-Geschöpfe verfügten sie über eine berechnende, scharfe Intelligenz, die einzig von ihrer angeborenen Bosheit übertroffen wurde.

Das Wesen starrte sie noch eine Sekunde lang aus seinen kalten Fischaugen an, dann riß es plötzlich die Arme in die Höhe, stieß ein tiefes, drohendes Knurren aus und rannte geradewegs auf sie zu. Seine riesigen Schwimmfüße erzeugten platschende Geräusche auf dem Boden, und seine Art, sich zu bewegen, wirkte geradezu lächerlich. Doch unbeschadet dessen kam es rasend schnell näher, und sein Ziel war klar – Howard!

Howard war vor Schreck wie gelähmt. Er wollte fliehen, aber seine Glieder weigerten sich, ihm zu gehorchen. Reglos stand er da und starrte dem näherkommenden Ungeheuer aus weit aufgerissenen Augen entgegen.

Nicht so Rowlf. Nur einen Augenblick ehe das Monstrum Howard erreicht hätte, sprang er ihm mit einem gewaltigen Satz in den Weg, senkte den Kopf und rammte dem TIEFEN WESEN mit aller Kraft die Schulter in den Leib. Es gab einen knirschenden, dumpfen Laut. Das TIEFE WESEN taumelte, aber Rowlf wurde wie von einem Faustschlag getroffen durch die Luft gewirbelt, stürzte zu Boden und überschlug sich zwei- oder dreimal, ehe er benommen liegenblieb.

Das TIEFE WESEN erreichte Howard, packte ihn mit seinen gewaltigen Pranken.

Aus Howards entsetztem Schrei wurde ein ersticktes Keuchen, als ihm der Griff des Monsters die Luft aus den Lungen preßte. Ein entsetzlicher Schmerz ließ grelle Kreise und Lichtblitze vor seinen Augen explodieren, und er spürte kaum noch, wie er herumgewirbelt wurde, als das Ungeheuer ihn mühelos in die Höhe riß, wohl, um ihn mit aller Kraft zu Boden zu schmettern.

Aber dies geschah nicht. Statt dessen gab es einen weiteren, knirschenden Laut, und plötzlich fühlte Howard, wie das Monster, das ihn noch immer gepackt und an weit ausgestreckten Armen von sich fort hielt, taumelte. Überrascht öffnete er die Augen, blinzelte die grellen Schmerzblitze fort – und sah, wie ein zweiter, faustgroßer Stein herangeflogen kam und zielsicher gegen die Schläfe des Ungeheuers prallte.

Das TIEFE WESEN wankte so heftig, daß es die Beine spreizen mußte, um nicht zu stürzen. Es ließ Howard immer noch nicht los, aber sein Griff war jetzt nicht mehr ganz so mörderisch, so daß er wenigstens wieder atmen konnte. Das Geschöpf wirkte verwirrt. Über seinem rechten Auge war eine tiefe Platzwunde entstanden, und wenn sein Krötengesicht überhaupt in der Lage war, so etwas wie ein Gefühl auszudrücken, so war es Zorn, den Howard darauf las.

»He! Krötentresse! Hier bin ich!« erklang Rowlfs Stimme.

Das TIEFE WESEN fuhr herum, und auch Howard wandte sich in seinem Griff, um einen Blick auf Rowlf zu erhaschen.

Der rothaarige Riese hatte gerade einen dritten Stein ergriffen, warf ihn aber nicht, sondern wedelte herausfordernd mit der hoch über dem Kopf erhobenen Hand und versuchte offensichtlich, das Amphibiengeschöpf zu einem Angriff zu provozieren.

Er mußte sich nicht sehr anstrengen. Das Geschöpf schien plötzlich jegliches Interesse an Howard zu verlieren, denn es ließ ihn einfach fallen, so daß er aus gut zwei Metern Höhe zu Boden stürzte und das Gefühl hatte, sich dabei jeden einzelnen Knochen im Leibe zu brechen, und stürzte sich mit einem Laut wie eine angreifende Schlange auf den neuen Gegner.

Rowlf beging jedoch nicht den Fehler, sich auf ein neues Kräftemessen mit dem schuppigen Koloß einzulassen. Statt dessen wich er im letzten Moment vor dem heranstampfenden Giganten zurück, ließ sich plötzlich zur Seite fallen und streckte das Bein aus. Das TIEFE WESEN stolperte auch tatsächlich über seinen vorgestreckten Fuß, aber es war einfach zu massig und zu schwer, um zu stürzen. Rowlf schrie vor Schmerz auf, als sein Bein einfach zur Seite gefegt wurde und er selbst sich halb um seine Achse drehte, aber das TIEFE WESEN war zumindest aus dem Tritt gekommen. Ein paar Sekunden lang kämpfte es mit grotesk rudernden Armen um sein Gleichgewicht. Vermutlich hätte es diesen Kampf sogar gewonnen, doch Rowlf war bereits wieder auf den Füßen, war mit einem einzigen Satz bei ihm und hämmerte ihm die ineinandergefalteten Fäuste ins Gesicht.

Es gab einen klatschenden, sonderbar weichen Laut, als hätte er in Lehm geschlagen. Das Ungeheuer grunzte vor Schmerz, ruderte noch wilder mit den Armen und stürzte schließlich schwer nach hinten. Rowlf setzte ihm sofort nach, ließ sich mit den Knien voraus auf seine Brust fallen und schlug ihm ein zweites Mal die gefalteten Fäuste vor die Stirn. Diesmal konnte Howard hören, wie das Amphibiengeschöpf vor Schmerz stöhnte.

Aber es war keineswegs besiegt. Mit einem einzigen Hieb fegte es Rowlf von sich herunter, wälzte sich schwerfällig auf die Seite und versuchte wieder auf die Füße zu kommen.

Abermals war Rowlf schneller. Als sich das Ungeheuer taumelnd in die Höhe stemmte, stand er bereits wieder vor ihm. Seine linke Hand grub sich in das schuppige Gesicht des Kolosses, die andere klatschte in den Winkel zwischen seinen Beinen, und dann riß er mit einer unvorstellbaren Kraftanstrengung den sicher mehr als dreihundert Pfund wiegenden Körper in die Höhe! Vollkommen fassungslos beobachtete Howard, wie er das vor Schmerz kreischende Ungeheuer länger als eine Sekunde lang hoch über dem Kopf hielt, sich dann einmal um seine Achse drehte und das Geschöpf schließlich mit aller Gewalt zu Boden schmetterte.

Die Schreie des TIEFEN WESENS verstummten. Das Geschöpf zuckte noch einmal und lag dann still, und Rowlf taumelte mit einem hörbaren Keuchen zurück, kämpfte noch eine Sekunde um seine

Balance und fiel schließlich schwer auf die Knie herab.

Umständlich rappelte sich Howard hoch und lief auf ihn zu. Obwohl er einen respektvollen Bogen um das reglos daliegende TIEFE WESEN schlug, sah er doch, daß zumindest im Moment von dem Geschöpf keine Gefahr mehr ausging. Es war bewußtlos, vielleicht sogar tot, auf jeden Fall aber schwer verletzt. Doch auch Rowlf sah nicht unbedingt aus, wie man sich den *Sieger* in einem Kampf vorstellte. Er wankte heftig hin und her und schien Mühe zu haben, nicht vollends zu stürzen. Sein Atem ging schnell und rasselnd, und an seinem Hals pochte eine Ader im hektischen Takt seines Herzens. Als Howard neben ihm niederkniete und ihn am Arm ergriff, dauerte es eine Sekunde, bis er auch nur die Augen aufschlug und ihn ansah.

»Alles in Ordnung, Rowlf?« fragte Howard besorgt.

Rowlf machte eine Bewegung, die Howard mit sehr viel gutem Willen als Nicken deuten konnte. »Schon gut«, flüsterte er. »Ich brauch nur Momentchen Ruhe. 's geht gleich wieder.«

Wie um diese Bemerkung auf der Stelle Lügen zu strafen, kippte er nach vorn und mußte hastig den Arm auf den Boden stützen, um nicht ganz zu fallen und Howard dabei womöglich unter sich zu begraben.

»Bist du verletzt?« fragte Howard erschrocken.

»Nurn bißchn wackelig aufe Beine«, keuchte Rowlf. Er versuchte zu lachen, aber der Laut ging schon nach einer Sekunde in ein gequältes Husten über, das ihn fast eine halbe Minute lang schüttelte.

»Du *bist* verletzt«, stellte Howard fest.

»Quatsch!« behauptete Rowlf. »Da muß schon mehr komm als sone aufgeblasene Schildkröte, um mich kleinzukriegn.«

Howard tat ihm den Gefallen, über diese Antwort zu lächeln, aber trotzdem war er es, der Rowlf dabei helfen mußte, aufzustehen, nicht umgekehrt.

Er warf einen letzten Blick auf das TIEFE WESEN zurück, ehe sie weitergingen. Das Geschöpf regte sich immer noch nicht. Howard wußte aber auch, wie unglaublich zäh diese Kreaturen waren. Selbst wenn es wirklich schwer verletzt sein sollte, war dies keine Garantie, daß es nicht in ein paar Momenten die Augen aufschlug und sie verfolgte. Sie hatten keine Sekunde mehr zu verlieren.

Gottlob erholte sich Rowlf schnell. Schon nach wenigen Schritten nahm er seinen Arm von Howards Schulter und lief wieder aus eigener Kraft und ohne sich auf ihn stützen zu müssen.

»Wir müssn Schorsch warnen«, sagte Rowlf schwer atmend. »Wenn die Scheißviecher auch bei ihm auftauchen tun, dann isser geliefert.«

Und das war wahrscheinlich noch untertrieben, dachte Howard. George ahnte ja noch viel weniger als sie, welche Gefahr in den Ruinen von R'lyeh auf sie lauerte. Wenn ihm etwas zustieß – oder wenn die TIEFEN WESEN seine Zeitmaschine beschädigten oder völlig zerstörten –, dann waren sie unwiderruflich in dieser Stadt am Ende der Zeiten gestrandet, ganz gleich, ob es ihnen gelang, den Ungeheuern zu entkommen oder nicht. Howard sprach nichts von all seinen Befürchtungen laut aus, doch er beschleunigte seine Schritte noch mehr, und auch Rowlf hielt kommentarlos mit, so daß sie schließlich doch rannten. Trotzdem erreichten sie den Strand nicht.

Die TIEFEN WESEN tauchten auf, noch ehe sie die nächsten hundert Yards zurückgelegt hatten, und diesmal waren sie weder unentschlossen noch allein – es war ungefähr ein halbes Dutzend der zwei Meter großen, geschuppten Ungeheuer, die jäh zwischen den Trümmern beiderseits der Straße erschienen, und sie zögerten keine Sekunde, sondern stürmten sofort los, um Howard und Rowlf in die Zange zu nehmen. Gottlob waren sie nicht sehr schnell, so daß es den beiden nicht sonderlich schwerfiel, ihnen davonzulaufen. Aber sie wurden wieder ein Stück zurück in die Stadt getrieben. Erneut begannen die Schatten rings um sie herum zu unheimlichem, lautlosem Leben zu erwachen, und während sie auf die schwarze Pyramide am Ende der breiten Prachtstraße zustürmten, glaubte Howard für eine Sekunde, etwas Gigantisches, formlos Schwarzes sich dahinter aufbäumen zu sehen. Dann erlosch der Spuk, und im selben Moment warf Howard einen Blick über die Schulter zurück und sah, daß ihre Verfolger wieder verschwunden waren.

Keuchend blieb er stehen und blickte in die Runde. Die TIEFEN WESEN waren fort, als wären auch sie nicht mehr als ein Trugbild gewesen. Howard wußte natürlich, daß dem nicht so war, aber die Geschöpfe bewegten sich derart plump und ungeschickt, daß im Moment wohl nicht die Gefahr bestand, daß sie sie einholten. Trotzdem wuchs seine Besorgnis eher noch – es gab nur diesen einen Weg aus der Stadt heraus, so daß ihre Verfolger sich eigentlich gar nicht anzustrengen brauchten, sondern sich getrost darauf verlegen konnten, einfach die Straße abzuriegeln.

Zwar hätten sie sie verlassen und versuchen können, sich einen Weg durch die Trümmerwüste zu suchen, doch davor schrak Howard fast ebensosehr zurück wie vor dem Gedanken, sich einer neuen Konfrontation mit den Amphibienwesen zu stellen. Die schwarze Straße war mehr als nur eine Straße. Sie war zugleich die fast einzige Bresche, die die Normalität in dieses Gebilde aus Dunkelheit und gestaltgewordener Furcht geschlagen hatte. Wenn sie sie verließen, würden sie sich vielleicht unwiderruflich in diesem Labyrinth des Wahnsinns verirren.

Hinzu kam noch eine durch und durch greifbare Gefahr – nämlich die, von der Rowlf gesprochen hatte: Die TIEFEN WESEN hatten *sie* gefunden, und es mochte sein, daß sie auch George fanden.

Eine Bewegung am Rand seines Gesichtsfeldes erweckte seine Aufmerksamkeit. Howard sah genauer hin und erblickte ein TIEFES WESEN, das mit tolpatschigen, langsamen Schritten näherkam. Es war weit genug entfernt, keine wirkliche Gefahr darzustellen, doch Howard bemerkte noch etwas, das ihn im ersten Moment nur überraschte, dann erschreckte und mit einer neuen, furchtbaren Überlegung erfüllte.

Die Gespenster waren wieder da. Hier und da türmten sich Schatten über den gezackten Ruinen der Stadt, rauchige Schemen bewegten sich zwischen den zerborstenen Trümmern. Howard blickte das TIEFE WESEN einige Sekunden lang konzentriert an, dann machte er Rowlf mit einer entsprechenden Geste darauf aufmerksam. »Weiter!« sagte er knapp.

Das Ungeheuer fiel hinter ihnen zurück, und im gleichen Moment erlosch auch das Spiel der Schatten.

Und wenige Augenblicke später verließ sie ihr Glück endgültig. Howard begriff ein wenig zu spät, daß er ihre Gegner trotz allem unterschätzt hatte. Plötzlich erschienen wie aus dem Boden gewachsen zwei der geschuppten Ungeheuer direkt vor ihnen, und ihm blieb nicht einmal genug Zeit, zu erschrecken, als sich auch in den Ruinen rechts und links der Straße massige, grün schimmernde Körper erhoben. Rowlf und er fuhren gleichzeitig herum, doch auch hinter ihnen waren TIEFE WESEN aufgetaucht. Sie waren eingekreist.

Es war ein Kampf ohne die mindeste Aussicht auf Erfolg. Rowlf und er versuchten, eine Lücke in den Reihen ihrer Gegner zu erspähen, durch die sie hindurchschlüpfen konnten, doch die TIEFEN WESEN bewegten sich plötzlich viel schneller, als Howard erwartet oder überhaupt für möglich gehalten hatte. Er wich einer zupackenden, schwimmhautbewehrten Pranke aus, warf sich nach rechts und fast in der gleichen Bewegung wieder nach links, um unter den grapschenden Armen eines zweiten Ungeheuers hindurchzutauchen – und verspürte einen Schlag zwischen die Schulterblätter, der aus seinem Schritt ein hilfloses, in einen langgestreckten Sturz übergehendes Taumeln werden ließ.

Schwer schlug er auf dem Boden auf, schlidderte noch ein gutes Stück weiter und versuchte aufzuspringen, aber er hatte sich noch nicht einmal auf ein Knie erhoben, da packte ihn eine Hand, riß ihn mit unmenschlicher Kraft in die Höhe und so derb herum, daß er vor Schmerz aufschrie. Einen Augenblick später legte sich eine zweite, schwammige Riesenhand auf sein Gesicht und erstickte seinen Schrei.

Howard konnte nichts mehr sehen. Er bekam keine Luft mehr, und der Druck auf seinen Arm wurde so stark, daß er glaubte, der Knochen müsse brechen. Verzweifelt schlug und trat er immer heftiger um sich, doch das Wesen, das ihn gepackt hielt, schien die Hiebe nicht einmal zu spüren.

Seine Lungen schrien nach Luft. Ein grausamer Schmerz begann sich in seiner Brust breitzumachen, und in seinen Ohren war plötzlich ein immer lauter werdendes, dumpfes Rauschen und Pochen, das seine Gedanken einzulullen begann. Er spürte, wie seine Kräfte nachließen. Seine Gegenwehr wurde schwächer und erlahmte schließlich ganz, und dann wuchs eine dunkle, allumfassende Schwärze in seinen Gedanken heran.

Aber offensichtlich hatte sein Gegner nicht vor, ihn zu töten, denn gerade als Howards Sinne endgültig zu schwinden drohten, wurde die Hand wieder von seinem Gesicht genommen, und er konnte atmen.

Sekundenlang tat er nichts anderes, als keuchend und tief die Luft in die Lungen zu saugen. Alles drehte sich um ihn. Die Welt vor seinen Augen war zu einem Durcheinander ineinanderschwimmender Bilder und Bewegungen geworden. Er sah, wie Rowlf sich ebenso verzweifelt wie sinnlos gegen gleich zwei der grünen Kolosse zur Wehr setzte, ohne verhindern zu können, daß auch er gepackt und davongezerrt wurde.

Seltsamerweise empfand Howard nicht einmal wirkliche Angst. Es war vorbei. Wenn sie überhaupt je eine Chance gehabt hatten, wieder in ihre Zeit zurückzukehren, so war sie nun unwiderruflich dahin. Die TIEFEN WESEN würden sie zweifellos töten oder ihnen etwas antun, das schlimmer war. Aber er empfand weder wirkliche Angst noch Verzweiflung oder irgendein anderes, tiefergehendes Gefühl. Allenfalls etwas wie Enttäuschung und einen sanften Zorn auf das Schicksal, das sich einen derart grausamen Scherz mit ihm erlaubt hatte, ihm nach fünf Jahren Todesgewißheit noch einmal einige Tage der Hoffnung zu gewähren, um ihn schließlich doch ins Verderben zu stürzen.

Die TIEFEN WESEN bewegten sich weiter ins Herz der Stadt hinein. Das Ungeheuer, das Howard gepackt hatte, hielt ihn so, daß er Rowlf nicht sehen konnte, doch er nahm genug von seiner Umgebung wahr, um festzustellen, daß das Wogen der Schatten und Schemen wieder begonnen hatte und heftiger war als je zuvor.

Wieder türmten sich gigantische rauchige Gebilde über den Ruinen auf, wieder bewegten sich Gespenster in den Straßen, und es schien ihm, als wären all diese Trugbilder deutlicher, realer als bisher. Und sie verschwanden auch nicht mehr, sondern gewannen immer mehr und mehr an Substanz, bis der Unterschied zwischen Wirklich- und Möglichkeit kaum mehr zu erkennen war.

Die Furcht klopfte schließlich doch bei Howard an, als er begriff, daß ihr Ziel nichts anderes als die schwarze Pyramide im Herzen R'lyehs war, das Haus Cthulhus selbst, des schrecklichsten der GROSSEN ALTEN. Als ihm dies klar wurde, versuchte er noch einmal, sich gegen den Griff seines Bewachers aufzubäumen, aber das Wesen erstickte seinen Widerstand schon im Keim. Nachdem Schmerz und Atemnot so weit nachgelassen hatten, daß er wieder klar denken konnte, versuchte er nicht mehr, sich zu wehren.

Der Weg zurück ins Herz der Alptraumstadt kam ihm sehr viel kürzer vor als das erste Mal. Schließlich sah er, daß ihr Ziel nicht die schwarze Pyramide selbst, wohl aber ein großes, kuppelförmiges Gebäude unweit deren Eingang war, das von emsig huschenden Schatten umgeben war, so daß es kaum noch beschädigt aussah. Rowlf und er wurden hintereinander durch die bizarr geformte Tür ins Innere getragen. Das Gebäude hatte Fenster, aber sein Inneres war trotzdem so dunkel, daß Howard nur Schemen erkennen konnte. Vielleicht lag es auch nicht am mangelnden Licht, sondern daran, daß seine Einrichtungen nicht für menschliche Sinne gedacht waren.

Sie marschierten auf ein schwarzes, an eine halb geschmolzene und wiedererstarrte steinerne Riesenblume erinnerndes Gebilde zu, in dessen Zentrum eine gezackte Öffnung klaffte, mehr als zwei Meter groß und mit Rändern, die sie wie ein aufgerissenes, zahnbewehrtes Maul erscheinen ließen. Als sie noch zwei Schritte davon entfernt waren, bewegte sich die Dunkelheit dahinter. Ein blasses, unangenehmes grünes Licht glomm auf, flackerte, pulsierte, erlosch wieder und erschien erneut, und diesmal ungleich heller.

Und eine Sekunde ehe sie hinein- und hindurchtraten, begriff Howard, was es war. Vor ihnen lag ein *Tor;* der Eingang zu dem unbegreiflichen Transportsystem der GROSSEN ALTEN, das im Bruchteil einer Sekunde über die Abgründe des Raumes und der Zeit hinwegführte.

Der Wagen rollte durch die Straßen einer Stadt, aus denen der Regen allmählich auch noch das letzte menschliche Leben herauszuwaschen schien. Es ging auf Mittag zu, aber die Dämmerung schien noch immer anzuhalten; die niedrig hängende Wolkendecke war so dicht, daß sie kaum noch Licht hindurchließ. Die Kanalisation schien nicht mehr in der Lage, die Wassermassen aufzunehmen, so daß sich einige der schmalen Nebenstraßen in reißende Wildbäche verwandelt hatten.

Wir fuhren seit zwei, vielleicht auch schon seit drei Stunden mehr oder weniger ziellos durch die Stadt. Joshua versicherte mir zwar ununterbrochen, daß wir uns auf der richtigen Spur befanden, aber auch das tat er nun seit Stunden, und allmählich kamen mir doch Zweifel, ob sein Optimismus und sein Blick für die Realität unbedingt übereinstimmten.

Es hatte nicht einmal lange gedauert, bis Joshua verkündet hatte, seine *Diener* hätten Robert Cravens Aufenthaltsort gefunden. Sehr viel schwieriger war es hingegen gewesen, einen Wagen zu bekommen. Die Lenker der wenigen Fuhrwerke, die bei diesem Wetter überhaupt noch unterwegs waren, hatten es sich wohl zweimal überlegt, einen heruntergekommenen, schmutzstarrenden alten Mann und ein Kind aufzunehmen, die im strömenden Regen am Straßenrand standen und kaum so aussahen, als hätten sie auch nur einen Penny in der Tasche, um die Fahrt zu bezahlen. Ich argwöhnte, daß Joshua schließlich mit seinen magischen Kräften ein wenig nachgeholfen hatte, uns einen fahrbaren (und vor allem trockenen) Untersatz zu besorgen. Aber ich hatte wohlweislich keine dementsprechende Frage gestellt. Es kam mir ohnehin immer unwahrscheinlicher vor, daß Joshua die Farce bisher noch nicht durchschaut haben sollte, die ich ihm vorspielte.

Möglicherweise lag es daran, daß auch er selbst unsicher und viel zu sehr damit beschäftigt war, sich nichts davon anmerken zu lassen, um noch auf mich zu achten.

Der Wagen wurde – nicht zum ersten Mal – langsamer, und der Fahrer drehte sich auf dem Kutschbock herum, um durch das kleine Fenster über meinem Kopf zu uns hereinzublicken. Joshua sah ihn einen Moment unsicher an, warf selbst einen Blick aus dem Fenster an der Seite und deutete dann nach links. Der Kutscher zuckte mit den Achseln, und ich sah, wie ein unwilliger Ausdruck über seine Züge huschte. Trotzdem ließ er gehorsam die Zügel knallen, und der Wagen setzte sich wieder in Bewegung und bog in der angegebenen Richtung ab.

Ich sah Joshua an, enthielt mich aber vorsichtshalber jedes Kommentares. Ich wurde den Eindruck nicht los, daß wir uns im Kreis bewegten. Es hatte eine ganze Weile gedauert, bis ich begriff, auf welche Weise die Tauben Pasons den Weg wiesen. Sie flogen keineswegs einfach vor uns her. Vielmehr schien es so zu sein, daß der Junge durch die Augen der Tiere sah, ganz wie ich es in meinem vermeintlichen Traum in der vergangenen Nacht getan hatte. Was die ganze Angelegenheit entschieden verkomplizierte, denn zum einen kannte sich Joshua Pasons überhaupt nicht in London aus, so daß es keine bekannten Gebäude, Straßen oder Örtlichkeiten gegeben hätte an denen er sich orientieren konnte, zum anderen wäre es selbst für einen Ortskundigen sicher nicht leicht gewesen, das Straßenlabyrinth von London aus der Vogelperspektive zu sehen und seinen Weg zu finden.

Doch ich tat wohlweislich so, als ahnte ich nichts

von all diesen Schwierigkeiten, und beschränkte mich darauf, entspannt zurückgelehnt auf meinem Sitz zu hocken und so zu tun, als wäre ich viel zu schwach, um zu reden. Großes schauspielerisches Talent verlangte dies nicht von mir, denn ich fühlte mich in der Tat bereits wieder schwach und müde. Die gestohlene Lebenskraft, mit der mich Joshua versorgt hatte, hielt nicht sehr lange an. Es war das Leben von weit über hundert Tieren gewesen, das ich in gerade zwei oder drei Stunden so gut wie aufgebraucht hatte, und allmählich begann ich zu verstehen, wieso sich Crowley nicht einfach darauf beschränkt hatte, sich an Tieren gütlich zu tun, sondern das Leben von Menschen aussaugte.

»Es kann jetzt nicht mehr sehr weit sein«, sagte Joshua. Auch das hatte er in den letzten beiden Stunden mehr als einmal gesagt, doch ich tat ihm den Gefallen, mich meinerseits zum Fenster zu wenden und hinauszusehen.

Im ersten Moment bemerkte ich es nicht einmal. Der Regen und das graue Licht veränderten die Konturen der Welt dort draußen, und ich war, beinahe ohne es zu spüren, schon wieder halbwegs in jenen tranceähnlichen Zustand versunken, in den ich in den letzten beiden Tagen immer wieder gefallen war, wenn ich mich nicht mit aller Kraft darauf konzentriert hatte, wachzubleiben. Doch dann erkannte ich ein Gebäude auf der linken Seite der Straße, Augenblicke später ein zweites – und plötzlich wurde mir klar, in welchem Teil der Stadt wir uns aufhielten. Im selben Moment wußte ich auch, wo unser Ziel lag.

Meine Gefühle müssen sich wohl deutlich auf meinem Gesicht gespiegelt haben, denn Joshua richtete sich plötzlich stocksteif auf und sah mich an. »Was habt Ihr?« fragte er. Seine Stimme klang erschrocken und besorgt.

Ich antwortete nicht, sondern beugte mich aufgeregt vor und fuhr mit dem Handrücken über das beschlagene Glas der Scheibe, um besser sehen zu können. Mein Verdacht wurde zur Gewißheit. Ich kannte die Straße, durch die der Wagen rollte. Schließlich hatte ich jahrelang hier gelebt. Hinter der nächsten Kreuzung lag der Ashton Place, der große Platz, an dessen Südseite Andara-House stand. Oder gestanden hatte. Der Mann, der meinen Körper gestohlen hatte, befand sich im Haus meines Vaters!

Joshua wiederholte seine Frage. Seine Stimme klang nervöser und fast ängstlich. Ich antwortete auch diesmal nicht, und der Respekt vor den Fähigkeiten seines vermeintlichen Meisters war gottlob groß genug, Joshua mein Schweigen zumindest für den Moment akzeptieren zu lassen. Auch wenn ich seine Enttäuschung deutlich auf seinem Gesicht erkennen konnte.

Ich schenkte ihm die Andeutung eines Lächelns, dann wandte ich mich zu dem Kutscher um und versuchte, mit einer Handbewegung seine Aufmerksamkeit zu erhaschen. Der Mann sah stirnrunzelnd zu mir herab. Der Blick seiner Augen wirkte ein bißchen trüb, was meinen Verdacht untermauerte, daß Joshua seinen Willen ebenso gebrochen hatte wie den seiner gefiederten Diener. »Halten Sie an«, sagte ich. »Wir werden aussteigen.«

»Aussteigen?« wunderte sich Joshua. »Aber wieso?«

Ich unterbrach ihn mit einer befehlenden Geste, stieß die Tür des Fuhrwerkes auf, noch ehe es völlig zum Stehen gekommen war, und sprang mit einer entschlossenen Bewegung ins Freie. Ich bereute sie, noch ehe ich sie ganz zu Ende gebracht hatte, denn ich hatte – wieder einmal – vergessen, daß ich nicht mehr den Körper eines durchtrainierten Dreißigjährigen besaß. Es glich einem Wunder, daß ich nicht stürzte, sondern mich im letzten Moment an den Aufbauten des Wagens festhalten konnte.

Hinter mir kletterte Joshua ins Freie, und der Wagen fuhr weiter, ehe er auch nur die Tür geschlossen hatte. Joshua maß mich mit sonderbaren Blicken, die mir alles andere als angenehm waren. Für einen Moment glaubte ich tatsächlich so etwas wie Mißtrauen in seinen Augen zu erkennen. Ich gemahnte mich in Gedanken zu größerer Vorsicht und drehte mich rasch herum und ging Richtung Ashton Place weiter, ehe Joshua Gelegenheit fand, irgendeine Frage zu stellen und seinem Mißtrauen damit vielleicht selbst neue Nahrung zu geben.

Trotz meiner Schwäche legte ich dabei ein solches Tempo vor, daß Joshua im ersten Moment beinahe Mühe hatte, mitzuhalten. »Wohin gehen wir, Meister?« fragte er, nachdem er keuchend zu mir aufgeholt hatte und sich mit dem Handrücken über die Augen fuhr. Der Regen klatschte uns eisig in die Gesichter, und die Straße vor uns glänzte wie ein grauer Ozean. Bis zur nächsten Biegung waren es vielleicht noch hundert Schritte, allerhöchstens hundertfünfzig, und dann über den Ashton Place hinüber noch einmal die gleiche Distanz. Aber ich war plötzlich nicht mehr ganz sicher, daß ich sie noch bewältigen konnte.

»Du hattest recht«, sagte ich. »Er ist hier. Ich kann ihn spüren. Wir müssen vorsichtig sein.«

Joshua nickte mit jenem feierlichen Ernst, den nur Kinder aufzubringen vermögen, und ersparte sich zu meiner Erleichterung jede weitere Frage. Ich war ihm sehr dankbar dafür, denn hätte er mich etwa gefragt, was wir nun unternehmen sollten, hätte ich die Antwort auch nicht gewußt. Bisher war es mir gelungen, mich selbst vor der Beantwortung dieser Frage zu drücken. Doch nun wurde sie allmählich drängend. Ich hatte in der Tat nicht die geringste Ahnung, was ich tun sollte, selbst wenn es mir gelang, Crowley zu stellen. Körperlich war ich ihm nicht gewachsen. Und was mein magisches Erbe anging ... Ich hatte seit meiner Rückkehr nach London mehrere Male versucht, mich jener unheimlichen Kräfte zu bedienen, die mir zeit meines Lebens mal als Fluch, mal als Segen vorgekommen waren. Doch entweder hatte ich sie zusammen mit meinem Körper verloren, oder Crowley hatte dafür gesorgt, daß sie mir nicht mehr zur Verfügung standen.

Und selbst wenn es anders gewesen wäre – da war immer noch Joshua. Wozu dieses harmlos aussehende Kind in der Lage war, das hatte er mir zur Genüge bewiesen. Auch wenn ein Wunder geschehen und ich gegen jede Logik mit Crowley fertig werden sollte – gegen Joshua Pasons hatte ich keine Chance. Die hätte ich vielleicht nicht einmal gehabt, wäre ich im Besitz meines eigenen Leibes und im Vollbesitz meiner geistigen Kräfte gewesen.

Kurz bevor wir die Einmündung zum Ashton Place erreichten, blieb ich stehen, sah mich einen Moment suchend um und deutete schließlich auf ein Haus auf der gegenüberliegenden Straßenseite. Es war etwas kleiner als die meisten Gebäude hier, lag jedoch inmitten eines gewaltigen verwilderten Gartens, dessen Bäume hinlänglich Schutz gegen den Regen und vor allem vor einer Entdeckung boten. Es handelte sich um die Stadtwohnung irgendeines englischen Adeligen, die elf von zwölf Monaten im Jahr leerstand. Zumindest war das vor fünf Jahren so gewesen, als ich noch hier gelebt hatte. Ich hoffte, daß sich daran nichts geändert hatte.

»Du bleibst hier«, sagte ich. »Versteck dich irgendwo dort drüben unter den Bäumen und warte, bis ich zurückkomme.«

Joshua riß die Augen auf. »Aber ich ...«

»Tu, was ich dir sage!« befahl ich ihm scharf. »Wenn ich deine Hilfe brauche, werde ich es dich wissen lassen.«

Joshua starrte mich an, und für eine einzig aber schreckliche Sekunde war ich sicher, den Bogen überspannt zu haben. Aber dann senkte er den Blick und nickte, wenn auch mit einem Widerwillen, der nicht zu übersehen war. »Wie Ihr befehlt, Meister«, sagte er.

Ich antwortete nicht mehr, sondern machte eine wedelnde, ungeduldige Bewegung mit der Linken, und Joshua drehte sich herum und schlurfte mit hängenden Schultern auf die Bäume zu. Ein paarmal sah er über die Schulter zu mir zurück, und ich war beinahe sicher, daß er nicht wirklich vorhatte, meinem Befehl zu gehorchen, sondern nur so tat und mir folgen würde, sobald er sicher sein konnte, daß ich es nicht merkte. Aber wenn das so war, dann mußte ich mich eben damit zufriedengeben. Mein Entschluß, ihn zurückzulassen, war ohnehin gewagter gewesen, als ich eigentlich riskieren durfte. Und davon abgesehen – wenn es mir nicht gelang, Crowley im allerersten Moment und überraschend zu besiegen, würde es mir überhaupt nicht gelingen. Ich hatte nur diese eine, winzige Chance; nämlich die, daß er wohl damit, daß ich ihn aufspüren und angreifen könnte, zu allerletzt rechnete.

Die Chancen, daß es mir gelingen würde, schätzte ich ziemlich optimistisch ein. So ungefähr eine Million zu eins. Gegen mich.

Es war nicht das erste Mal, daß Howard das Transportsystem der GROSSEN ALTEN benutzte. Es war auch nicht das erste Mal, daß er sich durch die Zeit bewegte. Und doch glich der Schritt durch das *Tor* nichts, was er jemals zuvor erlebt hatte. Vielleicht lag es daran, daß er es jetzt zum ersten Mal in Begleitung jener Wesen tat, für die es erschaffen worden war. Vielleicht lag es auch daran, daß er zum ersten Mal ein nicht seit Millionen Jahren vergessenes und aufgegebenes Tor benutzte, sondern eines, das wirklich noch funktionierte, und so, wie seine Erbauer es beabsichtigt hatten.

Der grüne, von unheimlichem Pseudoleben erfüllte Schlauch durch die Dimensionen war so, wie er ihn kannte, aber er war nicht länger ein Loch, das eine unbegreifliche Macht durch die Mauern von Raum und Zeit gestoßen hatte, sondern schien vielmehr von einer eigenen düsteren Vernunft erfüllt zu sein, als wären sie auf die Größe von Mikroben geschrumpft, die durch die Adern eines ungeheuerlichen Riesenwesens krochen. Ohne es zu ahnen, war Howard mit diesem Vergleich dem Geheimnis der Tore nähergekommen als je ein lebender Mensch vor ihm, doch er war nicht in der Lage, daß ihm dieses Wissen irgend etwas nutzte. Der Transport dauerte nicht lange, und selbst wenn es anders und er in der Lage gewesen wäre, über sein neu erworbenes Wissen nachzudenken und irgendeinen Vorteil daraus zu ziehen, so hätten seine Bewacher dies verhindert, denn sie hielten Rowlf und ihn weiter mit unüberwindlicher Kraft gepackt.

Nach einer Zeit, die Howard nicht zu bestimmen imstande war, erschien am Ende des leuchtend grünen Tunnels ein dunkler Fleck, der rasch zu einer unregelmäßig geformten, sich bewegenden Öffnung wurde, durch die sie schließlich in einen niedrigen, diesmal aus Stein bestehenden Raum hinaustraten. Endlich lockerte sich der entsetzliche Griff um Howards Körper ein wenig. Er wurde grob zu Boden gestoßen und blieb einen Moment benommen sitzen. Hinter ihm ertönten eine Reihe von Zisch- und Grunzlauten, mit denen sich die TIEFEN WESEN offensichtlich verständigten, dann hörte er eine wohlbekannte menschliche Stimme, die Verwünschungen und Flüche ausstieß und einen Moment später in einen wütenden Schmerzlaut überging, als auch Rowlf wieder zurück in die Wirklichkeit gestoßen wurde.

Er hob den Kopf und sah, wie sein Diener und Freund auf die Knie fiel, sofort hochzuspringen versuchte und sich damit einen fast nachlässig geführten Hieb einhandelte, der ihn trotzdem hilflos nach hinten und auf den Rücken fallen ließ. Rowlf ballte die Fäuste, aber er war klug genug, liegenzubleiben und die beiden TIEFEN WESEN, die neben ihm standen, nicht weiter zu provozieren.

Howard hielt nach dem Tor Ausschau. Wie er erwartet hatte, erblickte er es als grün leuchtende, ungleichmäßig geformte Öffnung in der gegenüberliegenden Wand ihres Gefängnisses. Seine Ränder zuckten, und ein krank wirkendes, grünes Licht tropfte wie leuchtende Flüssigkeit daraus hervor und versickerte im Boden. Einen Augenblick später begann die ganze unheimliche Erscheinung zu flackern und verschwand schließlich.

Da ihre Wache nichts dagegen einzuwenden zu haben schien, erhob sich Howard wieder auf Hände und Knie und kroch zu Rowlf hinüber. Der rothaarige Hüne lag stöhnend auf dem Rücken. Sein Gesicht war geschwollen, wo ihn die Hiebe der TIEFEN WESEN getroffen hatten, und im ersten Moment schien er Howard gar nicht zu erkennen, denn er zuckte erschrocken vor ihm zurück.

»Ich bin es: Howard«, sagte Howard hastig. »Keine Angst.«

Rowlfs Blick klärte sich. Für die Dauer eines Herzschlages starrte er verwirrt zu Lovecraft hoch, dann glomm etwas in seinem Blick auf, das Howard erneut und hastig die Hand heben ließ.

»Nicht!« sagte er erschrocken. »Bleib liegen. Es hat keinen Zweck.«

Für eine Sekunde sah es beinahe so aus, als würde Rowlf die Warnung in den Wind schlagen und aufspringen, um sich wieder auf seine Gegner zu stürzen. Aber dann sank die rasende Wut in seinem Blick zu einem brodelnden Zorn herab, und er richtete sich, noch vorsichtig, in eine halb sitzende, halb liegende Position auf. »Was is passiert?« nuschelte er. »Wo simmer?«

»Ich wünschte, ich wüßte es«, seufzte Howard. Auch er setzte sich neben Rowlf auf, zog die Beine unter den Körper und sah sich lange und aufmerksam um. Nicht, daß es besonders viel zu entdecken gegeben hätte. Sie befanden sich in einem niedrigen, aber sehr großen Raum, dessen Wände völlig kahl waren. Auf der anderen Seite, in dem herrschenden Zwielicht mehr zu erahnen als wirklich zu sehen, gab es eine metallene Tür, und durch einige schmale Öffnungen in der Decke drang ein kühler Luftstrom zu ihnen herab. Doch trotz der Trostlosigkeit dieses Anblicks erfüllte er Howard zugleich mit Erleichterung, denn der Stein, den ersah, war *Stein*, nicht der gestaltgewordene Irrsinn, aus dem R'lyeh erbaut war. Offensichtlich befanden sie sich in einem Gebäude, das von Menschenhand geschaffen worden war – oder zumindest von Wesen, die aus ihrem Universum stammten, nicht aus den Dimensionen des Wahnsinns, die die GROSSEN ALTEN ausgespien hatten.

»Viel mehr würde mich die Frage interessieren, *wann* wir sind«, murmelte er. Die Worte galten nicht Rowlf, und der Riese sagte auch nichts dazu, sondern sah ihn nur verständnislos an, und Howard konzentrierte seine Aufmerksamkeit wieder auf die TIEFEN WESEN, die zusammen mit ihnen aus dem Tor getreten waren.

Nur drei der grüngeschuppten Kolosse, die sie in jenem zukünftigen R'lyeh überwältigt hatten, waren ihnen in das Verlies gefolgt. Trotzdem verwarf Howard den Gedanken an irgendeinen Widerstand beinahe ebenso rasch, wie er ihm kam. Drei oder dreißig, das blieb sich im Grund gleich. Rowlf war der mit Abstand stärkste Mensch, dem Howard jemals begegnet war, und selbst ihm war es im Grunde nur durch Glück gelungen, eines dieser Ungeheuer zu besiegen. Und da hatte er den Vorteil der Überraschung auf seiner Seite gehabt, war unverletzt und im Vollbesitz seiner Kräfte gewesen. Nichts davon traf auf ihre jetzige Situation zu.

Howards Gedanken griffen das Stichwort auf und führten ihn wieder zu der Frage zurück, die er gerade vor sich hin gemurmelt hatte. Er hatte keinerlei Beweis, aber er glaubte zu spüren, daß sie sich nicht nur im Raum, sondern abermals auch in der Zeit bewegt hatten. Unerklärlicherweise gab es nicht den mindesten Hinweis darauf, wie weit diese Reise geführt hatte. Es mochte sein, daß sie sich wieder in der Epoche der Morlocks befanden, ebensogut aber konnten sie auch wieder im London des ausklingenden neunzehnten Jahrhunderts sein, oder auch in der Frühzeit der Erde, jenen Millennien, die der Herrschaft der Dinosaurier vorausgegangen waren und in denen diese Welt den GROSSEN ALTEN und ihren Kreaturen gehörte.

»Wir sollten irgendwas tun«, sagte Rowlf.

»Sicher«, antwortete Howard mit einem säuerlichen Grinsen. »Du könntest sie fragen, ob sie uns freundlicherweise gehen lassen. Wir könnten sie auch angreifen, falls du zufällig einen Mörser in deiner Tasche hast.«

Rowlfs Gesicht verdüsterte sich noch mehr. »Mit den drei Figürchen werd ich immer noch feddich«, murmelte er. »Ich brauch nur 'ne kleine Verschnaufpause.«

Howard konnte sich eines flüchtigen Lächelns nicht erwehren. Rowlf war ganz und gar nicht der tumbe Idiot, als den er sich so gerne gab – aber in mancher Hinsicht war er ein Kind geblieben.

Eines der Geschöpfe wandte sich zu ihnen um und blickte aus seinen kalten Augen auf Rowlf herab, und Howard überlegte, ob es seine Worte vielleicht verstanden hatte. Aber wenn, so schien es wohl zu dem gleichen Schluß zu kommen wie auch Howard, was die Einschätzung von Rowlfs Kräften und Möglichkeiten anging, denn es wandte sich nach einigen Sekunden wieder um und fuhr fort, mit jenen sonderbaren, blubbernden Lauten mit seinen beiden Begleitern zu reden.

»Verdammich, ich hab' keine Lust, hier rumzuliegen un zu warten, bis sie uns kaltmachn«, maulte Rowlf.

»Ich glaube nicht, daß sie uns umbringen«, antwortete Howard. »Wenn sie das wollten, hätten sie es längst getan.«

Erst als er sich wieder zu Rowlf herumdrehte und den Ausdruck auf seinem Gesicht sah, begriff er, daß seine Worte vielleicht nicht besonders klug gewesen waren. Natürlich mußte auch Rowlf wissen, daß es nicht ihr Tod war, den die TIEFEN WESEN im Sinn hatten. Und offensichtlich war es genau das, wovor er sich fürchtete.

Die Zeit verstrich träge. Ihre Gespräche wurden immer einsilbiger und verstummten schließlich ganz, und nach einer Weile ließ sich Howard wieder zurücksinken und suchte auf dem harten Boden nach einer einigermaßen bequemen Position. Er war müde. Nun, als die unmittelbare Gefahr vorüber war, reagierte sein Körper auf die Anstrengungen der letzten Stunden, und es war Howards Vernunft, die ihm klarmachte, daß er vielleicht gut daran tat, sich ein wenig Ruhe zu gönnen. Zu seiner eigenen Überraschung schlief er schon nach wenigen Minuten ein.

Ein dumpfer Knall weckte ihn. Howard schrak

hoch, sah, daß auch Rowlf neben ihm aufgefahren war und sich mit noch leicht benommenem Ausdruck umblickte, dann sah er sich nach den TIEFEN WESEN um. Zwei der Geschöpfe standen hoch aufgerichtet und wie erstarrt neben ihnen, offensichtlich ebenso verwirrt und überrascht wie er selbst, das dritte eilte mit grotesk hoppelnden Schritten auf die Tür am anderen Ende des Raumes zu.

Es erreichte sie nicht. Ein zweiter, noch lauterer Knall ertönte. Howard spürte, wie der Boden unter ihm sacht erzitterte. Staub und winzige Steintrümmer rieselten von der Decke, und plötzlich zerriß der Lichtblitz einer gewaltigen Explosion das Halbdunkel. Die stählerne Tür wurde aus ihren Angeln gerissen, flog wie ein welkes Blatt im Sturm davon und traf das Krötengeschöpf mit furchtbarer Wucht. Die Kreatur wurde regelrecht zerschmettert und war tot, noch ehe die verbogene Tür sie ganz unter sich begrub.

Doch damit war das Chaos noch lange nicht vorbei. Im Gegenteil – es begann erst. Auch die beiden anderen TIEFEN WESEN waren erschrocken herumgefahren und hatten sich der Tür zugewandt. Zugleich sprang Rowlf auf die Füße, riß mit einem zornigen Brüllen die Fäuste in die Höhe und machte Anstalten, sich auf sie zu stürzen. Eines der Geschöpfe zögerte, offensichtlich unschlüssig, welcher Gefahr es sich zuerst zuwenden sollte, das zweite setzte mit einem erstaunlich eleganten Sprung über Howard hinweg und näherte sich der Tür.

Alles geschah gleichzeitig, und ungeheuer schnell, so daß Howard die Geschehnisse im Grunde erst richtig begriff, als sie schon vorüber waren. Unter der Tür erschien ein Mann. Er war nicht sehr groß, trug eine sonderbar geschnittene, graue Uniform und einen grauen Helm aus Stahl mit einer breiten Krempe. Sein Gesicht war mit Ruß und Blut besudelt, und in den Händen hielt er eine fremdartig geformte Waffe, die an eine Mischung aus einem zu kleinen Gewehr und einer zu großen Pistole erinnerte. Als er das TIEFE WESEN erblickte, fuhr er erschrocken zusammen – aber nur für eine Sekunde, dann riß er seine Waffe in die Höhe, und plötzlich spie ihre Mündung gelbe, zuckende Flammen. Ein ratterndes Krachen erklang, wie von einem Dutzend Gewehre, die nahezu gleichzeitig abgefeuert wurden, und das TIEFE WESEN taumelte wie unter einem Faustschlag zurück. In den grünen Schuppen auf seiner Brust klafften plötzlich fünf, sechs beinahe faustgroße Löcher, aus denen ein Strom dunklen Dämonenblutes quoll, während es langsam und mit einem fast erstaunt klingenden Seufzer auf die Knie sank. Die Waffe des Fremden stieß eine zweite, krachende Salve aus, und das Geschöpf stürzte endgültig zu Boden und rührte sich nicht mehr.

Mittlerweile hatte sich Rowlf auf das zweite TIEFE WESEN gestürzt. Wohl mehr aus Überraschung als aus irgendeinem anderen Grund wankte der Koloß tatsächlich unter seinen wütenden Fausthieben und wich zwei, drei Schritte vor ihm zurück. Doch seine Überraschung hielt nicht lange an. Mit einer zornigen Bewegung stieß es Rowlf von sich, schleuderte ihn zu Boden und bückte sich, um ihn zu packen und ihm den Garaus zu machen.

»*Runter!*« schrie der Mann unter der Tür.

Howard reagierte ganz instinktiv, preßte sich flach gegen den Boden und riß die Arme über den Kopf, und im gleichen Moment erscholl das rasende Krachen der Schüsse erneut. Die Kugeln jagten so dicht über Howard hinweg, daß er den Luftzug spüren konnte, und trafen das TIEFE WESEN mit unglaublicher Präzision. Der Schädel des Geschöpfes platzte regelrecht auseinander. Eine Sekunde lang stand die kopflose Kreatur noch reglos da, dann begann sie zu wanken und stürzte stocksteif nach vorne. Rowlf warf sich im letzten Moment zur Seite, um nicht unter dem zusammenbrechenden Koloß begraben zu werden.

Howard nahm langsam die Hände herunter und richtete sich noch langsamer auf. Ungläubig blickte er abwechselnd die beiden toten Ungeheuer und den Mann an der Tür an. Der Mann musterte ihn seinerseits; scharf, sehr aufmerksam, aber nicht unfreundlich.

»Sind Sie Lovecraft?« fragte er.

Howard war so verblüfft, seinen Namen aus dem Mund dieses Fremden zu hören, daß er im ersten Moment gar nicht antwortete und schließlich nur ein angedeutetes Nicken zustande brachte.

»Dann kommen Sie mit«, sagte der Fremde mit einer entsprechenden Geste. »Und beeilen Sie sich. Wer weiß, wie viele von diesen Biestern noch hier herumkriechen.«

Ohne sich davon zu überzeugen, ob Howard oder Rowlf seiner Aufforderung folgten, drehte er sich herum und verschwand.

Es war das zweite Mal nach meinem Erwachen, daß ich mich den Ruinen meines Hauses näherte, und diesmal tat ich es als Fremder und von Furcht und einer bangen Erwartung erfüllt. Diese Dualität erschien mir wie von einer düsteren Bedeutung erfüllt, als wolle das Schicksal mir auf diese Weise zeigen, daß mir dieses zweite Leben im Grunde nicht zustand und daß alles, was ich darin bewirken oder erleben mochte, nur Übles hervorbringen konnte.

Vielleicht war es tatsächlich so. Ich war in den Ruinen dieses Hauses vor fünf Jahren gestorben, und vielleicht gab es tatsächlich jenen allumfassenden Plan des Schicksals, in dem Anfang und Ende eines jeden Menschen vorgezeichnet waren und Howards und vor allem Viktors Tun hatte gegen diesen Plan verstoßen, und ich zahlte nun den Preis dafür.

Ich verscheuchte den Gedanken. Ob er richtig war, oder so falsch, wie ich mir einzureden versuchte, er war auf jeden Fall *schädlich.* Ich brauchte jedes bißchen Konzentration und Aufmerksamkeit, das ich aufbringen konnte, um mein Vorhaben auszuführen. Über den Sinn des Lebens konnte ich anschließend in aller Ruhe nachdenken – falls ich dann noch ein solches besaß. Jetzt galt es, das Haus zu erreichen und Crowley zu finden, dessen Nähe ich mittlerweile tatsächlich spürte.

Das schlechte Wetter, das ich bisher ununterbrochen verflucht hatte, kam mir nun zugute. Der Regen fiel ununterbrochen vom Himmel und war mittlerweile so heftig geworden, daß in den grauen Schleiern alles zu verschwimmen schien, was weiter als ein Dutzend Schritte entfernt war. Selbst die Umrisse von Andara-House ragten wie die eines düsteren Märchenschlosses unter dem grauen Himmel in die Höhe. Ich hatte – obgleich die Schmerzen in meinem Rücken und die unsichtbaren Zentnerlasten, die an meinen Gliedern zerrten, es mir eher angeraten erscheinen ließen, mit jedem Schritt zu geizen – nicht den direkten Weg quer über den Ashton Place eingeschlagen, sondern bewegte mich am Rande der großen freien Fläche entlang, so daß Crowley mich wahrscheinlich nicht einmal sehen würde, wenn er zufällig einen Blick aus dem Fenster warf. Es sei denn, flüsterte eine dünne, häßliche Stimme in meinen Gedanken, er *wußte*, daß ich kam, und wartete bereits auf mich. Aber wenn das so war, dann hatte ich ohnehin schon verloren, so daß ich diese Möglichkeit getrost außer acht lassen konnte.

Ich fragte mich immer intensiver, was Crowley dort drüben suchte. Möglicherweise war er auf dem Weg zu jenem Ort, an dem ich ihn das erste Mal getroffen hatte, nämlich den Katakomben tief unter der Ruine. Die Vorstellung ließ mich schaudern. Wenn es so war, dann würde ich ein zweites Mal in den Keller hinabsteigen müssen, und da es die nach unten führende Treppe seit fünf Jahren nicht mehr gab, hatte ich kaum eine Chance, diesen Weg zu bewältigen. Aber auch darüber konnte ich mir den Kopf zerbrechen, wenn es soweit war. Ich drehte das Gesicht aus dem Wind, zog den Kopf zwischen die Schultern und ging ein wenig schneller weiter.

Kurz bevor ich das Haus erreichte, blieb ich noch einmal stehen und sah zur Einmündung der Straße zurück, in der ich Joshua zurückgelassen hatte. Hinter den schimmernden grauen Regenschleiern regte sich nichts. Offensichtlich hatte er zumindest bis jetzt meinen Befehl befolgt und war mir nicht nachgekommen.

Ich ging weiter und zögerte nach einigen Schritten erneut. Ich hatte vorgehabt, das Haus zu umgehen und mich ihm von der Rückseite her zu nähern, aber ein einziger Blick in das, was einmal der Garten gewesen war, ließ mich diesen Plan wieder verwerfen. Bei meinem ersten Hiersein hatte ich das Grundstück leblos und als braune Wüste vorgefunden. Der tagelange Regen hatte es in einen Sumpf verwandelt, in dem ich vermutlich schon nach wenigen Schritten hoffnungslos steckengeblieben wäre. Außerdem waren die Erinnerungen an das, was *unter* dem Morast gelauert hatte, noch zu frisch in mir. So bewegte ich mich schweren Herzens auf dem Trottoir weiter und versuchte die Reste der niedergebrochenen Gartenmauer als kümmerliche Deckung zu nutzen, als ich mich dem ehemaligen Haupttor näherte.

Crowley war hier. Ich konnte seine Nähe fühlen, so deutlich, als hätte er unter der Tür gestanden und mir zugewinkt, und etwas sagte mir, daß er umgekehrt auch meine Gegenwart spüren mußte. Das hatte nichts mit Magie oder Zauberei zu tun, sondern war vielmehr so, daß mein Bewußtsein die Nähe seines angestammten Körpers fühlte. Ich ging immer langsamer, je näher ich der Tür kam, und blieb schließlich stehen, fest davon überzeugt, Crowley jeden Augenblick aus ihrem Schatten hervortreten und mich höhnisch angrinsen zu sehen.

Aber wenn er höhnisch grinste, so tat er es im verborgenen. Die Tür blieb leer, und als ich schließlich mit klopfendem Herzen hindurchtrat, da erstreckte sich auch die verwüstete Eingangshalle des Hauses ganz genau so chaotisch und verlassen vor mir, wie ich sie bei meinem ersten Besuch vorgefunden hatte.

Mit zitternden Händen und Knien ging ich weiter. Als ich vor einer Woche hiergewesen war, war es mir nicht schwergefallen, über das Durcheinander von Trümmern und Schutt zu klettern, das die Halle versperrte. Nun erwiesen sich Hindernisse, die ich damals kaum wahrgenommen hatte, als unübersteigbare Barrieren. Nur mit großer Mühe gelang es mir, den Raum zu durchqueren und in die hinteren, kaum weniger verheerten Teile des Hauses zu gelangen. Mir wurde klar, daß ich den Weg in den Keller hinab unmöglich schaffen konnte. Selbst das Erdgeschoß der Ruine vermochte ich nicht ganz zu durchsuchen. Zwei, drei Räume, deren Zugang zu sehr von Trümmern versperrt war, mußte ich auslassen, und auch in die meisten anderen konnte ich nur einen flüchtigen Blick werfen.

Crowley war nicht hier. Enttäuscht und erleichtert zugleich kehrte ich in die Halle zurück, ließ mich vor der Tür zum Keller auf die Knie sinken und lauschte sekundenlang mit angehaltenem Atem in die Tiefe hinab. Nichts. Weder hörte ich etwas, noch konnte ich seine Nähe dort unten fühlen. Somit blieb nur ein einziger Raum übrig, dem ich mich schließlich mit wild klopfendem Herzen näherte: die Bibliothek, in der alles begonnen hatte.

Kurz bevor ich die Tür erreichte, blieb ich noch einmal stehen, sah mich suchend in dem Chaos, das mich umgab, um, und löste schließlich mit einiger Anstrengung eine gut meterlange, verbogene Eisenstange aus einem Trümmerberg, um meinem Feind nicht völlig waffenlos gegenübertreten zu müssen.

Langsam, die linke Hand tastend vorgestreckt und die andere, die meine improvisierte Keule hielt, hinter dem Rücken verborgen, betrat ich die Bibliothek. Der Raum war nicht mehr ganz so, wie ich ihn das letzte Mal gesehen hatte. Ich spürte es, noch bevor sich meine Augen weit genug an das herrschende Halbdunkel gewöhnt hatten, um die Veränderung zu sehen. Und als dies geschah, blieb ich gleichermaßen erschrocken wie entsetzt stehen.

Alles war, wie ich es verlassen hatte. Die Wände waren brandgeschwärzt, ein Großteil der Decke fehlte, und auf dem Boden häuften sich Trümmer und Schutt. Aber die Ecke neben dem Kamin, der nur noch ein schwarzes Loch in einer schwarzen Wand war, war nicht mehr leer. Wo ich bei meinem letzten Besuch nur Unrat und Ruß entdeckt hatte, da erhoben sich nun die Umrisse einer zwei Meter großen, bizarr geformten Standuhr!

Sie war wieder da. Unbeschädigt, ohne den winzigsten Kratzer oder Fleck erhob sich die Uhr meines Vaters dort, wo ich sie all die Jahre hindurch erblickt hatte, inmitten der allgegenwärtigen Vernichtung in ihrer Unversehrtheit ein fast absurdes Bild, das mich erschreckte, faszinierte – und plötzlich und mit zweifelsfreier Gewißheit begreifen ließ, auf welchem Wege Howard und die anderen dieses Haus, London und vielleicht sogar unsere Welt verlassen hatten. Und ebenso zweifelsfrei wußte ich nun auch, warum Crowley hierher zurückgekehrt war.

Ich war nicht einmal überrascht, als ich hinter mir ein leises Lachen hörte. Aber der Laut jagte mir einen eisigen Schauer über den Rücken, denn es war *meine* eigene Stimme, die ich lachen hörte und bald darauf sagen: »Sie haben ziemlich lange gebraucht, um hierher zu kommen, Robert.«

Ich drehte mich herum. Crowley stand mit lässig vor der Brust verschränkten Armen an der Wand neben der Tür. »Aber immerhin, Sie haben es geschafft. Wenn man Ihren Zustand bedenkt, eine erstaunliche Leistung.«

Sein Anblick – *mein* Anblick! – erfüllte mich mit

einem rasenden, kaum noch zu beherrschenden Zorn. Ich machte einen Schritt auf ihn zu, stolperte prompt über einen verkohlten Balken und fand erst im letzten Augenblick mein Gleichgewicht wieder, was Crowley zu einem erneuten und diesmal lauten, spöttischen Lachen veranlaßte.

»Seien Sie ein bißchen vorsichtig, Robert«, sagte er. »In Ihrem Alter muß man sich genau überlegen, was man tut.«

Ich beherzigte seinen Rat und bewegte mich vorsichtiger, aber ich ging weiter, wobei ich meine improvisierte Keule weiter hinter dem Rücken verbarg – bis mir das höhnische Glitzern in seinen Augen auffiel. Erst dann wurde mir klar, daß er ganz genau wußte, was ich hinter dem Rücken verbarg. Schließlich hatte er *hinter* mir gestanden, als ich hereinkam und mich der Standuhr näherte. Mit einer fast verlegenen Bewegung nahm ich die Hand hinter dem Rücken hervor, schwang aber trotzdem entschlossen meine Waffe.

Crowley zeigte sich nicht im mindesten beeindruckt. »Sagen Sie«, fragte er höhnisch, »ist es möglich, daß Sie *nicht* gekommen sind, um nur einen guten Tag zu wünschen?«

Ich tat ihm nicht den Gefallen, zu antworten, sondern verringerte den Abstand zwischen uns um zwei weitere Schritte. Zorn und Verzweiflung gaben mir noch einmal neue Kraft, und dazu kam, daß Crowley sich offensichtlich vollkommen sicher fühlte. Vielleicht ein bißchen *zu* sicher. Er mußte wissen, in welchem Zustand sich mein Körper befand, und betrachtete mich offenbar nicht als Gefahr. Ein weiterer Schritt. Wenn er noch fünf Sekunden damit verbrachte, sich im Gefühl seiner eigenen Überlegenheit zu sonnen, dann konnte ich ihm vielleicht nahe genug kommen, um ihm eine Überraschung zu bereiten.

Natürlich tat er mir den Gefallen nicht. Crowley hatte mich keineswegs unterschätzt, wohl aber ich ihn, denn er spielte nur ein weiteres grausames Spiel mit mir. Er wartete bis zum allerletzten Moment, stand selbst dann noch reglos und scheinbar nichtsahnend da, als ich bereits zum Schlag ausholte, und wich in der buchstäblich letzten Sekunde zur Seite. Meine Eisenstange krachte gegen die Wand, dort, wo er gerade noch gestanden hatte, und der Schwung meiner eigenen Bewegung riß mich nach vorne und ließ mich auf die Knie fallen. Ein entsetzlicher Schmerz schoß durch meine Schultern und meinen Rücken und trieb mir die Tränen in die Augen, aber die Energie, die der Zorn mir gab, war noch nicht verbraucht. Ich sprang in die Höhe und schwang meinen eisernen Knüppel, und diesmal mußte Crowley sich wirklich anstrengen, um dem Hieb auszuweichen.

»Hoppla«, sagte er. »Das war knapp. Sie beeindrucken mich wirklich, Robert.«

Ich beeindruckte ihn noch weiter, indem ich einen Hieb gegen sein hämisches Grinsen führte, der es in einen roten Brei verwandelt hätte, hätte er getroffen, und Crowley schien sich plötzlich des alten Sprichwortes zu erinnern, daß Hochmut stets vor dem Fall kam, denn er gab das alberne Herumgehopse unmittelbar vor mir auf und brachte sich mit zwei weit ausgreifenden Schritten in Sicherheit.

»Erstaunlich, welche Kräfte einem doch der Zorn gibt«, sagte er kopfschüttelnd, wobei er mich mit einem mißbilligenden Blick maß. »Aber Sie sollten

Ihr Gehirn einschalten, Robert. Was haben Sie mit dem Ding da vor?« Er machte eine Kopfbewegung auf die Eisenstange in meinen Händen, die ich schon wieder zu einem neuen Hieb schwang. Vielleicht würde es der letzte sein. Ich spürte, wie meine Kräfte rasend schnell nachließen.

»Bleiben Sie stehen, und Sie werden es merken«, antwortete ich und versuchte, die Distanz zwischen uns wieder zu verringern. Aber Crowley war gewarnt. Mit einer spielerischen Bewegung wich er mir aus und vergrößerte den Abstand sogar noch.

»Seien Sie vernünftig, alter Freund«, sagte er. »Ich meine – immerhin ist es Ihr Kopf, den Sie da gerade einschlagen wollen, nicht meiner.«

Das war mir im Moment herzlich egal. Ich hatte längst mit dem Leben abgeschlossen. Wenn ich starb, dann spielte das keine Rolle mehr, wenn es mir nur vorher gelang, Crowley unschädlich zu machen. Ich sammelte noch einmal alle Kraft, warf mich mit einem überraschenden Sprung vor und schlug zu.

Diesmal hätte ich ihn beinahe getroffen. Meine Eisenstange verfehlte sein Gesicht nur um Haaresbreite, und Crowley erbleichte vor Schrecken und brachte sich mit einem gewaltigen Sprung in Sicherheit, während ich selbst erneut nach vorne stolperte und auf die Knie fiel. Diesmal war der Schmerz so heftig, daß ich nicht sofort wieder in die Höhe kam, sondern stöhnend einige Sekunden am Boden blieb.

»Sie übertreiben es, mein Lieber«, sagte Crowley. »Außerdem wäre ich Ihnen dankbar, wenn Sie ein bißchen vorsichtiger mit meinem Körper umgingen. Ich will ihn nämlich wiederhaben – und möglichst, ohne daß Sie ihn zuvor vollkommen ruinieren.«

Es dauerte ein paar Sekunden, bis ich überhaupt

begriff, was er gerade gesagt hatte. Verblüfft hob ich den Kopf und sah ihn an, und Crowleys Grinsen wurde noch eine Spur breiter. »Ja, ja«, sagte er, »Sie haben mich richtig verstanden, alter Freund. Ich habe nicht vor, diesen Körper auf Dauer zu behalten – obwohl ich gestehen muß, daß es nicht der schlechteste ist. Ich könnte mich daran gewöhnen. Aber leider gibt es gewisse Dinge, die nicht einmal mir möglich sind.«

»Was soll das heißen?« fragte ich mißtrauisch. Ich stand auf, wobei ich die Eisenstange diesmal als Krücke benutzen mußte, um überhaupt in die Höhe zu kommen.

»Das soll das heißen, was ich Ihnen die ganze Zeit zu erklären versuche«, antwortete Crowley in einem Ton leiser Verärgerung. »Ich hatte nie vor, Ihren Körper zu stehlen. Ich habe ihn mir nur für eine Weile … sagen wir: ausgeliehen. Aber nun wird es Zeit, daß wir unseren Tausch rückgängig machen und jeder wieder das bekommt, was ihm gehört. Also werfen Sie diesen albernen Knüppel fort und kommen Sie her.«

Die letzten Worte hatte er scharf und im Tonfall eines Befehles ausgestoßen. Er streckte fordernd die Hand aus, aber ich rührte mich nicht.

»Ich glaube Ihnen nicht«, sagte ich. »Das ist wieder ein neuer Trick.«

Crowley verzog abfällig das Gesicht. »Sie Narr!« sagte er. »Sehen Sie sich doch an. Sehen Sie sich diesen Körper an, und dann fragen Sie sich selbst, ob ich wirklich all diese Jahre hindurch darin geblieben wäre, wenn ich eine andere Wahl gehabt hätte. Ich *muß* in ihn zurückkehren, ob ich will oder nicht. Aber Sie werden natürlich verstehen, daß ich zuvor gewisse … Vorsichtsmaßnahmen treffen muß.«

Er lachte leise, vergrößerte den Abstand zwischen uns erneut und griff gleichzeitig in die Jackentasche. Als er die Hand wieder hervorzog, hielt sie ein kleines braunes Fläschchen, das er mit den Zähnen entkorkte und an die Lippen setzte, jedoch noch nicht trank.

»Was ist das?« fragte ich erschrocken.

»Nichts, was Sie beunruhigen müßte«, antwortete Crowley mit einem Lachen, das die Worte Lügen strafte. »Nur ein Schlafmittel. Es wäre ein bißchen unfair, wenn wir die Rollen tauschten, ohne daß ich mich entsprechend absichere. Immerhin weiß ich, wie stark Sie sind.«

Er machte Anstalten, aus der Flasche zu trinken, aber ich hielt ihn mit einer erschrockenen Handbewegung noch einmal zurück. »Was sollte das alles, Crowley?« fragte ich. »Wenn es nicht mein Körper ist, den Sie wollten, warum dann das alles?«

Crowley zögerte. Ich konnte sehen, wie er angestrengt überlegte, ob er mir antworten sollte. Dann setzte er die Flasche noch einmal ab und deutete mit einer Kopfbewegung auf die Standuhr. »Es gab gewisse Dinge, die ich tun mußte«, sagte er. »Dinge, zu denen gewisse körperliche Voraussetzungen nötig waren – so wie auch gewisse ... geistige Kräfte.« Bei diesen Worten tippte er sich mit den Knöcheln der linken Hand gegen die Schläfe. »Es ist eine Schande, daß wir auf verschiedenen Seiten stehen, Craven. Sie ahnen ja nicht einmal, wozu Sie wirklich in der Lage wären. Wissen Sie, daß Sie diese Welt beherrschen könnten, wenn Sie es wollten?«

Wieder dauerte es endlose Sekunden, bis mir der Sinn seiner Worte klarwurde – wenn es wohl auch eher daran lag, daß ich es nicht *wollte*. Aber ich hatte auch noch etwas begriffen, etwas, das mir Crowley verraten hatte, vielleicht ohne es selbst zu ahnen. Ich wußte plötzlich, wieso ich seine Nähe gespürt hatte. Es war nicht nur mein Bewußtsein, das die Nähe seines Körpers spürte und ihn wiederhaben wollte, sondern umgekehrt auch Crowleys geliehener Körper, der die Nähe seines eigentlichen Besitzers fühlte. Der Wechsel würde stattfinden, ob Crowley es wollte oder nicht, und in der Flasche, die er in der Hand hielt, befand sich entweder ein schnell wirkendes Gift oder ein Schlafmittel, das mich unschädlich machen mußte, sobald er in seinen eigenen Körper zurückgekehrt war. Und möglicherweise würde er dann die Eisenstange nehmen, die ich mitgebracht hatte, um die Sache endgültig zu einem Abschluß zu bringen.

Ich sprang vor, als er das Fläschchen ein zweites Mal an die Lippen setzte. Todesangst und Zorn gaben mir eine verzweifelte Kraft und eine Schnelligkeit, mit der wohl nicht einmal Crowley gerechnet hatte. Mit einem einzigen gewaltigen Satz überwand ich die Entfernung zwischen uns, prallte gegen ihn und schlug ihm die Flasche aus der Hand, noch ehe mehr als wenige Tropfen seine Lippen benetzen konnten. Crowley schrie erschrocken auf und packte mich mit beiden Händen, um mich von sich zu stoßen, aber ich hielt mich mit aller Gewalt an ihm fest, krallte ihm die linke Hand ins Haar, versuchte mit den Fingern der anderen, nach seinen Augen zu tasten und umschlang gleichzeitig seine Beine mit meinen eigenen.

Crowley versetzte mir einen Hieb, der mich an den Rand der Bewußtlosigkeit gleiten ließ, aber mein Anprall hatte ihn aus dem Gleichgewicht gebracht.

Er wankte, hörte auf, auf mich einzuschlagen, und ruderte statt dessen wild mit den Armen, um sein Gleichgewicht zu halten – und schaffte es nicht. Aneinandergeklammert stürzten wir zu Boden und rollten über Schutt und Trümmer hinweg. Crowley ballte die Faust und ließ sie zwei-, dreimal hintereinander so fest gegen meine Schläfe krachen, daß ich abermals beinahe das Bewußtsein verlor. Etwas Körperloses, Dunkles, sich Windendes war plötzlich in mir, ich hatte das Gefühl, von einer unsichtbaren Eisenkralle gepackt und aus meinem Leib herausgerissen zu werden – und plötzlich fand ich mich auf dem Rücken liegend wieder, eine verkrümmte Greisenhand mit scharfen Fingernägeln, die meine Kopfhaut aufrissen, in mein Haar gekrallt, und dürre, eisige Finger nach meinen Augen tastend.

Die Erkenntnis traf mich mit solcher Wucht, daß ich eine Sekunde verstreichen ließ, in der ich nicht einmal versuchte, mich zu wehren. Ich hatte es geschafft. Meine verzweifelte Hoffnung war wahr geworden; schon der bloße Kontakt zwischen uns hatte ausgereicht, die auseinandergerissenen und gewaltsam falsch wieder zusammengefügten Teile unserer Existenz wieder an ihren angestammten Platz zurückzubringen. Ich hatte meinen Körper zurück. Und damit auch meine Stärke.

Crowley heulte vor Enttäuschung und Wut auf wie ein getretener Hund, als er begriff, was geschehen war, aber ich ließ ihm keine Gelegenheit, noch irgend etwas daran zu ändern. Fast ohne Mühe schlug ich seine Hände beiseite, richtete mich auf und stieß ihn von mir. Er fiel zu Boden, keuchte vor Schmerz, versuchte sich aufzurichten und stürzte gleich darauf ein zweites Mal nieder, was möglicherweise auch an meinem Fuß lag, der reichlich unsanft vor seiner Brust landete.

Ich verspürte kein Mitleid. Die Kreatur vor mir sah aus wie ein alter schwacher Mann, aber sie war es nicht; nicht einmal ein Mensch, sondern eine Bestie, ein gnadenloses Ungeheuer, das in den Jahrhunderten seiner Existenz Tausende, wenn nicht Zehntausende von Menschen getötet hatte. Ich packte ihn, riß seinen dürren Körper, der beinahe nichts zu wiegen schien, ohne die mindeste Anstrengung vom Boden hoch und versetzte ihm zwei, drei Fausthiebe, die ihn reglos in meinem Griff zusammensacken ließen. Nicht nur aus reiner Grausamkeit, obgleich ich gestehen muß, daß mein Zorn auf Crowley in diesem Moment so groß war, daß ich eine diabolische Freude daran fand, ihm weh zu tun, sondern auch und vor allem, um sicherzugehen, daß er sich nicht doch noch im letzten Moment irgendeine Teufelei einfallen ließ. Allerdings wollte ich ihn nicht umbringen. Wenigstens jetzt noch nicht.

»So!« sagte ich schwer atmend. Meine Stimme zitterte. Meine rechte Hand hing, zur Faust geballt, über seinem Gesicht, und es kostete mich alle Mühe, nicht weiter auf ihn einzuschlagen. »Und jetzt werden Sie mir verraten, was das alles sollte! Warum haben ...«

»Lassen Sie ihn los!«

Die Stimme war so scharf wie ein Peitschenknall, und zugleich mit dem Klang ihrer Worte traf mich der Hieb einer unsichtbaren, glühenden Faust. Ich schrie vor Schmerz auf, ließ Crowley los und fiel auf die Knie herab. Die unsichtbare Kralle traf mich erneut, aber diesmal schlug sie nicht zu, sondern bohrte sich mit unvorstellbarer Kraft in mein Gehirn und versuchte es zu zermalmen. Ich schrie in Agonie auf und begann um mich zu schlagen. Grellweiße Flammen aus Pein explodierten vor meinen Augen, und jeder einzelne Nerv in meinem Körper schien Feuer gefangen zu haben.

Ich wankte, stürzte hilflos zu Boden und rollte auf die Seite, aber die Qual nahm nicht ab, sondern im Gegenteil immer weiter und weiter zu, bis sie die Grenzen des überhaupt Vorstellbaren erreichte, überstieg und immer noch weiter zunahm.

Das letzte, was ich sah, ehe meine Sinne schwanden, war Joshua, der unter der Tür der Bibliothek erschienen war und aus mordlustig funkelnden Augen auf mich herabblickte.

ENDE DES FÜNFTEN BUCHES

Sechstes Buch

DÄMONENDÄMMERUNG

Die Stadt brannte. An einem Dutzend Stellen schlugen turmhohe weißglühende Flammen in die Luft, als wären inmitten des Häusermeeres feuerspeiende Vulkane ausgebrochen, und der Himmel war hinter einer Decke aus schwarzen brodelnden Wolken verschwunden, aus denen sich Glut und brennende Trümmer über die Stadt ergossen. Der Boden erzitterte ununterbrochen unter dem Donnergrollen schwerer, unablässig aufeinanderfolgender Explosionen, die den Horizont im Osten in einen Vorhang wabernder Glut tauchten und ein stroboskopisches Lichtgewitter über die Stadt schleuderten. In der Luft lagen Staub und ein Brandgeruch, der das Atmen zur Qual machte, und sie mußten nicht nur darauf achtgeben, nicht von einem der vom Himmel stürzenden glühenden Trümmerstücke getroffen zu werden, sondern auch, wohin sie ihre Schritte lenkten, denn überall in den Straßen klafften breite, gezackte Risse, aus denen manchmal Flammen oder auch schwarzer ätzender Rauch stiegen.

London lag im Sterben. Die ehemals blühende Themsemetropole hatte sich in ein brennendes Schlachtfeld verwandelt, über das Explosionen und Feuerstürme tobten, dessen verheerte Straßenzüge voller in Panik flüchtender Menschen und großer eiserner Kampfmaschinen war, die sich auf rasselnden Ketten vorwärtsbewegten und mit riesigen Geschützrohren auf einen Gegner feuerten, den Howard immer noch nicht wirklich erkannt hatte. Manchmal glaubte er große, formlose Umrisse über den schwarzen Himmel gleiten zu sehen, und vor einigen Augenblicken hatte sich aus den Trümmern neben der Straße ein Projektil auf einem Flammenstrahl erhoben und einen dieser Schatten getroffen, woraufhin er auseinander geborsten und in brennenden Fetzen zu Boden gestürzt war.

Howards Hoffnung, von ihrem geheimnisvollen Retter etwas über die Bedeutung dieser furchtbaren Geschehnisse zu erfahren, hatte sich bisher nicht erfüllt. Sie waren dem Mann aus dem Kellergeschoß eines vollkommen zerstörten Hauses an die Oberfläche gefolgt und hatten sich jäh inmitten dieser apokalyptischen Schlacht wiedergefunden und seither einfach keine Gelegenheit mehr gehabt, auch nur ein Wort mit ihm zu wechseln. Sie folgten ihm jetzt seit einer halben Stunde, in der sie sich in grob westlicher Richtung bewegt hatten, und es kam Howard schon wie ein kleines Wunder vor, daß sie überhaupt noch lebten. Wer immer in dieser bizarren Schlacht auch gegen wen kämpfte – es schien keine Front zu geben, an der die beiden gegnerischen Kräfte aufeinanderprallten. Vielmehr hatte sich ganz London in ein gigantisches Schlachtfeld verwandelt, und der Kampf fand nicht nur am Boden, sondern auch in der Luft und zu Wasser statt. Außer den riesigen formlosen Ungeheuern sah Howard auch Schwärme von motorgetriebenen Flugmaschinen, übergroßen, plumpen Vögeln mit starren Flügeln gleich, die mit Maschinengewehren oder feuergetriebenen Projektilen auf ihre fliegenden Gegner schossen, aber auch Ziele am Boden angriffen.

Einmal waren sie sogar selbst angegriffen worden. Weder Howard noch Rowlf hatten die Gefahr bemerkt, doch ihr Führer war plötzlich stehengeblieben und hatte aus seiner sonderbaren Waffe das Feuer auf einen Schatten eröffnet, der plötzlich aus den Trümmern eines verbrannten Hauses herausgesprungen war.

Howard hatte nicht erkennen können, worum es sich handelte, aber auf jeden Fall war es zu groß für einen Menschen, ja, selbst für ein TIEFES WESEN, und es bewegte sich auf eine unheimliche Art, die er nicht einmal in Worte fassen konnte. Doch was immer es gewesen war, die Waffe ihres Begleiters hatte es so rasch und präzise getötet, wie sie die beiden TIEFEN WESEN ausgeschaltet hatte. Howard wäre gern zu dem Kadaver hinübergerannt, um wenigstens einen Blick darauf zu werfen, aber ihr Führer hatte dies nicht zugelassen, sondern ihn nur mit heftigem Gestikulieren zum Weitergehen aufgefordert.

Nun aber blieb er plötzlich von sich aus stehen, warf einen Blick in die Runde und machte ein nachdenkliches, besorgtes Gesicht.

»Was haben Sie?« fragte Howard alarmiert. »Gibt es ein Problem?«

Der Mann sah ihn auf eine Art an, als zweifle er ernsthaft an seinem Verstand, dann lachte er; aber ohne die mindeste Spur von wirklichem Humor. »Ein Problem? Man hat mir nicht gesagt, daß Sie ein Witzbold sind, Mann. Wir haben eine ganze Menge Probleme. Wenn Sie mir nicht glauben, dann schauen Sie sich doch einmal um!« Er schüttelte hastig den Kopf und machte eine abwehrende Geste, als Howard antworten wollte. »Wir müssen über den Fluß« sagte er. »Aber das schaffen wir nicht zu Fuß. Wir brauchen ein Fahrzeug.« Er brach ab, sah sich abermals suchend und aus aufmerksam zusammengekniffenen Augen um und machte plötzlich eine befehlende Geste.

»Sie bleiben hier«, sagte er. »Rühren Sie sich nicht von der Stelle, egal, was passiert. Ich bin in drei Minuten zurück.«

Er ging, ohne auch nur eine Antwort abzuwarten, und Howard sah ihm nach, bis er zwischen den Trümmern auf der anderen Seite der Straße verschwunden war. Dann wandte er sich um und ging zu Rowlf, der in zwei Schritten Abstand stehengeblieben war. Sie hatten auf dem Weg hierher kaum ein Wort miteinander gewechselt, und Howard verzichtete auch jetzt darauf, ihn anzusprechen. Rowlfs Gesicht war so starr wie eine aus Stein gemeißelte Maske, doch Howard wußte, was in seinem Freund vorging. Es gab nichts, das er hätte sagen können. Die Situation, in der sie sich befanden, gehörte nicht zu denen, in denen Worte irgend etwas ändern konnten.

Nur um nicht weiter tatenlos herumzustehen, was er in diesem Moment einfach nicht ertragen hätte, entfernte sich Howard wieder ein paar Schritte von Rowlf und kletterte auf einen gut mannshohen Trümmerberg hinauf, von wo aus er einen besseren Überblick über die nähere Umgebung hatte.

Kurz darauf wünschte er sich beinahe, es nicht getan zu haben. Sie befanden sich in einem Teil der Stadt, in dem im Moment nicht gekämpft wurde. Der Anblick der niedergebrannten, zerborstenen Häuser ringsum bewies zwar, daß diese Ruhe wohl nur eine Atempause war, doch sie waren seit gut fünf Minuten keiner Kampfmaschine mehr begegnet, und Howard sah in weitem Umkreis auch nur wenige kleine Feuer. In einer Entfernung von vielleicht zwei Meilen jedoch bot sich ein völlig anderes, grauenhaftes Bild. Dort waren die Flammen zu einer kompakten Mauer zusammengewachsen und züngelten so hoch, daß sie fast die schwarzen Wolken über der Stadt zu berühren schienen. Ganze Schwärme der fliegenden Kampfmaschinen stießen immer wieder vom Himmel herab und warfen Bomben und Raketengeschosse in die Feuerwand, und Howard sah, daß auch auf dem Boden Dutzende der großen Kettenfahrzeuge auf das Flammenmeer zurollten, wobei ihre Kanonen ununterbrochen feuerten. Inmitten der Flammen bewegten sich große, unförmige Schatten, denen dieser unvorstellbare Angriff offensichtlich galt. Doch obwohl er viel zu weit entfernt war, um irgendwelche Einzelheiten ausmachen zu können, spürte Howard doch, daß selbst dieses Höllenfeuer, das die Verteidiger entfacht hatten, den Vormarsch ihrer Gegner nicht wirklich aufzuhalten vermochte.

Schaudernd wandte er sich um und blickte in die entgegengesetzte Richtung. Hinter ihnen lag der Fluß. Sie befanden sich nicht einmal weit von der Towerbridge entfernt, doch Howard brauchte Sekunden, um sie überhaupt zu erkennen. Einer der großen Türme stand in Flammen und war halb zusammengebrochen, der andere war völlig verschwunden. Wo er sein sollte, gähnte ein gewaltiger Krater, auf dessen Grund rote Glut loderte. Auch die Brücke selbst war beschädigt. Mindestens einer der Pfeiler war angebrochen, und ein Teil der gewaltigen Metallkonstruktion mußte unvorstellbaren Hitzegraden ausgesetzt worden sein, denn er war verbogen und schwarz wie ein dünner Draht, den jemand ins Feuer geworfen hatte. Howard bezweifelte, daß es überhaupt noch möglich war, den Fluß auf dieser Brücke zu überqueren.

Sein Blick löste sich von dem entsetzlichen Bild und glitt weiter nach Norden, doch was er dort sah, war fast noch erschreckender. Der Buckingham

Palace hatte sich in ein einziges Flammenmeer verwandelt. Auch über ihm kreisten fliegende Kampfmaschinen, die immer wieder wie Raubvögel herabstießen und ihre tödliche Last auf dunkle, nur als Schemen erkennbare Körper am Boden abluden.

Und auch auf dem Fluß selbst wurde gekämpft. Howard erblickte gleich ein Dutzend unterschiedlich großer Kriegsschiffe, die in voller Fahrt durch das schäumende Wasser der Themse pflügten; zwei von ihnen standen in Flammen, ein drittes war gekentert und neigte sich immer weiter zur Seite, bewegte sich absurderweise aber immer noch. Die Geschütze der übrigen Schiffe feuerten ununterbrochen. Sie nahmen Ziele an beiden Ufern unter Beschuß, aber auch große, formlose Dinge, die sich im Wasser zwischen ihnen bewegten. Howard drehte sich mit einem Ruck herum und sprang von seinem improvisierten Ausguck herunter. Er wollte nichts mehr sehen. Er hatte schon viel mehr gesehen, als ihm recht war.

Rowlf sah ihn an, doch Howard mußte die unausgesprochene Frage in seinem Blick nicht beantworten, denn in diesem Moment kam der Soldat zurück. Er ging nicht zu Fuß, sondern saß in einem großen, vierrädrigen Wagen, der sich aus eigener Kraft vorwärts bewegte, wobei er ein ratterndes Grollen und Schnaufen ausstieß. Rowlf riß erschrocken die Augen auf, während Howard nur Erstaunen und eine fast wissenschaftliche Neugier verspürte. Er hatte im Gefängnis von diesen Maschinen gelesen, die ein deutscher Ingenieur vor vier oder fünf Jahren entwickelt hatte – Automobile, die mit einem Motor ausgestattet waren und sich bewegten, ohne auf Pferde oder andere Zugtiere angewiesen zu sein.

Doch die Bilder, die er davon gesehen hatte, hatten wenig mit diesem großen, schnellen Gefährt gemein, das jetzt auf sie zurollte. Offensichtlich befanden sie sich noch immer sehr weit in ihrer eigenen Zukunft, wenn die technische Entwicklung solche Fortschritte gemacht hatte.

Ihr Retter brachte den Wagen mit einem Ruck unmittelbar vor ihnen zum Stehen und wedelte ungeduldig mit der linken Hand, während seine Rechte ein großes Speichenrad umklammerte, mit dem er das Gefährt offensichtlich steuerte. »Steigt ein!« rief er. »Schnell! Ich weiß nicht, wie lange die Brücke noch steht!«

Howard spürte, wie sich ihm jedes Haar auf dem Kopf sträubte, als er den Sinn dieser Worte begriff – der Mann hatte offensichtlich tatsächlich vor, mit diesem Wagen über die zerstörte Towerbridge zu fahren. Trotzdem zögerte er nicht, sondern kletterte hinter Rowlf auf das sonderbare Gefährt, und sie rasten los, noch ehe sie völlig an Bord waren. Der Wagen rumpelte so schnell über die trümmer- und schlaglochübersäte Straße, daß Rowlf und er wild auf den schlecht gepolsterten Bänken hin und her geworfen wurden, und immer wieder mußten sie größeren Brocken oder rauchenden Kratern im Boden ausweichen, wurden jedoch dabei keinen Deut langsamer.

Howard wartete ab, bis er vor ihnen ein halbwegs gerades Straßenstück erspähte, und kletterte dann rasch auf den Sitz neben dem Fahrer. Kaum hatte er es getan, sprang der Wagen durch ein Schlagloch, das er übersehen hatte, und er wurde ein Stück weit in die Höhe geworfen und fiel schmerzhaft wieder zurück.

Der Mann neben ihm warf ihm einen fast spöttischen Blick zu, während seine Hände wild am Lenkrad kurbelten. Howard sah, daß er den Wagen mittels dreier großer Pedale, die unmittelbar unter seinen Füßen angebracht waren, bediente. Eines davon mußte wohl der Beschleunigung dienen. Er hatte es bis zum Boden durchgetreten.

»Haltet euch gut fest!« brüllte er. »Ab jetzt wird es ungemütlich!«

Ungemütlich?! Howard konnte sich beim besten Willen nicht vorstellen, daß es noch schlimmer werden konnte, als es schon war.

Aber das wurde es. Der Wagen näherte sich in rasendem Tempo der Brücke, und Howard registrierte voller Entsetzen, daß der Fahrer keine Anstalten machte, langsamer zu werden oder gar dem riesigen Krater auszuweichen. Er lenkte den Wagen nur ein Stück zur Seite, so daß sie nicht unmittelbar in seinen glühenden Schlund hinabschossen, sondern mit durchdrehenden Reifen und wild hin und her schlingernd über die schräge Böschung schlitterten. Es gab einen Moment, in dem Howard innerlich mit dem Leben abschloß, als das ausgeglühte Geröll unter ihnen plötzlich unter dem Gewicht des Wagens nachgab und sie mit schrill aufheulendem Motor und durchdrehenden Reifen rückwärts in die Tiefe schlitterten.

Doch der Motor dieses sonderbaren Fahrzeuges besaß erstaunliche Kraft. Die grobstolligen Räder fanden wieder Halt, und der Wagen wühlte und grub sich die Böschung hinauf und hüpfte schließlich auf der anderen Seite wieder aus dem Krater heraus.

Howard drehte sich auf dem Sitz herum und warf

einen Blick zu Rowlf zurück. Der Riese war auf der Rückbank des Wagens in sich zusammengesunken und klammerte sich mit solcher Kraft an den Aufbauten fest, daß seine Finger das dünne Blech verbogen. Sein Gesicht hatte alle Farbe verloren.

»Ich glaube, wir schaffen es«, sagte der Fahrer. *»Festhalten!«*

Howard fand gerade noch Zeit, sich irgendwo festzuklammern, ehe der Wagen nahezu im rechten Winkel zur Seite schoß, um einem gewaltigen Loch auszuweichen, das vor ihnen in der Brücke gähnte. Für eine schreckliche Sekunde hing eines der Räder in der Luft, doch ihr Vorrat an Glück war ganz offensichtlich noch nicht aufgebraucht. Sie stürzten nicht ab, sondern bewegten sich schlingernd und wild hüpfend weiter.

»Wohin fahren wir?« schrie Howard über das Heulen des Motors und den Lärm der Schlacht hinweg.

»Ins Hauptquartier!« brüllte ihr Begleiter. »Falls es noch existiert, heißt das.«

Howard starrte ihn betroffen an, zog es aber vor, *dieses* Thema nicht weiter zu vertiefen. »Ins Hauptquartier? Aber wieso?«

»Weil ich den Befehl dazu habe!«

»Sie haben den Befehl, *uns* zu suchen?« wunderte sich Howard. Der Wagen schoß durch ein weiteres Schlagloch und krachte wieder auf den Boden zurück. Howard biß sich auf die Zunge, verzog das Gesicht und spuckte ein wenig Blut aus, ehe er hinzufügte: »Aber wieso?«

»Mann, Sie sind gut! Die halbe Stadt sucht nach Ihnen!« antwortete der Fahrer. Er sprach nicht weiter, denn er brauchte seine ganze Konzentration, um dem glühenden Rest eines gewaltigen Stahlträgers auszuweichen, der quer über der Brücke lag und sie fast völlig blockierte, und Howard hielt erschrocken den Atem an. Der Wagen schoß kreischend und funkensprühend an dem Hindernis vorbei und schlingerte dann wieder in die Mitte der Fahrbahn zurück. Jetzt war der Weg vor ihnen nahezu frei. Zwar loderten auch vor ihnen Brände, aber es fiel ihrem Chauffeur nicht schwer, ihnen auszuweichen, ebensowenig wie den Trümmerstücken, die auf der Straße lagen.

Trotzdem zog Howard es vor, ihn nicht weiter anzusprechen. Statt dessen drehte er sich auf dem Sitz herum und sah auf den Fluß hinab. Das Schiff, das er vorhin beobachtet hatte, war mittlerweile vollends auf die Seite gestürzt. Sein Heck begann bereits im Wasser zu versinken, und Howard sah eine Anzahl scheinbar winziger Gestalten, die sich von den Aufbauten herab in die Fluten stürzte und mit hektischen Schwimmbewegungen aus der Nähe des Schiffes zu entkommen versuchte. Aber im Wasser waren nicht nur Menschen. Dünne, schäumende Linien entstanden plötzlich auf seiner Oberfläche, sprudelnde Blasenspuren, als jagten unter Wasser Geschosse heran, die auf die verzweifelt um ihr Leben schwimmenden Männer zielten. Und wo sie auf die Matrosen trafen, spritzte das Wasser in schaumigen Explosionen auseinander, und die Männer verschwanden.

Dann wuchs plötzlich etwas Großes, Schwarzes hinter dem gekenterten Schiff in die Höhe. Ein Wust riesiger, peitschender Tentakel schmiegte sich gleich einer hundertfingrigen Hand um den Bug des Schiffes, während sich der aufgedunsene schwarze Balg des Ungeheuers weiter und weiter aus dem Wasser erhob. Howard konnte das Ungeheuer immer noch nicht wirklich erkennen, aber das war auch nicht nötig. Er wußte nur zu gut, was er da vor sich hatte. Er hatte Geschöpfe dieser Art bereits gesehen, wenn auch noch nie eines von solch ungeheuerlicher Größe.

Sie erreichten das Ende der Brücke, und Howard atmete auf, als unter den Rädern des Wagens wieder fester Stein war. Doch seine Erleichterung hielt nicht lange an. Auch auf dieser Seite der Themse wurde gekämpft, ebenso heftig und vielleicht noch verbissener als auf der anderen. Und nun sah er die Angreifer zum ersten Mal *wirklich*.

Sie waren noch nicht einmal eine halbe Meile weit gekommen, als ihr Fahrer den Wagen plötzlich mit einem so harten Ruck zum Stillstand brachte, daß Howard unsanft nach vorne und gegen das metallene Armaturenbrett geschleudert wurde. Fluchend richtete er sich wieder auf, schluckte aber die zornige Bemerkung, die ihm auf der Zunge lag, herunter, als er den Grund dieser Notbremsung erkannte.

Vor ihnen blockierten zwei der riesigen Kettenfahrzeuge (später sollte er erfahren, daß man sie *Tanks* nannte) die Straße. Hinter den gepanzerten metallenen Aufbauten hatte ein gutes Dutzend Männer Deckung gesucht, die aus Gewehren, Pistolen und den Howard schon bekannten kleinen Schnellfeuerwaffen auf eine Horde mit Schwertern, Knüppeln und Keulen bewaffneter Ungeheuer schossen, die sich wie eine glitzernde, lebende Flut heranschoben. Es waren zum größten Teil TIEFE WESEN, aber auch andere, bizarre Geschöpfe, die nichts glichen, was Howard jemals zu Gesicht bekommen hatte.

Das Feuer der Männer riß furchtbare Breschen in ihre Reihen, schien ihren Vormarsch aber nicht aufhalten, ja nicht einmal sichtlich verlangsamen zu können. Die Ungeheuer fielen zu Dutzenden, aber über die Leichen stürmten immer neue und neue Bestien heran. Trotz des furchtbaren Blutzolles, den das Feuer der Verteidiger von ihnen verlangte, hätten sie diese vermutlich binnen weniger Augenblicke einfach überrannt, hätten die Männer nicht in letzter Minute Unterstützung von unerwarteter Seite erhalten. Ein schrilles Heulen und Jaulen erklang, und plötzlich rasten drei der fliegenden Kampfmaschinen so dicht über die Straße hinweg, daß Howard instinktiv den Kopf zwischen die Schultern zog. Eine Anzahl kleiner, glitzernder Gegenstände löste sich von ihren Tragflächen, und im nächsten Augenblick verschlang eine unerträglich grelle, brüllende Feuerwolke die Front der Ungeheuer.

Die Wucht der Explosion ließ selbst die beiden Tanks wanken. Die Männer duckten sich hastig hinter ihnen, trotzdem wurden einige von den Füßen gerissen und meterweit davongeschleudert, und Howard spürte, wie der Wagen unter ihnen wankte wie ein Schiff auf hoher See, das von einer Flutwelle getroffen worden war.

Als die Feuerwolke auseinandertrieb, bot sich Howard ein entsetzlicher Anblick. Die Straße jenseits der Barriere, die die beiden Tanks bildeten, war zu einem einzigen gewaltigen Krater geworden. Hunderte, wenn nicht Tausende regloser schwarzer Körper bedeckten sie. Nur hier und da rührte sich noch etwas, doch nun fiel es den Verteidigern nicht mehr schwer, die letzten überlebenden Monster mit gezielten Schüssen zu erledigen.

»Großer Gott!« flüsterte Howard. »Sie ... sie rennen einfach in den Tod.«

Der Mann neben ihm starrte ihn verblüfft an, so daß sich Howard genötigt sah, seine Worte zu erklären.

»Sie sind nur mit Schwertern und Knüppeln bewaffnet«, sagte er. »Das ist Selbstmord!«

»Natürlich benutzen sie keine modernen Waffen«, antwortete der Fahrer. »Wenn sie das täten, hätten sie uns längst erledigt.« Er verzog das Gesicht. »Aber keine Sorge – sie treten uns auch so in den Hintern.«

»Aber das ist ... unvorstellbar«, murmelte Howard. Er suchte verzweifelt nach Worten. Schließlich deutete er auf die beiden Tanks, dann in den Himmel hinauf, an dem Dutzende von Kampfmaschinen ihre Kreise zogen. »All diese furchtbaren Maschinen. All diese Waffen. Wie können sie ihnen widerstehen?«

»Sie sind wirklich ein Witzbold, wie?« grollte der andere. »Schauen Sie sich doch um. Wir erledigen sie zu Millionen. Aber das nutzt nichts. Für eines von diesen Biestern, das wir fertigmachen, tauchen sofort drei neue auf.«

Sie fuhren weiter. Der Fahrer lenkte den Wagen behutsam um die beiden quergestellten Tanks herum und beschleunigte dann wieder, und sie legten den Rest der Strecke zurück, ohne auf weitere Gegner zu stoßen.

Ihr Ziel war ein großes, früher sicher einmal prachtvolles Gebäude, das ein Hotel oder eine besonders große Stadtvilla gewesen sein mußte. Die Straßen waren in weitem Umkreis mit Drahtverhauen und hastig zusammengeschweißten Barrikaden aus Stahlträgern blockiert, überall standen

Tanks und fahrbare Geschütze, deren Mündungen drohend nach Osten gerichtet waren, und sie mußten allein dreimal anhalten, um eine Sperre zu passieren.

Als sie das Gebäude schließlich betraten, sahen sie sich jäh von mehr als einem Dutzend Männer umringt. Ihr Begleiter wechselte einige hastige Worte mit deren Anführer, und sie durften passieren. Am anderen Ende der großen, früher sicher einmal von vornehmer Stille erfüllten Halle, die sich nun in ein heilloses Chaos aus Schreibtischen, Aktenschränken, Kartentischen und großen, geheimnisvoll summenden Maschinen verwandelt hatte, gab es eine breite Treppe, die nach oben führte. Doch statt sie zu benutzen, deutete ihr Führer auf eine unscheinbare Tür daneben. Rasch ging er hin, drückte einen verborgenen Knopf in der Wand, und sie glitt mit einem leisen Summen auf und gab den Blick auf eine rechteckige, knapp drei Schritte messende Kabine frei. Howard und Rowlf traten zögernd hinter ihrem Führer ein. Die Tür schloß sich, und eine Sekunde später ertönte ein leises Summen, und Howard spürte, wie die gesamte Kabine sich in die Tiefe zu bewegen begann.

»Erstaunlich«, murmelte er. »Das ist … faszinierend.«

Wieder warf ihm sein Begleiter einen jener sonderbar verwirrten Blicke zu, und Howard fragte: »Würden Sie mir verraten, welches Jahr wir schreiben?«

»Neunzehnhundertsechzehn«, antwortete der andere verblüfft. »Wieso?«

»Neunzehnhundertsechzehn«, wiederholte Howard. Abermals schüttelte er den Kopf. »Unfaßbar.

Nur dreiundzwanzig Jahre, und die Welt ist nicht wiederzuerkennen.«

»Warten Sie noch ein paar *Tage*, und Sie erkennen sie wirklich nicht wieder«, murmelte der andere düster.

Die Worte versetzten Howard einen tiefen, schmerzhaften Stich. »Sieht es so schlimm aus?« fragte er.

Der Mann sah ihn eine Sekunde lang traurig an, dann zuckte er die Achseln und blickte weg. »Fragen Sie den Commander«, sagte er. »Ich habe nur den Befehl, Sie zu ihm zu bringen.«

»Wer ist dieser geheimnisvolle Commander?« wollte Howard wissen.

Der Mann antwortete nicht, aber es war auch nicht mehr nötig. Sie hatten ihr Ziel erreicht. Die Kabine hielt an, und die Tür glitt mit einem Scharren vor ihnen in die Wand. Auf der anderen Seite lag ein gewaltiger Kellerraum, der von unzähligen Lampen in fast schon unangenehme Helligkeit getaucht war. Er glich der Halle oben, durch die sie das Haus betreten hatten, denn auch er war ein heilloses Chaos aus Tischen und Bänken, zwischen denen sich Hunderte von Menschen bewegten. Die Luft summte von Stimmen und dem Klicken und Surren geheimnisvoller Maschinen, und an den Wänden hingen riesige Karten. Howard begriff sofort, daß sie nun wirklich das Hauptquartier der Verteidiger erreicht hatten.

Dann sah er den Commander. Obwohl er mit dem Rücken zu ihnen stand, wußte er sofort, wen er vor sich hatte. Der Mann trug die gleiche schlichte graue Uniform wie ihr Begleiter, aber auf ihren Schultern waren die Rangabzeichen eines Generals befestigt, und er erteilte mit leiser Stimme Befehle an die Männer, die ihn umgaben.

Dann drehte er sich herum und sah Howard und Rowlf an.

»*George!*« murmelte Howard fassungslos.

Ich war an Händen und Füßen gefesselt, als ich wieder zu mir kam. Mein Kopf schmerzte; ein unsichtbarer stählerner Ring schien um meine Schläfen zu liegen und sie mit unbarmherziger Kraft zusammenzupressen, und selbst das graue Zwielicht, das die Bibliothek erfüllte, erschien mir im ersten Moment unerträglich. Ich öffnete die Augen nur für eine Sekunde und schloß sie sofort wieder, doch offensichtlich hatte dieser Moment gereicht.

»Er ist wach«, sagte eine Stimme neben mir.

Ich erkannte sie. Und dieses Erkennen war der Grund, aus dem ich die Lider wieder hob und den Kopf nach rechts drehte. Joshua hockte neben mir auf den Knien und starrte mich haßerfüllt an. Er sagte nichts, aber der Ausdruck in seinen Augen ließ mich schaudern. Selten zuvor hatte ich eine solche Mischung aus Kälte und Mordlust im Blick eines Menschen entdeckt wie jetzt in dem dieses fünfjährigen Knaben.

»Haben Sie keine Angst, Mr. Craven«, sagte eine zweite Stimme von der anderen Seite her zu mir. »Joshua wird Ihnen nichts tun – solange Sie vernünftig sind, heißt das.«

Mühsam wandte ich den Kopf und sah zu Crowley hoch. Hätte ich mich nicht so elend gefühlt, so hätte mich sein Anblick sicher mit einer grimmigen Befriedigung erfüllt. Sein Gesicht war angeschwollen und das rechte Auge hatte sich geschlossen und war blutunterlaufen. Auch seine Lippen waren geschwollen und aufgeplatzt, so daß er nur undeutlich zu sprechen vermochte, und er preßte den linken Arm so fest gegen den Körper, daß ich annahm, er war gebrochen; wenigstens hoffte ich es.

»Gefällt Ihnen, was Sie sehen?« fragte Crowley kalt.

»Was wollen Sie hören – eine höfliche Lüge oder die Wahrheit?« gab ich zurück.

Zu meiner Überraschung wurde Crowley nicht wütend, sondern starrte mich nur eine Sekunde lang kalt an, dann richtete er sich auf und machte eine befehlende Bewegung zu Joshua. »Es ist soweit«, sagte er. »Geh und hole die Kiste.«

Joshua stand auf, aber er zögerte sichtlich. »Seid Ihr sicher, daß ich Euch mit ihm allein lassen kann?« fragte er.

»Er ist an Händen und Füßen gefesselt, oder?«

Aber Joshua schien nicht zufrieden. »Er ist gefährlich, Meister«, sagte er. »Es wäre besser, wenn ich ...«

»Geh und tu, was ich dir gesagt habe!« unterbrach ihn Crowley. Diesmal war seine Stimme scharf; ein Befehl, den Joshua jetzt, ohne zu zögern, ausführte. Aber ich sah, daß er noch einmal stehenblieb und mißtrauisch und drohend zu mir zurückblickte, ehe er den Raum verließ, um zu tun, was Crowley ihm aufgetragen hatte.

»Sie hätten auf ihn hören sollen«, sagte ich. »Ich bin wirklich gefährlich. Ich bringe es fertig, Sie zu Tode zu starren.«

Crowley runzelte die Stirn – soweit es sein geschwollenes Gesicht zuließ, heißt das. »Ihr Sarkasmus ist unangebracht, Mr. Craven«, sagte er. »Sie sind ein Narr. Warum mußten Sie unbedingt herkommen?«

»Oh, ich glaube, Sie hatten etwas, das mir gehört«, antwortete ich. »Ich wollte es wiederhaben, wissen Sie?«

»Ich wollte Ihnen das Schlimmste ersparen, Robert«, fuhr Crowley unbeeindruckt fort. »Was nun geschieht, ist Ihre eigene Schuld.«

»Oh, wenn das so ist, bitte ich um Verzeihung«, antwortete ich. »Falls ich irgendwie ungelegen komme, dann sagen Sie es ruhig, ich kann gehen.«

»Nein, Robert«, antwortete Crowley, und in seiner Stimme war plötzlich ein Ernst, der mich schaudern ließ. »Das können Sie nicht. Nicht mehr.«

Ich hatte das sichere Gefühl, daß er noch mehr sagen wollte, doch in diesem Moment kam Joshua zurück. Er schleppte eine gewaltige hölzerne Kiste, unter deren Last er schier zusammenzubrechen schien, aber Crowley rührte keinen Finger, um ihm zu helfen. Er starrte nur noch eine weitere Sekunde wortlos und auf diese unheimliche, schaudernd machende Weise auf mich herab, dann drehte er sich mit einem Ruck herum und ging auf die Standuhr zu. Rasch öffnete er ihre Tür, so daß man das komplizierte Gestänge und Räderwerk dahinter erkennen konnte. Er blieb eine ganze Weile so stehen und musterte es, als versuche er, den Sinn der verwirrenden Mechanik zu ergründen, dann hob er die Hand und berührte eines der vier unterschiedlichen Zifferblätter, von denen keines auch nur im entferntesten die Zeit anzeigte.

Was dann geschah, erfüllte mich mit einer Mischung aus Fassungslosigkeit und Staunen, die mich für einen Moment sogar meine mißliche Lage vergessen ließ.

Crowley verstellte rasch und mit offenbar sehr zielsicheren Bewegungen die verschiedenen Anzeigen der Uhr, und als er damit fertig war, begann sich ihr Inneres zu verändern. Zahnstangen und Räder schienen zu verschwimmen, wurden für einen Moment durchsichtig und lösten sich dann in einen grünen, rauchigen Nebel auf, der schließlich zu einem intensiv strahlenden Licht von unangenehmer Farbe wurde.

Er aktivierte das Tor!

Natürlich hatte ich gewußt, was diese Standuhr in Wahrheit darstellte. Ich hatte dieses Tor sogar einige Male selbst benutzt, es aber niemals gewagt, seine Einstellungen irgendwie verändern zu wollen. Ich hatte nicht einmal gewußt, daß dies möglich war. Crowley aber schien sich mit dem geheimnisvollen Mechanismus gut auszukennen, denn nach einigen weiteren Sekunden nickte er offenbar sehr zufrieden mit dem Kopf, trat einen Schritt zurück und machte eine auffordernde Bewegung zu Joshua.

Der Junge nahm seine Last wieder auf, die er für einen Moment abgestellt hatte, und näherte sich dem Tor. Ohne auch nur eine Sekunde zu zögern, trat er in das grüne Leuchten hinein und war gleich darauf verschwunden.

Crowley kam zu mir zurück. Umständlich ließ er sich neben mir auf ein Knie herabsinken, griff in die rechte Tasche meiner Jacke und zog etwas heraus. Ich konnte nicht erkennen, was es war, denn es war so klein, daß er es in der geschlossenen Hand verbergen konnte, und es interessierte mich auch nur für eine Sekunde, denn gleich darauf erschien wie hingezaubert ein Messer in seiner Hand.

»Wie originell«, sagte ich. »Bringen wir es also jetzt hinter uns?«

Die Worte hatten spöttisch klingen sollen, aber das Zittern in meiner Stimme verdarb diesen Effekt gründlich. Crowley machte sich auch nicht die Mühe, irgendwie darauf zu reagieren, sondern drehte sich halb herum und schnitt mit einer raschen Bewegung meine Fußfesseln durch. Ebenso rasch und mit unerwarteter Geschmeidigkeit stand er auf und wich zwei Schritte vor mir zurück.

»Bitte tun Sie jetzt nichts Unbesonnenes, Robert«, sagte er. »Ich kann es Ihnen nicht erklären, aber glauben Sie mir, daß Sie nichts mehr am vorbestimmten Lauf der Dinge ändern können.«

Seltsamerweise glaubte ich ihm auf Anhieb. Irgendwie spürte ich, daß es genauso war, wie er sagte. Die Entwicklung war mir längst aus den Händen geglitten, falls ich überhaupt jemals die Möglichkeit gehabt hatte, sie zu beeinflussen. Und trotzdem spielte ich eine Sekunde lang mit den Gedanken, meine Chance auszunutzen. Zwar waren meine Hände noch immer gefesselt, aber immerhin vermochte ich aufzustehen und mich zu bewegen, und Crowley wäre wahrscheinlich trotz allem erstaunt gewesen, am eigenen Leibe zu erfahren, welch verheerenden Schaden ein wohlgezielter Tritt anzurichten imstande ist.

Doch ich kam nicht dazu, die Idee in die Tat umzusetzen, denn schon in diesem Moment trat Joshua wieder aus dem grünen Leuchten im Inneren der Uhr heraus. Ein einziger Blick in seine Augen machte mir klar, was mich erwartete, wenn ich auch nur eine unvorsichtige Bewegung machte.

»Kommen Sie, Robert«, sagte Crowley. Er machte eine langsame, fast übertrieben dramatisch wirkende Geste auf die Uhr. »Unsere Zeit wird allmählich knapp.«

Mit klopfendem Herzen setzte ich mich in Bewegung. Es waren nur wenige Schritte, aber sie kamen mir vor wie hundert Ewigkeiten, und etwas in mir schien zu sterben, als ich endgültig in das grüne Leuchten hineintrat. Alles in mir schrie danach, herumzufahren und davonzustürzen, ganz egal, was geschah, denn selbst wenn Joshua mich tötete, war dieses Schicksal vermutlich hundertmal besser als das, was mich auf der anderen Seite des Tores erwartete. Zugleich aber wußte ich auch, daß ich diese Wahl schon gar nicht mehr hatte.

Der Weg durch das Tor war fürchterlich. Das Empfinden mit Worten zu beschreiben ist unmöglich, und doch ist es etwas, das niemand, der es je erlebt hat, wieder vergessen kann. Das grüne Licht stabilisierte sich zu einem zuckenden, sich in die Unendlichkeit windenden Schlauch, kaum daß ich die Uhr vollends betreten hatte, ein peitschendes Etwas, das von finsterem Leben erfüllt zu sein schien.

Ich wußte nicht, wie lang dieser Weg war und für welche Zeitdauer wir uns im Inneren des zuckenden Tunnels aufhielten; vielleicht Sekunden, vielleicht Jahrtausende. Das Tor war Teil eines Universums, das nichts mit dem unseren gemein hat und dem menschlichen Geist für alle Zeiten unverständlich bleiben muß. Irgendwann und irgendwo trat ich wieder zurück in die Wirklichkeit und fand mich auf einem kalten, vollkommen leeren Strand.

Es war wieder Nacht. Der Regen hatte aufgehört, und über uns wölbte sich ein sternenklarer, wolkenloser Himmel. Es war sehr kalt. Nichts rührte sich. Ich hörte nicht das leiseste Geräusch. In einiger Entfernung gewahrte ich ein kleines Boot, das halb auf den Strand hinaufgezogen worden war. In seinem vorderen Teil stand die Kiste, die Joshua vorhin gebracht hatte. Ich erwartete, daß wir das Schiffchen nun besteigen würden, doch weder Crowley noch Joshua rührten sich von der Stelle. Sie standen einfach da, starrten reglos auf das Meer hinaus und schienen selbst meine Gegenwart vergessen zu haben.

Gute fünf Minuten verstrichen auf diese Weise, ehe ich das Schweigen nicht mehr ertrug und fragte: »Worauf warten wir?«

Crowley drehte für eine Sekunde den Kopf, sah mich an und blickte dann wieder auf das Meer hinaus. Wieder verstrichen Sekunden, dann hob er den Arm und deutete nach Osten. »Darauf«, sagte er.

Mein Blick folgte seiner Geste, und dann, endlich, aber viel zu spät, begann ich die ganze Wahrheit zu begreifen.

Aus den Tiefen des Meeres, einem schaumgeborenen, schwarzen Gott aus einem Universum des Chaos und der Vernichtung gleich, stieg R'lyeh empor.

Es dauerte lange, bis Howard sein Erstaunen so weit überwunden hatte, um überhaupt wieder etwas sagen zu können. Immer wieder sah er George an, blickte dann verwirrt in die Runde und dann erneut in sein Gesicht und auf seine graue, tadellos sitzende Uniform, und seine Gedanken weigerten sich einfach, dem, was er sah, Glauben zu schenken, geschweige denn irgendeinen Sinn zuzuordnen. »George?« murmelte er schließlich noch einmal. »Aber wie ... wie kann das sein? Sie sind doch ... ich meine, wir haben uns doch ...«

George unterbrach ihn mit einer Geste und einem geduldigen, aber sehr matten Lächeln. »Gleich«, sagte er. »Wir haben gleich Zeit, miteinander zu reden. Nur einen Moment Geduld noch bitte.« Er wandte sich an den Soldaten, der Howard und Rowlf hergebracht hatte.

»Wie sieht es aus?«

Der Mann schüttelte müde den Kopf. »Nicht gut«, sagte er. »Sie kommen über den Fluß. Ich glaube nicht, daß wir sie noch lange aufhalten können.«

Georges Gesicht verdüsterte sich. »Sie durchbrechen die Feuerbarriere?« fragte er in einem Ton, den Howard zuerst für Unglauben hielt, bis er begriff, daß es Entsetzen war.

»Ich fürchte, ja«, antwortete der Soldat. »Wir schießen sie ab wie die Tontauben, aber es kommen immer mehr. Es ist nur noch eine Frage der Zeit, bis uns die Munition ausgeht. Ein Teil der Flugzeuge mußte schon abdrehen. Der Treibstoff wird knapp.«

George starrte sekundenlang an dem Mann vorbei ins Leere. Dann gab er sich einen sichtlichen Ruck, bedankte sich mit einem Kopfnicken bei ihm und wandte sich wieder an Howard.

»Ich bin sehr froh, Sie lebend wiederzusehen«, sagte er. »Ich hatte die Hoffnung schon beinahe aufgegeben.«

»Ich verstehe das alles nicht«, gestand Howard verwirrt. »Wie ... wie kommen Sie hierher? Was geht hier vor? Wieso nennen diese Leute Sie *Commander*?«

»Das sind drei Fragen auf einmal«, antwortete George lächelnd. »Und ich nehme an, daß Sie noch dreihundert weitere haben. Vielleicht ist es einfacher, wenn ich Ihnen einfach erzähle, wie es mir ergangen ist, nachdem Sie nicht aus der Stadt zurückkehrten.«

Howard nickte, doch statt zu tun, was er selbst angekündigt hatte, drehte George sich um und machte eine Geste zu Rowlf und ihm, mitzukommen. »Was Sie hier sehen«, erklärte er mit einer entsprechenden Bewegung, als sie den gewaltigen Raum durchquerten und auf eine schmale Tür an seinem jenseitigen Ende zusteuerten, »ist das Hauptquartier unserer Armee. Von hier aus versuchen wir den Widerstand zu organisieren und die Menschen aus den Gebieten zu evakuieren, die dem FEIND bereits in die Hände gefallen sind.«

»Beeindruckend«, sagte Howard, aber George schüttelte beinahe zornig den Kopf und antwortete:

»Nein, das ist es nicht. Es ist jämmerlich. Es ist erbärmlich. Was Sie hier sehen, ist alles, was uns geblieben ist. Die Menschheit kämpft seit sechzehn Jahren gegen sie, und das hier ist alles, was übriggeblieben ist. Ein paar tausend verzweifelte Männer, die einen Feind aufzuhalten versuchen, der mit jeder Sekunde stärker wird.« Er seufzte. »Ich fürchte, Sie sind gerade noch zurechtgekommen, um den letzten Akt dieses Dramas mitzuerleben, Howard.«

Sie hatten die Tür erreicht. Zwei Soldaten mit angeschlagenem Gewehr hielten davor Wache, und sie traten erst beiseite, als George sie mit einer entsprechenden Bewegung dazu aufforderte. Als er die Tür öffnete, sah Howard, daß sie aus fast zehn Zentimeter dickem Stahl bestand und schwer wie die eines Safes sein mußte. Die Wand, in die sie eingelassen war, war mehr als einen Meter dick.

Der dahinterliegende Raum war völlig anders, als Howard erwartet hatte. Er hatte die Abmessung eines großen Salons und war auch wie ein solcher eingerichtet – auf dem Boden lag ein dicker Teppich, der nackte Stein der Wände war hinter kostbaren Seidentapeten verborgen, und die wenigen Möbelstücke zeugten von einem erlesenen Geschmack. Es gab keine Fenster, denn der Raum lag ja tief unter der Erde, trotzdem war es taghell. Eine Anzahl kleiner Lampen an den Wänden verbreitete weißes Licht, viel heller als das einer Gas- oder Petroleumlampe, aber trotzdem nicht unangenehm. Die größte Überraschung aber stellte das dar, was im hinteren Drittel des Salons stand – ein großes, vage an einen Schlitten erinnerndes Gefährt mit einem einzelnen, mit rotem Leder bezogenen Sitz, einer komplizierten Apparatur davor und einer großen, vielfach durchbrochenen und mit bunten Kristallen besetzten Scheibe am hinteren Ende. Es war Georges Zeitmaschine.

George ließ Howard und Rowlf ein paar Sekunden Zeit, sich umzublicken und das Gesehene zu verarbeiten, dann deutete er mit einer einladenden Geste auf eine kleine Chaiselongue, die sich an der Wand neben der Tür befand. Sie nahmen Platz. George deutete fragend auf einen kleinen Teewagen, auf dem Gläser und zwei kristallene Karaffen bereitstanden, und Rowlf nickte, bediente sich aber selbst. Howard lehnte ab. Er hatte seit mehr als einem Tag nichts gegessen und war zudem zutiefst erschöpft. Es war besser, wenn er jetzt keinen Alkohol trank.

»Wenn Sie vielleicht eine Zigarre hätten?« fragte er.

George lächelte und klappte ein silbernes Kästchen auf, das vor ihm auf dem Tisch stand. »Bedienen Sie sich«, sagte er.

Howard tat, wie ihm geheißen wurde, und er stellte schon nach dem ersten Zug fest, daß es sich um eine wirklich hervorragende Zigarre handelte; vielleicht die beste, die er jemals geraucht hatte. Er sagte das auch laut, aber die als Kompliment gemeinten Worte schienen George eher zu betrüben.

»Ja, an Luxus herrscht bei uns kein Mangel«, sagte er, »so absurd es auch klingen mag. Aber schließlich verwalten wir alles, was vom Besitz und den Schätzen der Menschen noch geblieben ist. London ist die letzte Stadt, die ihnen noch Widerstand leistet.« Er schwieg ein paar Sekunden. Sein Blick wurde traurig. »Jedenfalls war sie das bis jetzt«, fügte er ganz leise hinzu.

Howard nahm einen Zug aus seiner Zigarre, blies die grauen Rauchwolken genießerisch durch die Nase aus und wartete darauf, daß George weitersprach. Aber er schwieg. Der Ausdruck von Verbitterung und Trauer auf seinem Gesicht wurde stärker, und Howard begriff, daß er mit seiner Frage unabsichtlich an eine Wunde gerührt hatte.

»Sie wollten von Ihrem Schicksal erzählen«, sagte er schließlich verlegen. »Rowlf und ich wurden angegriffen, kaum daß wir R'lyeh betreten hatten. Wir fürchteten, daß auch Sie den Ungeheuern in die Hände gefallen wären.«

Mit sichtlicher Anstrengung schob George die düsteren Gedanken beiseite und schüttelte den Kopf. »Nein«, sagte er. »Mir ist nichts geschehen. Ich habe eine ganze Weile auf Sie und Ihren Freund gewartet – mehr als einen Tag, um genau zu sein. Schließlich beschloß ich, nach Ihnen zu suchen, aber ich wagte es nicht, die Stadt zu betreten. Irgend etwas Sonderbares ging vor.«

»Ich weiß«, sagte Howard. »Wahrscheinlich war es gut, daß Sie es nicht getan haben. Sie hätten Sie auch überwältigt.«

»Möglich«, antwortete George. »Auf jeden Fall

versuchte ich, Sie auf anderem Wege wieder zu treffen.« Er machte eine Bewegung auf die Zeitmaschine, die hinter ihm stand. »Ich bewegte mich in kleinen Sprüngen weiter in die Zukunft, zuerst immer nur um wenige Stunden, schließlich um Tage und dann um Wochen. Ich ließ eine Nachricht am Strand zurück, daß Sie auf mich warten sollten.«

»Einen Moment«, sagte Howard. »Sie haben uns erzählt, daß die Welt dieses zukünftigen Strandes die Grenze dessen sei, was Sie mit Ihrer Maschine erreichen könnten.«

»Das stimmt auch«, erwiderte George. »Aber ich sagte es Ihnen bereits – irgend etwas Sonderbares ging vor. Ich kann es nicht richtig beschreiben, aber irgendwie hatte ich das Gefühl, daß diese Ruinenstadt ...«

»Realer zu werden begann?« half ihm Howard aus, als er nicht weitersprach.

George nickte. »Ja. Und je mehr Substanz sie annahm, um so weiter konnte ich mich plötzlich wieder in die Zukunft bewegen. Schließlich erreichte ich eine Epoche, in der sie beinahe real war. Ich wagte es nicht, mich noch weiter in der Zeit zu bewegen, aus Angst, ihren Bewohnern in die Hände zu fallen. So entschloß ich mich schweren Herzens, die Suche nach Rowlf und Ihnen aufzugeben und ins Jahr achtzehnhundertzweiundneunzig zurückzukehren.«

»Statt dessen sind Sie im Jahr neunzehnhundertsechzehn gestrandet«, sagte Howard, aber George schüttelte abermals den Kopf.

»Nein. Wie ich bereits sagte, irgend etwas Sonderbares geschah mit meiner Maschine. Es war mir nicht möglich, sehr viel weiter als bis zu diesem Zeitpunkt zurückzureisen. Ich kam im Januar des Jahres neunzehnhundertvierzehn hier an, in einem London, das von den Heerscharen des FEINDES belagert war und in dem sich Flüchtlinge aus allen Teilen der Welt aufhielten. England ist zur letzten Bastion der Menschheit geworden, Howard. Sie haben schon fast diesen ganzen Planeten erobert, und als ich kam, setzten sie zum letzten Sturm auf die Britischen Inseln an. Nichts konnte sie aufhalten.«

»Immerhin haben Ihre Landsleute ihnen zwei Jahre lang Widerstand geleistet«, gab Howard zu bedenken.

»Ja, das stimmt.« George schenkte sich einen Whisky ein, nippte aber nicht einmal daran, sondern schien es einzig getan zu haben, um seine Hände zu beschäftigen. »Woran ich selbst nicht ganz unschuldig bin, um ehrlich zu sein«, fuhr er fort.

»Sie?«

»Genauer gesagt, meine Maschine«, sagte George. »Es fiel mir nicht schwer, Kontakt mit den Führern des Widerstandes aufzunehmen, und die Fähigkeiten der Zeitmaschine überzeugten sie rasch davon, daß ich ein wertvoller Verbündeter war.«

»Was haben Sie getan?«

»Viel«, antwortete George. »Und doch zuwenig. Und ich muß gestehen, daß ich manches von dem, was geschehen ist, noch immer nicht wirklich begreife. Das ist einer der Gründe, aus denen ich so verzweifelt versucht habe, Sie zu finden. Ich weiß, daß Sie es nicht zugeben wollen, aber Sie verstehen mehr vom Wesen der Zeit als irgendein anderer Mensch, den ich je getroffen hätte.« Er hob abwehrend die Hand, als Howard widersprechen wollte. »Ich werde keine Fragen stellen. Ich respektiere Ihr Geheimnis, Howard. Doch Sie sind vielleicht die letzte Chance, die die Menschheit noch hat. Ich habe in den vergangenen beiden Jahren mehr über das Wesen der Zeit gelernt, als ich mir je zu erhoffen gewagt hatte, und doch ist es nicht genug.«

»Sie haben diese Maschine als Waffe benutzt«, sagte Howard. Seine Stimme klang beinahe zornig, und George fuhr unter seinen Worten sichtbar zusammen.

»Zumindest indirekt, ja«, sagte er. »Ich reiste in die Zukunft. In verschiedene Zukünfte, um genau zu sein. Es scheint wohl wirklich so zu sein, daß die Zukunft nicht festgeschrieben, sondern nur eine endlose Aneinanderreihung verschiedener Möglichkeiten ist. Ich fand Welten, die öde und von den Menschen verlassen waren, aber auch solche, in denen die menschliche Zivilisation eine ungeahnte Blüte erreicht hatte. Ich half diesen Menschen hier, neue Waffen und Techniken zu entwickeln, Dinge, mit denen sie sich besser und wirksamer gegen den Feind zu schützen vermochten als zuvor. Auf diese Weise erfuhr ich übrigens auch, daß Sie und Ihr Freund Rowlf heute irgendwo in einem Keller in London auftauchen würden. Leider gelang es mir nicht, den genauen Standort zu bestimmen.«

»Ist Ihnen eigentlich klar, welches Risiko Sie dabei eingegangen sind?« fragte Howard. Es fiel ihm immer noch schwer, einen zornigen Unterton aus seiner Stimme zu verbannen. Natürlich verstand er George. Vielleicht hätte er an seiner Stelle sogar genauso gehandelt – und trotzdem erfüllte ihn die Vorstellung, was hätte passieren *können*, mit einem kalten Entsetzen.

»Die Zeit ist ein empfindliches Gebilde, George«, fuhr er fort. »Sie ist sehr verletzlich. Man kann ungeheuren Schaden anrichten, wenn man daran herummanipuliert.«

»Ich bin nicht sicher, daß das so ist«, antwortete George. »Auch ich habe das gedacht, aber ...« Er brach ab, zuckte mit den Schultern und nahm nun doch einen winzigen Schluck von seinem Getränk. »Ob gut oder schlecht«, fuhr er mit veränderter Stimme fort, »ich habe es getan, und ich würde es wieder tun. Ich reiste in verschiedene Abschnitte der Zukunft, und ich brachte genug Wissen mit, um zum ersten Mal einen wirksamen Widerstand organisieren zu können. Für eine Weile sah es sogar beinahe so aus, als könnten wir sie schlagen. Zum ersten Mal, seit der FEIND auftauchte, gelang es uns, ihnen nicht nur standzuhalten, sondern sie sogar hier und da zurückzudrängen.«

»Und trotzdem setzen sie gerade jetzt zum letzten Sturm auf diese Stadt an«, sagte Howard. »Was ist passiert?«

George schüttelte müde den Kopf. »Ich weiß es nicht«, sagte er. »Die Möglichkeiten meiner Maschine scheinen plötzlich beschränkt zu sein.« Er lächelte bitter. »Am Anfang dachte ich, es läge einfach daran, daß mir zu viele Bereiche der zukünftigen Zeit verschlossen sind. Sie erinnern sich – ich habe Ihnen erzählt, daß es unmöglich ist, in eine Epoche zu reisen, in der man Gefahr läuft, sich selbst zu begegnen. Und doch kann es nicht die Erklärung sein. Ich könnte millionenmal in die Zukunft gehen, und es müßten immer noch Millionen Möglichkeiten offen sein. Aber seit einiger Zeit ...« Er suchte nach Worten. »Es ist, als ... gäbe es nur noch eine Zukunft. So weit ich auch zu reisen versuche, ich finde nichts anderes als eine Welt, in der es keine Menschen mehr gibt und in der der FEIND gesiegt hat. Vielleicht habe ich die Maschine überlastet.« Er sah Howard direkt in die Augen. »Sie sind meine letzte Hoffnung, Howard. Wer immer Sie auch in Wirklichkeit sind, welches Geheimnis Sie immer auch haben mögen – helfen Sie uns. Öffnen Sie ein Fenster in eine andere Zukunft, damit die Menschheit nicht untergeht.«

Howard zog nachdenklich an seiner Zigarre. Georges Worte erschütterten ihn – aber sie rührten auch etwas in ihm an. Plötzlich glaubte er die Lösung vor sich zu haben. Aber es war eine Erklärung, die nicht half, sondern im Gegenteil seinen Schrecken noch vertiefte.

»Ich fürchte, das kann ich nicht«, sagte er.

»Versuchen Sie es wenigstens«, sagte George. Er klang jetzt eindeutig verzweifelt.

Howard schüttelte betont langsam den Kopf, legte seine Zigarre in den Aschenbecher und sah ein paar Sekunden lang die Zeitmaschine an, ehe er sich wieder an ihren Schöpfer wandte: »Sie verstehen mich nicht, George«, sagte er. »Es liegt nicht daran, daß ich es nicht will oder nicht die Fähigkeiten hätte, irgend etwas zu tun oder nicht zu tun. Sehen Sie, als Rowlf und ich in jenem zukünftigen R'lyeh von den TIEFEN WESEN gejagt wurden, da fiel mir etwas auf. Die Stadt schien immer realer zu werden. In jener Zukunft, in die Sie uns brachten, war R'lyeh zerstört, und das seit langer, unendlich langer Zeit. Und doch begann sie sich zu verändern, als hätte sich die Wahrscheinlichkeit, daß sie nicht vernichtet wird, plötzlich geändert. Mir fiel auf, daß diese Veränderungen heftiger wurden, je mehr wir Gefahr liefen, von den TIEFEN WESEN überwältigt zu werden, und wieder abnahmen, wenn es so aussah, als könnten wir ihnen entkommen.«

»Und?« fragte George. »Ich verstehe nicht, was das ...«

»Einen Moment«, unterbrach ihn Howard. »Das werden Sie gleich.« Er hatte Mühe, weiterzureden, denn er spürte instinktiv, daß er recht hatte und seine Vermutungen mehr als eine schreckliche Theorie waren. »Ich fürchte, es liegt nicht an Ihrer Maschine, George. Sie funktioniert einwandfrei. Wenn Sie bei all Ihren Reisen nur noch auf Welten stoßen, in denen die GROSSEN ALTEN die Herrschaft übernommen haben, so liegt das daran, daß genau das immer wahrscheinlicher wird.

Sehen Sie, ich glaube, daß die Zeit nur in der Vergangenheit festgeschrieben ist. Die Gegenwart ist eine Art Knotenpunkt, von dem Millionen und Abermillionen verschiedener Stränge abzweigen. Mit jeder Entscheidung, die wir treffen, mit allem, was wir tun oder sagen oder auch nicht tun, verschwindet eine dieser möglichen Zukünfte, bis nur noch ein einziger Strang übrigbleibt, den wir Vergangenheit nennen, das, was *wirklich* geschehen ist.«

George erbleichte. Seine Augen weiteten sich, und Howard wußte – er hatte begriffen, was er meinte. »Aber wenn es ... wenn es nur noch diese eine mögliche Zukunft gibt«, flüsterte er, »dann bedeutet das, daß wir keine Chance mehr haben. Daß sie uns besiegen werden, ganz gleich, was wir tun.«

»Ich fürchte, ja«, flüsterte Howard. Auch seine Stimme drohte zu versagen. Der Gedanke, daß er recht haben könnte, war einfach unerträglich.

»Dann war alles umsonst«, murmelte George. »Sie waren unsere letzte Hoffnung, Howard. Aber ich fürchte, nun sind Sie gerade noch zurechtgekommen, um den Untergang der menschlichen Zivilisation mitzuerleben.«

Es war, als hätte die Zeit den Atem angehalten. Das Meer war glatt wie ein Spiegel. Nicht die winzigste Welle kräuselte seine Oberfläche, die sich wie eine Ebene aus schwarzem Teer rings um uns erstreckte. Es war vollkommen windstill, und das Schweigen hatte eine Intensität angenommen, die es fast zu etwas Greifbarem werden ließ. Das Boot bewegte sich wie von Geisterhand gezogen auf die Stadt zu, doch obwohl diese Bewegung sehr schnell war, verursachte auch sie nicht den mindesten Laut.

Ich saß im Heck des kleinen Schiffchens und beobachtete abwechselnd Crowley, Joshua und die Alptraumstadt, die sich vor dem Horizont im Osten auftürmte wie ein Gebilde aus schwarzer, zu bizarren Formen erstarrter Lava. Obwohl der Mond noch immer beinahe voll war, war sie nur in Umrissen zu erkennen, als wäre sie tatsächlich nicht mehr als ein Schatten; ein titanisches Schwarzes Loch von alptraumhaften Konturen, das in die Wirklichkeit hineingestanzt worden war. Und doch reichte bereits der Anblick dieses Schemens aus, mich an den Rand des Wahnsinns zu treiben. Ich hielt es niemals länger als einige Sekunden aus, ihn anzusehen, ehe ich mich wieder zu Crowley oder dem Jungen umwandte.

Doch auch Joshuas Anblick erfüllte mich mit einer, zwar vollkommen anderen, trotzdem aber ebenso intensiven Furcht. Das Gesicht des Jungen leuchtete vor Freude. Sein Blick war starr auf die Stadt gerichtet, und auf seinen Zügen lag ein so entrückter, seliger Ausdruck, daß mir ein eisiger Schauer über den Rücken lief. Er hockte auf der Kiste, die im vorderen Teil des Bootes stand, und seine Finger strichen immer wieder beinahe liebkosend über das rauhe Holz, als enthielte sie einen Schatz von unvorstellbarem Wert. Ich fragte mich, was wirklich darin sein mochte. Gleichzeitig wollte ich es gar nicht wissen.

Die Stadt kam nur langsam näher. Das Boot bewegte sich sehr schnell, doch R'lyeh mußte sehr viel weiter entfernt sein, als ich im Moment ihres Auftauchens geglaubt hatte; und somit sehr viel größer.

Während der letzten Tage und Wochen hatte ich die Angst im Übermaß kennengelernt, und ich hatte geglaubt – gehofft –, daß sich dieses Gefühl irgendwann einmal bessern würde, und sei es nur, daß es sich einfach abnutzte. Das Gegenteil war der Fall. Und es lag nicht nur an der Angst vor dem, was mich erwarten mochte. Es war der Anblick der SCHWARZEN STADT selbst, der etwas in mir berührte und aufschreien ließ, und es war eine Angst, die vollkommen unabhängig von dem war, was mich erwarten mochte. Diese Stadt und ihre Bewohner verkörperten alles, was Menschen jemals gefürchtet hatten, waren die Essenz alles Bösen, jeder Angst, jedes Quentchens negativer Energie, das es auf dieser Welt gab. Zweihundert Millionen Jahre lang hatte sie auf dem Grund des Ozeans gelegen und auf den Moment ihres Erwachens gewartet, doch selbst diese unvorstellbar lange Zeit hatte ihr nichts von ihrer finsteren Ausstrahlung nehmen können.

Die Fahrt dauerte endlos. Der Strand war längst außer Sichtweite gekommen, so daß ich das Gefühl hatte, wir befänden uns auf hoher See, nicht in unmittelbarer Nähe der Küste. Vielleicht war das auch so. Ich hatte keinen Beweis, daß wir uns wirklich noch in England aufhielten. Ich konnte nicht einmal sicher sein, ob wir wirklich noch in unserer *Welt* waren. Vielleicht war es nicht einmal so, daß R'lyeh zu uns gekommen war, sondern vielleicht kamen wir zu ihr, drangen in ihr finsteres Universum des Vergessens und Schreckens ein und entfernten uns mit jeder Sekunde mehr von jenem Punkt, an dem eine Rückkehr noch möglich gewesen wäre.

Und schließlich näherten wir uns doch ihren Ufern. R'lyeh erhob sich auf einer gewaltigen Felseninsel aus schwarzem Stein, doch es war selbst aus der Nähe nicht genau zu sagen, wo diese aufhörte und die verdrehten, mißgestalteten Gebäude der Stadt begannen, was von der Hand der Natur und was von der der schwarzen Götter von den Sternen erschaffen worden war. Ich suchte vergebens nach Bewegung oder irgendeiner Spur von Leben zwischen den schwarzen Straßenschluchten. R'lyeh erhob sich groß und gigantisch und unvorstellbar häßlich über uns, doch auch bar jeglichen Lebens. Noch. Ich machte mir nichts vor. Unser Hiersein konnte nur einen einzigen Grund haben.

Das Boot wurde langsamer, als wir uns den steinernen Ufern der Stadt näherten, und kam schließlich ganz zur Ruhe. Crowley stand auf, sprang mit einem Satz, der das ganze Boot wanken ließ, ans Ufer hinab und streckte die Arme aus. Joshua reichte ihm seine Kiste, sprang dann selbst aufs Ufer und nahm Crowley die Last wieder ab.

Auch ich erhob mich, wenn auch weitaus langsamer und zögerlicher als die beiden. Crowley sah mich auffordernd an und schwieg, aber natürlich wußte ich, was er von mir erwartete. Aber ich zögerte noch einmal. Dies war der unwiderruflich letzte Moment, in dem es noch in meiner Macht lag, irgend etwas zu tun. Wenngleich sich dieses irgend *etwas* auch darauf beschränkte, ins Wasser zu springen und damit Selbstmord zu begehen. Aber ich wußte: Wenn ich auch nur einen Fuß auf den schwarzen Stein vor mir setzte, dann hatte ich nicht einmal mehr diese Wahl.

»Das hätte keinen Sinn, Robert«, sagte Crowley, als hätte er meine Gedanken gelesen. Aber das war im Moment vermutlich nicht sehr schwer. Er sah mich durchdringend an und lächelte. »Glauben Sie mir, es wäre ein vollkommen sinnloses Opfer. Und Sie könnten es nicht einmal. *Sie* würden es nicht zulassen.«

Und auch damit hatte er recht, das spürte ich. Ich war längst nicht mehr Herr meiner eigenen Entscheidungen.

Langsam ging ich zum vorderen Ende des Bootes und sprang auf das Ufer herab, wobei ich mich jedoch so ungeschickt anstellte, daß ich um ein Haar ausgeglitten und gestürzt wäre. Crowley griff rasch zu und hielt mich mit erstaunlicher Kraft fest. Als er sicher war, daß ich wieder aus eigenem Vermögen stehen konnte, schob er mich auf Armeslänge von sich fort, zog wieder sein Messer und setzte die Klinge auf die Stricke, die meine Hände aneinanderbanden. Dann sah er mich durchdringend an.

»Geben Sie mir Ihr Ehrenwort?« fragte er.

Ich war so verblüfft, daß ich im ersten Moment nicht antworten konnte. Glaubte Crowley tatsächlich, sich auf etwas wie ein *Wort* verlassen zu können, in einer Situation wie dieser, in der nicht das Schicksal eines einzelnen Menschen auf dem Spiel stand, sondern das ganzer Völker, vielleicht der gesamten menschlichen Spezies? Er mußte verrückt sein.

»Nein«, sagte ich.

In Crowleys Gesicht erschien ein dünnes Lächeln, das mich noch mehr verwirrte als seine Frage. Zu meiner grenzenlosen Überraschung bewegte er das Messer mit einem raschen, kraftvollen Schnitt nach unten, so daß es meine Fesseln durchtrennte. »Ich hätte es nicht getan, wenn Sie irgend etwas anderes geantwortet hätten«, sagte er. Und erst in diesem Moment begriff ich, daß es ihm nicht darauf angekommen war, irgendein Versprechen von mir zu erhalten. Aber ich hatte die Wahrheit gesagt, und das schien wichtig.

Joshua nahm seine Kiste wieder auf, und wir begannen langsam in die SCHWARZE STADT hineinzugehen. Trotz allem begann sich nach einer Weile etwas wie eine fast wissenschaftliche Neugier in mir breitzumachen, wenngleich ich auf Schritt und Tritt auf neue Schrecken, neuen Wahnsinn stieß. Ich hatte diese Stadt schon einmal betreten, wenn auch nicht in dieser Welt und zu dieser Zeit, und doch erkannte ich, daß es das gleiche R'lyeh war, auf dessen Substanz gewordenen Schatten ich im Labyrinth des Wahnsinns in Amsterdam gestoßen war. Doch während ich damals etwas wie die Erinnerung an R'lyeh erlebt hatte, das Bild der SCHWARZEN STADT in ihrer vollen Blüte, so war es nun wirklicher Stein, über den ich schritt; ein Stein, der zweimal hundert Millionen Jahre in den Tiefen des Ozeans geschlummert hatte, ehe er wieder an seine Oberfläche emporstieg. Trotz dieser unvorstellbaren Zeitspanne wirkte die Stadt auf eine schwer in Worte zu fassende Weise sauber. Überall zwischen den Häusern, in Felsspalten und Ritzen hatten sich schimmernde Pfützen gesammelt, doch ich sah nicht die geringste Spur von Leben, keine Algen, keine Pflanzen, kein einziger toter Fisch, der mit emporgespült worden wäre, nichts. Die unheimliche Magie ihrer Schöpfer hatte diese Stadt so bewahrt, wie sie vor Äonen im Meer versunken war, nachdem die Älteren Götter die GROSSEN ALTEN geschlagen und vom Antlitz der Erde verbannt hatten.

Dann fiel mein Blick auf etwas, das vor uns lag, viel zu weit entfernt, um es wirklich zu erkennen. Trotzdem ließ mich sein Anblick schaudern. Der Schatten war gigantisch, von kantiger, unangenehm anzuschauender Form und einem so tiefen Schwarz, wie ich es niemals zuvor erblickt hatte.

Ich blieb stehen. Der bloße Gedanke an das, was dort vorne lag, ließ mir schier das Blut in den Adern gerinnen.

Joshua schien mein Zögern nicht einmal zu registrieren, denn er ging langsam und unter seiner Last wankend weiter, doch Crowley verhielt ebenfalls im Schritt, drehte sich zu mir herum, und ich erwartete, daß er mich zum Weitergehen auffordern würde. Aber er tat es nicht, sondern sah mich nur an, und ich erkannte etwas in seinem Blick, das meine Verwirrung vollkommen machte. Kein Zorn. Kein Triumph. Etwas wie Mitleid gepaart mit einer deutlichen Spur von Trauer.

Ich schauderte. Welches Schicksal mochte mich erwarten, daß selbst dieser Mann Mitleid mit mir empfand?

»Das ist … Cthulhus Haus, nicht wahr?« flüsterte ich. »Die Schwarze Pyramide.«

Crowley nickte. »Was sonst?«

»Wir sind hier, um ihn zu erwecken«, fuhr ich fort, ohne ihn anzusehen, sondern den Blick weiter starr auf den kolossalen schwarzen Schatten vor uns gerichtet.

»Alles wird geschehen, wie es geschehen muß«, antwortete Crowley geheimnisvoll.

»Das können Sie nicht wirklich wollen«, fuhr ich fort. »Er wird auch Sie vernichten, Crowley, und den Jungen.«

Crowley lächelte. »Er ist unser Herr.«

»Sie verstehen das nicht«, sagte ich. Ich hätte Verzweiflung empfunden, hätte ich noch die Kraft dazu gehabt. »Dieses Wesen kennt keine Worte wie Mitleid, oder Dankbarkeit. Für Cthulhu sind wir nur ... Staub. Schmutz unter seinen Füßen, den er zermalmt, ohne es auch nur zu merken.«

»Ich muß tun, was getan werden muß«, antwortete Crowley ruhig. »Und wenn es meinen Tod bedeutet, so spielt auch das keine Rolle. Ich dachte, daß Sie das verstehen, Robert. Schließlich haben auch Sie oft genug Ihr Leben riskiert, um anderen zu helfen oder auch einfach nur Ihrer Berufung zu folgen.«

»Und Ihre Berufung ist es, der menschlichen Rasse den Untergang zu bringen?« fragte ich bitter.

Crowley schwieg dazu, und so fuhr ich nach einer Sekunde fort: »Lassen Sie wenigstens den Jungen da raus. Ich weiß, daß Sie ihn brauchen, um auf mich aufzupassen. Aber das ist nicht mehr nötig. Ich gebe Ihnen mein Wort, daß ich mich nicht mehr widersetze, ganz gleich, was geschieht.«

»Sie verstehen immer noch nicht, Robert«, sagte Crowley, wieder mit diesem dünnen, geheimnisvollen Lächeln. »Es geht nicht um mich oder Sie, oder den Jungen. Wir alle drei müssen dort hin, um zu tun, was getan werden muß.«

»Was getan werden muß …«, wiederholte ich. Die nächsten Worte schrie ich: *»Warum sprechen Sie es nicht aus?! Um die GROSSEN ALTEN zu erwecken!«*

Crowley schwieg. Ich stand vor ihm, hatte die Fäuste geballt und mich, ohne es selbst zu bemerken, halb nach vorne gebeugt, als wollte ich mich auf ihn stürzen. Aber er sagte kein Wort, sondern sah mich nur an, und nach einigen Sekunden verrauchte mein Zorn so rasch, wie er gekommen war.

»Sagen Sie mir wenigstens, warum«, sagte ich leise. »Warum dieses grausame Spiel? Warum haben Sie mich nicht schon damals hierher gebracht, als Sie mich das erste Mal in Ihrer Gewalt hatten?«

»Weil der Moment noch nicht gekommen war«, antwortete Crowley. »Es muß der richtige Ort sein, es müssen die richtigen Menschen sein, und es muß die richtige Zeit sein. Alles ist nun gekommen. Und nun lassen Sie uns weitergehen, Robert. Unser Herr erwartet uns.«

Der entscheidende Angriff begann zwei Stunden nachdem Howard und Rowlf das Hauptquartier erreicht hatten. Sie hatten nicht mehr sehr lange mit George reden können, obwohl es Hunderte von Fragen gab, die gestellt und beantwortet werden wollten, doch die Geschehnisse in der Stadt entwickelten sich so, daß Georges Anwesenheit in der Kommandozentrale immer öfter vonnöten war, und obwohl Howard nur einen Bruchteil von dem verstand, was er sah und hörte, war ihm doch klar, daß keine der

Nachrichten, die zu Tausenden eingingen, angenehm war. Immer wieder stürmten Männer herein, um Botschaften zu übermitteln, manche von ihnen verletzt und blutig, andere so außer Atem, daß sie ihre Nachrichten nur noch hervorstammeln konnten, ehe sie vor Erschöpfung zusammenbrachen, und immer wieder mußte George mit ihnen reden, Befehle erteilen und Weisungen geben, wobei er sich zum größten Teil geheimnisvoller technischer Apparaturen bediente, die Howard zwar faszinierten, ihm jedoch völlig unverständlich blieben.

Was er hingegen sehr gut verstand, war das Bild, das die große Generalstabskarte an einer der Wände zeigte. Es war keine Karte aus Papier, wie er auf den ersten Blick geglaubt hatte, sondern eine gewaltige Fläche aus Glas, auf der die unterschiedlichen Markierungen wie durch Zauberei wechselten und immer wieder bunte Lichter aufglommen. Verteilt in dem großen Raum gab es Hunderte solcher Scheiben, auf denen bewegte Bilder, Karten oder auch Gesichter zu erkennen waren. George hatte ihm erklärt, daß man diese Scheiben Bildschirme nannte und mit ihrer Hilfe – und einem entsprechenden gleichartigen Gerät auf der anderen Seite – in der Lage war, Bilder zu sehen oder mit Menschen zu sprechen, die Hunderte oder Tausende von Meilen entfernt waren.

Eine Erfindung – wie er auf Howards ungläubigen Blick hin erläuterte –, die er von einer seiner Reisen in die Zukunft mitgebracht und seinen Verbündeten hier zur Verfügung gestellt hatte. Dazu hatte Howard geschwiegen, doch sein Gesichtsausdruck mußte wohl Bände gesprochen haben, denn George hatte nichts erklärt, sondern abrupt das Thema gewechselt.

Als der Morgen näher kam, begannen sich die Ereignisse in der Stadt zu überschlagen. Auf Dutzenden von Bildschirmen, deren Gegenstücke an verschiedenen, strategisch wichtigen Punkten Londons aufgestellt sein mußten, konnten sie die Ereignisse in jedem schrecklichen Detail verfolgen. Die Verteidiger leisteten erbitterten Widerstand, doch ganz wie der Mann, der sie hergebracht hatte, gesagt hatte, rückten die Truppen des FEINDES unaufhörlich näher. Eine Stunde vor Sonnenaufgang erreichten sie die Themse und trieben die Verteidiger, die erbittert um jeden Fußbreit Boden kämpften, trotzdem aber Schritt für Schritt zurückweichen mußten, zu Tausenden ins Wasser, wo sie ertranken, sich schwimmend ans andere Ufer zu retten versuchten oder von den Ungeheuern getötet wurden, die durch das kochende Wasser schossen. Und auch der gewaltige Strom vermochte den Vormarsch des Dämonenheeres nicht aufzuhalten, nicht einmal sichtbar zu verlangsamen.

Howard wandte sich schaudernd von dem Bildschirm ab, auf dem er die Geschehnisse verfolgt hatte, als er sah, wie Tausende und Abertausende von TIEFEN WESEN am diesseitigen Ufer der Themse erschienen. Georges Truppen hatten sich dort zu einer letzten Verteidigungslinie aufgestellt, und ihr wütendes Feuer tötete die Bestien ebenso schnell, wie sie auftauchen konnten. Aber ihre Zahl schien kein Ende zu nehmen. Am Ausgang der entsetzlichen Schlacht bestand kein Zweifel.

Suchend blickte Howard sich nach George um und entdeckte ihn auf der anderen Seite des Raumes, wo er in eine heftige Diskussion mit zwei weiteren Generälen verstrickt war. Sein Gesicht war bleich, und seine Bewegungen wirkten fahrig und unkonzentriert.

Howard gab Rowlf ein Zeichen, ihm zu folgen, und ging zu George hinüber. Als er ihn erreichte, schien die Diskussion zu einem Ende gekommen zu sein, denn die beiden Männer wandten sich mit ruckartigen Bewegungen um und gingen davon, aber George blieb nur Zeit für ein flüchtiges Nicken in Howards Richtung, denn schon wurde er von einem anderen Soldaten angesprochen. Der Mann saß an einem Tisch neben George und deutete auf einen von fast einem Dutzend Bildschirmen, die darauf aufgebaut waren. »Der Kommandant der Raketenbasis Liverpool wünscht Sie zu sprechen, Sir«, sagte er.

Ein deutlicher Ausdruck von Unmut huschte über Georges Gesicht, aber er wandte sich trotzdem um und sah den Schirm an, auf dem das Antlitz eines vielleicht fünfzigjährigen, grauhaarigen Mannes erschienen war. Howard trat neugierig hinter George. Das Gesicht auf dem Bildschirm bewegte sich. Es war nicht einfach nur ein *Bild*. Trotz allem faszinierte Howard der Anblick noch immer.

»General Perkins?« begann George. Seine Stimme klang ungeduldig und nicht sehr freundlich. »Was gibt es?«

»Wir werden angegriffen, Wells«, antwortete Perkins in kaum weniger unfreundlichem Ton.

»Ach?« sagte George scharf. »Was glauben Sie, was wir hier tun? Crickett spielen?«

»Sie wissen genau, was ich meine«, antwortete Perkins zornig. »Wir können uns nicht mehr lange halten. Mit viel Glück eine halbe Stunde, und wahrscheinlich nicht einmal das. Wir müssen uns entscheiden.«

»Das ist bereits geschehen, General«, antwortete George. »Sie kennen meine Befehle, oder?«

Das Gesicht auf dem Bildschirm nickte und schüttelte gleich darauf den Kopf. »Ich beschwöre Sie, Commander«, sagte Perkins. »Geben Sie mir die Erlaubnis, die Raketen abzufeuern. Wenn wir es jetzt nicht tun, können wir es überhaupt nicht mehr.«

Howard sah deutlich, wie wütend George wurde. Aber er beherrschte sich und antwortete mit gepreßter, doch halbwegs ruhiger Stimme: »Das kann ich nicht, General. Bitte seien Sie vernünftig. Tun Sie nichts Unüberlegtes. Sie wissen, was geschehen ist, als wir es das letzte Mal versucht haben. Wollen Sie noch eine Großstadt vernichten?«

»Das geschieht doch sowieso«, antwortete Perkins. »Sie werden uns so oder so alle töten, Commander. Ich beschwöre Sie! Geben Sie mir die Erlaubnis, einen Atomschlag gegen R'lyeh zu führen. Das ist vielleicht unsere letzte Chance.«

»Nein«, sagte George. »Mein Entschluß steht fest. Wir werden diese Waffe nicht noch einmal einsetzen. Sie richtet mehr Schaden als Nutzen an. Sie kennen Ihre Befehle, General. Befolgen Sie sie!« Er schaltete ab, ehe Perkins noch einmal widersprechen konnte, und wandte sich mit einem hörbaren Seufzen zu Howard um.

»Ich bete, daß er nicht auf eigene Faust handelt«, sagte er. »Großer Gott, das hätte uns gerade noch gefehlt.«

»Was hat er damit gemeint, als er von einem *Atomschlag* sprach?« fragte Howard.

George zögerte. Er wich seinem Blick aus. »Eine … Waffe, die ich aus der Zukunft mitbrachte«, antwortete er schließlich. »Aber im nachhinein weiß ich, daß es nicht richtig war. Ihre Wirkung ist unvorstellbar. Sie vermag ganze Städte in einer einzigen Sekunde auszulöschen. Am Anfang hatten wir sogar einen gewissen Erfolg damit, doch als wir sie das zweite Mal einsetzen wollten, da drehten die Raketen kurz vor dem Ziel ab und nahmen Kurs auf Birmingham und Amsterdam. Beide Städte wurden vollkommen zerstört.« Er ballte zornig die Faust. »Verdammt, es ist einfach nicht fair, gegen *Zauberei* kämpfen zu müssen.«

»Was haben Sie nur getan, George?« fragte Howard leise. Er machte eine Geste, die den ganzen Raum einschloß. »Sprechende Bilder. Kanonen, die sich aus eigener Kraft auf Ketten fortbewegen. Maschinen, die fliegen. Waffen, die ganze Städte zu zerstören vermögen. Sie haben die Entwicklung von Jahrhunderten in wenig mehr als einem Jahrzehnt vorweggenommen. Ist Ihnen eigentlich klar, was Sie damit vielleicht angerichtet haben?«

Georges Reaktion war so heftig, daß sie selbst Howard im ersten Moment überraschte. »Schaden?!« fragte er. Seine Augen flammten auf. »Verdammt, Howard, wissen Sie überhaupt, was Sie da reden? Die menschliche Rasse kämpft um ihr Überleben, und so wie es aussieht, haben wir diesen Kampf schon verloren! Da draußen sterben in diesem Moment vielleicht Millionen von Menschen, und Hunderte von Millionen sind bereits gestorben! Welchen Schaden könnte ich wohl anrichten, der größer wäre?«

»Die Zeit ist ein empfindliches Gebilde, George«, sagte Howard, der sich plötzlich in die Defensive gedrängt sah. »Niemand kann ungestraft daran herummanipulieren.«

George lachte schrill. »Sie sind ja wahnsinnig«, sagte er. »Wir kämpfen hier um die Existenz dieses Planeten, und Sie, Sie … Sie erzählen irgend etwas vom Gefüge der Zeit und Dingen, die man nicht *darf*. Wissen Sie was? Es ist mir völlig egal, was ich *darf* und was nicht! Ja, vielleicht hab' ich die Zukunft verändert, mit dem, was ich tat, und vielleicht …«

»… ist das, was jetzt passiert, der Preis, den Sie dafür bezahlen«, unterbrach ihn Howard.

George starrte ihn an. Für eine Sekunde wich alle Farbe aus seinem Gesicht, und seine Hände begannen zu zittern. Dann konnte Howard regelrecht sehen, wie er den Gedanken von sich schob; und sei es nur, weil er einfach zu entsetzlich war, um ihn zu ertragen.

»Unsinn«, sagte er. »Das ist …«

»Sie brechen durch!«

Howard, George und Rowlf fuhren in der gleichen Sekunde herum, in der der Schrei erklang. Für einen Moment brach in dem riesigen Raum Tumult los. Die Generalstabskarte auf dem großen Wandschirm hatte einem Bild des Flußufers Platz gemacht. Die Verteidigungslinie war durchbrochen worden. Noch war die Lücke schmal, aber sie verbreiterte sich rasend schnell, als mehr und mehr und immer mehr Ungeheuer hindurchströmten und sich den Verteidigern entgegenwarfen, ungeachtet des mörderischen Feuers, das ihnen entgegenschlug. Und als wäre dies ein Signal gewesen, wankte die Front der Menschen plötzlich auch an zwei, drei anderen Stellen, und dann brach der gesamte Widerstand zusammen. Tanks, Geschütze und Männer wurden von der schwarzen Flut, die aus dem Fluß heraufquoll, einfach überrannt. Nur wenigen gelang es noch, zu fliehen.

»Das ist das Ende«, sagte George. »Jetzt gibt es nichts mehr, was sie noch aufhalten kann.«

Niemand antwortete darauf. In der Kommandozentrale hatte sich ein unheimliches Schweigen ausgebreitet. Alle Aufmerksamkeit konzentrierte sich auf den großen Schirm, auf dem der letzte Akt des Dramas in gnadenloser Klarheit zu sehen war. Die Ungeheuer stießen jetzt nur noch auf wenigen Widerstand, den sie brutal und ohne Rücksicht auf das eigene Leben brachen. Hier und da hatte sich eine kleine Gruppe Soldaten verschanzt, blockierte ein quergestellter Tank oder ein Geschütz eine Straße und forderten die Waffen der Menschen noch einmal einen Wegezoll in Form Hunderter regloser schwarzer Körper, die auf dem Schlachtfeld zurückblieben, doch der Ausgang dieser Kämpfe war immer gleich.

Ein dumpfes Grollen drang durch die dicken Wände zu ihnen herein. Howard spürte, wie der Boden sacht unter ihnen erzitterte. Plötzlich öffneten sich die Türen des Aufzuges wieder, und ein blutüberströmter Soldat in einer halb verkohlten Uniform taumelte herein. »Sie kommen«, stieß er atemlos hervor. Er machte einen letzten Schritt, fiel auf die Knie, krümmte sich und sagte noch einmal: »Sie kommen. Der Vernichter führt sie an.«

Howard sah aus den Augenwinkeln, wie George entsetzt zusammenfuhr, und sich eine erschrockene Bewegung im Raum breitmachte.

»Der Vernichter?« fragte er.

»Ihr Anführer«, sagte George. »So etwas wie ihr Heerführer, wenn Ihnen das Wort lieber ist. Er ist ein Mensch, keines von diesen Ungeheuern. Aber er ist fast schlimmer als sie.«

»Wer ist er?« fragte Howard alarmiert.

George zuckte mit den Achseln. »Das weiß niemand«, antwortete er. »Er erschien erst mehrere Jahre nachdem die Stadt aus dem Meer aufgetaucht war, doch erst nachdem er begonnen hatte, in die Kämpfe einzugreifen, wurde unsere Lage wirklich verzweifelt. Wenn die Zahlen stimmen, die man mir genannt hat, dann tauchte R'lyeh im Herbst des Jahres achtzehnhundertzweiundneunzig aus dem Meer auf. In den ersten sieben Jahren schien sie vollkommen leblos und verlassen. Es war unmöglich, sie zu betreten. Wer es versuchte, kam nicht zurück. Doch erst Jahre danach zeigten sich die ersten Ungeheuer. Es war nicht einmal schwer, sie zu besiegen. Sie waren stark, aber dumm. Doch dann kam der Vernichter. Am Neujahrstag des Jahres neunzehnhundert führte er die erste Armee von Monstern an die englische Küste, und der Krieg begann.« Er schloß die Augen, seufzte tief und schüttelte den Kopf. »Und heute endet er.«

Wieder erscholl hoch über ihren Köpfen eine Explosion, und diesmal war das Zittern des Bodens viel stärker. George drehte sich wieder herum, berührte einen Schalter auf dem Pult vor sich, und das Bild auf dem großen Schirm wechselte und zeigte nun die Straße unmittelbar vor dem Hotel, in dessen Keller sie sich befanden.

Howard sog erschrocken die Luft ein, als er sah, wie sehr sich die Szene verändert hatte.

Die Front der Angreifer hatte bereits die Straße erreicht, und ihr Vormarsch hatte nichts von seinem Schwung verloren. Die ersten Ungeheuer blieben hilflos in den Stacheldrahtverhauen und Barrikaden hängen oder starben unter den Schüssen der Verteidiger, doch wie am Fluß wurden ihre Verluste fast schneller ausgeglichen, als sie entstehen konnten. Immer mehr und mehr und mehr Monster erschienen zwischen den Häusern und rannten blindwütig in das Feuer der Gewehre und Geschütze, bis sich ihre Leichen so hoch auftürmten, daß die nachfolgenden regelrecht darüber hinwegklettern mußten. Howard sah, wie auch die ersten Menschen unter den Hieben ihrer dämonischen Feinde fielen, und die Lücken, die *sie* hinterließen, wurden nicht wieder geschlossen.

Zwei Tanks rollten auf klirrenden Ketten ins Bild. Ihre Geschütze feuerten ununterbrochen und rissen gewaltige Schneisen in die Front der Angreifer, und für eine Sekunde sah es beinahe so aus, als könne ihr Erscheinen das Blatt noch einmal wenden. Doch dann geschah etwas Grauenhaftes.

Am Himmel erschien einer jener riesigen, fliegenden Schatten. Rasch und lautlos wuchs er heran, stürzte plötzlich auf die Straße herab und traf einen der Tanks. Die genaue Form seines Körpers war nicht auszumachen; vielleicht hatte er keine. Es war, als schiebe sich eine riesige, pulsierende Qualle über das gepanzerte Fahrzeug, einem gigantischen Lappen aus schwarzglänzendem nassem Leder gleich, das den Tank vollkommen einhüllte. Plötzlich lief eine zuckende Bewegung durch die pulsierende Masse. Howard sah, wie sie sich zusammenzog wie eine Faust, die etwas zu zerquetschen versuchte, und er glaubte das splitternde Bersten der Panzerplatten regelrecht zu hören. Einen Augenblick später explodierte die Munition des Tanks. Der grelle Blitz riß nicht nur das Fahrzeug, sondern auch das Ungeheuer in Stücke und ließ brennende Fetzen in weitem Umkreis auf die Straße herabregnen. Dieser

Angriff brachte den endgültigen Aus-Schlag. Die wenigen Verteidiger, die überhaupt noch am Leben waren, wandten sich um und suchten ihr Heil in der Flucht, und auch der zweite Tank rollte plötzlich zurück und schoß jetzt nur noch, um die Angreifer auf Distanz zu halten.

George beugte sich vor und schaltete den Bildschirm aus. »Das war's«, sagte er ruhig. Im gleichen ruhigen Ton, aber mit erhobener Stimme, die überall im Raum zu hören sein mußte, fuhr er fort: »Wir evakuieren das Hauptquartier. Fliehen Sie. Versuchen Sie nicht, zu kämpfen, sondern sich irgendwie in Sicherheit zu bringen. Ich danke Ihnen allen. Und Gott schütze Sie.«

Niemand antwortete. Niemand reagierte, aber einen Moment später erschütterte eine gewaltige Explosion das Gebäude. Der Boden wankte, Schreie gellten auf, und in der Decke erschien plötzlich ein breiter, gezackter Riß, aus dem Staub und Trümmer regneten.

Howard zog erschrocken den Kopf ein, und auch George duckte sich einen Moment. Zwei oder drei Männer waren von Trümmerstücken verletzt worden und zu Boden gestürzt, doch ansonsten rührte sich immer noch niemand. Howard begriff, daß keiner von diesen Männern und Frauen hier tun würde, was George gesagt hatte. Und warum auch? Sie alle hatten mit eigenen Augen gesehen, daß es nichts mehr gab, wohin sie fliehen konnten.

George deutete plötzlich auf die Tür zu seinen Privaträumen »Kommen Sie, Howard«, sagte er ›Schnell.«

Howard und Rowlf folgten ihm, während er rasch den Raum durchquerte und dabei seine Aufforderung, sich in Sicherheit zu bringen, mehrmals lautstark – und ohne den mindesten Erfolg – wiederholte. Kurz bevor sie die Tür erreichten, erschütterte eine weitere Explosion das Gebäude. Das Licht flackerte und erlosch zum Teil. In der Luft lag plötzlich Brandgeruch, und als Howard im Laufen den Kopf wandte, sah er, daß ein gewaltiger Riß die gegenüberliegende Wand gespalten hatte, aus dem Flammen züngelten.

Sie stürmten in den Salon. Drei oder vier mit Maschinenpistolen bewaffnete Männer folgten ihnen, und George schloß die schwere Eisentür und legte einen Riegel vor, der allein massiv genug aussah, um einen Tank aufzuhalten.

Er hatte es kaum getan, als der Boden wieder zu zittern begann und auf der anderen Seite der Tür eine Reihe dumpfer, krachender Explosionen erscholl. Das Metall war dick genug, jeden anderen Laut zu verschlucken, doch Howard ahnte, was jetzt dort drüben geschah. Der Gedanke, daß all diese Menschen in diesem Moment starben, ohne daß er auch nur das mindeste tun konnte, machte ihn schier wahnsinnig.

George eilte an ihm vorbei, näherte sich der Zeitmaschine und bedeutete ihm und Rowlf, ihm zu folgen. Verwirrt gehorchte Howard und sah, daß George hektisch an den Kontrollen der Maschine zu hantieren begann. Plötzlich erscholl ein leises Summen, und das große Rad an ihrem hinteren Ende begann sich zu drehen.

»Was haben Sie vor?« fragte Howard. »Ich dachte, es gäbe keine Zukunft mehr, in die Sie reisen könnten.«

George verstellte mit konzentriertem Gesichtsausdruck die Hebel an seiner Maschine und sah erst dann auf. »Das habe ich auch gar nicht vor«, sagte er. »Aber vielleicht ist es noch möglich, Sie in Ihre Gegenwart zurückkehren zu lassen. Ich kann es Ihnen nicht garantieren, aber auf jeden Fall ist die Chance größer als die, die Sie haben, wenn Sie hierbleiben.«

Wie um seine Worte zu unterstreichen, erzitterte die Tür unter einem ungeheuren Schlag. Alle blickten erschrocken hin. Der Stahl hatte sich verzogen, hielt aber noch.

»Ich habe alles eingestellt«, fuhr George hastig fort. Er gestikulierte wild auf den Apparat vor sich. »Sie müssen nur diesen Hebel nach vorne drücken, der Rest geht von selbst. Beeilen Sie sich.«

Howard rührte sich nicht von der Stelle. »Und Sie?« fragte er.

George schüttelte den Kopf. »Ich bleibe hier«, sagte er. »Wohin sollte ich schon gehen? Außerdem gehöre ich hierher. Ich bin es diesen Leuten schuldig.«

»Dann bleiben wir auch«, sagte Howard.

»Unsinn!« antwortete George heftig. »Das nutzt niemandem. Kehren Sie ins Jahr achtzehnhundertzweiundneunzig zurück. R'lyeh erscheint zwar in diesem Jahr, aber Sie haben noch mehr als zwanzig Jahre, in denen Sie halbwegs sicher sein werden.«

Ein zweiter, noch heftigerer Schlag traf die Tür. Diesmal hielt sie nicht mehr stand. Der Riegel zerbarst, die Tür stürzte verbogen nach innen. Ein grüngeschuppter Koloß stürmte hindurch und wurde von einer Gewehrsalve der vier Soldaten regelrecht in Stücke gerissen, aber dem ersten Ungeheuer folgte ein zweites, ein drittes und viertes. Binnen weniger Augenblicke strömten mehr als zwei Dutzend TIEFE WESEN in den Salon, und auch jetzt wiederholte sich, was Howard schon mehrmals beobachtet hatte: Die Monster rannten einfach blind in das Feuer ihrer Gegner hinein und starben, doch sie kamen jedesmal ein bißchen näher, und schließlich erreichte das erste einen der Soldaten, warf sich gegen ihn und brach sterbend über ihm zusammen.

Der Kampf dauerte nicht einmal lange. Nach wenigen Augenblicken nur waren die vier Soldaten überwältigt, und Howard, George und Rowlf sahen sich einer geschlossenen Front riesiger, schuppiger Ungeheuer gegenüber. Aber sie griffen nicht an. Die TIEFEN WESEN beschränkten sich darauf, einen dichtgeschlossenen Kreis um die Zeitmaschine und sie zu bilden.

»Tun Sie es«, flüsterte George. »Ich flehe Sie an. Fliehen Sie, Howard. Vielleicht kann ich sie irgendwie ablenken.«

Howard schüttelte stumm den Kopf. Selbst wenn sie noch eine Chance gehabt hätten, die Maschine zu aktivieren und in die Vergangenheit zu fliehen, ehe die TIEFEN WESEN über sie herfielen – er wollte es nicht. Er hätte nicht leben können, mit dem Wissen um das, was geschehen würde.

Plötzlich teilte sich die Reihe der Ungeheuer, und eine einzelne, schlanke menschliche Gestalt trat auf sie zu.

Howards Herz schien einen Schlag zu überspringen und dann doppelt so schnell und mit schmerzhafter Wucht weiterzuhämmern. Seine Augen quollen vor Entsetzen schier aus den Höhlen, als er die schwarzhaarige Gestalt erkannte, die sich ihnen mit gemessenen Schritten näherte.

»Der Vernichter«, sagte George, und Howard fügte mit leiser, halb erstickter Stimme hinzu:

»Robert!«

Es war anders. Ich hatte nichts erwartet, und wenn, hätte ich nicht geglaubt, daß meine Erwartungen auch nur im entferntesten dem entsprächen, was ich sehen würde. Und doch war der Schritt hinein in die schwarze Pyramide ein Schritt in eine Welt gewesen, die sich so vollkommen von allem Bekannten und Vorstellbaren unterschied, daß jeder Versuch, sie mit Worten zu beschreiben, von vornherein zum Scheitern verurteilt war. Es gab nichts, was man beschreiben, was man irgendwie benennen konnte. Das gigantische Bauwerk schien vollkommen leer, aber zugleich von etwas erfüllt, das mit Blicken nicht wahrzunehmen war. Ich hatte nicht einmal mehr Angst.

Der Anblick des schwarzen, formlosen *Dinges,* das im Wasser am Grunde des gewaltigen Schachtes schwamm, der vor unseren Füßen gähnte, erfüllte mich mit einem vollkommen neuen, bizarren Gefühl, das ich niemals zuvor erlebt hatte.

Ich stand Cthulhu selbst gegenüber. Es gab keinen Zweifel, keine Vermutung, kein Ahnen. Der Koloß dort unten war Cthulhu, der schrecklichste der GROSSEN ALTEN, der seit zweimal hundert Millionen Jahren ertrunken am Grunde dieses Schachtes lag und auf das Erwachen wartete.

Und doch verspürte ich weder Furcht noch Entsetzen. Ich kam mir klein vor, winzig und so unwichtig, daß mir selbst der Gedanke, dieses ungeheuerliche Wesen dort unten könnte so etwas wie Zorn oder Haß mir gegenüber empfinden, plötzlich lächerlich vorkam, denn ich war viel zu klein und bedeutungslos, um von diesem Wesen überhaupt wahrgenommen zu werden.

Ich konnte seinen Körper nicht richtig erkennen. Er war unvorstellbar groß und massig, und ich hatte einen vagen Eindruck von langen, sich schlängelnden Armen, die wie wehendes Haar im Wasser trieben, einem papageienschnabeligen Schädel und großen blinden Augen, aus denen das Leben gewichen war, um nun dem Tod Platz zu machen. Es war Cthulhu. Und er würde erwachen. Jetzt.

»Nein«, flüsterte ich. »Bitte, Crowley ... Tun Sie es nicht.«

Obwohl ich die Worte nur gehaucht hatte, hallten sie als vielfach gebrochenes, spöttisch verzerrtes, meckerndes Lachen von den schwarzen Wänden über unseren Köpfen wider, und ich hätte Crowley nicht einmal anzusehen brauchen, um die Antwort in seinen Augen zu lesen.

Doch ich erlebte eine Überraschung, als ich mich schließlich mühsam vom Anblick des schwarzen Giganten unter uns losriß und ihn ansah. Der Triumph und die Zufriedenheit, die ich erwartet hatte, waren nicht da. Crowley sah mich sehr ernst an und mit einem Ausdruck von Trauer, den ich nicht verstand.

»Ich kann nichts daran ändern, Robert«, sagte er. »Alles wird so kommen, wie SIE es vorgesehen haben. Man kann nichts ändern, was bereits geschehen ist.«

»Dann tun Sie es«, sagte ich. »Bringen Sie es endlich hinter sich.«

Crowley sah mich fragend an. Er schien gar nicht zu begreifen, was ich meinte.

»Töten Sie mich«, sagte ich. »Stoßen Sie mich hinab oder opfern Sie mich, aber tun Sie, was immer Sie tun müssen.«

»Es ist nicht Ihr Tod, den ich will, Robert«, sagte Crowley. »Ich dachte, er wäre es, aber ich habe mich getäuscht. Wir brauchen nicht Sie, sondern etwas *von* Ihnen.«

Er trat einen Schritt vom Rand des Schachtes zurück und machte eine auffordernde Bewegung, die Joshua galt. Der Junge war am Rand der Grube niedergekniet und blickte mit verzücktem Gesichtsausdruck auf den schlafenden Gott hinab, trotzdem registrierte er Crowleys Geste, denn er erhob sich – wenn auch widerwillig – und trat ebenfalls neben mich.

»Ich sehe, daß Sie noch immer nicht verstehen, Robert«, sagte Crowley. »Deshalb will ich es Ihnen erklären. Sie wissen, daß es nicht diese Mauern sind, die Cthulhu halten. Es sind die SIEBEN SIEGEL DER MACHT, mit denen die Älteren Götter seinen Schlaf besiegelten, und solange sie existieren, kann keine Gewalt des Universums die Mauern dieses Gefängnisses brechen. Vor fünf Jahren, als Priscylla die SIEGEL zusammenfügte und Sie tötete, da wären SIE beinahe erwacht. Doch es geschah etwas Unvorhergesehenes.« Er lächelte, als er meine Verwirrung registrierte. »Es ist schade, daß uns nicht mehr Zeit bleibt, um miteinander zu reden, Robert«, sagte er. »Ich würde Ihnen gern mehr über die Natur der Kräfte erzählen, deren Erbe Sie sind. Was Ihnen Ihr Vater übergab, war mehr als Magie. Sie sind ein Wächter, Robert. Ihr magisches Erbe ist das siebte der SIEBEN SIEGEL DER MACHT, und so wie Sie es von Ihrem Vater erhielten, erhielt er es von seinem und dieser wieder von seinem und so weiter. Als Sie starben, hätte die Kette unterbrochen sein sollen, damit diese siebte Komponente den anderen sechs hinzugefügt werden kann, um das SIEGEL zu brechen. Doch im Moment Ihres Todes wurde ein neuer Wächter geboren, und Ihr magisches Erbe ging auf ihn über, statt in Priscyllas Hände zu fallen.«

Ungläubig starrte ich ihn an. »Sie meinen, daß ...«

»Sie sind Vater, Robert«, sagte Crowley, und diesmal war sein Lächeln eindeutig spöttisch. »Der gefallene Engel, den Sie in Necrons Drachenburg trafen, ist die Mutter Ihres Kindes, das im Augenblick Ihres Todes geboren wurde.«

Ein Gefühl eisigen Entsetzens breitete sich in meinem Magen aus. Ich begriff, was diese Worte bedeuteten, und im gleichen Moment wußte ich auch die Antwort auf alle anderen Fragen, die mich bisher gequält hatten – aber ich weigerte mich mit aller Macht, dieses Begreifen zu akzeptieren.

»Trotzdem«, fuhr Crowley fort, »hätte dies unsere Pläne nicht wirklich vereitelt, allenfalls ein wenig verzögert, denn das Kind fiel in unsere Hände, so daß es nur noch nötig war, einige wenige Jahre zu warten und für seine Erziehung zu sorgen. Doch Ihr Freund Howard holte Sie von den Toten zurück, noch bevor sich Ihr Erbe vollständig auf Ihren Sohn übertragen konnte. Ein wenig von Ihrer Magie blieb Ihnen, Robert. Nicht viel, doch genug, daß das SIEGEL nicht komplett war. Natürlich suchten wir Sie, doch Ihre Freunde verbargen Sie an einem Ort, an dem nicht einmal wir Sie aufspüren konnten – dem Tod. So mußten wir warten, bis Sie von selbst wieder auftauchten. Ihr Freund Howard selbst führte uns schließlich auf Ihre Spur. Eigentlich müßte er uns sogar dankbar sein; immerhin bewahrten wir ihn dafür vor seiner Hinrichtung. Doch nun ist die Zeit des Wartens vorbei. Mit meiner Hilfe wird Ihr Sohn nun auch den Rest seines Erbes erhalten und tun, wozu ich ihn erzogen habe.«

Ich hörte seine Worte kaum. Ich stand da, unfähig, mich zu rühren, unfähig, einen klaren Gedanken zu fassen, ja selbst ohne zu atmen, und starrte den fünfjährigen Knaben neben Crowley an. Joshua Pasons.

Meinen Sohn.

Es war nicht wirklich Robert Craven. Er war ein wenig älter, ein Mann Mitte Dreißig, eine Spur größer und von etwas schlankerem Wuchs, und sein Gesicht hatte einen grausamen Zug, den es in Robert Cravens Antlitz nicht gegeben hatte. Und trotzdem: Er sah ihm zum Verwechseln ähnlich. Es war nicht allein die gezackte Strähne in seinem Haar. Er hatte Robert Cravens Gesicht. Nicht das Gesicht eines Bruders, nicht das eines Doppelgängers, sondern das eines … *Sohnes*?

Der Vernichter kam langsam näher, und auf seinen Lippen begann sich ein dünnes, grausames Lächeln breitzumachen, als er abwechselnd in Howards, Rowlfs und Georges Gesichter blickte. Die TIEFEN WESEN, die eine lebende Gasse für ihn bildeten, wichen respektvoll vor ihm zurück, und Howard konnte die Aura von Macht, die diesen Mann umgab, deutlich spüren. Schon seine Bewegungen, jede noch so winzige Geste, waren die eines Herrschers.

Zwei Schritte vor ihnen blieb er stehen, musterte noch einmal und aufmerksamer ihre Gesichter und wandte seine Konzentration dann der Zeitmaschine zu. Sein Blick blieb für einen Moment auf dem großen Rad an ihrem Heck hängen, das sich noch immer langsam drehte. Dann wandte er sich direkt an George.

»Sie sind also der Mann, den sie den Commander nennen«, sagte er. »Ich freue mich, Sie endlich kennenzulernen. Ich habe lange auf diesen Tag gewartet.«

George schwieg. Sein Gesicht war wie aus Stein. Der Vernichter sah ihn sekundenlang aus spöttisch glitzernden Augen an, dann drehte er sich herum und trat auf Howard zu.

»Sie kenne ich nicht«, sagte er. »Ich weiß zwar, daß es gegen die Etikette verstößt, aber würden Sie sich in Anbetracht der Umstände ausnahmsweise einmal selbst vorstellen?«

»Du bist es«, murmelte Howard. Seine eigene Stimme klang fremd in seinen Ohren. Es fiel ihm schwer, zu sprechen oder auch nur einen klaren Gedanken zu fassen.

Der Vernichter legte den Kopf auf die Seite. »Wer bin ich?«

»Sein Sohn«, sagte Howard. »Du bist Robert Cravens Sohn. Das Kind, das in jener Nacht geboren wurde.«

Der Vernichter blinzelte. Er schien überrascht, verwirrt – und auch deutlich erschrocken. Aber Howard wußte, daß er recht hatte. Es war nicht nur die äußerliche Ähnlichkeit. Er *spürte*, daß er Roberts Erbe gegenüberstand, dem Kind, das Shadow in jener entsetzlichen Nacht, in der Andara-House niederbrannte, zur Welt gebracht hatte. Also war jenes andere Kind, das vor seinen Augen in den Flammen gestorben war, nur ein Wechselbalg gewesen, eine Kreatur der GROSSEN ALTEN, die einzig dazu gedient hatte, ihr grausames Verwirrspiel komplett zu machen.

»Sie kannten meinen Vater?« fragte der Vernichter.

»Wir ... waren gute Freunde«, sagte Howard schleppend. Plötzlich fuhr er zusammen. »Was haben Sie mit ihm gemacht?« fragte er. »Was ist mit ihm geschehen?«

Der Blick des Vernichters wurde bohrend. Etwas ging hinter seinen Augen vor, das Howard nicht verstand, aber überdeutlich spürte. Hinter dem scheinbar unbewegten Gesicht tobte ein Sturm von Gefühlen.

»Nichts«, sagte er schließlich. »Nichts, was ... irgend etwas geändert hätte. Alles war vorausbestimmt.«

Die letzten Worte hatte er fast geflüstert. Sekundenlang starrte er an Howard vorbei ins Leere, dann gab er sich einen sichtbaren Ruck, drehte sich wieder herum und trat abermals auf die Zeitmaschine zu. Seine Finger glitten über das metallene Gestell, betasteten die Armaturen und Hebel und strichen über das rote Leder des Sitzes. »Das also ist sie«, sagte er. »Die berühmte Zeitmaschine.« Er sah kurz zu George auf. »Sie haben sie gebaut, nicht wahr?«

George schwieg noch immer. Aber es fiel ihm jetzt sichtlich immer schwerer, die Beherrschung zu wahren.

»Ich muß Ihnen dazu gratulieren«, fuhr der Vernichter fort. »Ein prachtvolles Stück. Und eine geniale Konstruktion. Sie hat uns sehr viele unserer Diener gekostet. Und uns mehr Schwierigkeiten bereitet als alles andere.«

»Danke«, sagte George gepreßt. »Aber es wäre mir

lieber, wenn Sie Ihre Komplimente für sich behielten.«

»Aber ich meine es ehrlich«, antwortete der Vernichter in fast verletztem Tonfall. »Sie und ich stehen auf verschiedenen Seiten, Mr. Wells, aber trotzdem respektiere ich Sie.«

»Vielen Dank«, sagte George verächtlich. »Ich verzichte auch auf Ihren Respekt.«

Der Mann mit Robert Cravens Gesicht schien noch etwas sagen zu wollen, schüttelte aber dann nur den Kopf und wandte seine Aufmerksamkeit wieder der Maschine zu. Schließlich riß er sich mit einem Ruck davon los und drehte sich herum. »Geht!« sagte er. »Laßt uns allein!«

Die Worte galten seinen dämonischen Begleitern. Im ersten Moment reagierten die Geschöpfe nicht einmal, und wenn ihre starren Fischgesichter überhaupt dazu in der Lage waren, ein Gefühl auszudrücken, so waren es Überraschung und Unglauben, die Howard darauf las. Doch dann wiederholte der Vernichter seinen Befehl, und die TIEFEN WESEN wandten sich eines nach dem anderen um und verließen den Salon. Nur vier von ihnen, die mit beidseitig geschliffenen Schwertern und langen Spießen bewaffnet waren, blieben zurück.

Der Vernichter seufzte. »Ja, das ist mein Fluch«, sagte er. »Diese vier sind so etwas wie meine Leibwache, dazu bestimmt, in jeder Sekunde auf mich aufzupassen.« Die Worte waren an Howard gerichtet, und sie klangen beinahe wie eine Entschuldigung.

Wieder drehte sich der Vernichter zu der Zeitmaschine um und strich wie liebkosend mit den Händen über die Armaturen. »Sagen Sie, Mr. Wells«, fragte er, »funktioniert sie noch?«

George schwieg.

»Also ja«, fuhr der Vernichter fort. »Wenn auch nur noch in eine Richtung, wie ich annehme.«

Es gelang George nicht völlig, seine Überraschung zu verbergen, und auf den Zügen des jungen Mannes mit der weißen Strähne im Haar breitete sich ein Lächeln aus. »Es ist schade, daß wir nicht eher Gelegenheit hatten, uns über das Wesen der Zeit zu unterhalten«, sagte er. »Auch ich verstehe mich ein wenig darauf, wissen Sie? Es hätte sicher Spaß gemacht, unser Wissen auszutauschen.« Sein Lächeln erlosch wie abgeschnitten, und er wandte sich wieder an Howard.

»Ein guter Freund meines Vaters«, sagte er leise. »Dann müssen Sie Howard Lovecraft sein.«

»Das stimmt«, sagte Howard. »Und wie ist Ihr Name? Ich meine – es ist etwas lästig, Sie immer nur den *Vernichter* nennen zu müssen.«

»Das ist richtig«, antwortete der junge Mann. »Wenngleich mir die Bezeichnung schmeichelt, wie ich gestehen muß. Mein Name ist Joshua. Erzählen Sie mir von meinem Vater.«

Howard war völlig überrascht. Glaubte dieser Mann, der vor ihren Augen das Heer angeführt hatte, das die letzte Bastion der freien Menschen überrannte, tatsächlich, daß dies der richtige Moment war, um Konversation zu machen?

»Ich wüßte nicht, was ich mit Ihnen zu bereden hätte«, sagte er. Der Haß, der in seinen Worten mitschwang, erschreckte ihn fast selbst. »Das einzige, was Sie wissen sollten, ist vielleicht, daß Sie Ihrem Vater so unähnlich sind, wie es nur geht. Sie sehen aus wie er, aber das ist wirklich schon alles.«

Joshua wirkte ehrlich betroffen. »Es schmerzt

mich, wenn Sie das wirklich glauben«, sagte er. »Ich habe meinen Vater nie kennengelernt, wissen Sie? Das heißt, nicht so, wie ich das wollte. Ich habe mir immer gewünscht, ich hätte es, aber das Schicksal hat es nun einmal nicht anders gewollt.«

»Das Schicksal?« Howard lachte bitter. »Nun, wenn Sie es so nennen wollen.«

»Sie nicht?« erwiderte Joshua.

Howard wußte, daß er sich mit diesen Worten vermutlich um Kopf und Kragen redete, aber er hatte nicht mehr die Kraft, sich weiter zu beherrschen. »Sie sind ein Ungeheuer, Joshua«, sagte er. »Sie wollen wissen, wie Ihr Vater war? Ich kann es Ihnen sagen, mit wenigen Worten sogar.« Er hob anklagend den Arm und deutete auf die Tür, hinter der sich der verwüstete Raum erstreckte. »Gehen Sie hinaus und sehen Sie sich um«, fuhr er erregt fort. »Sehen Sie sich diese zerstörte Stadt an, die Welt, die Sie in Schutt und Asche gelegt haben. Schauen Sie auf all das Leid und das Unglück, das Sie über die Menschen gebracht haben. Gehen Sie hinaus in die Welt und sehen sich jeden einzelnen Toten an, jede zerstörte Stadt und jeden verbrannten Fußbreit Boden. Sehen Sie sich alles an, was mit Ihrer Hilfe geschehen ist, und Sie wissen, wie Ihr Vater nicht war.«

Joshua starrte ihn schweigend an. Er wurde nicht zornig, wie Howard erwartet hatte, und er wischte seine Worte auch nicht mit einer Handbewegung beiseite. Der Gedanke kam Howard fast selbst absurd vor, und doch spürte er, daß seine Worte den jungen Mann getroffen und tief verletzt hatten.

»Und das alles glauben Sie wirklich von mir?« sagte er schließlich.

»Nein«, korrigierte ihn Howard kalt. »Ich weiß es.«

Joshua seufzte. Er schloß die Augen, stand fast eine Minute lang so da, und er schien in dieser Zeit nicht einmal zu atmen. »Sie haben recht«, sagte er plötzlich.

Howard tauschte einen verblüfften Blick mit George, gewahrte aber auch in dessen Zügen nichts als Überraschung und Mißtrauen.

»Ich verlange nicht, daß Sie mir glauben«, fuhr Joshua fort. »Doch ich weiß, wovon Sie reden. Ich habe diesen Krieg nicht gewollt.«

»Warum führen Sie ihn dann?« fragte Howard.

»Weil ich es muß«, antwortete Joshua. »Ich weiß, Sie halten mich für den Heerführer der GROSSEN ALTEN, und in gewissem Sinne bin ich es vielleicht sogar. Zugleich aber bin ich nur ein Werkzeug. Mein eigener Wille zählt nichts. Ich habe gesehen, was draußen in der Welt vorgeht, und ich habe es nicht genossen, wenn es das ist, was Sie glauben. Im Gegenteil. Es gibt keine Nacht, in der mich nicht Alpträume plagen, keine Sekunde, in der ich nicht die Blicke all der Toten auf mich gerichtet fühle, kein Atemzug, in dem ich nicht den Schmerz spüre, den ich über die Welt gebracht habe.«

Howards Verwirrung wuchs ins Unermeßliche. Joshuas Worte klangen nicht nur echt – er *spürte,* daß sie es waren. Noch vor einer Sekunde hätte er nicht geglaubt, daß dieser Mann, der so unendlich viel Leid über die Menschheit gebracht hatte, der für den Tod so unvorstellbar vieler Menschen verantwortlich zeichnete, überhaupt zu irgendeinem Gefühl fähig war. Und trotzdem spürte er plötzlich, daß jedes Wort, das Joshua gesagt hatte, der Wahrheit entsprach. Aber änderte das etwas?

»Wie oft habe ich mir gewünscht, es ungeschehen zu machen«, fuhr Joshua fort. »Wie sehr habe ich darum gebetet, eine zweite Chance zu bekommen, auch wenn es mein eigenes Leben kosten würde. Aber was geschehen ist, kann nicht rückgängig gemacht werden.«

Während er sprach, hatte sich Rowlf, rückwärts gehend und sehr langsam einige Schritte von der Maschine entfernt. Howard hatte die Bewegung aus den Augenwinkeln heraus verfolgt, hütete sich aber, auch nur den Kopf zu wenden, um nicht Joshuas oder gar die Aufmerksamkeit der vier Dämonen auf seinen Freund zu lenken. Er ahnte, was Rowlf vorhatte. Der rothaarige Riese näherte sich langsam dem Leichnam eines Soldaten. Wenn er Erfolg hätte, dachte Howard, dann würden sie alle dies mit dem Leben bezahlen müssen, aber vielleicht war das ein geringer Preis.

»Ihr Leiden rührt mich wirklich zu Tränen«, sagte er sarkastisch und in bewußt verletzendem Ton, um Joshuas Aufmerksamkeit ganz auf sich zu ziehen. »Wirklich, ich bin sicher, daß auch Ihr Vater tiefes Mitleid mit Ihnen empfunden hätte. Es ist auch ziemlich ungerecht, mit Alpträumen bestraft zu werden, wenn man ein paar hundert Millionen Menschen auf dem Gewissen hat.«

Joshua senkte traurig den Blick. Er sagte nichts, doch Howard spürte abermals, wie sehr ihn diese Worte verletzten. Konnte es sein, daß Joshuas Bedauern wirklich ernst gemeint war?

Rowlf hatte den toten Soldaten fast erreicht. Er blieb noch einmal stehen, um nicht im allerletzten Moment doch noch entdeckt und aufgehalten zu werden, denn eines der vier TIEFEN WESEN, die bei ihnen zurückgeblieben waren, stand nur einen guten Schritt von ihm entfernt. Aber plötzlich fuhr er herum, warf sich mit weit ausgestreckten Armen zu Boden und ergriff noch im Sturz die Waffe des Toten.

Das TIEFE WESEN reagierte mit übermenschlicher Schnelligkeit. Rasend schnell fuhr es herum und auf Rowlf zu, und es hätte ihn zweifellos erwischt, hätte es sich einfach auf ihn gestürzt und ihn mit seinen unmenschlichen Kräften gepackt. Doch es beging den Fehler, sein Schwert ziehen zu wollen, und diese Zeit, so kurz sie auch sein mochte, war zu viel.

Rowlf rollte herum, riß in der gleichen Bewegung die Maschinenpistole hoch und zog den Abzug. Ein peitschendes Rattern erklang. Der unerwartete Rückstoß riß Rowlf die Waffe fast aus der Hand, so daß der größte Teil der Salve weit über das TIEFE WESEN hinwegfuhr und harmlos in die Decke klatschte. Doch eines der Geschosse traf das Gesicht des Ungeheuers. Das TIEFE WESEN taumelte zurück und ließ seine Waffe fallen. Noch ehe es zu Boden stürzen konnte, war Rowlf aufgesprungen, brachte die Waffe wieder in Anschlag und feuerte erneut. Die Geschoßgarbe traf die Brust eines zweiten Dämonen, schleuderte ihn zu Boden und verletzte noch einen dritten. Andere Kugeln prallten gegen die Wand und heulten als Querschläger davon, so daß sich auch Howard, George und Joshua erschrocken duckten.

Rowlf sprang mit einem triumphierenden Heulen herum, richtete seine Waffe auf das letzte verbliebene TIEFE WESEN und zog den Abzug.

Nichts geschah. Ein Ausdruck erschrockener Verblüffung breitete sich auf Rowlfs Gesicht aus. Er drückte noch einmal ab, und noch einmal und noch einmal, aber die Waffe in seinen Händen blieb stumm. Ihr Munitionsvorrat war aufgebraucht.

Das TIEFE WESEN hob seinen Speer und drang mit einem schrillen, zornigen Kreischen auf ihn ein. Rowlf parierte den ersten Hieb mit dem Kolben seines Gewehres, das er herumgedreht hatte und nun wie eine Keule führte, und entging so der rasiermesserscharfen Spitze. Doch allein die Wucht des Schlages reichte, ihn zu Boden zu schmettern. Sofort war das TIEFE WESEN über ihm und hob seinen Speer zum entscheidenden, tödlichen Stoß.

»Halt!«

Joshuas Befehl ließ das Wesen mitten in der Bewegung erstarren. Der Vernichter stand in verkrampfter Haltung neben der Zeitmaschine. Die rechte Hand hatte er befehlend gegen das TIEFE WESEN ausgestreckt, die andere gegen die Seite gepreßt. Zwischen seinen Fingern quoll dunkles Blut hervor. Howard begriff, daß ihn eines der Geschosse getroffen haben mußte.

»Töte ihn nicht!« sagte er noch einmal.

Das TIEFE WESEN stand noch immer in der gleichen erstarrten Haltung da. Es zögerte sichtlich, Joshuas Befehl zu befolgen. Schließlich aber wich es doch einen Schritt von Rowlf zurück, hielt seinen Speer jedoch weiter drohend auf das Gesicht des Hünen gerichtet.

Joshua stieß sich mit einer mühsamen Bewegung von der Zeitmaschine ab und ging auf Rowlf zu. Er bewegte sich schleppend, mit kleinen, abgehackten Schritten, und er hinterließ eine dünne Blutspur auf dem Boden. Seine Verletzung mußte sehr schwer sein, dachte Howard.

Joshua trat an einen anderen toten Soldaten heran, bückte sich umständlich und hob dessen Waffe auf. Nachdem er sich sorgfältig davon überzeugt hatte, daß sie geladen war, richtete er sich wieder auf und ging langsam auf Rowlf zu. Der Lauf der Maschinenpistole, die er mit nur einer Hand hielt, war auf dessen Gesicht gerichtet.

Howard schloß mit einem Stöhnen die Augen. Er wußte, was nun kam. Zweifellos hatte Joshua das TIEFE WESEN nur zurückgehalten, um Rowlf eigenhändig töten zu können.

Joshua blieb breitbeinig über den rothaarigen Riesen gebeugt stehen und sah ausdruckslos auf ihn herab. Dann bewegte er sich wieder ein Stück zurück und machte eine befehlende Geste in Richtung der Amphibienkreatur. Er begleitete die Bewegung mit einigen abgehackten, unheimlich klingenden Worten einer fremdartigen Sprache. Das TIEFE WESEN antwortete auf die gleiche Weise, und obwohl Howard die Worte natürlich nicht verstehen konnte, erkannte er doch die Verwirrung, mit der Joshuas Befehl die Kreatur offensichtlich erfüllte. Dann wiederholte Joshua seine Worte, und das Wesen ließ endlich seinen Speer sinken, hob beide Hände über den Kopf und begann mit den schwimmhäutigen Fingern komplizierte Muster in die Luft zu zeichnen.

Plötzlich bildete sich eine Wand hinter ihm; ein grün leuchtender, ovaler Umriß von mehr als Mannsgröße.

Howard hielt erstaunt den Atem an, als das Licht rasch an Intensität gewann und aus dem Umriß eine leuchtende Fläche und dann eine Öffnung wurde, hinter der sich ein zuckender, von giftig grüner Helligkeit erfüllter Gang erstreckte. Das Wesen hatte ein

Tor erschaffen. Vermutlich, um Hilfe herbeizurufen oder Joshua möglichst schnell an einen Ort zu bringen, an dem er versorgt werden konnte.

»O verdammt, tut das weh.« Joshua wankte. Feiner Schweiß erschien auf seiner Stirn. »Ich fürchte, ich habe Sie trotz allem unterschätzt«, sagte er, an Howard gewandt. »Und vor allem Ihren tapferen Freund hier.« Der Gewehrlauf richtete sich wieder auf Rowlfs Gesicht. »Tapfer, aber auch sehr dumm. Mich zu töten würde überhaupt nichts mehr ändern. Jetzt nicht mehr. Das heißt, nicht für Sie und mich. Aber vielleicht für ihn.«

Und damit drehte er sich herum, hob blitzschnell seine Waffe und drückte ab.

Die Salve klang in der Enge des Salons wie eine Folge von Kanonenschüssen. Aus unmittelbarer Nähe abgeschossen, rissen die Kugeln das TIEFE WESEN regelrecht in Stücke. Es wurde zurückgeschleudert, prallte gegen die Wand und sank leblos daran zu Boden.

Joshua taumelte. Seine Kräfte versagten endgültig. Er fiel auf die Knie, stürzte nach vorn und fing sich noch im letzten Moment mit den Armen wieder ab. Gleichzeitig erwachte auch George aus seiner Erstarrung und bewegte sich blitzschnell auf ihn zu. Aber nicht schnell genug. Mühsam hob Joshua die Waffe und richtete den Lauf auf George, der mitten in der Bewegung erstarrte.

»Tun Sie es nicht«, sage Joshua gepreßt. »Ich ... habe keine Zeit mehr für lange Erklärungen. Hören Sie mir einfach zu, und glauben Sie mir.«

»Glauben?« fragte George. »Warum sollte ich das?«

»Weil Sie gar keine andere Wahl mehr haben, Sie

Narr«, antwortete Joshua stöhnend. »Und außerdem nichts mehr zu verlieren. Hören Sie mir zu, Howard, helfen Sie mir.«

Howard starrte immer noch fassungslos auf ihn herab. Er begriff einfach nicht, was er gerade gesehen hatte, geschweige denn, *warum* Joshua seinen eigenen Diener erschossen hatte. Aber zu seiner eigenen Überraschung sah sich Howard plötzlich auf Joshua zugehen und die Hand ausstrecken, um ihm beim Aufstehen behilflich zu sein.

»Hören Sie mir zu«, fuhr Joshua fort. »Wir haben nicht viel Zeit. Sie werden jeden Moment hier sein.«

»Wer?« fragte Howard.

»Die, die Sie die GROSSEN ALTEN nennen«, antwortete Joshua stöhnend. »Ich weiß, daß sie auch mich töten werden. Ich wußte es die ganze Zeit. Ich war nur ein Werkzeug, das sie am Leben ließen, solange es ihnen von Nutzen war. Ich habe all die Jahre verzweifelt über eine Möglichkeit nachgedacht, das Schicksal doch noch zu wenden.«

»Er lügt!« sagte George. »Glaubt ihm kein Wort!«

Joshua stöhnte. Hätte Howard ihn nicht gestützt, wäre er wieder zusammengebrochen. Zwischen seinen Fingern quoll immer mehr und mehr Blut hervor, und zum ersten Mal kam Howard der Gedanke, daß die Wunde, die Rowlf ihm zugefügt hatte, vielleicht tödlich war. »Sie verdammter Narr«, sagte er. »Wer, glauben Sie, hat Ihnen erlaubt, mit Ihrer Maschine nach Belieben in der Zeit herumzufahren? Ich! Ich hätte Sie jederzeit daran hindern können. Haben Sie vergessen, daß auch die GROSSEN ALTEN die Zeit manipulieren?«

George blinzelte ungläubig, aber Howard machte eine rasche Geste, zu schweigen.

Joshuas Zeit lief ab, um so schneller, wenn seine Behauptung, daß die GROSSEN ALTEN sich auf dem Weg hierher befanden, der Wahrheit entsprach.

»Vielleicht gibt es noch eine winzige Chance«, sagte Joshua plötzlich. »Ihre Zeitmaschine, George. Arbeitet sie noch?«

George zögerte immer noch. Doch dann warf Howard ihm einen auffordernden Blick zu, und er nickte. »Ja. Warum fragen Sie?«

»Weil diese Maschine vielleicht unsere letzte Chance ist«, sagte Joshua. »Auch die Tore vermögen die Zeit zu überwinden, aber sie kann ich nicht benutzen, ohne daß die GROSSEN ALTEN über jeden meiner Schritte informiert sind. Mit Ihrer Maschine dagegen kann ich von ihnen unbemerkt in die Vergangenheit reisen. Bitte, George. Ich beschwöre Sie. Vertrauen Sie mir einfach. Sie haben nichts mehr zu verlieren.«

George zögerte immer noch, und plötzlich hob Joshua das Gewehr, drehte es herum und reichte ihm die Waffe. George griff danach, aber offensichtlich war es ein reiner Reflex, denn sein Gesichtsausdruck machte deutlich, wie wenig er damit anzufangen wußte.

»Nehmen Sie sie«, sagte Joshua. »Und wenn Sie auch nur eine Sekunde lang glauben, daß ich Sie hintergehe, dann erschießen Sie mich. Und jetzt helfen Sie mir, auf dieses Ding zu steigen.«

Er deutete auf die Zeitmaschine. George riß ungläubig die Augen auf, und auch Howard und Rowlf, der sich mittlerweile ebenfalls wieder erhoben hatte, sahen sich verblüfft an.

Joshua deutete auf das Tor, dessen grünes Leuchten das ganze Zimmer erfüllte. »Sie sollten sich beeilen, Howard. Es ist so eingestellt, daß es nur Sie beide passieren läßt und hinterher wieder erlischt. Gehen Sie. Dieser Weg bringt Sie zurück ins Jahr achtzehnhundertzweiundneunzig.«

»Und Sie?« fragte Howard.

Statt einer Antwort hob Joshua die linke, blutige Hand, die er bisher gegen seine Seite gepreßt hatte. »Ich hoffe, die Zeit reicht noch, um zu tun, was ich tun muß«, sagte er. »Aber wenn es einen Gott gibt, dann läßt er mir diese letzte Chance.«

»Aber was ...«, begann Howard.

Doch Joshua hörte nicht mehr zu. Mühsam und nur mit Georges Hilfe gelang es ihm, auf den Ledersitz der Zeitmaschine zu steigen. George nahm neben ihm Aufstellung, streckte die Hand nach den Kontrollen aus und zögerte noch einmal. Auf seinem Gesicht war der Kampf, der sich in seinem Inneren abspielte, deutlich zu erkennen.

»Schnell!« sagte Joshua. »Erklären Sie mir, wie ... sie funktioniert. Schnell! Die GROSSEN ALTEN kommen!«

George streckte die Hand nach dem großen Hebel aus, der die Maschine in Bewegung setzen würde, und zögerte noch eine allerletzte Sekunde. Sein Blick suchte noch einmal den Howards, und Howard las eine solche Verwirrung und Unsicherheit in seinen Augen, daß sie fast körperlich schmerzen mußte. Aber dieser Moment hielt nur noch eine Sekunde. Plötzlich erklang von draußen ein dumpfer, grollender Laut, nicht das Donnern einer Explosion, sondern etwas wie das Brüllen eines unvorstellbaren Ungeheuers, das näher kam und im Zorn aufschrie, vielleicht, weil es den Verrat spürte, der sich hier anbahnte.

»Es ist ganz einfach«, sagte George. »Sie stellen nur hier die Jahreszahl ein, zu der Sie reisen wollen, und drücken den großen Hebel nach vorne. Das ist alles. Welches Datum …«

Joshua versetzte ihm einen Stoß, der ihn überrascht aufschreien und zurücktaumeln ließ. Noch ehe einer von ihnen auch nur Gelegenheit hatte, irgend etwas zu tun, stieß Joshua den Hebel mit einem Ruck nach vorne. Das große Rad im hinteren Teil der Zeitmaschine begann sich zu drehen, wurde schneller und schneller, bis es zu einem flirrenden Schatten geworden war – und die Maschine verschwand.

Das Brüllen wiederholte sich. Howard warf einen hastigen Blick zur Tür und glaubte etwas wie einen titanischen, verzerrten Schatten wahrzunehmen. Und dieser Schemen war mehr, als er sehen wollte. Hastig fuhr er herum und stürmte auf das Tor zu.

Den Bruchteil einer Sekunde bevor der GROSSE ALTE den Raum betrat und sein Anblick allein Howard, Rowlf und George auf der Stelle hätte töten können, warfen sie sich durch das Tor und traten die Reise zurück in die Vergangenheit an.

Das grüne Leuchten in der Tiefe des Pfuhls war intensiver geworden. Etwas wie ein Geräusch durchdrang die Luft; ein Laut, der nur fühl-, nicht wirklich hörbar war und das Nahen von etwas unvorstellbar *Großem,* unvorstellbar *Gewalttätigem* ankündigte. Cthulhu erwachte.

Aber wie war das möglich? dachte ich verzweifelt.

Trotz allem, was Crowley mir gerade erzählt hatte, trotz des Schocks, den seine Worte für mich bedeuteten, spürte etwas in mir, daß noch etwas fehlte, daß Zeit und Ort, aber trotz allem noch nicht die Gegebenheiten komplett waren. Priscylla hatte versucht *(versucht??)*, mich zu töten, um mein magische Erbe mit den übrigen Teilen des SIEGELS zu verschmelzen und so den Bann zu brechen, den die Älteren Götter über die GROSSEN ALTEN vor zweihundert Jahrmillionen verhängt hatten, aber da hatte sie eben die anderen sechs Teile gehabt, und ...

Die Erkenntnis traf mich wie ein Faustschlag. Ich schrie auf, als Joshua den Deckel seiner Kiste aufklappte, denn ich wußte, noch bevor ich ihren Inhalt sah, was sie enthielt.

Das SIEGEL.

In der so harmlos aussehenden Holzkiste befand sich das apokalyptische Gebilde, zu dem sechs der SIEBEN SIEGEL DER MACHT in jener furchtbaren Nacht vor fünf Jahren verschmolzen waren.

Ein unheimliches, flackerndes weißes Licht drang aus der Kiste und überstrahlte Joshuas Gesicht. Es war so grell, daß ich abermals aufschrie und die Lider zusammenpreßte und trotzdem sehen konnte. Ein durchdringendes Zischen und Rauschen erklang, und aus der Tiefe von Cthulhus Grab schien ein dumpfes Grollen auf das Geräusch zu antworten.

»Nein!« brüllte ich. *»Tu es nicht, Joshua! Es tötet dich!«*

Er hörte meine Worte nicht einmal. Auf seinem Gesicht lag noch immer der gleiche verzückte Ausdruck, den ich darauf gewahrt hatte, als er den schlafenden Gott in der Tiefe betrachtete, und ich wußte, was nun geschehen würde, denn ich hatte es schon einmal erlebt, in jedem einzelnen, furchtbaren Detail, und ich war unfähig, irgend etwas dagegen zu tun. Joshua hockte kaum zwei Schritte von mir entfernt auf dem Boden, doch ich war wie gelähmt. Mein Körper gehorchte mir nicht mehr.

»Nein, Joshua!« schrie ich noch einmal. *»Tu es nicht! Es bringt dich um! Es bringt uns alle um!«*

Tatsächlich zögerte er – aber nur, um zu mir aufzusehen, mich mit einem seligen Lächeln anzublicken – und die Hände dann in das gleißende Licht am Grunde der Kiste zu senken.

Was ich erwartet hatte, geschah nicht. Als Priscylla das furchtbare Etwas, zu dem die SIEGEL verschmolzen waren, berührt hatte, hatte es ihr Fleisch verbrannt wie weißglühendes Eisen, und ich spürte auch jetzt die furchtbare Hitze, die von dem wabernden, wie von zuckendem Leben erfüllten *Etwas* ausging.

Doch Joshuas Hände blieben unversehrt. Der Stoff seiner Jacke begann zu schwelen und zerfiel hier und da zu Asche, auf dem Holz der Kiste erschienen dunkel verkohlte Flecken, aber Joshua blieb völlig unberührt. Etwas schützte ihn.

»Keine Angst, Robert«, sagte Crowley hinter mir. »Ihm wird nichts geschehen. SIE beschützen ihre Diener gut.«

»Solange sie sie brauchen, meinen Sie«, antwortete ich, ohne mich zu ihm herumzudrehen. Crowley schwieg. Trotzdem fuhr ich fort: »Begreifen Sie denn nicht, was hier geschieht, Crowley? Sie werden alle sterben! Sie werden Sie ebenso töten wie alle anderen, die ihnen gedient haben und die sie nicht mehr brauchen! Ich habe es erlebt, hundertmal. Sie sind das Böse an sich, und wer sie berührt, der geht früher oder später zugrunde!«

»Vielleicht haben Sie sogar recht, Robert«, sagte Crowley leise. »Doch wenn es so ist, so steht es nicht mehr in unserer Macht, irgend etwas daran zu ändern.«

Ich hörte die Worte kaum. Entsetzt und unfähig, meinen Blick abzuwenden, sah ich zu, wie Joshua das SIEGEL aus der Kiste heraus und auf weit ausgestreckten Händen vor sich in die Höhe hob. Das schimmernde Gebilde pulsierte stärker, und seine Bewegung war irgendwie ... *gierig*. Sie nahm an Intensität zu, als er sich herumdrehte und das SIEGEL über den Rand des Schachtes hielt.

»Der Moment ist gekommen, Robert«, sagte Crowley. Ich hörte, wie er sich hinter mir bewegte und näher trat. Etwas raschelte.

Joshua streckte die Hände weiter aus, und auch das giftiggrüne Licht in der Tiefe des Schachtes, in dem Cthulhu schlief, begann nun im gleichen Rhythmus zu pulsieren wie das furchtbare Gebilde. Das Gefühl, daß sich etwas näherte, daß etwas *erwachte*, wurde immer stärker.

Der Junge begann zu singen. Seine Lippen formten unheimliche, an- und abschwellende Laute, die eine bizarre Melodie intonierten, Klänge und Rhythmen, die nie zuvor eines Menschen Ohr vernommen hatte. In der Luft lag plötzlich etwas wie ein elektrisches Knistern, ein Gefühl wie im Zentrum eines besonders heftigen Gewitters, nur unvorstellbar mächtiger und unbeschreiblich *drohend*.

Crowley trat mit einem gemessenen Schritt neben mich. Ich sah, daß er das Messer wieder hervorgezogen hatte und wie zum Stoß bereit in der Hand hielt. Sein Gesicht war ausdruckslos. Das grüne Licht aus dem Schacht spiegelte sich in seinen Augen, als wäre der Schädel dahinter ebenfalls von der unheimlichen Helligkeit erfüllt, die nichts mit wirklichem Licht gemein hatte.

»Also haben Sie doch gelogen«, sagte ich leise.

»Sie wissen, was nun geschehen muß«, antwortete er, ohne wirklich zu antworten. »Das Erbe des Hexers muß zur Gänze in das SIEGEL fließen, um es zusammenzufügen. Und es gibt nur einen Weg, wieder zu vereinen, was mit Gewalt auseinandergerissen wurde.«

»Einer von uns muß sterben«, sagte ich ganz leise

Crowley nickte. »Ja. Bitte wehren Sie sich nicht, Robert. Es hätte keinen Sinn. Sie würden alles nur noch viel schlimmer machen.« Er zögerte, hob das Messer und sah mich an, als erwarte er, daß ich mich im allerletzten Moment doch noch zur Wehr zu setzen versuchte. Er begriff gar nicht, daß mir der Tod in diesem Moment wie eine Erlösung erschien.

»Machen Sie schon«, sagte ich bitter.

Der Anteil von Trauer in Crowleys Gesicht wurde stärker. Er hob das Messer weiter, verharrte aber dann noch einmal in der Bewegung. »Bei allem, was nun geschieht, Robert«, sagte er, »bedenken Sie eines: Dies ist ein magischer Ort. Ein Ort, an dem die Zeit anderen Gesetzen gehorcht als den uns bekannten. Ein Ort unvorstellbarer Kraft, ein Ort jenseits der Zeit und der Dimensionen. Vielleicht der einzige Ort im Universum, an dem die Gesetze der Zeit nicht gelten und an dem ungeschehen gemacht werden kann, was doch längst geschehen ist.«

Ich schwieg. Nicht, daß ich auch nur ein Wort von dem verstand, was er sagte. Aber plötzlich hatte ich doch Angst, eine schier unbeschreibliche Angst.

Doch sie galt nicht mir, sondern dem Jungen, der

mit weit vorgestreckten Armen vor mir am Rande des Schachtes stand und meine Todesmelodie sang.

Es war nicht der Umstand, daß dieser Junge mein Sohn war. Der Gedanke war noch viel zu frisch, als daß ich ihn wirklich akzeptiert hätte. Ich wußte, daß Crowley die Wahrheit gesagt hatte, aber ich brauchte einfach Zeit, um die volle Tragweite seiner Worte zu begreifen, und diese Zeit würde ich nicht mehr haben.

Was mir angst machte, war der Gedanke an das Schicksal, das diesem Jungen bevorstand, ein Los, das so grausam war, daß meine Phantasie vermutlich nicht einmal ausreichte, es auch nur zu erahnen.

Crowley streckte die Hand aus. »Kommen Sie, Robert.«

Ich gehorchte.

Crowley wandte sich zu Joshua um und machte eine Bewegung, und obwohl der Junge nicht einmal in seine Richtung sah, drehte er sich eine Sekunde später vom Rand des Schachtes weg und trat neben ihn.

»Berühren Sie ihn, Robert«, befahl Crowley. »Nur so kann sich Ihr magisches Erbe wieder vereinen.«

Alles in mir schrie danach, es nicht zu tun. Und trotzdem beobachtete ich entsetzt meine eigene Hand, die sich, meinem Willen nicht länger gehorchend, auf Joshuas Schulter senkte. Crowley hob den Dolch, und ich schloß die Augen.

Ein furchtbarer, reißender Laut erklang. Ich spürte nichts. Keinen Schmerz, nicht einmal eine Berührung. Zumindest war der Tod gnädig genug, seinen Bruder Pein nicht mitgebracht zu haben.

Dann hörte ich einen zweiten, dumpfen Laut. Etwas Schweres schlug auf dem Boden auf und zerbrach, und plötzlich begann Joshua zu taumeln. Ich öffnete die Augen.

Crowleys Dolch hatte sich bis zum Heft in seine Brust gebohrt.

Ich begriff einfach nicht, was ich sah. Joshua wankte immer heftiger. Er hatte das SIEGEL fallen gelassen. Es war auf dem harten Boden aufgeprallt und zerborsten; zwei der sechs Teile waren bis zum Rand des Schachtes gerollt. Joshuas Augen standen weit auf, und ihr Blick war von einer unheimlichen Klarheit. Obwohl das Messer sein Herz durchbohrt haben mußte, lebte er noch.

Langsam, unendlich langsam, wie von einer unsichtbaren Hand gestützt, begann er in die Knie zu brechen. Ein schmerzerfülltes Seufzen kam über seine Lippen, und die Brust seines verbrannten Hemdes färbte sich rasch rot.

Aus der Tiefe des Schachtes erklang ein Brüllen, das das Universum selbst zum Erzittern zu bringen schien. Ein Schwall purer Wut schoß wie eine Lavasäule aus dem Herzen eines Vulkans zu uns empor, und die gesamte schwarze Pyramide begann zu beben. Das grüne Licht färbte sich rot und flackerte.

Und ich erwachte endlich aus meiner Erstarrung.

Mit einem Schrei warf ich mich vor und streckte die Hände nach Joshua aus, doch Crowley stieß mich so wuchtig zurück, daß ich das Gleichgewicht verlor und stürzte. Als ich wieder auf die Füße kam, war er neben Joshua auf die Knie gesunken und hatte den Jungen ergriffen; auf eine Art und Weise, die mich mitten in der Bewegung innehalten ließ.

Erschüttert blickte ich auf den alten Mann herab, der das sterbende Kind in den Armen hielt wie eine

Mutter ihr todgeweihtes Baby. Tränen liefen über sein Gesicht. Seine Schultern bebten.

»Crowley, was … was haben Sie … getan?« stammelte ich. Ich konnte kaum sprechen. Zu dem Zittern unter meinen Füßen gesellte sich ein immer schneller werdendes Drehen in meinem Kopf. Es war, als wäre die Wirklichkeit selbst aus den Fugen geraten.

»Das einzige, was … ich tun konnte«, antwortete Crowley stockend. Er weinte jetzt laut, und – es war absurd, durch und durch *grotesk*, aber ich war nicht einmal sicher, ob es Tränen des Schmerzes waren, die ich auf seinem Gesicht sah, oder des Glücks.

»Warum?« murmelte ich. »Wa…«

»Gehen Sie, Robert!« unterbrach mich Crowley. Er löste die linke Hand von Joshuas Gesicht und machte eine rasche, flatternde Geste mit drei Fingern, und aus dem Nichts neben mir erschien ein mattgrün leuchtender Kreis. Ein *Tor*.

»Gehen Sie, schnell!« sagte er noch einmal. »ER wird … alles vernichten. Spüren Sie SEINEN Zorn? Spüren Sie SEINE Wut nicht?«

Ich spürte sie, wie die Berührung weißglühenden Eisens, die meine Seele versengte. Und ich wußte, daß ich besser daran tat, seine Warnung zu beherzigen. Cthulhu würde möglicherweise nicht erwachen, doch die Macht des GROSSEN ALTEN reichte selbst im Tode noch aus, zwei schwache Menschen wie uns zu vernichten. Er kam. Rasend schnell.

Trotzdem machte ich keine Bewegung, um mich dem *Tor* zu nähern.

»Warum?« fragte ich noch einmal.

Diesmal antwortete Crowley. »Weil es nur hier getan werden konnte«, sagte er mit tränenerstickter Stimme. »Der einzige Ort, an dem die Gesetze der

Logik und der Zeit nicht gelten. Ich war nicht sicher, bis zum letzten Moment nicht.«

Ich verstand kein Wort, und ich sagte es ihm, aber Crowley schüttelte nur wieder den Kopf. »Mir bleibt nicht mehr die Zeit, es zu erklären«, sagte er. »Gehen Sie. Kehren Sie zurück nach London. Suchen Sie Rowlf. Er ist am Leben und gesund. Sie werden ihn finden.«

»*Rowlf?*« wiederholte ich verblüfft. »Aber wieso Rowlf? Was ...«

Crowley griff in die Tasche und zog den winzigen Gegenstand hervor, den er aus meiner Jackentasche genommen hatte. Er mußte ihn dort deponiert haben, als er meinen Körper benutzt hatte.

»Nehmen Sie das«, sagte er. »Geben Sie es Rowlf, und erzählen Sie ihm, was hier geschehen ist. Er wird Ihnen alles erklären. Sagen Sie ihm, ich hätte bezahlt. Und jetzt *gehen Sie*, oder es war alles umsonst.«

Ich trat auf das Tor zu, blieb aber dann wieder stehen, um mich noch einmal herumzudrehen. Was ich sah, das ließ mich alle Angst und selbst die Furcht vor dem tobenden Koloß in der Tiefe des Schachtes vergessen. Ich wußte, daß mir vielleicht nur noch Sekunden blieben, und doch harrte ich noch einen Herzschlag lang aus und blickte auf den alten Mann herab, der am Rande des Schachtes hockte und den Leichnam eines fünfjährigen Jungen an sich preßte.

Meine Augen füllten sich mit Tränen, und all die Gefühle meinem Sohn gegenüber, all der Schmerz und die Qual, die ich bisher vermißt hatte, begannen nun langsam zu erwachen. Aber ich ließ nicht zu, daß sie Gewalt über mein Denken erlangten. Noch nicht.

Der Boden zitterte immer heftiger. Hinter Crowley wuchs ein Schatten heran, ein gigantischer, formloser Koloß, dessen Anblick allein Tod und Wahnsinn brachte, und ich begriff, daß ich nun gehen mußte. Langsam drehte ich mich um, trat in das *Tor* hinein – und praktisch im gleichen Sekundenbruchteil aus der Standuhr in der Bibliothek meines Hauses in London wieder heraus.

Ich war allein, aber das Haus war nicht verlassen. Ich hörte Geräusche und gleich darauf Stimmen, die ich sofort wiedererkannte, obwohl es mehr als fünf Jahre her war, daß ich sie das letzte Mal gehört hatte. Es waren die Stimmen Howards und Rowlfs, die sich in der angrenzenden Halle aufhalten mußten. Ich würde sie wiedersehen. Endlich.

Der Alptraum war vorbei.

Ich wandte mich um und ging über den mit Trümmern und Schutt übersäten Boden auf den Ausgang zu, doch eine Sekunde bevor ich ihn erreichte, blieb ich noch einmal stehen, hob die Hand und sah auf das herab, was Crowley mir gegeben hatte. Was hatte er gesagt? *Geben Sie es Rowlf, und er wird Ihnen alles erklären.*

Auf meiner ausgestreckten Hand lag eine Patrone.

Epilog

Die Hütte wuchs wie eine natürliche Fortsetzung des lebenden Grüns aus dem Wald heraus. Ihre Größe und ihre Proportionen entsprachen perfekt den Gegebenheiten dahinter, es gab keine störende Symmetrie, an der das Auge hätte verweilen können, keine harten Kanten, kein abgestorbenes Blattwerk oder irgend etwas anderes, was die Aufmerksamkeit eines zufällig vorbeikommenden Fremden auf das kleine Haus gelenkt hätte. Wer immer es errichtet hatte, hatte viel Wert darauf gelegt, unentdeckt zu bleiben; und er mußte ein Meister der Mimikry sein. Man hätte drei Schritte an der Hütte vorübergehen können, ohne sie auch nur zu bemerken. Vermutlich hätte auch er sie nicht gesehen, wäre er nur auf seine normalen menschlichen Sinne angewiesen gewesen.

Aber das war er nicht. Er wußte, daß der, den er suchte, sich in der kleinen Hütte dort drüben aufhielt. Er spürte ihn. Er war seinem Ziel jetzt ganz nahe. Und das mußte er auch, denn er hatte nicht mehr viel Zeit. Minuten, keinesfalls Stunden. Und vielleicht nicht einmal mehr das.

Joshua preßte die linke Hand gegen die Seite, als könne er den warmen Strom, der das Leben aus ihm herausfließen ließ, auf diese Weise zum Versiegen bringen. Natürlich konnte er es nicht. Keine Macht der Welt konnte ihn jetzt noch retten. Am Anfang hatte es weh getan, mehr, als er sich zuvor auch nur hatte vorstellen können, doch seit einer Weile hatte er keine Schmerzen mehr. Seine gesamte linke Körperseite fühlte sich taub an, und in Arm und Hüfte begann sich ein eisiges Prickeln auszubreiten, das der Grenze der Taubheit wie eine Front aus winzigen Ameisen vorauseilte und sie immer größere Teile seines Körpers erreichen ließ.

Er hatte eine Spur aus blutigen Fußabdrücken von der Stelle im Wald, an der er aus der Zeitmaschine gestiegen war, bis hierher hinterlassen, und nun, wo er für einige Augenblicke stehengeblieben war, bildete sich zwischen seinen Füßen eine dunkelrote, zähe Lache. Er würde sterben. Nicht irgendwann, sondern jetzt. Bestenfalls hatte er noch zehn Minuten.

Doch diese Zeit konnte reichen. Sie *mußte.* Nie zuvor, seit dieser Planet geboren worden war, war etwas so wichtig gewesen.

Langsam ging Joshua weiter. Jeder Schritt kostete ihn größere Mühe als der davor. Anstelle des Blutes, das aus seinem Körper herausfloß, schien flüssiges Blei seine Adern zu füllen. Jeder Atemzug war eine Qual. Die Entfernung bis zu der kleinen Hütte am Waldrand betrug nicht mehr als dreißig Schritte, und doch verbrauchte er die Hälfte der Frist, die ihm vielleicht noch blieb, um sie zu überwinden, und mußte vor dem Haus noch einmal innehalten, um das allerletzte bißchen Kraft zusammenzuraffen, das er noch in sich fand.

Er lauschte. Es war früher Morgen – der Morgen des dritten Mai sechzehnhunderteinundvierzig, wie ihm die Zeitskala in den Kontrollen von Georges Maschine verraten hatte, und auf den Blättern der Bäume und dem Gras schimmerte noch Tau. Ein frischer, lebendiger Geruch lag in der Luft, und der Wald war sehr still; es mußte jener flüchtige Moment des Tages sein, an dem die Geschöpfe der Nacht nicht mehr und die des Tages noch nicht aktiv waren. Ein sonderbarer Friede hatte sich über dem Land ausgebreitet. Der Tag würde warm werden.

Der Gedanke, fast vierhundert Jahre weit in die

Vergangenheit gereist zu sein, erfüllte Joshua mit einem Gefühl von Ehrfurcht, von dem er bisher gar nicht gewußt hatte, daß er in der Lage war, es zu empfinden. Aber er empfand auch Furcht. Es war so lange, so unvorstellbar *lange.* Vor ihm lag die Dauer von acht Menschenleben, und er hatte Angst vor dieser Zeit; und vor dem, was er tun mußte, um sie ein weiteres Mal zu überwinden. Aber er hatte keine Wahl. Was schon geschehen war, mußte wieder geschehen.

Mit einer entschlossenen Bewegung betrat er das Haus. Seine Augen, an das klare Licht der Morgensonne gewöhnt, brauchten einige Sekunden, um sich an die Dämmerung zu gewöhnen, die hier drinnen noch nicht ganz gewichen war. Er sah nur Schemen der einfachen Einrichtung; ein Tisch, ein Stuhl, eine große, grob aus Brettern gezimmerte Truhe, in der der Besitzer dieses Hauses seine wenigen Habseligkeiten aufbewahrte, und ein einfaches Bett, mit Fetzen bezogen, die wenig mehr als Lumpen waren.

Die Gestalt, die darauf lag, erwachte durch das Geräusch seines Eintretens. Ein schmales, von dunklen Linien und Runzeln durchzogenes Gesicht erschien in den grauen Lumpen und blinzelte eine Sekunde lang verwirrt zu Joshua hoch, ehe sein Besitzer endgültig erwachte und mit einem Ruck aufsprang. Trotz seines sichtbar hohen Alters bewegte sich der Mann mit unerwarteter Geschmeidigkeit. Er hatte die Instinkte und Reflexe eines Raubtieres, dessen Sinne selbst im Schlaf nicht aufhörten, nach Beute und Feinden Ausschau zu halten. Er war unvorstellbar schnell.

Aber Joshua war schneller.

Er ließ ihm keine Chance. Der Mann hatte sich noch nicht einmal halb von seinem Lager erhoben, da war Joshua auch schon über ihm, packte ihn mit erbarmungsloser Kraft und schmetterte ihn gegen die Wand. Crowley brüllte vor Schmerz und Wut, war sofort wieder auf den Beinen und stürzte sich abermals und mit noch größerer Kraft und Schnelligkeit auf seinen Gegner. Einen Angreifer, der nicht gewußt hätte, was sich hinter der Maske dieses uralten, gebrechlichen Mannes wirklich verbarg, hätte er auf diese Weise vermutlich total überraschen und sicher auch besiegen können.

Aber Joshua wußte, wen er vor sich hatte. Er empfing Crowley mit einem Hieb, der die Rippen des Seelenvampirs knirschen ließ. Beinahe gleichzeitig krachte sein Ellbogen in Crowleys Nacken. Crowley knickte ein und schlug der Länge nach hin. Diesmal erhob er sich nicht sofort wieder.

Joshua wankte. Der Schmerz, den er für eine Weile vergessen hatte, kam nun mit hundertfacher Intensität zurück. Alles drehte sich um ihn, und die Wunde an seiner Seite begann heftiger zu bluten. Er hatte kaum noch die Kraft, sich auf den Beinen zu halten. Der Anblick der erbärmlichen Hütte verschwamm immer wieder vor seinen Augen. Schweratmend trat er einen Schritt zurück, richtete sich auf und drehte sich so, daß Crowley die schreckliche Wunde an seiner Seite nicht sehen konnte. Es kostete ihn alle Kraft, die er noch hatte, den Schmerz von seinem Gesicht zu verbannen. Wenn Crowley erkannte, wie es um ihn stand, dann war es aus.

Stöhnend richtete sich der alte Mann am Boden auf und hob den Kopf. Seine Unterlippe war aufgeplatzt. Ein dünner Blutfaden lief über sein Kinn, so daß er nun vollends aussah wie ein Vampir, der gerade ein neues Opfer geschlagen hatte.

»Warum … tut Ihr das?« stöhnte er. »Wer … wer seid Ihr, Herr? Warum schlagt Ihr mich? Ich bin nur ein alter, schwacher Mann.«

»Ich weiß, wer du bist«, antwortete Joshua. Seine Stimme schwankte, doch er hoffte, daß Crowley dies auf seine Erregung und seinen Zorn schieben würde. »Und warum ich das tue, fragst du? Weil ich gekommen bin, um dich zu töten!«

»Aber … aber warum denn nur, Herr?« wimmerte Crowley. Er spielte den Ahnungslosen perfekt. Selbst die Angst auf seinem Gesicht wirkte überzeugend.

»Weil du einen zuviel ermordet hast!« erwiderte Joshua. Wie zufällig bewegte er sich ein kleines Stück auf Crowley zu, der noch immer am Boden hockte. Er sah, wie sich Crowleys Körper zum Sprung spannte, während seine Hände auf dem Lehmboden nach festem Halt suchten. Aber er tat so, als bemerke er nichts. Er hatte nur diese eine, einzige Chance.

»Ich habe niemandem etwas zuleide …«, begann Crowley in weinerlichem Ton und brach mit einem Keuchen ab, als Joshua ihm in die Seite trat.

»Lüg nicht auch noch!« schrie er ihn an. »Du bist mit dem Teufel im Bunde, und gleich wirst du deinem gehörnten Herrn gegenüberstehen.« Er lachte. »Ich weiß, wer du bist. Ich weiß, *was* du bist. Du warst zu gierig. Du hast zu viele getötet, und so haben sie mich geschickt, um dich Teufelsbrut auszutilgen!«

Crowley krümmte sich. Wimmernd schlug er die Hände über dem Kopf zusammen, perfekt den alten, vor Angst schlotternden Mann spielend, der nicht einmal begriff, was mit ihm geschah. Joshua betete, daß er auf die Täuschung hereinfiel. Er hatte sich die Geschichte, die er nun mit wenigen Worten vorgebracht hatte, sorgsam zurechtgelegt, und er hoffte wenigstens, auch den Tonfall getroffen zu haben, in dem die Menschen dieser Epoche sprachen.

»Sprich noch ein letztes Gebet zu deinem schwarzen Herrn!« sagte er. »Denn danach werde ich dich ...«

Crowley sprang. Sein Körper flog in einer ganz und gar unmöglich erscheinenden Bewegung hoch, prallte gegen Joshua und ließ ihn nach hinten taumeln. Seine dürren Greisenhände krallten sich in sein Gesicht, während er triumphierend aufschrie. Und dann war Crowley Joshua und Joshua Crowley, als der finstere Geist des Magiers in den jungen, starken Körper seines Feindes floh, um sich der eigenen Kräfte seiner Beute zu bedienen und sie mit ihrem eigenen Körper zu schlagen, so, wie er es schon unzählige Male zuvor getan hatte.

Doch etwas war anders diesmal. Joshua, der plötzlich durch Crowleys Augen in sein eigenes Gesicht sah, erkannte Schrecken darin, und dann ein Entsetzen, das die allmählich aufdämmernde Erkenntnis dessen, was wirklich geschehen war, begleitete.

Aber es war zu spät. Crowley/Joshua schrie gellend, bäumte sich auf und taumelte unter dem jähen, unerwarteten Schmerz, der im Körper seines Opfers auf ihn gewartet hatte.

Seine Hände streckten sich nach Joshuas Gesicht aus, um es zu berühren, doch Joshua schlug sie beiseite und wich mit einem blitzschnellen Schritt vor dem Vampir zurück.

Crowley sank auf die Knie. Der Schmerz, der ihn völlig unerwartet überfallen hatte, mußte ihn doppelt so schlimm treffen wie Joshua. Er wankte, stützte sich mit der Rechten auf dem Boden ab und preßte die Linke gegen seine Seite. Dunkles Blut quoll zwischen seinen Fingern hindurch und tropfte zu Boden.

Es war ein sonderbares, fast unheimliches Gefühl, sich selbst zu betrachten, aus dem Körper eines Fremden heraus, der nun für acht unendliche Lebensspannen sein eigener sein würde. Joshua sah erst jetzt, *wie* schrecklich die Verletzung war, die Rowlf ihm zugefügt hatte. Es glich einem Wunder, daß er es überhaupt geschafft hatte, so lange am Leben zu bleiben und hierher zu gelangen.

Auch Crowley blickte vollkommen fassungslos auf die Wunde in seiner Seite herab. Auf seinem Gesicht hatte sich Schmerz breitgemacht, aber darunter wuchs langsam ein viel schlimmeres, tiefergehendes Gefühl heran – die Erkenntnis, daß er verloren hatte. Langsam hob er die Hand vor das Gesicht, betrachtete das Blut, das an seinen Fingern klebte, und sah dann wieder an seinem Körper herab.

Er versuchte noch einmal, auf Joshua zuzukriechen. Seine blutige Hand streckte sich aus, wollte nach Joshuas Beinen greifen und verfehlte sie. Mit einem erstickten Seufzer fiel er zu Boden und rollte auf den Rücken.

»Aber ... warum?« flüsterte er.

Joshua blickte ihn mitleidslos an. »Weil das, was geschehen ist, nicht wieder ungeschehen gemacht werden kann«, antwortete er. »Aber vielleicht kann man ihm eine andere *Bedeutung* geben.«

Natürlich hatte Crowley nicht verstanden, was er meinte. Vielleicht hatte er die Worte nicht einmal mehr gehört. Er war tot, als Joshua das nächste Mal auf ihn hinabsah.

Joshua Craven, der von nun an den Namen Crowley tragen und sein Leben in jeder einzelnen Sekunde so leben würde, wie es diesem vorherbestimmt worden war, bis der Augenblick gekommen war, in den Ablauf der Geschichte einzugreifen und – vielleicht – doch noch die Zukunft zu verändern, stand lange, sehr lange reglos da und blickte auf den Körper hinab, in dem er die ersten dreiunddreißig Jahres seines Lebens verbracht hatte. Er empfand keine Zufriedenheit. Er hatte nicht das Gefühl, ein Sieger zu sein, auch wenn ihm vielleicht etwas gelungen war, was noch niemand vor ihm vollbracht hatte: Er hatte nicht nur den Vampir und seine finsteren Herren, er hatte die *Zeit* besiegt. Alles, was er empfand, war Furcht. Furcht vor dem, was ihn erwartete.

Vierhundert Jahre.

Vierhundert Ewigkeiten, in denen er gezwungen sein würde, Crowleys Leben zu leben, das Leben zahlloser Unschuldiger zu nehmen, um bereit zu sein für jenen Augenblick in R'lyeh, in dem er Cthulhu von Angesicht zu Angesicht gegenüberstand, jenen winzigen Moment, in dem das Gefüge der Zeit verwundbar war.

Er wollte es nicht. Er wußte, auf welch schreckliche Weise sich Crowley ernährt hatte, und der Gedanke, daß auch er von nun an auf die gleiche furchtbare Weise existieren mußte, trieb ihn fast in den Wahnsinn. Er dachte an das kurze Gespräch mit Howard zurück, und an das, was er selbst sich gefragt hatte, während er mit Georges Maschine zurück in die Vergangenheit gereist war.

Er hatte gewußt, daß er für das würde bezahlen müssen, was er getan hatte. Er hatte Leid über die Menschheit gebracht, unvorstellbares Leid und unvorstellbaren Schmerz, und vielleicht war *das* der wirkliche Grund, aus dem sich die Maschine geweigert hatte, an irgendeinem späteren Zeitpunkt anzuhalten, nicht die Gefahr, sich selbst oder einem seiner Vorfahren zu begegnen, wie George annahm. Diese vierhundert Jahre waren der Preis, den er bezahlen mußte.

Nach einer Weile erwachte Joshua, der jetzt Crowley war, aus seiner Erstarrung, ließ sich neben dem toten Körper in die Hocke sinken und zog ein Messer aus dem Gürtel des Leichnams. Schnell und mit unbewegtem Gesicht machte er sich daran, die Patrone aus dem Leib herauszuschneiden, die Joshua getötet hatte. Dann stand er auf, drehte sich herum und verließ das Haus. Er mußte zurück in den Wald, um Georges Apparat ein letztes Mal zu benutzen. Die Gefahr, daß er zufällig entdeckt wurde und jemand mit seiner Hilfe vielleicht den Lauf der Geschichte abermals veränderte, war zu groß. Er würde die Zeitmaschine so einstellen, daß sie weiter und weiter und immer weiter in die Vergangenheit der Erde reiste, bis sie auf eine Welt gelangte, auf der es noch kein Leben, keine Luft und kein Licht gab, nur Leere und Feuer. Und danach …

Er spürte, wie sich tief in ihm etwas regte. Tränen rannen über sein Gesicht, während er mit langsamen Schritten in den Wald zurückging, seiner eigenen blutigen Spur folgend. Fast ohne daß es ihm selbst zu Bewußtsein kam, wurde er immer schneller.

Er war hungrig.

Es wurde Zeit, auf die Jagd zu gehen.

ENDE

Die Wiederbelebung eines alten Mythos:
Die GROSSEN ALTEN sind zurück:

Der Hexer von Salem • Band 13 336
Wir schreiben das Jahr 1883: Vor der Küste Schottlands zerschellt ein Viermaster auf den tückischen Riffen. Nur wenige Menschen überleben die Katastrophe. Unter ihnen ein Mann, der die Schuld an dem Unglück trägt.
Ein Mann, der gejagt wird von uralten finsteren Göttern ...

Neues vom Hexer von Salem • Band 13 337
Craven ist der Sohn eines mächtigen Magiers. Es gibt nur einen Weg, den finsteren Göttern zu entkommen – die Magie eines uralten, sagenumwobenen Buches, in dem der Wahnsinn haust. Zusammen mit seinem Freund H. P. Lovecraft macht er sich auf die Suche nach dem *Necronomicon* ...

Der Dagon-Zyklus • Band 13 338
Vor der Küste Englands wird ein schreckliches Seeungeheuer gesichtet, das gnadenlos Kriegsschiffe angreift und versenkt. Unter dem Meer schmiedet ein Wesen seine dunklen Pläne, das Äonen alt ist und sich nun aufmacht, das Land zu erobern. Seine Diener sind überall, und nur der Hexer kann sie aufhalten ...

Die sieben Siegel der Macht • Band 13 339
Vor undenklichen Zeiten herrschten schreckliche Gottheiten über jedwede Kreatur: die GROSSEN ALTEN. Ihr Frevel rief mächtigere Götter von den Sternen herbei, und in einer einzigen feurigen Nacht verbannten sie die GROSSEN ALTEN. Bis heute, denn der Tag ist nicht mehr fern, da die Siegel ihres Kerkers gebrochen werden sollen ...

Der Sohn des Hexers • Band 13 340
In jener Nacht, in der das letzte Siegel fiel und dreizehn der abgrundtief bösen Götter in die Wirklichkeit entkamen, in jener Nacht wurde der Sohn des Hexers geboren. Ein Teil von Robert Cravens Geist und Magie ging auf den Knaben über und machte ihn zum Erben der Macht – und zum gefährlichsten Feind der GROSSEN ALTEN.

Das Labyrinth von London / Auf der Spur des Hexers • Band 13 341
London, 1892. Das geschäftige Treiben der Metropole wird gestört, als vor der Küste eine Insel mit einem geheimnisvollen Labyrinth aus dem Meer auftaucht. Fortan treibt das Böse sein Unwesen in der Stadt. Zusätzlich schildert dieser Band die Vorgeschichte der Hexer-Bände mit Robert Cravens Vater Roderick Andara.